Diogenes Taschenbuch 24182

AF288968

F. Scott Fitzgerald
Die letzte Schöne des Südens des Südens

Erzählungen
Herausgegeben von Silvia Zanovello
Aus dem Amerikanischen von
Bettina Abarbanell, Anna Cramer-Klett,
Dirk van Gunsteren, Christa Hotz,
Alexander Schmitz, Walter Schürenberg
und Melanie Walz
Mit einem Nachwort von Paul Ingendaay

Diogenes

Die vorliegende Auswahl
erschien erstmals 2009 im Diogenes Verlag
Nachweis der einzelnen Erzählungen
am Schluss des Bandes
Umschlagillustration: George Barbier,
›Abendkleid, Modell von Worth, Paris‹,
gemalt für *Gazette du Bon Ton,* Ausgabe August 1921

Inhalt

Der Kindergeburtstag

Immer wenn sich John Andros alt fühlte, fand er Trost in dem Gedanken, dass das Leben durch sein Kind weiterging. Die dunklen Posaunen der Vergänglichkeit tönten weniger laut, sobald er das Getrappel der kleinen Füße hörte oder die Kinderstimme, die ihm durchs Telefon verrücktes Kauderwelsch ins Ohr plapperte. Letzteres geschah jeden Nachmittag um drei, wenn seine Frau von ihrem Häuschen auf dem Land aus im Büro anrief, und er begann sich darauf zu freuen, weil es zu den lebendigsten Minuten seines Tages zählte.

Rein physisch war er nicht alt, aber er hatte sich in seinem Leben etliche Male etliche steile Berge hinaufgekämpft, und jetzt, mit achtunddreißig, da Krankheit und Armut besiegt waren, gab er sich weit weniger Illusionen hin als früher. Selbst für seine kleine Tochter hegte er begrenzte Gefühle. Sie war in seine recht intensive Liebesbeziehung mit seiner Frau eingebrochen, und ihretwegen wohnten sie in einem Ort vor der Stadt, wo sie für die gute Landluft endlose Probleme mit den Bediensteten und das ermüdende Karussell der Pendlerzüge in Kauf nahmen.

Die kleine Edith als greifbares Stück Jugend, das war es, was ihn hauptsächlich interessierte. Er genoss es, sie auf dem Schoß zu halten und ausgiebig ihren duftenden, flaumigen Haarschopf und die Augen mit der morgenblauen Iris zu betrachten. Nachdem er ihr diese Huldigung erwiesen hatte, durfte das Kindermädchen sie gerne wieder mitnehmen. Denn nach zehn Minuten begann ihn eben diese Vitalität des Kindes aufzubringen; wenn etwas kaputtging, verlor er leicht die Beherrschung, und als die Kleine eines Sonntagnachmittags eine Bridgepartie zerstörte, indem sie das Pik-Ass für immer und ewig irgendwo versteckte, hatte er eine solche Szene gemacht, dass seine Frau in Tränen ausgebrochen war.

Das war lächerlich, und John schämte sich dafür. So etwas passierte nun einmal, es war unvermeidlich, und die kleine Edith konnte unmöglich all die Stunden, die sie im Haus verbrachte, oben in ihrem Kinderzimmer bleiben, zumal sie, wie ihre Mutter sagte, täglich mehr zu einer ›richtigen Persönlichkeit‹ heranwuchs.

Sie war zweieinhalb, und heute Nachmittag war sie auf einem Kindergeburtstag eingeladen. Die große Edith, ihre Mutter, hatte im Büro angerufen, um ihm dies zu berichten, und die kleine Ede hatte die Angelegenheit bestätigt, indem sie ›ich geh zu einem ′butstach!‹ in Johns nichtsahnendes linkes Ohr gebrüllt hatte.

»Komm doch nach der Arbeit noch bei den Markeys vorbei, ja, Liebling?«, schaltete sich ihre Mutter wieder ein. »Es wird sicher lustig. Ede wird todschick aussehen in ihrem neuen pinkfarbenen Kleidchen …«

Das Gespräch endete jäh mit einem Kreischen; offenbar war das Telefon heftig zu Boden gerissen worden. John lachte und beschloss, am Abend einen Zug früher zu nehmen. Die Aussicht auf einen Kindergeburtstag in anderer Leute Haus ließ ihn schmunzeln.

›Was für ein herrliches Durcheinander!‹, dachte er amüsiert. ›Ein Dutzend Mütter, von denen jede ausschließlich Augen für ihr eigenes Kind hat. Die Kleinen machen ständig irgendwas kaputt und grapschen nach der Torte, und auf dem Nachhauseweg denkt jede Mama bei sich, dass ihr Kind allen anderen auf subtile Art überlegen ist.‹

Heute war er guter Dinge – alles in seinem Leben lief besser als je zuvor. Als er an seiner Haltestelle ausstieg, fertigte er einen aufdringlichen Taxifahrer mit einem Kopfschütteln ab und machte sich im kühlen Dezemberzwielicht zu Fuß auf den Weg den langen Hügel zu seinem Haus hinauf. Es war erst sechs Uhr, doch der Mond war schon aufgegangen und schien mit stolzem Glanz auf den dünnen, zuckrigen Schnee, der die Vorgärten bedeckte.

Während er so lief und seine Lungen mit kalter Luft vollsog, stieg seine Stimmung noch, und die Vorstellung eines Kindergeburtstags gefiel ihm immer besser. Er begann sich zu fragen, wie Ede wohl im Vergleich zu den anderen Kindern ihres Alters abschnitt und ob ihr pinkfarbenes Kleid aus dem Rahmen fiel und sie reifer wirken ließ. Er beschleunigte den Schritt und kam in Sichtweite seines Hauses, wo die Lichter eines ausgedienten Weihnachtsbaums noch im Fenster glühten, doch er ging daran vorbei. Die Geburtstagsfeier fand nebenan bei den Markeys statt.

Als er die Steinstufen hinaufstieg und an der Tür klingelte, hörte er drinnen Stimmen und freute sich, dass er nicht zu spät kam. Dann hob er den Kopf und horchte – es waren keine Kinderstimmen, sondern laute, zornige, die sich überschlugen; mindestens drei konnte er unterscheiden, und eine, die gerade zu einem hysterischen Schluchzen anschwoll, erkannte er augenblicklich als die Stimme seiner Frau.

›Da muss etwas vorgefallen sein‹, dachte er.

Er legte die Hand an die Klinke, fand die Tür unverschlossen und öffnete sie.

Der Kindergeburtstag hatte um halb fünf begonnen, doch Edith Andros hatte schlau kalkuliert, dass das neue Kleid im Vergleich zu bereits zerknitterten noch mehr Aufsehen erregen würde, und deshalb ihren und Klein-Edes Auftritt für fünf Uhr geplant. Als sie eintrafen, war die Feier bereits in vollem Gang. Vier kleine Mädchen und neun kleine Jungen, jedes einzelne mit der ganzen Liebe eines stolzen und eifersüchtigen Mutterherzens gelockt, gewaschen und herausgeputzt, tanzten zur Musik eines Grammophons. Zwar tanzten nie mehr als zwei oder drei gleichzeitig, doch da alle unaufhörlich hin und her rannten, um sich von ihren Müttern ermuntern zu lassen, war der Effekt derselbe.

Als Edith und ihre Tochter hereinkamen, wurde die Musik vorübergehend von einem Chor übertönt, der hauptsächlich aus dem Wort »süß« bestand und sich auf die kleine Ede bezog, die dastand, sich schüchtern umschaute und am Saum ihres pinkfarbenen Kleidchens zupfte. Sie wurde nicht geküsst – man lebte schließlich im Zeitalter der Hygiene –, dafür aber an einer Reihe von Mamas entlanggeführt, die allesamt ›sü-üß‹ zu ihr sagten und ihr kleines rosa Händchen hielten, bevor sie sie an die nächste weiterreichten. Nach einiger Ermunterung und dem einen oder anderen sanften Schubser mischte sie sich unter die Tanzenden und nahm bald lebhaft am Geschehen teil.

Edith stand an der Tür, wo sie mit Mrs. Markey plauderte und die kleine Gestalt im pinkfarbenen Kleid im Auge behielt. Mrs. Markey war ihr nicht besonders sympathisch; sie fand sie ebenso schnippisch wie ordinär, doch da John und Joe Markey einander mochten und jeden Morgen zusammen mit dem Pendlerzug fuhren, verwandten die beiden Frauen große Mühe darauf, den Schein warmer Freundschaftlichkeit zu wahren. Sie hielten sich ständig gegenseitig vor, dass die andere ›nicht mal vorbeischaute‹, und planten unablässig gemeinsame Unternehmungen, was meistens so begann: »Sie müssen bald zu uns zum Abendessen kommen, und demnächst gehen wir mal zusammen ins Theater«, aber sich nie über dieses Stadium hinaus entwickelte.

»Die kleine Ede sieht einfach bezaubernd aus«, sagte Mrs. Markey lächelnd und befeuchtete sich die Lippen auf eine Art, die Edith besonders abstoßend fand. »So *erwachsen* – kaum zu *glauben*!«

Edith überlegte, ob die Formulierung »die kleine Ede« auf den Umstand anspielte, dass Billy Markey, obwohl er einige Monate jünger war als Ede, annähernd fünf Pfund mehr wog. Sie nahm dankend eine Tasse Tee und setzte sich zu zwei anderen Damen auf einen Diwan, wo sie sich dem eigentlichen Zweck des Nachmittags widmete, der natürlich darin bestand, die jüngsten Meisterleistungen und kleinen Tollpatschigkeiten ihres Kindes zu schildern.

Eine Stunde verging. Das Tanzen verlor seinen Reiz, und die Kleinen suchten sich einen ernsteren Zeitvertreib.

Sie liefen ins Esszimmer, umrundeten den großen Tisch und probierten die Schwingtür zur Küche aus, vor der sie von mütterlichen Expeditionsstreitkräften gerettet wurden. Nachdem man sie eingefangen hatte, rissen sie sofort wieder aus und rannten ins Esszimmer, um sich erneut auf die vertraute Schwingtür zu stürzen. Das Wort »überhitzt« machte die Runde, und kleine weiße Stirnen wurden mit kleinen weißen Taschentüchern abgetupft. Allseits versuchte man, die Kleinen zum Hinsetzen zu bewegen, doch sie wanden sich mit energischen »Runter, runter!«-Rufen von den Schößen, und der Sturm auf das faszinierende Esszimmer begann von neuem.

Diese Phase des Geburtstags fand ein Ende, als zur Stärkung eine große Torte mit zwei Kerzen sowie Schälchen mit Vanilleeis serviert wurden. Billy Markey, ein stämmiger, etwas o-beiniger, fröhlicher Junge mit roten Haaren, blies die Kerzen aus und legte probehalber den Finger in den weißen Tortenguss. Torte und Eis wurden verteilt, und die Kinder aßen – gierig, aber ohne großes Durcheinander; sie hatten sich den ganzen Nachmittag über bemerkenswert gut benommen. Es waren moderne kleine Kinder, die regelmäßig aßen und schliefen, weshalb sie in guter Verfassung waren und gesund und rosig aussahen – eine so friedliche Geburtstagsfeier wäre vor dreißig Jahren nicht möglich gewesen.

Nach der Stärkung begann der allgemeine Aufbruch. Edith schaute besorgt auf die Uhr – es war fast sechs, und John war noch nicht aufgetaucht. Er sollte doch Ede mit den anderen Kindern sehen, sollte erleben, wie wohlerzogen, höflich und intelligent sie war und dass sie nur einen einzigen Eiscremefleck auf ihrem Kleid hatte, und auch das nur, weil etwas von ihrem Kinn getropft war, als jemand sie von hinten angestoßen hatte.

»Du bist ein Schatz«, flüsterte sie ihrem Kind zu und drückte sie plötzlich an sich. »Weißt du, was für ein Schatz du bist? *Weißt* du das?«

Ede lachte. »Bauwau«, sagte sie unvermittelt.

»Bauwau?« Edith blickte sich um. »Hier ist kein Bauwau.«

»Bauwau«, wiederholte Ede. »Ich will einen Bauwau.«

Edith folgte dem kleinen ausgestreckten Finger.

»Das ist kein Bauwau, Herzchen, das ist ein Teddybär.«

»Bär?«

»Ja, das ist ein Teddybär, und er gehört Billy Markey. Du willst doch nicht Billy Markeys Teddybären haben, oder?«

Doch, das wollte Ede.

Sie riss sich von ihrer Mutter los und näherte sich Billy Markey, der das Plüschtier fest umschlungen hielt. Ede stand da und musterte ihn mit unergründlichem Blick, während Billy lachte.

Die große Edith schaute erneut auf die Uhr, diesmal voller Ungeduld.

Der Kreis der Gäste hatte sich gelichtet, abgesehen von Ede und Billy waren noch zwei Kinder da, und eines davon nur, weil es sich unter dem Esstisch versteckt hatte. Es war egoistisch von John, dass er nicht kam. So wenig stolz war er also auf sein Kind. Andere Väter, sechs an der Zahl, waren rechtzeitig erschienen, um ihre Frauen abzuholen, und sie waren alle noch eine Weile geblieben und hatten zugesehen.

Auf einmal gab es ein lautes Geheul. Ede hatte den Teddybären ergattert, indem sie ihn Billy aus den Armen gerissen hatte, und Billy, der ihn sich wiederholen wollte, mir nichts, dir nichts einfach umgeschubst.

»Aber Ede!«, rief ihre Mutter, die ein Lachen unterdrücken musste.

Joe Markey, ein gutaussehender, breitschultriger Mann von fünfunddreißig, hob seinen Sohn vom Boden auf und stellte ihn auf die Füße. »Du bist mir ja einer«, sagte er leutselig. »Lässt dich von einem Mädchen umwerfen! Du bist mir ja wirklich einer.«

»Hat er sich den Kopf gestoßen?« Mrs. Markey hatte gerade die vorletzte Mutter hinauskomplimentiert und kam besorgt ins Zimmer zurück.

»Nei-iin«, rief Markey. »Er hat sich woanders gestoßen, nicht wahr, Billy? Er hat sich woanders gestoßen.«

Billy hatte den Sturz schon wieder so weit vergessen, dass er zu dem Versuch übergegangen war, sein Eigentum zurückzuerobern. Er packte ein Bein des Bären, das unter Edes Armen hervorschaute, und zog daran, doch vergebens.

»Nein«, sagte Ede mit Nachdruck.

Plötzlich ließ Ede, vom Erfolg ihres früheren, halb zufälligen Manövers ermutigt, den Teddybären fallen, legte die Hände auf Billys Schultern und schubste ihn, so dass er rückwärts fiel.

Diesmal landete er weniger sanft; sein Kopf schlug mit einem dumpfen, hohlen Geräusch neben dem Teppich auf dem blanken Boden auf, worauf er tief Luft holte und ein fürchterliches Gebrüll anstimmte.

Augenblicklich brach ein Tumult im Zimmer los. Mit

einem Aufschrei eilte Markey zu seinem Sohn, doch seine Frau war als Erste bei dem verletzten Kleinen, hob ihn vom Boden auf und nahm ihn auf den Arm.

»O *Billy*«, rief sie, »was für ein gemeiner Stoß! Man sollte ihr den Hintern versohlen.«

Edith, die auf der Stelle zu ihrer Tochter geeilt war, hörte diese Bemerkung und presste die Lippen zu einem schmalen Strich zusammen.

»Aber Ede«, flüsterte sie mechanisch, »das war gar nicht lieb von dir!«

Da legte Ede plötzlich den kleinen Kopf in den Nacken und lachte. Es war ein lautes, ein triumphierendes Lachen, siegesgewiss, frech und voller Verachtung. Leider Gottes war es auch ansteckend. Ehe ihre Mutter sich bewusstgemacht hatte, wie heikel die Situation war, lachte auch sie, ein hörbares, deutliches Lachen, das die gleichen Nuancen hatte wie das ihres Kindes.

Genauso plötzlich hörte sie wieder auf.

Mrs. Markeys Gesicht war zornesrot geworden, und Markey, der mit einem Finger den Hinterkopf des Kleinen befühlt hatte, schaute sie stirnrunzelnd an.

»Es ist geschwollen«, sagte er mit vorwurfsvollem Unterton. »Ich hole etwas Zaubernuss.«

Doch Mrs. Markey hatte die Beherrschung verloren. »Ich finde es überhaupt nicht lustig, wenn einem Kind weh getan wird!«, sagte sie mit zitternder Stimme.

Die kleine Ede beobachtete indessen neugierig ihre Mutter. Sie merkte, dass ihr eigenes Lachen das ihrer Mutter hervorgerufen hatte, und sie fragte sich nun, ob die gleiche Ursache wohl immer die gleiche Wirkung erzielte.

Deshalb warf sie ausgerechnet in diesem Augenblick den Kopf ein zweites Mal zurück und fing wieder an zu lachen.

Für ihre Mutter war dieser neuerliche Heiterkeitsausbruch der Auslöser für einen hysterischen Lachanfall. Sie presste sich ihr Taschentuch vor den Mund und kicherte haltlos. Es war nicht nur eine nervöse Reaktion; vielmehr hatte sie das Gefühl, dass sie auf eine eigentümliche Weise mit ihrem Kind lachte – dass sie gemeinsam lachten.

Es war eine Art von Trotz: sie beide gegen den Rest der Welt.

Während Markey nach oben ins Badezimmer lief, um die Heilsalbe zu holen, ging seine Frau hin und her und wiegte den schreienden Jungen in ihren Armen.

»Bitte gehen Sie nach Hause!«, brach es plötzlich aus ihr hervor. »Das Kind ist bös gestürzt, und wenn Sie nicht den Anstand besitzen, still zu sein, dann gehen Sie besser nach Hause.«

»Na schön«, sagte Edith, nun ebenfalls gereizt. »Ich habe noch nie jemanden aus einer Mücke einen solchen …«

»Gehen Sie!«, rief Mrs. Markey außer sich. »Da ist die Tür, gehen Sie – ich will Sie nie wieder hier in unserem Haus sehen. Sie nicht und Ihr Balg auch nicht!«

Edith hatte ihre Tochter an die Hand genommen und ging rasch zur Tür, doch bei der letzten Bemerkung blieb sie stehen und drehte sich mit wutverzerrtem Gesicht um.

»Wagen Sie es nicht noch einmal, sie so zu nennen!«

Mrs. Markey antwortete nicht, sondern lief weiter auf und ab und murmelte etwas, das nur sie und Billy hören konnten.

Edith fing an zu weinen.

»Ich gehe schon!«, schluchzte sie. »In meinem g-ganzen Leben bin ich noch keiner so g-groben und o-ordinären Person begegnet wie Ihnen. Ich finde es g-gut, dass Ihr Junge umgeschubst wurde – er ist sowieso bloß ein d-dicker kleiner Dummkopf.«

Joe Markey kam gerade rechtzeitig die Treppe herunter, um diese Bemerkung mit anzuhören.

»Also, Mrs. Andros«, sagte er scharf, »sehen Sie denn nicht, dass der Junge sich weh getan hat? Sie sollten sich wirklich beherrschen.«

»Mich beherrschen!«, rief Edith mit bebender Stimme. »Sagen Sie lieber ihr, sie soll sich beherrschen. Ich bin in meinem ganzen Leben noch keiner so o-ordinären Person begegnet.«

»Sie beleidigt mich!« Mrs. Markey war jetzt außer sich vor Wut. »Hast du gehört, was sie gesagt hat, Joe? Ich möchte, dass du sie aus dem Haus wirfst. Wenn sie nicht gehen will, pack sie einfach an den Schultern, und wirf sie raus!«

»Wagen Sie es nicht, mich anzurühren!«, schrie Edith. »Ich gehe sofort – sobald ich meinen M-mantel gefunden habe!«

Blind vor Tränen machte sie einen Schritt in den Hausflur. Genau in diesem Moment öffnete sich die Tür, und John Andros trat mit besorgter Miene herein.

»John!«, rief Edith und eilte ihm aufgelöst entgegen.

»Was ist los? Ja was ist denn hier los?«

»Sie – sie werfen mich raus!«, heulte sie und fiel ihm in die Arme. »Er wollte mich gerade an den Schultern packen und rauswerfen. Ich brauche meinen Mantel!«

»Das ist nicht wahr«, beeilte sich Markey zu widersprechen. »Niemand wirft Sie hier raus.« Er wandte sich an John. »Niemand wirft sie raus«, wiederholte er. »Sie ist …«

»Was soll das denn heißen?«, unterbrach John ihn barsch. »Worum geht es hier überhaupt?«

»Ach, bitte komm einfach mit!«, rief Edith. »Ich will hier weg. Sie sind so *ordinär*, John!«

»Also hören Sie mal!« Markeys Gesicht verfärbte sich dunkel. »Das haben Sie jetzt oft genug gesagt. Ihr Benehmen ist wirklich sehr sonderbar.«

»Sie haben Ede ein Balg genannt!«

Zum zweiten Mal an diesem Nachmittag äußerte die kleine Ede in einem unpassenden Moment ihre Gefühle. Verwirrt und von den lauten Stimmen erschreckt, fing sie an zu weinen, und ihre Tränen vermittelten den Eindruck, als hätte die Beleidigung sie tief gekränkt.

»Was soll denn das?«, polterte jetzt John. »Beleidigen Sie Ihre eigenen Gäste?«

»Es scheint mir eher Ihre Frau zu sein, die hier jemanden beleidigt hat!«, antwortete Markey scharf. »Und Ihr Kind da hat den ganzen Ärger ausgelöst.«

John stieß ein verächtliches Schnauben aus. »Beschimpfen Sie ein kleines Mädchen?«, fragte er. »Das ist ja ein äußerst mannhaftes Verhalten!«

»Sprich nicht mit ihm, John«, sagte Edith. »Such lieber meinen Mantel!«

»Es muss ja schlecht um Sie stehen«, fuhr John ärgerlich fort, »wenn Sie Ihre Laune an einem hilflosen kleinen Kind auslassen müssen.«

»So etwas Verdrehtes habe ich in meinem Leben noch

nicht gehört«, rief Markey. »Wenn Ihre Frau da nur mal eine Minute lang den Mund halten würde …«

»Moment mal! Sie reden jetzt nicht mehr mit einer Frau und einem Kind …«

Es gab eine kurze Unterbrechung. Edith suchte auf einem Sessel nach ihrem Mantel, und Mrs. Markey hatte sie dabei mit heißen, wütenden Blicken beobachtet. Plötzlich legte sie Billy auf das Sofa, wo er sofort zu weinen aufhörte und sich hinsetzte; sie ging in den Hausflur, fand Ediths Mantel und hielt ihn ihr wortlos hin. Dann kehrte sie zum Sofa zurück, nahm Billy auf den Arm, wiegte ihn und schaute Edith erneut mit heißen, wütenden Blicken an. Die Unterbrechung hatte weniger als eine halbe Minute gedauert.

»Ihre Frau kommt hier herein und fängt an herumzuschreien, wie ordinär wir seien!«, wetterte Markey los. »Nun, wenn wir so furchtbar ordinär sind, dann bleiben Sie uns wohl besser fern! Und vor allem gehen Sie jetzt bitte!«

Erneut lachte John kurz und verächtlich auf.

»Sie sind nicht nur ordinär«, konterte er, »sondern offenbar auch ein schrecklicher Maulheld – zumindest gegenüber hilflosen Frauen und Kindern.« Er packte den Knauf und riss die Tür auf. »Komm, Edith.«

Seine Frau nahm ihre Tochter auf den Arm und trat hinaus, und John, den Blick immer noch voller Verachtung auf Markey gerichtet, machte Anstalten, ihr zu folgen.

»Augenblick mal!« Markey trat einen Schritt vor; er zitterte ein wenig, und zwei große Adern an seinen Schläfen waren auf einmal prall mit Blut gefüllt. »Sie glauben doch nicht, dass Sie sich so etwas bei mir herausnehmen können, oder?«

Ohne ein Wort marschierte John aus der Tür und ließ sie offen stehen.

Edith, die immer noch weinte, war schon losgegangen. John folgte ihr mit den Blicken, bis sie den Hauseingang erreicht hatte. Dann drehte er sich wieder zum erleuchteten Türrahmen um und sah Markey langsam die rutschigen Stufen herunterkommen. Er zog Mantel und Hut aus und warf sie neben dem Weg in den Schnee. Auf den vereisten Steinen ein wenig ins Schlittern geratend, machte er einen Schritt vorwärts.

Beim ersten Schlag rutschten beide aus und fielen mit ihrem vollen Gewicht auf den Gehweg, richteten sich aber sofort wieder halb auf, um sich erneut gegenseitig zu Boden zu ziehen. Auf der dünnen Schneedecke neben dem Weg fanden sie mehr Halt und stürzten aufeinander los, wobei sie beide heftig austeilten und den Schnee unter ihren Füßen zu einem matschigen Brei zertrampelten.

Die Straße war menschenleer, und abgesehen von ihrem raschen, angestrengten Keuchen und dem gedämpften Geräusch, wenn einer von ihnen in den feuchten Matsch fiel, kämpften sie lautlos. Im vollen Mondlicht und bernsteinfarbenen Schein, der aus der offenen Tür drang, waren sie füreinander gut erkennbar. Mehrmals stürzten sie gemeinsam zu Boden, dann tobte der Kampf eine Weile wild und heftig auf dem Rasen weiter.

Zehn, zwanzig Minuten lang rauften sie sich dort im Mondschein ohne Sinn und Verstand. In einer Pause hatten beide in stillschweigender Übereinkunft ihre Jacketts und Westen abgelegt, und nun hingen ihnen die Oberhemden in tropfnassen, breiigen Fetzen vom Rücken. Beide waren zerschunden und blutig und derart erschöpft, dass sie sich nur noch aufrecht halten konnten, wenn sie sich gegenseitig stützten – bei jedem Schlag, ja beim bloßen Ausholen zum Schlag landeten sie auf Händen und Knien.

Doch es war nicht die Erschöpfung, die der Sache ein Ende machte, und die Sinnlosigkeit des Kampfs schien eher ein Grund, nicht damit aufzuhören. Vielmehr ließen sie schließlich voneinander ab, weil sie, während sie sich auf dem Boden wälzten, auf einmal die Schritte eines Mannes auf dem Gehweg hörten. Sie waren, ohne es recht zu merken, in den Schatten gerollt, und beim Geräusch dieser Schritte hielten sie nun mitten im Kampf inne, bewegten sich nicht, atmeten nicht, sondern lagen wie zwei Jungen, die Indianer spielen, dicht aneinandergedrängt da, bis die Schritte verklungen waren. Dann rappelten sie sich auf und sahen sich an wie zwei Betrunkene.

»Ich denk nicht dran, hier noch weiterzumachen«, rief Markey mit belegter Stimme.

»Ich mache auch nicht mehr weiter«, sagte John Andros. »Ich hab die Nase voll.«

Erneut schauten sie sich an, misstrauisch jetzt, als verdächtige jeder den anderen, ihn zu einer Wiederaufnahme des Kampfs verleiten zu wollen. Markey spuckte einen Mundvoll Blut aus, das von seiner aufgeplatzten Lippe stammte; dann fluchte er leise, hob Jackett und Weste auf und schüttelte sie stirnrunzelnd aus, als wäre die Tatsache, dass sie etwas feucht geworden waren, seine einzige Sorge auf der Welt.

»Wollen Sie hereinkommen und sich säubern?«, fragte er plötzlich.

»Nein, danke«, sagte John. »Ich sollte besser nach Hause gehen – meine Frau wird bestimmt langsam unruhig.«

Er hob ebenfalls sein Jackett und seine Weste auf, dann auch Mantel und Hut. Pitschnass und schweißgebadet, wie er war, erschien es ihm absurd, dass er all diese Kleider vor weniger als einer halben Stunde noch am Leib getragen hatte.

»Also dann – gute Nacht«, sagte er zögernd.

Unvermittelt gingen sie aufeinander zu und schüttelten sich die Hand. Es war kein beiläufiger Händedruck: John Andros legte den Arm um Markeys Schulter und klopfte ihm eine Weile behutsam auf den Rücken.

»Nichts passiert?«, fragte er mit rauher Stimme.

»Nein – und Ihnen?«

»Nein, nichts passiert.«

»Gut«, sagte John Andros nach kurzer Pause, »dann gehe ich jetzt. Gute Nacht.«

Mit den Kleidern über dem Arm machte John Andros sich leicht humpelnd auf den Weg. Der Mond schien immer noch hell, als er den dunklen Flecken zertrampelter Erde hinter sich ließ und über den Rasenstreifen ging. Weiter unten am Bahnhof, eine Meile entfernt, konnte er das Rattern des Sieben-Uhr-Zugs hören.

»Aber du bist ja verrückt«, rief Edith zittrig. »Ich dachte, du wolltest dich mit ihnen vertragen und ihnen die Hand reichen. Deshalb bin ich weggegangen.«

»Wolltest du denn, dass wir uns vertragen?«

»Natürlich nicht. Ich will sie nie wiedersehen. Aber ich

dachte eben, dass du es tun würdest.« Sie betupfte seine Blutergüsse an Hals und Rücken mit Jod, während er behaglich in der Badewanne saß. »Ich hole den Arzt«, sagte sie mit Nachdruck. »Vielleicht hast du innere Verletzungen.«

Er schüttelte den Kopf. »Auf keinen Fall«, antwortete er. »Ich möchte nicht, dass die ganze Stadt Wind von der Sache bekommt.«

»Ich verstehe nicht, wie das alles passiert ist.«

»Ich auch nicht.« Er lächelte grimmig. »Offenbar sind diese Kindergeburtstage eine ziemlich brutale Angelegenheit.«

»Aber eins ist gut«, sagte Edith hoffnungsvoll, »wir haben für morgen Abend Beefsteak im Haus.«

»Wieso ist das gut?«

»Für dein Auge natürlich. Weißt du, dass ich um ein Haar Kalb bestellt hätte? Haben wir da nicht unglaubliches Glück gehabt?«

Eine halbe Stunde später bewegte John – bis auf den Kragen, den sein Hals nicht dulden wollte, wieder vollständig angekleidet – probeweise seine Glieder vor dem Spiegel. »Ich glaube, ich muss mich wieder in Form bringen«, sagte er nachdenklich. »Ich werde anscheinend alt.«

»Damit du ihn beim nächsten Mal schlagen kannst, meinst du?«

»Ich habe ihn ja geschlagen«, erwiderte er. »Jedenfalls genauso, wie er mich. Und es wird kein nächstes Mal geben. Nenne die Leute in Zukunft bitte nicht wieder ordinär. Wenn es Probleme gibt, nimmst du einfach deinen Mantel und gehst nach Hause. Verstanden?«

»Ja, Liebling«, sagte sie kleinlaut. »Das war sehr dumm von mir, und jetzt habe ich es verstanden.«

Auf dem Flur blieb er vor der Kinderzimmertür abrupt stehen.

»Schläft sie?«

»Tief und fest. Aber du kannst hineingehen und sie kurz anschauen – nur um gute Nacht zu sagen.«

Sie schlichen auf Zehenspitzen in das kühle, dunkle Zimmer und beugten sich gemeinsam über das Bett. Mit gesunden Bäckchen, die rosa Hände fest gefaltet, lag die kleine Ede da und schlief fest. John griff über das Geländer des Bettchens und strich ihr mit der Hand leicht über das seidige Haar.

»Sie schläft«, murmelte er, als erstaune es ihn.

»Natürlich – nach so einem Nachmittag.«

»Miz Andros.« Die Stimme des farbigen Dienstmädchens driftete vom Flur herein. »Mr. und Miz Markey sind unten und wollen Sie sprechen. Mr. Markey is' ganz schön zerschunden, Ma'm. Sein Gesicht sieht aus wie ein Roastbeef. Und Miz Markey, die is' wohl mächtig aufgebracht.«

»Was? Also die haben Nerven!«, rief Edith aus. »Sag ihnen, wir sind nicht zu Hause. Um nichts in der Welt gehe ich da hinunter.«

»Doch, das tust du.« Johns Stimme war fest und entschieden.

»Was?«

»Du gehst jetzt sofort da hinunter, und nicht nur das – egal, was diese Frau tut oder sagt, du entschuldigst dich für das, was du heute Nachmittag gesagt hast. Danach brauchst du sie nie wiederzusehen.«

»Aber – John, das kann ich nicht.«

»Du musst aber. Und wenn es dir schwerfällt, denk einfach daran, dass es ihr wahrscheinlich doppelt so schwer gefallen ist, hierherzukommen.«

»Kommst du nicht mit? Muss ich alleine zu ihnen gehen?«

»Ich komme nach – gleich.«

John Andros wartete, bis sie die Tür hinter sich geschlossen hatte; dann streckte er die Hände aus und nahm seine Tochter, mitsamt der Decke, auf den Arm, setzte sich in den Schaukelstuhl und drückte sie an sich. Sie regte sich ein wenig, und er hielt den Atem an, doch sie schlief ganz fest, und gleich darauf lag sie ruhig in seiner Armbeuge. Vorsichtig neigte er den Kopf, bis seine Wange ihr helles Haar berührte. »Liebes kleines Mädchen«, flüsterte er. »Liebes kleines Mädchen, mein liebes kleines Mädchen.«

John Andros wusste endlich, wofür er an diesem Abend so wild gekämpft hatte. Es war jetzt sein, er besaß es für immer, und eine Weile lang saß er da und schaukelte in der Dunkelheit langsam hin und her.

Der Nachtkassierer

Der letzte Häftling war ein Mann – seine Männlichkeit sprang nicht gerade ins Auge, das ist wahr; vielleicht wäre es besser, ihn als »Person« zu beschreiben, doch fiel er zweifellos unter jenen Oberbegriff und wurde in der Gerichtsakte auch so klassifiziert. Er war ein kleiner, etwas schrumpeliger, etwas runzeliger Amerikaner, der wohl seit fünfunddreißig Jahren so dahinleben mochte.

Sein Körper sah aus, als hätte man ihn voriges Mal beim Schneider aus Versehen in seinem Anzug vergessen und mit einem heißen, schweren Bügeleisen in seine gegenwärtige markante Form gepresst. Sein Gesicht war einfach ein Gesicht. Es war die Art von Gesicht, aus dem Menschenmengen bestehen: grau, mit Ohren, die gegen den Kopf zurückschreckten, als fürchteten sie den Lärm der Stadt, und den müden, müden Augen eines Mannes, dessen Ahnen fünftausend Jahre lang zu den Zukurzgekommenen gehört haben.

Wie er da jetzt zwischen zwei baumlangen Kelten im Blau der Exekutive auf die Anklagebank geführt wurde, hätte man ihn für den Vertreter einer längst ausgestorbenen Rasse halten können, einen arg mitgenommenen und geschrumpften Kobold, der beim Wildern auf einer Butterblume im Central Park erwischt worden war.

»Wie heißen Sie?«

»Stuart.«

»Und wie noch?«

»Charles David Stuart.«

Der Protokollführer notierte es kommentarlos in dem Buch der kleinen Vergehen und großen Fehler.

»Alter?«

»Dreißig.«

»Beruf?«

»Nachtkassierer.«

Der Protokollführer hielt inne und sah den Richter an. Der Richter gähnte. »Und die Anklage?«, fragte er.

»Die Anklage« – der Protokollführer blickte auf den Vermerk in seiner Hand –, »die Anklage lautet, dass er einer Dame einen Stoß ins Gesicht verpasst hat.«

»Geständig?«

»Ja.«

Damit waren die Formalitäten erledigt. Charles David Stuart, der ganz harmlos und beklommen wirkte, stand wegen tätlichen Angriffs und Körperverletzung vor Gericht.

Die Beweislage ergab zum nicht geringen Erstaunen des Richters, dass es sich bei der Dame, die den Stoß ins Gesicht abgekriegt hatte, nicht um die Frau des Angeklagten handelte.

Im Gegenteil, das Opfer war eine völlig Fremde – der Häftling hatte sie noch nie vorher gesehen. Seine Gründe für den tätlichen Angriff waren zweierlei gewesen: erstens, dass die Dame während einer Theateraufführung geredet, und zweitens, dass sie mit den Knien unentwegt die Rückenlehne seines Stuhls traktiert hatte. Als dies eine Weile so gegangen war, hatte er sich umgedreht und ihr ohne Vorwarnung einen kräftigen Stoß ins Gesicht verpasst.

»Rufen Sie die Klägerin auf«, sagte der Richter und setzte sich ein wenig aufrechter hin. »Wir wollen hören, was sie zu sagen hat.«

Die kleine Schar von Besuchern, ungewohnt matt in der Hitze des Nachmittags, wurde plötzlich munter. Ein paar Männer zogen von den hinteren Bänken in die Nähe des Richtertischs um, und ein junger Reporter beugte sich dem Protokollführer über die Schulter und schrieb den Namen des Angeklagten auf die Rückseite eines Briefumschlags.

Die Klägerin erhob sich. Sie war knapp diesseits der fünfzig und hatte ein entschlossenes, etwas herrisches Gesicht unter gelblich-weißem Haar. Ihr Kleid war ein gediegenes schwarzes, und sie erweckte den Eindruck, als trüge sie eine Brille; ja der junge Reporter, ein überzeugter Beobachter, hatte sie im Geist schon so beschrieben, bevor er merkte, dass gar keine solche Zierde auf ihrer dünnen Hakennase saß.

Wie zu erfahren war, handelte es sich um Mrs. George D. Robinson, Riverside Drive 1219. Sie habe schon immer viel für das Theater übriggehabt, und gelegentlich besuche sie die Nachmittagsvorstellung. Gestern hätten zwei Damen sie dorthin begleitet, ihre Kusine, mit der sie die Wohnung teile, und eine Miss Ingles – beide Damen waren im Gericht anwesend.

Folgendes hatte sich zugetragen:

Als der Vorhang zum ersten Akt aufging, hatte eine hinter ihr sitzende Frau sie gebeten, ihren Hut abzunehmen.

Mrs. Robinson war ohnehin im Begriff gewesen, dies zu tun, und hatte sich deshalb ein wenig über die Bitte geärgert und Miss Ingles und ihrer Kusine gegenüber eine entsprechende Bemerkung gemacht. Das war der Moment, in dem sie den Angeklagten, der direkt vor ihr saß, zum ersten Mal wahrgenommen hatte, denn er hatte sich umgedreht und ihr einen kurzen, äußerst unverschämten Blick zugeworfen. Danach hatte sie ihn gleich wieder vergessen – bis kurz vor Ende des Aktes, als sie irgendetwas zu Miss Ingles gesagt hatte und er plötzlich aufgestanden war, sich umgedreht und ihr einen Stoß ins Gesicht verpasst hatte.

»War es ein kräftiger Stoß?«, fragte der Richter dazwischen.

»Ein kräftiger Stoß«. sagte Mrs. Robinson empört, »ja, das war es allerdings! Ich hatte den ganzen Abend heiße und kalte Umschläge auf der Nase.«

»...Umschläge auf der Nase.«

Dieses Echo kam von der Zeugenbank, wo zwei welke Damen sich eifrig vorbeugten und zur Bestätigung mit dem Kopf nickten.

»Waren die Lichter an?«, fragte der Richter.

Nein, aber alle in der näheren Umgebung hätten gesehen, was passiert sei, und ein paar Leute hätten den Mann an Ort und Stelle festgehalten.

Damit war die Sache für die Klägerin abgeschlossen. Ihre beiden Freundinnen sagten das Gleiche aus wie sie, und für jeden im Gerichtssaal stellte sich der Vorfall als ein Akt grundloser und unverzeihlicher Brutalität dar.

Das Einzige, was nicht zu dieser Deutung passte, war

die Physiognomie des Häftlings selbst. Eine Reihe kleinerer Delikte hätte er, eins wie das andere, auf dem Gewissen haben können – Taschendiebe zum Beispiel hatten eine notorisch sanfte Art –, doch zu dieser speziellen Tätlichkeit in einem vollbesetzten Theater schien er körperlich außerstande. Er hatte nicht die richtige Stimme und nicht die richtige Kleidung und nicht den richtigen Schnurrbart für einen solchen Angriff.

»Charles David Stuart«, sagte der Richter, »haben Sie gehört, was gegen Sie vorgebracht wird?«

»Ja.«

»Bekennen Sie sich schuldig?«

»Ja.«

»Möchten Sie noch etwas sagen, bevor ich Sie verurteile?«

»Nein.« Der Häftling schüttelte verzweifelt den Kopf. Seine kleinen Hände zitterten.

»Kein einziges Wort zur Erklärung für diese ungerechtfertigte Tätlichkeit?«

Der Häftling schien zu zögern.

»Nur zu«, sagte der Richter. »Sprechen Sie – es ist Ihre letzte Chance.«

»Na ja«, sagte Stuart mit einiger Überwindung, »sie hat angefangen, über den Magen des Klempners zu reden.«

Im Gerichtssaal kam Unruhe auf. Der Richter beugte sich vor.

»Was meinen Sie damit?«

»Also, zuerst hat sie mit – mit den beiden Damen da« – er wies auf die Kusine und Miss Ingles – »nur über ihren eigenen Magen geredet, das war ja nicht so schlimm. Aber als sie anfing, über den Magen des Klempners zu reden, änderte sich das.«

»Wie meinen Sie das – was änderte sich da?«

Charles Stuart blickte sich hilfesuchend um.

»Ich kann's nicht erklären«, sagte er, und sein Schnurrbart bebte ein wenig dabei, »aber als sie anfing, über den Magen des Klempners zu reden, musste man – da musste man zuhören.«

Ein Kichern ging durch den Gerichtssaal. Mrs. Robinson und ihre Damen auf der Bank waren sichtlich entsetzt. Der Wärter trat einen Schritt näher, als sei er bereit, diesen Verbrecher auf ein Kopfnicken des Richters hin schleunigst in das finsterste Verlies Manhattans zu schaffen.

Doch zu seinem großen Erstaunen machte der Richter es sich auf seinem Stuhl bequem.

»Erzählen Sie uns davon, Stuart«, sagte er nicht unfreundlich. »Erzählen Sie uns die ganze Geschichte von Anfang an.«

Diese Aufforderung war ein Schock für den Häftling, und einen Moment lang erweckte er den Eindruck, als wäre ihm die Urteilsverkündung lieber gewesen. Doch nachdem er sich kurz nervös im Saal umgeschaut hatte, legte er die Hände auf die Tischkante, wodurch er an einen Foxterrier erinnerte, dem man das Männchenmachen beibringt, und fing mit zitternder Stimme an zu sprechen.

»Also, ich bin Nachtkassierer in T. Cushmaels Restaurant an der Third Avenue, Euer Ehren. Ich bin nicht verheiratet« – er lächelte ein wenig, als wisse er, dass alle sich das bereits gedacht hatten –, »deshalb gehe ich mittwochs und samstags nachmittags meistens ins Theater. Das hilft, die Zeit bis zum Abendessen rumzukriegen. Es gibt da so einen Drugstore, vielleicht kennen Sie den, wo man für manche Vorstellungen Karten zu einem Dollar fünfundsechzig bekommt, da gehe ich meistens hin und suche mir ein Stück aus. An der Theaterkasse haben sie ja inzwischen furchtbare Preise.« Er gab ein langes, tonloses Pfeifen von sich und schaute den Richter treuherzig an. »Vier oder fünf Dollar die Karte ...«

Der Richter nickte mit dem Kopf.

»Also«, fuhr Charles Stuart fort, »selbst wenn ich einen Dollar fünfundsechzig bezahle, erwarte ich, dass mir für mein Geld was geboten wird. Ungefähr vor zwei Wochen war ich in einem von diesen Kriminalstücken, wo einer der Schurke ist, der das Verbrechen begangen hat, aber keiner weiß, wer's war. Na ja, der Witz an der Sache ist ja nun, draufzukommen, wer's gewesen ist. Und hinter mir saß eine Dame, die das Stück schon kannte und dem Mann, mit dem sie da war, alles vorher verraten hat. Himmel« – er verzog das Gesicht und schüttelte den Kopf, immer hin und her –, »ich wär fast gestorben auf meinem Platz. Hinterher, zu Hause in meinem Zimmer, hab ich mich so aufgeregt, dass jemand kam und mich bat, das ständige Auf- und Abgehen sein zu lassen. Ein Dollar fünfundsechzig von meinem Geld weg, für nichts.

Gut, dann wurde es wieder Mittwoch, und diese Vorstellung wollte ich nun wirklich gerne sehen. Schon seit Monaten wollte ich sie sehen, und jedes Mal, wenn ich am Drugstore vorbeikam, fragte ich nach, ob sie Karten dafür hätten. Aber sie hatten nie welche.« Er zögerte. »Also nahm ich am Dienstag mein Glück selbst in die Hand und ging zur Theaterkasse und kaufte mir eine Karte. Hat mich zwei fünfundsiebzig gekostet.« Er nickte bedeutungsschwer. »Zwei fünfundsiebzig. Als ob unsereins zu viel Geld hätte. Aber ich wollte diese Vorstellung sehen.«

Mrs. Robinson, in der ersten Reihe, stand plötzlich auf. »Ich begreife nicht, was diese ganze Geschichte damit zu tun hat«, platzte sie ein wenig schrill heraus. »Es interessiert mich wirklich nicht ...«

Der Richter schlug mit dem Hammer kräftig auf den Tisch.

»Bitte setzen Sie sich«, sagte er. »Dies ist ein Gericht und keine Theatervorstellung.«

Mrs. Robinson setzte sich sehr aufrecht hin, bis sie ein einziger dünner Strich war, und schnaubte ein wenig, als wolle sie sagen, darüber werde gleich noch zu reden sein. Der Richter holte seine Uhr hervor.

»Erzählen Sie weiter«, sagte er zu Stuart. »Nehmen Sie sich alle Zeit, die Sie brauchen.«

»Ich war der Erste«, fuhr Stuart mit flatteriger Stimme fort. »Außer mir und dem Mann, der saubermachte, war niemand im Saal. Nach einer Weile kamen die Zuschauer herein, es wurde dunkel, und das Stück fing an, aber als ich mich gerade zurechtgesetzt hatte und bereit war, mich zu amüsieren, hörte ich hinter mir einen grässlichen Krawall. Irgendjemand hatte diese Dame« – er zeigte auf Mrs. Robinson – »gebeten, ihren Hut abzunehmen, wie es sich sowieso gehört hätte, und das ärgerte sie. Sie erklärte den beiden anderen Damen immer und immer wieder, sie wär schon öfter im Theater gewesen und wüsste selbst, dass man da den Hut abnimmt. Das ging eine ganze Zeit lang so, fünf Minuten vielleicht, und danach fiel ihr alle paar Minuten wieder irgendwas ein, das sie laut herausposaunte. Also hab ich mich schließlich umgedreht und sie angeguckt, weil ich wissen wollte, wie eine Frau aussieht, die so rücksichtslos sein kann. Kaum hatte ich mich wieder nach vorne gedreht, da zog sie auch schon über mich her. Ich wär unverschämt, sagte sie, und dann machte sie andauernd ›Tschk! Tschk! Tschk!‹, und die beiden anderen Damen machten auch ›Tschk! Tschk! Tschk!‹, bis man sich selbst kaum noch denken hören konnte und dem Stück lauschen erst recht nicht. Man hätte meinen können, ich hätte irgendwas Schreckliches getan.

Nach einer Weile, als sie sich beruhigt hatten und ich allmählich wieder mitbekam, was auf der Bühne passierte, merkte ich, wie mein Sessel nach vorne und wieder zurück knarrte, und mir war klar, dass die Dame jetzt ihre Füße dagegengestemmt hatte und mir ein schönes Geschaukel bevorstand. Himmel!« Er wischte sich über die blasse, schmale Stirn, auf der sich ein dünner Schweißfilm gebildet hatte. »Es war furchtbar. Glauben Sie mir, ich wünschte, ich wär gar nicht erst hingegangen. Einmal war ich selbst von einer Vorstellung so mitgerissen, dass ich andauernd gegen den Stuhl meines Vordermanns gestoßen bin, ich hab's gar nicht gemerkt und war froh, als er mich gebeten hat, damit aufzuhören. Aber ich wusste, dass diese Dame gar nicht froh sein würde, wenn ich sie darum bitten würde. Sie hätte sich bloß umso kräftiger ins Zeug gelegt.«

Inzwischen warfen die Leute im Gerichtssaal der reifen Dame mit dem gelblich-weißen Haar heimliche Blicke zu. Sie war vor Wut buchstäblich krebsrot angelaufen.

»Es war so gegen Ende des Aktes«, fuhr der kleine blasse Mann fort, »und ich amüsierte mich, so gut es eben ging, wenn man bedenkt, dass sie mich mal Richtung Bühne drückte und mal wieder losließ, so dass der Sessel mit mir an seinen Platz zurückruckte. Dann kam sie plötzlich ins Reden. Sie erzählte von irgendeiner Operation, die sie gehabt hatte – ich erinnere mich noch, wie sie sagte, sie hätte dem Arzt erklärt, dass sie ihren eigenen Magen ja wohl besser kennen würde als er. Genau in dem Moment wurde das Stück richtig gut – die Leute neben mir hatten ihre Taschentücher rausgeholt und weinten, und mir war so ähnlich zumute. Und da fing diese Dame plötzlich an, ihren Freundinnen zu erzählen, was sie dem Klempner über seine Verstopfung gesagt hatte. Himmel!« Erneut schüttelte er den Kopf; seine blassen Augen wanderten unwillkürlich zu Mrs. Robinson – dann schaute er rasch weg. »Man konnte gar nicht vermeiden, das eine oder andere mitzuhören, und schon hatte ich was verpasst und dann wieder was, und irgendwann lachten alle, und ich wusste nicht, worüber sie lachten, und sobald sie ruhig waren, ertönte wieder die Stimme der Dame. Dann brach ein großes, schallendes Gelächter los, das eine ganze Weile andauerte, und alle bogen sich und lachten und lachten, und ich hatte kein Wort verstanden. Ehe ich mich's versah, war der Vorhang unten, und dann weiß ich auch nicht, was passiert ist. Ich muss wohl ein bisschen durchgedreht sein oder so was, jedenfalls bin ich aufgestanden und hab meinen Sessel hochgeklappt, die Hand ausgestreckt und der Dame einen Stoß ins Gesicht verpasst.«

Als er geendet hatte, ging ein langes Seufzen durch den

Gerichtssaal, so als hätten alle in Erwartung des Höhepunkts den Atem angehalten. Sogar der Richter keuchte ein wenig, und die drei Damen auf der Zeugenbank brachen in schrilles Geschnatter aus, das immer lauter und lauter und schriller und schriller wurde, bis der Hammer des Richters erneut auf den Tisch knallte.

»Charles Stuart«, sagte der Richter mit kräftiger Stimme, »ist dies Ihre einzige Erklärung dafür, dass Sie die Hand gegen eine Dame vom Alter der Klägerin erhoben haben?«

Charles Stuarts Kopf versank ein wenig zwischen seinen Schultern, als wolle er sich so weit wie möglich in den armseligen Schutz seines Körpers zurückziehen.

»Ja, Sir«, sagte er leise.

Mrs. Robinson sprang auf.

»Ja, Herr Richter«, kreischte sie, »und das ist nicht alles. Noch dazu ist er ein Lügner, ein dreckiger kleiner Lügner. Er hat sich gerade selbst als dreckigen kleinen …«

»Ruhe!«, rief der Richter mit fürchterlicher Stimme. »Ich sitze diesem Gericht vor und bin durchaus in der Lage, meine eigenen Entscheidungen zu fällen!« Er machte eine kleine Pause. »Ich werde jetzt das Urteil über Charles Stuart« – er warf einen Blick in das Protokoll –, »Charles David Stuart, 212½ West 22nd Street verkünden.«

Im Gerichtssaal wurde es still. Der Reporter beugte sich vor – er hoffte auf ein mildes Urteil, nur ein paar Tage auf der Insel anstatt einer Geldstrafe.

Der Richter lehnte sich in seinem Stuhl zurück und versteckte seine Daumen irgendwo unter der schwarzen Robe.

»Angriff gerechtfertigt«, sagte er. »Klage abgewiesen.«

Der kleine Mann Charles Stuart trat blinzelnd in den Sonnenschein hinaus, hielt an der Tür zum Gericht einen Moment lang inne und blickte sich verstohlen um, als rechne er halb damit, dass es sich um einen Justizirrtum handele. Nachdem er ein- oder zweimal die Nase hochgezogen hatte – nicht weil er erkältet gewesen wäre, sondern aus jenen vagen psychologischen Gründen, aus denen Menschen die Nase hochziehen –, ging er, nach einer U-Bahn-Station Ausschau haltend, langsam in südlicher Richtung los.

An einem Kiosk blieb er stehen, um sich eine Morgenzeitung zu kaufen; dann beförderte eine U-Bahn ihn weiter gen Süden zur 18th Street, wo er ausstieg und ostwärts zur Third Avenue marschierte. Hier war er in einem aus Glas und gipsweißen Kacheln gebauten Restaurant angestellt, das die ganze Nacht über geöffnet hatte. Hier saß er von der Sperrstunde bis zum Morgengrauen an einem Tresen, nahm Geld entgegen und führte die Bücher des Besitzers T. Cushmael. Und hier konnte er seine Augen, indem er sie ein wenig nach rechts oder links bewegte, während der nicht enden wollenden Nächte auf der gestärkten Leinenuniform von Miss Edna Schaeffer ruhen lassen.

Miss Edna Schaeffer war dreiundzwanzig und hatte ein liebes, sanftes Gesicht und Haare, die ein anschauliches Beispiel dafür waren, wie man Henna nicht verwenden sollte. Letzteres war ihr nicht bewusst, weil alle Mädchen, die sie kannte, Henna auf genau diese Weise verwendeten, weshalb der merkwürdig zinnoberrote Farbton ihres Schopfs vielleicht nicht weiter auffiel.

Charles Stuart wusste längst nicht mehr, was sie für eine

Haarfarbe hatte – wenn sie ihm überhaupt je merkwürdig vorgekommen war. Er interessierte sich viel mehr für ihre Augen und für ihre weißen Hände, die, während sie geschickt zwischen den Stapeln von Tellern und Tassen herumhantierten, immer so aussahen, als sollten sie eigentlich Klavier spielen. Einmal hätte er sie fast gefragt, ob sie nicht mit ihm zu einer Nachmittagsvorstellung gehen wolle, doch als sie vor ihm stand, die Lippen zu einem müden, fröhlichen Lächeln halb geöffnet, da war sie ihm so wunderschön erschienen, dass er den Mut verloren und irgendetwas anderes gemurmelt hatte.

Allerdings war er nicht so früh am Nachmittag ins Restaurant gekommen, um Edna Schaeffer zu sehen. Vielmehr wollte er mit seinem Arbeitgeber T. Cushmael sprechen und herausfinden, ob er während der Nacht im Gefängnis seine Anstellung verloren hatte. T. Cushmael stand vorne im Restaurant und blickte düster aus dem Spiegelglasfenster, und Charles Stuart näherte sich ihm mit unguten Vorahnungen.

»Wo waren Sie?«, fragte T. Cushmael.

»Nirgends«, antwortete Charles Stuart diskret.

»Sie sind gefeuert.«

Stuart zuckte zusammen.

»Sofort?«

Cushmael winkte gleichgültig ab.

»Von mir aus bleiben Sie noch zwei oder drei Tage, bis ich Ersatz gefunden habe. Dann« – er machte eine Geste, wie wenn man Fliegen verscheucht – »sind Sie draußen.«

Charles Stuart willigte mit einem müden kleinen Nicken ein. Er willigte in alles ein. Nach ein paar elenden

Stunden, in denen er über die Folgen einer bei der Polizei verbrachten Nacht nachgrübelte, meldete er sich um neun Uhr zur Arbeit.

»Hallo, Mr. Stuart«, sagte Edna Schaeffer, die neugierig herbeigeschlendert kam, als er seinen Platz hinter dem Tresen einnahm. »Wo waren Sie denn gestern Abend? Haben Sie sich erwischen lassen?«

Sie lachte über ihren Witz – fröhlich, heiser, charmant, wie er fand.

»Ja«, antwortete er, einem plötzlichen Impuls nachgebend, »ich habe die Nacht in der Zelle verbracht, auf der Polizeiwache in der 35th Street.«

»Ja, sicher«, höhnte sie.

»Doch, wirklich«, sagte er. »Ich bin verhaftet worden.«

Ihre Miene wurde augenblicklich ernst.

»Sagen Sie bloß. Was haben Sie denn gemacht?«

Er zögerte.

»Ich hab jemandem einen Stoß ins Gesicht verpasst.«

Da fing sie plötzlich an zu lachen, zuerst belustigt, dann hemmungslos.

»Das ist die Wahrheit«, murmelte Stuart. »Ich wär dafür fast ins Gefängnis gekommen.«

Die Hand fest vor dem Mund, wandte Edna sich von ihm ab und zog sich in den Schutz der Küche zurück. Als er kurz darauf so tat, als sei er mit den Buchhaltungsunterlagen beschäftigt, sah er, wie sie die Geschichte zwei anderen Mädchen weitererzählte.

Der Abend schritt voran. Der kleine Mann mit dem gräulichen Anzug und dem gräulichen Gesicht wurde von den Gästen nicht stärker beachtet als der über seinem Kopf herumwirbelnde Ventilator. Sie gaben ihm ihr Geld, und seine Hand ließ das Wechselgeld in die kleine Mulde im Marmortresen gleiten. Für Charles Stuart aber nahmen die Stunden dieser Nacht, dieser letzten Nacht, eine zusehends romantische Färbung an. Der langsame, immergleiche Ablauf hundert anderer Nächte entfaltete vor seinen Augen einen neuen Zauber. Mitternacht war stets eine Art Scheidepunkt; danach begann der intime Teil des Abends. Das Lokal war dann meistens leerer, und die wenigen Gäste wirkten niedergeschlagen und müde: einige verwahrloste Gestalten, die auf einen Kaffee hereinkamen, der Bettler von der Straßenecke, der eine deftige Mahlzeit aus mehreren Stück Kuchen und einem Beefsteak zu sich nahm, ein paar Straßenmädchen und ein Wachmann mit rotem Gesicht, der warnende Floskeln über seinen Gesundheitszustand mit ihm wechselte.

Heute schien es früh Mitternacht zu werden, und bis nach ein Uhr herrschte reger Betrieb. Als Edna an einem Tisch in der Nähe Servietten faltete, war er versucht, sie zu fragen, ob ihr der Abend nicht auch ungewohnt kurz vorgekommen sei. Vergebens wünschte er, er könne auf irgendeine Weise Eindruck auf sie machen, mit einer Bemerkung, einem Zeichen seiner Hingabe, das ihr für immer in Erinnerung bleiben würde.

Jetzt hatte sie den großen Stapel Servietten fertiggefaltet, lud ihn auf den Ständer und schob diesen, vor sich hin summend, davon. Ein paar Minuten später öffnete sich die Tür, und zwei Gäste traten ein. Er erkannte sie sofort, und eine Welle der Eifersucht überrollte ihn. Einer von ihnen, ein junger Mann in einem schönen braunen Anzug, dessen

Rockschöße in verwegenem Schnitt von der Hüfte weg-strebten, war in den letzten zehn Tagen häufig da gewesen. Er kam immer ungefähr um diese Uhrzeit, setzte sich an einen von Ednas Tischen und trank in aller Seelenruhe zwei Tassen Kaffee. Die letzten beiden Male war er in Begleitung des Mannes gewesen, der auch jetzt bei ihm war, ein dun-kelhäutiger, griesgrämig dreinschauender Grieche, der laut-stark seine Bestellung aufgab und sich mit geräuschvollem Sarkasmus Luft machte, sobald etwas nicht zu seiner Zu-friedenheit war.

Aber es war vor allem der junge Mann, der Charles Stu-arts Unmut erregte. Seine Blicke folgten Edna auf Schritt und Tritt, und bei seinen letzten beiden Besuchen hatte er unnötige Wünsche geäußert, um sie häufiger an seinen Tisch zu zitieren.

»Guten Abend, Süße«, hörte Stuart ihn heute Abend sa-gen. »Wie geht's, wie steht's?«

»Gut«, antwortete Edna förmlich. »Was darf es sein?«

»Was haben Sie denn?«, lächelte der junge Mann. »Alles, wie? Und was würden Sie empfehlen?«

Edna antwortete nicht. Ihre Augen blickten über seinen Kopf hinweg in unsichtbare Ferne.

Auf Drängen seines Begleiters gab er schließlich die Be-stellung auf. Edna zog sich zurück, und Stuart sah, wie der junge Mann, mit dem Kopf auf Edna deutend, seinem Freund etwas zuflüsterte.

Stuart rutschte unruhig auf seinem Stuhl herum. Er ver-abscheute diesen jungen Mann und hoffte leidenschaftlich, er würde gehen. Ihm schien, als ob seine letzte Nacht hier, seine letzte Chance, Edna zu beobachten und in einem gesegneten Moment vielleicht sogar ein wenig mit ihr zu plaudern, von jeder Sekunde, die dieser Mann blieb, verdorben wurde.

Inzwischen waren noch ein paar Menschen hereingeschneit – zwei oder drei Arbeiter, der Zeitungshändler von gegenüber –, und Edna hatte ein paar Minuten lang zu viel zu tun, um sich mit Huldigungen abzugeben. Plötzlich bemerkte Charles Stuart, dass der griesgrämig dreinschauende Grieche die Hand erhoben hatte und ihn zu sich winkte. Leicht verwundert verließ er seinen Platz am Tresen und ging zu ihm an den Tisch.

»He Sie«, sagte der Grieche, »um wie viel Uhr kommt der Boss?«

»Na ja – um zwei. In ein paar Minuten.«

»Gut. Das war's schon. Ich möchte nur etwas mit ihm besprechen.«

Stuart merkte, dass Edna jetzt neben dem Tisch stand; beide Männer wandten sich ihr zu.

»He Süße«, sagte der junge Mann, »ich möchte mich mit Ihnen unterhalten. Setzen Sie sich.«

»Das geht nicht.«

»Natürlich geht das. Der Boss wird schon nichts dagegen haben.« Er wandte sich drohend an Stuart. »Sie darf sich doch hinsetzen, oder?«

Stuart antwortete nicht.

»Ich sagte, sie darf sich doch hinsetzen, oder?«, wiederholte der Mann mit mehr Nachdruck und fügte hinzu: »Nun antworten Sie schon, Sie Dummkopf.«

Stuart blieb stumm. Seltsame Blutströme zirkulierten in seinem Körper. Er hatte Angst; wenn jemand so entschieden auftrat, bekam er es immer mit der Angst zu tun. Aber er rührte sich nicht.

»Sch!«, machte der Grieche zu seinem Begleiter.

Doch der jüngere Mann war verärgert.

»Hören Sie«, platzte er heraus, »eines Tages wird Ihnen mal jemand eine verpassen, wenn Sie ihm keine Antwort geben. Gehen Sie an Ihren Tresen zurück!«

Stuart rührte sich immer noch nicht.

»Ziehen Sie Leine!«, wiederholte der junge Mann mit drohender Stimme. »Los! *Machen Sie schon!*«

Und das tat Stuart. Er machte, so schnell er konnte. Doch anstatt vor dem jungen Mann wegzulaufen, ging er *auf ihn los*, streckte die Arme aus wie zu einer Geraden und drückte ihm mit der ganzen Kraft seiner einhundertdreißig Pfund beide Handflächen ins Gesicht. Unter lautem Porzellangeschepper kippte der Mann samt Stuhl nach hinten und lag, nachdem sein Kopf gegen die Kante des Nachbartischs geknallt war, reglos am Boden.

Im Restaurant brach ein kleiner Tumult los. Von Edna kam ein entsetzter Schrei, von dem Griechen empörter Protest, und die Gäste erhoben sich wild durcheinanderrufend von ihren Tischen. Just in diesem Augenblick öffnete sich die Tür, und Mr. Cushmael trat ein.

»Sie Dummkopf, Sie«, rief Edna wutentbrannt. »Was fällt Ihnen ein! Wollen Sie, dass ich meinen Job verliere?«

»Was ist hier los?«, fragte Mr. Cushmael, der sofort herbeieilte. »Was soll denn das?«

»Mr. Stuart hat einem Gast einen Stoß verpasst, mitten ins Gesicht!«, rief eine Kellnerin, Ednas Stichwort aufnehmend. »Ohne jeden Grund!«

Alle Anwesenden hatten sich jetzt um das am Boden liegende Opfer versammelt. Man begoss es gründlich mit Wasser und legte ihm ein gefaltetes Tischtuch unter den Kopf.

»Ach, tatsächlich, ja?«, rief Mr. Cushmael mit furchterregender Stimme und packte Stuart an den Jackenaufschlägen.

»Er ist tobsüchtig!«, schluchzte Edna. »Die letzte Nacht hat er auf der Polizeiwache verbracht, weil er einer Dame einen Stoß ins Gesicht verpasst hat! Er hat's mir selbst erzählt!«

Ein großer Arbeiter langte hinüber und packte Stuarts zitternden Arm. Stuart blickte sich benommen um. Sein Mund bebte.

»Schauen Sie, was Sie angerichtet haben!«, rief Mr. Cushmael. »Sie wollten ihn wohl umbringen!«

Stuart zitterte heftig. Sein Mund öffnete sich, und einen Moment lang rang er nach Luft. Dann murmelte er einen halb verständlichen Satz: »Wollt ihm nur einen Stoß ins Gesicht verpassen.«

»Einen Stoß ins Gesicht?«, stieß Cushmael voller Wut hervor. »Sind Sie jetzt der Stoßinsgesicht, oder wie? Na, dann werden wir Sie mal mit dem Gesicht voran ins Gefängnis stoßen!«

»Ich – ich konnte nicht anders«, keuchte Stuart. »Manchmal kann ich einfach nicht anders.« Seine Stimme wurde schwankend lauter. »Ich glaube, ich bin ein gefährlicher Mann, Sie müssen mich festnehmen und einsperren!« Er wandte sich mit wildem Blick an Cushmael: »Wenn er meinen Arm loslassen würde, würde ich Ihnen auch einen Stoß verpassen. Ja, ganz bestimmt! Ich würde Ihnen einen Stoß verpassen – mitten ins Gesicht!«

Einen Moment lang herrschte verblüfftes Schweigen, bis die Stimme einer der Kellnerinnen ertönte, die unter dem Tisch herumgesucht hatte.

»Irgendwas ist dem Mann hier aus der Hosentasche gefallen, als er umgekippt ist«, erklärte sie, sich wieder aufrappelnd. »Es ist – also, es ist ein Revolver, und …«

Sie hatte eigentlich ›Taschentuch‹ sagen wollen, doch als sie sich anschaute, was sie da in der Hand hielt, klappte ihr der Unterkiefer herunter, und sie ließ das Ding rasch auf den Tisch fallen. Es war ein kleines schwarzes Exemplar, ungefähr so groß wie ihre Hand.

Gleichzeitig schien sich der Grieche, der seit dem Zwischenfall nervös von einem Fuß auf den anderen getreten war, einer wichtigen Verabredung zu entsinnen. Er sauste plötzlich um den Tisch herum und steuerte auf die Eingangstür zu, doch die öffnete sich gerade und ließ mehrere Gäste ein, die auf ein »Haltet ihn!« hin eilfertig die Arme ausbreiteten. Da ihm diese Richtung nun versperrt war, sprang er über einen umgestürzten Stuhl, machte einen Satz über die Delikatessentheke und hielt auf die Küche zu, auf deren Schwelle seine Flucht dank des beherzt zupackenden Küchenchefs jäh endete.

»Haltet ihn! Haltet ihn!«, schrie Mr. Cushmael, als er begriff, dass die Situation eine andere Wendung genommen hatte. »Sie haben es auf meine Kasse abgesehen!«

Bereitwillige Hände halfen dem Griechen über die Theke, und da stand er nun keuchend und japsend unter zwei Dutzend aufgeregten Augen.

»Hinter meinem Geld her, was?«, rief der Besitzer und drohte dem Sünder mit der Faust.

Der stämmige Mann nickte keuchend.

»Und wir hätten's auch gekriegt«, japste er, »wenn der kleine Stoßinsgesicht nicht gewesen wär!«

Zwei Dutzend Augen blickten sich gespannt um. Der kleine Stoßinsgesicht war verschwunden.

Der Bettler an der Straßenecke hatte eben beschlossen, dem Polizisten sein Trinkgeld zu geben und es für heute gut sein zu lassen, als er plötzlich spürte, wie sich ihm eine kleine, etwas aufgeregte Hand auf die Schulter legte.

»Helfen Sie einem armen Mann, einen Schlafplatz zu …«, fing er automatisch an, doch da erkannte er den kleinen Kassierer aus dem Restaurant wieder. »Hallo, Bruder«, fügte er in verändertem Ton hinzu und grinste zu ihm hoch.

»Wissen Sie was?«, rief der kleine Kassierer mit seltsam unheilvoller Stimme. »Ich verpass Ihnen gleich einen Stoß ins Gesicht!«

»Was soll das denn heißen?«, knurrte der Bettler. »Was denkst du dir, du …«

Weiter kam er nicht. Der kleine Mann schien plötzlich mit ausgestreckten Händen auf ihn loszustürmen, und gleich darauf war ein scharfes, krachendes Geräusch zu hören, als der Bettler mit dem Gehweg in Kontakt kam.

»Sie sind ein Schwindler!«, rief Charles Stuart heftig erregt. »Als ich zum ersten Mal hier war, hab ich Ihnen einen Dollar gegeben, da wusste ich ja nicht, dass Sie zehnmal mehr haben als ich. Und Sie haben's mir nie zurückgegeben!«

Ein korpulenter, leicht angetrunkener Herr, der auf der

anderen Straßenseite ausgreifend fürbass schritt, hatte den Zwischenfall beobachtet und kam in mildtätiger Absicht über die Straße geeilt.

»Was hat das zu bedeuten!«, rief er mit kerniger, entrüsteter Stimme. »Sie armer Mensch...« Er warf Charles Stuart einen empörten Blick zu und ging schwankend in die Knie, um dem Bettler aufzuhelfen.

Der Bettler hörte auf zu fluchen und verfiel in ein klägliches Gewinsel.

»Ich bin ein armer Mann, Meister...«

»Das ist – das ist ja *furchtbar*!«, rief der Samariter mit Tränen in den Augen. »Eine Schande! Polizei! *Pol*...«

Weiter kam er nicht. Seine Hände, mit denen er eben ein Sprachrohr formen wollte, erreichten nie sein Gesicht – dafür erreichten es andere, von einem einhundertdreißig Pfund schweren Körper steif nach vorne gestreckt! Er sackte jäh über dem Leib des Bettlers zusammen, wobei sein wütender Fluch in ein Stöhnen überging.

»Dieser Bettler hier kann Sie mit seinem Wagen nach Hause fahren!«, rief der kleine Mann, der über ihm stand. »Er hat ihn gleich um die Ecke geparkt.« Und während er das Gesicht zu dem heißen Himmelsstreifen emporwandte, der sich auf die Stadt herabsenkte, begann er zu lachen, zuerst belustigt, dann laut und triumphierend, bis sein helles Gelächter, ein merkwürdiges, elfenhaftes Geräusch, die stille Straße erfüllte, von den Fassaden der hohen Gebäude widerhallte und schließlich so schrill wurde, dass die Leute seine schaurige Kadenz noch mehrere Straßen entfernt hörten und stehen blieben, um zu lauschen.

Immer noch lachend, legte der kleine Mann sein Jackett

und seine Weste ab und befreite seinen Hals eilig von Krawatte und Kragen. Dann spuckte er in die Hände und setzte sich mit einem wilden, gellenden, frohlockenden Schrei in Trab, die dunkle Straße hinunter.

Er würde New York aufräumen, und sein erstes Ziel war der unangenehme Polizist dort an der Ecke!

Sie fassten ihn um zwei Uhr morgens, und die Leute, die sich an der Jagd beteiligt hatten, fielen aus allen Wolken, als sie sahen, dass es sich bei dem Grobian bloß um einen weinenden kleinen Mann in Hemdsärmeln handelte. Auf der Polizeiwache war jemand klug genug, ihm ein Beruhigungsmittel zu geben, anstatt ihn in die Gummizelle zu stecken, und am folgenden Morgen ging es ihm schon viel besser.

Gegen Mittag tauchte Mr. Cushmael in Begleitung einer nervösen jungen Dame mit zinnoberrotem Haar im Gefängnis auf.

»Ich hole Sie hier raus«, rief er, als er Charles Stuart durch die Gitterstäbe hindurch aufgeregt die Hand schüttelte. »Der eine Polizist wird dem anderen hier alles erklären.«

»Und es gibt auch eine Überraschung für Sie«, fügte Edna sanft hinzu, während sie seine andere Hand nahm. »Mr. Cushmael hat ein großes Herz und wird Sie zu seinem Tageskassierer befördern!«

»Gut«, willigte Charles Stuart ruhig ein. »Aber ich kann erst morgen anfangen.«

»Warum das?«

»Weil ich heute Nachmittag ins Theater gehe – mit einer Freundin.«

Er ließ die Hand seines Arbeitgebers los, doch Ednas weiße Finger blieben fest mit den seinen verwoben.

»Und noch etwas«, fuhr er mit einer starken, selbstbewussten Stimme, die neu für ihn war, fort, »wenn Sie mich hier rausholen wollen, darf der Fall nicht im Gericht an der 35th Street verhandelt werden.«

»Warum nicht?«

»Weil da der Richter sitzt«, antwortete er eine Spur großtuerisch, »den ich bei meiner letzten Verhaftung hatte.«

»Charles«, flüsterte Edna plötzlich, »was würden Sie machen, wenn ich mich weigern würde, heute Nachmittag mitzukommen?«

Er schien irritiert. Farbe kam in seine Wangen, und er erhob sich trotzig von seiner Bank.

»Na ja, also, ich …«

»Schon gut«, sagte sie leicht errötend. »So etwas würden Sie niemals tun.«

Liebe in der Nacht

I

Die Worte erregten Val. Sie waren ihm irgendwann während des frischen, goldenen Aprilnachmittags in den Sinn gekommen, und in Gedanken wiederholte er sie immer wieder: »Liebe in der Nacht; Liebe in der Nacht.« Er probierte sie in drei Sprachen aus – Russisch, Englisch und Französisch – und entschied sich für Englisch. In jeder Sprache bedeuteten die Worte eine andere Art von Liebe und eine andere Art von Nacht, und die englische Nacht kam ihm am wärmsten und weichsten vor, mit dem dünnsten und kristallensten Sternenschimmer. Die englische Liebe kam ihm am zerbrechlichsten und romantischsten vor – ein weißes Kleid und darüber ein verwischtes Gesicht mit Augen wie Brunnen aus Licht. Und wenn ich hinzufüge, dass die Nacht, die ihm solche Gedanken eingab, schließlich und endlich eine französische Nacht war, wird mir klar, dass ich weiter ausholen und mit dem Anfang beginnen muss.

Val war halb Russe und halb Amerikaner. Seine Mutter war die Tochter jenes Morris Hasylton, der 1892 die Weltausstellung in Chicago mitfinanziert hatte, und sein Vater war – sehen Sie ruhig im Gotha von 1910 nach – Fürst Paul

Sergej Boris Rostow, Sohn des Fürsten Vladimir Rostow, Enkel eines Großherzogs – genannt Sergej mit dem kantigen Kinn – und Cousin des Zaren um drei Ecken. Man sieht, auf dieser Seite war alles ziemlich eindrucksvoll, Stadtpalais in Sankt Petersburg, Jagdhütte in der Nähe von Riga und eine dicke, fette Villa, fast schon ein Palast, mit Blick auf das Mittelmeer. In dieser Villa in Cannes verbrachten die Rostows den Winter, und Fürstin Rostow hätte es nicht besonders amüsant gefunden, daran erinnert zu werden, dass diese Villa an der Riviera, vom Marmorspringbrunnen – nach Bernini – bis zu den vergoldeten Likörgläsern – nach dem Abendessen – mit amerikanischem Geld gekauft worden war.

Die Russen waren in der ausgelassenen Zeit vor dem Krieg besonders fröhlich. Von den drei Völkern, denen Südfrankreich als Lustgarten diente, waren sie dasjenige, dessen hochherrschaftliches Auftreten am natürlichsten wirkte. Die Engländer waren zu pragmatisch, die Amerikaner waren zwar freigebig, besaßen aber keine romantische Tradition. Die Russen hingegen – ein Volk, das sich so ritterlich benahm wie die Südländer und außerdem noch reich war! Wenn die Rostows gegen Ende Januar in Cannes eintrafen, bestellten die Restaurants telegraphisch in nördlicheren Regionen die Lieblingsetiketten des Fürsten, um sie auf ihre Champagnerflaschen zu kleben, und die Juweliere legten unvorstellbar prachtvolle Schmuckstücke beiseite, um sie ihm zu zeigen (aber nicht der Fürstin), und die russisch-orthodoxe Kirche wurde für die Feiertage gekehrt und geschmückt, damit der Fürst orthodoxe Vergebung für seine Sünden erbitten konnte. Sogar das Mittelmeer war so entgegenkommend, an den Frühlingsabenden die Farbe dunklen Weins anzunehmen, und Fischerboote mit rotkehlchenfarbenen Segeln schaukelten entzückend vor dem Ufer.

Undeutlich war Val bewusst, dass all das für ihn und seine Familie geschah. Die kleine weiße Stadt am Wasser, in der er die Freiheit hatte, zu tun, was ihm gefiel, weil er reich und jung war und das Blut Peters des Großen indigoblau in seinen Adern rann, war das Paradies der Privilegierten. Im Jahr 1914, in dem diese Geschichte beginnt, war er erst siebzehn Jahre alt, doch er hatte bereits ein Duell mit einem vier Jahre älteren jungen Mann ausgetragen und besaß als Beweis eine kleine haarlose Narbe oben auf seinem schönen Kopf.

Doch Liebe in der Nacht war das, was ihm am Herzen lag. Es war ein schemenhafter schöner Traum, etwas, was ihm eines Tages widerfahren würde, einzigartig und unvergleichlich. Er hätte nicht mehr darüber sagen können, als dass ein bezauberndes, unbekanntes Mädchen darin vorkam und dass sich alles unter dem Mond der Riviera abzuspielen hatte.

Das Merkwürdige an dem Ganzen war nicht, dass er in der erregten und zugleich beinahe spirituellen Hoffnung auf eine Romanze lebte, denn solche Hoffnungen unterhalten alle Knaben, die nur eine Spur Phantasie besitzen, sondern dass sie ihm tatsächlich widerfuhr. Und als es geschah, war es so unerwartet, so ein Gewirr aus Eindrücken und Gefühlen und eigenartigen Wendungen, die ihm auf die Lippen gerieten, aus Anblicken und Tönen und Augenblicken, die sich ereigneten und im nächsten Moment vorbei waren, vergangen waren, dass er kaum begriff, wie ihm geschah. Vielleicht war es gerade das Unfassbare, das die Begebenheit in sein Herz einprägte, so dass er sie nie vergessen konnte.

In jenem Frühling sprach alles um ihn herum von Liebe; da waren die zahlreichen und indiskreten Liebschaften seines Vaters, die Val partiell zu Ohren kamen, wenn er zufällig das Gerede der Dienstboten hörte, und definitiv, als er eines Nachmittags seine amerikanische Mutter dabei überraschte, dass sie dem Porträt seines Vaters an der Wand des Salons eine hysterische Szene machte. Auf dem Porträt trug sein Vater eine weiße Uniform mit einem pelzbesetzten Dolman und erwiderte den Blick seiner Frau unbeeindruckt, als wollte er sagen: »Meine Liebe, hattest du dir etwa eingebildet, in eine Familie von Betbrüdern eingeheiratet zu haben?«

Val entfernte sich auf Zehenspitzen, überrascht, verwirrt – und erregt. Es hatte ihn nicht schockiert, wie es einen amerikanischen Jungen seines Alters schockiert hätte. Seit Jahren wusste er, wie das Leben der Reichen in Europa beschaffen war, und seinem Vater warf er nur vor, dass er seine Mutter zum Weinen gebracht hatte.

Um ihn herum war alles Liebe, vorwurfslose Liebe genauso wie verbotene Liebe. Als er um neun Uhr die Seepromenade entlangspazierte und die Sterne so hell strahlten, dass sie mit den hellen Lampen wetteiferten, spürte er die Liebe ringsum. Von den Caféterrassen mit den fröhlichen Kleidern frisch aus Paris drang der würzige Geruch von Blumen, Chartreuse, frischem schwarzem Kaffee und Zigaretten, und damit vermischt nahm er einen anderen

Duft wahr, den rätselhaften Duft der Liebe. Hände berührten juwelenblitzende Hände auf weißen Tischen. Fröhliche Kleider und weiße Hemdbrüste wogten, und Streichhölzer wurden ein wenig zittrig an langsam Feuer fangende Zigaretten gehalten. Jenseits des Boulevards schlenderten unter den schattigen Bäumen weniger vornehme Liebende, junge Franzosen, die in den Läden von Cannes arbeiteten, mit ihren Bräuten, doch in diese Richtung blickten Vals junge Augen seltener. Der Luxus der Musik, der bunten Farben und leisen Stimmen, all das gehörte zu seinem Traum. All das war der unerlässliche Dekor der Liebe in der Nacht.

Doch Val begann sich allmählich unglücklich zu fühlen, auch wenn er sich größte Mühe gab, das großspurige Gehaben zur Schau zu stellen, das von einem jungen russischen Adeligen erwartet wurde, der allein unterwegs war. Die Aprildämmerung hatte die Märzdämmerung abgelöst, die Saison war fast vorbei, und er hatte bisher keine Verwendung für die warmen Frühlingsabende gefunden. Die Sechzehn- und Siebzehnjährigen aus seinem Bekanntenkreis wurden von der Dämmerung bis zum Schlafengehen streng beaufsichtigt – vergessen wir nicht, es war die Zeit vor dem Krieg –, und die anderen Mädchen, die ihn gerne begleitet hätten, sprachen seiner romantischen Sehnsucht Hohn. So verging der April – eine Woche, zwei Wochen, drei Wochen …

Er hatte bis um sieben Uhr Tennis gespielt und eine weitere Stunde auf dem Tennisplatz vertrödelt, und es war halb neun geworden, als ein müder Droschkengaul den Hügel meisterte, auf dem die Fassade der Rostow-Villa leuchtete.

In der Auffahrt funkelten die gelben Scheinwerfer der Limousine seiner Mutter; die Fürstin trat aus der hell erleuchteten Haustür und knöpfte ihre Handschuhe zu. Val warf dem Droschkenkutscher zwei Franc zu und ging zu seiner Mutter, um sie auf die Wange zu küssen.

»Berühr mich nicht«, sagte sie abwehrend. »Du hast Geld angefasst.«

»Aber nicht mit dem Mund, Mutter«, wandte er scherzhaft ein.

Die Fürstin sah ihn ungehalten an.

»Ich bin verärgert«, sagte sie. »Warum musst du dich ausgerechnet heute so verspäten? Wir sind zum Abendessen auf eine Yacht eingeladen, und die Einladung galt auch für dich.«

»Was für eine Yacht?«

»Amerikaner.« Ihre Stimme klang immer leicht ironisch, wenn sie ihr Herkunftsland erwähnte. Ihr Amerika war das Chicago der neunziger Jahre, und in ihrer Vorstellung war es noch immer eine riesige Wohnung über einem Metzgerladen. Selbst die Verfehlungen Fürst Pauls waren kein zu hoher Preis für ihr Entkommen.

»Zwei Yachten«, fuhr sie fort, »und wir wissen nicht, welche die richtige ist. Die Einladung war sehr ungenau. Ausgesprochen schlechte Manieren.«

Amerikaner. Vals Mutter hatte ihrem Sohn beigebracht, Amerikaner mit Geringschätzung zu betrachten, aber es war ihr nicht gelungen, ihn davon zu überzeugen. Amerikanische Männer behandelten einen nicht wie Luft, auch wenn man erst siebzehn war. Val mochte Amerikaner. Er fühlte sich zwar durchaus als Russe, aber nicht lupenrein;

das genaue Mengenverhältnis betrug wie das einer berühmten Seife neunundneunzig drei viertel Prozent.

»Ich komme mit«, sagte er. »Ich beeile mich, Mutter. Ich –«

»Wir sind jetzt schon zu spät dran.« Die Fürstin drehte sich um, als ihr Ehemann in der Tür erschien. »Jetzt sagt Val, dass er mitkommen will.«

»Das kommt nicht in Frage«, sagte Fürst Paul schroff. »Er hat sich scheußlich betragen.«

Val nickte. Russische Aristokraten erzogen ihre Kinder ausnahmslos mit bewundernswerter Strenge, auch wenn sie selbst gern über die Stränge schlugen. Widerspruch wurde nicht geduldet.

»Es tut mir leid«, sagte Val.

Fürst Paul begnügte sich mit einem Schnauben. Der Lakai in rot-silberner Livree öffnete die Wagentür. Doch das Schnauben entschied die Sache, denn Fürstin Rostow hegte zufällig einen nicht grundlosen Groll gegen ihren Mann, und das verschaffte ihr die Oberhand.

»Wenn ich es recht überlege, kommst du doch besser mit, Val«, verkündete sie ungerührt. »Nicht zum Essen, dafür ist es zu spät, aber danach. Die Yacht ist entweder die *Minnehaha* oder die *Privateer*.« Sie stieg in die Limousine. »Die, auf die wir eingeladen sind, ist wahrscheinlich die, auf der mehr los ist, die Yacht der Jacksons –«

»Nur Grips«, brummte der Fürst rätselhaft, womit er ausdrücken wollte, dass Val die Yacht finden würde, wenn er nur die geringste Spur Grips besaß. »Zeig dich meinem Diener, bevor du gehst. Nimm eine von meinen Krawatten und nicht den scheußlichen Bindfaden, auf den du dich in Wien kapriziert hast. Werd erwachsen. Höchste Zeit.«

Die Limousine entfernte sich knirschend aus der gekiesten Einfahrt, und Val blieb mit vor Scham brennendem Gesicht zurück.

II

Im Hafen von Cannes war es dunkel, besser gesagt: es wirkte dunkel nach der Helligkeit der Promenade, die Val gerade verlassen hatte. Im trüben Lichtschein dreier schwacher Hafenlaternen lagen zahllose Fischerboote wie leere Muschelschalen am Strand. Weiter draußen, wo eine Flotte schlanker Yachten bedächtig und würdevoll auf dem Meer schaukelte, waren Lichter zu sehen, und noch weiter draußen rundete der Vollmond das Wasser zu einem blankgewienerten Tanzparkett. Hin und wieder ertönte ein Klatschen, Knarren und Glucksen, wenn ein Ruderboot sich im seichten Wasser bewegte und sein schattenhafter Umriss sich durch das Labyrinth enggedrängter Fischerkähne und Barkassen schlängelte. Val stieg das samtige Sandufer hinunter, stolperte über einen schlafenden Schiffer und atmete den ranzigen Geruch von Knoblauch und billigem Wein ein. Er schüttelte den Mann an den Schultern, bis dieser ihn erschrocken ansah.

»Wissen Sie, wo die *Minnehaha* und die *Privateer* ankern?«

Als sie in die Bucht hinausglitten, lehnte er sich im Bootsheck zurück und blickte mit leisem Missbehagen zu dem Mond über der Riviera hinauf. Es war der richtige Mond, keine Frage. Oft genug, in fünf von sieben Nächten, war es der richtige Mond. Und da waren die warme Luft mit ihrem beinahe schmerzlichen Zauber und die Musik, viele Melodien, von vielen Kapellen gespielt, die vom Ufer herüberklang. Im Osten lag das dunkle Kap von Antibes und dahinter Nizza und dahinter Monte Carlo, wo Klang und Klirren von Geld die Nacht erfüllte. Eines Tages würde auch er all das erleben, alle Freuden und alles Glück – dann, wenn er zu alt und vernünftig wäre, um Wert darauf zu legen.

Doch diese Nacht, diese Nacht, dieser Silberstrom, der wie eine breite Strähne lockigen Haars zum Mond hinaufwehte, diese warmen, romantischen Lichter von Cannes hinter ihm und die unwiderstehliche und unbeschreibliche Liebe in dieser Luft – blieben für immer vergeudet.

»Welches?«, fragte der Schiffer unerwartet.

»Welches was?«, fragte Val, der sich aufrichtete.

»Welches Schiff?«

Er zeigte hin. Val drehte sich um; über ihnen erhob sich der graue, wie ein Schwert vorspringende Bug einer Yacht. Während der anhaltenden Sehnsucht seines Verlangens hatten sie eine halbe Meile zurückgelegt.

Er las die Messingbuchstaben über seinem Kopf. *Privateer* stand da, doch das Licht an Bord war gedämpft, und keine Musik war zu hören, kein Stimmengewirr, sondern nur das murmelnde Plätschern der Wellen, die das Schiff berührten.

»Das andere«, sagte Val. »Die *Minnehaha*.«

»Warten Sie.«

Val schrak zusammen. Die Stimme war leise und sanft aus der Dunkelheit über ihm gekommen.

»Warum so eilig?«, sagte die sanfte Stimme. »Ich dachte, es wäre vielleicht jemand zu Besuch gekommen, und jetzt bin ich schrecklich enttäuscht.«

Der Schiffer hob die Ruder aus dem Wasser und sah Val unsicher an. Val aber schwieg, und der Schiffer senkte die Ruderblätter ins Wasser und führte das Boot in das Mondlicht hinaus.

»Augenblick!«, rief Val laut.

»Ade«, sagte die Stimme. »Kommen Sie wieder, wenn Sie bleiben können.«

»Aber ich bleibe jetzt«, sagte er aufgeregt.

Er gab die entsprechende Anweisung, und das Ruderboot wendete zum Fuß des kleinen Fallreeps zurück. Jemand, der jung war, jemand in einem wolkigen weißen Kleid, jemand mit einer bezaubernden leisen Stimme hatte ihn tatsächlich aus der samtenen Dunkelheit angerufen.

»Wenn sie Augen hat!«, murmelte Val im Selbstgespräch. Der romantische Klang seiner Worte gefiel ihm, und er wiederholte flüsternd: »Wenn sie Augen hat.«

»Wer sind Sie?« Sie stand unmittelbar über ihm; sie blickte herunter, und er blickte hinauf, als er die Leiter hochkletterte, und als ihre Blicke sich begegneten, mussten beide lachen.

Sie war sehr jung, zierlich, fast zerbrechlich, in einem Kleid, dessen fahle Schlichtheit ihre Jugend betonte. Zwei flache dunkle Flecken auf ihren Wangen zeigten an, wo sich tagsüber die Farbe befand.

»Wer sind Sie?«, fragte sie wieder, trat einen Schritt zu-

rück und lachte erneut, als sein Kopf über der Reling auftauchte. »Jetzt fürchte ich mich und will Auskunft.«

»Ich bin ein Gentleman«, sagte Val und verneigte sich.

»Was für ein Gentleman? Es gibt alle möglichen Arten.
In Paris gab es einen – einen farbigen Gentleman am
Nebentisch, und deshalb –« Sie verstummte. »Sie sind kein
Amerikaner, oder?«

»Ich bin Russe«, sagte er in einem Ton, als wäre er ein
Erzengel. Er dachte kurz nach und sagte: »Und ich bin der
glücklichste aller Russen. Den ganzen Tag, das ganze Frühjahr habe ich davon geträumt, mich in einer solchen Nacht
zu verlieben, und jetzt hat mir der Himmel Sie geschickt.«

»Einen Augenblick bitte!«, sagte sie und holte schnell
Luft. »Jetzt weiß ich mit Sicherheit, dass Ihr Besuch hier
ein Irrtum ist. Für so etwas bin ich nicht zu haben. Bitte!«

»Verzeihen Sie.« Er sah sie verwirrt an; ihm war nicht
klar, dass er sich zu weit vorgewagt hatte. Dann nahm er
Haltung an.

»Ich habe mich geirrt. Wenn Sie mich bitte entschuldigen wollen, verabschiede ich mich jetzt.«

Er wendete sich ab. Seine Hand lag auf der Reling.

»Gehen Sie nicht«, sagte sie und strich sich eine Haar-
strähne von undefinierbarer Farbe aus den Augen. »Ich
habe es mir überlegt; Sie können so viel Unsinn reden, wie
Sie wollen, wenn Sie nur bleiben. Ich bin todunglücklich,
und ich will nicht allein sein.«

Val zögerte; irgendetwas entzog sich seinem Verständnis. Er hatte angenommen, dass ein Mädchen, das nachts
einen Fremden anspricht, sogar vom Deck einer Yacht aus,
eine Romanze im Sinn haben müsse. Und er wollte unbe-

dingt bleiben. Dann fiel ihm ein, dass dieses Schiff eine der zwei Yachten war, nach denen er gesucht hatte.

»Ich nehme an, dass das Essen auf dem anderen Schiff stattfindet«, sagte er.

»Das Essen? Ach ja, das ist auf der *Minnehaha*. Waren Sie auf dem Weg dorthin?«

»Das war ich – vor langer Zeit.«

»Wie heißen Sie?«

Er war im Begriff, es zu sagen, als ihn etwas veranlasste, stattdessen eine Frage zu stellen.

»Und Sie? Warum sind Sie nicht auf der Party?«

»Weil ich lieber hierbleiben wollte. Mrs. Jackson hat gesagt, dass Russen kommen würden – vermutlich Sie.« Sie sah ihn aufmerksam an. »Sie sind jung, oder?«

»Ich bin wesentlich älter, als ich aussehe«, sagte Val steif. »Das fällt allen auf. Jeder wundert sich darüber.«

»Wie alt sind Sie?«

»Einundzwanzig«, log er.

Sie lachte.

»So ein Unsinn! Sie sind höchstens neunzehn.«

Er war so sichtlich verärgert, dass sie sich beeilte, ihn zu besänftigen. »Nur Mut! Ich bin selbst erst siebzehn. Ich hätte die Party besucht, wenn ich gewusst hätte, dass Gäste unter fünfzig dort sein würden.«

Den Themenwechsel nahm er freudig auf.

»Und Sie wollten lieber hier sitzen und im Mondlicht träumen.«

»Ich habe über Irrtümer nachgedacht.« Sie setzten sich in zwei benachbarte Liegestühle. »Ein ausgesprochen fesselndes Thema: Irrtümer. Frauen grübeln fast nie über Irrtümer – sie sind viel eher bereit zu vergessen als Männer. Aber wenn sie es tun –«

»Sie haben einen Irrtum begangen?«, fragte Val.

Sie nickte.

»Etwas, was man nicht rückgängig machen kann?«

»Ich fürchte, ja«, antwortete sie. »Ich weiß es nicht. Darüber dachte ich nach, als Sie herkamen.«

»Vielleicht kann ich irgendwie nützlich sein«, sagte Val. »Vielleicht lässt sich Ihr Irrtum doch noch rückgängig machen.«

»Das können Sie nicht«, sagte sie traurig. »Denken wir nicht mehr daran. Ich bin meinen Irrtum schrecklich leid und fände es viel schöner, von Ihnen zu hören, was für fröhliche und heitere Dinge heute Abend in Cannes vor sich gehen.«

Sie blickten uferwärts zu der geheimnisvollen und verlockenden Lichterkette, zu den großen Spielzeugkisten, in denen Kerzen leuchteten und die in Wirklichkeit elegante Grandhotels waren, zu der beleuchteten Uhr in der Altstadt, zu dem verschwommenen Widerschein des Café de Paris und zu den ausgestanzten Punkten der Villenfenster, die sich auf den sacht ansteigenden Bergen zum Himmel reckten.

»Was tun die Leute dort?«, fragte sie flüsternd. »Es sieht aus, als wäre es etwas Herrliches, aber was es ist, kann ich nicht erkennen.«

»Sie sind alle verliebt«, sagte Val ruhig.

»Wirklich?« Mit einem eigenartigen Ausdruck in ihren Augen sah sie lange hin. »Dann will ich lieber nach Amerika zurückfahren«, sagte sie. »Hier ist mir zu viel Liebe. Am liebsten führe ich schon morgen.«

»Fürchten Sie sich denn davor, sich zu verlieben?«

Sie schüttelte den Kopf.

»Das ist es nicht. Es ist nur, dass – für mich gibt es hier keine Liebe.«

»Für mich auch nicht«, fügte Val ruhig hinzu. »Wie traurig, dass wir beide in einer so schönen Nacht an einem so schönen Ort sind und nichts davon haben.«

Er neigte sich eindringlich zu ihr, mit einem Blick voll inniger und keuscher Romantik – und sie wich zurück.

»Erzählen Sie mir von sich«, sagte sie schnell. »Wenn Sie Russe sind, wo haben Sie dann so hervorragendes Englisch gelernt?«

»Meine Mutter ist Amerikanerin«, räumte er ein. »Mein Großvater auch, so dass sie keine andere Wahl hatte.«

»Dann sind Sie auch Amerikaner!«

»Ich bin Russe«, sagte Val würdevoll.

Sie sah ihn aufmerksam an, lächelte und gab nach. »Nun gut«, sagte sie diplomatisch, »dann haben Sie sicher einen russischen Namen.«

Er wollte ihr seinen Namen jedoch nicht jetzt sagen. Ein Name, selbst der Name Rostow, wäre eine Entweihung dieser Nacht gewesen. Sie waren ihre leisen Stimmen, ihre zwei bleichen Gesichter, und das war genug. Ohne zu wissen, warum, aber mit einem Instinkt, der triumphierend in seinem Geist vibrierte, war er überzeugt, dass er binnen kurzem, in einer Minute oder Stunde, in die romantische Liebe eingeweiht werden würde. Sein Name war bedeutungslos neben dem, was sich in seinem Herzen regte.

»Sie sind wunderschön«, sagte er plötzlich.

»Wie wollen Sie das wissen?«

»Weil das Mondlicht das gefährlichste Licht für eine Frau ist.«

»Sehe ich im Mondlicht nett aus?«

»Sie sind das Bezauberndste, was mir je vor Augen gekommen ist.«

»Oh.« Sie dachte darüber nach. »Ich hätte Sie natürlich nie an Bord kommen lassen dürfen. Ich hätte wissen müssen, dass es zu diesem Thema kommen würde – in diesem Mondlicht. Aber ich kann mich nicht damit abfinden, hier zu sitzen und zum Ufer zu sehen, Tag für Tag. Dafür bin ich zu jung. Finden Sie nicht auch, dass ich dafür zu jung bin?«

»Viel zu jung«, pflichtete er ihr in tiefem Ernst bei.

Unversehens wurden sie auf eine neue Musik aufmerksam, die aus nächster Nähe erklang, als stiege sie keine hundert Meter entfernt aus dem Wasser auf.

»Hören Sie nur!«, rief sie. »Das kommt von der *Minnehaha*. Das Essen ist vorbei.«

Einen Augenblick lang lauschten sie schweigend.

»Danke«, sagte Val plötzlich.

»Wofür?«

Er hatte fast nicht gemerkt, dass er etwas gesagt hatte. Er dankte den tiefen und leisen Blasinstrumenten für ihren Gesang in der Brise, dem Meer für seine warmen, geflüsterten Klagelaute, die den Bug berührten, dem milchigen Sternenlicht dafür, dass es sich über sie ergoss, bis er sich von einer Substanz getragen fühlte, die dichter war als Luft.

»So bezaubernd«, flüsterte sie.

»Was wollen wir damit anfangen?«

»Müssen wir etwas damit anfangen? Ich dachte, wir könnten einfach dasitzen und …«

»Das dachten Sie nicht«, fiel er ihr unaufgeregt ins Wort. »Sie wissen, dass wir etwas damit anfangen müssen. Ich werde Ihnen den Hof machen – und Sie werden sich darüber freuen.«

»Das kann ich nicht«, sagte sie sehr leise. Sie hätte gern gelacht, irgendeine leichtfertige, knappe Bemerkung gemacht, die das Ganze in das sichere Fahrwasser einer harmlosen Liebelei zurückbugsiert hätte. Doch dafür war es zu spät. Val wusste, dass die Musik vollendet hatte, was der Mond begonnen hatte.

»Ich will Ihnen die Wahrheit sagen«, sagte er. »Sie sind meine erste Liebe. Ich bin siebzehn, genauso alt wie Sie und nicht mehr.«

Dass sie gleichaltrig waren, hatte etwas ganz und gar Entwaffnendes. Es machte sie schwach vor dem Geschick, das sie zusammengebracht hatte. Die Liegestühle quietschten, und er war sich eines schwachen und trügerischen Dufts bewusst, als sie sich plötzlich kindlich aneinanderschmiegten.

III

Ob er sie einmal oder mehrmals geküsst hatte, hätte er später nicht zu sagen gewusst, obwohl sie sicherlich eine Stunde in enger Nähe verbrachten und er ihre Hand hielt. Was ihn am meisten verblüffte, war der Umstand, dass das keimende Liebesglück frei von wilder Leidenschaft war – kein Kummer, kein Begehren, keine Verzweiflung –, sondern eine so berauschende Vorahnung auf ein Glück, wie er es in der Welt und im Leben noch nie gekannt hatte. Die erste Liebe – denn das war nichts als die erste Liebe! Was war dann erst die Liebe in ihrer Gänze, in ihrer Blüte? Er konnte nicht wissen, dass das, was er empfand, dieses unwirkliche, wunschlose Gemisch aus Ekstase und Frieden, nie wieder erreichbar sein würde.

Die Musik war seit einiger Zeit verstummt, als das Geräusch eines Ruderboots, das die Wellen bewegte, die flüsternde Stille unterbrach. Sie sprang auf, und ihre Augen suchten die Bucht ab.

»Hören Sie!«, sagte sie schnell. »Sagen Sie mir Ihren Namen.«

»Nein.«

»Bitte!«, sagte sie flehend. »Ich reise morgen ab.«

Er schwieg.

»Ich will nicht, dass Sie mich vergessen«, sagte sie. »Ich heiße –«

»Ich werde Sie nicht vergessen. Ich verspreche Ihnen, immer an Sie zu denken. Jede Frau, die ich vielleicht einmal lieben werde, werde ich immer an Ihnen messen, an meiner ersten Liebe. Solange ich lebe, werden Sie immer der erste Eindruck in meinem Herzen bleiben.«

»Ich will, dass Sie sich erinnern«, flüsterte sie stammelnd. »Oh, es hat mir mehr bedeutet als Ihnen, viel mehr.«

Sie stand so nahe neben ihm, dass er ihren warmen jungen Atem auf seinem Gesicht spürte. Wieder schmiegten sie sich aneinander. Er drückte ihre Hände und Handgelenke, denn so schien es ihm geboten, und küsste ihren Mund. Es war, wie er dachte, der richtige Kuss – nicht zu viel, nicht zu wenig. Doch der Kuss war wie ein Versprechen weiterer Küsse, die möglich gewesen wären, und ein wenig enttäuscht hörte er, wie das Ruderboot sich der Yacht näherte, und begriff, dass ihre Familie zurückgekommen war. Der Abend war vorbei.

›Aber das ist nur der Anfang‹, sagte er sich. ›Mein ganzes Leben wird so sein wie diese Nacht.‹

Sie sprach leise und schnell, und er hörte ihr aufmerksam zu.

»Eines müssen Sie wissen: Ich bin verheiratet. Seit drei Monaten. Das ist der Irrtum, über den ich nachdachte, als der Mond Sie herbrachte. Gleich werden Sie es verstehen.«

Sie verstummte, als das Boot am Fallreep anlegte und eine Männerstimme aus der Dunkelheit aufstieg.

»Bist du es, meine Liebe?«

»Ja.«

»Was ist das hier für ein Ruderboot?«

»Einer von Mrs. Jacksons Gästen ist aus Versehen hierhergekommen, und ich habe ihn gebeten, für eine Stunde dazubleiben und mir etwas zu erzählen.«

Im nächsten Augenblick zeigten sich über der Reling das dünne weiße Haar und die müden Gesichtszüge eines Sechzigjährigen. Und zu spät erkannte und begriff Val, wie viel es ihm ausmachte.

IV

Als die Saison an der Riviera im Mai endete, schlossen die Rostows und alle anderen Russen ihre Villen und begaben sich in nördlichere Regionen, um dort den Sommer zu verbringen. Die russisch-orthodoxe Kirche wurde zugesperrt, das Gleiche geschah mit den Fässern teurer Weine, und das elegante Frühlingsmondlicht wurde bis zu ihrer Rückkehr weggeräumt.

»Zur nächsten Saison kommen wir wieder«, sagten sie wie gewohnt.

Doch das war voreilig, denn sie sollten nie wiederkommen. Die wenigen, die nach fünf schrecklichen Jahren den Weg in den Süden wiederfanden, waren froh, als Zimmermädchen oder *valets de chambre* in den Grandhotels, in denen sie einst diniert hatten, Arbeit zu finden. Viele von ihnen waren im Krieg und in der Revolution umgekommen, viele dämmerten als Schmarotzer und kleine Gauner in den Metropolen Europas dahin, und nicht wenige beendeten ihr Leben in ratloser Verzweiflung.

Als die Kerenskij-Regierung 1917 gestürzt wurde, war Val Leutnant an der Front im Osten und versuchte verzweifelt, in seiner Truppe Autorität durchzusetzen, nachdem es längst keine Autorität mehr gab, und er versuchte es immer noch, als Fürst Paul Rostow und seine Frau an einem verregneten Vormittag aus dem Leben schieden, um für die Verfehlungen des Hauses Romanow zu sühnen, so dass die beneidenswerte Laufbahn der Tochter Morris Hasyltons in einer Stadt endete, die weit mehr Ähnlichkeit mit einem Metzgerladen hatte als das Chicago des Jahres 1892.

Danach kämpfte Val eine Zeitlang in Denikins Armee, bis ihm klar wurde, dass er in einer lächerlichen Farce mitwirkte und dass der Glanz des Russischen Kaiserreichs vergangen war. Dann ging er nach Frankreich und sah sich dort zu seiner Überraschung mit der verblüffenden Frage konfrontiert, wie er überleben sollte.

Natürlich erwog er, nach Amerika zu gehen. Zwei entfernte Tanten, mit denen seine Mutter sich vor vielen Jahren zerstritten hatte, lebten dort in verhältnismäßigem Wohlstand. Doch diese Vorstellung widersprach den Vorurteilen, die seine Mutter ihm eingeimpft hatte, und außerdem konnte er die Überfahrt nicht bezahlen. Bis eine eventuelle Konterrevolution ihn wieder in den Besitz der Rostow'schen Ländereien in Russland brachte, musste er sich in Frankreich irgendwie über Wasser halten.

Deshalb suchte er die kleine Stadt auf, die er am besten kannte. Er ging nach Cannes. Mit seinen letzten zweihundert Franc kaufte er eine Fahrkarte dritter Klasse, und als er ankam, überließ er seinen Abendanzug einem entgegenkommenden Zeitgenossen, der mit solchen Dingen handelte, und erhielt Geld für Nahrung und Unterkunft. Im Nachhinein bedauerte er, dass er den Abendanzug verkauft hatte, denn der Anzug hätte ihm zu einer Anstellung als Kellner verhelfen können. Stattdessen fand er Arbeit als Taxifahrer, und in dieser Funktion war er genauso glücklich oder elend.

Manchmal fuhr er Amerikaner zu Villenbesichtigungen, und wenn die Trennscheibe geschlossen war, drangen seltsame Gesprächsfetzen aus dem Fond zu ihm.

»…gehört, dass dieser Bursche ein russischer Fürst sein soll.« – »Psst!« – »Nein, der hier.« – »Esther, halt den Mund!« – und dann unterdrücktes Kichern.

Wenn der Wagen anhielt, drängelten sich die Passagiere, um den Fahrer zu beäugen. Zuerst hatte es Val schrecklich unglücklich gemacht, wenn Mädchen sich so benahmen, aber nach einer Weile machte es ihm nichts mehr aus. Einmal fragte ihn ein angeheiterter Amerikaner, ob er echt sei, und lud ihn zum Lunch ein, und ein andermal ergriff eine ältere Frau, als sie ausstieg, seine Hand, schüttelte sie heftig und drückte ihm dann einen Hundertfrancschein in die Hand.

»So, Florence, jetzt kann ich zu Hause sagen, dass ich einem russischen Fürsten die Hand geschüttelt habe.«

Der beduselte Amerikaner, der ihn zum Lunch eingeladen hatte, war zuerst der Ansicht gewesen, Val sei ein Zarensohn, und Val hatte ihm erklären müssen, dass ein russischer Fürst nichts weiter war als ein x-beliebiger englischer Lord. Doch er hatte nicht verstehen können, warum jemand wie Val nicht einfach hinging und richtig Geld machte.

»Das ist Europa«, hatte Val ernst erklärt. »Hier macht man nicht einfach Geld. Geld wird entweder vererbt oder langsam über viele Jahre verdient, bis eine Familie nach drei Generationen in eine andere Klasse aufsteigt.«

»Erfinden Sie etwas, worauf die Leute fliegen, so wie wir es machen.«

»Das liegt daran, dass es in Amerika mehr Geld gibt, mit dem man sich einen Wunsch erfüllen kann. Was die Leute sich hier wünschen können, ist schon vor langer Zeit erfunden worden.«

Doch ein Jahr später und mit Hilfe eines jungen Engländers, mit dem er vor dem Krieg Tennis gespielt hatte, fand Val den Weg in die örtliche Niederlassung einer englischen Bank. Er leitete Briefe weiter, besorgte Zugfahrkarten und arrangierte Ausflüge für ungeduldige Touristen.

Ab und zu erschien ein vertrautes Gesicht an seinem Schalter; wenn Val erkannt wurde, gab er dem Kunden die Hand, wenn nicht, gab er sich nicht zu erkennen. Nach zwei Jahren wurde er nicht mehr als früherer Fürst oder Prinz herumgezeigt, denn mittlerweile waren die Russen Schnee von gestern, und der Glanz der Rostows und ihrer Freunde war vergessen.

Er ging selten unter Menschen. Abends ging er eine Weile auf der Promenade spazieren, trank in einem Café langsam ein Bier und ging früh zu Bett. Man lud ihn selten ein, weil man seine traurige, angespannte Miene deprimierend fand, doch er sagte sowieso nie zu. Inzwischen trug er billige französische Kleidung statt der teuren Tweed- und Flanellanzüge, die zusammen mit der Garderobe seines Vaters in England bestellt worden waren. Mit Frauen verkehrte er überhaupt nicht. Dabei war er als Siebzehnjähriger mehr als alles andere absolut davon überzeugt gewesen, dass sein Leben ein Leben voll romantischer Liebe sein würde. Acht Jahre später wusste er, dass es darauf keine Hoffnung mehr gab. Er hatte einfach nie Zeit für die Liebe gehabt – Krieg, Revolution und nun seine Armut hatten sich gegen sein erwartungsvolles Herz verschworen. Die Quellen seines Gefühls, die sich zum ersten Mal in einer Aprilnacht ergossen hatten, waren im nächsten Moment versiegt und hatten nur ein dünnes Rinnsal hinterlassen.

Seine glückliche Jugend war beendet gewesen, kaum dass sie begonnen hatte. Er sah sich älter und abgerissener werden und sich immer mehr in die Erinnerungen an seine goldene Kindheit zurückziehen. Am Ende würde man ihn belächeln, wenn er ein altes Erbstück in Form einer Uhr

aus der Tasche zog und es amüsierten jungen Mitangestell-
ten zeigte, die sich augenzwinkernd seine Rostow-Anek-
doten anhörten.

Diesen trübsinigen Gedanken hing er eines Aprilabends
1922 nach, als er am Meer entlangwanderte und den unver-
änderlichen Zauber der Lichter betrachtete, die nacheinander aufleuchteten. Der Zauber wurde nicht mehr für ihn ver-
anstaltet, doch er fand immer noch statt, und das stimmte
ihn auf diffuse Weise froh. Am nächsten Tag würde er in Urlaub fahren, zu einem billigen Hotel weiter unten an der
Küste, wo er baden, ausruhen und lesen konnte; dann würde
er zurückkommen und weiterarbeiten. Seit drei Jahren hatte
er jedes Jahr diesen Urlaub in den letzten zwei Aprilwochen
genommen, vielleicht weil dies die Zeit war, zu der er das
größte Bedürfnis hatte, sich zu erinnern. Im April hatte das,
was sich als das Schönste an seinem Leben erweisen sollte,
in romantischem Mondlicht seinen Höhepunkt gefunden.
Es war ihm seitdem heilig; was er für eine Initiation gehalten hatte, für einen Anfang, war das Ende gewesen.

Nun blieb er vor dem Café des Étrangers stehen; nach
einigen Sekunden überquerte er aus einem Impuls heraus
die Straße und schlenderte zum Ufer hinunter. Ein Dutzend Yachten in frischer Silberfarbe schaukelten ankernd
in der Bucht. Er hatte sie schon am Nachmittag gesehen
und hatte nur aus Gewohnheit die am Bug aufgemalten
Namen gelesen. Seit drei Jahren tat er das, und inzwischen
war es fast ein Reflex.

»*Un beau soir*«, bemerkte eine französische Stimme neben ihm. Es war ein Schiffer, dem Val schon öfter aufgefallen war. »Monsieur findet das Meer schön?«

»Wunderschön.«

»Ich auch. Aber ein schlechter Broterwerb außerhalb der Saison. Nächste Woche allerdings verdiene ich ein Extrageld. Ich werde gut dafür bezahlt, hier nur zu warten und nichts zu tun von acht Uhr morgens bis Mitternacht.«

»Das ist sehr schön«, sagte Val aus Höflichkeit.

»Eine verwitwete Dame, sehr schön, aus Amerika, deren Yacht jeden April die letzten zwei Wochen hier vor Anker geht. Wenn die *Privateer* morgen einläuft, werden es drei Jahre sein.«

V

Val fand die ganze Nacht keinen Schlaf, nicht weil er sich darüber unsicher gewesen wäre, was er tun sollte, sondern weil seine Gefühle aus ihrer langwährenden Betäubung erwacht und lebendig geworden waren. Natürlich kam es für einen armseligen Versager wie ihn, dessen Name ein bloßer Schatten war, nicht in Frage, sie zu sehen, doch es würde ihn ein wenig glücklicher machen, zu wissen, dass sie nichts vergessen hatte. Es verlieh seiner eigenen Erinnerung eine neue Dimension, wie eine jener stereoskopischen Brillen, die ein flaches Papierbild räumlich werden lassen. Es überzeugte ihn davon, dass er sich nichts eingebildet hatte – vor langer Zeit hatte er eine bezaubernde Frau bezaubert, und sie hatte es nicht vergessen.

Am nächsten Tag war er eine Stunde vor Abfahrt seines Zugs mit seiner Reisetasche am Bahnhof, um eine zufällige

Begegnung auf der Straße zu vermeiden. Im wartenden Zug suchte er sich einen Platz in der dritten Klasse.

Und als er dort saß, sah er das Leben plötzlich anders, mit einer schwachen und trügerischen Hoffnung, die er vierundzwanzig Stunden zuvor nicht gekannt hatte. Vielleicht gab es in den nächsten Jahren irgendeine Möglichkeit, sie wiederzusehen – wenn er schwer arbeitete, sich mit aller Kraft jeder Aufgabe widmete, die er finden konnte. Er hatte von mindestens zwei Russen in Cannes gehört, die sich mit nichts als guten Manieren und Einfallsreichtum hochgearbeitet hatten und erstaunlich erfolgreich waren. Morris Hasyltons Blut begann in Vals Schläfen leise zu pochen, und es erinnerte ihn an etwas, woran er früher keinen Gedanken verschwendet hatte: daran, dass Morris Hasylton, der seiner Tochter ein Stadtpalais in Sankt Petersburg erbaut hatte, sich ebenfalls hochgearbeitet hatte.

Gleichzeitig ergriff ihn ein anderes Gefühl, weniger befremdlich, weniger aufwühlend, doch keineswegs weniger amerikanisch: das Gefühl der Neugier. Falls es ihm gelänge – falls das Leben ihm jemals ermöglichen sollte, sie wiederzufinden –, dann würde er endlich ihren Namen erfahren.

Er sprang auf, hantierte aufgeregt am Griff der Waggontür und sprang aus dem Zug. Er warf seinen Koffer in die Gepäckaufbewahrung und lief im Eilschritt zum Amerikanischen Konsulat.

»Heute Morgen ist eine Yacht angekommen«, sagte er hastig zu einem Angestellten, »eine amerikanische Yacht, die *Privateer*. Ich will wissen, wer der Besitzer ist.«

»Einen Augenblick, bitte«, sagte der Angestellte, der Val

mit einem sonderbaren Blick musterte. »Ich werde versuchen, es herauszufinden.«

»Ist die Yacht eingelaufen?«

»O ja, sie ist angekommen. Ich denke es wenigstens. Wenn Sie bitte auf dem Stuhl dort drüben Platz nehmen würden.«

Nach weiteren zehn Minuten sah Val ungeduldig auf seine Uhr. Wenn sie sich nicht beeilten, war zu befürchten, dass er den Zug verpasste. Er machte eine nervöse Bewegung, als wollte er aufstehen.

»Bleiben Sie bitte sitzen«, sagte der Angestellte, der sofort von seinem Schreibtisch zu ihm hersah. »Bitte. Setzen Sie sich wieder.«

Val starrte ihn an. Warum sollte es diesen Mann interessieren, ob er blieb oder ging?

»Ich verpasse noch meinen Zug«, sagte er verärgert. »Ich bedaure, Ihnen so viel Mühe gemacht zu haben –«

»Bleiben Sie bitte sitzen! Wir sind froh, dass wir die Sache endlich abwickeln können. Auf Ihre Anfrage warten wir seit – warten Sie – genau, seit drei Jahren.«

Val sprang auf und setzte hastig seinen Hut auf.

»Warum haben Sie mir das nicht gleich gesagt?«, fragte er zornentbrannt.

»Weil wir unsere – äh, unseren Klienten zuerst informieren mussten. Bitte gehen Sie nicht! Es ist – äh, sowieso zu spät.«

Val drehte sich um. Eine schlanke, strahlende Erscheinung mit erschrockenen dunklen Augen stand hinter ihm und hob sich von dem Sonnenlicht aus der Tür ab.

»Oh –«

Val öffnete die Lippen, doch kein Laut kam aus seinem Mund. Sie trat einen Schritt auf ihn zu.

»Ich –« Sie sah ihn hilflos an, ihre Augen füllten sich mit Tränen. »Ich wollte nur guten Tag sagen«, murmelte sie. »Ich komme seit drei Jahren zurück, nur um guten Tag zu sagen.«

Val schwieg noch immer.

»Sie könnten wenigstens antworten«, sagte sie ungehalten. »Sie könnten wenigstens antworten, wenn ich – wenn ich langsam glauben musste, Sie wären im Krieg umgekommen.« Sie wandte sich an den Angestellten. »Machen Sie uns bitte miteinander bekannt!«, rief sie. »Ich kann ihm schließlich nicht guten Tag sagen, wenn wir nicht einmal den Namen des anderen kennen.«

Normalerweise hält man ja nicht viel von diesen internationalen Heiraten. Es ist eine tief eingewurzelte amerikanische Überzeugung, dass sie immer schiefgehen, und wir sind Schlagzeilen gewohnt, die da lauten: »Herzogin würde Krone jederzeit gegen wahre amerikanische Liebe eintauschen« oder: »Bettelgraf soll Ehefrau aus Messerdynastie gequält haben«. Die anderen Schlagzeilen gelangen nie an die Öffentlichkeit, denn wer wollte schon lesen: »Frühere Georgia-Schönheit schwärmt von Liebesnest« oder: »Herzog und Fabrikarbeitertochter feiern Goldene Flitterwochen«.

Bisher hat es überhaupt keine Schlagzeilen über die jungen Rostows gegeben. Fürst Val ist viel zu beschäftigt mit der Kette mitternachtsblauer Taxis, die er so außergewöhnlich tüchtig leitet, um Interviews zu geben. Er und seine

Frau verlassen New York nur einmal im Jahr, doch es gibt einen Schiffer, der sich jedes Mal freut, wenn die *Privateer* eines Abends Mitte April in den Hafen von Cannes einläuft.

Einer meiner ältesten Freunde

Den ganzen Nachmittag über war Marion bester Dinge gewesen. Sie schlenderte in ihrem kleinen Apartment von Raum zu Raum, schaute kurz im Kinderzimmer vorbei, um dem Mädchen dabei zu helfen, mit triefenden Löffeln die Kinder zu füttern, und las dann ein wenig auf dem neuen Sofa, der größten Extravaganz, die sie sich in den fünf Jahren ihrer Ehe geleistet hatten.

Als sie Michaels Schritte im Hausflur hörte, drehte sie den Kopf und lauschte; sie hörte ihn gern gehen, immer so behutsam, als vermutete er ganz in der Nähe schlafende Kinder.

»Michael.«

»Oh – hallo.« Er trat ins Zimmer, ein großer, breitschultriger, schlanker Mann von dreißig Jahren mit hoher Stirn und freundlichen dunklen Augen.

»Weißt du schon das Neueste?«, sagte er gleich. »Charley Hart will heiraten.«

»Nein!«

Er nickte.

»Aber wen denn?«

»Eines der Lawrence-Mädchen von zu Hause.« Er zögerte. »Sie kommt morgen in New York an, und ich meine, wir sollten irgendwas für die beiden arrangieren, solange sie hier ist. Charley ist immerhin so ziemlich mein ältester Freund.«

»Dann laden wir sie doch zum Abendessen ein ...«

»Ich hätte gern ein bisschen mehr als das«, unterbrach er. »Vielleicht eine Party mit ein paar Freunden. Verstehst du ...« Wieder zögerte er. »Um Charley zu zeigen, dass wir ihn schätzen.«

»Na gut«, stimmte Marion zu, »aber wir sollten nicht zu viel dafür ausgeben, und ich glaube auch nicht, dass wir dazu verpflichtet sind.«

Er sah sie überrascht an.

»Ich meine nur«, fuhr Marion fort, »wir ... wir sehen Charley ja kaum noch. Wir sehen ihn doch so gut wie überhaupt nicht mehr.«

»Na ja, aber du weißt doch selbst, wie das ist in New York«, erklärte Michael entschuldigend. »Er ist genauso eingespannt wie ich. Er hat sich einen guten Namen gemacht, und ich nehme an, er ist immer sehr gefragt.«

Sie sprachen von Charley Hart stets als von ihrem ältesten Freund. Vor fünf Jahren, als Michael und Marion jung verheiratet waren, kamen sie zu dritt aus derselben Stadt im Westen nach New York. Ein Jahr lang hatten sie Charley fast täglich gesehen: Kein häusliches Abenteuer, keine neuen Hoffnungen und Träume waren zu unbedeutend für seine Ohren. In schwierigen Zeiten gelang es ihm immer, ihrem jeweiligen Problem eine angenehme, heitere Note abzugewinnen.

Natürlich hatte sich die Situation geändert, seit sie Kinder hatten, und es war nun auch schon einige Jahre her, dass sie Charley um Mitternacht anriefen, um ihm zu sagen, sie hätten einen Rohrbruch oder die Decke falle ihnen auf den Kopf, aber sie hatten sich so unmerklich aus den Augen verloren, dass Michael von Charley noch immer so stolz sprach, als würde er ihn tagtäglich sehen. Eine Zeitlang aßen sie noch einmal pro Monat gemeinsam zu Abend, und alle drei hatten sich eine Menge zu erzählen; doch die Treffen endeten nicht mehr mit dem Satz: »Ich ruf dich morgen an.« Stattdessen hieß es: »Du müsstest öfter zu uns zum Essen kommen«, oder sogar, nach drei oder vier Jahren: »Bis bald mal wieder.«

»Oh, ich bin absolut bereit, eine kleine Party zu geben«, sagte Marion jetzt, mit einem skeptischen Blick auf das Zimmer. »Hast du schon ein bestimmtes Datum im Sinn?«

»Samstag in acht Tagen.« Seine dunklen Augen irrten ziellos über den Boden. »Wir können ja die Teppiche aufrollen oder so was.«

»Nein.« Sie schüttelte den Kopf. »Zuerst ein Dinner für acht Personen, richtig schön formell und alles, und nachher spielen wir Karten.«

Sie überlegte bereits, wen sie noch einladen könnten. Schließlich traf Charley als Künstler vermutlich jeden Tag irgendwelche interessanten Leute.

»Wir könnten die Willoughbys dazunehmen«, schlug sie unsicher vor. »Sie ist doch irgendwie beim Theater oder so … und er schreibt Drehbücher.«

»Nein, lieber nicht«, wandte Michael ein. »Wahrscheinlich trifft er solche Typen jeden Mittag und Abend, tagaus, tagein, bis er sie nicht mehr sehen kann. Abgesehen davon – außer den Willoughbys kennen wir doch gar niemanden aus dem Milieu. Ich hab eine bessere Idee. Wir sollten ein paar Leute zusammentrommeln, die es auch aus unserer Heimat hierher verschlagen hat. Die haben Charleys Karriere alle verfolgt und würden sich bestimmt freuen, ihn wieder mal zu treffen. Sie sollen sehen, wie natürlich und unverdorben er geblieben ist.«

Nach einigem Hin und Her einigten sie sich auf diesen Plan, und binnen einer Stunde rief Marion ihren ersten Gast an.

»Es ist für Charley Harts Verlobte«, erklärte sie. »Charley Hart, der Künstler. Weißt du, er ist einer unserer ältesten Freunde.«

Mit den Vorbereitungen wuchs ihre Vorfreude. Sie stellte für diesen Tag eine Aushilfe ein, um einen einwandfreien Service zu garantieren, und überredete den Blumenhändler um die Ecke, persönlich zu erscheinen und die Arrangements zusammenzustellen. Alle »Leute aus der Heimat« hatten begeistert zugesagt, womit die Gesamtzahl der Gäste auf zehn anwuchs.

»Worüber wollen wir uns denn unterhalten, Michael?«, fragte sie am Vorabend der Party nervös. »Was ist, wenn alles schiefgeht, und sie verkrachen sich alle miteinander und gehen wieder nach Hause?«

Er lachte. »Nichts geht schief. Diese Leute kennen sich doch alle ...«

Das Telefon auf dem Tisch machte sich bemerkbar, und Michael nahm den Hörer ab.

»Hallo ... Ach, du bist's, Charley.«

Marion setzte sich alarmiert in ihrem Stuhl auf.

»Tatsächlich? Also, das tut mir sehr leid. Tut mir sehr, sehr leid ... Hoffentlich ist es nichts Ernstes.«

»Kann er nicht kommen?«, platzte Marion heraus.

»Scht!« Wieder ins Telefon: »Tja, das ist wirklich furchtbar schade, Charley. Ach was, kein Problem, absolut nicht. Es tut uns nur leid, dass du krank bist.«

Enttäuscht ließ Michael den Hörer zurück auf die Gabel fallen.

»Die junge Lawrence musste letzte Nacht nach Hause zurück, und Charley liegt mit Grippe im Bett.«

»Willst du damit sagen, er kann nicht kommen?«

»Genau das. Er kann nicht kommen.«

Plötzlich zog sich Marions Gesicht zusammen, und ihre Augen füllten sich mit Tränen.

»Er sagt, der Doktor sei den ganzen Tag bei ihm gewesen«, erklärte Michael betrübt. »Er hat Fieber, und sie wollten ihm noch nicht mal erlauben, ans Telefon zu gehen.«

»Das ist mir doch egal«, schluchzte Marion. »Ich finde es schrecklich – nachdem wir all die Leute nur seinetwegen eingeladen haben.«

»Aber man kann doch nichts dafür, wenn man krank wird.«

»Doch, man *kann*«, jammerte sie ohne jedes Gefühl für Logik, »irgendwie kann man was dafür. Und wenn seine Verlobte schon letzte Nacht fahren musste, warum hat er uns das nicht *vorher* gesagt?«

»Er sagte, das sei ganz plötzlich gekommen. Noch bis gestern Nachmittag hätten sie fest vorgehabt zu kommen.«

»Ich g-glaube nicht, dass es ihm was ausmacht. Ich wette sogar, er ist heilfroh, dass er krank ist. Wenn ihm etwas daran liegen würde, hätte er sie uns schon längst vorgestellt.«

Sie stand plötzlich auf.

»Ich will dir nur eins sagen«, versicherte sie ihm mit Nachdruck, »ich geh jetzt ans Telefon, rufe alle an und blase die ganze Sache ab.«

»Aber, Marion...«

Doch trotz seines halbherzigen Protests nahm sie das Telefonbuch und begann, die erste Nummer herauszusuchen.

Am nächsten Tag besorgten sie sich Theaterkarten, in der Hoffnung, damit die Leere ausfüllen zu können, die der Abend um sich verbreiten würde. Marion hatte geweint, als der nicht benachrichtigte Blumenhändler um fünf mit Kartons voller Blumen erschien; sie hatte das Gefühl, sie müsste aus dem Haus, um den Geistern aus dem Weg zu gehen, die jeden Moment hereinströmen würden. Schweigend verzehrten sie ein üppiges Dinner, zusammengestellt aus all den Köstlichkeiten, die sie für die Party eingekauft hatte.

»Es ist erst acht«, sagte Michael danach, »ich denke, es wäre ganz nett, wenn wir auf einen Sprung bei Charley vorbeischauen würden, meinst du nicht auch?«

»Aber nein«, antwortete Marion verdutzt, »das würde mir nicht im Traum einfallen.«

»Warum denn nicht? Wenn er wirklich ernsthaft krank ist, möchte ich gern sicher sein, dass man sich auch richtig um ihn kümmert.«

Da ihr klar wurde, dass sein Entschluss feststand, unterdrückte sie ihre instinktive Abneigung gegen die Idee, worauf beide per Taxi zu einem hohen Häuserblock mit lauter Atelierwohnungen an der Madison Avenue fuhren.

»Geh du ruhig rein«, drängte Marion nervös, »ich warte lieber hier draußen.«

»Bitte, komm mit.«

»Warum? Er wird im Bett liegen und keine Frauen um sich haben wollen.«

»Aber er würde dich doch gerne sehen … es würde ihn aufmuntern. Und dann wüsste er, dass wir für seine Absage Verständnis haben. Er klang schrecklich deprimiert am Telefon.«

Er zog sie halb aus dem Taxi.

»Bitte, aber nur eine Minute«, flüsterte sie angespannt, als sie mit dem Fahrstuhl hinauffuhren. »Das Theater fängt um halb neun an.«

»Das Apartment rechts«, sagte der Fahrstuhlführer.

Sie klingelten und warteten. Die Tür wurde geöffnet, und sie betraten direkt Charley Harts große Atelierwohnung.

Sie war voller Menschen; vom einen Ende zum anderen erstreckte sich eine lange, von Lampen erhellte Tafel, mit Farn und Rosenknospen dekoriert, von der ein lebhaftes Gewirr aus Lachen und Gesprächsfetzen in die leicht rauchige Luft aufstieg. Zwanzig Frauen in Abendkleidern saßen nebeneinander auf der einen Seite und plauderten über die Blumen hinweg mit zwanzig Männern in jener gehobenen Stimmung, wie sie durch moussierenden Burgunder entsteht, der aus vielen Flaschen in dünnes, geeistes Glas floss. Über ihnen, auf der hohen, schmalen Galerie, die um den ganzen Raum lief, spielte ein Streichquartett etwas von Strawinsky in einer Tonart, die knapp unterhalb der Stimmlage der Frauen lag und die Luft erfüllte wie hörbarer Wein.

Die Tür war von einem Kellner geöffnet worden, der den beiden vermeintlich verspäteten Gästen respektvoll den

Weg frei machte – und augenblicklich sprang am Kopfende des Tisches ein gutaussehender Mann auf, blieb regungslos mit der Serviette in der Hand stehen und starrte die Neuankömmlinge an. Die Lautstärke der allgemeinen Unterhaltung verminderte sich um die Hälfte; aller Augen folgten Charley Harts Blick zu dem Paar an der Tür.

Dann, als sei der Zauber gebrochen, wurden die Gespräche wieder aufgenommen, gewannen mit jedem Wort mehr Schwung – der Augenblick war vorüber.

»Bloß raus hier!« Marions leises, fassungsloses Flüstern erreichte Michael aus dem Nichts, und einen Moment lang glaubte er, er falle einer Sinnestäuschung zum Opfer, es befinde sich trotz allem niemand außer Charley im Raum. Als er wieder klar sehen konnte, erkannte er, dass es hier von Menschen wimmelte – er hatte noch nie so viele Menschen auf einmal gesehen! Plötzlich schwoll die Musik zum Getöse eines großen Blasorchesters an, und die grellen Trompeten schienen einen Sturm gegen sie zu entfesseln; ohne sich umzudrehen, traten er und Marion blindlings einen Schritt in den Hausflur zurück und zogen die Tür hinter sich zu.

»Marion ...!«

Sie war zum Fahrstuhl gerannt, stand da, einen Finger fest auf den Knopf gepresst, dessen Klingel im Flur widerhallte wie ein letzter hoher Ton der Musik von drinnen. Plötzlich öffnete sich die Tür des Apartments, und Charley Hart trat auf den Gang hinaus.

»Michael!«, rief er. »Michael und Marion! Lasst mich erklären! Kommt doch rein. Ich will's euch erklären, hört doch.«

Er sprach erregt – sein Gesicht war gerötet, sein Mund formte ein oder zwei Wörter, die keinerlei Schallwellen erzeugten.

»Beeil dich, Michael«, erklang Marions gepresste Stimme von der Fahrstuhltür her.

»Lasst mich doch erklären«, rief Charlie verzweifelt. »Ich will ...«

Michael wandte sich von ihm weg – der Fahrstuhl kam, und die Tür öffnete sich scheppernd.

»Ihr benehmt euch ja, als hätte ich irgendein Verbrechen begangen.« Charley folgte Michael durch den Flur. »Könnt ihr denn nicht verstehen, dass das alles nur ein dummer Zufall ist?«

»Schon gut«, murmelte Michael, »ich hab schon verstanden.«

»Nein, das hast du nicht.« Charley wurde laut; er drohte die Beherrschung zu verlieren. Bewusst steigerte er sich in eine Wut auf die beiden hinein, um damit seine eigene völlig inakzeptable Position zu rechtfertigen. »Ihr geht hier einfach wütend raus, wo ich euch doch hereingebeten habe, damit ihr mitfeiert. Warum seid ihr überhaupt gekommen, wenn ihr nicht reinkommen wollt? Habt ihr ...?«

Michael betrat den Fahrstuhl.

»Nach unten, bitte!«, schrie Marion. »Oh, ich möchte nach unten. *Bitte!*«

Die Tür schepperte zu.

Sie wiesen den Taxifahrer an, sie auf kürzestem Wege nach Hause zu bringen – keiner von beiden hätte jetzt noch das Theater durchgestanden. Während der Fahrt zu ihrer Wohnung barg Michael sein Gesicht in den Händen und versuchte zu begreifen, dass ihre Freundschaft, die ihm so viel bedeutet hatte, zu Ende war. Erst jetzt erkannte er, dass sie schon seit geraumer Zeit zu Ende war, dass Charley das ganze letzte Jahr über nicht ein einziges Mal versucht hatte, sich mit ihnen zu treffen, und der Schock dieser Entdeckung wog weit schwerer als der eben erlittene Affront.

Nachdem sie zu Hause angekommen waren, ging Marion, die im Taxi nicht ein Wort gesprochen hatte, ihrem Mann voran ins Wohnzimmer und bedeutete ihm, sich zu setzen.

»Ich muss dir etwas sagen, was du wissen solltest«, sagte sie. »Wenn das heute Abend nicht passiert wäre, hätte ich es dir wahrscheinlich nie erzählt ... aber jetzt denke ich doch, dass du die ganze Geschichte hören solltest.« Sie zögerte. »Zuerst mal – Charley Hart war alles andere als dein Freund.«

»Was?« Er schaute sie verständnislos an.

»Er war nicht dein Freund«, wiederholte sie. »Seit Jahren nicht mehr. Er war mein Freund.«

»Aber Charley Hart war ...«

»Ich weiß, was du sagen willst – dass Charley unser beider Freund war. Aber das ist nicht wahr. Ich weiß nicht, was du ihm zu Beginn bedeutet hast, aber dein Freund ist er schon seit drei oder vier Jahren nicht mehr.«

»Aber ...« Michaels Augen leuchteten erstaunt auf. »Aber wenn das stimmt, was du sagst, warum war er dann ständig hier?«

»Meinetwegen«, antwortete Marion mit fester Stimme. »Er war in mich verliebt.«

»Was?!« Michael lachte ungläubig. »Das bildest du dir

ein. Ich weiß, dass er immer so tat, als ob, aber das war doch nur herumgealbert ...«

»Nein, das war es nicht«, unterbrach sie ihn, »nicht wirklich. Mit Herumalbern hat es angefangen ... und geendet hat es damit, dass er mich bat, mit ihm durchzubrennen.«

Michael runzelte die Stirn.

»Sprich weiter«, sagte er ruhig. »Ich schätze, es ist wahr, sonst würdest du es mir nicht erzählen ... aber es hat einfach etwas Unwirkliches an sich. Hat er denn plötzlich angefangen, dich zu ... zu ...«

Er schloss abrupt den Mund, unfähig, die Worte auszusprechen.

»Es fing an einem Abend an, als wir drei zum Tanzen aus waren.« Marion zögerte. »Und zuerst hab ich es durchaus genossen. Er hatte so eine Art, Dinge zu bemerken – Kleider, Hüte, neue Frisuren. Es machte einfach Spaß, mit ihm zusammenzusein. Er verstand es immer, mir das Gefühl zu geben, ich sei irgendwie wichtig und attraktiv. Denk bitte nicht, ich hätte seine Gesellschaft deiner vorgezogen – das habe ich nicht. Ich wusste, wie furchtbar egoistisch er ist und wie unbeständig. Aber ich nehme an, ich habe ihn sogar noch ermutigt – ich fand es interessant. Es zeigte Charley von einer ganz neuen Seite, und er ging das ebenso amüsant an wie alles andere, was er tat.«

»Ja ...«, stimmte Michael mit einiger Überwindung zu. »Ich vermute, es war ... unglaublich komisch.«

»Am Anfang mochte er dich trotzdem. Er kam nie auf den Gedanken, dass er dich mit dem, was er tat, hintergehen könnte. Er gab einfach einem natürlichen Impuls nach – das war alles. Aber nach ein paar Wochen fingst du an, ihm im Weg zu sein. Er wollte mit mir essen gehen und dich nicht dabeihaben… und das ging ja schlecht. Na ja, und dieser Zustand dauerte so ungefähr ein Jahr.«

»Was geschah dann?«

»Gar nichts geschah. Deshalb kam er ja nicht mehr zu uns.«

Michael stand langsam auf.

»Willst du damit sagen…«

»Moment. Wenn du ein bisschen überlegst, wirst du einsehen, dass es so kommen musste. Als er merkte, dass ich versuchte, ihm möglichst schmerzlos einen Korb zu geben, damit er wieder einer unserer ältesten Freunde sein konnte und nichts weiter, hat er sich abgesetzt. Er wollte nicht einer unserer ältesten Freunde sein – das war vorbei.«

»Verstehe.«

»Also…«, Marion stand auf und kaute nervös auf ihrer Unterlippe herum, »das war alles. Ich dachte mir, das mit heute Abend würde dich weniger treffen, wenn du verstehst, was passiert ist.«

»Ja«, erwiderte Michael mit matter Stimme, »ich schätze, das ist wahr.«

Michaels Karriere nahm einen positiven Verlauf, weshalb sie es sich leisten konnten, für den Sommer ein altes Bauernhaus auf dem Land zu mieten, zu dem ein halber Morgen verwilderter Wiesen mit Bäumen gehörte, wo die Kinder den ganzen Tag spielten. Das Thema Charley wurde zwischen ihnen mit keiner Silbe mehr erwähnt, und nach ein paar Monaten hatte er sich in ihrer Erinnerung zu den Schatten ganz im Hintergrund gesellt. Manchmal, kurz vor dem Einschlafen, ertappte sich Michael dabei, wie er an die glücklichen Zeiten dachte, die sie vor fünf Jahren zu dritt erlebt hatten – doch dann verdrängte jeweils die Wirklichkeit die Illusion, und er empfand beim Gedanken an dieses Thema beinahe physischen Widerwillen.

Eines schönen Juliabends lag er dösend in der Dämmerung auf der Veranda. Er hatte im Büro einen schweren Tag gehabt, und es war angenehm, sich auszuruhen, während das sommerliche Licht langsam über dem Land erlosch.

Das Geräusch eines Wagens ließ ihn träge den Kopf heben. Am Ende des Wegs hatte ein Taxi aus dem Ort gehalten, dem jetzt ein junger Mann entstieg. Mit einem Ausruf setzte Michael sich auf. Sogar im Dämmerlicht erkannte er diese Schultern, diesen ungeduldigen Gang …

»Der Teufel soll mich holen«, sagte er leise.

Als Charley Hart den Kiesweg heraufkam, bemerkte Michael auf den ersten Blick, dass er sich in einem ungewöhnlich mitgenommenen Zustand befand. Sein gutaussehendes Gesicht war angespannt und müde, seine Kleidung zerknittert, und er machte eindeutig den Eindruck eines Menschen, der dringend Schlaf brauchte.

Er betrat die Veranda, erblickte Michael und lächelte ein schwaches, verlegenes Lächeln.

»Hallo, Michael.«

Keiner von beiden machte irgendwelche Anstalten, dem anderen die Hand zu reichen, aber nach einem kurzen Moment ließ sich Charley unvermittelt in einen Sessel fallen.

»Ich möchte ein Glas Wasser«, sagte er mit rauher Stimme, »es ist höllisch heiß.«

Wortlos ging Michael ins Haus und kam mit einem Glas

Wasser zurück, das Charley mit großen, geräuschvollen Zügen leerte.

»Danke«, sagte er keuchend. »Ich dachte schon, es wär endgültig aus mit mir.«

Er schaute sich mit einem Blick um, der nur vorgab, die Umgebung zu registrieren.

»Ein hübsches Plätzchen habt ihr hier«, bemerkte er; sein Blick kehrte zu Michael zurück. »Willst du, dass ich gehe?«

»Aber nein. Bleib sitzen und ruh dich aus, wenn du möchtest. Du siehst total erledigt aus.«

»Bin ich auch. Willst du hören, warum?«

»Nicht im Geringsten.«

»Nun, dann erzähl ich's dir trotzdem«, sagte Charley frech. »Darum bin ich ja hier. Ich habe Probleme, Michael, und ich habe niemanden außer dir, wo ich hinkann.«

»Hast du's schon bei deinen Freunden versucht?«, fragte Michael kühl.

»Ich hab's überall versucht – überall, soweit mir die Zeit das erlaubt hat. Gott!« Er wischte sich mit der Hand den Schweiß von der Stirn. »Ich hätte nie geglaubt, dass es so schwer ist, lumpige zweitausend Dollar aufzutreiben.«

»Bist du wegen zweitausend Dollar zu mir gekommen?«

»Warte doch, Michael. Warte, bis du alles gehört hast. Das zeigt ja nur, in was für einen Schlamassel ein Mann geraten kann, der überhaupt keine schlechten Absichten hat. Weißt du, ich bin Schatzmeister einer Organisation, die sich ›Verein zur Unterstützung unabhängiger Künstler‹ nennt – eine Einrichtung, die bedürftigen Studenten helfen soll. Wir hatten einen Fonds, dreitausendfünfhundert Dollar, und die lagen über ein Jahr auf meiner Bank. Na ja, und wie du weißt, lebe ich auf ziemlich großem Fuß – wenn ich viel verdiene, gebe ich auch viel aus –, und ungefähr vor einem Monat fing ich über einen Freund an, ein bisschen zu spekulieren ...«

»Ich weiß nur nicht, warum du mir das alles erzählst«, unterbrach Michael ihn ungeduldig, »ich –«

»Moment noch, bitte – ich bin gleich fertig.« Er schaute Michael verängstigt an. »Und dann habe ich hin und wieder dieses Geld eingesetzt, ohne mir bewusst zu werden, dass es mir ja überhaupt nicht gehörte. Ich hatte doch immer so viel eigenes Geld, verstehst du. Bis zu dieser Woche.« Er zögerte. »Diese Woche hatten wir eine Sitzung, in der ich beauftragt wurde, ihnen das Geld zu übergeben. Also ging ich zu ein paar Leuten, um zu versuchen, es mir zu borgen, aber kaum hatte ich einem von denen den Rücken zugedreht, da plauderte er auch schon. Gestern Abend gab es deswegen eine schreckliche Szene. Sie sagten mir, wenn ich die zweitausend nicht bis heute Morgen vorweisen kann, dann bringen sie mich hinter Gitter ...« Seine Stimme wurde lauter, und er blickte gehetzt um sich. »Jetzt gibt es einen Haftbefehl gegen mich – und wenn ich das Geld nicht auftreibe, dann bring ich mich um, Michael; ich schwöre bei Gott, dass ich's tun werde; ich gehe nicht ins Gefängnis. Ich bin Künstler und kein Geschäftsmann. Ich ...«

Er strengte sich an, seine Stimme unter Kontrolle zu halten.

»Michael«, flüsterte er, »du bist mein ältester Freund. Ich hab doch außer dir niemanden auf der Welt, zu dem ich gehen könnte.«

»Das fällt dir ein bisschen spät ein«, sagte Michael mit Unbehagen. »Vor vier Jahren hast du nicht an mich gedacht, als du meine Frau aufgefordert hast, mich deinetwegen zu verlassen.«

Ein Ausdruck ungespielter Überraschung glitt über Charleys Gesicht.

»Bist du deshalb so wütend auf mich?«, fragte er erstaunt. »Ich dachte, du bist wütend, weil ich nicht zu deiner Party gekommen bin.«

Michael gab keine Antwort.

»Ich hatte angenommen, sie hätte dir das schon vor langer Zeit erzählt«, fuhr Charley fort. »Ich konnte nicht gegen meine Gefühle für Marion an. Ich war allein, und ihr beide hattet euch. Jedes Mal, wenn ich zu euch kam, hast du mir erzählt, was für eine wundervolle Frau Marion sei, und schließlich fing … fing ich an, das auch zu finden. Wie hätte ich mich denn nicht in sie verlieben sollen, wo sie doch anderthalb Jahre lang die einzige anständige junge Frau war, die ich kannte?« Er sah Michael herausfordernd an. »Und wenn schon, du hast sie doch, nicht wahr? Ich hab sie dir nicht weggenommen. Ich hab sie ja noch nicht einmal geküsst – also, musst du so darauf herumreiten?«

»Erklär mir eins«, sagte Michael scharf, »warum sollte ich dir eigentlich dieses Geld leihen?«

»Na ja …«, Charley zögerte, lachte beklommen, »ich weiß eigentlich keinen richtigen Grund. Ich dachte einfach, du würdest es tun.«

»Und warum sollte ich?«

»Es gibt nicht den geringsten Grund dafür – jedenfalls nicht aus deiner Sicht der Dinge.«

»Da liegt das Problem. Wenn ich es dir geben würde, würde ich es nur tun, weil ich ein sentimentaler Schwächling wäre. Ich würde etwas tun, was ich gar nicht will.«

»Na gut«, Charley lächelte unangenehm, »das hat etwas für sich. Wenn ich es mir recht überlege, gibt es wirklich keinen Grund, warum du mir das Geld leihen solltest. Na dann …« Er steckte die Hände tief in die Taschen seines Jacketts und warf den Kopf leicht zurück, als wollte er das Thema abschütteln wie eine Mütze. »Ich gehe jedenfalls nicht ins Gefängnis – und vielleicht denkst du ja morgen anders darüber.«

»Rechne lieber nicht damit.«

»Oh, ich denke nicht daran, dich noch mal zu bitten. Ich meine etwas … ganz anderes.«

Er nickte ihm kurz zu, drehte sich schnell um, ging den Kiesweg hinunter und wurde von der Dunkelheit verschluckt. Wo der Weg in die Straße mündete, hörte Michael seine Schritte kurz aussetzen, als zögerte er. Dann wandten sie sich die Straße hinunter in Richtung des eine Meile entfernten Bahnhofs.

Michael sank in seinen Sessel und vergrub das Gesicht in den Händen. Er hörte Marion aus der Tür kommen.

»Ich hab zugehört«, flüsterte sie, »ich konnte nicht anders. Ich bin froh, dass du ihm nichts geborgt hast.«

Sie trat nahe zu ihm heran, wollte sich auf seinen Schoß setzen, aber er fühlte sich mit einem Mal beinah körperlich von ihr abgestoßen und stand hastig auf.

»Ich hatte schon Angst, er würde dich weichkriegen und dich zum Narren machen«, fuhr Marion fort. Sie zögerte. »Er hat dich gehasst, weißt du. Er wünschte sich immer, du würdest sterben. Ich sagte ihm, wenn er das noch einmal zu mir sagen würde, würde er mich nie wiedersehen.«

Michael sah sie finster an.

»Du warst ja richtig edel.«

»Aber Michael ...«

»Erst lässt du ihn solche Dinge zu dir sagen – und dann, wenn er hierherkommt, fix und fertig, ohne einen einzigen Freund auf der ganzen Welt, dann sagst du, du bist froh, dass ich ihn weggeschickt habe.«

»Weil ich dich liebe, Schatz ...«

»Ach was!«, unterbrach er sie grob. »Weil Hass in dieser Welt billig zu haben ist. Man kriegt ihn überall. Mein Gott! Was glaubst du denn, was ich jetzt von mir selber halte?«

»Er ist es nicht wert, dass du so für ihn fühlst.«

»Bitte, geh!«, rief Michael leidenschaftlich. »Lass mich allein.«

Gehorsam zog sie sich zurück, worauf er sich in der Dunkelheit der Veranda wieder hinsetzte. Langsam beschlich ihn ein Gefühl des Grauens. Mehrere Male machte er eine Bewegung, als wollte er aufstehen, aber dann runzelte er jedes Mal die Stirn und rührte sich nicht von der Stelle. Als er schließlich nach längerer Zeit plötzlich auf die Füße sprang, brach ihm der kalte Schweiß aus. Die letzte Stunde, die Monate, die hinter ihm lagen – alles wurde von einer Flut fortgerissen, die ihn Jahre in die Vergangenheit zurücktrug: Aber die waren ja hinter Charley Hart her, seinem alten Freund Charley Hart, der zu ihm gekommen war, weil er sonst keinen Ausweg mehr wusste! Michael hastete wie benommen auf der Terrasse hin und her, suchte nach Hut und Jackett.

»He, Charley!«, rief er laut.

Endlich fand er sein Jackett, zwängte sich hinein und rannte unkontrolliert die Stufen hinunter. Es schien ihm, als sei Charley erst vor ein paar Minuten weggegangen.

»Charley!«, rief er, als er die Straße erreichte. »Charley, komm zurück. Es war alles ein Irrtum!«

Er blieb stehen, lauschte. Keine Antwort. Leicht keuchend begann er verbissen durch die schwüle Nacht die Straße entlangzulaufen.

Obwohl es erst halb neun war, hatte sich bereits eine tiefe Stille über die ganze Gegend gesenkt, was das Quaken der Frösche in dem morastigen Streifen Land neben der Straße doppelt laut erscheinen ließ. Der Himmel war dünn mit Sternen gesprenkelt, und bald würde der Mond aufgehen, aber die Straße lag im Dunkel der Bäume, so dass Michael kaum weiter als drei Meter sehen konnte. Nach einer Weile wurde er mit einem Blick auf das Leuchtzifferblatt seiner Armbanduhr langsamer, bis er nicht mehr lief, sondern ging – der Zug nach New York kam erst in einer Stunde. Er hatte also noch viel Zeit.

Trotzdem verfiel er wieder in einen holprigen Laufschritt und legte die eine Meile zwischen seinem Haus und dem Bahnhof in fünfzehn Minuten zurück. Es war eine kleine Bahnstation, die sich in der Dunkelheit bescheiden neben die glänzenden Gleise duckte. Daneben sah Michael die Lichter eines einsamen Taxis, das auf den nächsten Zug wartete.

Der Bahnsteig lag verlassen da, weshalb Michael die Tür des Wartesaals öffnete und in den halbdunklen Raum hineinspähte. Er war leer.

»Eigenartig«, murmelte er.

Nachdem er den dösenden Taxifahrer geweckt hatte, fragte er ihn, ob er jemanden auf den Zug habe warten sehen. Der Taxifahrer dachte nach – ja, da sei ein junger Mann gewesen, vielleicht so vor zwanzig Minuten. Er sei eine Weile wartend auf und ab gegangen, habe eine Zigarette geraucht und sei dann in der Dunkelheit verschwunden.

»Eigenartig«, wiederholte Michael. Er formte mit seinen Händen einen Trichter, drehte sich zu dem Wald auf der anderen Seite der Gleise hin und rief laut:

»Charley!«

Keine Antwort. Er versuchte es noch einmal. Dann wandte er sich wieder dem Fahrer zu.

»Haben Sie eine Ahnung, in welche Richtung er gegangen sein könnte?«

Der Mann zeigte unbestimmt auf die Straße nach New York, die parallel zur Bahnstrecke verlief.

»Irgendwo da entlang.«

Mit wachsendem Unbehagen bedankte sich Michael und machte sich eilig auf den Weg, die Straße entlang, die jetzt im Mondlicht weiß leuchtete. Mit einem Schlag wusste er, so genau er nur irgendetwas wusste, dass Charley allein weggegangen war, um zu sterben. Er erinnerte sich an seinen Gesichtsausdruck, als er sich abgewandt hatte, an die Hand, die er tief in der Tasche seines Jacketts an sich gepresst hielt, als umklammerte sie einen bedrohlichen Gegenstand.

»Charley!«, schrie er mit fürchterlicher Stimme.

Die dunklen Bäume warfen keinen Laut zurück. Er ging

weiter, vorbei an einem Dutzend Felder, die im Mondschein silbern schimmerten, blieb alle paar Minuten stehen, um zu rufen und angespannt auf Antwort zu warten.

Ihm kam der Gedanke, dass es töricht war, in dieser
Richtung weiterzusuchen – wahrscheinlich steckte Charley irgendwo im Wald hinter dem Bahnhof. Vielleicht war
alles nur Einbildung, vielleicht spazierte Charley genau in
diesem Augenblick auf dem Bahnsteig auf und ab, während
er auf den Zug aus der Stadt wartete. Doch ein Impuls jenseits aller Logik veranlasste ihn, die Suche fortzusetzen.
Und nicht nur das – mehrere Male hatte er das bestimmte
Gefühl, jemand ginge vor ihm, jemand, der immer gerade
um eine Kurve gebogen war, immer gerade außer Sicht-
und Hörweite blieb, jedoch eine schwach wahrnehmbare,
tragische Aura zurückließ, die bewies, dass er diesen Weg
gewählt hatte. Einmal glaubte er, im Laub am Wegrand
Schritte rascheln zu hören, aber es war nur ein Stück Zei-
tungspapier, das der leichte, warme Wind aufgewirbelt
hatte.

Die Nacht war ausgesprochen drückend – der Mond
schien heiße Strahlen auf die dampfende Erde prallen zu
lassen. Michael zog sein Jackett aus und warf es sich im Gehen über den Arm. Kurz vor ihm befand sich jetzt eine
Steinbrücke, die über die Gleise führte; dahinter erstreckte
sich eine endlose Reihe von Telefonmasten in sich verjün-
gender Perspektive bis an einen grenzenlosen Horizont.
Gut, bis zur Brücke würde er noch gehen und dann aufgeben. Er hätte schon früher aufgegeben, wäre da nicht das
Gefühl gewesen, jemand ginge sehr leicht, sehr schnell vor
ihm her.

An der Steinbrücke angekommen, setzte er sich auf einen Felsblock; sein Herz schlug laut und erschöpft unter seinem schweißnassen Hemd. Es war hoffnungslos – Charley war fort, hatte die Reichweite seiner Hilfe womöglich für immer verlassen. Weit weg hinter der Bahnstation hörte er das näher kommende Signal des Neun-Uhr-dreißig-Zuges.

Mit einem Mal fragte sich Michael, warum er überhaupt hier war. Er verachtete sich selbst für sein Hiersein. Welche schwache Saite in seinem Innern hatte Charley in diesen wenigen Minuten zum Klingen gebracht, dass er sich gezwungen fühlte, sinnlos und vollkommen verängstigt durch die Nacht zu rennen? Sie hatten doch alles ausdiskutiert, und Charley war unfähig gewesen, einen Grund dafür anzugeben, weshalb er ihm helfen sollte.

Er kam auf die Füße, wollte eigentlich denselben Weg wieder zurückgehen, doch bevor er umkehrte, blieb er einen Moment lang im Mondschein stehen und blickte die Straße hinunter. Jenseits der Gleise verlief die Reihe der Telefonmasten, und während seine Augen ihnen folgten, so weit er sehen konnte, hörte er wieder, lauter jetzt und nicht mehr weit weg, das Signal des Zuges nach New York, das in der Stille der Nacht mit melodischer Klarheit an- und abschwoll. Plötzlich blieb sein Blick, der an den Gleisen entlanggeglitten war, an einem bestimmten Punkt der Mastenreihe vielleicht vierhundert Meter entfernt von ihm hängen, worauf er ihn genauer betrachtete. Es war ein Mast wie all die anderen, und doch war er anders – es war etwas an ihm, das auf nicht zu beschreibende Weise anders war.

Und während er auf ihn starrte, wie man sich zum Beispiel auf ein bestimmtes Ornament im Muster eines Teppichs konzentrieren kann, geschah etwas Seltsames mit ihm, das ihm augenblicklich alles in einem völlig anderen Licht erscheinen ließ. Irgendetwas war ihm vom Flüstern des Windes zugetragen worden, etwas, was alle Aspekte der Situation veränderte: Er erinnerte sich, irgendwo gelesen zu haben, dass einst im tiefsten Mittelalter ein einziger Mann, ein Franzose namens Gerbert, alle Errungenschaften der europäischen Zivilisation in sich vereinigt hatte. Unvermittelt wurde Michael klar, dass er sich selbst gerade in einer ähnlichen Situation befand. Für eine Minute, einen winzigen Moment in Raum und Zeit, war ihm die Barmherzigkeit der ganzen Welt übertragen worden.

All das wurde ihm innerhalb einer einzigen Sekunde schockartig klar, womit er gleichzeitig erkannte, weshalb er Charley Hart hätte helfen müssen: weil es unerträglich sein würde, in einer Welt zu existieren, in der es nirgendwo Hilfe gab – in der ein Mensch so allein sein konnte, wie Charley es an diesem Nachmittag gewesen war.

Ja, natürlich, das war es – ihm war diese Chance anvertraut worden. Da war jemand zu ihm gekommen, der niemand anderen mehr hatte – und er hatte versagt.

Die ganze Zeit, diesen Augenblick lang, hatte er vollkommen reglos dagestanden und den Telefonmast neben den Schienen angestarrt, den Mast, bei dem sein Blick gezögert hatte, weil er anders war als die anderen. Der Mond schien mittlerweile so hell, dass er nahe der Mastspitze einen weißen Querbalken erkennen konnte, und während er hinsah, schienen die anderen Masten zurückzuweichen, zu verschwinden, so dass nur der kreuzähnliche Mast übrig blieb.

Plötzlich hörte er noch etwa eine Meile hinter sich das Rattern und Dröhnen des elektrischen Zuges, der gerade den Bahnhof verließ. Als hätte dieses Geräusch ihn aus einer Totenstarre aufgeschreckt, stieß er einen kurzen Schrei aus und rannte schwankend die Straße hinunter, auf den Telefonmast mit dem waagrechten Balken zu.

Wieder pfiff die Lok. Tack-tack-tack – sie war schon näher jetzt, sechshundert, fünfhundert Meter entfernt; als sie unter der Brücke hindurchfuhr, wurde er in seinem Lauf vom grellen Strahl ihres Scheinwerfers erfasst. Er empfand nichts mehr außer purem Entsetzen – wusste nur, er musste den Mast vor dem Zug erreichen, der jetzt noch fünfzig Meter von ihm entfernt war und sich so messerscharf von seinem Hintergrund abhob wie ein Stern vom Himmel.

Unter den Masten auf der anderen Seite der Schienen gab es keinen Weg, aber der Zug war schon so nahe, dass er nicht mehr wagte, noch länger zu warten, weil er sonst überhaupt nicht mehr hinübergekommen wäre. Er schlug einen Haken, überquerte die Trasse mit zwei langen Sätzen und hetzte mit dem Donnern der Lok auf den Fersen über den unebenen Boden. Zehn Meter, acht Meter, der Lärm der E-Lok erfüllte seine Ohren mit tosendem Brüllen – da erreichte er den Mast und warf sich mit seinem ganzen Körper auf einen Mann, der dort dicht bei den Gleisen stand, schleuderte ihn durch den Aufprall seines Körpers mit Wucht zu Boden.

Herandonnernder Stahl, das dröhnende Poltern von Rädern auf Schienen, ein heftiger, brausender Windstoß, und der Neun-Uhr-dreißig-Zug war vorbei.

»Charley«, keuchte er stoßweise, »Charley.«

Ein weißes Gesicht blickte benommen zu ihm auf.

Michael rollte sich auf den Rücken und blieb, nach Atem ringend, liegen. In der Hitze der Nacht war kein Geräusch mehr zu hören – außer aus weiter Ferne das Murmeln des dahinrasenden Zuges.

»Oh Gott!«

Michael öffnete die Augen. Charley hatte sich aufgesetzt und das Gesicht in den Händen vergraben.

»'s ist schon gut«, keuchte Michael, »'s ist schon gut, Charley. Du kannst das Geld haben. Ich weiß nicht, was in mich gefahren war. Ich … ich … du bist doch einer meiner ältesten Freunde.«

Charley schüttelte den Kopf.

»Ich verstehe nicht«, sagte er mit gebrochener Stimme. »Wo kommst du her – wie hast du mich gefunden?«

»Ich bin dir nachgegangen. Ich war direkt hinter dir.«

»Aber ich bin schon seit einer halben Stunde hier.«

»Tja, zum Glück hast du dir diesen Mast ausgesucht, um darunter zu … zu warten. Er ist mir von da hinten bei der Brücke aus aufgefallen. Weil er einen Querbalken hat.«

Charley kam etwas wacklig auf die Beine, ging ein paar Schritte und blickte im hellen Mondschein zur Mastspitze hinauf.

»Was hast du gesagt?«, fragte er nach einer Weile verwirrt. »Hast du gesagt, der Mast hier hätte einen Querbalken?«

»Aber ja. Ich habe ihn mir lange angesehen. Deshalb …«

Charley schaute noch einmal nach oben und schwieg auf eine seltsame Weise, bevor er sprach:

»Da gibt es keinen Querbalken«, sagte er.

Nicht im Reiseführer

Diese Geschichte begann drei Tage, bevor sie in die Schlagzeilen kam. Wie so viele andere nach Neuigkeiten lechzende Amerikaner in Paris während dieses Frühjahrs schlug ich eines Morgens den *Franco-American Star* auf, und nachdem ich die abgedroschenen Überschriften (größtenteils zu Berichten über das ewige »Lafayette-Washington-Liebe«-Gefasel französischer und amerikanischer Redner) überflogen hatte, stieß ich auf etwas wirklich Interessantes.

»Sieh dir das an!«, rief ich und reichte die Zeitung zu unserem Doppelbett hinüber. Doch die auf dem Bett Liegende entdeckte augenblicklich in einer anderen Spalte einen Artikel über Leonora Hughes, die Tänzerin, und fing an, ihn zu lesen. Also forderte ich die Zeitung natürlich zurück.

»Du machst dir nicht klar ...«, setzte ich an.

»Ich frage mich«, unterbrach mich die Dame auf dem Bett, »ob ihr Haar naturblond ist.«

Wie auch immer, nachdem ich wenig später die heimische Suite verlassen hatte, hörte ich andere Männer in verschiedenen Cafés »Sieh dir das an!« sagen, während sie auf den Gegenstand des Interesses zeigten. Und gegen Mittag traf ich einen anderen Schriftsteller (den ich seither mit

Champagner bestochen habe, damit er schweigt), worauf wir uns zusammen in die frankoamerikanische Beamtenwelt stürzten, um zu erfahren, was eigentlich los war.

Alles begann auf einem Schiff, mit einer jungen Frau, die sich, obwohl ihr nicht im Mindesten schlecht war, über die Reling beugte. Sie beobachtete die Längengrade, die unter dem Kiel hindurchschwammen, und versuchte, auf ihnen die Gradzahlen zu erkennen, aber selbstverständlich fährt die *S.S. Olympic* dazu viel zu schnell, und alles, was die junge Frau zu Gesicht bekam, war die achatgrüne, blattwerkartige Gischt, die in ständigem Wandel jammernd am Heck hochspritzte. Obwohl es herzlich wenig zu sehen gab außer der Gischt, einem schäbigen skandinavischen Frachter in der Ferne und dem interessierten Millionär, der sich vom Erste-Klasse-Deck aus bemühte, ihre Blicke auf sich zu ziehen, war Milly Cooley vollkommen glücklich. Denn sie fing ein neues Leben an.

Hoffnung ist eine alltägliche Fracht zwischen Neapel und Ellis Island, aber auffallend selten auf Schiffen mit Kurs auf Cherbourg. Die Erste-Klasse-Passagiere kultivieren ihren Snobismus, und die Reisenden im Zwischendeck pflegen ihre verlorenen Illusionen (was beinahe auf dasselbe hinausläuft), doch die junge Frau an der Reling hegte eine ins Unendliche gesteigerte Hoffnung. Es war nicht ihr eigenes Leben, das sie neu anfing, sondern das eines anderen, und das ist eine sehr viel riskantere Angelegenheit.

Milly war ein zerbrechliches, dunkles, apartes Mädchen, dessen Augen diese ätherische, unergründliche Ausstrahlung besaßen, wie man sie so häufig bei einer südeuropäischen Schönheit antrifft. Mütterlicherseits war sie Tschechin, väterlicherseits Rumänin, ohne jedoch die zu kurze Oberlippe und die spitze, herabhängende Nase geerbt zu haben, die diesen Typus verunstalten; ihre Züge waren regelmäßig, ihre Haut blühend, hell olivfarben und rein.

Der pickelige junge Mann mit dem gutgeschnittenen Gesicht und den hellblauen Kulleraugen, der wenige Meter von ihr entfernt auf einem Stauholzsack schlief, war ihr Mann – es war sein Leben, das Milly neu anfing. In den sechs Monaten seit ihrer Heirat hatte er sich als unfähig und zügellos erwiesen, aber jetzt standen sie kurz vor einem Neubeginn. Jim Cooley verdiente einen neuen Anfang, denn er war ein Kriegsheld. Es gab da etwas, genannt »Schützengrabenneurose«, das alle unangenehmen Eigenheiten eines Kriegshelden rechtfertige – Jim Cooley hatte ihr das am zweiten Tag ihrer Flitterwochen erklärt, nachdem er sich zuerst sinnlos betrunken und sie dann mit der flachen Hand zu Boden geschlagen hatte.

»Ich dreh durch«, beteuerte er am nächsten Morgen mit Nachdruck, und seine kalten Kulleraugen rollten äußerst realistisch in seinem Kopf vor und zurück. »Wenn es mich überkommt, da denk ich, ich bin wieder im Krieg, und ich gehe auf alles los, was ich sehe, verstehst du?«

Er stammte aus Brooklyn und hatte sich bei den Marines gemeldet. An einem Juniabend war er bei Einbruch der Dunkelheit fünfzig Meter von den amerikanischen Linien weg nach vorn gekrochen, um den Leichnam eines bayrischen Hauptmanns zu durchsuchen, der auf freiem Feld liegengeblieben war. Dabei fand er ein Exemplar eines deutschen Einsatzbefehls, was zur Folge hatte, dass seine eigene Brigade viel früher angriff, als sie es andernfalls gekonnt hätte, womit möglicherweise der ganze Krieg um nicht weniger als eine Viertelstunde verkürzt wurde. Diese Tatsache würdigten Franzosen und Amerikaner gleichermaßen in Form von gravierten Edelmetallscheiben, die Jim vier Jahre lang überall herumzeigte, bis ihm aufging, wie schön es doch wäre, ein Dauerpublikum um sich zu haben. Millys Mutter war von seiner soldatischen Leistung beeindruckt, und man richtete eine Hochzeit aus. Milly begriff ihren Fehler erst, vierundzwanzig Stunden nachdem es zu spät war.

Nach Ablauf einiger Monate starb Millys Mutter und hinterließ ihrer Tochter zweihundertfünfzig Dollar. Das Ereignis machte auf Jim einen nachhaltigen Eindruck: Er hörte auf zu trinken und kam eines Abends von der Arbeit mit einem Plan nach Hause, wie er eine neue Seite aufschlagen, ein neues Leben anfangen wollte. Aufgrund seiner militärischen Laufbahn hatte er eine Anstellung in einem Büro erhalten, das sich um amerikanische Soldatengräber in Frankreich kümmerte. Die Bezahlung war nicht gerade üppig, aber schließlich lebte man dort drüben, wie jedermann wusste, auch spottbillig. Jedenfalls hatten die vierzig Dollar Sold pro Monat im Krieg die Mädchen und die Weinhändler in Paris ziemlich beeindruckt. Besonders, wenn man sie in französische Währung umrechnete.

Milly hörte seinen Erzählungen von dem Land zu, in dem die Trauben prallvoll mit Champagner gefüllt waren, und dachte dann gründlich über alles nach. Unter Umständen wäre ihr Geld am besten angelegt, wenn sie Jim damit seine Chance geben würde, eine Chance, die er seit dem

Krieg nie bekommen hatte. In einem kleinen Häuschen vor den Toren von Paris könnten sie die letzten sechs Monate vergessen und Frieden und Glück finden, vielleicht sogar Liebe.

»Wirst du dir Mühe geben?«, fragte sie schlicht.

»Natürlich werd ich das, Milly.«

»Du wirst mich davon überzeugen, dass ich keinen Fehler gemacht habe?«

»Klar, Milly; es wird einen anderen Menschen aus mir machen. Oder glaubst du mir nicht?«

Sie schaute ihn an. Seine Augen funkelten vor Begeisterung, vor Entschlossenheit. Beim Gedanken an diese neue Perspektive ging ein warmes Leuchten von ihm aus – im Grunde hatte er doch bisher nie wirklich eine Chance gehabt.

»Also gut«, sagte sie schließlich. »Wir fahren.«

Und nun waren sie da. Der Hafendamm von Cherbourg, eine weiße Steinschlange, lag schimmernd in der Dämmerung am Meer; dahinter rote Dächer und Kirchtürme, noch weiter im Hintergrund gefällige kleine Hügel, bemalt mit einem ansprechenden, regelmäßigen Muster aus Spielzeugbauernhöfen. »Gefällt Ihnen dieses französische Arrangement?«, schien die Szenerie zu fragen. »Man hält es allgemein für ganz entzückend, aber wenn Sie anderer Meinung sind, stellen Sie es doch einfach um – rücken Sie diese Straße hierhin und diesen Kirchturm dorthin. Es wäre nicht das erste Mal, und am Ende kommt es immer allerliebst heraus!«

Es war Sonntagmorgen, Cherbourg steckte in steifen Krägen und hohen Spitzenhäubchen. Eselskarren und winzige Automobile bewegten sich zum Klang von unaufhörlichem Glockengeläut durch die Straßen. Jim und Milly fuhren auf einem Schlepper ans Ufer, wo sie von Zoll- und Einwanderungsbeamten in Augenschein genommen wurden. Danach blieb ihnen noch eine Stunde Zeit bis zur Abfahrt ihres Zuges nach Paris, und sie wagten sich ein wenig in die strahlende, aufregende Welt aus Französischblau. An einer günstigen Stelle, einem freundlichen Dorfplatz, der pausenlos von Soldaten, unzähligen Hunden und dem Geklapper von Holzschuhen strapaziert wurde, setzten sie sich in ein Café.

»Dü vaah«, sagte Jim zum Kellner. Er war ein wenig enttäuscht, als ihm auf Englisch geantwortet wurde. Nachdem der Mann gegangen war, um den Wein zu holen, nahm er seine zwei Orden heraus und befestigte sie an seiner Jacke. Der Ober kehrte mit dem Wein an den Tisch zurück, schien die Orden nicht zu bemerken, erwähnte sie jedenfalls mit keinem Wort. Milly wünschte sich, Jim hätte sie nicht angelegt – sie empfand ein unbestimmtes Gefühl der Scham.

Nach einem weiteren Glas Wein war es Zeit geworden, zum Bahnhof aufzubrechen. Dort bestiegen sie den eigenartigen kleinen Dritte-Klasse-Waggon, eine Lokomotive wie aus dem Kinderzimmer fing an zu schnaufen und holperte mit ihnen geruhsam, in angenehmem, zwanglosem Stil, durch die einladende, so oft vorgestellte Landschaft nach Süden.

»Was machen wir als Erstes, wenn wir da sind?«, fragte Milly.

»Als Erstes?« Jim sah sie abwesend an und runzelte die

Stirn. »Na, zuerst mal muss ich mich um den Job kümmern, nicht?« Die heitere Stimmung, in die der Wein ihn versetzt hatte, war verflogen, zurück blieb seine gewohnte schlechte Laune. »Was stellst du ständig diese Fragen? Kauf dir doch einen Reiseführer.«

Milly fühlte ihren Mut etwas sinken; er hatte sie nicht mehr so angeknurrt, seit er den Plan zu dieser Reise das erste Mal erwähnt hatte.

»Jedenfalls hat es nicht so viel gekostet, wie wir dachten«, sagte sie munter. »Es müssen noch über hundert Dollar übrig sein.«

Er grunzte nur. Durchs Fenster fiel Milly ein Hund auf, der einen beinamputierten Mann zog.

»Sieh mal da!«, rief sie. »Wie komisch!«

»Aaach, reg dich ab. Hab ich alles schon gesehen.«

Ihr kam ein Gedanke, der sie wieder aufmunterte: Schließlich waren Jims Nerven hier in Frankreich kaputtgegangen, also würde er natürlich die ersten paar Stunden schlecht gelaunt und unruhig sein.

Es ging weiter nach Westen durch Caen, Lisieux und die satten, grünen Ebenen von Calvados. Als sie die dritte Station erreichten, stand Jim auf und streckte sich.

»Ich geh mal raus auf den Bahnsteig«, sagte er düster. »Ich brauche frische Luft; heiß hier drin.«

Es war heiß, aber Milly machte das nichts aus. Sie fand alles, was sie sah, aufregend – zwei kleine Jungen in schwarzen Kitteln begannen, sie durch das Fenster des Eisenbahnwagens neugierig anzustarren.

»Américaine?«, schrie einer der beiden unerwartet.

»Hallo, ja«, erwiderte Milly, »wo sind wir denn hier?«

»Pardon?«

Sie traten näher heran.

»Wie heißt denn der Ort hier?«

Plötzlich knufften sich die beiden gegenseitig und liefen brüllend vor Lachen fort. Milly begriff nicht, was sie so Komisches gesagt haben sollte.

Ein heftiger Ruck kündigte die Abfahrt des Zuges an. Erschrocken sprang Milly auf und streckte ihren Kopf aus dem Wagenfenster.

»Jim!«, rief sie.

Sie blickte den Bahnsteig hinauf und hinunter. Er war nicht da. Die Jungen, die ihr fassungsloses Gesicht sahen, rannten neben dem anfahrenden Zug her. Jim musste auf einen der hinteren Wagen aufgesprungen sein. Aber ...

»Jim!«, schrie sie außer sich. Der Bahnhof glitt davon. »Jim!«

Sie versuchte verzweifelt, ihre Angst unter Kontrolle zu bekommen, sank auf ihren Sitzplatz zurück, bemühte sich nachzudenken. Zuerst nahm sie an, er sei in ein Café gegangen, um etwas zu trinken, und habe so den Zug verpasst – in diesem Fall hätte sie auch aussteigen sollen, solange noch Zeit dazu war, denn man konnte nie wissen, was alles passieren würde, wenn man ihn allein ließ. Falls er einen seiner Anfälle hatte, würde er vermutlich einfach so lange weitertrinken, bis er ihren letzten Cent ausgegeben hatte. Sie wagte kaum, sich das vorzustellen – aber die Möglichkeit bestand.

Sie wartete, gab ihm zehn, fünfzehn Minuten, um zu ihrem Wagen zurückzufinden – dann sah sie ein, dass er sich nicht im Zug befand. In ihr breitete sich dumpfe Panik aus.

Ihre so plötzlich veränderte Situation in der Welt erschreckte sie dermaßen, dass sie weder an seine Verantwortungslosigkeit dachte noch daran, was getan werden musste, sondern einzig und allein an die nächstliegende Tatsache, nämlich dass sie allein war. So wenig verlässlich er seine Beschützerrolle auch gespielt hatte, es war wenigstens etwas. Jetzt aber – Gott, sie könnte in diesem fremden Zug sitzen bleiben, bis sie in China landete, und es würde keine Menschenseele kümmern!

Nach geraumer Zeit kam sie auf den Gedanken, er könnte einen Teil des Geldes in einem der Gepäckstücke gelassen haben. Sie hob sie aus dem Netz herunter und durchwühlte in fieberhafter Eile sämtliche Kleidungsstücke. In der Gesäßtasche einer alten Hose, die Jim auf dem Schiff getragen hatte, fand sie zwei glänzende amerikanische Zehncentstücke. Ihr Anblick hatte irgendwie etwas Tröstliches, was sie beide fest umklammern ließ. Mehr ergab ihre Suche nicht.

Eine Stunde später, draußen war es mittlerweile dunkel geworden, glitt der Zug hinein in das gelbe, dunstige Leuchten der Gare du Nord. Fremdartige, ihr unverständliche Durchsagen drangen an ihr Ohr, und ihr Herz pochte laut, als sie am Türgriff zerrte. Sie nahm ihre eigene Tasche in die eine, Jims Koffer in die andere Hand, aber der war sehr schwer, und mit beiden zugleich kam sie nicht aus der Tür, weshalb sie den Koffer aus einem zornigen Impuls heraus im Wagen stehenließ.

Auf dem Bahnsteig schaute sie nach links und rechts, in der verzweifelten Hoffnung, er würde doch noch auftauchen, aber sie erkannte niemanden außer einem schwedischen Geschwisterpaar, Mitreisende von ihrem Schiff, deren hochgewachsene Gestalten, aufrecht und kraftvoll unter den riesigen Bündeln, die beide trugen, schnell ihren Blicken entschwanden. Sie beschleunigte kurz ihren Schritt, um sie einzuholen, und blieb wieder stehen, gar nicht in der Lage, ihnen zu erzählen, was ihr Beschämendes zugestoßen war. Sie hatten bestimmt ihre eigenen Sorgen.

Die zwei Münzen in der einen und ihre Tasche in der anderen Hand bewegte sich Milly zögernd den Bahnsteig entlang. Menschen hetzten an ihr vorüber, Gepäckabfertiger unter Wäldern von Golfschlägern, aufgeregte amerikanische Mädchen, erfüllt von der unbändigen Begeisterung, in Paris anzukommen, untertänige Gepäckträger der großen Hotels. Sie alle gingen und sprachen sehr schnell, Milly aber ging ganz langsam, denn sie sah vor sich nur den gelben Lichterbogen des Wartesaals und die Tür, die aus ihm herausführte; wohin sie sich danach wenden sollte, wusste sie nicht.

Um zehn Uhr abends war Mr. Bill Driscoll im Allgemeinen müde, weil um diese Zeit bereits ein voller Zwölf-Stunden-Tag hinter ihm lag. Danach ließ er sich nur noch von ausgesprochenen Berühmtheiten zum Ausgehen überreden. Wenn jemand einen Multimillionär oder einen Filmregisseur auf Bill Driscoll aufmerksam gemacht hatte – damals wimmelte Europa von amerikanischen Regisseuren auf der Suche nach neuen Drehorten –, dann pflegte er sich mit zwei Tassen Kaffee zu stärken, seine Person mit seinem neuen Smoking zu veredeln und ihnen die gefährlichsten Spelunken am Montmartre auf die ungefährlichste Art und Weise zu zeigen.

Bill Driscoll sah gut aus in seinem neuen Smoking, das kastanienbraune Haar mit Unterstützung von Wasser glatt aus seiner ebenmäßigen Stirn nach hinten gekämmt. Oft schaute er sich selbst bewundernd im Spiegel an, zumal es sich um den ersten Smoking seines Lebens handelte. Er hatte ihn sich selbst verdient, mit Köpfchen, genau wie das anschwellende Paket amerikanischer Wertpapiere, das ihn in seiner New Yorker Bank erwartete. Sollten Sie innerhalb der letzten zwei Jahre einmal in Paris gewesen sein, müssen Sie seinen großen weißen Omnibus mit der herausfordernden Aufschrift auf beiden Seiten gesehen haben:

WILLIAM DRISCOLL
Er zeigt Ihnen Dinge, die nicht im Reiseführer stehen

Als er auf Milly Cooley stieß, war es nach drei Uhr früh, er hatte gerade den Regisseur Claude Peebles und dessen Gattin zu ihrem Hotel zurückgebracht, nachdem er sie durch so berühmt-berüchtigte Unterwelttreffs wie Zelli's und Le Rat Mort gelotst hatte (die, alles in allem, ungefähr so gefährlich sind wie das Biltmore Hotel am Mittag), und befand sich auf dem Heimweg zu seiner Pension am linken Seineufer. Dabei wurde seine Aufmerksamkeit von zwei wenig vertrauenerweckenden Gestalten erregt, die neben einer Straßenlaterne einem offenbar betrunkenen Mädchen unter die Arme griffen. Bill Driscoll beschloss, die Straßenseite zu wechseln – er wusste, mit welcher nahezu zärtlichen Zuneigung die französische Polizei streitlustigen Amerikanern zu begegnen pflegte, und es gehörte zu seinen Prinzipien, sich aus Schwierigkeiten herauszuhalten.

Genau in diesem Moment kam Milly ihr Unterbewusstsein zu Hilfe. Sie rief mit gequältem Stöhnen: »Lasst mich los!«

Das Stöhnen hatte Brooklyn-Akzent. Es war ein Brooklyn-Stöhnen.

Driscoll wechselte beklommen den Kurs, näherte sich der Gruppe und fragte ausgesucht höflich, was los sei, woraufhin eine der wenig vertrauenerweckenden Gestalten von dem Versuch abließ, Millys fest geschlossene linke Hand zu öffnen.

Der Mann antwortete hastig, sie sei ohnmächtig geworden. Er und sein Freund hätten ihr zum nächsten Polizeirevier helfen wollen. Sie lockerten ihren Griff, und sie sank sanft zu Boden.

Bill kam näher und beugte sich über sie, sorgsam darauf bedacht, keinen der beiden Männer im Rücken zu haben. Er sah ein junges, verängstigtes Gesicht, aus dem alle Farbe, die es bei Tag besaß, gewichen war.

»Wo haben Sie sie gefunden?«, fragte er auf Französisch.

»Hier. Gerade eben. Sie sah aus, als wäre sie sehr müde …«

Billy steckte eine Hand in die Tasche, darum bemüht, beim Sprechen den unzweifelhaften Eindruck zu erwecken, dass sich darin eine Pistole befand.

»Sie ist Amerikanerin«, sagte er. »Überlassen Sie sie mir.«

Der Mann machte eine Geste der Einwilligung und trat einen Schritt zurück, wobei er mit der Hand wie selbstverständlich an seine Jacke griff, als beabsichtige er, sie zuzuknöpfen. Er beobachtete Billys rechte Hand, die in seiner Anzugtasche, nur war Bill zufälligerweise Linkshänder. Es gibt nicht viel, was schneller ankommt als ein unangekündigter linker Haken – dieser hier war weniger als einen halben Meter lang unterwegs, so dass sein Empfänger rückwärts gegen den Laternenpfahl taumelte, ihn flüchtig und voller Bedauern umarmte und aufs Pflaster rutschte. Trotzdem, Bill Driscolls erfolgreiche Karriere hätte hier beendet sein können, beendet mit dem kräftigen Hilferuf »*Voleurs!*«, den er in die Pariser Nacht hinausschrie, wenn der andere Mann eine Waffe bei sich gehabt hätte. Der andere Mann ließ erkennen, dass er keine Waffe hatte, indem er sich zehn Meter die Straße hinunter zurückzog. Sein niedergeschlagener Kumpan bewegte sich leicht auf dem Bürgersteig. Darauf machte Billy einen Schritt auf ihn zu, zog seinen Fuß zurück und traf ihn so perfekt am Kopf wie ein Footballspieler, der aus genauer Platzierung den Ball ins Tor tritt. Es war keine sehr hübsche Geste, aber er hatte sich inzwischen daran erinnert, dass er seinen nagelneuen Smoking trug, weshalb er sich nicht wegen eines dieser ungesunden Artikel aus der Eisenwarenhandlung auf der Erde herumwälzen wollte.

Einen Augenblick später kamen zwei Gendarmen in größter Eile die mondhelle Straße entlanggerannt.

Zwei Tage nach diesem Vorfall stand in den Zeitungen: »*Kriegsheld verlässt Ehefrau auf dem Weg nach Paris*«, wenn ich mich recht erinnere, oder: »*Amerikanische Braut ohne Geld und Mann an der Gare du Nord*«. Die Polizei war natürlich informiert worden, worauf sie an die Reviere in der Provinz die Order ausgab, nach einem Amerikaner namens James Cooley zu fahnden, der keine *carte d'identité* bei sich habe. Die Presse erfuhr die Geschichte vom

Amerikanischen Hilfswerk und funktionierte sie geschickt in eine ans Herz greifende Story um, weil Milly jung und hübsch war und obendrein noch merkwürdig loyal ihrem Mann gegenüber. Kaum war sie wieder dazu fähig, erklärte sie, es sei alles nur deswegen so gekommen, weil der Krieg seine Nerven ruiniert habe.

Der junge Driscoll war ein wenig enttäuscht darüber, dass sie verheiratet war. Nicht dass er sich auf den ersten Blick in sie verliebt hätte – im Gegenteil, er bewahrte einen ungewöhnlich kühlen Kopf –, aber nach dieser Mondschein-Rettungsaktion, die ihn mit einer gewissen Befriedigung erfüllte, schien es irgendwie nicht angebracht, dass sie einen durch Frankreich irrenden heldenhaften Ehemann haben sollte. Er hatte sie in jener Nacht zu seiner Pension getragen, und seine Wirtin, eine amerikanische Witwe namens Horton, schloss Milly sofort ins Herz, wollte sich auch um sie kümmern, doch noch vor elf Uhr morgens am Erscheinungstag besagter Zeitungen wurde die Tür zum Büro des Amerikanischen Hilfswerks buchstäblich von barmherzigen Samaritern eingerannt. Es handelte sich größtenteils um reiche alte Damen aus Amerika, die den Louvre und die Tuilerien satthatten und dringend eine Beschäftigung brauchten. Einige eifrige, aber schüchterne Franzosen, getrieben von einer mysteriösen, unergründlichen Ritterlichkeit, lungerten draußen vor der Tür herum.

Die hartnäckigste der Damen war eine Mrs. Coots, die anzunehmen schien, Milly sei ihr von der Vorsehung als Gesellschafterin gesandt worden. Hätte sie von Millys Geschichte auf der Straße gehört, hätte sie kein Wort davon hören wollen, aber Druckerschwärze macht die Dinge respektabel. Nachdem der *Franco-American Star* darüber berichtet hatte, war Mrs. Coots davon überzeugt, dass Milly nie und nimmer mit ihrem Schmuck durchbrennen würde.

»Ich bezahle Sie gut, meine Liebe«, beteuerte sie ebenso beharrlich wie schrill, »fünfundzwanzig die Woche. Ist das nichts?«

Milly warf einen hilfesuchenden Blick in Richtung von Mrs. Hortons verblühtem, freundlichem Gesicht.

»Ich weiß nicht …«, zögerte sie.

»Ich kann Ihnen nichts zahlen.« Mrs. Horton war irritiert durch Mrs. Coots' neureiches, selbstherrliches Benehmen. »Tun Sie, was Sie für richtig halten. Ich würde Sie jedenfalls gerne hier haben.«

»Sie sind sehr gut zu mir gewesen«, sagte Milly, »aber ich möchte Ihnen nicht zur …«

Driscoll, der die ganze Zeit mit den Händen in den Taschen auf und ab gewandert war, blieb stehen und drehte sich schnell zu ihr um.

»Darum kümmere ich mich schon«, sagte er rasch. »Machen Sie sich darüber keine Sorgen.«

Mrs. Coots' Augen blitzten ihn indigniert an.

»Bei mir hat sie es besser«, beharrte sie, »viel besser.« Sie wandte sich der Sekretärin zu und bemerkte in gequältem, missbilligendem Bühnenflüsterton: »Wer ist dieser naseweise junge Mann?«

Wieder sah Milly flehend zu Mrs. Horton hinüber.

»Wenn es Ihnen keine allzu großen Umstände macht, möchte ich lieber bei Ihnen bleiben«, sagte sie. »Ich werde Ihnen helfen, so gut ich kann …«

Sie brauchten noch eine weitere halbe Stunde, um Mrs. Coots loszuwerden, aber schließlich wurde vereinbart, Milly sollte in Mrs. Hortons Pension bleiben, bis man irgendeine Spur ihres Mannes fand. Später am selben Tag brachten sie in Erfahrung, dass die Stelle für Amerikanische Kriegsgräber noch nie etwas von einem Jim Cooley gehört hatte – ihm war also gar keine Anstellung in Frankreich versprochen worden.

So prekär ihre Situation auch aussah – Milly war jung, in Paris, und es war Mitte Juni. Sie beschloss, sich zu amüsieren. Auf Mr. Driscolls Einladung hin nahm sie am nächsten Tag in seiner Touristenschaukel an einem Ausflug nach Versailles teil. Etwas Derartiges hatte sie noch nie erlebt. Sie saß zwischen Kleidereinkäufern aus Sioux City, Schullehrern aus Kalifornien und Flitterwöchnern aus Japan und wurde durch fünfzehn Jahrhunderte Pariser Geschichte gewirbelt, während ihr Führer vorn im Bus stand, das Megaphon an sein schlagfertiges, originelles Mundwerk gepresst.

»Das Gebäude zu Ihrer Linken ist der Louvre, meine Damen und Herren. Ausflug Nummer dreiundzwanzig, Abfahrt morgen Vormittag Punkt zehn Uhr, bringt Sie dort hinein. Im Moment dürfte Ihnen die Information genügen, dass in ihm fünfzehntausend Kunstwerke aller Stilrichtungen zu besichtigen sind. Mit dem für die ausgestellten Ölgemälde verbrauchten Öl könnte man zwei Jahre lang sämtliche Autos im Staate Oregon schmieren. Die Bilderrahmen allein würden aneinandergereiht von einem Ende zum andern…«

Milly beobachtete ihn und glaubte ihm jedes Wort. Es

fiel ihr schwer, sich an ihn als ihren Retter in jener Nacht zu erinnern. Helden waren normalerweise anders – sie wusste das, sie hatte mit einem zusammengelebt. Helden brüteten ständig über ihren Taten und schilderten sie mindestens einmal pro Tag in epischer Breite wildfremden Leuten. Als sie diesem jungen Mann gedankt hatte, hatte er ihr todernst erzählt, Andrew Carnegie habe schließlich an diesem Tag ununterbrochen versucht, über ein Medium mit ihm Kontakt aufzunehmen.

Im Anschluss an einen dramatischen Zwischenhalt vor dem Haus, in dem Landru, der französische Blaubart, seine vierzehn Frauen ermordet hatte, fuhr die Reisegruppe nach Versailles weiter. Dort, im großen Spiegelsaal, vertiefte sich Bill Driscoll in die Beschreibung eines vergessenen großen Skandals des achtzehnten Jahrhunderts, der Begegnung zwischen »Louis' Liebster und Louis' Frau«.

»Die Du Barry tänzelte herein, gehüllt in eine Création aus malvenfarbenem Georgette, die mit Hilfe von Bronzereifen über einen champagnerfarbenen Spitzenunterrock drapiert war. Das Kleid hatte ein gerüschtes Krägelchen aus schwedischem Fuchspelz, eingefasst mit glitzerndem gelbem Satin passend zum Hansom, der sie zu der Party gebracht hatte. Sie war nervös, meine Damen. Sie wusste nicht, wie die Königin die Sache aufnehmen würde. Nach einer Weile schritt die Königin durch die Tür. Sie trug ein Kleid in der Farbe von oxidiertem Silber mit Kragen, Aufschlägen und Volants aus russischem Hermelin und Litzen aus Trompetengold. Die Taille des Mieders war sehr tief angesetzt, der Rock vorn gerafft und die spitzenverzierten Saumzipfel mit den Kronjuwelen bestickt. Als die

Du Barry sie sah, beugte sie sich zu König Louis rüber und flüsterte: ›Mein königliches Schnuckelchen, wer ist denn die Dame, die gerade einen halben Kleiderladen zur Tür hereingetragen hat?‹

›Das ist keine Dame‹, antwortete Louis, ›das ist meine Frau.‹«

Das war der erste von vielen Ausflügen, an denen Milly in der Touristenschaukel teilnahm – nach Malmaison, nach Passy, nach Saint-Cloud. Die Wochen vergingen, drei bereits, ohne Nachricht von Jim Cooley, der in dem Augenblick, als er sich aus dem Zug davonmachte, vom Erdboden verschwunden zu sein schien.

Trotz einer Art dumpfer Sorge, die sie jedes Mal überfiel, wenn sie sich ihre Situation ins Bewusstsein rief, fühlte Milly sich so glücklich wie nie zuvor in ihrem Leben. Sie empfand es als Erleichterung, der ständigen deprimierenden Gesellschaft eines morbiden, gebrochenen Mannes entronnen zu sein. Außerdem war es aufregend, in Paris zu leben, wo sich in diesem Sommer offenbar alle Welt traf, wo jedes ankommende Schiff ein weiteres Tausend auf den großen Spielplatz losließ, wo die Straßen dermaßen von Touristen überquollen, dass Billy Driscolls Busse auf Tage hinaus ausgebucht waren. Am schönsten aber fand sie es, zur nächsten Ecke hinunterzuschlendern und die blutrote Sonne wie einen Penny langsam in der Seine versinken zu sehen, während sie mit Bill Driscoll in einem Café saß und an einem Kaffee nippte.

»Hätten Sie Lust, morgen mit mir nach Château-Thierry mitzukommen?«, fragte er sie eines Abends.

Der Name brachte eine Saite in Milly zum Klingen: Bei

Château-Thierry hatte Jim Cooley unter Lebensgefahr seinen gewagten Vorstoß zwischen die Linien unternommen.

»Mein Mann war damals dabei«, sagte sie stolz.

»Ich auch«, bemerkte er. »Und ich fand's überhaupt nicht lustig.«

Er dachte einen Moment nach.

»Wie alt sind Sie eigentlich?«

»Achtzehn.«

»Warum lassen Sie sich nicht scheiden?«

Der Vorschlag schockierte Milly.

»Ich glaube, es wäre besser für Sie«, fuhr er fort und blickte zu Boden. »Hier ist es leichter als irgendwo sonst. Dann wären Sie frei.«

»Ich könnte das nicht«, sagte sie verängstigt. »Es wäre nicht fair. Verstehen Sie, er ist nicht …«

»Ich weiß«, unterbrach er sie. »Aber ich fange allmählich an zu glauben, dass Sie mit diesem Mann Ihr Leben ruinieren. Gibt es außer seiner Heldentat im Krieg irgendetwas Positives über ihn zu sagen?«

»Ist das denn nicht genug?«, antwortete Milly ruhig.

»Milly …« Er hob seinen Blick. »Wollen Sie nicht doch noch einmal gründlich darüber nachdenken?«

Sie stand voller Unbehagen auf. Er wirkte sehr aufrichtig, sehr zuverlässig und sehr gelöst, wie er so dasaß; einen Augenblick lang war sie versucht, zu tun, was er ihr riet, und alles in seine Hände zu legen. Aber als sie ihn wirklich ansah, fiel ihr zum ersten Mal auf, dass dieser Rat nicht selbstlos war – es lag jetzt mehr in seinen Augen als nur die neutrale Sorge um ihre Zukunft. Sie wandte sich mit widerstreitenden Gefühlen von ihm ab.

Seite an Seite gingen sie schweigend zur Pension zurück. Aus einem Fenster hoch über ihnen sank das klagende Flehen einer Geige auf die Straße herab, wo es sich mit den Übungsakkorden eines unsichtbaren Klaviers und dem schrillen, unverständlichen Gezänk französischer Kinder von gegenüber vermischte. Die Dämmerung ging bereits langsam in das sternenklare Blau einer Pariser Nacht über, doch es war immer noch hell genug, um die Gestalt von Mrs. Horton zu erkennen, die vor der Pension stand. Sie kam eilig auf sie zu, begann noch im Laufen zu sprechen.

»Ich habe Neuigkeiten für Sie«, sagte sie. »Die Sekretärin des Amerikanischen Hilfswerks hat gerade angerufen. Sie haben Ihren Mann gefunden, und er kommt übermorgen in Paris an.«

Als Jim Cooley, der Kriegsheld, den Zug in der kleinen Stadt Évreux verließ, ging er zunächst sehr schnell, um einige hundert Meter zwischen sich und den Bahnhof zu legen. Dann beobachtete er hinter einem Baum versteckt den Zug, bis er die Station verlassen hatte und die letzte Rauchwolke hinter einem kleinen Hügel aufgestiegen war. Er blieb einige Minuten so stehen, blickte lachend dem Zug nach, doch unvermittelt nahm sein Gesicht wieder den gewohnten verletzten Ausdruck an, und er schaute sich um, um den Ort genauer zu betrachten, an dem er sich entschlossen hatte, frei zu sein.

Es war ein verschlafenes Provinzdorf mit zwei Reihen hoher Silberplatanen entlang der Hauptstraße, an deren Ende ein hübscher Brunnen kristallklares Wasser aus dem kalten, steinernen Maul einer Katze plätschern ließ. Der Brunnen stand in der Mitte des Dorfplatzes, und auf dem

Gehsteig rund um den Platz wiesen verschiedene Gruppen von Eisentischchen auf Straßencafés hin. Ein Bauernwagen wurde mühsam von einem einzelnen weißen Ochsen dem Brunnen entgegengezerrt; ein paar armselige französische Autos parkten neben einem uralten amerikanischen Schlitten am Straßenrand.

›Das ist ja 'n richtiges kleines Trotteldorf‹, sagte er angewidert zu sich selbst. ›'n echtes Trotteldorf.‹

Aber es war friedlich und grün, gerade öffneten zwei unbestrumpfte Frauen in seinem Blickfeld die Tür zu einem Laden, auch die kleinen Tische am Brunnen sahen einladend aus. Er ging die Straße hinauf, setzte sich vor das erstbeste Café und bestellte ein großes Bier.

›Ich bin frei‹, sagte er zu sich, ›bei Gott, ja, ich bin frei!‹

Den Entschluss, Milly zu verlassen, hatte er ganz plötzlich gefasst – in Cherbourg, als sie den Zug bestiegen. Genau in diesem Augenblick entdeckte er eine kleine Französin, das wirklich Wahre für ihn, was ihn zu der Erkenntnis gelangen ließ, dass er Milly nicht mehr »am Hals haben« wollte. Sogar schon auf dem Schiff hatte er mit dem Gedanken gespielt, aber erst in Cherbourg war aus dem flüchtigen Gedanken ein ganz konkreter Plan geworden. Ihm tat es mittlerweile doch ziemlich leid, dass er überhaupt nicht daran gedacht hatte, Milly etwas Geld zurückzulassen, genug wenigstens für eine Nacht – aber irgendjemand würde ihr schon helfen, wenn sie in Paris ankam. Und außerdem, Probleme, die er nicht kannte, belasteten ihn nicht, und von ihr würde er bestimmt nie wieder etwas hören.

»Jetzt einen Cognac«, sagte er zum Kellner.

Er brauchte etwas Stärkeres. Er wollte vergessen. Nicht Milly – das fiel ihm nicht schwer, die lag schon hinter ihm –, sondern sich selbst. Er hatte das Gefühl, missbraucht worden zu sein. Er hatte das Gefühl, dass er von Milly im Stich gelassen worden war, oder zumindest, dass allein ihr kaltes Misstrauen ihn fortgetrieben hatte. Wem hätte es denn genützt, wenn er trotz allem mit nach Paris gegangen wäre? Das restliche Geld würde zwei Menschen nicht sehr lange über Wasser halten, und die Sache mit der Anstellung hatte er auf das vage Gerücht hin erfunden, die Stelle für Amerikanische Kriegsgräber vergäbe Jobs an Veteranen, die in Frankreich ohne Geld waren. Er hätte Milly nicht mitbringen sollen, hätte es auch nicht getan, wenn er das Geld für die Überfahrt gehabt hätte. Doch obwohl er sich dessen nicht bewusst war, gab es noch einen anderen Grund dafür, dass er Milly mitgenommen hatte. Jim Cooley hasste es, allein zu sein.

»Cognac«, sagte er zum Kellner, »einen großen. *Très grand.*«

Er steckte seine Hand in die Tasche und befühlte die blauen Noten, die er in Cherbourg gegen sein amerikanisches Geld eingewechselt hatte. Er nahm sie heraus und zählte sie. Komische Kohle. Irgendwie lustig, dass man damit genauso bezahlen konnte wie mit richtigen Piepen.

Er winkte den Kellner heran.

»He!«, versuchte er, ein Gespräch anzufangen. »Das ist ja ulkiges Geld, was ihr hier habt, was?«

Aber der Kellner verstand kein Englisch, weshalb er nicht imstande war, Jims Verlangen nach Geselligkeit zu befriedigen. Machte auch nichts. Seine Nerven hatten sich inzwischen beruhigt – sein Körper glühte jetzt wohlig vom Scheitel bis zur Sohle.

»Das ist doch das wahre Leben«, murmelte er zu sich. »Lebst ja nur einmal. Also genieß es.« Und dann laut zum Kellner: »Noch so ein'n von diesen großen Cognacs. Gleich zwei. Ich muss dann gehen.«

Was er auch tat – einige Stunden lang. Im Morgengrauen erwachte er in einem der Zimmer eines kleinen Gasthofs, mit blutunterlaufenen Augen und fiebrig hämmerndem Kopf. Er wagte nicht, seine Taschen zu inspizieren, ehe er nicht noch einen Cognac bestellt und zur Brust genommen hatte. Danach entdeckte er, dass seine schlimmsten Befürchtungen begründet waren: Von den neunzig und ein paar Dollar, mit denen er den Zug verlassen hatte, besaß er noch ganze sechs.

»Ich muss völlig verrückt gewesen sein«, flüsterte er.

Er hatte ja noch seine Uhr, eine große, präzise Taschenuhr, in deren massiv rotgoldenen Deckel zwei Herzen aus kleinen Diamanten eingelassen waren. Sie bildete einen Teil der Ausbeute von Jim Cooleys Heldenmut, denn nachdem er den Einsatzbefehl in den Taschen des deutschen Offiziers gefunden hatte, bemerkte er sie fest umklammert in der toten Hand. Wahrscheinlich stand eines der diamantenen Herzen für den Schmerz eines Menschen irgendwo in Friedland oder in Berlin, aber als Jim heiratete, erzählte er Milly, die Diamantenherzen stünden für ihre Herzen und würden so zum Symbol ihrer immerwährenden Liebe. Bevor Milly diese sentimentale Anwandlung richtig würdigen konnte, war ihre unzerstörbare Liebe bereits durch nichts mehr zu reparieren, worauf die Uhr wieder in Jims Tasche zurückwanderte, wo sie sich fortan darauf beschränkte, die Zeit zu symbolisieren und nicht Gefühle.

Aber es hatte Jim Cooley Spaß gemacht, die Uhr herumzuzeigen; sich von ihr zu trennen würde ihm seiner Einschätzung nach sehr viel mehr Kummer bereiten, als sich von Milly zu trennen – so viel Kummer, dass er sich in Erwartung des kurz bevorstehenden Trennungsschmerzes schon vorher betrank. Am späten Nachmittag schwankte er schließlich unter dem Gelächter der Dorfjugend durch die Straßen zu einer *Bijouterie*, und als er wieder auf der Straße stand, befand er sich im Besitz eines Pfandscheins und eines Wechsels über zweitausend Franc, was, so rechnete er sich verschwommen aus, ungefähr einem Wert von hundertzwanzig Dollar entsprach. Vor sich hin murmelnd, stolperte er auf den Dorfplatz zurück.

»Ein Amerikaner nimmt's locker mit drei Franzosen auf!«, ließ er drei kleine, stämmige Bürger wissen, die an einem Tisch ihr Bier tranken.

Sie beachteten ihn nicht weiter. Er wiederholte seine Lästereien.

»Ein Amerikaner…«, er hämmerte sich auf die Brust, »kann drei dreckige Franzmänner leicht auseinandernehmen, klar?«

Sie rührten sich noch immer nicht. Das machte ihn rasend. Vorwärtstorkelnd packte er die Lehne eines freien Stuhls und rüttelte daran. In kürzester Zeit umgab ihn eine kleine Menschenansammlung, und die drei Franzosen sprachen mit aufgeregten Stimmen durcheinander.

»Kommt schon her, ich hab gemeint, was ich sagte!«,

krakeelte er wild. »Ein Amerikaner kann mit drei Franzosen den Fußboden schrubben!«

Jetzt standen zwei Männer in Uniform vor ihm – zwei Männer mit Pistolentaschen an den Hüften, rot und blau gekleidet.

»Ihr habt gehört, was ich sagte«, brüllte er, »ich bin ein Held – die ganze verdammte Franzarmee kann mir keine Angst machen.«

Eine Hand fiel auf seinen Arm, aber er riss sich blind vor Wut los, um nach dem schwarzen Schnurrbart dicht vor ihm zu schlagen. Danach hörte er es nur noch rauschen und krachen in seinen Ohren, als erst Faustschläge, dann Fußtritte auf ihn einhagelten, bis die Welt wie Wasser über seinem Kopf zusammenzuschlagen schien.

Nachdem man ihn aufgespürt und durch persönliche Fürsprache eines amerikanischen Vizekonsuls aus dem Gefängnis geholt hatte, begriff Milly, wie viel ihr diese Wochen bedeutet hatten. Die Ferien waren vorbei. Doch obwohl Jim am nächsten Tag in Paris eintreffen würde, obwohl das trostlose Zusammenleben mit ihm von neuem beginnen musste, beschloss Milly, dennoch mit nach Château-Thierry zu fahren. Sie wollte noch ein paar letzte glückliche Stunden erleben, an die sie sich immer erinnern konnte. Sie erwartete, dass sie nach New York zurückkehren würden, denn falls Jim sich je auch nur die geringste Chance auf eine Stellung ausrechnen konnte – mit einer Vergangenheit von vierzehn Tagen in einem französischen Gefängnis hatte er sie gründlich vertan.

Der Bus war wie üblich überfüllt. Als sie sich dem Städtchen Château-Thierry näherten, erhob sich Bill Driscoll mit seinem Megaphon und fing an, seinen Reisegästen zu erzählen, wie es für ihn vor fünf Jahren ausgesehen hatte, als er hier mit seiner Division Stellung in den vordersten Linien bezogen hatte.

»Es war neun Uhr abends«, sagte er, »wir kamen aus einem Wald, und da war sie, die Westfront. Daheim in Amerika hatte ich drei Jahre lang immer wieder darüber gelesen, und da war sie nun – sie sah aus wie der Rand eines Waldbrandes bei Nacht, nur dass Feuerwerkskörper auflodderten und kein Gras. Wir lösten ein französisches Regiment in neu ausgehobenen Gräben ab, die keinen Meter tief waren. Die meisten von uns waren viel zu aufgeregt, um Angst zu haben, bis ungefähr um zwei Uhr früh unser Hauptfeldwebel von einem Schrapnell in Stücke gerissen wurde. Das machte uns nachdenklich. Zwei Tage später griffen wir an, und der einzige Grund, warum ich nicht getroffen wurde, war der, dass ich so stark gezittert habe, dass die nicht auf mich zielen konnten.«

Die Zuhörer lachten, und Milly überlief vor Stolz ein sanfter Schauer. Jim hatte keine Angst gehabt – sie hatte es ihn oft sagen hören. Alles, woran er gedacht hatte, war, etwas mehr zu tun als seine Pflicht. Als andere in ihren vergleichsweise sicheren Gräben hockten, hatte er sich allein ins Niemandsland hinausgewagt.

Nach dem Mittagessen im Städtchen wanderte die Reisegruppe über das Schlachtfeld, heute ein idyllisches, gewelltes Tal von Gräbern. Milly war froh, mitgefahren zu sein – die Atmosphäre des Friedens nach einem Kampf tröstete sie. Vielleicht würde ihr Leben nach seiner freudlosen Zukunft einmal von genauso viel Ruhe erfüllt sein wie dieses friedliche Land. Vielleicht würde Jim sich eines Tages ändern. Wenn er einmal so außergewöhnlich viel Mut aufbringen konnte, musste es doch tief in seinem Innern einen Funken Charakter geben, der ihn dazu bringen würde, noch einen Anlauf zu nehmen.

Gerade als es Zeit wurde, zur Rückfahrt aufzubrechen, winkte Driscoll, der den ganzen Tag kaum mit ihr gesprochen hatte, sie zu sich heran.

»Ich möchte ein letztes Mal mit Ihnen reden«, sagte er.

Ein letztes Mal! Milly durchzuckte ein unerwarteter Schmerz. War morgen schon so bald?

»Ich will Ihnen sagen, was in mir vorgeht«, erklärte er, »und bitte seien Sie nicht böse. Ich liebe Sie, und Sie wissen es; aber was ich sagen will, hat nichts damit zu tun – ich sage es Ihnen, weil ich will, dass Sie glücklich sind.«

Milly nickte. Sie hatte Angst, in Tränen auszubrechen.

»Ich glaube, Ihr Mann taugt nichts«, sagte er.

Sie blickte auf.

»Sie kennen ihn doch gar nicht«, rief sie rasch. »Sie können ihn gar nicht beurteilen.«

»Ich kann ihn nach dem beurteilen, was er Ihnen angetan hat. Ich glaube, diese Geschichte um die Schützengrabenneurose ist eine glatte Lüge. Und wie wichtig ist schon, was er vor fünf Jahren getan hat?«

»Für mich ist es wichtig«, versetzte Milly. Sie spürte leichte Verärgerung in sich aufkeimen. »Das können Sie ihm nicht nehmen. Er hat tapfer gehandelt.«

Driscoll nickte.

»Das stimmt. Aber es waren auch andere Männer tapfer.«

»Sie nicht«, sagte sie verächtlich. »Sie haben eben gerade selber zugegeben, dass Sie sich fast zu Tode gefürchtet haben – und als Sie das gesagt haben, haben alle Leute gelacht. Aber kein Mensch hat über Jim gelacht – sie haben ihm einen Orden gegeben, weil er keine Angst hatte.«

Kaum hatte Milly das ausgesprochen, tat es ihr leid, aber jetzt war es zu spät. Bei seinen nächsten Worten beugte sie sich überrascht vor.

»Das war auch eine Lüge«, erwiderte Bill Driscoll bedächtig. »Ich habe das gesagt, weil ich die Leute zum Lachen bringen wollte. Ich war bei dem Angriff gar nicht dabei.«

Er starrte schweigend den Hügel hinunter.

»So«, stieß Milly geringschätzig hervor, »wie können Sie dann hier sitzen und so über meinen Mann sprechen, wenn Sie ... wenn Sie nicht mal ...«

»Es war nur eine Berufslüge«, unterbrach er sie ungehalten. »Ich bin in der Nacht davor verwundet worden.«

Er stand plötzlich auf.

»Es hat doch keinen Zweck«, sagte er. »Anscheinend habe ich Sie so weit gebracht, dass Sie mich hassen, und damit ist alles aus. Es hat keinen Sinn, noch mehr zu sagen.«

Seine Augen glitten gequält den Hügel hinunter.

»Ich hätte nicht hier mit Ihnen reden sollen«, rief er. »Ich scheine hier kein Glück zu haben. Schon einmal habe ich etwas verloren, was ich haben wollte, keine hundert Meter von diesem Hügel hier entfernt. Und jetzt habe ich Sie verloren.«

»Was haben Sie denn verloren?«, fragte Milly bitter. »Ein anderes Mädchen?«

»Für mich hat es nie ein anderes Mädchen gegeben.«

»Aber was war es dann?«

Er zögerte.

»Ich habe Ihnen doch erzählt, dass ich verwundet wurde«, sagte er. »Das stimmt auch. Zwei Monate lang wusste ich nicht, ob ich überhaupt lebe. Aber das Schlimmste an allem war, dass irgendein dreckiger Dieb heimlich an meinen Taschen war und wahrscheinlich für sich in Anspruch nahm, die Kopie eines deutschen Einsatzbefehls beschafft zu haben, die ich mit zurückgebracht hatte. Eine goldene Uhr hat er auch noch gleich mitgehen lassen. Ich hatte beides der Leiche eines deutschen Offiziers zwischen den Linien abgenommen.«

Mr. und Mrs. William Driscoll heirateten im folgenden Frühjahr und machten ihre Hochzeitsreise in einem Wagen, der einiges größer war als der des Königs von England. Er hatte zwei Dutzend unbesetzte Plätze, weshalb sie auf ihrer Fahrt über die weißen, pappelgesäumten Straßen Frankreichs viele müde Fußgänger mitnahmen. Diese Wanderer saßen allerdings immer im Hintergrund, denn die Unterhaltung vorn war nicht für profane Ohren bestimmt. Sie kamen bei dieser Tour durch Lyon, Avignon, Bordeaux und kleinere Orte, die nicht im Reiseführer stehen.

Junger Mann aus reichem Haus

I

Beginne mit einer einzelnen Person – und ehe du dich's versiehst, hast du einen Typus erschaffen; beginne mit einem Typus, und du wirst sehen, was du erschaffen hast, ist – nichts. Das kommt daher, dass wir alle sonderbare Käuze sind und dass sich hinter unseren Mienen und Reden viel mehr verbirgt, als wir eingestehen möchten, sogar mehr, als wir selber ahnen. Wenn ich höre, dass jemand sich als einen »normalen, offenen und ehrlichen Kerl« bezeichnet, bin ich ziemlich sicher, dass er an irgendeiner eindeutigen, vielleicht schrecklichen Störung leidet, die er verheimlichen möchte, und seine Behauptung, ganz normal, offen und ehrlich zu sein, ist nur seine Art, sich das einzureden.

Es gibt keine Typen, nur Individuen. Da gibt es einen reichen jungen Mann, und von ihm handelt diese Geschichte, nicht von seinesgleichen. Unter Menschen seines Schlages habe ich jahrelang gelebt, aber dieser ist mein Freund gewesen. Wenn ich übrigens von seinesgleichen erzählen wollte, müsste ich erst einmal gegen all die Lügen zu Felde ziehen, die die Armen über die Reichen und die Reichen über sich selbst verbreiten – und das ist ein solches

Lügengewebe, dass wir uns, wann immer wir an ein Buch über die Reichen geraten, instinktiv auf etwas ganz Unwirkliches gefasst machen. Selbst kluge Erzähler, die mit Leidenschaft das Leben schildern, haben aus der Welt der reichen Leute etwas gemacht, was es gar nicht gibt: ein Märchenland.

Lassen Sie mich von den wahrhaft reichen Leuten erzählen. Das sind keine Menschen wie Sie oder ich. Sie besitzen und genießen früh, und das verändert sie, macht sie weich, wo wir hart sind, zynisch, wo wir zuversichtlich sind, und das auf eine Art, die man nur schwer begreift, wenn man nicht selbst im Reichtum geboren ist. Sie halten sich aus tiefster Überzeugung für etwas Besseres als wir, weil wir erst einmal für uns selbst entdecken mussten, wie man sich im Leben einrichten und schadlos halten kann. Sie mögen noch so tief in unsere Welt einsteigen oder gar unter uns hinabsinken, so glauben sie dennoch, etwas Besseres zu sein als wir. Sie sind eben anders. Ich kann den jungen Anson Hunter nur auf eine einzige Art beschreiben: indem ich ihn wie einen Fremden betrachte und stur an diesem Blickpunkt festhalte. Wenn ich mich auch nur eine Sekunde lang in ihn versetze, bin ich verloren und hätte weiter nichts zu bieten als billiges Kino.

II

Anson war das älteste von sechs Kindern, die sich später ein Vermögen von fünfzehn Millionen Dollar zu teilen haben würden, und erreichte das Alter der Vernunft von, sagen wir, sieben Jahren zu Anfang dieses Jahrhunderts, als verwegene junge Damen schon mit »Elektromobilen« über die Fifth Avenue fuhren. In jenen Tagen hatten er und sein Bruder ein englisches Kinderfräulein, das so klar und deutlich sprach, dass die beiden Jungen sich ebenso zu sprechen angewöhnten wie sie – ihre Wörter und Sätze kamen klar und deutlich heraus, nicht so breiig wie bei uns. Sie sprachen nicht gerade wie kleine Engländer, aber sie eigneten sich einen Akzent an, der für vornehme Leute in New York City typisch ist.

Im Sommer brachte man die sechs Kinder aus dem Haus in der Seventy-first Street auf einen großen Landsitz im nördlichen Connecticut. Der Ort war nicht sehr mondän – Ansons Vater wollte die Kinder so lange wie möglich von dieser Seite des Lebens fernhalten. Dieser Mann war seiner Klasse, aus der sich die bessere New Yorker Gesellschaft zusammensetzte, ein wenig überlegen und auch seiner Zeit voraus, jener Goldenen Ära mit ihrem Snobismus und ihrer vulgären Äußerlichkeit. Er wollte seinen Söhnen ein zielstrebiges Wesen und feste Grundsätze vermitteln und rechtschaffene und erfolgreiche Männer aus ihnen machen. Bis die beiden Ältesten auf die Schule kamen, hatten er und seine Frau immer ein Auge auf sie, soweit sie dazu in der Lage waren; aber in einem großen Haushalt ist das schwierig – wie viel einfacher war das doch in einem jener kleinen oder mittelgroßen Häuser, wo ich meine Jugend verbrachte und nie außer Reichweite der mütterlichen Stimme, ihres Lobs und ihres Tadels, war. Immer spürte ich ihre Gegenwart.

Anson empfand seine Überlegenheit zum ersten Mal

angesichts jener typisch amerikanischen, halb missgünstigen Ehrerbietung, die man ihm in dem Dorf in Connecticut zollte. Die Eltern der Jungen, mit denen er spielte, erkundigten sich stets nach seinen Eltern und waren ziemlich aufgeregt, wenn ihre Kinder zu den Hunters eingeladen wurden. Anson nahm das als naturgegeben hin, und er hegte zeitlebens eine Art Ungeduld allen Gruppen gegenüber, bei denen er nicht – durch Vermögen, Rang oder Stellung – im Mittelpunkt stand. Er verschmähte es, mit anderen Jungen um den Vorrang zu kämpfen; er erwartete, dass man ihm den freiwillig einräumte, und wenn nicht, zog er sich in seine Familie zurück. Seine Familie genügte ihm, denn im Osten gewährt Geld immer noch so etwas wie feudale Macht und bildet Clans, während es bei den Emporkömmlingen im Westen die Familien eher in verschiedene Interessengruppen aufspaltet.

Als Anson mit achtzehn nach New Haven ging, war er groß und stämmig, hatte einen reinen Teint und eine gesunde Gesichtsfarbe noch von seinem geordneten Schulleben her. Sein Haar war strohblond und von komischer Widerborstigkeit, seine Nase ragte spitz vor – zwei Gründe, weshalb man ihn nicht hübsch nennen konnte, aber er hatte einen selbstsicheren Charme und etwas Stolzes in seinem ganzen Auftreten. Wer ihm von den oberen Zehntausend auf der Straße begegnete, merkte instinktiv, dass dies ein junger Mann aus reichem Hause war, der eine der besten Schulen besucht hatte. Dennoch verhinderte gerade seine Überlegenheit, dass er auf dem College beliebt war. Man hielt seine souveräne Art für egozentrisch, und seine Abneigung, sich mit der nötigen Ehrfurcht den Traditionen von Yale zu widmen, ließ die ehrfürchtigen Studenten als minderwertig erscheinen. So wurde, schon lange vor dem Examen, New York sein eigentliches Lebenszentrum.

New York war seine Heimat. Dort war sein Haus mit den »Dienstboten, wie man sie heute überhaupt nicht mehr bekommt«, und seine Familie, in der er durch seine immer gute Laune und eine gewisse Leichtigkeit, mit den Dingen fertig zu werden, alsbald zum Mittelpunkt wurde; dort fanden die Debütantenbälle statt, und dort gab es die gepflegte Männergesellschaft der Clubs und gelegentliche Exzesse mit Revuegirls, auf die man in New Haven allenfalls vom fünften Rang einen Blick erhaschen konnte. Seine Ambitionen hielten sich ganz im Rahmen des Üblichen – und dazu gehörte auch das unbescholtene weibliche Wesen, das er eines Tages heiraten würde; aber sie unterschieden sich von den Ambitionen der meisten jungen Männer durch das Fehlen jener gewissen Vernebelung, die man je nachdem als »Idealismus« oder »Illusionen« zu bezeichnen pflegt. Anson ging ganz auf in der Welt der Hochfinanz und der äußersten Extravaganzen, mit ihren Ehescheidungen und Ausschweifungen, ihrem Snobismus und ihren Privilegien. Das Leben der meisten von uns endet mit einem Kompromiss – seins begann mit einem Kompromiss.

Wir trafen uns zum ersten Mal im Spätsommer 1917, als er gerade Yale absolviert hatte und, wie wir alle, in die systematische Massenhysterie des Krieges geriet. Er tauchte in seiner blaugrauen Marineflieger-Uniform in Pensacola auf, wo in den Hotels die Orchester *I'm Sorry, Dear* spielten und wir jungen Offiziere mit den Mädchen tanzten. Jeder mochte ihn gern, und obwohl er ordentlich becherte und kein besonders guter Pilot war, behandelten ihn sogar die Ausbildungsoffiziere mit einem gewissen Respekt. Er führte immer lange Gespräche mit ihnen, stets in seinem bestimmten und selbstbewussten Ton, und diese Gespräche pflegten damit zu enden, dass er sich oder, noch öfter, einen anderen Offizier geschickt vor irgendwelchen Unannehmlichkeiten bewahrte. Er war gesellig, zotig und hartnäckig hinter seinem Vergnügen her, so dass wir alle überrascht waren, als er sich in ein zurückhaltendes und recht anständiges Mädchen verliebte.

Sie hieß Paula Legendre und war eine dunkelhaarige, ernste Schönheit irgendwo aus Kalifornien. Ihre Familie wohnte im Winter unmittelbar vor der Stadt, und Paula war trotz ihrer Steifheit enorm beliebt. Es gibt eine Kategorie von Männern, deren Selbstherrlichkeit keinen Humor bei einer Frau verträgt. Anson aber gehörte nicht zu ihnen, und daher begriff ich nicht, wie ihre – man muss schon sagen – »Geradheit« auf sein scharfes und etwas bissiges Wesen anziehend wirken konnte.

Wie dem auch sei – sie verliebten sich ineinander, wobei sie tonangebend war. Er erschien nicht mehr zum Aperitif in der De-Soto-Bar, und wann immer man sie zusammen sah, waren sie in ein langes, ernsthaftes Zwiegespräch vertieft, das sich allem Anschein nach über mehrere Wochen hinzog. Sehr viel später erzählte er mir, dass es sich dabei um nichts Bestimmtes gehandelt hatte, sondern nur um unreife und sogar belanglose Äußerungen beiderseits, und die Gefühle, die sich allmählich dabei einschlichen, wuchsen nicht aus dem, was gesprochen wurde, sondern aus der gewaltigen Ernsthaftigkeit dieses Dialogs. Sie befanden sich wie unter Hypnose. Oft wurde das Gespräch von außen unterbrochen und musste jenem substanzlosen Humor weichen, den wir Spaß nennen. Sobald sie aber allein waren, wurde es wieder aufgenommen: feierlich, verhalten und so abgestimmt, als wollten sie sich gegenseitig der Einigkeit in ihrem Fühlen und Denken versichern. Es kam so weit, dass sie jede Störung übelnahmen und weder auf leichtfertige Lebensansichten noch auf den harmlosen Zynismus ihrer Altersgenossen eingingen. Sie waren nur glücklich, wenn sie ihren Dialog weiterspinnen konnten, in dessen Ernsthaftigkeit sie wie in den bernsteinfarbenen Widerschein eines Kaminfeuers getaucht waren. Schließlich gab es eine Unterbrechung, gegen die sie beide nichts einzuwenden hatten – die Leidenschaft.

Seltsamerweise war Anson auf dieses Zwiegespräch ebenso versessen wie Paula und ebenso tief davon beeindruckt; dabei war er sich gleichzeitig bewusst, dass auf seiner Seite viel Unaufrichtigkeit und auf ihrer Seite viel Einfalt mit im Spiel war. Anfangs verachtete er auch ihre Einfalt in Gefühlsdingen, durch seine Liebe jedoch gewann ihr Wesen an Tiefe und blühte auf, so dass er es nicht mehr verachten konnte. Er glaubte, wenn er in Paulas warm umhegtes Leben eintreten könnte, würde er glücklich sein. Durch die lange Vorbereitung der Zwiegespräche fiel jeder Zwang von ihm ab. Er brachte ihr einiges bei, was er von leichtlebigeren Frauen gelernt hatte, und sie ging darauf mit einer heilig-verzückten Intensität ein. Eines Abends, nachdem sie tanzen waren, kamen sie überein zu heiraten, und er schrieb einen langen Brief über sie an seine Mutter.

Tags darauf sagte Paula ihm, dass sie reich sei und ein eigenes Vermögen von annähernd einer Million Dollar habe.

III

Sie hätten genauso gut sagen können: »Wir besitzen beide nichts, wir werden gemeinsam arm sein«, es wäre ihnen ebenso angenehm gewesen, wie stattdessen reich zu sein. In beiden Fällen verband sie das gemeinsame Wagnis. Als aber Anson im April Urlaub bekam und Paula und ihre Mutter mit ihm nordwärts reisten, imponierte es ihr sehr, wie angesehen seine Familie war und in welch großem Stil sie lebten. Zum ersten Mal war sie allein mit Anson in den Räumen, in denen er als Junge gespielt hatte; dabei überkam sie ein wohliges Gefühl, als sei sie nun über alle Maßen geborgen und versorgt. Fotos von Anson als Schüler mit Ruderkappe, Anson zu Pferd mit einer Freundin aus wundervollen, längst vergessenen Sommertagen, Anson in einer lustigen Gruppe von Brautführern und Brautjungfern bei einer Hochzeit – diese Fotos machten sie eifersüchtig auf sein früheres Leben ohne sie, und seine herrische Persönlichkeit schien jene Vergangenheit in solchem Grade exemplarisch zusammenzufassen und zu verkörpern, dass sie sich nichts mehr wünschte, als unverzüglich zu heiraten und als seine Ehefrau nach Pensacola zurückzukehren.

Doch von einer baldigen Heirat war keine Rede, selbst die Verlobung sollte geheim bleiben, bis der Krieg zu Ende wäre. Als sie nun sah, dass nur noch zwei Tage von seinem Urlaub übrig waren, fasste sie in ihrer Unzufriedenheit den

Plan, ihm die Wartezeit ebenso unerträglich zu machen wie ihr. Sie waren zu einem Dinner auf dem Land eingeladen, und sie beschloss, noch an diesem Abend eine Entscheidung herbeizuführen.

Nun wohnte mit ihnen im Ritz eine Cousine von Paula, ein strenges, verbittertes Mädchen, das zwar Paula sehr zugetan, aber ein wenig neidisch auf ihre imposante Verlobung war. Als Paula sich beim Ankleiden verspätete, empfing diese Cousine, die nicht mit zum Dinner eingeladen war, inzwischen Anson im Salon der Suite.

Anson hatte um fünf Uhr Freunde getroffen und mit ihnen eine Stunde ausgiebig und hemmungslos gezecht. Er war rechtzeitig vom Yale Club aufgebrochen und hatte sich vom Chauffeur seiner Mutter ins Ritz fahren lassen, aber er hatte sich nicht ganz so unter Kontrolle wie sonst, und von der plötzlich andrängenden Hitze in dem dampfgeheizten Salon wurde ihm schwindlig. Er merkte es und war darüber gleichzeitig amüsiert und bekümmert.

Paulas Cousine war fünfundzwanzig, doch ungewöhnlich naiv, so dass sie zuerst gar nicht begriff, was los war. Sie hatte Anson nie zuvor getroffen und war höchst überrascht, als er komisches Zeug redete und beinahe vom Stuhl fiel; dennoch kam sie, bis Paula erschien, nicht auf den Gedanken, dass der Geruch, den sie seiner chemisch gereinigten Uniform zuschrieb, in Wahrheit vom Whiskey herrührte. Paula aber, kaum im Zimmer, begriff alles; ihr einziger Gedanke war, Anson wegzubringen, bevor ihre Mutter ihn so sähe, und ihr entsetzter Gesichtsausdruck klärte auch die Cousine auf.

Als Paula und Anson hinunterkamen, fanden sie in der

Limousine zwei schlafende junge Männer; es waren die beiden, mit denen er im Yale Club gezecht hatte. Sie waren ebenfalls zu dem Dinner eingeladen, und Anson hatte sie völlig vergessen. Auf der Fahrt nach Hempstead wurden sie munter und sangen. Manche ihrer Lieder waren recht derb. Paula versuchte sich damit abzufinden, dass auch Anson kein Blatt vor den Mund nahm, doch ihre Lippen pressten sich vor Scham und Ekel zusammen.

Im Hotel dachte ihre aufgebrachte und verunsicherte Cousine über den Vorfall nach und begab sich dann zu Mrs. Legendre ins Schlafzimmer mit den Worten: »Er ist ziemlich komisch, nicht wahr?«

»Wer ist komisch?«

»Nun, Mr. Hunter – er schien mir so komisch.«

Mrs. Legendre sah sie scharf an.

»Wieso ist er komisch?«

»Nun, er sagte, er sei Franzose. Wusste gar nicht, dass er Franzose ist.«

»Unsinn. Du musst ihn missverstanden haben.« Sie lächelte: »Er hat nur Spaß gemacht.«

Die Cousine schüttelte stur den Kopf.

»Nein. Er sagte, er sei in Frankreich aufgewachsen, er spreche überhaupt kein Englisch und könne sich deshalb nicht mit mir unterhalten. Und er konnte es wirklich nicht!«

Mrs. Legendre wandte sich schon unwillig ab, als die Cousine nachdenklich hinzufügte: »Vielleicht weil er so betrunken war« und aus dem Zimmer schritt.

Ihr krauser Bericht entsprach der Wahrheit. Anson, der gemerkt hatte, dass seine Zunge schwer war und ihm nicht gehorchte, war auf den ungewöhnlichen Ausweg verfallen zu behaupten, er spräche kein Englisch. Noch nach Jahren erzählte er diese Episode, wobei er unter dem Eindruck der Erinnerung jedes Mal in das dröhnende Gelächter einstimmte.

Im Lauf der nächsten Stunde versuchte Mrs. Legendre fünfmal, eine Verbindung mit Hempstead zu bekommen. Als es ihr endlich gelang, dauerte es noch mal zehn Minuten, bis sie Paulas Stimme im Apparat hörte.

»Deine Cousine Jo hat mir erzählt, Anson sei betrunken.«

»Aber nein...«

»O doch, Jo sagt, er ist betrunken. Er hat ihr erzählt, er sei Franzose, er fiel bald vom Stuhl und benahm sich ganz wie ein Betrunkener. Ich möchte nicht, dass du dich von ihm nach Hause bringen lässt.«

»Mutter, es ist alles in Ordnung mit ihm! Mach dir doch bitte keine Sorgen...«

»Ich mache mir aber Sorgen. Ich finde das furchtbar. Du musst mir versprechen, dass du nicht mit ihm herkommst.«

»Ich werde schon aufpassen, Mutter...«

»Ich will aber nicht, dass du mit ihm herkommst.«

»Ist gut, Mutter. Wiedersehen.«

»Im Ernst, Paula. Lass dich von jemand anderem nach Hause bringen.«

Bedächtig nahm Paula den Hörer vom Ohr und hängte ihn auf. Ihr Gesicht war von hilflosem Ärger rot angelaufen. Anson schlief oben lang ausgestreckt auf einem Bett, während sich die Dinner-Party unten mühsam ihrem Ende zu schleppte.

Die einstündige Autofahrt hatte ihn etwas nüchterner gemacht – bei der Ankunft war er nur noch angeheitert –, und Paula hatte Hoffnung geschöpft, den Abend doch noch retten zu können. Zwei unbedachte Cocktails vor dem Essen aber machten das Maß voll. Eine Viertelstunde lang unterhielt er die ganze Gesellschaft auf eine großsprecherische und etwas anstößige Weise, dann rutschte er sang- und klanglos unter den Tisch. Es war eine Szene wie auf einem alten Kupferstich, doch im Unterschied zu einem alten Stich hatte es nichts Drolliges, sondern war einfach nur grässlich. Von den anwesenden jungen Damen ließ sich keine etwas anmerken – man konnte nur schweigend über den Zwischenfall hinweggehen. Ansons Onkel und zwei andere Herren trugen ihn nach oben, gleich darauf war dann Paula ans Telefon gerufen worden.

Eine Stunde später wachte Anson wie benommen auf, alles tat ihm weh, und erst nach einer Weile nahm er die Umrisse seines Onkels Robert an der Tür wahr.

»… Ich sagte: Fühlst du dich jetzt besser?«

»Was?«

»Ob du dich besser fühlst, alter Junge?«

»Grässlich«, sagte Anson.

»Ich geb dir noch mal ein Bromo-Seltzer. Wenn du es runterbringst, wirst du gut schlafen.«

Mit Mühe ließ Anson seine Beine vom Bett gleiten und erhob sich.

»Mir geht's gut«, sagte er dumpf.

»Immer schön langsam.«

»Gibsu mir 'n Brandy, dann ka' ich, glaub' ich, runtergehn.«

»O nein ...«

»Doch, dasis das einzig Wirksame. Geht schon wieder ... Bin wohl unten schwer in Verschiss.«

»Sie meinen nur, du hast ein bisschen schwer geladen«, wehrte der Onkel ab. »Aber mach dir nichts draus. Schuyler hat's nicht mal bis hierher geschafft. Ist auf der Strecke geblieben, drüben in einem Umkleideraum bei den Golfplätzen.«

Obwohl ihm, außer Paulas Meinung, alle Welt gleichgültig war, war Anson entschlossen, den Rest des Abends zu retten. Doch als er nach einem kalten Bad unten auftauchte, waren die meisten schon aufgebrochen. Auch Paula drängte, sofort heimzufahren.

In der Limousine setzte ihr altes, ernsthaftes Zwiegespräch wieder ein. Sie gestand, sie habe gewusst, dass er gelegentlich trinke, aber so etwas wie heute habe sie nie und nimmer erwartet – alles in allem scheine es ihr, als ob sie vielleicht doch nicht zueinander passten. Ihre Lebensanschauungen seien zu verschieden und so weiter. Als sie nichts mehr sagte, ergriff Anson das Wort, ganz nüchtern. Dann sagte Paula, sie müsse die Sache überdenken, sie wolle jetzt nichts entscheiden. Sie sei nicht böse, nur furchtbar traurig. Auch wollte sie sich nicht von ihm ins Hotel begleiten lassen, doch ehe sie aus dem Auto stieg, beugte sie sich zu ihm hinüber und küsste ihn betrübt auf die Wange.

Am folgenden Nachmittag hatte Anson eine lange Unterredung mit Mrs. Legendre, und Paula hörte schweigend zu. Man kam überein, dass Paula wegen des Vorfalls eine angemessene Bedenkzeit brauche; danach würden Mutter und Tochter, wenn sie es für richtig hielten, Anson nach Pensacola folgen. Er seinerseits entschuldigte sich aufrichtig und in aller Form – und damit hatte sich's. Obwohl Mrs. Legendre alle Trümpfe in der Hand hielt, konnte sie ihm doch nicht beikommen. Er gelobte nichts, zeigte sich nicht zerknirscht, sondern gab nur ein paar ernsthafte Ansichten über das Leben im Allgemeinen von sich und verschaffte sich damit – sogar fast als der moralisch Überlegene – einen guten Abgang. Als sie ihm drei Wochen später in den Süden nachgereist kamen, merkten weder Anson in seiner Genugtuung noch Paula in ihrer Wiedersehensfreude, dass der Moment seelischer Übereinstimmung endgültig vorüber war.

IV

Er beherrschte ihr Fühlen und Denken, zog sie immer wieder an und bereitete ihr zugleich Sorgen. Die Mischung aus Solidität und Hemmungslosigkeit, aus Herz und Zynismus irritierte sie. Für Paulas zartes Gemüt waren diese Dinge unvereinbar, und so sah sie in ihm zunehmend zwei unterschiedliche Persönlichkeiten. Wenn sie mit ihm allein war oder auf einer offiziellen Feier oder auch zusammen mit Leuten, denen er aus irgendeinem Grund überlegen war, erfüllten sie seine starke, bezwingende Präsenz, sein väterliches, verständiges Wesen mit unermesslichem Stolz. In anderer Gesellschaft, wenn seine empfindliche Abneigung gegen vornehmes Getue sich Geltung verschaffte, wurde ihr unbehaglich zumute. Diese andere Seite war derb, laut und nur am Vergnügen interessiert. Das schreckte sie zeitweilig von ihm ab und brachte sie sogar dazu, sich versuchsweise auf einen kurzen heimlichen Flirt mit einem älteren Beau einzulassen. Aber es nützte nichts: Die vier Monate unter dem Einfluss von Ansons mitreißender Vitalität ließen alle anderen Männer dagegen blutarm und blass erscheinen.

Als er im Juli an die Front abkommandiert wurde, bekam beider Zärtlichkeit und Leidenschaft einen starken Auftrieb. Paula erwog eine rasche Kriegstrauung, verwarf den Gedanken aber allein deshalb wieder, weil sein Atem jetzt ständig nach Cocktails roch; der Abschied selbst machte sie jedoch regelrecht krank vor Kummer. Nach seiner Abreise schrieb sie ihm lange reuevolle Briefe, in denen sie von den vielen Tagen ihrer Liebe sprach, die sie mit Warten vergeudet hätten. Im August stürzte Ansons Maschine über der Nordsee ab. Nach einer Nacht im kalten Wasser wurde er von einem Zerstörer aufgefischt und kam mit einer Lungenentzündung ins Lazarett. Noch bevor er endgültig heimgeschickt wurde, war der Waffenstillstand unterzeichnet.

Dann, als ihnen wieder alles offenstand, als sich ihnen keine praktischen Hindernisse mehr in den Weg stellten, kam ihnen die geheime Webart ihrer beider Temperamente dazwischen, machte ihre Küsse schal, ließ ihre Tränen versiegen, dämpfte den Klang ihrer Stimmen füreinander und erstickte das traute Geplauder ihrer Herzen, bis sich die alte Verbindung nur noch durch Briefe aus der Ferne herstellen ließ. Eines Nachmittags wartete ein Gesellschaftsreporter zwei Stunden im Hause der Hunters auf eine Bestätigung ihrer Verlobung. Anson dementierte sie; trotzdem brachte eine Frühausgabe den Bericht auf der ersten Seite der Lokalnachrichten – sie wären »ständig zusammen gesehen worden, in Southampton, in Hot Springs und Tuxedo Park«. Dabei war ihr ernsthaftes Zwiegespräch inzwischen zu einer endlosen Streiterei geraten, und ihre Liebesgeschichte war so gut wie am Ende. Anson betrank sich schamlos und versäumte darüber ein Rendezvous mit Paula, woraufhin sie gewisse grundsätzliche Forderungen stellte, die sein Verhalten betrafen. Seine Verzweiflung kam jedoch nicht gegen seinen Stolz und sein Selbstgefühl an: Die Verlobung ging endgültig in die Brüche.

»Liebling«, hieß es jetzt in ihren Briefen. »Liebling, wenn ich mitten in der Nacht aufwache und mir vorstelle, dass es letztlich nicht hat sein sollen, möchte ich nur noch sterben. Ich kann so nicht weiterleben. Vielleicht können wir, wenn wir uns diesen Sommer treffen, noch einmal über alles sprechen, und womöglich entscheiden wir uns dann anders – wir waren an dem Tag so außer uns und enttäuscht, und ich glaube nicht, dass ich in meinem Leben ohne dich sein kann. Du sprichst von anderen Menschen. Weißt du denn nicht, dass es für mich keinen anderen Menschen gibt als dich ...«

Paula kam hier und dort im Osten herum, und dabei erwähnte sie manchmal, wie sehr sie sich vergnügte, um ihn stutzig zu machen. Anson durchschaute das. Wenn in ihren Briefen der Name eines Mannes auftauchte, fühlte er sich ihrer nur noch sicherer und belächelte den kläglichen Trick; er war von Natur aus über solche Dinge erhaben. Dennoch hoffte er unverändert, dass sie eines Tages heiraten würden.

Inzwischen stürzte er sich mit Macht in das ganze Getriebe und Geflimmer des New Yorker Nachkriegslebens, er trat in eine Maklerfirma ein, wurde Mitglied in einem halben Dutzend Clubs, tanzte bis spät in die Nacht und bewegte sich in drei Welten – seiner eigenen, der Welt der jüngeren Akademiker aus Yale und in jener Halbwelt, die auf der einen Seite des Broadways lag. Doch immer widmete er sich acht Stunden lang eisern seiner Arbeit in der Wallstreet, wo ihn seine einflussreichen Familienverbindungen zusammen mit seiner scharfen Intelligenz und seiner überbordenden physischen Energie rasant voranbrachten. Sein Geist besaß die unschätzbare Gabe, mehrere Gedanken gleichzeitig zu verfolgen. Manchmal erschien er erfrischt im Büro, obwohl er nur eine Stunde geschlafen hatte, aber das kam selten vor. Schon 1920 überstieg sein Einkommen aus Gehalt und Provisionen zwölftausend Dollar.

Je weiter die Yale-Jahre in die Vergangenheit rückten, desto beliebter wurde er unter seinen früheren Mitstudenten in New York – beliebter, als er je auf dem College gewesen war. Er hatte ein großes Haus hinter sich und dadurch die Möglichkeit, junge Männer in andere vornehme Familien einzuführen. Überdies schien seine Existenz bereits gesichert, wohingegen seine Freunde größtenteils wieder mühsam von unten anfangen mussten. In Fragen des Amüsements und auch in schwierigen Situationen wandten sie sich deshalb immer öfter an ihn, und Anson war bereitwillig zur Stelle, ja er machte sich ein Vergnügen daraus, Leuten zu helfen und ihre Angelegenheiten in Ordnung zu bringen.

In Paulas Briefen war jetzt nicht mehr von anderen Männern die Rede, dagegen klang ein zärtlicher Unterton aus ihnen heraus, den es vorher nicht gegeben hatte. Von verschiedenen Seiten erfuhr er, sie habe eine »schwere Eroberung« gemacht, Lowell Thayer, einen reichen und angesehenen Mann aus Boston, und wenn er sich auch immer noch ihrer Liebe sicher fühlte, so war ihm der Gedanke doch unbehaglich, dass er sie doch noch verlieren könnte. Bis auf einen sehr unbefriedigend verlaufenen Tag war sie fast fünf Monate nicht in New York gewesen, und als die Gerüchte sich vervielfachten, wuchs seine Unruhe, sie wiederzusehen. Im Februar nahm er seinen Urlaub und fuhr hinunter nach Florida.

Palm Beach lag breit und üppig zwischen dem funkelnden Saphir des Lake Worth, dessen glatter Schliff hier und da mit vor Anker gegangenen Hausbooten gesprenkelt war, und dem türkisblauen Band des Atlantiks. Die mächtigen Blocks des Breakers Hotel und des Royal Poinciana ragten wie ein dickbauchiges Zwillingspaar über die helle Sandfläche, während um sie herum sich das Dancing Glade, das Bradley-Spielkasino und ein Dutzend Modesalons und Putzmacherläden drängten, in denen alles dreimal so teuer war wie in New York. Auf der von Spalieren umzäunten Veranda des Breakers Hotel machten zweihundert Frauen einen raschen Schritt nach rechts, dann einen nach links, drehten sich und glitten in jene zu der Zeit populäre Figur namens Double-Shuffle, während im Takt zur Musik zweitausend Armreifen an zweihundert Armen auf und nieder klingelten.

Am Abend spielten Paula, Lowell Thayer, Anson und eine zufällige Bekanntschaft zusammen Bridge im Everglades Club. Die Karten fühlten sich heiß an. Paulas liebes, ernstes Gesicht kam Anson blass und abgespannt vor. Seit vier, fünf Jahren war sie nun so unterwegs. Seit drei Jahren kannte er sie.

»Zwei Pik.«

»Zigarette? ... Oh, pardon. Ich passe.«

»Passe.«

»Ich erhöhe: drei Pik.«

Ein Dutzend Bridgetische im Raum waren besetzt, der Zigarettenrauch wurde immer dichter. Anson begegnete Paulas Blick und sah auch dann nicht weg, als Thayer aufblickte ...

»Was war gereizt?«, fragte er geistesabwesend.

»*Rose of Washington Square*«,

sangen die jüngeren Leute in den Ecken,

»*I'm withering there*
In basement air ...«

Der Rauch senkte sich wie Nebel herab, und wenn die Tür aufging, gerieten ganze Schwaden in Bewegung. Fiebrig glänzende Augen streiften suchend über die Tische und fahndeten unter den Engländern, die im Foyer als solche posierten, nach Mr. Conan Doyle.

»Diese Luft! Mit dem Messer zu schneiden.«

»... mit dem Messer zu schneiden.«

»... schneiden.«

Als der Rubber zu Ende war, stand Paula plötzlich auf

und sprach leise und eindringlich mit Anson. Ohne Lowell Thayer weiter anzublicken, gingen beide hinaus, eine lange Steintreppe hinab und spazierten im nächsten Augenblick Hand in Hand im Mondschein den Strand entlang.

»Liebling, mein Liebling …« An einer schattigen Stelle küssten sie sich hemmungslos und leidenschaftlich. Dann entzog Paula ihm ihr Gesicht, um von seinen Lippen die ersehnten Worte zu hören – unter einem neuen Kuss meinte sie zu fühlen, wie sie sich formten. Wieder zog sie sich zurück und lauschte; als er sie aber dann wieder an sich zog, begriff sie, dass er überhaupt nichts gesagt hatte – nur »Liebste! Liebste!« in jenem tiefen, gepressten Flüsterton, der sie immer zu Tränen rührte. Demütig und folgsam gaben ihre Gefühle seinem Drängen nach, und Tränen rannen über ihr Gesicht; ihr Herz aber schrie: ›Frag mich – o Anson, Liebster, frag mich!‹

»Paula … Paula!«

Die Worte pressten ihr das Herz ab. Anson fühlte, wie sie ein Zittern überkam, und ließ es genug sein. Für ihn bedurfte es keiner Worte, nicht der fragwürdigen Verknüpfung ihrer Schicksale. Warum auch, wenn sie ihm doch gehörte? Er konnte warten, noch ein Jahr – noch ewig? Er prüfte sie beide, vor allem sich selbst. Als sie plötzlich drängte, sie müsse zurück in ihr Hotel, besann er sich einen Augenblick und dachte kurz: ›Jetzt ist die Gelegenheit‹, dann jedoch: ›Nein, warten wir noch – sie ist mir sicher …‹

Er hatte übersehen, dass auch Paula von der Pein jener drei Jahre innerlich zermürbt war. In dieser Nacht starb ihre Liebe endgültig.

Am nächsten Morgen fuhr er nach New York zurück,

von einer gewissen Unzufriedenheit und Unruhe erfüllt. Gegen Ende April erhielt er aus heiterem Himmel ein Telegramm aus Bar Harbor, in welchem Paula ihm ihre Verlobung mit Lowell Thayer und ihre unmittelbar bevorstehende Hochzeit in Boston mitteilte. Was er im Ernst nie für möglich gehalten hatte, war schließlich eingetreten.

Anson trank an diesem Morgen mehrere Whiskeys, ging ins Büro und arbeitete ohne Unterlass – sozusagen in Angst vor dem, was passieren würde, wenn er damit aufhörte. Am Abend ging er aus wie immer und erwähnte den Vorfall mit keinem Wort; er gab sich herzlich, humorvoll und war ganz bei der Sache. Aber in einem Punkt hatte er sich nicht in der Gewalt – drei Tage lang, ganz gleich wo und in welcher Gesellschaft, konnte es passieren, dass er plötzlich das Gesicht in beiden Händen barg und weinte wie ein Kind.

v

Als Anson 1922 mit dem Juniorpartner ins Ausland reiste, um den Londoner Anleihemarkt zu studieren, war damit seine Aufnahme als Teilhaber in der Firma so gut wie sicher. Er war jetzt siebenundzwanzig, ein wenig schwer, ohne eigentlich dick zu sein, und im Wesen gesetzter, als es seinem Alter entsprach. Ältere und jüngere Leute mochten ihn gleich gern und vertrauten ihm, und Mütter waren beruhigt, ihre Töchter in seiner Obhut zu wissen; denn er hatte so eine Art, wo immer er hinkam, sich mit den ältesten und konservativsten Leuten auf guten Fuß zu stellen.

›Sie und ich‹, schien er zu sagen, ›wir sind solide, wir wissen Bescheid.‹

Er kannte sich instinktiv in den männlichen und weiblichen Schwächen aus und hatte Nachsicht mit ihnen, und wie ein Priester war er umso mehr auf die Wahrung der äußeren Formen bedacht. Es war bezeichnend, dass er jeden Sonntagmorgen in einer vornehmen episkopalen Gemeinde die Sonntagsschule abhielt – und das selbst dann, wenn er nach einer ausschweifenden Nacht nur eine kalte Dusche genommen hatte und rasch in seinen Cutaway geschlüpft war.

Nach dem Tod seines Vaters war er praktisch das Oberhaupt der Familie und lenkte als solches die Geschicke seiner jüngeren Geschwister. Aufgrund einer Klausel erstreckte sich seine Macht nicht auf das väterliche Vermögen, welches von seinem Onkel Robert verwaltet wurde. Der war der Pferdenarr in der Familie, ein umgänglicher, trinkfester Mann aus jenen Kreisen, die um Wheatley Hills wohnen.

Onkel Robert und seine Frau Edna hatten Anson als Jungen sehr gern gemocht, doch der Onkel war enttäuscht, als sich die vornehmen Passionen seines Neffen nicht dem Turf zuwandten. Er machte sich für seine Aufnahme in einen Club stark, den exklusivsten in ganz Amerika, in den man nur hineinkam, wenn die Familie sich »um den Aufbau New Yorks verdient gemacht« hatte (mit anderen Worten: wenn ihr Reichtum aus der Zeit vor 1880 stammte), und als Anson diesen Club nach seiner Aufnahme zugunsten des Yale Club vernachlässigte, hielt ihm Onkel Robert eine kleine Predigt zu dem Thema. Als aber Anson sich obendrein abgeneigt zeigte, in Robert Hunters alteingesessene, doch etwas heruntergekommene Maklerfirma einzutreten, wurde dieser zunehmend kühler. Wie ein Grundschullehrer, der einem über sein Pensum hinaus nichts mehr beibringen kann, schwand er aus Ansons Gesichtskreis.

Anson hatte so viele Freunde – fast jedem hatte er schon eine besondere Gefälligkeit erwiesen und fast jeden brachte er gelegentlich durch seine unanständigen Reden in Verlegenheit oder durch seine Angewohnheit, sich zu betrinken, wenn ihm gerade danach war. Wenn ein anderer sich in diesem Punkt etwas zuschulden kommen ließ, wurde er ärgerlich – nur seine eigenen Fehltritte beurteilte er mit Humor. Ihm unterliefen die tollsten Dinge, und er erzählte sie so, dass man mitlachen musste.

In jenem Frühjahr hatte ich in New York zu tun und traf mich mit ihm gewöhnlich zum Mittagessen im Yale Club, in dem meine Universität, solange unser eigener Club noch im Werden war, zu Gast war. Ich hatte von Paulas Heirat in der Zeitung gelesen, und als ich ihn eines Nachmittags nach ihr fragte, fühlte er sich bewogen, mir die Geschichte zu erzählen. Von da an lud er mich häufig zu Familienessen in seinem Haus ein und verhielt sich, als bestünde eine besondere Beziehung zwischen uns, als wäre mit seinem Geständnis ein wenig von jener nagenden Erinnerung auf mich übergegangen.

Ich stellte fest, dass trotz des Vertrauens der jeweiligen Mütter seine Haltung gegenüber jungen Mädchen nicht nur die eines untadeligen Beschützers war. Er überließ es ganz den Frauen – wenn sie zu einem lockeren Lebenswandel neigten, mussten sie eben auf der Hut sein, auch vor ihm.

»Das Leben«, so erklärte er zuweilen, »hat mich zum Zyniker gemacht.«

Unter »Leben« verstand er Paula. Manchmal, besonders wenn er unter Alkohol stand, verdrehte er gewisse Dinge, und er glaubte dann, dass sie ihn gemein hintergangen habe.

Dieser »Zynismus« oder eher seine Ansicht, dass man leichtsinnig veranlagte Mädchen nicht zu schonen brauche, führte zu seiner Affäre mit Dolly Karger. Es war nicht seine einzige Liebesaffäre in jenen Jahren, aber sie war am ehesten dazu angetan, ihn tiefer zu berühren, und hatte einen nachhaltigen Einfluss auf seine Lebensanschauungen.

Dolly war die Tochter eines berüchtigten »Publizisten«, der in die bessere Gesellschaft eingeheiratet hatte. Sie wuchs in die Junior League hinein, debütierte im Plaza-Hotel und ging zur Morgenandacht. Nur einige ganz alte Familien wie die Hunters konnten die Frage aufwerfen, ob sie »dazugehöre« oder nicht, denn ihr Bild erschien oft in den Zeitungen, und sie fand mehr beneidenswerte Beachtung als viele junge Mädchen, die ohne jeden Zweifel »dazugehörten«. Sie war dunkelhaarig, hatte karminrote Lippen und eine frische, liebliche Gesichtsfarbe, die sie jedoch im ersten Jahr nach ihrem Debüt unter einer rosa-grauen Puderschicht verbarg, da rote Wangen unmodern waren – man gab sich viktorianisch blass. Sie trug strenge schwarze Kostüme und stand meist mit den Händen in den Taschen ein wenig vorgeneigt, mit einer belustigten und zugleich reservierten Miene. Sie tanzte ganz ausgezeichnet – Tanzen ging ihr über alles und kam für sie gleich hinter der Liebe.

Seit ihrem zehnten Lebensjahr war sie ständig verliebt und meistens in Jungen, die sich nichts aus ihr machten. Wer sich mit ihr abgab – und das waren nicht wenige –, langweilte sie schon bald, ihre unglücklichen Lieben jedoch behielten in ihrem Herzen einen bevorzugten Platz. Wenn sie einen solchen Mann ihres Herzens wiedertraf, versuchte sie es stets noch einmal – zuweilen mit, öfter jedoch ohne Erfolg.

Dieser Zigeunerin des Unerreichbaren kam es nie in den Sinn, dass diejenigen, die ihre Liebe verschmähten, sich in einer Sache ähnelten. Sie alle durchschauten mit unerbittlichem Instinkt ihre Schwäche – keine Schwäche des Gefühls, sondern das Unvermögen, es zu steuern. Anson bemerkte dies, als er ihr, knapp vier Wochen nach Paulas Heirat, zum ersten Mal begegnete. Er hatte sich ziemlich dem Trinken hingegeben und tat eine Woche lang so, als habe er sich in sie verliebt. Dann ließ er sie plötzlich fallen und vergaß sie – wodurch er sofort in ihrem Herzen an die erste Stelle rückte.

Wie so viele junge Frauen in jenen Tagen war auch Dolly auf eine lässige und unbekümmerte Art zügellos. Die lockeren Sitten der etwas älteren Generation waren lediglich ein Ausdruck der Nachkriegstendenz gegen überholte Lebensauffassungen gewesen. Dollys Generation war zugleich altmodischer und verwahrloster, und in Anson fand sie die beiden Extreme, an die eine in ihrem Gefühl haltlose Frau sich gerne klammert: die ungezwungene, tolerante Art und die Stärke des Beschützers. In seinem Charakter fand sie sowohl Weichheit als auch Härte, und von beidem fühlte sie sich unweigerlich angezogen.

Sie ahnte, dass es Schwierigkeiten geben würde, doch über den wahren Grund täuschte sie sich – sie dachte, Anson und seine Familie wünschten sich eine bessere Partie, aber sie erkannte von vornherein ihre Chance in seinem Hang zum Alkohol.

Sie trafen sich zuerst auf den großen Debütantenbällen; dann, mit zunehmender Verliebtheit, fanden sie immer mehr Vorwände, zusammen zu sein. Wie die meisten Mütter hielt auch Mrs. Karger Anson für äußerst zuverlässig. So erlaubte sie Dolly, mit ihm in abgelegene Landclubs zu fahren und Bekannte in Vororten zu besuchen, forschte nicht weiter nach, was sie dort trieben, und gab sich bei spätem Nachhausekommen mit ihren Erklärungen zufrieden. Anfangs hatte es mit diesen Erklärungen wohl noch seine Richtigkeit, dann aber gerieten Dollys Pläne zur Eroberung Ansons in den wachsenden Strudel ihrer Leidenschaft. Küsse im Fond von Taxis oder Privatwagen genügten ihnen nicht mehr. Sie verfielen auf eine sonderbare Idee:

Eine Zeitlang brachen sie aus ihrer Welt aus und schufen sich eine andere, etwas tiefer gelegene, wo Ansons Pichelei und Dollys unstete Lebensweise weniger bemerkt und kommentiert wurden. Diese Welt wechselte in ihrer Zusammensetzung – Freunde von Anson aus Yale mit ihren Frauen, zwei oder drei junge Häusermakler und Börsianer und eine Gruppe ungebundener junger Männer, die frisch vom College kamen, Geld hatten und auf ihr Vergnügen aus waren. Was diesem Milieu an Großartigkeit und Rang fehlte, wurde dadurch wettgemacht, dass man sich gegenseitig Freiheiten ließ, die man sich selbst kaum gestattete. Überdies bildeten sie beide den Mittelpunkt, was Dolly die Genugtuung verschaffte, sich herablassend geben zu können – eine Genugtuung, die Anson, dessen Leben ein einziger Abstieg von den sicheren Höhen seiner Kindheit war, nicht nachempfinden konnte.

Er liebte sie nicht, und das sagte er ihr auch oft in jenen fiebrigen Wintermonaten ihrer Beziehung. Im Frühjahr hatte er genug, er wollte sein Leben aus einer anderen Quelle erneuern; außerdem sah er, dass er entweder jetzt mit ihr brechen oder das Risiko einer endgültigen Verführung auf sich nehmen musste. Ihre Familie schien ihn dazu ermutigen zu wollen, und gerade das trieb ihn zur Entscheidung. Als eines Abends Mr. Karger diskret an der Tür zur Bibliothek anklopfte und verkündete, im Esszimmer stehe noch eine Flasche mit altem Brandy, spürte Anson, wie das Leben ihn in die Enge trieb. Noch in derselben Nacht schrieb er ihr einen kurzen Brief, dass er in Urlaub fahren werde und dass es in Anbetracht aller Umstände besser sei, wenn sie sich nicht mehr sähen.

Es war mittlerweile Juni. Seine Familie hatte das Haus zugemacht und war aufs Land gegangen, weshalb er vorübergehend im Yale Club wohnte. Er hatte mir von Anfang an von seiner Geschichte mit Dolly erzählt – ein humorgewürzter Bericht, denn er verachtete unstete Frauen und gönnte ihnen in der gesellschaftlichen Hierarchie, an die er glaubte, keinen Platz –, und als er mir an jenem Abend erzählte, er sei im Begriff, sie endgültig zu verlassen, war ich erleichtert. Ich hatte Dolly hin und wieder gesehen und dabei jedes Mal Mitleid mit der Aussichtslosigkeit ihres

Kampfes empfunden, aber auch Scham darüber, dass ich ganz unbefugterweise so viel von ihr wusste. Sie war das, was man »ein hübsches junges Ding« nennt, doch da war noch etwas Unbekümmertes in ihrem Wesen, das mich Anteil nehmen ließ. Ihre Hingabe an die Gottheit der Lebensvergeudung wäre weniger aufgefallen, wenn sie nicht so temperamentvoll gewesen wäre; höchstwahrscheinlich würde sie sich wegwerfen, aber ich war erleichtert zu hören, dass dieses Menschenopfer sich nicht in meinem Gesichtskreis vollziehen würde.

Anson wollte den Abschiedsbrief am nächsten Morgen bei ihr zu Hause abgeben. Es war eins der wenigen noch nicht verlassenen Häuser in der Gegend der Fifth Avenue. Er wusste, dass die Kargers auf eine voreilige Information von Dolly hin eine Auslandsreise aufgegeben hatten, um ihrer Tochter die Chancen nicht zu verderben. Als er den Yale Club zur Madison Avenue hin verließ, kam der Briefträger an ihm vorbei, und er folgte ihm noch einmal zurück in den Club. Der erste Brief, auf den sein Blick fiel, war von Dollys Hand geschrieben.

Er sah es schon voraus – ein einsamer, tragisch übersteigerter Monolog voll der bekannten Vorwürfe und beschworenen Erinnerungen mit »Weißt Du noch« und »Ob Du wohl«, all diese verflossenen Vertraulichkeiten, die er in einer, wie ihm schien, ganz anderen Lebensepoche bereits mit Paula Legendre ausgetauscht hatte. Er blätterte deshalb zuerst einige Rechnungen durch, bis der Brief wieder zum Vorschein kam, und er öffnete ihn. Zu seiner Überraschung war es eine kurze, etwas förmliche Mitteilung, die besagte, dass Dolly leider nicht mit ihm übers Wochenende aufs

Land fahren könne, weil ganz unerwartet Perry Hull aus Chicago eingetroffen sei. Weiter hieß es, er habe das nur sich selbst zuzuschreiben: »…wenn ich wüsste, dass Du mich so liebst wie ich Dich, würde ich auf der Stelle mit Dir kommen, wohin Du willst, aber Perry ist sooo nett und wünscht sich so sehr, dass ich ihn heirate …«

Anson lächelte verächtlich – er kannte sich mit solchen Lockepisteln aus. Mehr noch, er wusste, dass Dolly diesen Plan ausgebrütet hatte; vermutlich hatte sie nach dem treuen Perry geschickt und den Zeitpunkt seiner Ankunft genau berechnet, ja der Brief war bewusst so abgefasst, dass er eifersüchtig werden sollte, ohne jedoch ganz abzuspringen. Wie alle Kompromisse klang der Brief weder kraftvoll noch überzeugend, sondern nur ängstlich und verzweifelt.

Plötzlich wurde er wütend. Er setzte sich in die Halle und las den Brief noch einmal. Dann ging er ans Telefon, rief Dolly an und sagte ihr in seinem klaren, eindringlichen Ton, er habe ihr Briefchen erhalten und werde sie wie verabredet um fünf Uhr abholen. Er wartete gar nicht erst ihr gespielt unsicheres »Vielleicht können wir uns eine Stunde sehen« ab, sondern hängte den Hörer auf und ging ins Büro. Unterwegs zerriss er seinen eigenen Brief in kleine Fetzen und verstreute sie auf der Straße.

Er war nicht eifersüchtig – so viel bedeutete sie ihm nicht –, aber ihr erbärmlicher Schwindel brachte seinen ganzen halsstarrigen Egoismus an die Oberfläche. Seine geistige Überlegenheit duldete es nicht, dass er diese Anmaßung einfach so hinnahm. Wenn sie wissen wollte, wem sie gehörte, wollte er es ihr schon zeigen.

Um Viertel nach fünf war er an der Haustür. Dolly war

zum Ausgehen angezogen, und er hörte sich noch einmal schweigend ihr Sätzchen »Wir können uns nur für eine Stunde sehen« an, das sie ihm schon am Telefon hatte vorbringen wollen.

»Setz deinen Hut auf, Dolly«, sagte er, »wir wollen einen Spaziergang machen.«

Sie schlenderten die Madison Avenue hinauf und hinüber zur Fifth Avenue. Anson schwitzte in der heißen Sonne, und sein Hemd begann feucht an seinem fülligen Leib zu kleben. Er sprach wenig, schalt sie und gab sich kühl – und noch ehe sie sechs Häuserblocks passiert hatten, war sie wieder die Seine, entschuldigte sich wegen ihres Briefes, bot ihm zur Versöhnung an, Perry überhaupt nicht zu treffen, kurz: war zu jedem Kniefall bereit. Sie hielt sein Kommen für den Beweis, dass er anfing, sie zu lieben.

»Mir ist heiß«, sagte er, als sie an die Seventy-first Street kamen. »Das ist ein viel zu warmer Anzug. Ich möchte schnell hinaufgehen und mich umziehen, würdest du bitte so lange auf mich warten? Es dauert nicht lange.«

Sie war überglücklich; das Geständnis, dass ihm heiß sei, ja alles, was seinen Körper betraf, erregte sie. Als sie an das eiserne Gittertor kamen und Anson seinen Schlüssel hervorholte, geriet sie in eine Art von Verzückung.

Im Erdgeschoss war es dunkel. Nachdem er im Lift hinaufgefahren war, zog Dolly einen Vorhang auf und blickte durch eine dichte Spitzengardine auf die Häuser gegenüber. Sie hörte, wie der Lift oben anhielt. In der vagen Absicht, ihm einen Streich zu spielen, drückte sie auf den Knopf und holte den Lift wieder herunter. Nun schon nicht mehr impulsiv, sondern ganz bewusst stieg sie ein und fuhr zu dem Stock hinauf, in dem sie ihn vermutete.

»Anson«, rief sie mit leisem Kichern.

»Moment noch«, antwortete er aus dem Schlafzimmer und ein wenig später: »Jetzt kannst du reinkommen.«

Er hatte sich umgezogen und knöpfte gerade seine Weste zu.

»Hier ist mein Zimmer«, sagte er beiläufig. »Gefällt es dir?«

Sie entdeckte Paulas Bild an der Wand und starrte es fasziniert an – genau so, wie Paula vor fünf Jahren die Bilder von Ansons Jugendfreundinnen betrachtet hatte. Sie wusste einiges über Paula, und manchmal quälte sie sich selbst mit den Bruchstücken dieser Geschichte.

Plötzlich trat sie nahe an Anson heran und hob die Arme. Sie umschlangen einander. Draußen vor dem Fenster breitete sich schon eine weiche, künstliche Dämmerung aus, obwohl die Sonne noch hell auf einem Dach auf der anderen Seite der Straße lag. In einer halben Stunde würde es ganz dunkel im Zimmer sein. Die unverhoffte Gelegenheit überwältigte beide und benahm ihnen den Atem; sie drängten sich enger aneinander. Das Unvermeidliche schien nicht mehr aufzuhalten. Noch während sie sich so umarmten, hoben sie den Kopf – und ihre Blicke fielen gleichzeitig auf Paulas Bild, das von der Wand auf sie herabsah.

Plötzlich ließ Anson die Arme sinken, setzte sich an seinen Schreibtisch und öffnete mit dem Schlüsselbund ein Schubfach.

»Was zu trinken?«, fragte er fast barsch.

»Nein, Anson.«

Er goss sich selbst ein halbes Glas Whiskey ein und stürzte es hinunter; dann öffnete er die Tür zum Flur.

»Komm«, sagte er.

Dolly zögerte.

»Anson, ich fahre auf jeden Fall heute Abend mit dir aufs Land hinaus. Verstehst du, was ich meine, ja?«

»Natürlich«, antwortete er brüsk.

In Dollys Wagen fuhren sie nach Long Island und waren sich innerlich näher als je zuvor. Sie wussten, was geschehen würde – wenn diesmal Paulas Gesicht sie nicht daran erinnerte, dass etwas zu ihrem Glück fehlte; wenn sie miteinander allein waren in dieser stillen warmen Nacht auf Long Island –, doch das beunruhigte sie nicht.

Der Landsitz in Port Washington, wo sie das Wochenende verbringen wollten, gehörte einer Cousine von Anson, die einen Unternehmer im Bereich Montana-Kupfer geheiratet hatte. Eine endlose Auffahrt wand sich vom Pförtnerhaus zwischen importierten jungen Pappeln hinauf zu einem riesigen rötlichen Haus im spanischen Stil. Anson war schon oft dort gewesen.

Nach dem Abendessen fuhren sie zum Tanzen in den Linx Club. Gegen Mitternacht vergewisserte sich Anson, dass seine Verwandten nicht vor zwei aufbrechen würden. Dann erklärte er, Dolly sei müde; er wolle sie nach Hause fahren und später zurückkommen. Ein wenig zitternd vor Erregung stiegen sie in einen geborgten Wagen und fuhren nach Port Washington. Beim Pförtnerhaus hielt er kurz an und sprach mit dem Nachtwächter.

»Wann machen Sie Ihre Runde, Carl?«

»Eben jetzt.«

»Sie sind also hier, bis alle nach Hause kommen?«

»Jawohl, Sir.«

»Schön. Hören Sie zu: Wenn irgendein Auto, egal welches, hier zum Tor hereinfährt, rufen Sie sofort oben im Haus an.« Er drückte Carl einen Fünfdollarschein in die Hand. »Ist das klar?«

»Jawohl, Mr. Anson.« Kein Lächeln oder Augenzwinkern, denn er war vom alten Schlag. Dennoch wandte Dolly im Auto ihr Gesicht ein wenig ab.

Anson hatte einen Hausschlüssel. Drinnen goss er ihnen beiden einen Drink ein – Dolly ließ ihr Glas unberührt – und erkundete dann den Standort des Telefons. Es befand sich in bequemer Hörweite ihrer Zimmer, die im ersten Stock lagen.

Fünf Minuten später klopfte er an Dollys Zimmertür.

»Anson?« Er trat ein und schloss hinter sich die Tür. Dolly war schon im Bett und stützte ängstlich die Ellbogen auf das Kopfkissen; er setzte sich neben sie und nahm sie in die Arme.

»Anson, Lieber.«

Er gab keine Antwort.

»Anson… Anson! Ich liebe dich… Sag, dass du mich liebst. Sag's jetzt – kannst du nicht? Auch wenn du es nicht ehrlich meinst?«

Er hörte nicht zu. Er bemerkte, dass über ihrem Kopf Paulas Bild an der Wand hing.

Er stand auf und ging nah heran. Der Rahmen leuchtete schwach in dem mehrfach gebrochenen Mondlicht – drinnen war der undeutliche Schatten eines Gesichts, das ihm, wie er jetzt feststellte, ganz unbekannt war. Fast schluchzend wandte er sich um und starrte mit Abscheu auf die schmächtige Gestalt im Bett.

»Das ist alles Wahnsinn«, sagte er gepresst. »Ich weiß nicht, was mir einfiel. Ich liebe dich nicht, und du wartest wohl besser, bis jemand kommt, der dich liebt. Ich liebe dich kein bisschen, begreifst du das nicht?«

Die Stimme versagte ihm, und er ging eilends hinaus. Wieder unten im Salon goss er sich gerade mit zitternden Händen einen Drink ein, als plötzlich die Haustür aufging und seine Cousine hereinkam.

»Was ist, Anson? Ich höre, Dolly fühlt sich nicht wohl«, begann sie besorgt. »Ist sie krank?«

»Nichts Schlimmes«, unterbrach er sie und sprach extra laut, damit man ihn oben in Dollys Zimmer hören konnte. »Sie war nur etwas müde. Sie ist schon zu Bett gegangen.«

Noch lange danach glaubte Anson, dass eine schützende Gottheit zuweilen in die menschlichen Angelegenheiten eingreift. Dolly Karger aber, die in ihrem Zimmer wach lag und an die Decke starrte, glaubte nie wieder an irgendetwas auf der Welt.

VI

Als Dolly im folgenden Herbst heiratete, war Anson gerade geschäftlich in London. Wie Paulas Heirat kam auch diese überraschend, aber es berührte ihn ganz anders. Zuerst fand er die Sache komisch und hätte am liebsten laut gelacht, wenn er daran dachte. Später deprimierte es ihn – er kam sich alt vor.

Die Dinge schienen sich zu wiederholen – kein Wunder, denn Paula und Dolly gehörten zwei verschiedenen Generationen an. Er bekam einen Vorgeschmack davon, wie sich ein Mann von vierzig fühlt, der hört, dass die Tochter einer alten Flamme von ihm sich verheiratet hat. Er telegraphierte seine Glückwünsche, und diese waren – anders als im Falle Paulas – aufrichtig gemeint; was Paula betraf, hatte er nie ernstlich gehofft, dass sie glücklich werden würde.

Nach New York zurückgekehrt, wurde er Teilhaber der Firma und hatte dadurch mehr Verantwortung und weniger freie Zeit. Die Weigerung einer Lebensversicherungsgesellschaft, ihm eine Police auszustellen, beeindruckte ihn dermaßen, dass er für ein Jahr das Trinken aufgab und behauptete, sich dabei körperlich besser zu fühlen. Dennoch glaube ich, dass er das feuchtfröhliche Prahlen mit seinen Abenteuern à la Benvenuto Cellini vermisste, denn diese hatten in seinen frühen Zwanzigern ein gut Teil seines Lebens ausgemacht. Dem Yale Club aber blieb er weiter treu. Er war dort eine bekannte Figur, eine Persönlichkeit, deren regelmäßiges Erscheinen seine ehemaligen Studiengenossen, die jetzt sieben Jahre aus dem College waren, davon abhielt, in seriösere Lokalitäten abzuwandern.

Beruflich war er nie so überlastet oder geistig so abgespannt, dass er nicht für jeden, der ihn um Hilfe bat, ein offenes Ohr gehabt hätte. Früher hatte er aus Stolz und Überlegenheitsgefühl geholfen, jetzt war es ihm zu einer Gewohnheit und Leidenschaft geworden. Und es gab immer einen Anlass – ein jüngerer Bruder, der in New Haven Schwierigkeiten hatte, ein zu schlichtender Ehekrach zwischen einem Freund und dessen Frau, die Vermittlung einer

Stelle für diesen Bekannten oder einer Kapitalanlage für jenen. Seine Spezialität aber war es, die Eheprobleme jüngerer Paare zu lösen. Junge Ehepaare faszinierten ihn, und ihre Wohnungen waren für ihn so etwas wie ein geheiligtes Gebiet. Er kannte den Verlauf ihrer Liebesgeschichte, gab ihnen Ratschläge, wo und wie sie am besten leben sollten, und merkte sich die Namen ihrer Sprösslinge. Gegenüber den jungen Ehefrauen benahm er sich äußerst gewissenhaft; nie missbrauchte er das Vertrauen, das ihm die Gatten – merkwürdigerweise trotz seiner allgemein bekannten Eskapaden – stets entgegenbrachten.

Er freute sich über die gelungenen Ehen anderer, und nicht weniger genoss er seine Melancholie, wenn eine Ehe entzweiging. In fast jeder Saison musste er erleben, wie eine Beziehung in die Brüche ging, bei der er womöglich selbst Pate gestanden hatte. Als Paula geschieden wurde und sich fast unmittelbar darauf mit einem anderen Mann aus Boston verheiratete, sprach er mit mir einen ganzen Nachmittag über sie. Er würde nie wieder jemanden so lieben wie Paula, doch er behauptete, sie sei ihm inzwischen gleichgültig.

»Ich werde niemals heiraten«, meinte er. »Ich habe zu viel gesehen und weiß, dass eine glückliche Ehe etwas sehr Seltenes ist. Außerdem bin ich zu alt dazu.«

Dennoch glaubte er an die Ehe und war von ihrem Wert so leidenschaftlich überzeugt wie alle Männer, die selbst aus einer glücklichen und erfolgreichen Ehe hervorgegangen sind. Nichts, was er gesehen hatte, konnte diesen Glauben erschüttern, vor dem sich sein Zynismus spurlos verflüchtigte. Aber er war wirklich der Meinung, er sei zu alt. Mit achtundzwanzig war er schon so weit, sich gleichmütig mit der Aussicht auf eine unromantische Vernunftheirat abzufinden. Er wählte kurzentschlossen eine junge New Yorkerin aus seinen Kreisen, hübsch, klug, angenehm und von tadellosem Ruf, und begann ihr den Hof zu machen. Aber bei den Dingen, die er noch Paula in aller Aufrichtigkeit und später anderen Mädchen wenigstens mit Charme gesagt hatte, musste er jetzt immer lächeln und brachte sie nicht mit der nötigen Überzeugungskraft heraus.

»Mit vierzig«, so sagte er zu seinen Freunden, »werde ich reif sein. Dann werde ich wie so viele andere irgendeiner Tänzerin verfallen.«

Trotzdem gab er nicht so schnell auf. Seine Mutter hätte ihn gern verheiratet gesehen, und er konnte es sich jetzt auch gut leisten. Er hatte einen festen Platz an der Börse, und sein Einkommen belief sich auf fünfundzwanzigtausend Dollar im Jahr. Es sprach nichts gegen eine Heirat. Wenn seine Freunde – er verbrachte die meiste Zeit mit der Clique, die er und Dolly gegründet hatten – sich abends in ihr häusliches Leben zurückzogen, machte ihm seine Freiheit keinen Spaß mehr. Er fragte sich sogar, ob er nicht Dolly hätte heiraten sollen. Nicht einmal Paula hatte ihn so sehr geliebt, und er musste jetzt erfahren, wie selten es war, in seinem Leben auf wahres und echtes Gefühl zu treffen.

Gerade als diese Stimmung sich seiner bemächtigte, kam ihm eine beunruhigende Geschichte zu Ohren. Seine Tante Edna, eine Frau an der Schwelle der vierzig, unterhielt ein regelrechtes Verhältnis mit einem liederlichen, trunksüchtigen jungen Mann namens Cary Sloane. Alle Welt wusste das, nur Ansons Onkel Robert nicht, der fünfzehn Jahre lang in Clubs herumgesessen und sich über seine Frau keine weiteren Gedanken gemacht hatte.

Anson hörte die Geschichte mit wachsendem Unwillen. Die alte Zuneigung zu seinem Onkel meldete sich wieder, aber dieses Gefühl war nicht nur persönlicher Art, es war eine Rückwendung zu jener Familiensolidarität, die das Fundament seines Stolzes war. Mit Scharfblick erkannte er den springenden Punkt der Sache, nämlich dass seinem Onkel dieser Schmerz erspart werden müsse. Es war das erste Mal, dass er sich auf eigene Faust irgendwo einmischte, aber da er Ednas schwierigen Charakter kannte, war er überzeugt, mit dem Fall besser umgehen zu können als irgendein Bezirksrichter oder gar sein Onkel selbst.

Dieser befand sich gerade in Hot Springs. Anson spürte den Quellen des Gerüchts nach, bis jede Möglichkeit eines Irrtums ausgeschlossen war; dann rief er Edna an und bat sie für den nächsten Tag zum Lunch ins Plaza-Hotel. Etwas in seinem Ton musste sie erschreckt haben, denn sie ging nicht gleich darauf ein, aber er blieb hartnäckig und kam ihr mit dem Termin so weit entgegen, bis sie für eine Absage keinen Vorwand mehr hatte.

Sie erschien zur verabredeten Zeit in der Halle des Plaza-Hotels, eine charmante, etwas verwelkte, grauäugige Blondine in einem russischen Zobel. Fünf große Ringe blitzten mit dem kalten Feuer von Diamanten und Smaragden auf ihren schlanken Händen. Anson fuhr es durch den Sinn, dass der Pelz und die Edelsteine, deren üppiger Glanz Ednas schon dahinschwindenden Reizen einen letzten Auftrieb gab, mit der Intelligenz seines Vaters, nicht seines Onkels verdient worden waren.

Obwohl Edna seine feindselige Haltung witterte, war sie doch nicht auf die Direktheit gefasst, mit der er die Sache anging.

»Edna, ich bin höchst erstaunt über dein Verhalten in letzter Zeit«, sagte er in einem strengen, offenen Ton. »Zuerst konnte ich's gar nicht glauben.«

»Was glauben?«, fragte sie scharf.

»Mir brauchst du nichts vorzumachen, Edna. Ich spreche von Cary Sloane. Abgesehen von allem anderen bin ich der Ansicht, dass Onkel Robert –«

»Hör mir mal zu, Anson«, begann sie ärgerlich, aber seine Stimme übertönte sie gebieterisch:

»…und deine Kinder das nicht verdient haben. Du bist seit achtzehn Jahre verheiratet und solltest es eigentlich besser wissen.«

»Wie redest du denn mit mir? Du kannst doch nicht –«

»Doch, das kann ich. Onkel Robert ist stets mein bester Freund gewesen.« Er war gewaltig erregt und verspürte wirkliches Mitleid mit seinem Onkel und seinen drei jüngeren Cousinen.

Edna erhob sich, ohne ihren Krabbencocktail angerührt zu haben.

»Das ist das Unerhörteste, was ich –«

»Schön, wenn du mich nicht anhören willst, gehe ich zu Onkel Robert und erzähle ihm die ganze Geschichte – früher oder später muss er sie ohnehin erfahren. Und dann werde ich zum alten Moses Sloane gehen.«

Edna sank auf ihren Sessel zurück.

»Sprich doch nicht so laut«, bat sie. Ihre Augen verschleierten sich mit Tränen. »Deine Stimme ist so durchdringend, man kann dich überall hören. Du hättest auch einen weniger belebten Ort für diese verrückten Beschuldigungen wählen können.«

Er gab keine Antwort.

»Oh, du hast mich nie leiden mögen, ich weiß«, fuhr sie fort. »Du machst dir nur irgendein schmutziges Gerede zunutze und versuchst die einzige interessante Freundschaft, die ich je hatte, zu zerstören. Was hab ich nur getan, dass du mich so hasst?«

Anson wartete weiter. Als Nächstes würde der Appell an seine Ritterlichkeit kommen, dann an sein Mitgefühl und schließlich an seine geistige Überlegenheit – und wenn er das alles über sich hatte ergehen lassen, würden Geständnisse folgen, und dann konnte er mit ihr zur Sache kommen. Indem er schwieg, unzugänglich blieb und immer wieder seine Hauptwaffe, nämlich seine echte Empfindung, einsetzte, trieb er sie, während die Stunde des Mittagessens verstrich, zu wilder Verzweiflung. Gegen zwei Uhr holte sie Spiegel und Taschentuch hervor, wischte die Tränenspuren ab und puderte ihre etwas hohlen Wangen. Sie hatte sich bereit erklärt, ihn um fünf bei sich zu empfangen.

Als er ankam, lag sie ausgestreckt auf einer Chaiselongue, die für die Sommermonate einen Cretonneüberzug hatte. Die Tränen, zu denen er sie am Mittag getrieben hatte, schienen noch in ihren Augen zu stehen. Dann bemerkte er Cary Sloanes dunkle, drohende Gestalt vor dem kalten Kamin.

»Was soll das heißen?«, legte Sloane sofort los. »Wie ich höre, haben Sie Edna zum Lunch eingeladen und ihr dann aufgrund irgendwelcher albernen Gerüchte gedroht.«

Anson setzte sich.

»Ich habe allen Grund zu der Annahme, dass es sich nicht nur um ein Gerücht handelt.«

»Und Sie wollen Robert Hunter und meinem Vater davon Mitteilung machen.«

Anson nickte. »Wenn Sie diese Beziehung nicht aufgeben, allerdings«, sagte er.

»Was zum Teufel geht das Sie überhaupt an, Hunter?«

»Lass dich nicht hinreißen, Cary«, sagte Edna nervös. »Es handelt sich ja nur darum, ihm zu beweisen, wie unhaltbar –«

»Es ist schließlich mein Name, der in diesem Zusammenhang von Mund zu Mund geht«, unterbrach Anson sie. »Das ist das Einzige, was ich mit Ihnen zu besprechen habe, Cary.«

»Edna gehört nicht zu Ihrer Familie.«

»Und ob sie dazugehört!« Er wurde wütend. »Verdankt sie etwa nicht dieses Haus und die Ringe an ihren Fingern der Leistung meines Vaters? Als Onkel Robert sie heiratete, besaß sie nicht einen Penny.«

Alle blickten auf die Ringe, als seien die für die Situation ausschlaggebend. Edna machte Anstalten, sie von der Hand zu ziehen.

»Es gibt ja schließlich noch mehr Ringe auf der Welt«, sagte Sloane.

»Das ist doch absurd«, rief Edna aus. »Willst du mich mal anhören, Anson? Ich habe herausbekommen, wie dieses schmutzige Gerede entstanden ist. Es war ein Hausmädchen, das ich entlassen habe, und das ging schnurstracks zu den Chilicheffs. Diese Russen holen alles aus ihren Dienstboten heraus und ziehen dann falsche Schlüsse.« Sie schlug zornig mit der Faust auf den Tisch: »Und das, nachdem Robert ihnen vorigen Winter unten im Süden für einen ganzen Monat unsere Limousine geliehen hat …«

»Begreifen Sie?«, fragte Sloane eifrig. »Dieses Dienstmädchen hat die Sache falsch interpretiert. Sie wusste, dass Edna und ich befreundet sind, und das hinterbrachte sie den Chilicheffs. In Russland nimmt man an, dass, wenn ein Mann und eine Frau …«

Er erweiterte das Thema zu einer Abhandlung über die gesellschaftlichen Beziehungen der Geschlechter im Kaukasus.

»Wenn sich die Sache so verhält, wäre es besser, Onkel Robert alles zu erklären«, sagte Anson trocken, »damit er, wenn die Gerüchte bis zu ihm dringen, weiß, dass sie unwahr sind.«

Nach der gleichen Taktik, die er mit Edna beim Lunch befolgt hatte, ließ er die beiden alles wegdisputieren. Er wusste, sie waren schuldig und würden bald von Erklärungen zu Rechtfertigungen übergehen und sich damit endgültiger überführen, als er es je vermocht hätte. Gegen sieben hatten sie dann den verzweifelten Schritt getan und ihm die Wahrheit gestanden – Robert Hunters Gleichgültigkeit, Ednas inhaltsloses Dasein, der zufällige Flirt, der zur Leidenschaft emporgeflammt war –, aber wie so viele wahre Geschichten war auch diese leider uralt und verbraucht, so dass sie gegen Ansons eisernen Willen nicht ankommen konnte. Seine Drohung, zu Sloanes Vater zu gehen, machte ihre Situation endgültig hoffnungslos, denn dieser, ein ehemaliger Baumwollmakler aus Alabama, war bekannt als

Fundamentalist, der seinen Sohn durch streng bemessene finanzielle Zuwendungen in Schranken hielt und keinen Zweifel darüber ließ, dass er ihm bei der nächsten Extratour diese Unterstützung auf immer entziehen würde.

Sie aßen in einem kleinen französischen Restaurant zu Abend, wo der Disput seinen Fortgang nahm. Einmal versuchte Sloane es mit massiven Drohungen, dann wieder beschworen ihn beide, ihnen Bedenkzeit zu geben. Aber Anson blieb hartnäckig. Er sah, dass Edna bereits die Trennung erwog und dass man ihr keine Gelegenheit geben durfte, ihre Leidenschaft wieder aufflackern zu lassen.

Um zwei, in einem kleinen Nachtlokal in der Fifty-third Street, bekam Edna einen Nervenzusammenbruch und schluchzte, sie wolle nach Hause. Sloane hatte den ganzen Abend schwer getrunken und war etwas rührselig; er lehnte über dem Tisch, hatte das Gesicht in den Händen geborgen und weinte vor sich hin. Da stellte Anson ihnen seine Bedingungen. Sloane sollte auf sechs Monate verreisen, und zwar sollte er die Stadt innerhalb von achtundvierzig Stunden verlassen. Nach seiner Rückkehr durfte die Beziehung nicht wieder aufgenommen werden, aber Edna sollte es freigestellt sein, nach Ablauf eines Jahres, wenn sie wollte, Robert Hunter um eine Scheidung zu ersuchen und diese Scheidung auf dem üblichen Weg zu betreiben.

Er machte eine Pause, blickte sie beide an und schöpfte daraus Mut für sein Schlusswort.

»Es gibt auch noch eine andere Lösung«, sagte er bedächtig. »Falls Edna ihre Kinder im Stich lassen will, wüsste ich nicht, wie ich euch daran hindern sollte, zusammen durchzubrennen.«

»Lass mich endlich nach Hause!«, rief Edna wieder. »Hast du uns noch nicht genug gequält für heute?«

Draußen war es dunkel, nur von der Sixth Avenue schimmerte es trübe die Straße herab. In diesem Licht sahen die beiden, die bislang ein Liebespaar gewesen waren, einander zum letzten Mal in das tragisch verzerrte Gesicht, und es dämmerte ihnen, dass ihre Verbindung auf ewig scheitern musste, weil sie nicht mehr jung und kraftvoll genug war. Plötzlich wandte sich Sloane ab und ging seiner Wege. Anson tippte einem verschlafenen Taxichauffeur auf den Arm.

Es war schon bald vier. Auf dem gespenstischen Asphalt der Fifth Avenue wälzte sich das Wasser der Straßenreinigung geduldig dahin, und an der dunklen Fassade der St.-Thomas-Kirche huschten schemenhaft zwei Straßenmädchen vorbei. Dann kamen das triste Gesträuch des Central Park, in dem Anson als Junge oft gespielt hatte, und die Straßen mit ihren ansteigenden Nummern, die so charakteristisch waren wie Namen. Er fühlte: Das war seine Stadt, in der sein Nachname durch fünf Generationen zu Ansehen gekommen war, sein angestammter, gegen jeden Wandel der Zeit gesicherter Platz. Denn der Wandel selbst war das Substrat, durch das er und alle seines Namens sich mit dem Geist von New York identifizierten. Findigkeit und ein unbeugsamer Wille – denn im Munde eines weicheren Charakters hätten seine Drohungen nichts gefruchtet – hatten die Schmutzschicht vom Namen seines Onkels gewischt, vom Namen seiner Familie und sogar von der angstschlotternden Gestalt, die neben ihm im Auto saß.

Cary Sloanes Leiche wurde am nächsten Morgen auf der

Sandbank an einem Pfeiler der Queensboro-Brücke entdeckt. In der Dunkelheit und in seiner Erregung hatte Sloane geglaubt, es sei das schwarz unter ihm dahinfließende Wasser; aber im Bruchteil einer Sekunde machte das schon keinen Unterschied mehr – es sei denn, er hätte Edna noch einen letzten Gedanken widmen und beim Ertrinken ihren Namen stammeln wollen.

VII

Anson machte es sich nie zum Vorwurf, in dieser Geschichte mitgewirkt zu haben – für die Situation, die schließlich dazu geführt hatte, war er nicht verantwortlich. Aber der Gerechte leidet mit den Ungerechten, und so musste er bald feststellen, dass es mit seiner ältesten und letztlich wertvollsten freundschaftlichen Beziehung aus und vorbei war. Er erfuhr nie, was für eine entstellte Version der Geschichte Edna erzählt hatte, jedenfalls war er im Hause seines Onkels nicht mehr willkommen.

Kurz vor Weihnachten trat Mrs. Hunter ihre letzte Reise in eine exklusive episkopale Ewigkeit an, und die Verantwortung als Oberhaupt der Familie ging auf Anson über. Eine unverheiratete Tante, die schon jahrelang bei ihnen gewohnt hatte, führte das Haus und versuchte hilflos und ohne jeden Erfolg, die jüngeren Töchter des Hauses zu beaufsichtigen. Ansons Geschwister konnten es an Selbstsicherheit nicht mit ihrem älteren Bruder aufnehmen; ihre Tugenden und ihre Fehler hielten sich in einem konventionelleren Rahmen. Wegen Mrs. Hunters Tod musste das Debüt einer Tochter und die Hochzeit einer anderen aufgeschoben werden. Auch hatte ihr Tod für sie alle tiefgreifende materielle Folgen, denn mit ihm fand auch die dezente, kostspielige Vornehmheit der Hunters ein Ende.

Zum einen stellte das Vermögen, das durch eine doppelte Erbschaftssteuer beträchtlich vermindert war und demnächst unter die sechs Kinder verteilt werden musste, keinen nennenswerten Reichtum mehr dar. Anson bemerkte an seinen jüngsten Schwestern die Neigung, mit einigem Respekt von Familien zu sprechen, die vor zwanzig Jahren noch gar nicht »existiert« hatten. Sein eigenes Gefühl des Vorrangs fand sich bei ihnen nicht wieder – sie huldigten manchmal einem konventionellen Snobismus, das war alles. Zum andern aber war dies der letzte Sommer, den sie auf ihrem Besitz in Connecticut verbringen würden, denn es erhob sich allgemeiner lauter Protest: »Wozu sollen wir uns in der schönsten Jahreszeit in diesem öden alten Nest einsperren?« Widerstrebend fügte er sich – man würde das Haus im Herbst veräußern und im nächsten Sommer einen kleineren Besitz in Westchester pachten. Das war ein Abstieg von der kostspieligen Schlichtheit, die seinem Vater vorgeschwebt hatte, und während er an sich Verständnis für diese Revolte hatte, wurmte es ihn doch. Zu Lebzeiten seiner Mutter hatte er auch in den schönsten Sommermonaten mindestens jedes zweite Wochenende dort verbracht.

Dennoch vollzog sich dieser Wandel auch in ihm selbst. Seit er in seinen Zwanzigern war, brachte ihn sein starker Lebensgeist dazu, sich von den leeren Ritualen jener sterilen Gesellschaft von Nichtstuern abzuwenden – es war ihm nur nicht ganz bewusst. Er glaubte noch an eine Norm, an einen gesellschaftlichen Standard, aber es gab diese Norm nicht mehr, und es war zweifelhaft, ob es sie in New York je wirklich gegeben hatte. Die wenigen, die es sich noch etwas kosten ließen und sich bemühten, in eine bestimmte Clique aufgenommen zu werden, mussten hinterher erkennen, dass sie kaum noch als exklusive Gesellschaft funktionierte oder – noch schlimmer – dass die Bohemekreise, von denen sie sich hochmütig getrennt hatten, auf einmal weiter oben an der Tafel saßen.

Mit neunundzwanzig bereitete Anson vor allem seine zunehmende Vereinsamung Sorge. Er war jetzt sicher, dass er nie heiraten würde. Die Hochzeiten, bei denen er als Trauzeuge oder als Brautführer fungiert hatte, waren kaum mehr zu zählen. Er hatte zu Hause ein Schubfach, aus dem die offiziellen Frackschleifen von dieser oder jener Hochzeit nur so herausquollen – Frackschleifen, die ihn an Romanzen erinnerten, die kaum ein Jahr gedauert hatten, und an junge Ehepaare, die ganz aus seinem Gesichtskreis verschwunden waren. Schlipsnadeln, goldene Bleistifte, Manschettenknöpfe, lauter Geschenke einer ganzen Generation von Brautleuten, hatten ihren Weg durch sein Juwelenkästchen gemacht und waren wieder abhandengekommen, und mit jeder neuen Hochzeit konnte er sich in Gedanken immer weniger an die Stelle des Bräutigams versetzen. In seiner wohlmeinenden Herzlichkeit gegenüber all den jungen Ehepaaren schwang nun ein Unterton von Verzweiflung mit.

So näherte er sich der dreißig und war nicht wenig deprimiert über die Eheschließungen, die seinen Freundeskreis zunichte zu machen schienen, besonders in letzter Zeit. Ganze Cliquen zeigten eine beängstigende Neigung, sich aufzulösen und zu verflüchtigen. Seine Studiengenossen vom College – und ihnen hatte er sich am ausgiebigsten gewidmet – entzogen sich mehr als alle anderen. Die meisten waren tief in ihr häusliches Leben entrückt, zwei waren gestorben, einer lebte im Ausland, und einer schrieb in Hollywood Drehbücher zu Filmen, die Anson sich jeweils getreulich ansah.

Wieder andere verbrachten ihr halbes Leben in Vorortzügen, weil sich ihr aufwendiges Familienleben draußen in der Nähe irgendeines Landclubs abspielte, und gerade diesen fühlte er sich am meisten entfremdet.

In ihren ersten Ehejahren hatten sie ihn alle gebraucht; er beriet sie in ihren mageren Finanzen, trieb ihnen ihre Bedenken aus, in einer Zweizimmerwohnung mit Bad ein Kind aufzuziehen, und repräsentierte für sie vor allem die große Welt. Jetzt aber lagen die Geldschwierigkeiten hinter ihnen, und das angstvoll erwartete Kind war herangewachsen und absorbierte ihr ganzes Interesse. Sie freuten sich nach wie vor, den alten Anson bei sich zu sehen, aber dann war es eine förmliche Einladung mit Abendanzug, bei der sie zeigen wollten, wie arriviert sie waren. Ihre Sorgen behielten sie nun für sich. Sie brauchten ihn nicht mehr.

Einige Wochen vor seinem dreißigsten Geburtstag heiratete der letzte von seinen alten engeren Freunden. Anson fungierte dabei wie üblich als Trauzeuge, schenkte wie üblich ein silbernes Teeservice und ging wie üblich mit an den Dampfer »Homeric«, um das Hochzeitspaar zu verabschieden. Das war im Mai an einem heißen Freitagnachmittag, und auf dem Rückweg von der Landungsbrücke merkte er, dass schon alles geschlossen war und er bis Montagmorgen frei sein würde.

›Wohin also?‹, fragte er sich.

In den Yale Club natürlich; Bridge bis zum Abendessen, dann vier oder fünf Cocktailrunden bei irgendeinem auf dem Zimmer und ein angenehm turbulenter Abend. Er bedauerte, dass der Bräutigam vom Nachmittag nicht mehr dabei sein würde – sie hatten es immer fertiggebracht, so viel in solche Abende hineinzupacken: Sie wussten, wie man sich an Frauen heranmachte und wie man sie wieder loswurde und wie viel Beachtung jedes einzelne Mädchen unter dem Gesichtspunkt eines wohldurchdachten Genusslebens verdiente. So eine Party war eine genau bemessene Sache – man führte bestimmte Mädchen in bestimmte Lokale aus und gab gerade so viel aus, dass sie sich amüsierten; man trank ein wenig, nicht viel, aber etwas mehr, als eigentlich gut war, und zu einer bestimmten Stunde gegen Morgen stand man auf und sagte, man wolle nach Hause gehen. Man vermied Zusammenstöße mit College-Boys und Schnorrern, weiterführende Verabredungen, tätliche Auseinandersetzungen, Gefühlsäußerungen und Indiskretionen. So wurde das gemacht. Alles andere war Kraftverschwendung.

Am nächsten Morgen war man nicht ernstlich zerknirscht, fasste keine guten Vorsätze, aber wenn man es übertrieben hatte und das Herz nicht ganz in Ordnung war, übte man ein paar Tage Enthaltsamkeit, ohne ein Wort darüber zu verlieren, und wartete, bis ein neuer Anfall nervöser Langeweile einen wieder in eine andere Gesellschaft trieb.

Die Halle des Yale Club war menschenleer. In der Bar saßen drei blutjunge Alumni, die flüchtig aufblickten, ohne sich weiter für ihn zu interessieren.

»Hallo, Oscar«, rief er dem Mixer zu. »War Mr. Cahill heute hier?«

»Mr. Cahill ist nach New Haven gefahren.«

»Ach ja?«

»Zum Footballspiel. Sind viele hin.«

Anson warf noch einen Blick in die Halle, überlegte einen Augenblick und ging dann nach draußen, hinüber zur Fifth Avenue. Aus dem breiten Fenster eines anderen Clubs – er hatte sich dort in den letzten fünf Jahren kaum einmal blicken lassen – starrte ein graues Männlein mit wässrigen Augen auf ihn herunter. Anson blickte rasch weg – dieser Mann in seiner stumpfen Resignation, seiner hochmütigen Einsamkeit bedrückte ihn. Er machte kehrt und ging über die Forty-seventh Street zu dem Haus, in welchem Teak Warden wohnte. Mit Teak und seiner Frau war er einmal eng befreundet gewesen; Dolly Karger und er hatten sie in den Tagen ihrer Beziehung oft besucht. Aber Teak hatte zu trinken angefangen, und seine Frau hatte öffentlich erklärt, das sei Ansons schlechter Einfluss. Diese Bemerkung war Anson in übertriebener Form zu Ohren gekommen, und als sich die Sache schließlich aufgeklärt hatte, war die Innigkeit des Kontakts dahin und nicht wiederzubeleben.

»Ist Mr. Warden zu Hause?«, fragte er.

»Sie sind aufs Land gefahren.«

Seltsamerweise machte ihn diese Nachricht betroffen. Sie waren also aufs Land gefahren, und er wusste nichts davon. Noch vor zwei Jahren hätte man ihn über Tag und Stunde informiert, er wäre im letzten Augenblick zu einem Abschiedstrunk hinaufgegangen, und man hätte gemeinsam einen ersten Besuch verabredet. Jetzt waren sie ohne ein Wort abgereist.

Anson sah auf die Uhr und erwog bei sich ein Wochenende mit seiner Familie, aber es fuhr nur noch ein Bummelzug, mit dem man in der drückenden Hitze drei Stunden dahinrumpelte. Dann wäre er morgen auf dem Land, und auch Sonntag – er war jedoch nicht in der Stimmung, mit wohlerzogenen Studenten auf der Veranda Bridge zu spielen und nach dem Abendessen zum Tanzen in einen Landgasthof zu gehen, bescheidene Vergnügungen, die so ganz nach dem Geschmack seines Vaters gewesen waren.

›Nein‹, sagte er sich, ›bloß nicht.‹

Er war ein gesetzter junger Mann und eine imposante Erscheinung, jetzt schon zur Wohlbeleibtheit neigend, aber im Übrigen ohne alle Spuren ausschweifenden Lebens. Er hätte gut eine Säule abgeben können – eine Säule der Gesellschaft, dachte man manchmal, dann wieder nicht – oder eine Säule des Gesetzes, der Kirche ... Ein paar Minuten lang stand er reglos auf dem Bürgersteig vor einem Wohnhaus in der Forty-seventh Street. Fast zum ersten Mal in seinem Leben wusste er gar nichts mit sich anzufangen.

Dann begann er forsch die Fifth Avenue hinaufzugehen, als wäre ihm eben eine wichtige Verabredung dort eingefallen. Die Notwendigkeit der Verstellung ist eins der wenigen Merkmale, die wir mit den Hunden gemein haben, und Anson an jenem Tag kommt mir vor wie ein hochgezüchteter Rassehund, der an einer vertrauten Hintertür enttäuscht worden ist. Er machte sich auf den Weg zu Nick, einst ein berühmter Barmixer, der zu allen Privatgesellschaften zugezogen wurde und jetzt im Plaza-Hotel angestellt war, wo er in den labyrinthischen Kellergängen den alkoholfreien Sekt kühl hielt.

»Nick«, sagte er, »was ist eigentlich los mit allem?«

»Tot«, sagte Nick.

»Mach mir einen Whiskey Sour.« Anson reichte ihm sein Privatfläschchen über die Theke. »Nick, die Mädchen sind irgendwie anders geworden; ich hatte eine in Brooklyn, und vorige Woche hat sie geheiratet, ohne mir einen Ton zu sagen.«

»Tatsächlich? Ha-ha-ha«, lachte Nick diplomatisch. »Hat Sie einfach versetzt.«

»Genau«, sagte Anson. »Dabei war ich am Vorabend noch mit ihr aus.«

»Ha-ha-ha«, sagte Nick, »ha-ha-ha!«

»Wissen Sie noch, Nick, die Hochzeit in Hot Springs, wo ich die Kellner und die Musikkapelle *God Save the King* singen ließ?«

»Richtig, wo war das doch, Mr. Hunter?« Nick dachte gewissenhaft nach. »Ich glaub, es war bei …«

»Bei der nächsten Hochzeit wollten sie das wieder tun, und ich fragte mich, was für'n Riesentrinkgeld ich ihnen wohl gegeben hatte«, fuhr Anson fort.

»… Ich glaube, es war auf Mr. Trenholms Hochzeit.«

»Kenn ich nicht«, erklärte Anson mit Entschiedenheit. Es kränkte ihn, dass irgendein fremder Name mit seinen persönlichen Erinnerungen in Verbindung gebracht wurde. Nick bemerkte das.

»Ach nein«, lenkte er ein, »ich hätt's natürlich wissen müssen. Es war jemand aus Ihren Kreisen – Brakins ... Baker ...«

»Bicker Baker«, fiel Anson ein. »Damals legten sie mich, als alles vorbei war, in einen Leichenwagen, deckten mich ganz mit Blumen zu und fuhren mit mir davon.«

»Ha-ha-ha«, sagte Nick. »Ha-ha-ha.«

Nicks Bemühungen, den alten Familiendiener zu mimen, wurden schal; so ging denn Anson hinauf in die Hotelhalle und sah sich dort um. Seine Augen begegneten dem Blick eines neuen Empfangschefs, fielen dann auf einen Spucknapf aus Messing, in dessen Öffnung noch eine Blume von der morgendlichen Hochzeit hing. Er verließ das Hotel und ging langsam der Abendsonne nach, die blutrot über dem Columbus Circle stand. Plötzlich machte er kehrt und ging auf dem gleichen Weg wieder zurück ins Plaza, wo er sich in einer Telefonzelle einschloss.

Wie er später erzählte, versuchte er an jenem Nachmittag dreimal, mich anzurufen, jeden anzurufen, der etwa in New York sein könnte – Freunde und Freundinnen, die er jahrelang nicht gesehen hatte, ein Aktmodell aus seinen College-Tagen, deren Nummer noch halbverblasst in seinem Notizbuch stand – die Auskunft lautete, dass sogar ihr Telefonamt inzwischen aufgelöst worden war. Allmählich ging er dann dazu über, diverse Landsitze mit seinen Anrufen unsicher zu machen, und führte kurze, fruchtlose Gespräche mit diensteifrigen Butlern und Hausmädchen. Mr. Soundso sei ausgegangen – zum Reiten, zum Schwimmen, zum Golfspielen – oder seit voriger Woche auf Schiffsreise nach Europa. Was darf ich ausrichten? Wie war der Name, bitte?

Es schien ihm unerträglich, den Abend allein zu verbringen. Das Ordnen privater Papiere, das man sich manchmal für einen freien Abend vornimmt, verliert jeden Reiz, wenn einem die Muße dazu aufgezwungen wird. Natürlich gab es noch gewisse Frauen, aber die ihm bekannten waren gerade verschollen, und einen New Yorker Abend in der Gesellschaft eines fremden käuflichen Wesens zu verbringen wäre ihm nie eingefallen; das war für sein Gefühl etwas Schmachvolles, ein verstohlenes Amüsement für einen Geschäftsreisenden in einer fremden Stadt.

Anson bezahlte seine Telefongespräche – eine ansehnliche Summe, wegen deren Höhe ihn das Mädchen vergeblich zu necken versuchte –, dann schickte er sich zum zweiten Mal an diesem Nachmittag an, das Plaza-Hotel zu verlassen – wohin, wusste er nicht. An der Drehtür stand, im Profil beleuchtet, die Gestalt einer Frau, die offenbar in anderen Umständen war. Ein schlichtes beigefarbenes Cape flatterte bei jeder Drehung der Tür um ihre Schultern, worauf sie jedes Mal in ungeduldiger Erwartung aufblickte. Gleich als er sie sah, überkam ihn eine nervöse Aufregung, weil sie ihm bekannt vorkam, aber erst in zwei Schritt Entfernung wurde ihm bewusst, dass es Paula war.

»Nein! Anson Hunter!«

Ihm stockte das Herz. »Nein – Paula!«

»Nein, das ist ja toll. Kaum zu glauben, *Anson*!«

Sie ergriff seine beiden Hände, und aus der Unbefangenheit der Geste konnte er entnehmen, dass die Erinnerung an ihn für sie jede Wehmut verloren hatte. Aber nicht für ihn – er spürte, wie sie wieder jene alte Stimmung in ihm hervorrief, jenes Zartgefühl, mit dem er stets ihrer Zuversicht begegnet war, als fürchte er, diese Oberfläche zu zerkratzen.

»Wir sind den Sommer über in Rye. Pete musste geschäftlich hier in den Osten – du weißt ja, ich bin jetzt Mrs. Peter Hagerty –, und da haben wir die Kinder mitgebracht und ein Haus gemietet. Du musst uns dort einmal besuchen kommen.«

»Wirklich?«, fragte er geradeheraus. »Wann?«

»Wann du willst. Da kommt Pete.« Die Drehtür schwang herum und gab einen großen schlanken Mann von dreißig Jahren frei, mit gebräuntem Gesicht und einem flott gestutzten Schnurrbärtchen. Seine tadellose sportliche Erscheinung bildete einen scharfen Kontrast zu Ansons zunehmender Leibesfülle, die sich unter seinem etwas eng geschnittenen Cutaway deutlich abzeichnete.

»Das Stehen ist nichts für dich«, sagte Hagerty zu seiner Frau. »Setzen wir uns doch.« Er wies auf die Sessel in der Halle, aber Paula zögerte.

»Ich muss möglichst rasch nach Hause«, sagte sie. »Anson, warum – ja, warum kommst du nicht gleich mit und isst mit uns zu Abend? Wir sind zwar noch nicht fertig eingerichtet, aber wenn dir das nichts ausmacht ...«

Hagerty unterstützte die Einladung herzlich.

»Kommen Sie doch mit, und bleiben Sie über Nacht.«

Ihr Wagen stand vor dem Hotel; Paula ließ sich erschöpft auf die seidenen Kissen im Fond zurücksinken.

»Ich habe dir so viel zu erzählen«, sagte sie, »viel zu viel, fürchte ich.«

»Ich möchte alles wissen, vor allem über dich.«

»Schön« – sie lächelte Hagerty zu –, »auch das ist eine

lange Geschichte. Ich habe drei Kinder – aus meiner ersten Ehe. Das älteste ist fünf, die anderen vier und drei.« Sie lächelte wieder. »Ich hab mich rangehalten, nicht wahr?«

»Jungen?«

»Ein Junge und zwei Mädchen. Und dann … ach, es hat sich viel ereignet – ich wurde in Paris geschieden, vor einem Jahr, und habe Pete geheiratet. Das ist alles. Bleibt nur noch zu sagen, dass ich schrecklich glücklich bin.«

In Rye fuhren sie in der Nähe des Beach Club bei einem großen Haus vor, aus dem gleich darauf drei dunkelhaarige, lebhafte Kinder hervorstürzten, die sich von einer englischen Gouvernante losgerissen hatten und die Ankömmlinge nun mit einem wilden Geschrei empfingen. Zerstreut und nicht ohne Anstrengung nahm Paula eins nach dem anderen in die Arme, was die Kinder sich etwas steif gefallen ließen, denn offenbar waren sie angewiesen, mit Mami rücksichtsvoll umzugehen. Sogar neben den frischen Farben der Kinder zeigte Paulas Haut kaum irgendwelche Mattigkeit; trotz aller körperlichen Mühen machte sie einen jüngeren Eindruck als damals, vor sieben Jahren, als er sie zuletzt in Palm Beach gesehen hatte.

Beim Abendessen war sie in Gedanken versunken, und später, während man dem Radio huldigte, lag sie mit geschlossenen Augen auf dem Sofa, so dass Anson sich schon fragte, ob seine Gegenwart zu dieser Stunde nicht eine Zumutung sei. Doch als Hagerty sich um neun erhob und freundlich meinte, er wolle sie beide jetzt eine Weile allein lassen, kam sie allmählich auf sich und ihr Leben zu sprechen.

»Mein erstes Kind«, sagte sie, »das älteste Töchterchen,

das wir Darling nennen – als ich erfuhr, dass ich sie erwartete, wäre ich am liebsten gestorben, denn Lowell war für mich wie ein fremder Mann. Mir schien, das könnte überhaupt nicht mein Kind sein. Ich schrieb dir einen Brief und zerriss ihn wieder. Oh, du hast mich so schlecht behandelt, Anson.«

Da war es wieder, das Zwiegespräch mit seinem Auf und Ab. Anson spürte mit einem Schlag, wie sich seine Erinnerung belebte.

»Warst du nicht einmal verlobt?«, fragte sie. »Mit einem Mädchen namens Dolly ... wie hieß sie doch gleich?«

»Ich war nie verlobt. Ich gab mir alle Mühe, aber ich habe niemanden geliebt außer dir, Paula.«

»Oh«, sagte sie. Dann nach einer Weile: »Dieses Kind jetzt ist das erste, das ich mir wahrhaftig wünsche. Du siehst, jetzt bin ich wirklich verliebt – endlich.«

Er antwortete nicht; er war erschüttert, fühlte sich von ihrer Erinnerung verraten. Sie hatte wohl bemerkt, dass ihr »endlich« ihn empfindlich getroffen hatte, denn sie fuhr fort:

»Ich war dir verfallen, Anson – du konntest mit mir machen, was du wolltest. Aber glücklich wären wir nicht geworden. Mein Wesen ist zu schlicht für dich. Die Komplikationen, die du so liebst, sind nicht mein Fall.« Sie machte eine Pause. »Du wirst nie zur Ruhe kommen«, sagte sie dann.

Der Satz traf ihn wie ein Dolchstoß – es war die Anklage, die er von allen am wenigsten verdient hatte.

»Ich könnte zur Ruhe kommen, wenn die Frauen anders wären«, sagte er. »Wenn ich mich nicht so gut mit ihnen auskennen würde; wenn einem nicht die eine Frau die nächste verdürbe; wenn die Frauen nur ein wenig eigenen Stolz hätten. Wenn ich eine Zeitlang in Schlaf sinken und in einem Zuhause aufwachen könnte, meinem eigenen Heim, das wirklich mir allein gehörte – ja, dafür bin ich gemacht, Paula, das ist es, was die Frauen in mir spüren und lieben. Nur – erst einmal dahinzukommen, die vorausgehenden Schritte, das schaffe ich nicht mehr.«

Hagerty kam kurz vor elf nach Hause; nach einem Whiskey erhob sich Paula und sagte, sie wolle zu Bett gehen. Sie trat zu ihrem Gatten.

»Wo warst du, Liebster?«, fragte sie.

»Ich habe einen Drink mit Ed Saunders getrunken.«

»Ich war schon ganz unruhig. Dachte, vielleicht bist du ja auf und davon.«

Sie legte ihren Kopf an seine Brust.

»Ist er nicht reizend, Anson?«, fragte sie.

»Durchaus«, sagte Anson und lachte.

Sie hob ihr Gesicht zu ihrem Mann empor.

»Ich bin so weit«, sagte sie. Dann, zu Anson gewandt: »Willst du unsere Familiengymnastik sehen?«

»Ja«, sagte er mit interessierter Stimme.

»Schön. Dann mal los!«

Hagerty nahm sie mühelos auf den Arm.

»Das ist unsere akrobatische Glanznummer«, sagte Paula. »Er trägt mich die Treppe hinauf. Ist das nicht lieb von ihm?«

»Doch«, sagte Anson.

Hagerty neigte den Kopf, bis er Paulas Gesicht berührte.

»Und ich liebe ihn«, sagte sie. »Ich hab's dir doch eben gesagt, nicht wahr, Anson?«

»Ja«, sagte er.

»Er ist der liebste Mensch, den es je gab. Stimmt's, Liebling?... Nun gute Nacht. Hier geht's lang. Hat er nicht Bärenkräfte?«

»Ja«, sagte Anson.

»Du findest einen Pyjama von Pete auf dem Bett. Träum süß – wir sehen uns zum Frühstück wieder.«

»Ja«, sagte Anson.

VIII

Die älteren Partner der Firma drängten Anson, den Sommer über ins Ausland zu reisen. Er habe seit sieben Jahren kaum einmal ausgespannt, sagten sie. Er sei eingerostet und brauche eine Abwechslung. Anson sträubte sich.

»Wenn ich einmal weg bin«, erklärte er, »komme ich nie mehr wieder.«

»Unsinn, alter Junge. Sie werden in drei Monaten zurück sein und von Ihrer Depression geheilt. Frischer denn je.«

»Nein.« Er schüttelte hartnäckig den Kopf. »Wenn ich einmal aufhöre, wird's nie mehr was mit der Arbeit. Das würde bedeuten: Ich habe aufgegeben, ich bin erledigt.«

»Darauf wollen wir es ruhig ankommen lassen. Bleiben Sie sechs Monate weg, wenn Sie wollen. Wir haben keine Angst, Sie zu verlieren. Sie können ja auf die Dauer gar nicht ohne Arbeit leben.«

Man besorgte ihm eine Schiffskarte. Sie mochten Anson – jeder mochte ihn –, und die Veränderung, die mit ihm vorgegangen war, lastete wie ein schwerer Druck auf allen im Büro. Sein Tatendrang, mit dem er unweigerlich jedes Geschäft gewittert hatte, die Achtung, die er Gleichgestellten und Untergebenen entgegenbrachte, die mitreißende Vitalität seiner bloßen Gegenwart – all das war durch seine Nervenkrise in den letzten vier Monaten zusammengeschmolzen, und übrig geblieben war nur der unscharfe Pessimismus eines Mannes von vierzig Jahren. Bei jeder geschäftlichen Transaktion, an der er beteiligt war, wirkte er wie ein Hemmschuh, und es war eine Qual mit ihm. »Wenn ich einmal weg bin, komme ich nicht wieder«, sagte er.

Drei Tage vor seiner Abreise starb Paula Legendre Hagerty im Kindbett. Ich war damals viel mit ihm zusammen, denn wir wollten mit demselben Schiff übersetzen; aber zum ersten Mal seit dem Beginn unserer Freundschaft sagte er mir kein Wort über seine Gefühle und ließ sich nicht die geringste Regung anmerken. Die Tatsache, dass er jetzt dreißig Jahre alt war, beherrschte sein ganzes Fühlen und Denken. Er drehte jedes Gespräch so lange, bis er sich über diesen Punkt verbreiten konnte; dann fiel er in Schweigen, als wenn diese Feststellung an sich schon genug Stoff zum Nachdenken böte. Ebenso wie seine Geschäftspartner bestürzte es mich, wie sehr er sich verändert hatte, und ich war froh, als die *Paris* endlich auf das große, weltentrennende Wasser hinausfuhr und seine Prinzipalswürde von ihm abfiel.

»Wie wär's – trinken wir einen?«, schlug er vor.

Mit jener Forschheit, die einen beim Antritt einer Reise immer beseelt, gingen wir in die Bar und bestellten vier

Martinis. Nach dem ersten Cocktail ging eine Veränderung in ihm vor – plötzlich streckte er die Hand aus und schlug mir leicht auf den Schenkel; es war seit Monaten die erste muntere Geste, die ich an ihm feststellen konnte.

»Hast du die junge Frau mit der roten Schottenmütze gesehen?«, fragte er. »Die mit den rosigen Wangen, die sich beim Abschied von zwei Polizeihunden Pfötchen geben ließ?«

»Hübsche Person«, gab ich zu.

»Ich hab sie beim Zahlmeister gesehen und herausbekommen, dass sie allein reist. Werde gleich mit dem Stewart sprechen, damit wir heute Abend an ihrem Tisch sitzen.«

Kurz darauf ließ er mich allein, und schon eine Stunde später ging er mit ihr an Deck auf und ab und redete mit seiner volltönenden Stimme auf sie ein. Ihre rote Mütze war ein leuchtender Farbfleck vor dem stahlblauen Hintergrund des Meeres, und von Zeit zu Zeit sah sie mit einer abrupten Bewegung des Kopfes auf und lächelte amüsiert, gefesselt, erwartungsvoll. Beim Abendessen tranken wir Sekt und waren sehr ausgelassen; später war Anson mit solch ansteckendem Eifer beim Billard zugange, dass sich mehrere Leute, die mich mit ihm gesehen hatten, nach seinem Namen erkundigten. Als ich zu Bett ging, saßen er und das Mädchen noch immer in einem Winkel der Bar, schwatzten und lachten.

Auf der Überfahrt sah ich weniger von ihm, als ich erwartet hatte. Er wollte ein Viergespann zusammenbringen, aber es war kein geeignetes Mädchen für mich vorhanden, und so trafen wir uns nur noch bei den Mahlzeiten. Doch manchmal holte er mich zu einem Cocktail in die Bar und erzählte mir von dem Mädchen mit der roten Mütze und von seinen Abenteuern mit ihr, und das tat er auf die ihm eigene spezielle und amüsante Art. Ich freute mich, dass er wieder er selbst war oder zumindest der, den ich kannte und mit dem ich vertraut war. Ich glaube, er konnte nur glücklich sein, wenn er geliebt wurde, wenn Frauen auf ihn reagierten wie Eisenspäne auf einen Magneten, ihm halfen, sein Wesen zu ergründen, und irgendwelche Hoffnungen in ihm erweckten. Welcher Art die waren, weiß ich nicht. Vielleicht gaben sie ihm die Zuversicht, dass es ihm in der Welt nie an Frauen mangeln würde – Frauen, die die heitersten, strahlendsten und kostbarsten Stunden ihres Lebens hingeben würden, um in ihm jenes Überlegenheitsgefühl zu hegen und zu pflegen, von dem er so tief durchdrungen war.

Die Jugendhochzeit

Der Architekt Chauncey Garnett ließ einmal aus sämtlichen Gebäuden, die er je entworfen hatte, eine Modellstadt konstruieren. Es sollte sich als teures und irgendwie deprimierendes Experiment erweisen, denn das Spielzeug ergab kein harmonisches Ganzes. Garnett empfand es als deprimierend, daran erinnert zu werden, dass häufig Monstrositäten entstanden waren, und noch deprimierender, sich darüber klarzuwerden, dass sich seine architektonischen Aktivitäten nun schon über ein halbes Jahrhundert erstreckten. Voller Abscheu verteilte er die winzigen Häuser in seinem Freundeskreis, wo sie als Wohnstätten unkritischer Puppen endeten.

Garnett hatte nie – zumindest bis jetzt noch nicht – den Ruf eines freundlichen alten Mannes genossen, obwohl er beides war: alt und freundlich. Er widmete sechs Stunden pro Tag der Arbeit in seinen Büros in Philadelphia oder in seiner Niederlassung in New York, und während der übrigen Zeit verlangte er nichts weiter als den ihm gebührenden Frieden, um ungestört seiner an Erlebnissen und Eindrücken reichen Vergangenheit nachhängen zu können. Jahrelang hatte ihn niemand um einen Gefallen gebeten, der nicht mit Stift und Scheckbuch gewährt werden konnte; er schien ein Alter erreicht zu haben, das sein Leben vor dem Eindringen anderer Leute Angelegenheiten bewahrte. Diese Ruhe allerdings war ein etwas voreiliges Gefühl, und eines Nachmittags im Sommer des Jahres 1925 wurde sie gewaltsam gestört – vom schrillen Lärm einer Telefonklingel.

Der Anrufer war George Wharton. Ob Chauncey sofort wegen einer Angelegenheit von größter Wichtigkeit zu ihm herüberkommen könne?

Auf dem Wege nach Chestnut Hill döste Garnett an die grauen Duvetinepolster seiner Limousine gelehnt, sein achtundsechzigjähriger Körper von der Junisonne gewärmt, sein achtundsechzigjähriger Geist leer bis auf eine lebendige, unbedeutende Erinnerung an einen grünen Ast über einer grünen Wasserfläche. Bei der Ankunft vor dem Haus seines Freundes erwachte er friedlich, ohne hochzuschrecken. George Wharton, dachte er, wusste wahrscheinlich nicht, was er mit einem unerwarteten finanziellen Überschuss anfangen sollte. Vielleicht wollte er Garnett beauftragen, eine dieser modernen Kirchen zu entwerfen. Er gehörte einer jüngeren Generation an als Garnett – ein moderner Mann.

Wharton und seine Frau erwarteten ihn in der Gold-und-Maroquin-Abgeschiedenheit der Bibliothek.

»Ich konnte nicht zu dir ins Büro kommen«, sagte Wharton ohne Umschweife. »Gleich wirst du verstehen, warum.«

Garnett bemerkte, dass die Hände seines Freundes leicht zitterten.

»Es geht um Lucy«, fügte Wharton hinzu.

Es dauerte einen Moment, bis Garnett Lucy als ihre Tochter eingeordnet hatte.

»Was ist mit Lucy?«

»Lucy hat geheiratet. Sie ist vor ungefähr einem Monat nach Connecticut durchgebrannt und hat geheiratet.« Kurzes Schweigen. »Lucy ist erst sechzehn«, fuhr Wharton fort. »Der Junge ist zwanzig.«

»Das ist allerdings sehr jung«, sagte Garnett vorsichtig, »aber andererseits hat meine Großmutter auch mit sechzehn geheiratet, und niemand hat sich viel dabei gedacht. Manche Mädchen entwickeln sich eben viel schneller als andere.«

»Das wissen wir alles, Chauncey.« Wharton wischte den Einwand ungeduldig beiseite. »Der Punkt ist einfach der, dass diese jungen Ehen heutzutage nicht mehr funktionieren. Sie sind nicht normal. Sie enden in einer Katastrophe.«

Wieder zögerte Garnett.

»Bist du nicht ein bisschen voreilig, wenn du von vornherein mit Schwierigkeiten rechnest? Warum gibst du Lucy keine Chance? Warum wartest du nicht erst ab, ob es überhaupt zu einer Katastrophe kommt?«

»Wir haben die Katastrophe doch bereits«, rief Wharton leidenschaftlich. »Lucys Leben ist eine einzige Katastrophe. Das Einzige, an dem ihrer Mutter und mir etwas liegt – ihr Glück –, eine einzige Katastrophe, und wir wissen nicht, was wir tun sollen – was wir tun sollen.«

Seine Stimme bebte, er ging zum Fenster und kam ungestüm wieder zurück.

»Schau uns an, Chauncey. Sehen wir etwa aus wie die

Sorte Eltern, die ihre Kinder zu so etwas treiben? Sie und ihre Mutter waren immer wie Schwestern – genau wie Schwestern. Sie und ich, wir sind zusammen zu Parties gegangen – auch zu Football-Spielen und all das –, seit sie ein kleines Mädchen war. Sie ist alles, was wir haben, und wir haben immer gesagt, wir wollen mit ihr einen Mittelweg einschlagen – ihr genug Freiheit lassen für ihre Selbstachtung und trotzdem darauf achten, wohin sie geht und mit wem, zumindest, bis sie achtzehn ist. Gott, Chauncey, wenn du mir vor sechs Wochen erzählt hättest, dass so etwas passieren könnte –« Er schüttelte hilflos den Kopf. Dann fuhr er mit ruhigerer Stimme fort: »Als sie kam und uns erzählte, was sie getan hatte, hat es uns fast das Herz gebrochen, aber wir haben versucht, das Beste draus zu machen. Weißt du, wie lange die Ehe – falls man das überhaupt so nennen kann – gedauert hat? Drei Wochen. Sie dauerte drei Wochen. Sie kam nach Hause, mit einem großen blauen Fleck an der Schulter, wo er sie geschlagen hatte.«

»O Lieber!«, sagte Mrs. Wharton mit dunkler Stimme. »Bitte –«

»Wir haben alles durchgesprochen«, fuhr ihr Mann grimmig fort, »und sie beschloss, zurückzukehren zu diesem – diesem jungen –«, wieder beugte er sich vor der Unzulänglichkeit von Schimpfworten, »und zu versuchen, die Sache wieder in Ordnung zu bringen. Aber gestern Abend kam sie wieder nach Hause, und jetzt, sagt sie, ist es endgültig aus.«

Garnett nickte. »Wer ist der Mann?«, fragte er.

»Mann!«, rief Wharton. »Du meinst Junge. Er heißt Llewellyn Clark.«

»Was?«, entfuhr es Garnett überrascht, »Llewellyn Clark? Jesse Clarks Sohn? Der junge Bursche bei mir im Büro?«

»Ja.«

»Aber das ist doch ein netter junger Mann«, erklärte Garnett. »Ich kann gar nicht glauben, dass er –«

»Das konnte ich auch nicht«, unterbrach ihn Wharton ruhig. »Ich hab auch geglaubt, er wäre ein netter junger Mann. Aber vor allem hatte ich angenommen, meine Tochter wäre gar kein so übles junges Mädchen.«

Garnett war ebenso verblüfft wie verärgert. Vor weniger als einer Stunde hatte er noch mit Llewellyn Clark gesprochen, in dem kleinen Zeichenraum, wo er bei Garnett & Linquist arbeitete. Jetzt begriff er auch, warum Clark im Herbst nicht zurück an die Technische Hochschule in Boston wollte. Und im Licht dieser Offenbarung erinnerte er sich, dass sich der Junge während der letzten Monate irgendwie verändert hatte – Fehlen, Zuspätkommen, ein gewisses Desinteresse an seiner Arbeit …

Mrs. Whartons Stimme unterbrach ihn beim Sammeln seiner Gedanken. »Bitte, Chauncey, unternimm irgendwas«, sagte sie. »Sprich mit ihm. Sprich mit allen beiden. Sie ist doch erst sechzehn, und wir könnten es nicht ertragen, ihr Leben durch eine Scheidung ruiniert zu sehen. Es geht uns nicht darum, was die Leute sagen; es geht uns nur um Lucy, Chauncey.«

»Warum schickt ihr sie nicht für ein Jahr ins Ausland?«

Wharton schüttelte den Kopf.

»Das wäre keine Lösung. Wenn die beide zusammen auch nur ein Fünkchen Charakter haben, werden sie versuchen, miteinander auszukommen.«

»Aber wenn du so schlecht über ihn denkst –«

»Lucy hat ihre Wahl getroffen. Er hat ein bisschen Geld – genug jedenfalls. Und zuschulden kommen lassen hat er sich bisher offenbar auch nichts.«

»Wie sieht er die Sache?«

Wharton machte eine hilflose Handbewegung.

»Verdammt, woher soll ich das wissen? Es ging irgendwie um einen Hut. Irgend so ein Blödsinn. Elsie und ich haben keine Ahnung, warum die beiden durchgebrannt sind, und jetzt können wir uns keinen Reim darauf machen, warum sie nicht zusammenbleiben wollen. Unglücklicherweise sind sein Vater und seine Mutter tot.« Er hielt inne. »Chauncey, wenn du eine Möglichkeit sehen würdest –«

Eine unangenehme Aufgabe begann vor Garnetts Augen Gestalt anzunehmen. Er war ein alter Mann und mindestens mit einem Bein im Ruhestand. Von seiner Warte aus war diese jüngste Generation unendlich weit entfernt, wie durch das falsche Ende des Fernrohrs betrachtet.

»Oh, natürlich«, hörte er sich matt sagen. Wie schwer, sich in diese junge Zeit zurückzuversetzen. Seit seiner Jugend waren Myriaden von Vorurteilen und Konventionen über die große Modebühne paradiert und mit viel Geschrei, Bitterkeit und Protest wieder in der Versenkung verschwunden. Es würde schwierig werden, mit diesen Kindern überhaupt ins Gespräch zu kommen. Wie hohl und albern würden seine Gemeinplätze in ihren Ohren klingen. Und wie sehr würde ihn ihr Egoismus und ihr oberflächliches Vertrauen in Meinungen langweilen, die sie sich gerade vorgestern erst zurechtgezimmert hatten.

Er setzte sich unvermittelt auf. Wharton und seine Frau

waren hinausgegangen, und ein schlankes, dunkelhaariges Mädchen, dessen Körper anmutig am äußersten Rand der Kindheit balancierte, hatte wortlos das Zimmer betreten. Einen Moment lang musterte sie ihn mit einer Spur von Besorgnis in ihren aufmerksamen braunen Augen; dann setzte sie sich neben ihn auf einen unbequemen Stuhl.

»Ich bin Lucy«, sagte sie. »Meine Eltern haben mir gesagt, Sie möchten mich sprechen.«

Sie wartete ab. Garnett war sich bewusst, dass er etwas sagen musste, doch wie er es angehen sollte, war ihm völlig unklar.

»Ich habe dich nicht mehr gesehen, seit du zehn Jahre alt warst«, begann er nervös.

»Ja«, bestätigte sie mit einem höflichen kleinen Lächeln.

Wieder Stille. Er musste etwas zur Sache sagen, bevor ihm ihre jugendliche Aufmerksamkeit vollends entglitt.

»Es tut mir leid, dass ihr, du und Llewellyn, gestritten habt«, brach es aus ihm heraus. »Es ist töricht, sich so zu streiten. Ich mag Llewellyn nämlich sehr, weißt du.«

»Hat er Sie geschickt?«

Garnett schüttelte den Kopf. »Bist du – liebst du ihn?«, fragte er.

»Nicht mehr.«

»Liebt er dich?«

»Er sagt es, aber ich glaube ihm nicht – nicht mehr.«

»Tut es dir denn leid, dass du ihn geheiratet hast?«

»Mir tut nie etwas leid, das vorbei ist.«

»Ich verstehe.«

Wieder wartete sie.

»Dein Vater sagt, die Trennung sei endgültig.«

»Ja.«

»Darf ich fragen, warum?«

»Wir kamen einfach nicht miteinander klar«, antwortete sie schlicht. »Ich hielt ihn für entsetzlich egoistisch, und er dachte das Gleiche von mir. Wir haben uns dauernd gestritten, fast vom ersten Tag an.«

»Er hat dich geschlagen?«

»Ach, das!« Sie tat es als unbedeutend ab.

»Wie meinst du das – egoistisch?«

»Na, egoistisch eben«, antwortete sie kindlich. »Das Egoistischste, was ich je in meinem Leben gesehen habe. Ich hab noch nie in meinem Leben so etwas Egoistisches gesehen.«

»Was hat er denn so Egoistisches getan?«, beharrte er.

»Alles. Er war ja so kleinlich – Gott!« Ihre Augen blickten ernst und traurig. »Ich kann einfach Leute nicht ertragen, die so kleinlich sind – wegen Geld«, erklärte sie voller Verachtung. »Dann ist er immer so wütend geworden, hat mich angeflucht und gesagt, er würde mich verlassen, wenn ich nicht tun würde, was er wollte.« Und noch immer sehr ernsthaft fügte sie hinzu: »Gott!«

»Wie kam es dazu, dass er dich geschlagen hat?«

»Ach, er wollte mich gar nicht schlagen. Ich hatte versucht, ihn zu schlagen, wegen irgendwas, das er getan hatte, und er versuchte, mich festzuhalten, und da bin ich gegen einen Destillierapparat gestoßen.«

»Einen Destillierapparat!«, rief Garnett verblüfft.

»Die Frau hatte einen Destillierapparat in unsere Zimmer gestellt, weil sie woanders keinen Platz dafür hatte – unten in der Beckton Street, wo wir gewohnt haben.«

»Warum hat Llewellyn dich an so einen Ort gebracht?«

»Oh, der Ort war schon in Ordnung, abgesehen von der Destilliermaschine dieser Frau. Wir haben uns zwei oder drei Tage lang umgesehen, und das war die einzige Wohnung, die wir uns leisten konnten.« Die Erinnerung ließ sie einen Moment innehalten. Dann fügte sie hinzu: »Sie war sehr hübsch und ruhig.«

»Hmm – ihr seid also im Grunde nie so recht miteinander ausgekommen?«

»Nein.« Sie zögerte. »Er hat alles verdorben. Er zerbrach sich ständig den Kopf darüber, ob wir das Richtige getan hatten. Er stand nachts auf, lief ewig hin und her und machte sich Sorgen. Ich hab mich nicht beklagt. Ich war absolut dazu bereit, arm zu sein, wenn wir nur gut miteinander auskommen und glücklich sein konnten. Zum Beispiel wollte ich in eine Schule gehen, um kochen zu lernen, aber er sagte, das käme nicht in Frage. Er wollte, dass ich den ganzen lieben langen Tag brav in der Stube herumsitze und auf ihn warte.«

»Warum?«

»Er hatte Angst, ich könnte plötzlich wieder nach Hause wollen. Drei Wochen lang ein einziger endloser Streit von morgens bis abends. Ich konnte einfach nicht mehr.«

»Mir scheint, ihr habt euch oft wegen nichts und wieder nichts gestritten«, wagte Garnett zu vermuten.

»Ich hab's wahrscheinlich nicht besonders gut erklärt«, sagte sie, des Themas plötzlich überdrüssig. »Ich wusste, dass vieles davon dumm war, und Llewellyn wusste das auch. Manchmal haben wir uns beieinander entschuldigt und waren wieder so verliebt wie vor der Heirat. Darum bin ich ja auch zu ihm zurückgegangen. Aber genützt hat es nichts.« Sie erhob sich. »Wieso sprechen wir eigentlich noch darüber? Sie können es ja doch nicht verstehen.«

Garnett fragte sich, ob er noch rechtzeitig zurück in seinem Büro sein konnte, bevor Llewellyn Clark nach Hause ging. Mit Clark konnte er reden, während das Mädchen ihn durch ihr irritierendes Schwanken zwischen Jugend und Desillusioniertheit nur verwirrte. Aber als sich Clark genau mit dem Klingeln der Fünf-Uhr-Glocke bei ihm meldete, überfiel Garnett das gleiche ohnmächtige Gefühl, und er starrte seinen Lehrling einen Augenblick lang verständnislos an, als hätte er ihn noch nie zuvor gesehen.

Llewellyn Clark sah älter aus als zwanzig – ein großgewachsener, beinah magerer junger Mann mit dunkelrotem, leicht glänzendem Haar und hellbraunen Augen. Er war einer dieser leicht nervösen Menschen, talentiert und ungeduldig, aber von einem Egoisten konnte Garnett in seinem zurückhaltenden, aufmerksamen Gesicht nur wenig entdecken.

»Wie ich hörte, haben Sie geheiratet«, begann Garnett ohne Vorwarnung.

Clarks Wangen nahmen die intensive Farbe seines Haars an.

»Von wem wissen Sie das?«, fragte er.

»Von Lucy Wharton. Sie hat mir die ganze Geschichte erzählt.«

»Dann kennen Sie sie ja«, sagte Clark fast grob. »Dann wissen Sie alles, was es zu wissen gibt.«

»Was wollen Sie jetzt tun?«

»Ich weiß nicht.« Clark stand auf; er atmete mühsam.

»Ich kann darüber nicht sprechen. Es ist meine Angelegenheit, verstehen Sie. Ich –«

»Setzen Sie sich, Llewellyn.«

Im Gesicht des jungen Mannes arbeitete es heftig, aber er setzte sich. Unvermittelt entglitten ihm seine Gesichtsmuskeln endgültig, und zwei große Tränen quollen ihm, leicht getrübt vom Staub eines langen Arbeitstages, aus den Augen.

»Ach verdammt!«, sagte er mit gebrochener Stimme und wischte sich mit dem Handrücken über die Augen.

»Ich habe mich gefragt, warum Sie beide es nicht noch einmal miteinander versuchen.« Garnett blickte hinunter auf seinen Schreibtisch. »Ich mag Sie, Llewellyn, und ich mag Lucy. Warum nicht einfach die ganze Welt zum Narren halten und –???«

Llewellyn schüttelte entschieden den Kopf.

»Nicht mit mir«, sagte er. »Sie interessiert mich nicht die Bohne. Von mir aus kann sie in den nächsten See springen.«

»Warum sind Sie mit ihr durchgebrannt?«

»Ich weiß nicht. Wir waren schon fast ein ganzes Jahr ineinander verliebt, und eine Heirat schien noch völlig außer Reichweite. Es hat uns einfach überkommen.«

»Warum konnten Sie nicht miteinander auskommen?«

»Hat sie Ihnen das nicht gesagt?«

»Ich möchte Ihre Version hören.«

»Also, angefangen hat es an dem Nachmittag, als sie unser ganzes Geld nahm und zum Fenster hinauswarf.«

»Zum Fenster hinauswarf?«

»Sie nahm es und kaufte sich einen neuen Hut. Es waren nur fünfunddreißig Dollar, aber mehr hatten wir nicht.

Wenn ich in einem alten Anzug nicht noch fünfundvierzig Cent gefunden hätte, hätten wir an diesem Abend nichts zu essen gehabt.«

»Verstehe«, meinte Garnett trocken.

»Dann – oh, dann kam eins zum andern. Sie vertraute mir nicht, sie glaubte nicht, dass ich für sie sorgen konnte, sie sagte dauernd, sie würde zu ihrer Mutter zurückgehen. Und schließlich begannen wir uns zu hassen. Es war ein gewaltiger Fehler, nichts weiter, und wahrscheinlich verbringe ich einen großen Teil meines Lebens damit, für diesen Fehler zu zahlen. Warten Sie nur, bis es sich herumspricht!« Er lachte bitter.

»Denken Sie nicht ein bisschen zu sehr an sich selbst?«, wandte Garnett kalt ein.

Llewellyn schaute ihn ehrlich überrascht an.

»Ich – an mich?«, wiederholte er. »Mr. Garnett, ich gebe Ihnen mein Ehrenwort, dass ich eben die Sache zum ersten Mal von dieser Seite aus betrachtet habe. Momentan würde ich alles Menschenmögliche tun, um Lucy Kummer zu ersparen – nur nicht mit ihr zusammenleben. Es steckt so viel Gutes in ihr, Mr. Garnett.« Wieder traten ihm Tränen in die Augen. »Manchmal ist sie so tapfer und ehrlich und so bezaubernd. Ich werde nie eine andere heiraten, das schwöre ich Ihnen, aber – wir waren einfach wie Gift füreinander. Ich möchte sie nie wiedersehen.«

Alles in allem, dachte Garnett, hatten die beiden nur den uralten, höchst menschlichen Versuch gemacht, etwas zu bekommen und nichts dafür zu tun – keiner von ihnen hatte in diese Ehe auch nur eine Spur von Toleranz oder moralischer Erfahrung mitgebracht. Wie trivial auch die

Gründe für ihre Überzeugung, nicht zusammenzupassen, sein mochten – inzwischen hatte sie sich in ihren Herzen festgesetzt, weshalb es vielleicht klug von ihnen war zu akzeptieren, dass die übereilt angetretene, missglückte Reise vorbei war.

An diesem Abend führte Garnett ein langes, ziemlich schmerzliches Gespräch mit George Wharton, und am nächsten Morgen fuhr er nach New York, wo er sich mehrere Tage aufhielt. Als er nach Philadelphia zurückkehrte, brachte er die Nachricht mit, die Ehe von Lucy und Llewellyn Clark sei vom Staat Connecticut aufgrund ihrer Minderjährigkeit annulliert worden. Sie waren frei.

II

Beinahe jeder, der Lucy Wharton kannte, mochte sie auch, und ihre Freunde demonstrierten ihre Loyalität geradezu heldenmütig. Natürlich gab es auch schiefe Blicke, boshafte Bemerkungen und neugieriges Getuschel, aber da man auf Chauncey Garnetts Anraten hin klugerweise durchsickern ließ, die Whartons selbst hätten auf der Annullierung bestanden, ruhte die große Last der ganzen Affäre weniger auf Lucy als auf Llewellyn. Er wurde zwar nicht direkt zum Paria – Städte sind zu schnelllebig, um auf einem Einzelskandal lange herumzureiten –, aber er fand sich aus dem Kreis ausgeschlossen, in dem er aufgewachsen war, und viele bittere, unangenehme Kommentare kamen ihm zu Ohren.

Er gehörte zu jenen Menschen, die sich immer alles sehr

zu Herzen nehmen, weshalb er in der ersten Zeit deprimiert mit dem Gedanken spielte, aus Philadelphia wegzuziehen. Doch nach und nach ergriff eine trotzige Gleichgültigkeit von ihm Besitz; er brachte es einfach nicht fertig, sich schuldig zu fühlen, als habe er eine moralisch verwerfliche Tat begangen. Er hatte in Lucy nicht ein Mädchen von sechzehn Jahren gesehen, sondern immer nur das Mädchen, das er über alle Maßen liebte. Was machte das Alter schon aus? Hatten die Menschen vor ein-, zweihundert Jahren nicht auch geheiratet, als sie fast noch Kinder waren? Den Tag, an dem er mit Lucy durchgebrannt war, hatte er wie einen ekstatischen Traum erlebt: Er, der junge Ritter, wegen seiner Jugend von ihrem Vater, dem Baron, verachtet, flieht mit ihr, die ihm nur allzu gerne folgt, auf seinem Schlachtross hinaus in die tiefschwarze Nacht.

Und dann die Erkenntnis, beinahe noch ehe diese romantische Vision vor seinen Augen verflogen war, dass die Ehe das komplizierte Anpassen zweier Leben aneinander bedeutet und die Liebe dabei nur einen sehr kleinen Teil des langen, langen Ehealltags ausmacht. Lucy war ein anhängliches Kind, das zu belustigen er sich verpflichtet hatte – ein anbetungswürdiges und etwas verängstigtes Kind, aber mehr nicht.

So plötzlich, wie es begonnen hatte, endete es. Verbissen ging Llewellyn seiner Wege und nahm seinen Fehler mit sich. Doch seine Romanze war so schnell erblüht und wieder zu Staub zerfallen, dass sich nach einem Monat eine gnädige Unwirklichkeit über sie herabzusenken begann, als wäre sie ein irgendwie trauriges Erlebnis, das schon weit zurücklag.

An einem Julitag wurde er in Chauncey Garnetts Privatbüro gerufen. Seit ihrem Gespräch vor einem Monat hatten sie nur wenige Worte miteinander gewechselt, aber Llewellyn erkannte, dass in der Haltung des älteren Mannes keinerlei Feindseligkeit lag.

Er freute sich darüber, denn jetzt, da er sich so schrecklich einsam fühlte, ausgeschlossen von der Welt, in der er aufgewachsen war, war seine Arbeit für ihn das Wichtigste im Leben geworden.

»Was machen Sie gerade, Llewellyn?«, fragte ihn Garnett, indem er eine gelbe Broschüre aus dem Durcheinander auf seinem Schreibtisch fischte.

»Ich helfe Mr. Carson mit dem Countryclub.«

»Sehen Sie sich doch das hier mal an.« Er gab Llewellyn die Broschüre. »Da steckt zwar keine Goldmine drin, aber dafür eine ganze Menge von dieser vergoldeten heißen Luft, die man Publicity nennt. Ein Verband von zwanzig Zeitungen hat einen Wettbewerb ausgeschrieben. Die besten Pläne für – was war's noch? – einen Quartierladen – Sie wissen schon, so eine Kolonialwarenhandlung, die in eine hübsche Straße passt und dort nicht in den Augen schmerzt. Oder sonst für ein kleines Einfamilienhaus – das wär so das Normale. Oder drittens, ein kleines Freizeitzentrum für eine Fabrik.«

Llewellyn überflog die Wettbewerbsbeschreibung.

»Die letzten beiden sind nicht so interessant«, meinte er. »Einfamilienhaus – das wäre das Übliche, wie Sie gesagt haben – Freizeitzentrum, nein. Aber das erste könnte mich reizen, Sir – der Laden.«

Garnett nickte. »Das Beste an dieser Sache ist, dass der

Gewinner einer Kategorie seinen Plan realisiert bekommt; darin besteht der Preis. Das Gebäude gehört Ihnen. Sie entwerfen es, es wird für Sie hochgezogen, dann verkaufen Sie es, und das Geld fließt in Ihre eigene Tasche. Eine Sache von sechs- oder siebentausend Dollar – und mehr als sechs- oder siebenhundert andere junge Architekten werden sich da nicht heranwagen.«

Llewellyn las alles noch einmal sorgfältig durch.

»Das gefällt mir«, sagte er. »Ich hätte Lust, mich an dem Laden zu versuchen.«

»Gut, Sie haben einen Monat. Ich hätte nicht das Geringste dagegen einzuwenden, Llewellyn, wenn der Preis in dieses Büro hier käme.«

»Das kann ich Ihnen nicht versprechen.« Wieder glitten Llewellyns Augen über die Bedingungen, während Garnett ihn mit stillem Interesse beobachtete.

»Übrigens«, fragte er unvermittelt, »was treiben Sie eigentlich so die ganze Zeit, Llewellyn?«

»Wie meinen Sie das, Sir?«

»Abends – am Wochenende. Gehen Sie überhaupt mal aus?«

Llewellyn zögerte.

»Nun, nicht so oft – nicht mehr.«

»Sie dürfen nicht zu viel über diese Sache nachbrüten, wissen Sie.«

»Ich brüte nicht.«

Mr. Garnett legte seine Brille sorgfältig ins Etui.

»Lucy brütet jedenfalls nicht«, sagte er plötzlich. »Ihr Vater sagte mir, dass sie versucht, ein so normales Leben wie möglich zu führen.«

Ein Moment Stille.

»Das freut mich«, erwiderte Llewellyn mit ausdrucksloser Stimme.

»Sie sollten daran denken, dass Sie jetzt so frei sind wie ein Vogel«, sagte Garnett. »Sie wollen doch wohl nicht vertrocknen und versauern, oder? Lucys Eltern ermutigen sie immerzu, Freunde einzuladen und zu Partys zu gehen – sich eben so zu benehmen wie früher auch.«

»Bevor der ruchlose Rudolf Rassendyll in ihr Leben trat«, bemerkte Llewellyn grimmig. Er hielt die Broschüre hoch. »Darf ich das behalten, Mr. Garnett?«

»Aber ja.« Die Hand seines Arbeitgebers gab ihm die Erlaubnis, sich zurückzuziehen. »Richten Sie Mr. Carson doch bitte aus, dass ich Sie für diese Zeit aus dem Countryclub-Projekt herausnehme.«

»Das kann ich trotzdem fertigmachen«, sagte Llewellyn prompt. »Ich arbeite sowieso –«

Er biss sich auf die Lippen. Fast wäre ihm herausgerutscht, dass er diesen Auftrag ohnehin praktisch allein bearbeitete.

»Ja?«

»Nein, Sir, nichts. Ich danke Ihnen.«

Llewellyn zog sich zurück, begeistert über die ihm gebotene Chance, erleichtert über die Neuigkeiten von Lucy. Sie war also wieder sie selbst, jedenfalls hatte Mr. Garnett das angedeutet; vielleicht war ihr Leben doch nicht so rettungslos ruiniert. Wenn es Männer gab, die sie besuchten, die sie zum Tanzen ausführten, dann gab es auch Männer, die sich um sie kümmerten. Er ertappte sich dabei, dass er ein leises Mitleid mit diesen Verehrern empfand – wenn die wüssten, was für eine Nervensäge sie war, dass es absolut unmöglich war, mit ihr auszukommen oder auch nur mit ihr zu reden. Beim Gedanken an diese trostlosen Wochen erschauerte er, als erinnere er sich an einen Alptraum.

Daheim in seinem Zimmer versuchte er sich an diesem Abend an ein paar zaghaften Skizzen. Er arbeitete bis spät in die Nacht hinein, die gestellte Aufgabe regte seine Phantasie an, aber am nächsten Morgen wirkte das Ergebnis gekünstelt und prätentiös – wie der Entwurf für eine Teestube. Er kritzelte »zum alten Schlachterhaus – höchst unhygienisch« quer über den Bogen, riss ihn in Fetzen und warf ihn in den Papierkorb.

Im Verlauf der ersten Augustwochen setzte er seine Arbeit an den Bauplänen für den Countryclub fort, darauf vertrauend, dass ihm für sein persönlicheres Projekt gegen Ende der vorgeschriebenen Frist eine Inspiration aus heiterem Himmel zufallen würde. Und dann trat eines Tages das ein, was er tief in den geheimsten Winkeln seines Innern schon lange befürchtet hatte – auf dem Heimweg durch die Chestnut Street traf er völlig unerwartet auf Lucy.

Es war ungefähr fünf Uhr, die Zeit, zu der am meisten Menschen unterwegs sind. Plötzlich standen sie sich in einem wirbelnden Engpass gegenüber und wurden Seite an Seite vom Strom mitgerissen, als hätte das Schicksal all diese Massen nur zu dem einzigen Zweck aufgeboten, sie beide einander in die Arme zu treiben.

»Lucy, du?!«, rief er, wobei er automatisch seinen Hut lüftete. Sie starrte ihn mit erschrockenen Augen an. Eine mit Paketen beladene Frau stieß mit ihr zusammen, und ein Täschchen entglitt Lucys Hand.

»Danke, vielen Dank«, sagte sie, als er es für sie aufhob. Ihre Stimme klang gespannt, atemlos. »Schon gut. Gib es mir. Ich hab meinen Wagen gleich hier in der Nähe.«

Eine Sekunde lang trafen sich ihre Blicke, kühl, unpersönlich, was in ihm eine lebhafte Erinnerung an ihr letztes Treffen auslöste – wie sie beide dagestanden hatten, genau wie jetzt, und sich kalt und voller Wut hassten.

»Kann ich bestimmt nichts für dich tun?«

»Bestimmt nicht. Unser Wagen steht hier gleich an der Straße.«

Sie nickte schnell. Llewellyn erhaschte einen kurzen Blick auf eine ihm unbekannte Limousine und einen kleinen lächelnden Mann um die vierzig, der ihr hineinhalf.

Er ging heim – das erste Mal seit Wochen war er wütend, aufgeregt, durcheinander. Gleich morgen musste er verschwinden. Es war alles noch viel zu frisch für Zufallsbegegnungen dieser Art; die Wunden, die sie bei ihm hinterlassen hatte, waren noch kaum verheilt, brachen leicht wieder auf.

›Diese kleine Närrin!‹, sagte er bitter zu sich selbst. ›Diese egoistische kleine Närrin! Sie dachte wohl, ich wollte mit ihr durch die Straßen spazieren, als ob nichts geschehen wäre. Wie kommt sie dazu, anzunehmen, ich wäre genauso oberflächlich wie sie?!‹

Er verspürte ungemeine Lust, ihr eine Tracht Prügel zu verabreichen, sie zu bestrafen wie ein ungezogenes Kind. Bis zum Abendessen ging er in seinem Zimmer auf und ab, erlebte in Gedanken noch einmal die verzweifelten und unnützen Diskussionen, Vorwürfe, Verwünschungen, Wutanfälle, aus denen ihr kurzes Eheleben bestanden hatte. Er durchlebte noch einmal jeden einzelnen Streit, von seinem trivialen Anlass bis zu jenem Stadium, da eine gnädige Erschöpfung dazwischentrat und sie einander, fast hysterisch, in die Arme trieb. Ein kurzer Augenblick des Friedens – dann wieder diese sinnlose, erbärmliche, allzu menschliche Schlacht.

»Lucy«, hörte er sich sagen, »hör mir zu. Es ist nicht so, dass ich unbedingt will, dass du hier herumsitzt und auf mich wartest. Zum Beispiel deine Hände. Nimm nur einmal an, du gehst in diese Haushaltsschule und verbrühst dir beim Kochen deine hübschen Hände. Ich möchte nicht, dass deine Hände schwielig und rauh werden, und wenn du nur noch etwas Geduld hast bis nächste Woche, wenn ich Geld bekomme – ich werde es nicht dulden! Hörst du? Ich dulde nicht, dass meine Frau so etwas tut! Auf stur zu schalten nützt überhaupt nichts.«

Müde, als hätten ihn diese Streitereien gerade in Wirklichkeit ausgelaugt, sank er auf einen Stuhl und griff lustlos nach seinen Zeichengeräten. Er ordnete alles, begann zu skizzieren, zerknüllte jedoch jeden Entwurf, noch ehe ein Dutzend Striche das Papier verunstalteten. ›Es war ihre Schuld‹, flüsterte er sich selbst zu, ›alles war einzig und allein ihre Schuld. Selbst wenn ich fünfzig Jahre alt gewesen wäre, hätte ich sie nicht ändern können.‹

Dennoch konnte er den Gedanken an ihr dunkles, junges Gesicht nicht abschütteln, das sich deutlich und kühl von der Glut des Augusts abhob, von den erhitzten, gehetzten Massen dieses Nachmittags.

»Bestimmt nicht. Unser Wagen steht hier gleich an der Straße.«

Llewellyn nickte und versuchte grimmig zu lächeln.

›Na ja, wenigstens etwas gibt es, wofür ich dankbar sein kann‹, sagte er sich. ›Diese Verantwortung bin ich bald los.‹

Lange Zeit hatte er so dagesessen und auf das leere Blatt Zeichenpapier gestarrt; aber mit einem Mal begann sich sein Bleistift in einer Ecke mit leichten Strichen zu bewegen. Er beobachtete ihn träge, distanziert, als ob die Bewegung seiner Finger von außen diktiert würde. Schließlich sah er das Resultat missbilligend an, strich es durch, um genau dasselbe noch einmal zu skizzieren.

Plötzlich wählte er einen neuen Bleistift, nahm sein Lineal, maß auf dem Papier eine Distanz ab, dann noch eine. Eine Stunde verstrich. Die Zeichnung nahm Gestalt an, veränderte sich leicht, fügte sich in Teilen dem Radiergummi und erschien dann in verbesserter Form. Nach zwei Stunden hob er den Kopf; der Anblick seines angespannten, konzentrierten Spiegelbildes ließ ihn überrascht aufschrecken. Im Aschenbecher neben ihm lag ein Dutzend halbgerauchter Zigaretten.

Als er endlich das Licht ausmachte, war es halb sechs. Milchwagen rumpelten durch die dämmrigen Straßen, und die ersten Sonnenstrahlen, die rosa über die Hausdächer gegenüber glitten, fielen auf das Zeichenbrett mit dem Ergebnis seiner nächtlichen Anstrengung. Es war der Plan für ein kleines Einfamilienhaus.

III

Die Tage des Augusts zogen ins Land, und Llewellyn dachte weiterhin nur mit einer gewissen Mischung aus Zorn und Verachtung an Lucy. Wenn sie sich so leicht mit dem abfinden konnte, was erst zwei Monate zurücklag, hatte er seine Gefühle an ein Mädchen vergeudet, das absolut oberflächlich war. Dadurch bekamen ihre und seine Person, bekam ihre ganze Beziehung für ihn einen billigen Nachgeschmack. Wieder beschäftigte ihn die Idee, Philadelphia zu verlassen und weiter im Westen neu anzufangen, aber seine Neugier auf das Ergebnis des Wettbewerbs ließ ihn seine Abreise noch ein paar Wochen hinausschieben.

Von seinem Plan wurden Blaupausen angefertigt und eingeschickt. Mr. Garnett war vorsichtig genug, keine Vorhersagen abzugeben, aber Llewellyn wusste, dass alle im Büro, die die Zeichnungen gesehen hatten, irgendwie begeistert gewesen waren. Er hatte fast im wahrsten Sinne des Wortes ein Traumhaus entworfen, ein Haus, wie es noch nie zuvor bewohnt worden war. Es war weder italienisch noch elisabethanisch, auch nicht neuenglisch oder kalifornisch-spanisch noch ein Zwischending, das von jedem etwas hatte. Irgendjemand hatte ihm den Spitznamen ›das Baumhaus‹ gegeben – alles in allem keine unglückliche Namenswahl; aber es war weniger irgendeine einzelne bizarre Eigenschaft, die seinen Charme ausmachte, als die Virtuosität der Konstruktion als Ganzes – eine ungewöhnliche Länge hier und da, eine überraschende, aber doch vertraute Neigung des Daches, eine Tür, die an die Tür zu den geheimen Orten eines Traumes erinnerte. Chauncey Garnett bemerkte, das sei der erste einstöckige Wolkenkratzer, den er je gesehen habe, aber er erkannte auch, dass Llewellyns unbestreitbares Talent über Nacht gereift war. Wenn die Organisatoren der Ausschreibung nicht mit größter Wahrscheinlichkeit etwas suchen würden, das sich eher standardisieren ließ, hätte er wahrscheinlich eine reelle Chance, den Preis zu gewinnen.

Nur Llewellyn war sich seiner sicher. Als man ihn daran erinnerte, er sei schließlich erst einundzwanzig, enthielt er sich jeden Kommentars, wusste er doch, dass er – völlig unabhängig von seinem Alter in Jahren – in seinem Herzen nie wieder einundzwanzig sein würde. Das Leben hatte ihn betrogen. Er hatte sich an ein unwürdiges Mädchen weggeworfen, wofür ihn die Welt so erbarmungslos bestraft hatte, als hätte er das geistige Eigentum eines anderen veruntreut. Als er Lucy wieder einmal auf der Straße begegnete, ging er an ihr vorüber, ohne mit der Wimper zu zucken – und kehrte in sein Zimmer zurück, sein Tag verdorben vom Anblick dieses jungen, distanzierten Gesichts, vom heuchlerischen Vorwurf in den dunklen, quälenden Augen.

Etwa eine Woche später kam ein Brief aus New York, der ihn davon in Kenntnis setzte, dass aus vierhundert den Juroren vorgelegten Bauplänen der seine als Wettbewerbssieger hervorgegangen sei. Llewellyn betrat Mr. Garnetts Büro ohne jede Aufregung, wohl aber unverkennbar gehobener Stimmung, und legte seinem Chef den Brief auf den Tisch.

»Ich freue mich deshalb so besonders darüber«, sagte er, »weil ich, bevor ich Sie verlasse, etwas tun wollte, das Ihren Glauben in mich rechtfertigt.«

Mr. Garnetts Gesicht nahm einen besorgten Ausdruck an.

»Es ist diese Sache mit Lucy Wharton, nicht wahr?«, fragte er. »Es beschäftigt Sie noch immer?«

»Ich kann es nicht ertragen, ihr zu begegnen«, antwortete Llewellyn. »Ich fühle mich dann immer wie – wie der Teufel.«

»Aber Sie sollten doch wenigstens noch so lange bleiben, bis Ihr Haus errichtet ist.«

»Ich komme zurück, wenn es so weit ist. Ich möchte heute Abend fahren.«

Garnett sah ihn gedankenvoll an.

»Ich sehe Sie ungern gehen«, sagte er. »Ich werde Ihnen jetzt etwas sagen, das ich Ihnen eigentlich gar nicht sagen wollte. Der Gedanke an Lucy braucht Sie nicht mehr zu belasten – Sie sind endgültig nicht mehr für sie verantwortlich.«

»Wieso denn das?« Llewellyn fühlte sein Herz schneller schlagen.

»Sie wird jemand anderen heiraten.«

»Jemand anderen heiraten«, wiederholte Llewellyn mechanisch.

»Sie heiratet George Hemmick, der die Geschäfte ihres Vaters in Chicago führt. Dort werden sie auch leben.«

»Ich verstehe.«

»Die Whartons freuen sich natürlich«, fuhr Garnett fort. »Ich glaube, die ganze Angelegenheit ist ihnen sehr nahegegangen – näher vielleicht, als angemessen war. Und ich habe die ganze Zeit sehr bedauert, dass Sie am meisten darunter zu leiden hatten. Aber Sie werden schon bald das

Mädchen finden, das Sie wirklich wollen, Llewellyn, und bis dahin ist es für alle Beteiligten am vernünftigsten, zu vergessen, dass es überhaupt geschehen ist.«

»Aber ich kann nicht vergessen«, stieß Llewellyn gepresst hervor. »Ich verstehe auch nicht, was Sie eigentlich damit bezwecken wollen – Sie alle –, Sie und Lucy und ihr Vater und ihre Mutter. Zuerst war es eine furchtbare Tragödie, und jetzt soll man alles vergessen! Zuerst war ich dieser grundschlechte junge Mann, und jetzt darf ich mich aufmachen und das Mädchen finden, das ich haben will. Lucy wird jemanden heiraten und in Chicago leben. Ihr Vater und ihre Mutter sind wieder glücklich, weil es damals nicht in die Zeitungen kam, dass wir durchgebrannt waren, und ihre soziale Stellung nicht angekratzt wurde. Es ist ›noch mal gutgegangen‹!«

Llewellyn fehlten die Worte; er war fassungslos, erschlagen von einem solchen Beweis der Gleichgültigkeit dieser Welt. Man hielt das alles für eine Bagatelle – seine Selbstvorwürfe waren völlig sinnlos und umsonst gewesen.

»Das wär's also«, sagte er schließlich mit veränderter, harter Stimme. »Ich bin mir jetzt im Klaren darüber, dass ich von Anfang bis Ende der Einzige war, der sich aus der ganzen Sache ein Gewissen gemacht hat.«

IV

Das kleine Haus, zerbrechlich, aber beeindruckend, stand glitzernd wie ein Spielzeug in seinem fast noch feuchten drosseleiblauen Anstrich, in zartem Kontrast zum wolkenlosen Himmel. Auf einer neuangelegten Rasenfläche zwischen zwei anderen Bungalows errichtet, lenkte es den Blick jedes Passanten ruckartig auf sich, hielt ihn eine Weile fest und zog dann seine Mundwinkel zu jener Art von Lächeln nach oben, das sonst Kindern vorbehalten bleibt. Irgendetwas ging darin vor, so malte man sich aus, etwas Bezauberndes, nicht ganz Wirkliches. Vielleicht ließ sich die ganze Vorderfront wie die eines Puppenhauses aufklappen; man war nahe daran, nach den Scharnieren zu suchen, weil man den unwiderstehlichen Drang verspürte, einen Blick hineinzuwerfen.

Lange bevor Llewellyn Clark und Mr. Garnett eintrafen, hatte sich eine kleine Menschenmenge davor versammelt – es bedurfte der unablässigen Aufmerksamkeit zweier Polizisten, um die Leute davon abzuhalten, den stabilen Zaun niederzureißen und den winzigen Garten zu zertrampeln. Als Llewellyn es von Garnetts Wagen aus in der Kurve zum ersten Mal sah, schnürte sich ihm die Kehle zu. Das gehörte ihm – es war nach seinen Vorstellungen entstanden, zum Leben erwacht. Plötzlich wusste er, dass er es nicht verkaufen würde, dass er es mehr wollte als irgendetwas anderes auf der Welt. Vielleicht würde es für ihn das bedeuten, was die Liebe für ihn hätte sein können, eine immer heitere, immer warme Zuflucht, wo er sich von allen möglichen Enttäuschungen des Lebens erholen konnte. Und anders als die Liebe würde es ihm keine Fallen stellen. Seine Karriere lag vor ihm wie eine hellerleuchtete Straße, und zum ersten Mal seit Monaten strahlte er vor Glück.

Die Ansprachen, die Gratulationen, alles ging wie im

Rausch vorüber. Als er sich erhob, um sich holperig, aber aufrichtig zu bedanken, konnte ihm nicht einmal mehr der Anblick von Lucy, dicht neben einem anderen Mann am Rand der Zuschauermenge, einen Stich versetzen, was noch vor einem Monat unvermeidlich gewesen wäre. Das gehörte der Vergangenheit an, und nur die Zukunft zählte. Von ganzem Herzen, jetzt ganz ohne Vorbehalte oder Bitterkeit, hoffte er, dass sie glücklich werden würde.

Nachdem sich die Menge langsam zerstreut hatte, verspürte er das Bedürfnis, allein zu sein. Noch immer in einer Art Trance ging er ins Haus zurück, wanderte von Zimmer zu Zimmer, berührte beinah zärtlich die Wände, die Möbel, die Fensterrahmen. Er schob die Vorhänge zurück und schaute hinaus; eine Zeitlang stand er in der Küche, konnte beinahe das frische Brot und die Butter auf dem weißen Holztisch sehen, hörte beinahe den Kessel auf dem Herd murmeln. Dann zurück durchs Esszimmer – er erinnerte sich daran, wie er sich bei der Planung vorgestellt hatte, dass das Abendlicht genau wie jetzt durchs Fenster einfallen sollte – und ins Schlafzimmer, wo er beobachtete, wie ein leichter Wind sanft den Saum des Vorhangs kräuselte, ganz so, als würde hier längst jemand leben. Heute Nacht würde er hier schlafen, dachte er. Er würde sich im Laden an der Ecke ein paar Dinge für ein kaltes Abendessen besorgen. Ihm tat jeder leid, der nicht Architekt war, der sich nicht sein eigenes Haus bauen konnte; er wünschte, er hätte jede Stütze und jeden Stein eigenhändig an ihren Platz gesetzt.

Die Septemberdämmerung senkte sich herab. Nach seiner Rückkehr vom Lebensmittelladen deckte er den Esszimmertisch mit allem, was er erstanden hatte – kaltes Brathuhn, Brot und Marmelade, eine Flasche Milch. Er aß gemächlich, lehnte sich anschließend auf seinem Stuhl zurück und rauchte eine Zigarette, während er seine Blicke durchs Zimmer schweifen ließ. Das war sein Zuhause. Llewellyn, von einer Reihe von Tanten großgezogen, konnte sich kaum daran erinnern, jemals etwas wie ein Zuhause gehabt zu haben – außer natürlich dort, wo er mit Lucy gelebt hatte. Diese trostlosen Zimmer, in denen sie beide so unglücklich miteinander gewesen waren, waren trotz allem eine Art Zuhause gewesen. Arme Kinder – jetzt konnte er mit Distanz auf die beiden, auf sich wie auf sie, zurückblicken. Kein Wunder, dass ihrer Liebe, nicht vorbereitet auf diese erdrückenden, aufreibenden Bedingungen, nicht mehr gelang als eine kurze, schwache Anstrengung, eine Geste, ehe sie erschöpft zugrunde ging.

Eine halbe Stunde verstrich. Die tiefe Stille wurde nur von der Beschwerde eines entrüsteten Hundes weit weg am Ende der Straße gestört. Llewellyns Gedanken, losgelöst durch die unvertraute, fast mystische Umgebung, entfernten sich von der jüngsten Vergangenheit; er dachte an den Tag vor einem Jahr, als er Lucy zum ersten Mal begegnet war. Die kleine Lucy Wharton – die rührende kleine Lucy, die ihm so sehr vertraute, vertraute auf die Welterfahrenheit seiner zwanzig Jahre.

Er erhob sich, begann langsam im Zimmer auf und ab zu gehen – und schreckte plötzlich auf, als die Türglocke zum ersten Mal durchs Haus schrillte. Er öffnete, und Mr. Garnett trat ein.

»Guten Abend, Llewellyn«, sagte er. »Ich bin noch einmal zurückgekommen, um zu sehen, ob der König glücklich ist in seinem Schloss.«

»Nehmen Sie doch Platz«, sagte Llewellyn angespannt. »Ich muss Sie etwas fragen. Warum heiratet Lucy diesen Mann? Ich will es wissen.«

»Nun, ich glaube, ich hatte Ihnen schon gesagt, dass er ein ganzes Stück älter ist«, antwortete Garnett ruhig. »Sie glaubt, dass er sie versteht.«

»Ich will sie sehen!«, rief Llewellyn. Er lehnte sich unglücklich gegen den Kaminsims. »Ich weiß nicht, was ich tun soll. Mr. Garnett, wir lieben uns, begreifen Sie das denn nicht? Können Sie in diesem Haus sein und das nicht begreifen? Es ist ihr Haus und meines. Mein Gott, sie ist ja schon hier, in jedem Zimmer! Lucy kam herein, als ich beim Abendessen saß, und hat sich zu mir gesetzt – gerade eben habe ich sie vor dem Spiegel im Schlafzimmer gesehen, wie sie ihr Haar gebürstet hat.«

»Sie ist draußen auf der Veranda«, unterbrach ihn Garnett sanft. »Ich glaube, sie möchte mit Ihnen sprechen. In ein paar Monaten erwartet sie ein Kind.«

Einige Minuten lang bewegte sich Chauncey Garnett durch den leeren Raum, sah sich dieses oder jenes Detail an, hier und da, bis die Wände zu verblassen schienen, sich zu verwandeln schienen in die Wände des kleinen Hauses, in das er vor mehr als vierzig Jahren seine eigene Frau gebracht hatte. Es stand schon lange nicht mehr, dieses Haus – das Geschenk seines Schwiegervaters; die heutige Generation hätte es wahrscheinlich als Stilbruch bezeichnet. Dennoch – an manchem längst vergessenen Spätnachmittag, wenn er darauf zuging und das Gaslicht ihm durch seine Fenster warm entgegenleuchtete, schenkte es ihm einen Augenblick tiefsten Frieden, den ihm kein anderes Haus je geben konnte.

Bis zu diesem Haus. Es barg dasselbe stille Geheimnis. Lag es daran, dass sein altes Gehirn die beiden durcheinanderbrachte, oder daran, dass die Liebe es aus der Tragödie in Llewellyns Herz errichtet hatte? Ohne die Frage zu beantworten, nahm er seinen Hut und trat hinaus auf die dunkle Veranda, wo er den einzelnen Schatten im Korbstuhl nur wenige Meter von ihm entfernt kaum beachtete.

»Wisst ihr, ich habe mir nämlich gar nie die Mühe gemacht, diese Annullierung zu beantragen«, sagte er, als spräche er mit sich selbst. »Ich habe sorgfältig darüber nachgedacht, und ich habe erkannt, dass Ihr zwei gute Menschen seid. Und ich hatte das Gefühl, ihr würdet schließlich doch das Richtige tun. Gute Menschen – tun das so oft.«

Am Bordstein sah er sich nach dem Haus um. Wieder spielte ihm sein Verstand – oder seine Augen – einen Streich –, und wieder schien es ihm, als sehe er das Haus vor sich, das vierzig Jahr zuvor an einem ganz anderen Ort gestanden hatte. Plötzlich fühlte er sich irgendwie unfähig, auch ein wenig schuldbewusst, weil er sich in die Angelegenheiten anderer Leute eingemischt hatte, und er drehte sich um und verschwand hastig die Straße hinunter.

Der Tanz

I

Mein Leben lang habe ich ein ganz merkwürdiges Grauen vor Kleinstädten empfunden – nicht vor Vorstädten, die sind wieder etwas anderes, sondern vor den kleinen, abgelegenen Provinzstädten in New Hampshire und Georgia, in Kansas und im oberen Teil des Staates New York. Ich bin in New York City geboren, und nicht einmal als kleines Mädchen habe ich mich je vor seinen Straßen und ihren ungewohnten fremdländischen Gesichtern gefürchtet – sobald ich mich aber in einem dieser Städtchen aufhalte, die ich oben erwähnte, verfolgt mich unablässig das bange Gefühl, dass dicht unter der Oberfläche ein zweites, verstecktes Leben lauert, eine ganze Serie geheimer Zusammenhänge, Bedeutungen und Schrecken, von denen ich nichts weiß. In einer Großstadt kommt alles, ob gut oder böse, irgendwann einmal ans Licht – ich meine, die Menschen tragen es nicht ewig mit sich herum. Das Leben ist in Bewegung, geht weiter, vergeht. In den kleinen Städten – denen zwischen fünf- und fünfundzwanzigtausend Einwohnern – scheint man alte Feindschaften, alte, unvergessene Affären, gespenstische Skandale und Tragödien nie begraben zu können; sie leben weiter, unlösbar verschlungen in den normalen Kreislauf des äußeren Lebens.

Nirgends habe ich das eindringlicher empfunden als im Süden. Komme ich erst einmal über Atlanta, Birmingham und New Orleans hinaus, habe ich oft das Gefühl, mich mit den Leuten um mich herum nicht mehr verständigen zu können. Die Männer und Frauen sprechen eine Sprache, in der sich Höflichkeit und unbeherrschte Heftigkeit, fanatische Sittenstrenge und branntweinseliges Draufgängertum in einer Weise mischen, die mir immer unverständlich bleiben wird. In *Huckleberry Finn* schildert Mark Twain ein paar dieser Städte am Mississippi, mit ihren hitzigen Fehden und ihrem ebenso hitzigen Wiederauflodern – und manche von ihnen haben sich auch hinter ihren neuen, von chromblitzenden Autos und Radios geprägten Fassaden nicht grundlegend verändert. Sie sind bis zum heutigen Tag zutiefst unzivilisiert geblieben.

Ich spreche vom Süden, weil es in einer kleinen Stadt in den Südstaaten war, wo ich diese Oberfläche einmal kurz zerreißen und etwas unbezähmbar Wildes, Unheimliches und Erschreckendes den Kopf erheben sah. Dann schloss sich die Oberfläche wieder, und wenn ich seither dorthin zurückkomme, bin ich zu meiner Überraschung wie eh und je bezaubert von den Magnolienbäumen, dem Singen der Schwarzen in den Straßen und den warmen, betörenden Nächten. Nicht weniger bezaubert bin ich von der großzügigen Gastfreundschaft, dem herrlich bequemen, unbeschwerten Leben im Freien und den beinahe allgemein guten Manieren. Und doch sucht mich immer wieder ein beängstigend deutlicher Alptraum heim, der all das heraufbeschwört, was ich vor fünf Jahren in dieser Stadt erlebt habe.

Davis – das ist allerdings nicht der richtige Name – hat etwa zwanzigtausend Einwohner, ein Drittel davon Farbige. Es ist eine Baumwollstadt, und die Arbeiter in den Spinnereien, ein paar tausend abgezehrte, ungebildete ›arme Weiße‹, hausen zusammen in einem verrufenen Viertel, das den Namen Cotton Hollow trägt. In den fünfundsiebzig Jahren seines Bestehens hat die Bevölkerung von Davis allerdings manchen Wechsel erlebt. Früher einmal kam es für die Wahl zur Hauptstadt des Staates in Frage, und so bilden die älteren Familien und Sippen auch heute noch, selbst wenn einzelne unter ihnen inzwischen völlig verarmt sind, eine stolze kleine Aristokratie.

Ich hatte im damaligen Winter den üblichen Gesellschaftsrummel in New York mitgemacht, bis ich dann gegen April hin plötzlich fand, dass ich von sämtlichen Einladungen ein für alle Mal genug hätte. Ich war erschöpft, und Europa schien mir der richtige Erholungsort. Aber die kleine Wirtschaftskrise von 1921 erschütterte das Geschäft meines Vaters, und so legte man mir nahe, doch lieber in den Süden zu gehen und Tante Musidora Hale zu besuchen.

Ich hatte mir vage so etwas wie einen Landaufenthalt darunter vorgestellt, aber am Tag meiner Ankunft brachte der *Courier* von Davis ein urkomisches altes Foto von mir in seiner Gesellschaftsspalte, und schon steckte ich mitten in der nächsten Partysaison. In bescheidenerem Umfang natürlich – samstags Tanzabende in dem kleinen Countryclub mit seinem Neun-Loch-Golfplatz, unter der Woche die eine oder andere zwanglose Dinnerparty, und zu alledem ein paar sehr nette und aufmerksame junge Kavaliere. Ich amüsierte mich gar nicht schlecht, und als ich nach drei Wochen wieder nach Hause fahren wollte, war es bestimmt nicht aus Langeweile. Im Gegenteil, ich wollte nach Hause, weil ich mich ein bisschen zu sehr für einen gutaussehenden jungen Mann namens Charley Kincaid interessierte und erst zu spät erfuhr, dass er mit einem anderen Mädchen verlobt war.

Als Erstes hatte uns zusammengebracht, dass er so ungefähr der einzige Junge in der Stadt war, der ein College im Norden besuchte – und ich war damals noch jung genug, zu glauben, dass sich ganz Amerika nur um Harvard, Princeton und Yale drehte. Ich spürte deutlich, dass auch er mich gern mochte, aber als ich dann hörte, dass ein halbes Jahr zuvor seine Verlobung mit einem Mädchen namens Marie Bannerman bekanntgegeben worden war, sah ich keine andere Möglichkeit, als schleunigst das Feld zu räumen.

Die Stadt war zu klein, als dass man irgendjemand aus dem Weg hätte gehen können, und obwohl es bis jetzt noch kein Geschwätz gegeben hatte, war ich sicher, dass … na ja, dass, wenn wir uns weiter begegneten, unsere Gefühle füreinander auch ausgesprochen würden. Und ich bin nicht skrupellos genug, um einem anderen Mädchen den Mann wegzunehmen.

Marie Bannerman war fast eine Schönheit. Vielleicht hätte sie sogar eine sein können – mit den richtigen Kleidern und ohne ihre grellrosa Rougebäckchen und den kreideweißen Puder auf Kinn und Nase. Ihr Haar war seidig schwarz, und sie hatte wunderhübsche Züge. Durch einen kleinen Geburtsfehler war das eine Augenlid stets etwas gesenkt, was ihrem Gesicht einen gewissen Schalk verlieh.

Ich wollte an einem Montag abreisen, und am Samstagabend hatten wir uns wie üblich in einer Gruppe zum Abendessen im Club verabredet, bevor wir dort tanzen würden. Joe Cable war dabei, der Sohn eines ehemaligen Gouverneurs, ein gutaussehender Junge, der trotz seiner Oberflächlichkeit viel Charme hatte; Catherine Jones, ein hübsches, blendend gewachsenes Mädchen mit lebhaften Augen, das unter dem kunstvoll aufgelegten Rouge ebenso gut achtzehn wie fünfundzwanzig Jahre alt sein konnte; außerdem Marie Bannerman, Charley Kincaid, ich selbst und noch zwei oder drei andere.

Wie immer bei solchen Gelegenheiten machte es mir Spaß, dem in komischem Durcheinander dahinsprudelnden Kleinstadtklatsch zuzuhören. So war zum Beispiel eines der Mädchen am selben Nachmittag mitsamt ihrer Familie auf die Straße gesetzt worden, weil man die Miete schuldig geblieben war. Sie erzählte die ganze Geschichte ohne jede Befangenheit – nichts weiter als eine zwar unangenehme, aber amüsante Episode. Und dann das scherzhafte Wortgeplänkel, wonach jedes anwesende Mädchen unendlich schön und anziehend war und jeder anwesende Mann – natürlich schon von der Wiege an – heimlich und hoffnungslos in sie verliebt.

»Wir sind fast gestorben vor Lachen…« – »…hat gesagt, er schießt ihn über den Haufen, wenn er sich noch mal blicken lässt.« Bei jeder Kleinigkeit leisteten die Mädchen ›heilige Eide‹ und schworen die Männer ›auf Ehr und Seligkeit‹. »Wie kommt's, dass du um ein Haar vergessen hast, mich abzuholen …?« – und dazu das unaufhörliche »Honey, Honey, Honey«, das wie ein wohltuendes Elixier von Herz zu Herz zu fließen schien.

Die Mainacht draußen war heiß, still, samtig weich, dicht mit Sternen gesprenkelt. Schwer und süß flutete sie in den großen Saal herein, in dem wir saßen und später tanzen würden, und brachte keinen Laut mit sich außer dem gelegentlichen langgezogenen Knirschen, das ein ankommender Wagen auf der Kiesauffahrt verursachte. Der Gedanke, Davis zu verlassen, war mir mit einem Mal so unerträglich wie noch nie zuvor ein Abschied – ich wollte nicht fort, ich wollte mein ganzes Leben hier verbringen und bis in alle Ewigkeit durch diese langen, heißen, romantischen Nächte tanzen.

Und doch hing das Grauen schon über der kleinen Gesellschaft, lauerte unter uns, ein ungebetener Gast, der die Stunden zählte, bis er seine bleiche, grelle Fratze zeigen konnte. Hinter dem Schwatzen und Lachen bahnte sich etwas an, etwas Geheimnisvolles und Dunkles, von dem ich nichts wusste.

Bald darauf erschien die farbige Kapelle, gefolgt von den ersten Tanzlustigen. Ein hünenhafter Mann mit gerötetem Gesicht, schlammverkrusteten Schaftstiefeln an den Füßen und einem Revolvergürtel um die Hüften stapfte herein und blieb kurz an unserem Tisch stehen, bevor er die Treppe zur Garderobe hinaufstieg. Es war Bill Abercrombie, der Sheriff und Sohn des Kongressabgeordneten Abercrombie. Ein paar der Jungs stellten ihm halblaute Fragen, und er antwortete mit nur mühsam gedämpfter Stimme.

»Ja ... treibt sich immer noch im Moor herum. Ein Farmer hat ihn bei dem Laden an der Kreuzung gesehen ... Würd ihm selbst gern eins verpassen.«

Ich fragte den jungen Mann neben mir, was los sei.

»Da macht ein Nigger Scherereien«, sagte er, »drüben in Kisco, ungefähr zwei Meilen von hier. Der Kerl hält sich im Moor versteckt, morgen wollen sie ihn holen.«

»Was haben sie vor mit ihm?«

»Aufhängen wahrscheinlich.«

Der Gedanke an den unglückseligen Neger, der elendiglich in einem verlassenen Sumpf kauerte und mit dem Morgengrauen seinen Tod erwartete, bedrückte mich eine Weile. Dann verflog das Gefühl wieder und war vergessen.

Nach dem Essen gingen Charley Kincaid und ich auf die Terrasse hinaus – er hatte gerade gehört, dass ich abreisen wollte. Ich hielt mich so nahe wie möglich bei den anderen und gab nur seinen Worten, nicht aber seinen Blicken Antwort – wenn sich auch etwas in mir gegen einen so nichtssagenden Abschied sträubte. Die Versuchung war groß, jetzt am Ende doch noch etwas zwischen uns aufflackern zu lassen. Ich wünschte, er würde mich küssen – in meinem Inneren versprach ich mir, wenn er mich küsste, nur ein einziges Mal, wollte ich mich gleichmütig damit abfinden, ihn nie wiederzusehen; aber mein Verstand wusste es besser.

Die anderen Mädchen strömten langsam ins Haus zurück, um oben im Ankleideraum ihr Make-up aufzubessern, und Charley noch immer an meiner Seite, folgte ich ihnen. Ich war den Tränen nahe, und, sei es, dass sie mir schon in den Augen standen, sei es, dass ich sie hastig zu unterdrücken suchte – jedenfalls öffnete ich aus Versehen die Tür zu einem kleinen Kartenspielzimmer und setzte damit das Räderwerk dieser tragischen Nacht in Gang. – Im Spielzimmer, keine drei Schritte von uns entfernt, standen Charleys Verlobte Marie Bannerman und Joe Cable. Sie hielten sich in einem Kuss umschlungen, in dessen leidenschaftlicher Hingabe sie alles um sich her vergaßen.

Ich zog die Tür rasch wieder zu, öffnete, ohne Charley dabei anzusehen, die richtige Tür und rannte die Treppe hinauf.

II

Ein paar Minuten später drängte sich Marie Bannerman in den überfüllten Ankleideraum. Als sie mich sah, kam sie mit einem Lächeln gespielter Verzweiflung zu mir, aber ihr Atem ging schnell, und das Lächeln zuckte ein wenig.

»Du sagst es doch nicht weiter, Honey?«, flüsterte sie.

»Natürlich nicht.« Ich fragte mich nur, welche Rolle das jetzt noch spielen konnte, nachdem es Charley Kincaid einmal wusste.

»Wer sonst hat uns gesehen?«

»Nur Charley Kincaid und ich.«

»Oh!« Einen Augenblick lang schien sie etwas verdutzt, dann fügte sie hinzu: »Stell dir vor, Honey, er hat nicht mal was gesagt. Als wir rausgekommen sind, ist er gerade zur Tür hinaus. Ich hab schon gedacht, er würde warten und seine Wut an Joe auslassen!«

»Und warum sollte er sie nicht an dir auslassen?«, entfuhr es mir wider Willen.

»Oh, das kommt noch.« Sie lachte und zog ein schiefes Gesicht. »Aber ich weiß, wie man ihn nehmen muss, Honey. Nur im ersten Augenblick, wenn er so richtig wütend ist, hab ich Angst vor ihm – er kann furchtbar jähzornig sein.« Im Gedanken daran pfiff sie durch die Zähne. »Ich weiß es, so was ist nämlich schon mal passiert.«

Am liebsten hätte ich sie geohrfeigt. Unter dem Vorwand, ich wolle mir bei Katie, dem schwarzen Dienstmädchen, eine Stecknadel ausborgen, drehte ich ihr den Rücken zu und ging. Katie war gerade mit Catherine Jones beschäftigt, die ihr ein kurzes Baumwollkleid zum Flicken gebracht hatte.

»Was ist das?«, fragte ich.

»Ein Tanzkostüm«, antwortete Catherine kurz, den Mund voller Stecknadeln. Als sie sie dann herausgenommen hatte, fügte sie hinzu: »Es ist völlig in Fetzen – ich hab's schon so oft getragen.«

»Tanzt du heute Abend hier?«

»Ich versuch's jedenfalls.«

Jemand hatte mir erzählt, dass sie Tänzerin werden wollte und in New York Tanzunterricht genommen hatte.

»Kann ich dir irgendwas richten helfen?«

»Nein, danke … das heißt – kannst du nähen? Katie ist samstagabends immer so aufgeregt, dass sie zu nichts zu gebrauchen ist, außer zum Nadelholen. Ich wär dir ewig dankbar, Honey.«

Ich hatte meine Gründe, nicht gerade jetzt schon nach unten zu gehen, und so setzte ich mich hin und arbeitete eine halbe Stunde lang an ihrem Kostüm. Ich hätte gern gewusst, ob Charley nach Hause gegangen war und ob ich ihn wohl jemals wiedersehen würde – ich wagte kaum, mich zu fragen, ob ihn das, was er gesehen hatte, nicht moralisch von seiner Bindung lösen könnte. Als ich schließlich hinunterging, war er nirgends zu sehen.

Der Saal war jetzt voller Menschen. Man hatte die Tische entfernt, und alles tanzte. Damals, kurz nach dem Krieg, hatten die jungen Leute im Süden eine Art zu tanzen, bei der sie, auf den Fußspitzen stehend, die Fersen nach innen und außen drehten – eine Kunst, deren Erlernung ich viele Stunden gewidmet hatte. Viele junge Herren waren solo erschienen und die meisten schon recht angeheitert vom Maisbranntwein – ich lehnte im Durchschnitt mindestens zwei Drinks pro Tanz ab. Selbst wenn das Zeug, wie es der Brauch ist, mit einem alkoholfreien Getränk gemischt und nicht pur aus einer körperwarmen Flasche hinuntergekippt wird, hat es noch eine mörderische Wirkung. Nur ein paar wenige Mädchen wie Catherine Jones riskierten hin und wieder am dunklen Ende der Veranda einen Zug aus dem Flachmann eines der Jungen.

Ich mochte Catherine Jones – sie schien mehr Energie zu haben als all die anderen Mädchen. Tante Musidora rümpfte freilich jedes Mal verächtlich die Nase, wenn mich Catherine mit ihrem Wagen zum Kino abholte, und bemerkte, dass sich wohl allmählich überall »das Unterste nach oben kehrte«. Ihre Familie sei »neureich und gewöhnlich«. Aber ich fand, dass vielleicht gerade diese ›Gewöhnlichkeit‹ ein großer Pluspunkt an ihr war. Beinahe jedes Mädchen in Davis hatte mir irgendwann einmal ihren sehnlichen Wunsch anvertraut, »hier herauszukommen und nach New York zu gehen«, aber nur Catherine Jones hatte wirklich Ernst damit gemacht und zu diesem Zweck Ballettstunden genommen.

Sie wurde oft gebeten, an solchen Samstagabendveranstaltungen etwas vorzutanzen, etwas ›Klassisches‹ oder auch einen akrobatischen Holzschuhtanz. Bei einer denkwürdigen Gelegenheit hatte sie die Honoratioren mit einem ›Shimmy‹ (damals die verruchteste Form von Jazz) verärgert, wofür man ihr dann die originelle und etwas befremdende Entschuldigung zubilligte, sie sei »zu blau gewesen, um zu wissen, was sie tat«. Ihre merkwürdige Persönlichkeit beeindruckte mich irgendwie, und ich war gespannt, was sie uns heute Abend bieten würde.

Um Mitternacht hörte die Musik immer auf, weil das Tanzen am Sonntagmorgen verboten war. Und so rief um halb zwölf ein gewaltiger Tusch von Trommeln und Trompeten die Tänzer, die Pärchen auf den Veranden oder draußen in den Autos und die an der Bar Hängengebliebenen in den großen Tanzsaal hinein. Stühle wurden hereingebracht und alle in einem Haufen mit viel Gelächter und Radau vor das nur leicht erhöhte Podium geschoben. Die Musiker hatten die Bühne geräumt und dicht daneben Aufstellung genommen. Als die rückwärtigen Scheinwerfer abgeblendet waren, begannen sie eine Melodie zu spielen, die von einem seltsamen Trommelschlag begleitet war, den ich noch nie zuvor gehört hatte. Im selben Augenblick erschien Catherine Jones auf dem Podium. Sie trug das kurze, ländliche Sommerkleidchen, an dem ich noch gearbeitet hatte, und einen breitkrempigen Sonnenhut, unter dem uns ihr gelbgepudertes Gesicht mit rollenden Augen, aber sonst ausdrucksloser Miene entgegenblickte.

Sie begann zu tanzen.

Ich hatte noch nie zuvor etwas Ähnliches gesehen, und es sollte fünf Jahre dauern, bis ich es ein zweites Mal zu sehen bekam: Es war der Charleston – es muss der Charleston gewesen sein. Ich erinnere mich noch gut an den doppelten Trommelschlag, der wie ein aufpeitschendes »Hey! Hey!« klang, an das ungewohnte Armeschwingen und den bizarren X-Bein-Effekt. Weiß der Himmel, wo sie ihn aufgelesen hatte.

Ihre Zuschauer, die mit Negerrhythmen ja vertraut waren, beugten sich gespannt vor – sogar für sie war es etwas Neues. Und mir ist das Bild so klar und unauslöschlich eingeprägt, als hätte ich es erst gestern gesehen: die wirbelnde, stampfende Gestalt auf dem Podium, die aufgeputschte Kapelle, die grinsenden Kellner im Durchgang zur Bar, und dies alles umgeben von der weichen, südlich-lauen Nachtluft, die, ein Gemisch von Moor und Baumwollfeldern, üppigem Laub und erdig warmen Rinnsalen, durch die vielen Fenster hereinsickerte. – Ich weiß nicht mehr, wann sich zum ersten Mal ein Gefühl gespannten Unbehagens in mir bemerkbar machte. Der Tanz kann nicht viel mehr als zehn Minuten gedauert haben; vielleicht hatten mich schon die ersten Takte der barbarischen Musik unruhig gemacht – jedenfalls saß ich, längst ehe sie vorüber war, wie erstarrt auf meinem Stuhl, während meine Augen durch den ganzen Saal wanderten und die Reihen der schattenhaften Gesichter abtasteten, als suchten sie irgendeinen Halt, den es nicht mehr gab.

Ich bin an sich weder nervös noch besonders schreckhaft, aber einen Augenblick lang fürchtete ich, ich würde hysterisch werden, wenn die Musik und der Tanz nicht endlich aufhörten. Irgendetwas geschah um mich her. Ich wusste es so genau, als könnte ich in alle diese fremden Herzen blicken. Irgendwelche Dinge passierten, und eines ganz besonders hing so dicht über uns, dass es uns fast berührte – ja, dass es uns berührte! … Ich schrie beinahe auf, als eine Hand zufällig meinen Rücken streifte.

Die Musik endete. Es gab Applaus und Dacaporufe, aber Catherine Jones schüttelte, dem Kapellmeister zugewandt, verneinend den Kopf und machte Anstalten, das Podium zu verlassen. Die Rufe um eine Zugabe hielten an – wieder schüttelte sie den Kopf, und ihr Gesicht kam mir dabei ziemlich verärgert vor. Dann ereignete sich etwas Sonderbares. Auf das fortgesetzte Bitten eines Zuschauers in der ersten Reihe hin intonierte der farbige Kapellmeister die ersten Takte der Melodie, um Catherine vielleicht auf diese Weise zu einer Wiederholung zu bewegen. Sie fuhr herum, schnappte: »Hast du nicht gehört, dass ich nein gesagt habe?!«, und schlug ihm dann völlig überraschend ins Gesicht. Die Musik erstarb, und das belustigte Murmeln des Publikums brach jäh ab, als gleich darauf gedämpft, aber deutlich hörbar, ein Schuss krachte.

Im nächsten Augenblick waren wir auf den Beinen, denn dem Klang nach zu urteilen musste er im Inneren oder in der Nähe des Hauses gefallen sein. Eine der Anstandsdamen stieß einen leisen Schrei aus, aber als irgendein Spaßvogel dann rief: »Cäsar ist wieder mal im Hühnerhaus«, löste sich die momentane Bestürzung in Gelächter auf. Der Geschäftsführer des Clubs begab sich, gefolgt von mehreren neugierigen Paaren, hinaus, um nachzusehen, während sich der Rest schon wieder zu den Klängen von *Good Night, Ladies*, womit traditionsgemäß jeder Tanzabend endete, auf dem Parkett drehte.

Ich war froh, dass es vorüber war. Der junge Mann, mit dem ich gekommen war, ging seinen Wagen holen, und ich rief einen Kellner und schickte ihn in den Abstellraum hinauf, wo meine Golfschläger standen. Als ich wartend auf die Veranda hinausschlenderte, fragte ich mich wieder, ob Charley Kincaid wohl schon nach Hause gegangen war.

Plötzlich bemerkte ich – auf die seltsame Art, in der einem manchmal etwas bewusst wird, das schon eine Zeitlang im Gange ist –, dass drinnen im Haus ein Tumult ausgebrochen war. Frauen kreischten, jemand schrie: »Um Gottes willen«, dann wurde ein wildes Rennen auf den Treppen laut und Schritte, die in hastigem Hin und Her den Tanzsaal durchquerten. Von irgendwoher tauchte ein Mädchen auf und sank schon im nächsten Moment ohnmächtig zu Boden – unverzüglich tat es ihr ein zweites Mädchen nach, und dann hörte ich eine aufgeregte Männerstimme in ein Telefon brüllen. Schließlich stürzte, blass und ohne Hut, ein junger Mann auf die Veranda heraus und packte mich mit eiskalten Händen am Arm.

»Was ist los?«, rief ich. »Ist Feuer ausgebrochen? Was ist passiert?«

»Marie Bannerman liegt tot oben in der Damengarderobe. Man hat ihr die Kehle durchschossen!«

Der Rest jener Nacht ist eine Folge von wirren, zusammenhangslosen Bildern, die sich wie die abrupt wechselnden Szenen eines Spielfilms aneinanderreihen. Auf der Veranda diskutierte eine Gruppe bald laut erregt, bald gedämpft darüber, was unternommen werden sollte – jedenfalls müsse jeder Kellner im Club, »sogar der alte Moses«, noch heute Abend schärfstens verhört werden. Dass nur ein ›Nigger‹ Marie Bannerman erschossen haben konnte, stand sofort und unbestritten fest – und jeder, der es in diesem ersten Augenblick der Kopflosigkeit bezweifelt hätte, wäre selber in Verdacht geraten. Für die einen war es Katie Golstien, das farbige Dienstmädchen, das die Leiche entdeckt hatte und ohnmächtig geworden war. Für die anderen war es »der Nigger, den sie drüben in Kisco gesucht haben«. Es war ganz einfach jeder beliebige Neger.

Im Lauf der nächsten halben Stunde strömten immer mehr Leute heraus, alle mit ihrem eigenen kleinen Beitrag an Neuigkeiten. Das Verbrechen war mit Sheriff Abercrombies Dienstpistole begangen worden – er hatte sie, für jedermann sichtbar, mitsamt dem Gürtel an die Wand gehängt, bevor er zum Tanzen heruntergekommen war. Die Waffe fehlte, es wurde jetzt nach ihr gesucht. Der Tod war nach Aussage des Arztes sofort eingetreten, die Kugel sei offenbar nur aus ein paar Schritt Entfernung abgefeuert worden.

Wenige Minuten später kam ein junger Mann heraus und verkündete mit lauter, feierlicher Stimme:

»Sie haben Charley Kincaid verhaftet.«

Vor meinen Augen drehte sich alles. Über die Gruppe auf der Veranda fiel ein scheues, betroffenes Schweigen.

»Charley Kincaid verhaftet?!«

»Charley Kincaid!«

Aber er sei doch einer der Besten, einer aus ihrer Mitte!

»Das ist das Verrückteste, was ich je gehört habe!«

Der junge Mann nickte, entsetzt wie alle anderen, aber doch mit einem Anflug von Wichtigtuerei.

»Er war nicht unten, als Catherine Jones getanzt hat – er sagt, er sei in der Herrengarderobe gewesen. Und Marie Bannerman hat zuvor allen Mädchen erzählt, sie hätten Krach gehabt und dass sie Angst habe, er könnte irgendwas tun.«

Wieder ein benommenes Schweigen.

»Das ist das Verrückteste, was ich je gehört habe!«, wiederholte jemand.

»Charley Kincaid!«

Der Berichterstatter wartete einen Augenblick. Dann fügte er hinzu:

»Er hat sie erwischt, wie sie Joe Cable geküsst hat …«

Ich konnte nicht länger schweigen.

»Na und?«, rief ich dazwischen. »Ich war bei ihm. Er war … er war kein bisschen wütend!«

Sie sahen mich an, erschreckt, betreten, unglücklich. Plötzlich hallten die Schritte mehrerer Männer laut durch den Tanzsaal – leichenblass erschien Charley Kincaid zwischen dem Sheriff und einem anderen Mann in der Tür. Sie überquerten rasch die Veranda, gingen die Treppe hinunter und verschwanden in der Dunkelheit. Gleich darauf hörten wir das Geräusch eines abfahrenden Autos.

Als einen Augenblick später weither von der Straße das unheimliche Heulen eines Krankenwagens ertönte, stand ich verzweifelt auf und rief meinen Begleiter, der immer noch mit der Gruppe tuschelte.

»Ich muss gehen«, sagte ich. »Ich halte das nicht aus. Entweder bringst du mich heim, oder ich fahre in einem anderen Auto mit.« Widerwillig schulterte er meine Golfschläger, bei deren Anblick mir erst bewusst wurde, dass ich nun doch nicht am Montag abreisen konnte, und folgte mir die Treppe hinunter, gerade als die schwarze Karosserie des Krankenwagens zum Tor hereinbog – ein gespenstischer Schatten in der klaren, sternhellen Nacht.

IV

Nachdem die ersten wilden Mutmaßungen und die ersten blinden Sympathiebekundungen für Charley Kincaid verklungen waren, wurde der Tatbestand vom *Courier* und von den meisten anderen Tageszeitungen des Staates etwa so dargestellt: Marie Bannerman starb in der Damengarderobe des Countryclubs von Davis an den Folgen eines Revolverschusses, der in der Nacht von Samstag auf Sonntag kurz nach 23.45 Uhr aus nächster Entfernung auf sie abgegeben worden war. Viele der anwesenden Personen hatten den Schuss gehört. Darüber hinaus stand ohne jeden Zweifel fest, dass er aus der Waffe von Sheriff Abercrombie abgefeuert worden war, die allen sichtbar an der Wand des angrenzenden Raumes gehangen hatte. Abercrombie selbst befand sich, wie viele Zeugen bestätigen konnten, unten im

Tanzsaal, als der Mord verübt wurde. Der Revolver war nicht aufzufinden.

Soweit man wusste, war die einzige Person, die sich im Augenblick des Schusses oben aufgehalten hatte, Charles Kincaid. Er war mit Miss Bannerman verlobt gewesen, hatte sich jedoch laut mehrerer Zeugenaussagen an jenem Abend heftig mit ihr gestritten. Miss Bannerman selbst hatte noch davon gesprochen und geäußert, sie habe Angst und wolle ihm lieber aus dem Weg gehen, bis er sich beruhigt hätte.

Charles Kincaid gab an, zur Zeit des Schusses in der Herrengarderobe gewesen zu sein, wo man ihn auch tatsächlich unmittelbar nach Entdeckung der Leiche vorgefunden hatte. Allerdings bestritt er, irgendeinen Wortwechsel mit Miss Bannerman gehabt zu haben. Er habe den Schuss zwar gehört, ihm aber keinerlei Bedeutung beigemessen. Wenn er sich etwas dabei gedacht habe, so höchstens, dass wohl irgendjemand »auf Katzenjagd gegangen sei«.

Warum er es vorgezogen habe, während der Tanzvorführung in der Garderobe zu bleiben?

Er könne keinen Grund dafür angeben; er sei ganz einfach müde gewesen und habe gewartet, bis Miss Bannerman aufbrechen wollte.

Die Leiche war von Katie Golstien, dem schwarzen Dienstmädchen, entdeckt worden, das seinerseits ohnmächtig aufgefunden wurde, als die Mädchen nach oben drängten, um ihre Mäntel zu holen. Aus der Küche zurückkehrend, wo sie sich eine Kleinigkeit zu essen geholt hatte, war Katie auf Miss Bannerman gestoßen, die, bereits tot, mit blutgetränktem Kleid auf dem Boden lag.

Sowohl die Polizei als auch die Presse richteten ihr besonderes Augenmerk auf die bauliche Einteilung des Obergeschosses. Es bestand aus drei nebeneinanderliegenden Räumen: der Damengarderobe, der Herrengarderobe und dazwischen einer Kammer, die als Abstellraum und zur Aufbewahrung von Golfschlägern diente. Beide Garderoben ließen sich nur über diese Kammer betreten, die durch eine Treppe mit dem Tanzsaal und durch eine zweite mit der Küche verbunden war. Laut übereinstimmender Aussage der drei farbigen Köche und des weißen Caddymasters hatte niemand außer Katie Golstien an jenem Abend die Küchentreppe benutzt.

Soweit ich mich nach diesen fünf Jahren richtig erinnere, trifft diese Zusammenfassung ziemlich genau die Situation zu dem Zeitpunkt, als Charley Kincaid des vorsätzlichen Mordes angeklagt und zur Aburteilung dem Gericht übergeben wurde. Auf Betreiben seiner Freunde wurden noch andere Personen, namentlich Schwarze, verdächtigt, und es kam zu mehreren Verhaftungen. Worauf sie beruhten, habe ich längst vergessen, aber jedenfalls kam nie etwas dabei heraus. Eine kleine Gruppe von Leuten glaubte trotz des verschwundenen Revolvers weiterhin beharrlich an einen Selbstmord und ließ sich die spitzfindigsten Gründe einfallen, um das Fehlen der Tatwaffe zu erklären.

Jetzt, nachdem bekannt ist, warum Marie Bannerman so schrecklich und gewaltsam ums Leben kommen musste, wäre es leicht für mich zu sagen, ich hätte die ganze Zeit über an Charley Kincaid geglaubt. Aber ich habe es nicht getan. Ich glaubte, dass er sie getötet hatte, und gleichzeitig wusste ich, dass ich ihn von ganzem Herzen liebte. Dass ausgerechnet ich als Erste auf den Beweis stieß, der seine Freilassung zur Folge haben sollte, beruhte nicht auf irgendeinem Glauben an seine Unschuld, sondern auf der seltsamen Intensität, mit der sich in aufregenden Situationen gewisse Bilder meinem Gedächtnis einprägen – ich erinnere mich dann nicht nur an jede Einzelheit, sondern sogar daran, wie die betreffende Einzelheit damals auf mich gewirkt hat.

Es war an einem Nachmittag Anfang Juli – das Verfahren gegen Charley Kincaid ging gerade auf seinen Höhepunkt zu –, als mein Entsetzen über die eigentliche Tat einen Augenblick in den Hintergrund trat und ich über die anderen Vorkommnisse dieser Nacht nachzudenken begann. Irgendetwas, das Marie Bannerman in der Garderobe zu mir gesagt hatte, wollte mir nicht mehr einfallen und quälte mich – nicht weil ich es für wesentlich hielt, sondern einfach, weil ich es nicht zurückholen konnte. Es war weggesunken, als habe es zu der beinahe okkulten Unterströmung kleinstädtischen Lebens gehört, die mich an jenem Abend so deutlich angerührt hatte – angerührt als eine mit den Problemen alter Heimlichkeiten, alter Lieben und Fehden erfüllte Atmosphäre, in die ich, die Fremde, nie wirklich würde eindringen können. Es kam mir vor, als habe Marie Bannerman den Vorhang ganz kurz zur Seite gezogen – doch dann war er wieder zurückgefallen, und das Haus, in das ich hätte blicken können, war jetzt wohl für immer dunkel.

Ein anderer, vielleicht noch belangloserer Zwischenfall beschäftigte mich ebenfalls. Durch die tragischen Ereignisse ein paar Minuten später war er wieder in Vergessenheit geraten, aber ich hatte das sichere Gefühl, dass ich nicht die Einzige gewesen war, die er damals befremdet hatte. Als das Publikum Catherine Jones um eine Zugabe bat, war sie in ihrem Unwillen so weit gegangen, den Kapellmeister zu ohrfeigen. Das krasse Missverhältnis zwischen seinem harmlosen Verstoß und ihrer unnötig scharfen Reaktion wollte mir nicht aus dem Kopf. Es war einfach nicht natürlich – zumindest hatte es nicht natürlich *gewirkt*. Gut, Catherine Jones hatte getrunken, das erklärte die Sache vielleicht, aber nach wie vor gefiel es mir nicht recht. Mehr um die Geister der Vergangenheit zu bannen, als um wirkliche Nachforschungen anzustellen, brachte ich einen hilfsbereiten jungen Mann dazu, mit mir zusammen dem Kapellmeister einen Besuch abzustatten.

Er hieß Thomas und war ein sehr dunkelhäutiger Schlagzeugvirtuose von recht einfachem Gemüt. Ich brauchte keine zehn Minuten, um herauszufinden, dass ihn Catherine Jones' Benehmen genauso überrascht hatte wie mich. Er kannte sie schon seit Jahren, schon als kleines Mädchen hatte er sie tanzen sehen – ja, und gerade den Tanz, den sie damals vorgeführt hatte, den habe sie noch in der Woche davor mit seiner Kapelle geprobt. Ein paar Tage nach dem Abend sei sie dann zu ihm gekommen und habe sich entschuldigt.

»Ich hab gewusst, dass sie kommt«, meinte er. »Sie ist 'n gutes Mädel, ganz bestimmt. Meine Schwester Katie war ihr Kindermädchen, wie sie noch 'n Baby war, bis sie dann in die Schule gegangen ist.«

»Deine Schwester?«

»Ja, Katie. Sie ist das Dienstmädchen draußen im Club. Katie Golstien. Sie haben sicher in der Zeitung von ihr gelesen, wegen der Sache mit Charley Kincaid. Katie Golstien. Das Dienstmädchen, das die Leiche von Miss Bannerman gefunden hat.«

»Und Katie war das Kindermädchen von Catherine Jones?«

»Ja, Miss.«

Auf dem Heimweg – meine Neugier war eher gereizt als befriedigt – stellte ich meinem Begleiter unvermittelt eine Frage:

»Waren Catherine und Marie Freundinnen?«

»Ja, sicher«, antwortete er, ohne zu zögern. »Hier sind eigentlich alle Mädchen miteinander befreundet, außer wenn zwei hinter demselben Mann her sind – dann können sie ganz schön giftig werden.«

»Warum, glaubst du, hat Catherine noch nicht geheiratet? Sie hat doch eine Menge Verehrer, oder?«

»Am laufenden Band! Aber sie kriegt sie meistens schnell wieder über. Das heißt, mit einer Ausnahme: Joe Cable.«

Wie eine Flutwelle kam die Erinnerung, kam ein Bild auf mich zu, wuchs empor, schlug über mir zusammen. Und mit einem Mal wusste ich wieder, was Marie Bannerman in der Garderobe zu mir gesagt hatte: »Wer sonst hat uns gesehen?« – Sie hatte mit halbem Auge jemanden gesehen, eine Gestalt, die so schnell vorbeihuschte, dass sie sie nicht erkennen konnte.

Und im selben Augenblick glaubte auch ich diese Gestalt wieder zu sehen, als hätte ich sie damals ebenso flüchtig wahrgenommen – so, wie man oft einen vertrauten Gang oder Umriss auf der Straße registriert, lang bevor der erste

Funke des Erkennens aufblitzt. Auch meinem Auge hatte sich das Bild einer vorübereilenden Gestalt eingeprägt, die Catherine Jones gewesen sein konnte.

Aber als der Schuss fiel, waren doch über fünfzig Augenpaare auf Catherine Jones gerichtet! War es möglich, dass Katie Golstien, eine fünfzigjährige Frau, die in Davis seit drei Generationen als Kindermädchen bekannt war und allgemeines Vertrauen genoss, auf Geheiß von Catherine Jones kaltblütig ein junges Mädchen niederschoss?

›Aber als der Schuss fiel, waren doch über fünfzig Augenpaare auf Catherine Jones gerichtet!‹ Dieser Satz ging mir die ganze Nacht im Kopf herum, nahm immer neue Formen an, zerfiel in Satzglieder, Bruchstücke, einzelne Wörter.

›Aber als der Schuss fiel – waren doch über fünfzig Augenpaare – auf Catherine Jones gerichtet.‹

Als der Schuss fiel! Welcher Schuss? Der Schuss, den wir gehört hatten. Als der Schuss fiel … Als der Schuss fiel …

Am nächsten Morgen um neun Uhr – nachdem ich mein blasses, übernächtigtes Gesicht so dick wie nie vorher oder nachher in meinem Leben übermalt hatte –, stieg ich die wackelige Treppe zum Büro des Sheriffs hinauf.

Abercrombie, der gerade in seine Morgenpost vertieft war, sah neugierig auf, als ich zur Tür hereinkam.

»Catherine Jones hat's getan«, stieß ich hervor und bemühte mich verzweifelt, nicht allzu hysterisch zu klingen. »Sie hat Marie Bannerman erschossen – wir haben es nur nicht gehört, weil die Kapelle gespielt hat und weil gerade die Stühle herumgeschoben wurden. Den Schuss, den wir gehört haben, hat Katie abgefeuert. Als die Musik zu Ende war, hat sie aus dem Fenster geschossen – damit Catherine ein Alibi hat!«

V

Ich hatte recht, wie jetzt alle wissen. Aber eine Woche lang wollte mir niemand glauben, bis Katie dann endlich unter einem harten, unbarmherzigen Kreuzverhör zusammenbrach. Nicht einmal Charley Kincaid hatte es für möglich gehalten, wie er später zugab.

Wie Catherine und Joe Cable zueinander standen, hat nie jemand erfahren, aber ganz offensichtlich muss sie gefunden haben, dass sein heimlicher Flirt mit Marie Bannerman zu weit ging.

Dann kam Marie zufällig in die Damengarderobe, als sich Catherine gerade für ihren Auftritt fertigmachte – und auch da herrscht eine gewisse Unklarheit, denn Catherine behauptete steif und fest, Marie habe sie mit dem Revolver bedroht und in dem darauffolgenden Handgemenge hätte sich der Schuss gelöst. Obwohl ich Catherine trotz allem nach wie vor irgendwie mochte, muss ich doch gerechtigkeitshalber sagen, dass nur ein sehr naives, sehr ausgefallenes Geschworenengericht sie mit bloßen fünf Jahren davonkommen lassen konnte.

Und wenn die fünf Jahre ihrer Haft um sind, werden mein Mann und ich einen Streifzug durch die New Yorker Revuetheater machen und uns von der ersten Reihe aus jede einzelne Tänzerin sehr genau ansehen…

Nach der Tat muss Catherine blitzschnell überlegt haben.

Sie befahl Katie, das Ende der Musik abzuwarten, aus dem Fenster zu schießen und den Revolver dann zu verstecken – allerdings vergaß sie, ihr zu sagen, wo. Katie, einem Nervenzusammenbruch nahe, befolgte ihre Weisungen zwar, aber sie konnte später nicht mehr angeben, wo sie die Pistole versteckt hatte. Das kam erst ein Jahr später heraus, als Charley und ich auf unserer Hochzeitsreise waren und Sheriff Abercrombies greuliche Waffe plötzlich aus meinem Golfsack auf einen Rasen von Hot Springs kollerte. Der Sack muss direkt vor der Garderobentür gestanden haben, und Katie hatte mit zitternder Hand den Revolver einfach in die erstbeste Öffnung fallen lassen, die sie zu sehen bekam.

Wir wohnen jetzt in New York. Kleine Städte sind uns nicht geheuer. Jeden Tag lesen wir über die ansteigende Welle von Verbrechen in den Großstädten, aber eine Welle ist doch wenigstens etwas Greifbares, etwas, wogegen man sich wappnen kann. Was mich viel mehr ängstigt, sind die unbekannten Tiefen, die unberechenbaren Gezeiten und die geheimnisvollen Dinge, die unter dem Spiel der Wellen in undurchdringlicher Finsternis dahintreiben.

Jakobsleiter

I

E s war ein besonders ekelhafter und abstoßender Mordprozess, und Jacob Booth, der sich unauffällig auf einem der Publikumssitze krümmte, war zumute, als hätte er wie ein Kind etwas heruntergeschlungen, ohne hungrig zu sein, nur weil es da war. Die Zeitungen hatten den Fall vermenschlicht, hatten ein Raubtierdrama in ein billiges und simples Problemstück umgemünzt, weshalb es schwierig war, Zutritt zum Gerichtssaal zu erlangen. Doch am Vortag war ihm eine Zugangsberechtigung erteilt worden.

Jacob warf einen Blick zu den Türen, wo hundert Leute fast keine Luft bekamen und mit ihrer Neugier, ihrem atemlosen Entfliehen aus dem eigenen Leben, spürbare Erregung aussandten. Es war heiß, und die Zuschauer schwitzten – sichtbare, große feuchte Schweißperlen, mit denen Jacob in Berührung käme, wenn er sich zu den Türen durchkämpfte. Hinter ihm äußerte jemand die Vermutung, dass die Geschworenen keine halbe Stunde brauchen würden.

So unfehlbar wie eine Kompassnadel drehte sein Kopf sich in Richtung des Tischs, an dem die Angeklagte saß, und er starrte erneut auf das große, leere Gesicht der Mörderin mit den roten Knopfaugen als Garnitur. Sie hieß Mrs. Choynski, geborene Delehanty, und das Schicksal hatte es gewollt, dass sie eines Tages ein Küchenbeil ergriff und ihren Liebhaber, einen Matrosen, damit zerstückelte. Die fetten Hände, welche die Waffe geführt hatten, drehten nun ununterbrochen ein Tintenfass hin und her; wiederholt blickte die Frau mit einem nervösen Lächeln zum Publikum.

Jacob runzelte die Stirn und sah sich schnell um; er hatte ein hübsches Gesicht entdeckt und aus den Augen verloren. Das Gesicht war ihm nebenbei aufgefallen, als er damit beschäftigt gewesen war, sich Mrs. Choynskis Tat auszumalen, und nun war es in der Anonymität der Menge verschwunden. Es war das Gesicht einer dunkelhaarigen Heiligen mit zärtlichen, strahlenden Augen und blasser, heller Haut. Zweimal suchte er den Raum ab, und dann vergaß er es und saß steif und unbehaglich da und wartete.

Die Geschworenen kehrten zurück – sie hatten auf Mord ohne mildernde Umstände befunden; Mrs. Choynski quiekte: »Großer Gott!« Die Urteilsverkündung wurde auf den nächsten Tag verschoben. Langsam und rhythmisch wie eine Welle wälzte sich die Menge in den Augustnachmittag hinaus.

Jacob sah das Gesicht wieder, und er begriff, warum er es vorher nicht gesehen hatte. Es gehörte einem jungen Mädchen neben der Bank der Angeklagten und war durch Mrs. Choynskis Mondgesicht verdeckt gewesen. Nun glitzerten Tränen in den klaren, strahlenden Augen, und ein ungeduldiger junger Mann mit plattgedrückter Nase versuchte sich an der Schulter des Mädchens Aufmerksamkeit zu verschaffen.

»Ach, haunse ab!«, sagte das Mädchen und schüttelte seine Hand irritiert ab. »Lassense mich endlich in Ruhe! Lassen – Sie – mich! Mannomann!«

Der Mann seufzte vernehmlich und ließ sie los. Das Mädchen umarmte die betäubte Mrs. Choynski, und von einem anderen saumseligen Zuschauer erfuhr Jacob, dass die beiden Schwestern waren. Dann wurde Mrs. Choynski abgeführt – wobei sie absurderweise dreinblickte, als hätte sie einen wichtigen Termin –, und das Mädchen setzte sich hin und puderte sein Gesicht. Jacob wartete ab, genau wie der junge Mann mit der plattgedrückten Nase. Der Gerichtsdiener erschien, und Jacob gab ihm fünf Dollar.

»Mannomann!«, schrie das Mädchen den jungen Mann an. »Könnse mich nich in Ruhe lassen?« Sie stand auf. Ihre Gegenwart, die unsichtbare Ausstrahlung ihres Zorns, erfüllte den Raum. »Jeden Tag dasselbe!«

Jacob trat näher. Der junge Mann redete hastig auf sie ein: »Miss Delehanty, wir waren mehr als großzügig zu Ihnen und Ihrer Schwester, und ich verlange nur von Ihnen, dass Sie Ihren Teil der Vereinbarung erfüllen. Bis unsere Zeitung in Druck geht –«

Miss Delehanty wandte sich ungehalten an Jacob. »Hat man noch Töne?«, fragte sie. »Jetzt will der ein Bild von meiner Schwester als Baby, wo meine Mutter mit drauf ist!«

»Ihre Mutter retuschieren wir weg.«

»Ich will sie aber behalten! Das iss mein einzigstes Foto von ihr.«

»Ich verspreche Ihnen, dass Sie das Foto morgen zurückbekommen.«

»O Mann, ich hab die Nase so was von gestrichen voll.«

Sie sprach wieder zu Jacob, als wäre er der Vertreter des ungreifbaren und omnipräsenten Publikums. »Das geht mir auf den Keks.« Sie machte ein klackendes Geräusch mit den Zähnen, das gebündelter Ausdruck aller Verachtung war, die ein Mensch aufbringen kann.

»Ich habe einen Wagen draußen, Miss Delehanty«, sagte Jacob plötzlich. »Kann ich Sie nach Hause bringen?«

»Von mir aus«, antwortete sie gleichgültig.

Der Journalist pochte auf sein Recht früherer Bekanntschaft und begann ihr leise Vorhaltungen zu machen, während sie zu dritt zur Tür gingen.

»Jeden Tag das Gleiche«, sagte Miss Delehanty bitter. »Diese Zeitungsfritzen!« Draußen machte Jacob seinem Chauffeur ein Zeichen, und als der große, blitzende Wagen mit offenem Verdeck vorfuhr und der Chauffeur heraussprang und die Tür öffnete, kamen dem Reporter fast die Tränen, dass das Foto aus seiner Reichweite entschwinden sollte, und er brach in Bitten und Lamentieren aus.

»Springense doch in den Fluss!«, sagte Miss Delehanty aus Jacobs Wagen. »Springen – Sie – doch – in – den – Fluss!«

Ihre Empfehlung war so nachdrücklich und machtvoll, dass Jacob die Begrenztheit ihres Vokabulars bedauerte. Sie beschwor nicht nur das Bild des glücklosen Journalisten herauf, der sich in den Hudson stürzte, sondern überzeugte Jacob auch davon, dass dies der einzig passende und angemessene Weg war, den Mann loszuwerden. Da stand er nun mit der Aussicht auf sein nasses Schicksal, während der Wagen sich auf der Straße entfernte.

»Mit dem sind Sie aber gut fertig geworden«, sagte Jacob.

»Klar«, bestätigte sie. »Wenn ich erst richtig sauer bin, werd ich mit jedem fertig. Soll mir keiner kommen und sagen, ich wär zu jung.«

»Und wie alt sind Sie?«

»Sechzehn.«

Sie sah ihn ernst an, mit der Aufforderung zu staunen. Ihr Gesicht, das Gesicht einer Heiligen, einer leidenschaftlichen kleinen Madonna, hob sich zerbrechlich von dem sterblichen Staub des Nachmittags ab. Auf der reinen Trennlinie zwischen ihren Lippen war kein Atemhauch zu erkennen; noch nie hatte er etwas so Blasses und Makelloses zu sehen bekommen wie ihre Haut, etwas so Strahlendes und Blendendes wie ihre Augen. Seine eigene adrette Person kam ihm zum ersten Mal in seinem Leben grobschlächtig und verbraucht vor, als er plötzlich vor dem Quell der Frische kniete.

»Wo wohnen Sie?«, fragte er. Bronx, vielleicht Yonkers, Albany – Baffin's Bay. Sie konnten die Welt unter sich zurücklassen und immer weiterfahren.

Dann machte sie den Mund auf, und als der hässliche Jargon lebendig in ihrer Stimme vibrierte, war der Augenblick vorbei: »Hunnertdreiundreißigste Ost. Hab mich bei 'ner Freundin einquartiert.«

Sie warteten an einer Ampel, und sie wechselte einen hochmütigen Blick mit einem rotgesichtigen Mann, der aus einem Taxi neben ihnen herübersah. Aufgekratzt zog der Mann seinen Hut. »Hallo, Fräulein Tippse!«, rief er. »Oho, was für eine Tippse!«

Ein Arm und eine Hand erschienen im Fenster des Taxis und zogen den Mann in das dunkle Wageninnere zurück.

Miss Delehanty wandte sich zu Jacob; zwischen ihren Augen zeigte sich der Anflug eines Stirnrunzelns, kaum haarfein. »Viele von denen kennen mich«, sagte sie. »Wir haben jede Menge Reklame und Fotos in den Zeitungen gehabt.«

»Es tut mir leid, dass es schlecht ausgegangen ist.«

Offenbar erinnerte sie sich zum ersten Mal seit einer halben Stunde an die Ereignisse des Nachmittags. »Mister, das musste so kommen. Sie hatte nie 'ne Chance. Aber Frauen schicken sie in New York keine auf den elektrischen Stuhl.«

»Nein, das ist wahr.«

»Sie kriegt bloß lebenslänglich.« Ganz gewiss hatte nicht sie diese Worte gesagt. Die Ruhe ihres Gesichtsausdrucks sonderte die Worte von ihr ab, sobald sie ausgesprochen waren, so dass sie eine selbständige körperliche Beschaffenheit annahmen.

»Haben Sie mit ihr zusammengewohnt?«

»Ich? Sie lesen wohl keine Zeitung! Ich wusste nicht mal, dass das meine Schwester war, bis die es mir gesagt haben.« Unvermittelt deutete sie auf eines der größten Kaufhäuser der Welt. »Da arbeite ich. Übermorgen geht die Tretmühle wieder los.«

»Es wird ein warmer Abend werden«, sagte Jacob. »Wollen wir aufs Land hinausfahren und dort essen?«

Sie sah ihn an. Seine Augen wirkten höflich und freundlich. »In Ordnung«, sagte sie.

Jacob war dreiunddreißig. Früher einmal hatte er einen vielversprechenden Tenor besessen, doch eine Kehlkopfentzündung hatte vor zehn Jahren innerhalb einer fiebrigen Woche damit Schluss gemacht. In einer Verzweiflung, hinter der sich nicht wenig Erleichterung verbarg, hatte er eine Plantage in Florida erworben und fünf Jahre damit verbracht, sie in einen Golfplatz umzuwandeln. Als 1924 die Bodenpreise explodierten, verkaufte er seine Immobilie für achthunderttausend Dollar.

Wie viele Amerikaner neigte er dazu, Dinge eher zu schätzen als zu lieben. Seine Apathie entsprang weder Lebensangst noch Blasiertheit, sondern der Müdigkeit eines Menschenschlags, der seine Gewalttätigkeit erschöpft hatte. Es war eine humorvolle Apathie. Ohne Geld zu benötigen, hatte er sich eineinhalb Jahre lang bemüht – ernsthaft bemüht –, eine der reichsten Frauen Amerikas zu heiraten. Hätte er sie geliebt oder es vorgegeben, hätte er sie bekommen, aber es war ihm nicht gelungen, sich zu mehr als einer fadenscheinigen Lüge aufzuschwingen.

Er war klein, gepflegt und sah gut aus. Wenn ihn nicht gerade ein unbezwingbarer Anfall von Apathie heimsuchte, war er ausnehmend charmant; er verkehrte in einem Freundeskreis, dessen Mitglieder sich für die beste Gesellschaft New Yorks hielten – die Gesellschaft, die sich am besten zu amüsieren verstand. Während eines unüberwindlichen Anfalls von Apathie wirkte er wie ein mürrischer weißer Vogel, zerzaust und verdrießlich, und verabscheute die Menschheit von ganzem Herzen.

An diesem Abend im sommerlichen Mondschein der Borghese Gardens war er mit sich und der Welt zufrieden. Der Mond war ein leuchtendes Ei, so glatt und hell wie Jenny Delehantys Gesicht auf der anderen Seite des Tischs; salziger Wind blies über die großen Landsitze herein und trug die Blumendüfte aus ihren Gärten bis zum Rasen des

Hotels. Die Kellner hüpften in der warmen Nacht wie Elfen hin und her, mit ihren im Dunkeln unsichtbaren schwarzen Rücken und den weißen Hemdbrüsten, die aus der Dunkelheit überraschend aufblitzten.

Sie tranken eine Flasche Champagner, und er erzählte Jenny Delehanty eine Geschichte. »Sie sind das Schönste, was ich je zu sehen bekommen habe«, sagte er, »aber leider sind Sie nicht mein Typ, und ich habe keine weitergehenden Absichten. Trotzdem können Sie nicht in das Kaufhaus zurück. Morgen werde ich ein Treffen zwischen Ihnen und Billy Farrelly einfädeln, der auf Long Island einen Film dreht. Ob er erkennen wird, wie schön Sie sind, weiß ich nicht, denn ich habe ihm noch nie jemanden vorgestellt.«

Kein Schatten, keine Andeutung einer Veränderung ihres Gesichtsausdrucks, doch in ihren Augen war Ironie. Solche Dinge hörte sie nicht zum ersten Mal, und der Filmregisseur war am nächsten Tag nie erreichbar. Oder sie war so taktvoll gewesen, die Männer nicht an ihre Versprechungen vom Vorabend zu erinnern.

»Sie sind nicht nur schön«, fuhr Jacob fort, »sondern Sie haben eine gewisse Klasse. Alles, was Sie tun – ob Sie nach Ihrem Glas greifen oder sich befangen geben oder so tun, als raubte ich Ihnen die Geduld –, hat etwas Besonderes. Wenn jemand fähig sein sollte, das zu erkennen, könnte eine Schauspielerin aus Ihnen werden.«

»Mir gefällt Norma Shearer am besten. Und Ihnen?«

Als sie in der milden Nachtluft zurückfuhren, hielt sie ihm wortlos ihr Gesicht entgegen, damit er sie küssen konnte. Jacob, der sie in seiner Armbeuge hielt, rieb seine

Wange an ihrer weichen Wange und betrachtete sie dann für einen langen Augenblick.

»Was für ein entzückendes Mädchen«, sagte er ernst.

Sie lächelte ihn an; ihre Hände spielten mechanisch mit seinen Rockaufschlägen. »Es war ein herrlicher Abend«, flüsterte sie. »Mannomann! Ich hoffe, ich muss nie wieder vor Gericht.«

»Das hoffe ich auch.«

»Wollen Sie mich nicht zum Abschied küssen?«

»Das hier ist Great Neck«, sagte er, »wir fahren gerade mitten hindurch. Hier wohnen viele Filmstars.«

»Sie sind ein echtes Original, mein Hübscher.«

»Warum?«

Sie schüttelte ausgelassen den Kopf und lächelte. »Sie sind ein Original.«

Sie begriff, dass er ein Menschentyp war, den sie nicht kannte. Dass sie ihn originell fand, überraschte ihn, statt ihm zu schmeicheln. Ihr wurde klar, dass er im Augenblick nichts von ihr wollte, unabhängig von eventuellen künftigen Plänen. Jenny Delehanty lernte schnell; sie wurde ernst und sanft und so still wie die Nacht, und als sie über die Queensboro Bridge in die Stadt New York fuhren, lehnte sie fast eingeschlafen an seiner Schulter.

II

Am nächsten Tag rief er Billy Farrelly an. »Ich muss dich sprechen«, sagte er. »Ich habe ein Mädchen entdeckt, das du dir unbedingt ansehen musst.«

»Ach, du grüne Neune«, sagte Farrelly. »Du bist der Dritte heute.«

»Nicht der Dritte mit so einem Mädchen.«

»Schon gut. Wenn sie eine Weiße ist, kann sie die Hauptrolle in dem Film haben, den ich am Freitag zu drehen anfange.«

»Scherz beiseite, lässt du sie vorsprechen?«

»Das war kein Scherz. Sie kann die Hauptrolle haben, das ist mein Ernst. Ich bin die ganzen lausigen Schauspielerinnen leid. Nächsten Monat gehe ich nach Hollywood. Ich wäre lieber Constance Talmadges Laufbursche, als mit einer dieser –« Seine Stimme war bitter vor irischem Abscheu. »Klar, Jake, bring sie vorbei. Ich sehe sie mir an.«

Vier Tage später, als Mrs. Choynski in Begleitung von zwei Deputy Sheriffs nach Auburn aufgebrochen war, um dort ihr restliches Leben zu verbringen, fuhr Jacob mit Jenny über die Brücke nach Astoria auf Long Island.

»Sie brauchen einen neuen Namen«, sagte er, »und vergessen Sie nicht, dass Sie nie eine Schwester hatten.«

»Das habe ich mir schon gedacht«, sagte sie, »und einen neuen Namen habe ich mir auch ausgedacht: Tootsie Defoe.«

»Das kann nicht wahr sein«, sagte er lachend, »das kann einfach nicht wahr sein!«

»Wenn Sie so irre schlau sind, dann denken Sie sich einen aus.«

»Wie wäre es mit Jenny – Jenny – ach, egal – Jenny Prince?«

»In Ordnung, mein Hübscher.«

Jenny Prince stieg die Treppe zum Filmatelier hinauf,

und aus einer Laune seines bitteren irischen Humors, aus Selbstekel und Ekel vor seinem Gewerbe engagierte Billy Farrelly sie für eine der drei Hauptrollen in seinem Film.

»Sie sind alle gleich«, sagte er zu Jacob. »Schnepfen! Heute aus der Gosse geholt, und morgen wollen sie von goldenen Tellern essen. Ich wäre lieber Constance Talmadges Laufbursche, als einen Harem voll von diesen Hühnern zu haben.«

»Gefällt dir das Mädchen?«

»Sie ist okay. Sie ist fotogen. Aber gleich sind sie alle.«

Jacob kaufte Jenny Prince ein Abendkleid für hundertachtzig Dollar und führte sie am Abend in das Lido aus. Er war mit sich zufrieden und aufgeregt. Sie lachten viel und waren glücklich.

»Können Sie es fassen, dass Sie im Filmgeschäft sind?«, fragte er.

»Wahrscheinlich schmeißen sie mich morgen raus. Es war zu leicht.«

»Nein, das war es nicht. Es war sehr gut, psychologisch betrachtet. Billy Farrelly war in genau der richtigen Stimmung ...«

»Ich mag ihn.«

»Er ist in Ordnung«, sagte Jacob zustimmend. Doch gleichzeitig wurde ihm klar, dass bereits ein zweiter Mann mithalf, ihr den Weg zum Erfolg zu ebnen. »Er ist ein unberechenbarer Ire, nehmen Sie sich vor ihm in Acht.«

»Ich weiß. Ich weiß, wann einer mich rumkriegen will.«

»Wie?«

»Ich will damit nicht sagen, dass er mich rumkriegen wollte, mein Hübscher. Aber er hat diese Art, wenn Sie verstehen, was ich meine.« Sie verzerrte ihr bezauberndes Gesicht zu der Grimasse eines lebensklugen Lächelns. »Der mag Frauen, das war heute Nachmittag nicht zu übersehen.«

Sie tranken eine Flasche prickelnden und sehr alkoholhaltigen Traubensaft. Der Oberkellner kam an ihren Tisch.

»Das ist Miss Jenny Prince«, sagte Jacob. »Sie werden Sie in Zukunft häufig sehen, Lorenzo, denn sie hat heute einen dicken Filmvertrag unterschrieben. Behandeln Sie sie immer mit größtmöglichem Respekt.«

Als Lorenzo sich entfernt hatte, sagte Jenny: »Sie haben die nettesten Augen, die ich kenne.« Sie gab sich wirklich Mühe, große Mühe. Ihre Miene war ernst und traurig. »Ehrlich«, wiederholte sie, »die nettesten Augen, die ich kenne. Jedes Mädchen wäre froh, solche Augen wie Sie zu haben.«

Er lachte, war aber gerührt. Er legte die Hand leicht auf ihren Arm. »Machen Sie Ihre Sache gut«, sagte er. »Arbeiten Sie tüchtig, und ich werde stolz auf Sie sein – und wir werden uns ab und zu gut amüsieren.«

»Mit Ihnen habe ich mich bisher immer gut amüsiert.« Ihre Augen blickten unverwandt in seine, in sie hinein, wie Hände, die sich festhalten. Ihre Stimme klang klar und trocken. »Ehrlich, das mit Ihren Augen meine ich wirklich so. Sie denken immer, ich würde es nicht so meinen. Ich will Ihnen für alles danken, was Sie für mich getan haben.«

»Ich habe gar nichts getan, Sie Verrückte. Ich sah Ihr Gesicht und war – ich fühlte mich verpflichtet – jeder müsste so fühlen.«

Unterhaltungskünstler traten auf, und ihr Blick wanderte neugierig zu ihnen.

Sie war so jung – nie zuvor hatte Jacob Jugend so bewusst wahrgenommen. Bis zu diesem Abend hatte er sich selbst für relativ jung gehalten.

Später, in der dunklen Höhle des Taxis, die der Duft erfüllte, den er Jenny für diesen Tag gekauft hatte, rückte sie zu ihm, schmiegte sich an ihn. Freudlos küsste er sie. Keine Spur von Leidenschaft war in ihren Augen oder an ihrem Mund; ihr Atem enthielt einen schwachen Champagnerhauch. Hartnäckig schmiegte sie sich enger an ihn. Er nahm ihre Hände und legte sie ihr in den Schoß.

Gekränkt rutschte sie von ihm weg.

»Was ist los? Gefalle ich Ihnen nicht?«

»Ich hätte Sie nicht so viel Champagner trinken lassen dürfen.«

»Warum nicht? Das war nicht mein erster Drink. Ich war schon mal blau.«

»Dann sollten Sie sich schämen. Und wenn ich jemals erfahre, dass Sie noch einmal trinken, dann werden Sie von mir hören.«

»Na, Sie haben vielleicht Nerven!«

»Was denken Sie sich dabei? Wollen Sie sich von jedem windigen Gigolo schurigeln lassen, wenn er gerade dazu aufgelegt ist?«

»Ach, lassen Sie mich in Ruhe!«

Eine Zeitlang fuhren sie schweigend weiter. Dann tastete ihre Hand nach seiner Hand. »Ich mag Sie lieber als jeden anderen Burschen, den ich kennengelernt habe, und da kann ich nicht gegen an, tut mir leid.«

»Liebe kleine Jenny.« Er legte den Arm um sie. Zögernd und zögerlich küsste er sie, und wieder erschreckte ihn die Unschuld ihres Kusses, der Ausdruck ihrer Augen, die in dem Augenblick der Berührung an ihm vorbei in die nächtliche Dunkelheit hinaussahen, in die Rätselhaftigkeit der Welt. Sie wusste noch nicht, dass alles Herrliche eine Sache des Herzens ist; sobald sie das begreifen und Teil der Leidenschaft des Universums werden würde, konnte er sie nehmen, ohne zu fragen oder es zu bedauern.

»Ich mag Sie wahnsinnig gern«, sagte er, »mehr als fast jeden anderen Menschen. Aber das mit dem Trinken war mein Ernst. Sie dürfen nicht trinken.«

»Ich tue alles, was Sie von mir verlangen«, sagte sie; sie sah ihn an und wiederholte: »Alles.«

Der Wagen hielt vor ihrer Wohnung, und er gab ihr einen Abschiedskuss.

Euphorisch fuhr er weiter, als nähme er über ihre Jugend und ihre Zukunft an einem intensiveren Leben teil, als er es selbst seit Jahren gelebt hatte. Er stützte sich leicht auf seinen Stock, reich, jung und glücklich, und bewegte sich auf dunklen und hellen Straßen seiner eigenen Zukunft entgegen, die er nicht voraussehen konnte.

III

Einen Monat später stieg er eines Abends mit Farrelly in ein Taxi und nannte dem Fahrer Farrellys Adresse. »Aha, Sie sind also in die Kleine verliebt«, sagte Farrelly liebenswürdig. »Schon gut, dann räume ich Ihnen das Feld.«

Jacob verspürte bitteren Verdruss. »Ich bin nicht in sie

verliebt«, sagte er langsam. »Billy, ich möchte, dass Sie sie in Ruhe lassen.«

»Klar doch! Ich lasse sie in Ruhe«, sagte Farrelly entgegenkommend. »Ich wusste nicht, dass Sie sich für sie interessieren – sie hat mir gesagt, sie hätte bei Ihnen nichts ausrichten können.«

»Es geht darum, dass Sie sich auch nicht für sie interessieren«, sagte Jacob. »Wenn ich den Eindruck hätte, dass Sie wirklich ineinander verliebt sind, denken Sie, dann wäre ich so dämlich, Ihnen Steine in den Weg legen zu wollen? Aber Ihnen bedeutet sie gar nichts, und sie ist von Ihnen beeindruckt und ein bisschen fasziniert.«

»Klar«, sagte Farrelly, der das Interesse verlor. »Ich würde sie um nichts in der Welt anrühren.«

Jacob lachte. »Doch, das würden Sie. Aus purer Langeweile. Und das ist es, was mich stört – dass ihr – dass ihr irgendwas passiert, was nicht weiter von Belang ist.«

»Verstehe, was Sie meinen. Ich lasse sie in Ruhe.«

Damit musste Jacob sich zufriedengeben. Er traute Billy Farrelly nicht, aber er wusste auch, dass Farrelly ihn mochte und ihn nicht ohne Not kränken würde. Aber es hatte ihn verärgert zu sehen, wie sie an diesem Abend unter dem Tisch Händchen gehalten hatten. Jenny hatte gelogen, als er ihr Vorwürfe machte; sie hatte angeboten, sich auf der Stelle von ihm nach Hause bringen zu lassen und den ganzen Abend kein Wort mehr mit Farrelly zu sprechen. Daraufhin war er sich albern und absurd vorgekommen. Alles wäre leichter gewesen, wenn er auf Farrellys Worte: »Aha, Sie sind also in die Kleine verliebt«, schlicht und einfach hätte antworten können: »So ist es.«

Aber so war es nicht. Sie war ihm inzwischen teurer, als er je für möglich gehalten hätte. Er beobachtete sie dabei, wie sie ein unstreitig eigenes Temperament entwickelte. Sie mochte alles, was ruhig und schlicht war. Sie bildete die Fähigkeit heraus, zu unterscheiden und Triviales und Unnötiges aus ihrem Leben zu verbannen. Er versuchte ihr Bücher zu geben; dann war er so vernünftig, es bleibenzulassen und sie stattdessen mit den unterschiedlichsten Menschen zusammenzubringen. Er führte Situationen herbei und erklärte sie ihr hinterher, und es freute ihn zu sehen, wie Anerkennung und Höflichkeit sich vor seinen Augen zu entfalten begannen. Er schätzte auch das uneingeschränkte Vertrauen, das sie ihm entgegenbrachte, und den Umstand, dass er der Maßstab war, nach dem sie andere Männer beurteilte.

Noch bevor Farrellys Film in die Kinos kam, bot man ihr wegen ihrer überzeugenden Leistung in dem Film einen Zweijahresvertrag an: vierhundert Dollar Wochengage für die ersten sechs Monate, danach mehr mit nach oben offener Skala. Aber das bedeutete den Umzug an die Westküste.

»Wäre Ihnen nicht lieber, ich würde abwarten?«, fragte sie, als sie eines Nachmittags vom Land zurückkamen. »Wäre es Ihnen nicht lieber, wenn ich in New York bliebe – in Ihrer Nähe?«

»Sie müssen dorthin gehen, wohin Ihre Arbeit Sie führt. Sie sollten in der Lage sein, selbst auf sich aufzupassen. Sie sind siebzehn.«

Siebzehn – sie war so alt wie er; sie war alterslos. Ihre dunklen Augen unter dem gelben Strohhut waren so schicksalsschwer, als hätte sie nicht eben erst angeboten, das Schicksal auszuschlagen.

»Ich frage mich, wenn Sie nicht gewesen wären, ob dann jemand anders gekommen wäre«, sagte sie, »um mich dazu zu bringen, Dinge zu tun, verstehen Sie?«

»Sie hätten sie von allein getan. Hören Sie auf, sich einzubilden, Sie wären auf mich angewiesen.«

»Das bin ich aber. Ich verdanke Ihnen alles.«

»O nein«, sagte er eindringlich, sprach aber nicht weiter; es gefiel ihm, dass sie so dachte.

»Ich weiß nicht, was ich ohne Sie anstellen soll. Sie sind mein einziger Freund . .« Und sie fügte hinzu: ». . . an dem mir etwas liegt. Verstehen Sie? Verstehen Sie, was ich sagen will?«

Er lachte sie aus, freute sich über die Geburt ihres Selbstwertgefühls, angekündigt von ihrem Wunsch, verstanden zu werden. An diesem Nachmittag war sie liebreizender als je zuvor, zerbrechlich, echogleich und – für ihn – nicht begehrenswert. Manchmal allerdings fragte er sich, ob diese Asexualität vielleicht nur für ihn bestand, eine Fassade war, die sie möglicherweise nur für ihn willentlich herauskehrte. Sie war am glücklichsten in Gesellschaft junger Männer, obwohl sie so tat, als blickte sie auf sie herab. Billy Farrelly hatte sich entgegenkommenderweise und zu Jennys leisem Kummer zurückgezogen.

»Wann werden Sie mich in Hollywood besuchen?«

»Bald«, versprach er. »Und Sie werden nach New York zurückkommen.«

Sie begann zu weinen. »Oh, Sie werden mir so schrecklich fehlen! Sie werden mir so schrecklich fehlen!« Große

Tränen des Kummers liefen ihre warmen Elfenbeinwangen hinunter. »Mannomann«, jammerte sie leise. »Sie waren so gut zu mir! Wo ist Ihre Hand? Wo ist Ihre Hand? Sie waren der beste Freund, den man haben kann. Wo soll ich je wieder einen Freund wie Sie finden?«

Jetzt spielte sie ihm etwas vor, aber er hatte einen Kloß in der Kehle, und für einen Augenblick raste ein verrückter Gedanke wie blind durch sein Hirn und warf alles solide Inventar über den Haufen – der Gedanke, sie zu heiraten. Er wusste, dass er es nur vorschlagen musste, und sie würde die Seine werden und sich nie mit einem anderen abgeben, denn er würde sie immer verstehen.

Am nächsten Tag am Bahnhof war sie glücklich mit ihren Blumen und ihrem Zugabteil und der Aussicht auf eine Reise, die länger war als jede Fahrt, die sie bisher unternommen hatte. Als sie ihn zum Abschied küsste, näherten sich ihre tiefen Augen den seinen, und sie schmiegte sich an ihn, als wehrte sie sich gegen die Trennung. Wieder weinte sie, doch er wusste, dass hinter ihren Tränen die freudige Neugier auf Abenteuer in unbekannten Gefilden lag. Als er den Bahnhof verließ, war New York eigenartig leer. Mit ihren Augen hatte er alte Farben in neuer Frische gesehen, doch nun waren sie wieder zu der grauen Tapete der Vergangenheit verblichen. Am nächsten Tag ging er zu einem Büro hoch oben in einem Gebäude an der Park Avenue und unterhielt sich mit einem berühmten Spezialisten, den er seit zehn Jahren nicht mehr aufgesucht hatte.

»Ich möchte, dass Sie meinen Kehlkopf noch einmal untersuchen«, sagte er. »Hoffnung habe ich nicht viel, aber vielleicht hat irgendetwas eine Veränderung ausgelöst.«

Er schluckte ein kompliziertes Gebilde aus Spiegeln. Er atmete ein und aus, äußerte laute und leise Töne, hustete auf Befehl. Der Spezialist machte sich geheimnisvoll zu schaffen und berührte Jacobs Hals. Dann lehnte er sich auf seinem Stuhl zurück und nahm das Vergrößerungsglas ab. »Es ist keine Veränderung zu sehen«, sagte er. »Die Stimmbänder sind nicht angegriffen, sondern irreparabel beschädigt. Daran ist nichts zu ändern.«

»Ich dachte es mir«, sagte Jacob demütig, als hätte er sich eine Dreistigkeit herausgenommen. »Es ist mehr oder weniger das, was Sie mir damals gesagt haben. Ich war mir nur nicht sicher, dass es so endgültig ist.«

Als er an jenem Tag das Gebäude an der Park Avenue verließ, hatte er etwas hinter sich gelassen, eine undeutliche Hoffnung, das illegitime Kind eines Wunschs, dass eines Tages ...

»New York trostlos«, telegraphierte er ihr. »Alle Nachtclubs geschlossen. Statue der Bürgertugenden schwarz umflort. Bitte schwer arbeiten und ausnehmend glücklich sein.«

»Lieber Jacob«, telegraphierte sie zurück, »Sie fehlen mir so. Sie sind der netteste Mann aller Zeiten, und das ist mein Ernst, lieber guter Freund. Vergessen Sie mich bitte nicht. Alles Liebe, Jenny.«

Es wurde Winter. Der Film, den Jenny an der Ostküste gedreht hatte, kam heraus, begleitet von Interviews und Artikeln in der Klatschpresse. Jacob saß in seiner Wohnung, spielte auf seinem neuen Grammophon immer wieder die *Kreutzersonate* und las Jennys karge und hölzerne, aber liebevollen Briefe und die Zeitschriftenartikel, in denen es hieß, Billy Farrelly habe sie entdeckt. Im Februar verlobte Jacob sich mit einer alten Freundin, die mittlerweile verwitwet war.

Sie fuhren nach Florida, wo sie einander plötzlich in Hotelfluren und beim Bridge angifteten, woraufhin sie beschlossen, das Ganze auf sich beruhen zu lassen. Im Frühjahr buchte er eine Luxussuite auf der *Paris*, aber drei Tage vor dem Auslaufen widerrief er die Buchung und fuhr nach Kalifornien.

IV

Jenny holte ihn am Bahnhof ab, küsste ihn und hielt den ganzen Weg zum Hotel Ambassador seinen Arm fest. »Nicht zu glauben, er ist gekommen!«, rief sie. »Ich hätte nie gedacht, dass ich ihn herlocken könnte. Nie!«

Ihr Ton verriet, dass sie sich um Beherrschung bemühte. Das nachdrückliche »Mannomann!« mit allem Staunen oder Schrecken, aller Abneigung oder Bewunderung, die es enthalten konnte, war verschwunden, doch es gab keinen temperierteren Ersatz, kein »toll« oder »klasse«. Wenn ihre Stimmung nach einem Ausdruck verlangte, den es in ihrem Repertoire nicht gab, schwieg sie.

Mit siebzehn sind Monate wie Jahre, und Jacob fiel auf, dass sie sich verändert hatte; sie war in jeder Hinsicht kein Kind mehr. Dinge beschäftigten sie – nicht Amüsements, dafür war sie von Natur aus zu gesittet, aber Dinge, die sich nicht aus ihrem Geist verscheuchen ließen. Das Filmstudio war kein Riesenspaß und kein Wunder und keine göttliche

Fügung mehr, und von »für so einen Bettellohn mache ich doch keinen Finger krumm« war nicht mehr die Rede. Es gehörte zu ihrem Leben. Die Umstände verfestigten sich zu einer Karriere, die unabhängig von Jennys freien Stunden verlief.

»Wenn dieser Film so gut ist wie der vorher – wenn ich wieder so erfolgreich bin wie in dem anderen, wird Hecksher den Vertrag brechen. Alle, die die Muster gesehen haben, sagen, dass ich in diesem Film zum ersten Mal Sexappeal habe.«

»Was sind Muster?«

»Wenn sie das vorführen, was sie am Tag vorher gedreht haben. Alle sagen, dass ich zum ersten Mal Sexappeal habe.«

»Mir ist nichts aufgefallen«, zog er sie auf.

»Ihnen fällt so was nicht auf. Aber ich habe es.«

»Ich weiß, dass Sie es haben«, sagte er, folgte einem unbedachten Impuls und ergriff ihre Hand.

Sie warf ihm einen schnellen Blick zu. Er lächelte, eine halbe Sekunde zu spät. Dann lächelte sie, und ihre strahlende Wärme verdeckte seinen Irrtum.

»Jake!«, rief sie. »Ich könnte laut schreien, so froh bin ich, dass Sie hier sind! Ich habe ein Zimmer für Sie im Ambassador bestellt. Das Hotel war ausgebucht, aber sie haben einen Gast auf die Straße gesetzt, weil ich ein Zimmer brauchte. Ich schicke Ihnen meinen Wagen in einer halben Stunde. Es ist gut, dass Sie am Sonntag gekommen sind, denn da habe ich den ganzen Tag frei.«

Sie aßen in der möblierten Suite, die sie für den Winter gemietet hatte. Maurischer Stil der frühen zwanziger Jahre, fix und fertig von einem gewesenen Publikumsliebling übernommen. Irgendjemand hatte ihr erklärt, es sei geschmacklos, denn sie machte Scherze darüber, doch als Jacob nachfragte, stellte er fest, dass sie nicht wusste, warum.

»Ich wünschte, es gäbe mehr nette Männer hier«, sagte sie einmal während des Lunchs. »Natürlich gibt es eine Menge nette Männer, aber nicht solche wie – Sie wissen schon, wie in New York, Männer, die sogar noch mehr wissen als Frauen, Männer wie Sie.«

Nach dem Lunch erfuhr er, dass sie zum Tee ausgehen würden. »Nicht heute«, wandte er ein. »Ich will allein mit Ihnen sein.«

»In Ordnung«, sagte sie zögernd. »Ich nehme an, ich kann telefonisch absagen. Ich dachte nur – es ist eine Einladung bei einer Dame, die für viele Zeitungen schreibt und mich noch nie eingeladen hat. Aber wenn Sie nicht hingehen wollen –«

Ihre Miene war ein wenig enttäuscht, und Jacob versicherte ihr, dass er nichts dagegen habe. Nach und nach fand er heraus, dass sie nicht zu einer, sondern zu drei Partys gingen.

»Jemand wie ich muss das tun«, erklärte sie. »Sonst bekomme ich niemand anderen zu sehen als die Leute auf dem Set, und das ist nicht sehr viel.« Er lächelte. »Und außerdem«, sagte sie abschließend, »außerdem, lächeln Sie ruhig, tun das alle hier am Sonntagnachmittag.«

Bei der ersten Teegesellschaft fiel Jacob auf, dass viel mehr Frauen als Männer anwesend waren und viel mehr unbedeutende Leute – Journalistinnen, Töchter von Kameramännern, Ehefrauen von Cuttern – als Berühmtheiten. Ein junger Latino namens Raffino tauchte kurz auf, sprach mit Jenny und verschwand; mehrere Stars kamen vorbei und erkundigten sich nach den Kindern mit einer Vertraulichkeit, die etwas Überwältigendes hatte. Andere Berühmtheiten verharrten reglos wie Statuen in einer Ecke. Ein ziemlich beschwipster und sehr aufgeregter Autor versuchte sich offenbar mit einem Mädchen nach dem anderen zu verabreden. Gegen Ende des Nachmittags waren viele nicht mehr ganz nüchtern; das Stimmengewirr war schriller und lauter geworden, als Jacob und Jenny hinausgingen.

Auf der zweiten Teegesellschaft erschien der junge Raffino wieder – ein Schauspieler, einer von zahllosen hoffnungsvollen Valentinos –, sprach diesmal etwas länger und etwas aufmerksamer mit Jenny und ging. Jacob glaubte zu verstehen, dass diese Party als weniger erlesen galt als die vorherige. Um den Cocktailtisch drängten sich mehr Gäste. Es war eine eher gesetzte Gesellschaft.

Er sah, dass Jenny nur Limonade trank. Sie unterhielt sich mit einem Gesprächspartner nie in Hörweite Dritter und hörte zu, wenn der andere sprach, ohne den Blick schweifen zu lassen. Ob von ihr beabsichtigt oder nicht, stellte Jacob fest, dass sie sich auf beiden Gesellschaften früher oder später mit dem wichtigsten Gast unterhielt. Ihre Ernsthaftigkeit, ihre Art, ohne Worte zu sagen: ›Das ist meine Gelegenheit, etwas zu lernen‹, mussten deren Geltungsbedürfnis unwiderstehlich schmeicheln.

Als sie zur letzten Party aufbrachen, bei der es ein Buffet gab, war es dunkel, und die elektrischen Reklameschilder hoffnungsfroher Immobilienmakler leuchteten aus irgendeinem unersichtlichen Grund von Beverly Hills her. Vor

Grauman's Theater hatte sich im dünnen, warmen Regen bereits eine Zuschauermenge eingefunden.

»Sehen Sie nur! Sehen Sie!«, rief Jenny. Es war der Film, den sie im letzten Monat beendet hatte.

Sie glitten aus dem schmalen Rialto des Hollywood Boulevard und gelangten in die dichte Dunkelheit einer Seitenstraße; er legte den Arm um sie und küsste sie.

»Lieber Jake.« Sie lächelte ihn an.

»Jenny, Sie sind so bezaubernd; ich wusste gar nicht, wie bezaubernd Sie sind.«

Sie sah geradeaus, mit sanfter, ruhiger Miene. Verdruss überkam ihn wie eine Welle, und er zog sie heftig an sich, als der Wagen vor einer beleuchteten Tür anhielt.

Sie betraten einen Bungalow voller Leute und Rauch. Die Förmlichkeit des frühen Nachmittags war längst verflogen, und alles war inzwischen gleichermaßen verschwommen und grell.

»So ist das in Hollywood«, erklärte eine wache und redselige Dame, die ihm den ganzen Tag schon aufgefallen war. »Am Sonntagnachmittag ist hier niemand etepetete.« Sie deutete auf die Gastgeberin. »Ein einfaches, schlichtes, nettes Mädchen.« Sie erhob die Stimme: »Nicht wahr, Herzchen? Ein einfaches, schlichtes, nettes Mädchen?«

Die Gastgeberin sagte: »Sicher. Und wer?« Jacobs Informantin senkte die Stimme: »Aber Ihre kleine Freundin ist die Klügste von allen.«

Die vielen Cocktails, die Jacob hinuntergeschüttet hatte, verschafften ihm ein wohliges Gefühl, doch auch wenn er sich noch so sehr bemühte, fand er keinen Zugang zum Wesen der Party, nichts, was ihm Ruhe und Gelassenheit ermöglicht hätte. Anspannung lag in der Luft, Konkurrenz und Unsicherheit. Unterhaltungen mit Männern wurden schnell inhaltsleer und übertrieben jovial oder verloren sich in unausgesprochenem Argwohn. Die Frauen waren angenehmer. Um elf Uhr wurde ihm im Anrichteraum mit einem Mal bewusst, dass er Jenny seit einer Stunde nicht gesehen hatte. Er kehrte in das Wohnzimmer zurück und sah sie hereinkommen, offenbar von draußen, denn sie schüttelte einen Regenmantel von ihren Schultern. Raffino war bei ihr. Als sie näher kam, sah Jacob, dass sie außer Atem war und dass ihre Augen glänzten. Raffino lächelte ihn freundlich und desinteressiert an; bevor er einige Sekunden später ging, beugte er sich zu Jenny und flüsterte ihr etwas ins Ohr, worauf sie ihn ansah, ohne zu lächeln, während sie sich verabschiedete.

»Ich muss um acht Uhr am Set sein«, sagte sie unvermittelt zu Jacob. »Wenn ich nicht sofort ins Bett gehe, bin ich morgen so zerknittert wie ein alter Regenschirm. Sind Sie mir böse, lieber Freund?«

»Du lieber Himmel, nein!«

Ihr Wagen legte eine der endlosen Entfernungen in der dünnbesiedelten und weitverzweigten Stadt zurück.

»Jenny«, sagte Jacob, »nie zuvor haben Sie so ausgesehen wie heute Abend. Legen Sie den Kopf an meine Schulter.«

»Sehr gerne. Ich bin müde.«

»Ich kann Ihnen gar nicht sagen, wie strahlend schön Sie geworden sind.«

»Ich bin wie immer.«

»Nein, das stimmt nicht.« Seine Stimme wurde zu einem Flüstern und bebte vor Erregung. »Jenny, ich liebe Sie.«

»Jacob, seien Sie nicht albern.«

»Ich liebe Sie. Ist das nicht komisch, Jenny? Es ist einfach passiert.«

»Sie sind nicht in mich verliebt.«

»Sie wollen sagen, dass es Sie nicht interessiert.« Leise Furcht regte sich in ihm.

Sie setzte sich außerhalb der Reichweite seines Arms auf. »Natürlich interessiert es mich; Sie wissen, dass Sie mir mehr bedeuten als alles andere auf der Welt.«

»Mehr als Mr. Raffino?«

»Ach, Blödsinn!«, wehrte sie wegwerfend ab. »Raffino ist bloß ein kleiner Junge.«

»Ich liebe Sie, Jenny.«

»Nein, das tun Sie nicht.«

Er drückte sie fester an sich. Bildete er sich das ein, oder wehrte ihr Körper sich unmerklich instinktiv gegen seine Berührung? Doch sie ließ sich umarmen, und er küsste sie.

»Sie wissen, dass das mit Raffino albern ist.«

»Wahrscheinlich bin ich eifersüchtig.« Er kam sich aufdringlich und unattraktiv vor und ließ sie los. Doch die leise Furcht hatte sich in einen bohrenden Schmerz verwandelt. Er wusste, dass sie müde war und dass seine neue Gemütsverfassung sie befremdete, aber er konnte die Sache nicht auf sich beruhen lassen. »Ich wusste nicht, wie wichtig Sie in meinem Leben sind. Ich wusste nicht, was mir fehlte – aber jetzt weiß ich es. Ich wollte Sie in meiner Nähe haben.«

»Na gut, hier bin ich.«

Er nahm ihre Worte als Aufforderung, doch diesmal lag sie schlaff in seinen Armen. So hielt er sie für den Rest der

Fahrt; ihre Augen waren geschlossen, ihr kurzes Haar war zurückgestrichen, als wäre sie ertrunken.

»Der Wagen fährt Sie zum Hotel«, sagte sie, als sie vor ihrer Wohnung ankamen. »Vergessen Sie nicht, dass Sie morgen mit mir im Studio zum Lunch verabredet sind.«

Unversehens waren sie mitten in einer Auseinandersetzung, beinahe einem Streit darüber, ob es zu spät für ihn sei, sie in ihre Wohnung zu begleiten. Keiner der beiden konnte ermessen, welche Veränderung seine Worte im anderen bewirkt hatten. Innerhalb von Sekunden waren sie nicht mehr die, die sie gewesen waren, als Jacob verzweifelt versuchte, die Uhr zu jener Nacht in New York vor einem halben Jahr zurückzustellen, und Jenny musste sehen, wie etwas, was eher wie Eifersucht aussah als wie Liebe, nach und nach Oberhand über die Rücksicht und das Verständnis gewann, die sie an ihm kannte und die ihr Vertrauen eingeflößt hatten.

»Aber so liebe ich Sie nicht«, rief sie. »Wie kommen Sie dazu, mich zu überfallen und zu verlangen, dass ich Sie so lieben soll?«

»Raffino lieben Sie so!«

»Nein, Ehrenwort! Ich habe ihn nicht mal geküsst – nicht richtig!«

»Ha!« Jetzt war er ein mürrischer weißer Vogel, zerzaust und verdrießlich. Er konnte selbst kaum fassen, wie abscheulich er sich aufführte, doch die Unvernunft der Liebe drängte ihn dazu. »Ein Schauspieler!«

»O Jake«, rief sie, »lassen Sie mich, bitte! Ich fühle mich so schrecklich und so durcheinander wie noch nie!«

»Ich reise ab«, sagte er plötzlich. »Ich weiß nicht, was in

mich gefahren ist, nur dass ich so verrückt nach Ihnen bin, dass ich nicht mehr weiß, was ich sage. Ich liebe Sie, und Sie lieben mich nicht. Früher war das anders, oder Sie haben es geglaubt – aber das ist ja wohl eindeutig vorbei.«

»Aber ich liebe Sie.« Sie überlegte kurz; der rote und grüne Lichtschein einer Tankstelle an der Ecke beleuchtete den Widerstreit in ihrer Miene. »Wenn Sie mich so lieben, dann heirate ich Sie morgen.«

»Sie wollen mich heiraten!«, rief er aus. Sie war mit dem, was sie gesagt hatte, so beschäftigt, dass sie seine Worte nicht hörte.

»Ich heirate Sie morgen«, wiederholte sie. »Ich mag Sie lieber als jeden anderen Menschen, und ich kann sicher lernen, Sie so zu lieben, wie Sie es haben wollen.« Sie äußerte ein kurzes, halb unterdrücktes Schluchzen. »Aber – ich konnte nicht wissen, dass es so kommen würde. Bitte lassen Sie mich heute Nacht allein.«

Jacob konnte nicht schlafen. Bis spät in die Nacht war Musik aus dem Grillroom des Ambassador zu hören; Arbeitermädchen säumten die Einfahrt und warteten auf ihre Lieblingsstars. Dann entspann sich im Flur vor seinem Zimmer ein langer Streit zwischen einem Paar und wurde im Nachbarzimmer als Gemurmel fortgesetzt, das durch die Tür zwischen den Zimmern zu ihm drang. Irgendwann gegen drei Uhr trat er zum Fenster und blickte in die klare Pracht der kalifornischen Nacht hinaus. Ihre Schönheit lag auf dem Gras, auf den feuchten, glänzenden Bungalowdächern ringsum und stieg empor wie nächtliche Musik. Sein Begehren schuf sie immer wieder neu, bis nichts mehr von der alten Jenny an ihr war und nicht einmal mehr etwas von dem Mädchen, das ihn vormittags vom Zug abgeholt hatte. Während die Nachtstunden vergingen, formte er sie wortlos zu einem Bild der Liebe um, einem Bild, das so lange bestehen würde wie die Liebe selbst oder sogar länger als sie, das erst vergehen würde, wenn er sagen konnte: »Eigentlich habe ich sie nie geliebt.« Er formte es langsam aus allen Illusionen seiner Jugend, allen alten Sehnsüchten, bis sie vor ihm stand und mit ihrem alten Ich nur den Namen gemeinsam hatte.

Als er später in einen Schlaf von wenigen Stunden hinüberdämmerte, stand das Bild, das er geschaffen hatte, neben ihm, verweilte im Zimmer, seinem Herzen in einer mystischen Hochzeit vermählt.

V

»Ich heirate dich nur, wenn du mich liebst«, sagte er auf der Rückfahrt vom Studio. Sie schwieg, die Hände ruhig in ihrem Schoß gefaltet. »Glaubst du, ich wollte dich haben, wenn du unglücklich und teilnahmslos wärst, Jenny – und wenn ich wüsste, dass du mich nicht liebst?«

»Ich liebe dich. Aber nicht so.«

»Was heißt ›so‹?«

Sie zögerte; ihr Blick glitt in weite Ferne. »Du – du bist nicht aufregend, Jake. Wie soll ich sagen – es gab Männer, die aufregend waren, wenn sie mich angefasst haben, beim Tanzen oder so. Ich weiß, das klingt verrückt, aber –«

»Findest du Raffino aufregend?«

»Ein bisschen, aber nicht besonders.«

»Und mich überhaupt nicht?«

»Mit dir bin ich einfach nur zufrieden und glücklich.«

Am liebsten hätte er ihr eingeredet, dass es nichts Besseres gebe, doch er brachte die Worte nicht über die Lippen, ob sie nun eine alte Wahrheit waren oder eine alte Lüge.

»Wie auch immer: Ich habe gesagt, dass ich dich heirate, und vielleicht wirst du später einmal aufregend sein.«

Er lachte und unterbrach sich abrupt. »Wenn ich für dich nicht aufregend bin, wie du es nennst, was war das dann im letzten Sommer?«

»Ich weiß nicht. Ich war eben noch jung. Was weiß man schon darüber, wie man früher gefühlt hat?«

Sie entglitt ihm, und dieses Entgleiten verlieh den unbedeutendsten Bemerkungen eine unausgesprochene Bedeutung. Mit den grobschlächtigen Werkzeugen von Eifersucht und Begehren wollte er den Zauber erzwingen, der so ätherisch und fein ist wie der Schmelz auf dem Flügel eines Nachtfalters.

»Hör mal, Jake«, sagte sie unvermittelt. »Der Anwalt, den meine Schwester hatte – dieser Scharnhorst –, hat heute Nachmittag bei meiner Produktionsfirma angerufen.«

»Mit deiner Schwester ist alles in Ordnung«, sagte er geistesabwesend, und dann sagte er: »Du findest also alle möglichen Männer aufregend.«

»Na ja, wenn mir das mit vielen Männern so gegangen ist, dann kann es ja wohl nichts mit echter Liebe zu tun haben, oder?«, sagte sie zuversichtlich.

»Aber du bist doch der Ansicht, dass es zur Liebe dazugehört.«

»Von Ansichten war nie die Rede. Ich habe dir nur gesagt, wie es bei mir ist. Du weißt besser Bescheid als ich.«

»Ich weiß gar nichts.«

Im Eingangsflur des Apartmenthauses wartete ein Mann. Jenny ging zu ihm und sprach mit ihm; dann kam sie zu Jake zurück und sagte leise: »Es ist Scharnhorst. Kannst du hier warten, während ich mit ihm spreche? Er sagt, es würde keine halbe Stunde dauern.«

Er wartete und rauchte unzählige Zigaretten. Zehn Minuten vergingen. Dann winkte die Telefonistin ihn zu sich.

»Schnell!«, sagte sie. »Miss Prince will Sie sprechen.«

Jennys Stimme klang nervös und verängstigt. »Lass Scharnhorst nicht aus dem Haus«, sagte sie. »Er ist auf der Treppe oder im Aufzug. Sorg dafür, dass er zurückkommt.«

Jacob legte den Hörer auf, als der Aufzug ankam. Er stellte sich vor die Tür des Aufzugs und versperrte den Ausgang. »Mr. Scharnhorst?«

»Ja.« Frech und misstrauisch.

»Würden Sie bitte in Miss Princes Apartment zurückkommen? Sie will Ihnen noch etwas sagen.«

»Das können wir ein andermal regeln.« Er versuchte sich an Jacob vorbeizumogeln. Der ergriff ihn jedoch an den Schultern, schob ihn in den Aufzug zurück, schlug die Tür zu und drückte den Knopf für das achte Stockwerk.

»Dafür zeige ich Sie an!«, sagte Scharnhorst. »Für diese Tätlichkeit werden Sie mir büßen!«

Jacob hielt seine Arme unbeirrbar fest. Oben hielt Jenny mit schreckgeweiteten Augen ihre Tür auf. Nach kurzem Widerstand trat der Anwalt in ihr Apartment.

»Was ist los?«, fragte Jacob.

»Sagen Sie es ihm!«, sagte sie. »O Jake, er verlangt zwanzigtausend Dollar!«

»Wofür?«

»Damit meine Schwester ein neues Verfahren bekommt.«

»Aber das wäre völlig aussichtslos!«, rief Jacob. Er drehte sich zu Scharnhorst um. »Das müssten Sie doch wissen.«

»Es gibt da juristische Spitzfindigkeiten«, sagte der Anwalt verlegen, »Dinge, die nur ein Jurist verstehen kann. Sie ist sehr unglücklich in ihrer Situation, und ihre Schwester ist so reich und so erfolgreich. Mrs. Choynski hat sich gedacht, dass sie ihr noch eine Chance ermöglichen sollte.«

»Das haben Sie ihr eingeredet, wie?«

»Sie wollte mich konsultieren.«

»Aber die Idee mit der Erpressung, die stammt von Ihnen. Und falls Miss Prince nicht bereit sein sollte, Ihre Kanzlei mit zwanzigtausend Kröten zu unterstützen, könnte die Öffentlichkeit erfahren, dass sie die Schwester der berüchtigten Mörderin ist, nicht wahr?«

Jenny nickte. »Genau das hat er gesagt.«

»Einen Augenblick!« Jacob ging zum Telefon. »Western Union bitte. – Western Union? Nehmen Sie bitte folgendes Telegramm auf.« Er nannte Namen und Adresse einer bedeutenden Persönlichkeit der New Yorker Politik. Das Telegramm lautete:

STRÄFLING CHOYNSKI DROHT SCHWESTER
FILMSCHAUSPIELERIN MIT ENTHÜLLUNG
VERWANDTSCHAFT PUNKT BITTE JEDEN KONTAKT
UNTERBINDEN BIS ICH KOMME UND SITUATION
ERKLÄRE PUNKT TELEGRAPHIEREN SIE MIR BITTE
OB ZWEI ZEUGEN FÜR ERPRESSUNGSVERSUCH
AUSREICHEND UM ANWALT IN NEW YORK AUS
ANWALTSSTAND AUSZUSCHLIESSEN BEI ANKLAGE DURCH
KANZLEI READ VAN TYNE BIGGS & CO ODER SEITENS
MEINES ONKELS NACHLASSRICHTER PUNKT ANTWORT
BITTE AN AMBASSADOR HOTEL LOS ANGELES

JACOB C. K. BOOTH

Er wartete, bis die Telegraphistin ihm den Text vorgelesen
hatte. »So, Mr. Scharnhorst«, sagte er dann, »jetzt wollen
wir nicht länger mit solchen Störungen und Ablenkungen
die Künstler vom Ausüben ihrer Tätigkeit abhalten. Wie
Sie sehen, ist Miss Prince beträchtlich beunruhigt. Das
wird morgen ihre Arbeit beeinträchtigen, und Millionen
Zuschauer werden nicht ganz so zufrieden sein, wie sie es
sonst wären. Wir wollen deshalb nicht weiter in sie dringen.
Sie und ich werden stattdessen Los Angeles heute Nacht
mit demselben Zug verlassen.«

VI

Der Sommer verging. Jacob lebte sein nutzloses Leben;
einzig das Wissen, dass Jenny im Herbst nach Osten kommen würde, hielt ihn aufrecht. Bis zum Herbst würde es

viele Raffinos gegeben haben, nahm er an, und sie würde festgestellt haben, dass die Aufregung, die ihre Hände und Augen – und Lippen – bewirkten, keine große Abwechslung bot. Sie waren in dieser anderen Welt die Entsprechung zu den Affären bei einer Collegeparty, zu den sorglosen Sommerliebschaften der jüngeren Semester. Und wenn ihre Gefühle für ihn noch immer nicht romantisch sein sollten, dann würde er sie trotzdem nehmen und darauf warten, dass die Romantik sich nach der Hochzeit einstellte, wie es – soweit er gehört hatte – bei vielen Ehefrauen offenbar der Fall gewesen war.

Ihre Briefe faszinierten ihn und machten ihn ratlos. Trotz der unbeholfenen Ausdrucksweise erhaschte er unvermittelte Empfindungen: die omnipräsente Dankbarkeit, die Sehnsucht danach, mit ihm zu sprechen, eine schnelle und schreckhafte Zuwendung zu ihm, die er als Abwendung von einem anderen Mann deutete. Im August hatte sie einen Außendreh; es gab nur Postkarten aus einer trostlosen Wüste in Arizona und danach eine Zeitlang gar nichts. Er war froh über die Pause. Er hatte über alles nachgedacht, was sie abgestoßen haben mochte: seine gravitätische Art, seine Eifersucht, sein unübersehbar tristes Dasein. Diesmal würde alles anders sein. Er würde die Situation im Griff haben. Sie würde ihn wenigstens wieder bewundern, als Verkörperung eines unvergleichlich würdevollen und wohlgeordneten Lebensstils.

Zwei Abende vor ihrer Ankunft sah sich Jacob in einem riesigen Gewölbe am Broadway ihren neuesten Film an. Es war eine Collegegeschichte. Sie trat auf mit einem Haarknoten, dem typischen Symbol für Unattraktivität, inspirierte den Hauptdarsteller, dem sie wie ein Anhängsel zugeordnet war, zu athletischen Höchstleistungen und verschwand dann im Schatten der hurrarufenden Komparsen. Doch ihr Auftreten hatte eine neue Qualität; zum ersten Mal machte das Besondere, das ihm vor einem Jahr an ihrer Stimme aufgefallen war, sich auch auf der Leinwand bemerkbar. Jede Bewegung, jede Geste war treffend und packend. Auch anderen Zuschauern fiel es auf. Ihm war, als könnte er das ihrem veränderten Atmen ablesen, einem Widerschein von Jennys klarem, präzisem Gesichtsausdruck auf den gleichgültigen und desinteressierten Gesichtern im Publikum. Auch die Filmkritiker spürten es, obwohl die meisten von ihnen nicht definieren konnten, was eine Persönlichkeit ausmacht.

Wirklich bewusst wurde ihm ihre Rolle in der Öffentlichkeit aber erst bei der Reaktion der Mitreisenden, die aus dem Zug stiegen. Trotz allen Trubels mit Freunden und Gepäck versäumte keiner die Gelegenheit, Jenny anzustarren, seine Freunde auf sie aufmerksam zu machen, ihren Namen zu nennen.

Sie strahlte. Ansteckende Fröhlichkeit ging von ihr aus und umgab sie, als wäre es ihrem Parfumeur gelungen, Ekstase in einen Flakon zu bannen. Wieder ereignete sich die mystische Transfusion, die neues Blut durch die erstarrten Venen New Yorks pumpte: die Freude, mit der Jacobs Chauffeur registrierte, dass sie sich an ihn erinnerte, die ehrfürchtige Reihe der Hotelpagen im Plaza, der Nervenzusammenbruch des Oberkellners in dem Restaurant, in dem sie zu Abend aßen. Und Jacob war Herr der Lage. Er war sanft, rücksichtsvoll und höflich, wie er es von Natur aus war – aber in diesem Fall auch mit Vorbedacht sein wollte. Alles an ihm sollte versichern und beweisen, wie gut er sich um sie kümmern würde und dass er ihr eine Stütze sein wollte.

Nach dem Essen leerte sich der Teil des Restaurants, in dem sie saßen, allmählich von den Theatergästen, bis sie fast allein waren. Ihre Mienen wurden ernst, ihre Stimmen sehr leise.

»Es ist fünf Monate her, dass ich dich zuletzt gesehen habe.« Er blickte nachdenklich auf seine Hände. »Ich habe mich nicht verändert, Jenny. Ich liebe dich mit allen Fasern meines Herzens. Ich liebe dein Gesicht und deine Fehler und deinen Geist und alles an dir. Das Einzige, was ich mir auf dieser Welt wünsche, ist, dich glücklich zu machen.«

»Ich weiß«, flüsterte sie. »O Gott, ich weiß!«

»Ob deine Gefühle für mich nach wie vor lediglich freundschaftlich sind, kann ich nicht wissen. Wenn du bereit bist, mich zu heiraten, dann – davon bin ich überzeugt – wirst du sehen, dass alles andere ganz unmerklich von allein kommen wird und dass das, was du aufregend genannt hast, dir lächerlich erscheinen wird, denn das Leben ist nicht für Jungen und Mädchen gedacht, Jenny, sondern für Männer und Frauen.«

»Jacob«, flüsterte sie, »das musst du mir nicht erklären. Ich weiß es.«

Zum ersten Mal hob er den Blick. »Was soll das heißen, dass du es weißt?«

»Ich weiß, was du sagen willst. Oh, es ist schrecklich! Jacob, hör mir zu! Ich muss es dir sagen. Hör mir zu, lieber Jacob, und sag nichts. Sieh mich nicht an. Jacob, ich habe mich in einen Mann verliebt.«

»Was?«, fragte er ausdruckslos.

»Ich habe mich verliebt. Deshalb weiß ich, wie kindisch aufregende Affären sind.«

»Soll das heißen, dass du dich in mich verliebt hast?«

»Nein.«

Die entsetzliche Silbe schwebte zwischen ihnen, tanzte und vibrierte über dem Tisch: »Nein – nein – nein – nein – nein!«

»Oh, es ist so furchtbar!«, rief sie. »Ich habe mich in einen Mann verliebt, den ich im Sommer bei den Dreharbeiten kennengelernt habe. Ich wollte es nicht – ich habe mich dagegen gewehrt, aber peng!, schon war es passiert, und ich konnte nichts dagegen tun. Ich habe dir geschrieben und dich gebeten zu kommen, aber den Brief habe ich nicht abgeschickt, und da saß ich, verrückt nach diesem Mann, mit dem ich kein Wort zu wechseln wagte, und jede Nacht habe ich mich in den Schlaf geheult.«

»Ein Schauspieler?«, hörte er sich mit tonloser Stimme sagen. »Raffino?«

»O nein, nein, nein! Warte, lass mich fertigerzählen. So ging es drei Wochen lang, und ich wollte mir allen Ernstes das Leben nehmen, Jake. Ich wollte nicht mehr leben, wenn ich ihn nicht haben konnte. Und als wir an einem Abend zufällig allein im Wagen saßen, hat er mich in die Enge getrieben, und ich musste ihm gestehen, dass ich ihn liebe. Er wusste es – das war unvermeidlich.«

»Es war – stärker als du«, sagte Jacob beherrscht. »Verstehe.«

»Oh, ich wusste, dass du mich verstehen würdest, Jake! Du hast für alles Verständnis. Du bist der beste Mensch auf der Welt, Jake, denkst du, das wüsste ich nicht?«

»Werdet ihr heiraten?«

Sie nickte langsam. »Ich habe ihm gesagt, dass ich zuerst herkommen und mit dir sprechen muss.« Je mehr ihre Furcht sich legte, desto deutlicher wurde ihr das Ausmaß seines Kummers, und Tränen traten ihr nun in die Augen. »Jake, das kommt so nur einmal im Leben. Daran musste ich die ganze Zeit denken in all den Wochen, als ich mich kaum traute, mit ihm zu sprechen; und wenn man diese eine Chance verpasst, dann kommt sie nie wieder, und was hat das Leben einem dann noch zu bieten? Er war der Regisseur bei diesem Film, und ihm ging es genau wie mir.«

»Verstehe.«

Wie einst blickten ihre Augen in seine wie Hände, die sich festhielten. »O Jaaake!« Dieses unerwartete Weh-klagen voller Mitgefühl, voller Verständnis, so berührend wie ein Lied, milderte die erste Wucht des Schocks. Jacob biss die Zähne aufeinander und versuchte, sich sein Elend nicht ansehen zu lassen. Mit bemüht ironischer Miene rief er nach der Rechnung. Als das Taxi sie zum Plaza-Hotel brachte, kam es ihm vor, als wäre eine ganze Stunde vergangen.

Sie schmiegte sich an ihn. »O Jake, sag, dass du einverstanden bist! Sag, dass du mich verstehst! Lieber Jake, mein bester Freund, mein einziger Freund, sag, dass du Verständnis hast!«

»Aber natürlich, Jenny.« Er tätschelte ihr mechanisch die Schulter.

»Oooh, Jake, es geht dir ganz scheußlich, nicht wahr?«

»Ich werde es überleben.«

»Oooh, Jake!«

Sie erreichten das Hotel. Bevor sie ausstiegen, warf Jenny im Taschenspiegel einen prüfenden Blick auf ihr Gesicht und schlug den Kragen ihres Pelzcapes hoch. Im Foyer rempelte Jacob mehrere Leute an und sagte mit forcierter, unglaubwürdiger Stimme: »Oh, das tut mir leid.« Der Aufzug wartete. Jenny stieg mit unglücklicher, tränennasser Miene ein und streckte die hilflos zur Faust geballte Hand nach ihm aus.

»Jake«, wiederholte sie.

»Gute Nacht, Jenny.«

Sie drehte das Gesicht zur Drahtverkleidung des Aufzugkäfigs. Die Tür schloss sich klirrend.

›Halt!‹, hätte er fast gesagt. ›So können Sie den Wagen doch nicht starten!‹

Er wandte sich ab und ging wie blind zur Tür hinaus. »Ich habe sie verloren«, flüsterte er beklommen und erschrocken. »Ich habe sie verloren!«

Er ging über die Fifty-ninth Street zum Columbus Circle und dann den Broadway entlang. Er hatte keine Zigaretten in der Tasche – sie waren im Restaurant liegengeblieben – und betrat einen Tabakladen. Es gab irgendwelche Unstimmigkeiten mit dem Wechselgeld, und irgendjemand im Laden lachte.

Er verließ den Laden und blieb verwirrt stehen. Dann ergoss sich die schwere Flut des Begreifens über ihn und floss weiter und ließ ihn benommen und erschöpft zurück. Und brach wieder herein und überschwemmte ihn erneut.

So wie man eine tragische Geschichte ein weiteres Mal liest in der trotzigen Hoffnung, sie werde anders enden, kehrten seine Gedanken zum Vormittag zurück, zum Anfang, zum Vorjahr. Aber die Flut brachte donnernd die Gewissheit mit sich, dass sie hoch oben im Plaza-Hotel für immer von ihm getrennt war.

Er ging den Broadway entlang. Über dem Vordach des Capitol-Kinos funkelten riesige Großbuchstaben in die Nacht hinaus: »Carl Barbour und Jenny Prince.«

Als er auf den Namen stieß, zuckte er zusammen, als hätte ihn ein Passant angesprochen. Er blieb stehen und konnte den Blick nicht abwenden. Andere Blicke richteten sich auf die Reklame, Leute drängten sich an ihm vorbei in das Kino hinein.

Jenny Prince.

Nun, da sie ihm nicht mehr gehörte, besaß der Name eine völlig eigenständige Qualität.

Kühl und unnahbar hing er am Nachthimmel, herausfordernd, trotzig.

Jenny Prince.

»Kommt und erquickt euch an meinem Liebreiz«, sagte er. »Erfüllt euch eure geheimen Träume, und heiratet mich für eine Stunde.«

Jenny Prince.

So war es nicht – sie war im Plaza-Hotel und war in jemanden verliebt. Aber der Name mit seiner strahlenden Beteuerung schwebte hoch oben in der Nacht.

JENNY PRINCE

Sie war dort! Alles, was sie war, das Beste, was sie besaß – Wille, Zauber, Triumph, Schönheit.

Jacob ging mit der Menge zur Kasse und kaufte eine Eintrittskarte.

Verwirrt ließ er den Blick durch das große Foyer wandern. Dann sah er einen Eingang und trat ein und suchte sich einen Platz in der Dunkelheit voller Herzklopfen.

Das Liebesschiff

I

Das Schiff glitt den Fluss hinunter durch die Sommernacht, frei von allen Fesseln wie ein Luftballon an einem festtäglichen Himmel. Die Decks waren hell erleuchtet, lebhaft bevölkert von tanzenden Menschen, aber Bug und Heck lagen im Dunkel, weshalb das Schiff nicht mehr Kontur hatte als ein Sternhaufen im All. Es glitt zwischen schwarzen Uferbänken dahin, teilte sanft die massige, dunkle Strömung, die vom Meer herkam, und hinterließ in seinem Kielwasser aufgeregte kleine Wirbel aus Musik – immer wieder *Babes in the Woods,* und *Moonlight Bay.* Es glitt vorbei an den vereinzelten Lichtern von Pokus Landing, wo ein Dichter von seinem Mansardenfenster aus blondes Haar in der Drehung eines Tanzschritts aufleuchten sah. Vorbei an Ulm, wo der Mond aus einer Kesselschmiede aufstieg, und an West Esther, wo er, von niemandem vermisst, hinter einer Wolke verschwand.

Der strahlende Glanz des Schiffs allein genügte auch den drei jungen Harvard-Absolventen vollkommen; sie waren müde, ein wenig deprimiert und ließen sich ohne Widerstand von seinem Zauber gefangen nehmen. Ihr eigenes Boot trieb steuerlos auf dem Wasser, ein Zusammenstoß schien fast unvermeidlich, trotzdem machte keiner von ihnen irgendwelche Anstalten, den Motor anzuwerfen, um auszuweichen.

»Mich macht das sehr traurig«, sagte einer von ihnen. »Es ist so schön, dass ich heulen könnte.«

»Heul ruhig, Bill.«

»Heulst du mit?«

»Wir heulen alle zusammen.«

Sein lautes, theatralisches »Buh-Huh!« hallte durch die Nacht, erreichte den Dampfer und brachte eine kleine, muntere Gruppe an die Reling.

»Seht mal da! Ein Motorboot!«

»Ein paar Jungs mit einem Motorboot.«

Bill kam auf die Füße. Die beiden Schiffe waren kaum noch drei Meter voneinander entfernt.

»Werft uns ein Seil zu«, bat er gewandt. »Kommt schon – macht mal etwas Impulsives. Tut mir doch den Gefallen.«

Vielleicht einmal in hundert Jahren ist so ein Seil zufällig auch zur Hand. In dieser Nacht war dies der Fall. Mit einem dumpfen Geräusch schlug das Tau auf dem hölzernen Boden auf, und wenig später schoss das Motorboot hinter dem Dampfschiff her wie hinter einem harpunierten Wal.

Fünfzig Highschool-Pärchen verließen die Tanzfläche und drängelten sich um einen Platz an der plötzlich interessant gewordenen Heckreling. Fünfzig Mädchen stießen archetypische kleine Schreie der Erregtheit und der vorgetäuschten Angst aus. Fünfzig junge Männer vergaßen die leise Wichtigtuerei, die ihr Verhalten an diesem Abend gekennzeichnet hatte, und betrachteten neiderfüllt die sehr viel effektvollere Form von Angeberei der drei anderen. Mae Purley fügte, ohne auch nur versehentlich mit der Wimper zu zucken, den jungen Mann, der aufrecht im Boot stand, in ihren momentanen Traum ein, wo er Al Fitzpatrick mit lächerlicher Leichtigkeit verdrängte. Sie legte ihre Hand auf Al Fitzpatricks Arm, drückte ihn ein wenig, weil sie vollkommen aufgehört hatte, an ihn zu denken, und meinte, er müsste es spüren. Al, der das Motorboot in ihrem Schlepptau mit zusammengekniffenen Augen gemustert hatte, sah zärtlich auf Mae herab und versuchte, seinen Arm um ihre Schulter zu legen. Doch Mae Purley und Bill Frothington, gutaussehend und ein einziges leidenschaftliches Versprechen, hielten sich mit den Augen über den trennenden Zwischenraum hinweg aneinander fest.

Sie liebten sich. Einen Augenblick lang liebten sie sich, wie man es nachher doch nie wagt. Ihr Blick war enger als jede Umarmung, drängender als jeder Ruf. Es gab dafür keine Worte. Hätte es sie gegeben und hätte Mae sie gehört – sie wäre in die dunkelste Ecke der Damentoilette geflohen und hätte ihr Gesicht in einem Papierhandtuch vergraben.

»Wir wollen an Bord!«, rief Bill. »Wir sind Schwimmwesten-Verkäufer! Könntet ihr uns nicht an eine Seite heranziehen?«

Mr. McVitty, der Rektor, erschien zu spät am Schauplatz des Geschehens, um noch intervenieren zu können. Die drei jungen Harvard-Absolventen – Ellsworth Ames total durchnässt, unbewusst byronesk mit seinen dunklen, an der Stirn klebenden nassen Locken; Hamilton Abbot und Bill Frothington, sicherer auf den Beinen und trocken geblieben – kletterten hinauf und wurden über die Reling gezogen. Das Motorboot tanzte weiter auf den Wellen.

Mit einer Art instinktiver Ehrfurcht vor diesem Moment hielt Mae Purley sich im Schatten, nicht etwa, weil sie zu wenig Selbstvertrauen besaß, sondern zu viel. Sie wusste, er würde auf dem kürzesten Weg zu ihr kommen. Das war nie das Problem bei ihr, war es nie gewesen – das Problem bestand darin, ihr eigenes Interesse aufrechtzuerhalten, nachdem sie die intensive, aber beiläufige Neugier ihrer Lippen befriedigt hatte. Doch heute Nacht würde es anders sein. Das wusste sie, als sie sah, dass er sich nicht im Geringsten beeilte; er lehnte an der Reling und nahm ein paar älteren Schülern – die sich plötzlich reichlich unreif vorkamen – ihre Befangenheit.

Einmal sah er sie kurz an.

›Alles in Ordnung‹, sagten seine Augen, ohne dass sein Gesicht dabei die geringste Regung zeigte, ›ich weiß es genauso wie du. Ich bin in einer Minute bei dir.‹

Das Leben brannte heiß in ihnen beiden; der Dampfer und die Menschen darauf wichen weit in die Dunkelheit zurück. Es war einer dieser Momente.

»Ich bin auch ein Harvard-Mann«, sagte Mr. McVitty gerade, »Examensjahrgang 1907.« Die drei jungen Männer nickten mit höflichem Desinteresse. »Ich bin froh zu hören, dass wir das Rennen gewonnen haben«, fuhr der Rektor fort, täuschte einen wiedererwachten Enthusiasmus vor, der nie existiert hatte. »Ich war seit fünfzehn Jahren nicht mehr in New London.«

»Bill hier ist als Nummer zwei gerudert«, sagte Ames. »Das da hinten ist das Motorboot des Trainers.«

»Oh, Sie waren in der Mannschaft?«

»Das mit der Mannschaft ist jetzt passé«, antwortete Bill ungeduldig. »Alles ist passé.«

»Trotzdem, herzlichen Glückwunsch.«

Bald darauf fror die Unterhaltung ein. Sie waren nicht sein Schlag Harvard-Mann; seinen Namen hätten sie auch nach vier gemeinsamen Studienjahren nicht behalten können. Dennoch wären sie sehr viel freundlicher und höflicher bei der Sache gewesen, hätte es sich nicht ausgerechnet um diesen Abend gehandelt. Schließlich hatten sie sich nicht aus der ausgelassenen Menge von Klassenkameraden und Verwandten in New London fortgestohlen, um mit dem Rektor einer Provinz-Highschool Verlegenheitsfloskeln auszutauschen.

»Dürfen wir tanzen?«, wollten sie wissen.

Wenige Minuten später spazierten Bill und Mae Purley Seite an Seite das Deck entlang. Das Leben schlug über Al Fitzpatricks Kopf zusammen und verschlang ihn. Die zwei klaren Sätze: »Vielleicht möchten Sie mit mir tanzen?«, eine Frage von so sanfter Zuversicht wie das Mondlicht selbst, und ihre Antwort: »Sehr gern«, waren nichts, gegen das sich anstreiten ließe, nicht einmal durch das Doppelte dessen, was Al Fitzpatrick zu sein vorgab. Er wurde einzig durch den Gedanken getröstet, dass man sich vielleicht noch wegen der beiden in die Haare geraten würde.

Worüber sprachen sie? Wer hatte es gehört? Wer kann sich noch erinnern? Später in jener Nacht erinnerte sie sich nur noch an sein helles, gewelltes Haar und die langen Gliedmaßen, denen sie über die Tanzfläche folgte.

Sie war schmal, eine durchsichtige, lodernde Flamme,

farblos und doch frisch. Erst zeigte sich ihr Lächeln nur zögernd, dann brach es ungestüm hervor, direkt aus ihrem Herzen, schüchtern und kühn, als ob alles Leben aus diesem kleinen Körper für einen Augenblick in ihren Mund geströmt wäre und eine leere, dürre Hülle zurückgelassen hätte, die der erste Windhauch mit sich forttragen würde. Sie war ein Wechselbalg, bei dem nur die Lippen der Verwandlung entgangen waren, bei dem die Lippen den einzigen Berührungspunkt mit der Realität darstellten.

»Also wohnst du hier in der Nähe?«

»Nur etwa fünfundzwanzig Meilen von dir weg«, sagte Bill. »Wie komisch, nicht wahr?«

»Wie komisch.«

Sie sahen sich an, ein bisschen eingeschüchtert angesichts eines derart unausweichlichen Schicksals. Sie standen zwischen zwei Rettungsbooten auf dem Oberdeck. Maes Hand lag auf seinem Arm und spielte mit einem losen Faden an seiner Tweedjacke. Noch hatten sie sich nicht geküsst – dazu kamen sie gleich. Dazu kamen sie jetzt jeden Moment, sobald sie den letzten ergiebigen Becher der Mondscheinstimmung bis zur Neige geleert und weggeworfen hatten. Sie war siebzehn.

»Bist du froh, dass ich so nah bei dir wohne?«

Sie hätte sagen können: »Ich bin glücklich«, oder: »Natürlich bin ich das.« Aber sie flüsterte nur: »Ja, und du?«

»Mae – mit einem *e*«, sagte er und lachte leise, mit rauher Stimme. Schon hatten sie ihren ersten gemeinsamen Scherz. »Du bist so verdammt schön.«

Sie akzeptierte das Kompliment wortlos, indem sie seinen Blick erwiderte. Er drückte sie nur mit ihrem Ellenbogen an sich, in einer Weise, die unmöglich gewesen wäre, hätte sie es nicht selbst gewollt. Er dachte nicht im Traum daran, sie nach diesem Abend noch einmal wiederzusehen.

»Mae.« Sein Flüstern drängte. Maes Augen kamen näher, wurden immer größer, lösten sich vor seinem Gesicht auf wie Augen auf einer Leinwand. Ihr zerbrechlicher Körper atmete unmerklich in seinen Armen.

Ein Tanz war zu Ende. Man klatschte um eine Zugabe. Dann wieder Applaus um eine Zugabe, obwohl kaum mehr zwischen den beiden Forderungen zu liegen schien als ein einziger armseliger Takt Musik. Es folgte ein weiterer Tanz, kaum länger als ein Kuss. Die zwei besaßen ein ausgesprochenes Talent für die Liebe, sie hatten auch beide schon früher mit ihr gespielt.

Unten hatte Al Fitzpatricks Wahrnehmungsvermögen von Zeit und Raum einen Grad erreicht, der für einen Mathematiker auf Einsteins Spuren von unermesslichem Wert gewesen wäre. Stück für Stück zeigte sich ihm das Schiff, wie es wirklich war, ein unförmiger Haufen Holz, grell beleuchtet von Vierzig-Watt-Birnen, bevölkert von gewöhnlichen jungen Leuten aus einer gewöhnlichen Stadt. Der Fluss war Wasser, der Mond ein flaches, bedeutungsloses Symbol am Himmel. Wollte man ein Klischee verwenden, würde man sagen, er litt Höllenqualen. Aber er hatte einfach furchtbare Angst; seine Kehle war trocken, sein Mund sank zu der Form eines liegenden Halbmonds herab, während er versuchte, mit einigen der anderen Jungen zu sprechen – schüchternen, unglücklichen Jungen, die am Heck herumhingen.

Al war älter als die anderen – zweiundzwanzig – und

schon seit sieben Jahren draußen in der Welt. Er arbeitete in den Hammacker-Spinnereien und besuchte Abendkurse an der Highschool. In einem Jahr würde er vielleicht schon zum Assistenten des Abteilungsleiters befördert, und Mae Purley hatte – mit etwa so viel Begeisterung, wie man von einem Mädchen erwarten konnte, das immer seinen Willen bekam – halb versprochen, ihn zu heiraten, sobald sie achtzehn wäre. Er gehörte nicht zu den Gemütern, die an einer Sache zerbrechen. Als er bis an die Grenzen seines Temperaments gegrübelt hatte, verspürte er das dringende Bedürfnis, etwas zu unternehmen. Unglücklich und verzweifelt stieg er zum Oberdeck hinauf, um Unruhe zu stiften.

Bill und Mae standen dicht beieinander am Rettungsboot, schweigend, abwesend und glücklich. Bei seinem Näherkommen rückten sie ein wenig auseinander. »Bist du's, Mae?«, rief Al mit harter Stimme. »Kommst du nicht mit runter zum Tanzen?«

»Wir waren gerade auf dem Weg.«

Sie gingen ihm in Trance entgegen.

»Was soll denn das?«, fragte Al heiser. »Jetzt bist du schon über zwei Stunden hier oben.«

Die Gleichgültigkeit der beiden verursachte ihm körperliche Schmerzen; Schmerzen, die sich immer weiter ausbreiteten, ihm den Atem abschnürten.

»Kennst du schon Mr. Frothington?« Sie lachte schüchtern über die Unvertrautheit des Namens.

»Jaja«, antwortete Al grob. »Ich verstehe nur nicht, warum er dich hier oben festhält.«

»Tut mir leid«, sagte Bill. »Wir haben gar nicht gemerkt, wie …«

»Ach was, nein? Aber ich.« Seine Eifersucht durchdrang ihre Weltvergessenheit. Sie reagierten darauf mit dem Bemühen, sich zu beeilen und unpersönlich zu bleiben, seinen Wünschen zu entsprechen. Unfreundlich folgte er ihren schnellen Schritten aufs Unterdeck hinunter, wo sich gerade eine unangenehme Situation zusammenbraute.

Ellsworth Ames lehnte lächelnd, doch mit leicht gerötetem Gesicht an der Reling, während Ham Abbot sein Bestes tat, um einen zornigen und athletischen jungen Mann zu beruhigen, der dauernd versuchte, sich an ihm vorbeizudrängen und an Ames heranzukommen. Neben ihnen stand ein aufgebrachtes Mädchen, dem ein anderes Mädchen beschwichtigend den Arm um die Taille gelegt hatte.

»Was ist los?«, fragte Bill rasch.

Der erregte junge Mann starrte ihn an. »Bloß so ein paar Wichtigtuer, die versuchen, allen hier die Stimmung kaputtzumachen!«, schrie er wild.

»Er mag mich nicht«, sagte Ellsworth lässig. »Ich hab sein Mädchen zum Tanzen aufgefordert.«

»Sie wollte doch überhaupt nicht mit dir tanzen!«, rief der andere. »Du denkst wohl, du bist wer weiß wie unwiderstehlich – frag sie doch, ob sie mit dir tanzen wollte.«

Das Mädchen murmelte etwas Unverständliches und lehnte jede Verantwortung ab, indem sie zu weinen anfing.

»Du bist einfach unverschämt, das ist das Problem!«, fuhr ihr Beschützer fort. »Ich weiß, was du zu ihr gesagt hast, als du vorhin mit ihr getanzt hast. Was glaubst du denn, was diese Mädchen sind? Sie sind genauso viel wert wie eure, kapiert?«

Al Fitzpatrick kam dichter heran.

»Wir sollten sie allesamt vom Schiff befördern«, schlug er vor, trotzig und beschämt. »Die haben hier doch überhaupt nichts verloren.«

Milder Protest stieg aus der Menge auf, insbesondere vonseiten der Mädchen, und Abbot legte versöhnlich seine Hand auf die Schulter des jungen Athleten. Aber es war zu spät.

»Du mich vom Schiff befördern?«, sagte Ellsworth kalt. »Wenn du es wagst, mir in die Quere zu kommen, bügle ich dir dein Gesicht zurecht.«

»Halt's Maul, Ellie!«, schnauzte Bill. »Es hat keinen Zweck, ungemütlich zu werden. Sie wollen uns nicht; also gehen wir besser.« Er trat dicht zu Mae heran und flüsterte: »Gute Nacht. Vergiss nicht, was ich gesagt habe. Ich komme dich am Sonntagnachmittag besuchen.«

Als er rasch ihre Hand drückte und sich abwandte, sah er, wie der streitsüchtige Junge plötzlich gegen Ames ausholte, der den Schlag mit seinem linken Arm abfing. Eine Sekunde später prügelten sie sich keuchend, Knie an Knie, auf dem engen Raum, den ihnen die wachsende Zuschauermenge ließ. Gleichzeitig fühlte Bill eine Hand an seinem Ärmel zupfen, drehte sich um und stand Al Fitzpatrick gegenüber. Jetzt brach auf dem ganzen Deck wilder Tumult aus: Abbots Versuch, Ames und seinen Widersacher voneinander zu trennen, wurde falsch aufgefasst; augenblicklich war er in seine eigene Keilerei verwickelt, wurde hin und her katapultiert zwischen den beiden anderen Paarungen, rutschte auf dem glatten Deck aus, prallte gegen Nichtkämpfer und auseinanderstiebende, schrill kreischende

Mädchen. Er sah Al Fitzpatrick plötzlich mit dem ganzen Körper auf dem Deck aufschlagen, wo er auch liegen blieb. Er hörte Rufe wie »Holt doch Mr. McVitty!«, dann wurde sein eigener Gegner durch einen Schlag ausgeschaltet, der von fremder Faust stammte, und Bills Stimme sagte: »Los, aufs Boot zurück!«

Die nächsten paar Minuten vergingen in rasendem Durcheinander. Da Bills hammerartige Arme schon ihre beiden Champions gefällt hatten, wichen ihm die Highschool-Jungen aus, versuchten aber, Ham und Ellie zu Boden zu reißen, weshalb sich das gejagte Grüppchen nur drängelnd und rotierend der Heckreling nähern konnte.

»Wie beim Football!«, keuchte Bill. »Pass zu Haughton. Ich bin G-Gardner, ihr seid Bradlee und Mahan – hepp!«

Mr. McVittys erschrockenes Gesicht tauchte über dem Schlachtgetümmel auf, und seine hohe Stimme, zuerst noch wirkungslos, durchdrang schließlich doch die Hitze des Gefechts.

»Schämt ihr euch denn nicht! Bob ... Cecil ... George Roberg! Aufhören, sag ich!«

Abrupt war die Schlacht beendet; die schwer atmenden Kämpfer sahen sich im Mondschein ungerührt an. Ellie lachte und bot der Runde eine Schachtel Zigaretten an. Bill machte das Motorboot los und ging mit der Fangleine nach vorn, um es längsseits zu bringen.

»Es heißt, Sie hätten eins von den Mädchen beleidigt«, sagte Mr. McVitty unsicher. »Das ist aber wirklich nicht gerade das richtige Verhalten, nachdem wir Sie an Bord genommen haben.«

»Kompletter Unsinn«, protestierte Ellie zwischen zwei

Japsern. »Ich habe ihr nur gesagt, ich würde sie am liebsten in den Hals beißen.«

»Finden Sie, dass ein Gentleman so etwas sagt?«, fragte Mr. McVitty hitzig.

»Los, komm, Ellie!«, rief Bill. »Wiederschaun allerseits. Entschuldigt den Ärger!«

Sie waren schon Schatten der Vergangenheit, als sie einer nach dem anderen über die Reling hinabglitten. Die Mädchen wandten sich behutsam wieder ihren eigenen Herren zu; niemand erwiderte den Gruß oder winkte ihnen zum Abschied zu.

»Ein Haufen von Gipsköpfen«, bemerkte Ellie ironisch. »Ich wünschte, ihr Ladys da oben hättet alle einen gemeinsamen Hals, dann könnte ich alle auf einmal beißen. Ich hab eben Damenhälse zum Fressen gern.«

Das löste vereinzelt schwache Reaktionen aus, wie gedämpfte Pistolenschüsse.

»*Good night, ladies*«, sang Ham, als Bill von der Seite abstieß.

»*Good night, ladies.*
Good night, ladies.
We're going to leave you now-ow-ow.«

Das Schiff bewegte sich durch die Sommernacht den Fluss hinauf, während das Boot, erfasst vom Wellengang, sanft im breiten Lichtpfad des Mondes hin und her schaukelte.

Am darauffolgenden Sonntagnachmittag fuhr Bill Frothington von Truro aus zu dem schäbigen ländlichen Nest namens Wheatly Village hinüber. Er war aus einem Haus voller Gäste, die sich zur Hochzeit seiner Schwester versammelt hatten, weggeschlichen, um dem nachzugehen, was seine Mutter als eine »unwürdige Affäre« bezeichnen würde. Aber er hatte gerade, nach einer eher strengen Jugendzeit, sein Studium in Harvard ausgesprochen erfolgreich hinter sich gebracht, und noch in diesem Herbst würde er für den Rest seines Lebens im Bankhaus Read, Hoppe & Co. in Boston verschwinden. Er vertrat die Überzeugung, dieser Sommer gehöre ihm allein. Und wäre die Lauterkeit seiner Absichten in Bezug auf Mae Purley in Frage gestellt worden, hätte er sich mit dem Zorn des Gerechten verteidigt. Fünf Tage lang hatte er an sie gedacht. Sie zog ihn heftig an, und er folgte dieser Anziehung mit Augen, die nicht sehend werden wollten.

Mae lebte im weniger abstoßenden Teil des Städtchens im dritten Stock des einzigen Apartmenthauses, einem traurigen Relikt aus glücklicheren Tagen neuenglischer Textilweberei, die vor zwanzig Jahren ihr Ende gefunden hatten. Ihr Vater war ein Aufseher, der aus dem Stehkragenproletariat herausgefallen war; ihre beiden älteren Brüder arbeiteten am Webstuhl. Bills einziger Eindruck beim Betreten der schäbigen Wohnung war der des hoffnungslosen Niedergangs. Die riesenhafte, schmuddlige Mutter, zugleich misstrauisch und ehrerbietig, und der anämische, ausgelaugte Angelsachse, der auf der Couch sein Sonntagsschläfchen hielt, waren kaum mehr als Schatten auf den armseligen Wänden. Doch Mae wirkte sauber und frisch. Kein Hauch von Schmutz haftete ihr an. Die blasse, reine Jugend ihrer Wangen und ihr schmaler, kindlicher Körper, der durch ein neues Organdykleid schimmerte, wurden dem Sommertag vollauf gerecht.

»Wohin gehen Sie mit meiner Kleinen?«, fragte Mrs. Purley ängstlich.

»Ich brenne mit ihr durch«, lachte er.

»Nicht mit meinem Mädchen.«

»O doch, ich tu's. Ich verstehe gar nicht, warum bis jetzt noch niemand mit ihr durchgebrannt ist.«

»Nicht mit meiner Kleinen.«

Sie hielten sich an den Händen, während sie die Treppe hinuntergingen, aber es dauerte eine ganze Stunde, bis sie sich nicht mehr wie engvertraute Fremde fühlten. Als der Wind um fünf Uhr zum ersten Mal den verheißungsvollen Geruch des Abends herantrug, als das Licht von Weiß nach Gelb wechselte, trafen sich ihre Blicke auf eine ganz bestimmte Art, und Bill wusste, dass die Zeit gekommen war. Sie bogen in eine Seitenstraße ein, kamen auf einen Waldweg, und plötzlich umhüllte sie wieder dieser Zauber – das gegenseitige, bei beiden gleich starke Verlangen, das sie zueinandertrieb. Sie sprachen über sich, und dann verstummten ihre Stimmen, und sie küssten sich; Kastanienblüten zogen weiße Diagonalen durch die Luft und landeten auf dem Wagen. Viel später sagte ihr ein Instinkt, dass sie lange genug geblieben waren. Er fuhr sie heim.

So ging es zwei Monate. Er holte sie am späten Nachmittag ab, worauf sie an die Küste fuhren, um zu Abend zu essen. Danach fuhren sie in der Umgebung herum, bis sie das Zentrum der Sommernacht gefunden hatten, wo sie parkten und sich von der verzauberten Stille sorgsam zudecken ließen. Eines Tages würden sie natürlich heiraten. Zurzeit war das unmöglich; er musste im Herbst anfangen zu arbeiten. Doch irgendwie und mit mehr als nur einem Anflug von Traurigkeit erkannten beide, dass das nicht der Wahrheit entsprach; hätte Mae einer anderen Schicht angehört, wäre umgehend die Verlobung bekanntgegeben worden. Sie wusste, dass er in einem großen Landhaus lebte, mit Park und Verwalterhäuschen, mit Stallungen voll von Pferden und Wagen, und dass dort den ganzen Sommer hindurch Partys und Bälle stattfanden. Einmal waren sie am Tor vorbeigefahren, und Maes Herz war schwer wie Blei geworden beim Anblick dieses riesigen Besitzes, der ihr Leben lang zwischen ihnen liegen würde.

Bill seinerseits wusste, dass er Mae Purley unmöglich heiraten konnte. Er war der einzige Sohn, und sein typischer Neuengland-Nachname hatte diesen ganz bestimmten Klang von Kontinuität. Schließlich brachte er den Gegenstand seiner Mutter gegenüber zur Sprache.

»Es ist nicht ihre Armut und Unbildung«, sagte seine Mutter unter anderem. »Es ist das Fehlen jeglicher Wertvorstellungen – gewöhnliche Frauen bleiben ihr ganzes Leben gewöhnlich. Sie wäre beeindruckt von billigen und oberflächlichen Menschen, von billigen und oberflächlichen Dingen.«

»Aber, Mutter, wir haben doch nicht mehr 1850. Es ist doch nicht so, als würde sie in die königliche Familie einheiraten.«

»Wenn das der Fall wäre, würde es keine Rolle spielen. Du aber hast einen Namen, der seit vielen Generationen für Führerschaft und Selbstbeherrschung steht. Menschen, die weniger aufgegeben und weniger Verantwortung auf sich genommen haben, blieb nur betretenes Schweigen, wenn Männer wie dein Vater und dein Onkel George und dein Urgroßvater Frothington ihre Häupter erhoben hielten. Wirf deinen Stolz weg, und dann sieh dir an, was dir mit fünfunddreißig noch übrigbleibt, um dich durch den Rest deines Lebens zu bringen.«

»Aber man kann doch nur einmal leben«, protestierte er – obwohl ihm bewusst war, dass sie, was ihn betraf, recht hatte. Seine ganze Erziehung hatte man darauf ausgerichtet, ihm diese Auslegung von Überlegenheit zu verdeutlichen. Er hatte erfahren, was es bedeutet, der Beste zu sein, daheim, in der Schule, in Harvard, wo in seinem letzten Jahr andere Studenten nachweislich hinter einer Hausecke versteckt auf ihn warteten, um neben ihm den Harvard Yard durchqueren zu können – nicht, weil sie aus simpler, armseliger Wichtigtuerei mit ihm gesehen werden wollten, sondern um etwas von jenem Nicht-Greifbaren abzubekommen, das er besaß, etwas von der weniger offensichtlichen, weniger leicht erkennbaren Erfahrung seines Menschenschlags.

Einige Tage später fuhr er wieder zu Mae und traf sie, als sie gerade die Wohnung verließ. Im Halbdunkel setzten sie sich auf die Treppenstufen.

»Denk nur an diese Treppe hier«, sagte er mit belegter Stimme. »Überleg dir mal, wie viele Male du mich auf diesen Stufen geküsst hast. Nachts, wenn ich dich nach Hause gebracht habe. Auf jedem Absatz. Im letzten Monat, als wir fünfmal zusammen rauf- und runtergegangen sind, weil wir es nicht fertigbrachten, einander gute Nacht zu sagen.«

»Ich hasse diese Stufen. Ich wünschte, ich brauchte sie nie wieder zu betreten.«

»O Mae, was sollen wir bloß tun?«

Einen Moment lang antwortete sie nicht. »Ich habe in den letzten drei Tagen sehr viel nachgedacht«, begann sie. »Ich finde es nicht fair mir gegenüber, so weiterzumachen – oder auch gegenüber Al.«

»Gegenüber Al«, sagte er erstaunt. »Hast du dich mit Al getroffen?«

»Wir hatten gestern Abend ein langes Gespräch.«

»Al!«, wiederholte er ungläubig.

»Er möchte mich heiraten. Er ist nicht mehr böse.«

Plötzlich versuchte Bill, die Situation, der er zwei Monate lang ausgewichen war, in den Griff zu bekommen, aber die Situation entschlüpfte, mit geübter Gewandtheit, um die Ecke. Er rutschte eine Stufe höher, bis er neben Mae saß, und legte seinen Arm um sie.

»Oh, lass uns heiraten!«, rief sie verzweifelt. »Du kannst. Wenn du nur willst, dann kannst du es auch.«

»Ich will ja auch.«

»Warum können wir dann nicht?«

»Wir können ja, aber jetzt noch nicht.«

»O Gott. Das hast du schon so oft gesagt.«

Eine tragische Woche lang stritten sie sich über ungelöste Probleme und unvereinbare Tatsachen, nicht ohne sich immer wieder zu versöhnen. Doch schließlich gingen sie wegen einer ganz trivialen Frage auseinander, von der Art, ob er sie einmal eine halbe Stunde hatte warten lassen oder nicht.

Bill nahm das erstbeste Schiff nach Europa, um sich bei einer Sanitätseinheit zu melden. Als Amerika in den Krieg eintrat, wechselte er zu den Fliegern, und Maes helles Gesicht mit den brennenden Lippen verblasste mehr und mehr, bis es vor dem aufgewühlten, düsteren Hintergrund des Krieges endgültig verschwand.

III

Im Jahre 1919 verliebte sich Bill höchst romantisch in eine junge Frau seines Standes. Er traf sie im Lido, flirtete mit ihr auf Golfplätzen, in mondänen Speakeasys, in nächtlich parkenden Wagen und liebte sie von Anfang an weit mehr, als er Mae je geliebt hatte. Sie war ein besserer Mensch, hübscher, intelligenter und mit gütigerem Herzen. Sie liebte ihn; beide hatten fast völlig den gleichen Geschmack und Geld mehr als genug.

Es kam ein Kind, nach einer Weile waren es vier Kinder, dann wieder nur noch drei. Nachdem Bill die dreißig überschritten hatte, begann er wie die meisten Sportler etwas zur Fülle zu neigen, weshalb er sich dauernd vornahm, sich irgendwie körperlich zu betätigen und wieder in Form zu kommen. Er arbeitete hart und trank etwas zu viel an seinen Wochenenden. Später erbte er das Landhaus, wo er von da an den Sommer verbrachte.

Nach acht Jahren Ehe fühlten sich Bill und Stella miteinander sicher, sicher vor den Katastrophen, die die Mehrzahl ihrer Freunde heimgesucht hatten. Stella brachte das Erleichterung, aber als Bill die Vorstellung von Sicherheit zwischen ihnen beiden akzeptiert hatte, empfand er eine gewisse Unzufriedenheit, eine Art chemische Ruhelosigkeit. Obwohl er sich gegenüber Stella nicht ganz loyal vorkam, horchte er schüchtern seine Freunde über dieses Thema aus und erfuhr, dass fast alle Männer seines Alters dieselben Symptome zeigten. Einige schoben es auf den Krieg: »So was wie den Krieg gibt es nie wieder.«

Es war nicht etwa weibliche Abwechslung, die er begehrte. Der bloße Gedanke daran erschreckte ihn. Frauen gab es immer in seiner Nähe. Fand er an einer Gefallen, lud Stella sie übers Wochenende ein, und Männer, die Stella entweder brüderliche oder sogar etwas romantischere Zuneigung entgegenbrachten, waren genauso häufig im Haus. Doch das Gefühl ließ sich nicht abschütteln, es wurde stärker. Manchmal überkam es ihn beim Abendessen – eine intensive, nostalgische Sehnsucht –, ließ die Menschen am Tisch vor seinen Augen verschwimmen und seltsame Erinnerungen aus seiner Jugend ins Gedächtnis zurückkehren. Auslösen konnte diese Empfindung in ihm auch ein vertrauter Geschmack oder Geruch, aber hauptsächlich stand sie mit Sommernächten in Zusammenhang.

Eines Abends, bei einem Verdauungsspaziergang mit Stella über den Rasen, schien ihm das Gefühl zum Greifen nahe. Es lag im Rauschen der Kiefern, im Wind, im Radio des Gärtners hinter dem Tennisplatz.

»Morgen«, sagte Stella, »haben wir Vollmond.«

Sie war in einer breiten Schneise aus Mondlicht stehen

geblieben und betrachtete ihn. Ihr Haar war hell und wunderschön in der weichen Beleuchtung. Einen Moment lang sah sie ihn seltsam an, er machte einen Schritt auf sie zu, als wollte er sie in die Arme nehmen, aber dann hielt er inne, teilnahmslos und unzufrieden. Stellas Gesichtsausdruck veränderte sich leicht, und sie gingen weiter.

»Das ist aber schade«, sagte er plötzlich. »Morgen muss ich nämlich weg.«

»Wohin denn?«

»Nach New York. Versammlung des Schulkuratoriums. Jetzt, wo die Kinder dorthingehen, finde ich, sollte ich das tun.«

»Bist du am Sonntag zurück?«

»Wenn nichts dazwischenkommt, ja. Ich ruf dich an.«

»Ad Haughton kommt am Sonntag, vielleicht auch die Ameses.«

»Schön, dass du nicht allein bist.«

Plötzlich war Bill das Schiff wieder eingefallen, wie es den Fluss hinunterglitt, mit Mae Purley auf dem Deck unter dem Sommermond. Das Bild wurde zum Symbol seiner Jugend, seiner Einführung ins Leben. Er erinnerte sich nicht nur an die starke Erregung dieser Nacht, er spürte sie auch, ihr Gesicht, das seines berührte, die Brise, die sie beide umwehte, während sie neben dem Rettungsboot standen, das Gewebe der Segeltuchabdeckung unter seiner Hand.

Als ihn sein Wagen am folgenden Nachmittag in Wheatly Village absetzte, ergriff ihn ein Gefühl der Furcht. Elf Jahre – sie könnte schon tot sein; sehr wahrscheinlich war sie weggezogen. Jeden Moment konnte er ihr auf der Straße begegnen, einer müden, früh verblühten Frau, die einen

Kinderwagen schob und ein anderes Kind an der Hand führte.

»Ich suche eine Miss Mae Purley«, sagte er zu dem Taxifahrer. »Sie könnte jetzt auch Fitzpatrick heißen.«

»Fitzpatrick oben von der Spinnerei?«

Eine Nachfrage an der Taxistation bestätigte, dass Mae Purley tatsächlich Mrs. Fitzpatrick war. Sie wohnten gleich vor der Stadt.

Zehn Minuten später hielt das Taxi vor einem weißen Haus im Kolonialstil.

»Das war früher mal 'ne Scheune. Sie haben sie umgebaut«, erklärte der Taxifahrer unaufgefordert. »War sogar mit Bild in einem von diesen Magazinen.«

Bill bemerkte, wie ihn jemand durch die Fliegengittertür hindurch beobachtete. Es war Mae. Die Tür öffnete sich langsam: Sie stand im Eingang, unverändert, schlank wie damals. Instinktiv hob er die Arme, um sie dann, nach einem weiteren Schritt auf sie zu, ebenso instinktiv wieder sinken zu lassen.

»Mae.«

»Bill.«

Da war sie. Einen Augenblick lang besaß er sie, ihre Zerbrechlichkeit, ihre schmale, erregende Schönheit; dann hatte er sie wieder verloren. Er konnte sie genauso wenig umarmen, wie er eine Fremde hätte umarmen können.

Auf der Glasveranda starrten sie sich an. »Du hast dich überhaupt nicht verändert«, sagten sie gleichzeitig.

Es war nichts mehr an ihr. Worte, zufällig, trivial und unaufrichtig, ergossen sich aus ihrem Mund, als wollten sie die plötzliche Lücke in seinem Herzen füllen:

»Stellte mir vor, wie es wäre, dich mal zu sehen ... hätte dich überall wiedererkannt ... dachte, du hättest mich vergessen ... erzählte erst neulich Abend von dir.«

Mit einem Mal fiel ihm nichts mehr ein. Sein Gehirn war völlig leer, und trotz größter Anstrengung gelang es ihm nicht, zu einem Verhalten zu finden, das das Vakuum gefüllt hätte.

»Ein schönes Plätzchen habt ihr hier«, sagte er dümmlich.

»Uns gefällt es. Du wirst es nicht glauben, aber das ist eine Scheune, die wir umgebaut haben.«

»Der Taxifahrer hat's mir schon erzählt.«

»... stand hier hundert Jahre leer ... haben sie für fast nichts bekommen ... Bilder von vorher und nachher in *Home and Country Side*.«

Ohne Vorwarnung leerte sich sein Kopf erneut. Was war denn nur los? War er etwa krank? Er hatte sogar vergessen, weshalb er überhaupt hier war.

Er wusste nur, dass er wohlwollend lächelte und dass er dieses Lächeln nicht aufgeben durfte, da er es sonst nie wieder zustande bringen würde. Was hatte das zu bedeuten, wenn das Denkvermögen plötzlich aussetzte? Er musste gleich morgen zum Arzt.

»... weil Al sich so gut gemacht hat. Natürlich verlässt sich Mr. Kohlsatt auf ihn, darum kommt er ja so wenig raus. Ich komme wenigstens mal nach New York. Manchmal kommen wir auch beide unter die Leute.«

»Also ihr habt es wirklich schön hier«, sagte er verzweifelt. Er musste gleich morgen früh zum Arzt. Zu Doktor Flynn oder Doktor Keyes oder Doktor Given, der mit ihm zusammen in Harvard gewesen war. Oder vielleicht zu jenem Spezialisten, den ihm diese Frau bei den Ameses empfohlen hatte; oder zu Doktor Gross oder Doktor Studeford oder Doktor de Martel...

»...ich selbst rühre ja nichts an, aber Al hat immer etwas im Haus. Al ist gerade in Boston, aber ich denke, ich weiß, wo der Schlüssel ist.«

...oder zu Doktor Ramsey oder dem alten Doktor Ogden, der ihn auf die Welt geholt hatte. Ihm war nie bewusst gewesen, dass er so viele Ärzte kannte. Er musste eine richtige Liste anlegen.

»...bist wirklich noch ganz derselbe.«

Plötzlich legte er sich beide Hände auf den Bauch, lachte kurz und heiser auf und erklärte: »Nicht hier.« Sein eigenes Benehmen verwunderte und überraschte ihn, aber es vertrieb wenigstens für kurze Zeit die Leere; er fing an, die Bruchstücke seines Nachmittags zusammenzusuchen. Ihrem Geplapper entnahm er, dass sie sich einbildete, ihn einmal, in grauer, sentimentaler Vorzeit, verlassen zu haben. Vielleicht hatte sie recht. Wer war das überhaupt – diese harte, gewöhnliche Person, die sich mit Maes Körper als lebendige Maske verkleidet hatte? Trotz stieg in ihm auf.

»Mae, ich habe über das Schiff nachgedacht«, begann er verzweifelt.

»Welches Schiff denn?«

»Der Dampfer auf der Thames, Mae. Ich finde, wir sollten uns nicht einfach so alt werden lassen. Nimm deinen Hut, Mae. Lass uns heute Abend eine Bootsfahrt machen.«

»Aber ich sehe nicht ein, wozu das gut sein soll«, protestierte sie. »Glaubst du, dass es Leute jung erhält, wenn sie auf einem Schiff herumfahren? Kann ja sein, wenn es Salzwasser wär ...«

»Erinnerst du dich denn nicht an den Abend auf dem Dampfer?«, fragte er, als spräche er mit einem Kind. »So haben wir uns doch kennengelernt. Zwei Monate später hast du mich verlassen und Al Fitzpatrick geheiratet.«

»Aber da habe ich Al doch noch gar nicht geheiratet«, sagte sie. »Das war erst zwei Jahre später, als er diese leitende Stellung bekam. Es gab da einen Harvard-Mann, mit dem ich zusammen war und den ich beinahe geheiratet hätte. Er kannte dich. Er hieß Abbot – Ham Abbot.«

»Ham Abbot – du hast ihn wiedergetroffen?«

»Wir sind fast ein Jahr miteinander gegangen. Ich weiß noch, wie wütend Al war. Er meinte, wenn ich noch einmal mit einem Harvard-Mann ankommen würde, würde er ihn erschießen. Aber da war gar nichts dabei. Ham war eben vollkommen verrückt nach mir, und ich hab ihn einfach schwärmen lassen.«

Bill hatte irgendwo gelesen, dass sich in jedem Menschen alle sieben Jahre ein Wandel vollzog, der seine Persönlichkeit im Vergleich zu vorher völlig veränderte. Er klammerte sich verzweifelt an diese Idee. Halb betäubt sah er diese Person ihm ein gewaltiges Glas Apfelschnaps einschenken, halb betäubt leerte er es in großen Zügen und kämpfte sich unter einer Beschreibung des Hauses zur Haustür.

»Schau dir die Originalbalken an. Diese Balken, die mochten wir auf Anhieb am allermeisten ...« Sie brach unvermittelt ab. »Jetzt erinnere ich mich an das Schiff. Du warst auf einem Motorboot und kamst in jener Nacht zusammen mit Ham Abbot an Bord.«

Der Schnaps hatte es in sich. Offensichtlich verbreitete er auch einen gewissen Duft, denn bei der Abfahrt schlug der Taxifahrer vor, dem Gentleman zu zeigen, wo er mehr davon bekommen könne. Er würde ihn persönlich in eine Kneipe unten am Kai einführen.

Bill saß an einem schmuddeligen Tisch hinter einer Schwingtür und trank noch vier Gläser Apfelschnaps, während die Sonne hinter der Thames unterging. Dann fiel ihm ein, dass das Taxi ja noch immer auf ihn wartete. Draußen sagte ihm ein Junge, der Taxifahrer sei zum Abendessen nach Hause gegangen und werde in einer halben Stunde zurück sein.

Er schlenderte zu einem Frachtballen hinüber, setzte sich und schaute der gemächlichen Betriebsamkeit am Kai zu. Es begann zu dämmern. Vor dem erleuchteten Laderaum eines Lastkahns tauchten kurz ein paar Stauer auf, um zügig ein unsichtbares Gefälle hinunter zu verschwinden. Direkt neben dem Kahn lag ein Dampfer, bei dem gerade Passagiere an Bord gingen; erst nur wenige, dann eine immer größer werdende Menge. Eine Brise lag in der Luft, und ein goldrosa Mond erschien am Himmel, von einem Schleier umgeben.

Jemand rannte in der Dunkelheit ungestüm in ihn hinein, strauchelte, fluchte und kam wieder auf die Beine.

»Tut mir leid«, sagte Bill fröhlich. »Haben Sie sich weh getan?«

»Entschuldigen Sie«, stammelte der junge Mann. »Hab ich Sie verletzt?«

»Nein, gar nicht. Hier haben Sie Feuer.«

Zigarette berührte Zigarette.

»Wo fährt der Dampfer da drüben hin?«

»Nur den Fluss runter. Heute ist die Dampferfahrt der Highschool.«

»Die was?«

»Die Dampferfahrt der Wheatly Highschool. Der Dampfer fährt bis Groton, wendet dann und kommt wieder hierher zurück.«

Bill dachte blitzschnell nach. »Wer ist der Rektor der Schule?«

»Mr. McVitty.« Der junge Mann zappelte ungeduldig hin und her. »Bis dann, Kumpel. Ich muss an Bord.«

»Ich auch«, flüsterte Bill zu sich selbst. »Ich auch.«

Trotzdem blieb er noch einen Moment träge sitzen und lauschte den Geräuschen, die jetzt klar und deutlich vom Oberdeck herüberklangen: dem hellen Geplapper der Mädchen, den Jungen, die sich durch die Nacht bedeutungsvolle, aber obskure Witze zuriefen. Er fühlte sich prächtig. Die frische Luft schien den Apfelschnaps in alle angerosteten und unbenutzten Winkel seines Körpers verteilt zu haben. Er kaufte sich noch eine Flasche, verstaute sie in seiner Jackentasche und ging mit der ganzen Zufriedenheit und Nonchalance eines Ozeanreisenden an Bord.

Ein Mädchen, das in einer Gruppe nahe am Landungssteg stand, hob den Blick, als er an ihr vorüberging. Sie war schmal und schön. Ihre Mundwinkel zeigten nach unten, rutschten plötzlich hinauf, als sie lächelte, halb zu ihm, halb zu dem jungen Mann neben ihr. Jemand machte eine Bemerkung, und die Gruppe lachte. Noch einmal glitt ihr Blick zur Seite und traf den seinen für einen winzigen Augenblick, bevor er sie hinter sich ließ.

Mr. McVitty war auf dem Oberdeck zusammen mit einem halben Dutzend Lehrerkollegen, die bei Bills schwungvollem Auftritt zur Seite traten.

»Guten Abend, Mr. McVitty. Sie werden sich wohl nicht mehr an mich erinnern.«

»Ich fürchte nein, Sir.« Der Direktor betrachtete ihn mit zögernden, unverbindlichen Augen.

»Und doch habe ich mit Ihnen einmal auf diesem Dampfer eine Fahrt gemacht, genau heute Abend vor elf Jahren.«

»Dieses Schiff hier, Sir, ist erst letztes Jahr gebaut worden.«

»Gut, dann eben auf einem ähnlichen Schiff«, sagte Bill. »Ich hätte den Unterschied allein nie bemerkt.«

Mr. McVitty gab keine Antwort. Nach kurzer Pause fuhr Bill selbstsicher fort: »An jenem Abend haben wir entdeckt, dass wir beide Söhne von John Harvard sind.«

»Ja?«

»Es war sogar so, dass ich noch genau an jenem Tag gegen jemanden gerudert war, den ich als den guten alten Yale bezeichnen könnte.«

Mr. McVittys Augen wurden schmal. Er trat näher zu Bill heran und rümpfte leicht die Nase.

»Den alten Eli«, sagte Bill, »genauer gesagt: Eli Yale.«

»Ich verstehe«, meinte Mr. McVitty trocken. »Und was kann ich heute Abend für Sie tun?«

Jemand kam herauf und stellte eine Frage, und während der erzwungenen Pause wurde es Bill bewusst, dass er sich unter dem banalsten aller Vorwände an Bord aufhielt – einer weit zurückliegenden, nicht bestätigten Bekanntschaft.

Er war erleichtert, als ein dumpfes Rumpeln und Erzittern des Decks das Ablegen des Schiffs signalisierten.

Mr. McVitty, wieder befreit, wandte sich ihm mit leichtem Stirnrunzeln zu. »Mir scheint, ich erinnere mich jetzt an Sie«, sagte er. »Drei von Ihnen haben wir von einem Motorboot an Bord genommen und ließen Sie hier mittanzen. Unglücklicherweise endete der Abend mit einer Schlägerei.«

Bill zögerte. In elf Jahren hatte sich sein Verhältnis zu Mr. McVitty irgendwie verändert. Er hatte Mr. McVitty als einen weit weniger beachtenswerten, weit umgänglicheren Mann in Erinnerung. So unangenehme Komplikationen wie diese hatte es damals nicht gegeben.

»Vielleicht fragen Sie sich, wie es kommt, dass ich hier bin?«, half Bill sanft nach.

»Um ehrlich zu sein, ja, Mr. ...«

»Frothington«, vervollständigte Bill, worauf er dreist hinzufügte: »Für mich ist das hier eigentlich eine Reise in die Vergangenheit. Meine größte Romanze fing an dem Abend an, von dem Sie sprechen. Hier habe ich sie zum ersten Mal getroffen – meine Frau.«

Jetzt hatte er Mr. McVittys Aufmerksamkeit doch noch gewonnen. »Sie haben eines unserer Mädchen geheiratet?«

Bill nickte. »Und darum wollte ich die Fahrt heute Abend mitmachen.«

»Haben Sie Ihre Frau mitgebracht?«

»Nein.«

»Ich verstehe nicht ...« Er brach ab, um dann behutsam die Vermutung zu äußern: »Oder vielleicht doch. Ihre Frau ... ist sie gestorben?«

Nach einem kurzen Moment nickte Bill. Zu seiner nicht geringen Überraschung rollten plötzlich zwei große Tränen seine Wangen hinab.

Mr. McVitty legte ihm die Hand auf die Schulter. »Es tut mir sehr leid«, sagte er. »Ich verstehe Ihre Gefühle, Mr. Frothington, und ich achte sie. Bitte, fühlen Sie sich ganz wie zu Hause.«

Nach einem kleinen Schluck aus seiner Flasche stellte sich Bill an die Tür zum Salon und schaute den Tanzenden zu. Genau wie vor elf Jahren. Genau dieselben Highschoolcharaktere, über die Ham, Ellie und er später so gelacht hatten – der dicke Junge, ganz bestimmt Verteidiger im Footballteam, und der jugendliche Held mit der Schmalzlocke und den angeberhaft guten Manieren, der Klassensprecher. Das hübsche Mädchen, das ihn am Landungssteg angesehen hatte, tanzte an ihm vorüber, und mit einem beschleunigten Herzschlag ordnete er auch sie ein: ihr Selbstvertrauen und die breitgefächerte, aber sorgfältige Verteilung ihrer Gunstbezeugungen – sie war das beliebteste Mädchen der Schule, so wie Mae es vor elf Jahren gewesen war.

Beim nächsten Mal, als sie an ihm vorbeikam, berührte er die Schulter des Jungen, der mit ihr tanzte. »Dürfte ich auch einmal?«, fragte er.

»Was?«, keuchte ihr Partner.

»Darf ich etwas von diesem Tanz abhaben?«

Der Junge starrte ihn an, ohne seine Umarmung aufzugeben.

»Oh, ist schon in Ordnung, Red«, sagte sie ungeduldig. »So geht das heute eben.«

Schmollend trat Red zur Seite. Bill beugte seinen Arm, so weit er konnte, in den qualvollen Klammergriff, den hier alle praktizierten, und tanzte los.

»Ich hab gesehn, wie Sie mit Mr. McVitty sprachen«, sagte das Mädchen, wobei es mit strahlendem Lächeln zu ihm aufschaute. »Ich kenne Sie nicht, aber ich nehme an, es ist in Ordnung so.«

»Ich habe Sie vorher schon gesehen.«

»Wann denn?«

»Als ich aufs Schiff kam.«

»Ich kann mich nicht erinnern.«

»Wie heißen Sie?«, fragte er.

»May Schaffer. Was ist denn?«

»Schreiben Sie sich mit *e*?«

»Nein; warum?«

Ein Quartett von Jungen hatte sich zu ihnen herangedrängt. Einer von ihnen stürzte unvermittelt los, als würde er von der Gruppe nach vorn katapultiert, und stieß ungeschickt gegen Bill.

»Kann ich etwas von diesem Tanz abhaben?«, fragte der Junge mit einer Art Kichern.

Nicht sehr begeistert ließ Bill sie los. Nach Beginn des nächsten Tanzes klatschte er sie wieder ab. Sie war entzückend. Auch ein weniger hübsches Mädchen hätte verklärt gewirkt, wäre es so glücklich über sich selbst, über diesen Abend gewesen wie sie. Er wollte sich mit ihr unter vier Augen unterhalten, war gerade dabei, ihr vorzuschlagen, mit ihm hinauszugehen, als sich das Spiel von vorhin wiederholte – ein junger Mann wurde offenbar mit Gewalt von einer Gruppe an Bills Seite befördert.

»Darf ich was von diesem Tanz abkriegen?«

Bill gesellte sich zu Mr. McVitty an der Reling. »Ein angenehmer Abend«, bemerkte er. »Tanzen Sie nicht?«

»Ich tanze an sich recht gern«, sagte Mr. McVitty; er fügte spitz hinzu: »In meiner Position dürfte es nun allerdings nicht ganz das Richtige sein, mit jungen Mädchen zu tanzen.«

»Aber das ist doch Unsinn«, erwiderte Bill freundlich. »Wollen wir etwas trinken?«

Mr. McVitty ließ ihn plötzlich stehen.

Als er wieder mit May tanzte, wurde sie fast sofort wieder abgeklatscht. Überall auf der Tanzfläche schienen jetzt Leute diese Methode anzuwenden – offensichtlich hatte er irgendetwas in Gang gebracht. Er klatschte sie erneut ab, versuchte zum zweiten Mal, sie zu bitten, einen Deckspaziergang mit ihm zu machen, bemerkte aber, dass ihre Aufmerksamkeit von herumalbernden Jungen auf der andern Seite des Raumes gefesselt wurde.

»Ich hab 'ne tolle Liebeslaube oben in der Bronx«, sagte jemand.

»Kommen Sie mit hinaus?«, fragte Bill. »Der Mond ist so schön heute.«

»Ich möchte lieber tanzen.«

»Wir können ja draußen tanzen.«

Sie drehte sich von ihm weg und schaute mit unschuldigem Spott zu ihm auf.

»Wo nehmen Sie das eigentlich alles her?«

»Her – was?«

»Ihre ganze Fröhlichkeit.«

Bevor er antworten konnte, klatschte sie ihm wieder je-

mand ab. Einen Moment lang bildete er sich ein, der Junge
hätte gesagt: »Etwas von diesem Tanz, Papi?«, aber sein Ärger über Mays Desinteresse ließ ihn den Gedanken schnell
vergessen. Bei der nächsten Gelegenheit kam er ohne Umschweife zur Sache.

»Ich lebe hier in der Nähe«, sagte er. »Ich würde mich
sehr freuen, wenn ich Sie besuchen und irgendwann mal für
ein Wochenende einladen dürfte.«

»Was?«, fragte sie abwesend. Wieder hörte sie einer Mi-
niatur-Farce zu, die in einer Ecke aufgeführt wurde.

»Meine Frau würde sich auch freuen, wenn Sie kämen«,
fuhr Bill fort. Große Träume davon, was er alles um der
alten Zeiten willen für dieses Mädchen tun könnte, nahmen in seinen Gedanken Gestalt an.

Ihr Kopf schwang neugierig zu ihm herum. »Aber Mr.
McVitty hat doch irgendjemandem erzählt, Ihre Frau sei
tot.«

»Das stimmt nicht«, sagte Bill.

Aus dem Augenwinkel sah er das unvermeidliche Kata-
pult auf sich zukommen und tanzte flink aus seiner Schuss-
linie.

Eine Stimme rief weithin hörbar: »Seht mal, wie der alte
Papi springen kann.«

»Frag ihn, ob ich was von diesem Tanz abbekommen
kann.«

Später konnte sich Bill an den Abend nur noch bis zu
diesem Punkt erinnern. Eine Menschenmenge wirbelte um
ihn herum, und jemand fragte dauernd, wer von ihnen ein
Footballspieler sei.

Es war nur natürlich, dass er beschloss, ihnen eine Lektion zu erteilen, wie er es schon einmal getan hatte, was er ihnen auch mitteilte. Darauf folgte eine ellenlange Diskussion darüber, ob er wohl schwimmen könne oder nicht. Jetzt nahm das Durcheinander noch zu; es gab ein paar Fausthiebe und einen kurzen, heftigen Kampf. Nach einer Unterbrechung von bestimmt mehreren Minuten nahm er den Faden der Geschichte wieder auf, als sein Kopf aus dem kühlen Wasser der Thames auftauchte.

Der Fluss schimmerte weiß vom Licht des Mondes, der sich hoch am Himmel von einer goldrosa Erscheinung in eine Scheibe aus glänzendem Käse verwandelt hatte. Es dauerte einige Zeit, bis er im Wasser paddelnd die Richtung zum Ufer ausgemacht hatte, aber das beunruhigte ihn nicht. Der Dampfer wirkte inzwischen nur noch wie ein kleiner Fleck, weit unten auf dem Fluss, und er lachte bei dem Gedanken, wie unwichtig es war, wie unwichtig alles war. Dann begann er, mit dem sicheren Gefühl, genug Atem zu haben, und beschäftigt mit der Frage, ob das Taxi wohl noch immer in Wheatly Village wartete, auf das dunkle Ufer zuzukraulen.

IV

Er war nervös, als er sich am nächsten Nachmittag seinem Zuhause näherte, ergriffen von dunkler, gegenstandsloser Furcht. Natürlich rührte sie von seinem dummen Fehltritt her. Stella würde irgendwie davon erfahren. In seiner gegenwärtigen Verfassung, dem genauen Gegenteil der heiter-selbstbewussten Stimmung der vergangenen Nacht, schien es ihm unvermeidlich, dass sie davon erfahren würde.

»Wer ist alles hier?«. fragte er sogleich den Butler.

»Niemand, Sir. Die Ameses waren vor einer Stunde hier, aber da keine Nachricht hinterlassen worden war, sind sie wieder gegangen. Sie meinten nur ...«

»Ist meine Frau denn nicht da?«

»Mrs. Frothington verließ das Haus gestern gleich nach Ihnen.«

Peitschenhiebe panischer Angst gingen auf ihn nieder.

»Wie lange nach mir?«

»Fast sofort, Sir. Das Telefon klingelte, sie sprach mit irgendjemandem, und fast gleich danach ließ sie ihre Reisetasche packen und verließ das Haus.«

»Mr. Ad Haughton ist nicht gekommen?«

»Ich habe Mr. Haughton nicht gesehen.«

Es war passiert. Der Abenteuergeist hatte auch Stella gepackt. Er wusste, dass sie in ihrem Leben immer wieder von verliebten Männern bedrängt worden war, aber dass sie irgendwohin gehen würde, ohne es ihm zu sagen ...

Er warf sich mit dem Gesicht nach unten auf eine Couch. Was war nur geschehen? Er hatte doch nicht gewollt, dass so etwas passierte. War es das, was sie gemeint hatte, als sie ihn in der vergangenen Nacht so eigenartig angesehen hatte?

Er ging hinauf. Fast im selben Augenblick, in dem er das große Schlafzimmer betrat, sah er die Nachricht, auf blauem Schreibpapier geschrieben, damit er sie auf dem weißen Kopfkissen nicht übersehen konnte. In seinem

Elend kam ihm ein alter Rat seiner Mutter wieder in den Sinn: »Je schrecklicher die Dinge zu sein scheinen, desto mehr musst du Haltung bewahren.«

Zitternd entledigte er sich seiner Kleider, ließ ein Bad einlaufen und seifte sich das Gesicht ein. Dann goss er sich einen Drink ein und rasierte sich. Er war wie ein Traum, dieser Wandel in seinem Leben. Sie war also nicht mehr die seine; auch wenn sie zurückkommen sollte, sie würde nicht mehr die seine sein. Alles war anders – dieses Zimmer, er selbst, alles, was gestern noch existiert hatte. Plötzlich wollte er es zurück. Er stieg aus der Wanne, kniete sich daneben auf die Badematte und betete. Er betete für Stella, für sich selbst, für Ad Haughton; er betete wie besessen für die Wiederherstellung seines Lebens – eines Lebens, das er wie ein Verrückter gerade eben selbst zerstört hatte. Als er in ein Frottiertuch gehüllt aus dem Badezimmer kam, saß Ad Haughton auf dem Bett.

»Hallo, Bill. Wo ist denn deine Frau geblieben?«

»Moment mal«, antwortete Bill. Er drehte sich um, verschwand im Bad und nahm einen ordentlichen Schluck Franzbranntwein, Garant für heftige gastritische Störungen. Danach steckte er, als wäre nichts, den Kopf durch die Tür.

»Mund voll Mundwasser«, erklärte er. »Wie geht's dir, Ad? Mach doch mal den Umschlag da auf dem Kopfkissen auf, dann wissen wir, wo sie steckt.«

»Sie ist mit 'nem Zahnarzt nach Europa… nein, ihr Zahnarzt geht nach Europa, und darum musste sie noch mal schnell nach New York…«

Er hörte es kaum. Sein Denken, befreit von jeglicher

Sorge, war ihm erneut entglitten. Heute Nacht würde Vollmond sein, oder fast Vollmond. Einmal war bei Vollmond etwas geschehen. Was es gewesen war, fiel ihm im Moment nicht ein.

Sein langer, schlaksiger Körper, seine kleine, im Universum verlorene Seele saßen dort am Badezimmerfenster.

»Ich bin wahrscheinlich der schlimmste Typ der ganzen Welt«, sagte er und schüttelte im Spiegel den Kopf über sich selbst, »wahrscheinlich der schlimmste Typ der ganzen Welt. Aber ich kann's nicht ändern. In meinem Alter kann man nicht mehr gegen das ankämpfen, von dem man weiß, dass man's ist.«

Durchdrungen von dem Willen, sich zu bessern, blieb er eine Stunde getreulich dort sitzen. Dann brach die Dämmerung herein, Stimmen klangen von unten herauf, und da war es plötzlich am Himmel über seinem Rasen, alles rastlose Sehnen nach entschwindender Jugend auf der ganzen Welt – der strahlende, unerreichbare Mond.

Kurzer Besuch daheim

I

Ich war in ihrer Nähe, denn ich war eigens zurückge-
blieben, um den kurzen Weg vom Wohnzimmer bis zur
Haustür mit ihr gemeinsam zu haben. Das war schon viel,
denn sie war mit einem Mal erblüht, und ich – ein Mann
und nur ein Jahr älter als sie – war überhaupt nicht erblüht
und hatte mich ihr in der einen Woche, die wir nun zu
Hause waren, kaum zu nähern gewagt. Auch hatte ich nicht
vor, auf diesen paar Schritten Weg etwas zu sagen oder sie
gar zu berühren; aber ich hatte die vage Hoffnung, dass sie
etwas tun, irgendeine fröhliche kleine Geste machen
würde, nur insoweit für mich bestimmt, als wir zufällig
miteinander allein waren.

Sie konnte einen unversehens bezaubern mit dem Flat-
tern der kurzen Haare in ihrem Nacken, mit der klaren
Selbstgewissheit, die mit etwa achtzehn Jahren bei anzie-
henden amerikanischen Mädchen allmählich aufklingt. Das
Lampenlicht fing sich in den blonden Strähnen ihres Haars.

Schon war sie im Begriff, in eine andere Welt zu entgleiten – die Welt von Joe Jelke und Jim Cathcart, die draußen
im Wagen auf uns warteten. Noch ein Jahr, und sie würde
mir für immer entschwinden.

Während ich noch wartete und mir lebhaft die anderen im winterlichen Abend draußen vorstellte, spürte ich das Erregende der Weihnachtswoche und das Erregende von Ellen hier, die immer weiter blühte und das Zimmer mit ›Sex-Appeal‹ füllte – ein kümmerlicher Ausdruck für eigentlich etwas ganz anderes –, als ein Dienstmädchen aus dem Speisezimmer kam, leise mit Ellen sprach und ihr ein Schreiben übergab. Ellen las es, und ihre Augen verloren an Kraft, wie bei einer Stromschwankung auf Überlandleitungen, und verglommen in weite Fernen. Dann warf sie mir einen seltsamen Blick zu, der mich vermutlich gar nicht wahrnahm, und folgte wortlos dem Mädchen ins Speisezimmer und weiter hinaus. Ich saß wohl eine Viertelstunde da und blätterte in Zeitschriften.

Joe Jelke kam herein, gerötet von der Kälte, und sein weißer Seidenschal leuchtete am Kragen seines Pelzmantels. Er war ein höheres Semester in New Haven und ich erst im zweiten Jahr. Er gehörte zur Prominenz, war Mitglied von *Scroll and Keys* und, in meinen Augen, distinguiert und gutaussehend.

»Kommt Ellen nicht?«

»Ich weiß nicht«, antwortete ich vorsichtig. »Sie war schon bereit.«

»Ellen!«, rief er. »Ellen!«

Er hatte die Haustür hinter sich offen gelassen, und ein Strom eiskalter Luft kam von draußen herein. Er ging die halbe Treppe hinauf – er war ein häufiger Gast im Haus – und rief wieder, bis Mrs. Baker ans Treppengeländer kam und sagte, dass Ellen unten sei. Dann erschien das Mädchen, etwas aufgeregt, in der Tür zum Speisezimmer.

»Mr. Jelke«, rief sie leise.

Joes Gesicht fiel zusammen, während er sich, Schlimmes ahnend, nach ihr umwandte.

»Miss Ellen sagt, Sie möchten schon zur Party gehen. Sie kommt später.«

»Was soll das heißen?«

»Sie kann jetzt nicht kommen. Sie kommt später nach.«

Er zögerte, bestürzt. Es war der letzte große Tanzabend der Ferien, und er war ganz verrückt nach Ellen. Er hatte versucht, ihr zu Weihnachten einen Ring zu schenken, und als das misslang, ihr ein goldgewirktes Täschchen aufgedrängt, das wohl zweihundert Dollar gekostet haben musste. Er war nicht der Einzige – es gab noch drei oder vier in der gleichen verrückten Gemütsverfassung, und dies alles nur in den zehn Tagen, die sie zu Hause war –, aber er hatte die größten Chancen, denn er war reich und wohlerzogen und im Augenblick der ›begehrteste‹ junge Mann von St. Paul. Ich hielt es für unmöglich, dass sie einem anderen den Vorzug geben könnte, aber das Gerücht wollte wissen, sie habe Joe als allzu vollkommen bezeichnet. Ich denke mir, er war ihr nicht geheimnisvoll genug, und wenn ein Mann dieses Pech hat bei einem jungen Mädchen, das die praktischen Vorzüge einer Ehe noch nicht bedenkt – na ja…

»Sie ist in der Küche«, sagte Joe verärgert.

»Nein, sie ist nicht da.« Das Mädchen tat trotzig und schien leicht verschreckt.

»Doch, sie ist da.«

»Nein, sie hat den Hinterausgang benutzt, Mr. Jelke.«

»Ich werde nachsehen.«

Ich folgte ihm. Die schwedischen Hausmädchen, die

beim Geschirrspülen waren, blickten verstohlen auf, als wir kamen, und ein neugieriges Tellerklappern begleitete uns beim Durchqueren der Küche. Die offene Außentür schlug im Wind, und als wir in den verschneiten Hof hinaustraten, sahen wir das Rücklicht eines Autos am Ende der Allee um die Biegung verschwinden.

»Ich will ihr nach«, sagte Joe gedankenvoll. »Ich versteh das überhaupt nicht.«

Ich hatte zu viel Respekt vor diesem Desaster, um zu widersprechen. Wir rannten zu seinem Wagen und durchfuhren in einem sinnlosen, verzweifelten Zickzack den ganzen Wohnbezirk, dabei lugten wir in jedes Auto, das an der Straße stand. Es dauerte wohl eine halbe Stunde, bis ihm die Vergeblichkeit des Unternehmens aufdämmerte – St. Paul ist eine Stadt von fast dreihunderttausend Einwohnern –, und Jim Cathcart erinnerte ihn daran, dass wir noch ein anderes Mädchen abzuholen hatten. Wie ein verwundetes Tier sank er in seiner Ecke zu einem melancholischen Pelzbündel zusammen, um alle paar Augenblicke daraus hochzuschießen und in leisem Protest und Verzweiflung hin und her zu schwanken.

Jims Mädchen war ausgehfertig und wartete schon länger, doch nach dem, was geschehen war, schien ihre Ungeduld nicht weiter wichtig. Jedenfalls sah sie sehr hübsch aus. Das ist so etwas mit den Weihnachtsferien: Es ist aufregend zu sehen, wie sich Menschen, die man sein Leben lang gekannt hat, durch das Erwachsenwerden, den Wechsel der Erfahrungen und die Erlebnisse in fremden Gegenden verändern. Joe Jelke war in seiner Benommenheit freundlich zu ihr – er machte Konversation und ließ sich sogar zu einem kurzen, rauhen Lachanfall hinreißen –, und so fuhren wir zu dem Hotel.

Der Chauffeur näherte sich dem Gebäude von der falschen Seite – nicht derjenigen, wo eine Schlange von Autos die Gäste heranbrachte –, und aus diesem Grund stießen wir plötzlich auf Ellen Baker, die soeben einem kleinen Coupé entstieg. Noch bevor wir richtig hielten, war Joe Jelke aufgeregt aus dem Wagen gesprungen.

Ellen wandte sich zu uns um, ein leicht abwesender Blick – vielleicht überrascht, aber keineswegs bestürzt –, und eigentlich schien sie uns gar nicht recht wahrzunehmen. Joe näherte sich ihr mit einem ernsten, würdigen, beleidigten und, wie ich fand, zu Recht vorwurfsvollen Gesichtsausdruck. Ich folgte ihm.

In dem Coupé saß – er war nicht ausgestiegen, um Ellen herauszuhelfen – ein sehniger, schmalgesichtiger, etwa fünfunddreißigjähriger Mann mit einem Gesicht, das narbig wirkte, und einem leicht düsteren Lächeln. In seinen Augen lag so etwas wie Hohn über die gesamte Menschheit – es waren die Augen eines Tieres, schläfrig und friedfertig im Anblick einer anderen Spezies. Sie blickten hilflos und doch brutal, ohne Hoffnung und doch voller Selbstvertrauen. Es war, als hätten sie nicht die Kraft, von sich aus aktiv zu werden, und wären dennoch unbegrenzt fähig, das geringste Anzeichen von Schwäche beim anderen auszunutzen.

Ich schätzte ihn vage als die Sorte von Mann ein, die mir seit meiner frühesten Kindheit als ›Herumtreiber‹ vertraut war – immer einen Ellbogen auf der Theke von Tabakläden und damit beschäftigt, aus Gott weiß welchem schmalen

Augenschlitz seines Bewusstseins die ein und aus gehenden Leute zu beobachten. Stammkunde in Garagen, wo er in leisem Ton undurchsichtige Geschäfte abwickelte, in Friseurläden und in den Foyers der Theater; mit solchen Orten jedenfalls verband ich diesen Typus, an den er mich erinnerte – falls man hier von einem Typus sprechen konnte. Manchmal tauchte sein Gesicht auf einem von Tads grimmigeren Cartoons auf, und schon als kleiner Junge pflegte ich mit scheuem Blick das ungewisse Grenzland zu betrachten, auf dem er stand, mich beobachtete und verachtete. Einmal, in einem Traum, hatte er ein paar Schritte auf mich zugemacht, den Kopf zurückgeworfen und in einem Ton, der vertrauenerweckend klingen sollte, »Hör mal, Kleiner« gemurmelt, und ich war voller Schrecken zur Tür gerannt. Diese Sorte von Mann war das.

Joe und Ellen blickten einander schweigend an; sie befand sich offenbar – ich sagte es schon – in einem Dämmerzustand. Es war kalt, aber sie nahm keine Notiz davon, dass ihr Mantel sich unter dem Wind geöffnet hatte; Joe streckte seine Hand aus und zog ihn zusammen, und sie schloss ihn automatisch mit festem Griff.

Plötzlich lachte der Mann im Coupé, der sie bis dahin schweigend beobachtet hatte. Es war ein leeres Lachen, mit dem Atem ausgestoßen – nur ein hörbarer Ruck des Kopfes –, aber es war eine Beleidigung, wenn ich je eine gehört habe, entschieden eine Beleidigung, die man nicht übergehen konnte. Ich war nicht überrascht, als Joe, der ein Hitzkopf war, sich voller Zorn nach ihm umwandte und sagte:

»Was wollen Sie?«

Der Mann wartete einen Augenblick, und währenddessen bewegten sich seine Augen und blieben dennoch fest, immer beobachtend. Dann lachte er noch einmal auf die gleiche Art. Ellen wurde unruhig.

»Wer ist dieser ... dieser ...« Joes Stimme bebte vor Wut.

»Sehen Sie sich vor«, sagte der Mann ganz ruhig.

Joe wandte sich zu mir um.

»Eddie, führ doch bitte Ellen und Catherine hinein«, sagte er hastig. »Ellen, geh mit Eddie.«

»Sehen Sie sich vor«, wiederholte der Mann.

Ellen bewegte leicht hörbar Zunge und Zähne, aber sie sträubte sich nicht, als ich ihren Arm nahm und sie zum Seiteneingang des Hotels schob. Es kam mir sonderbar vor, sie dermaßen hilflos zu sehen, dass sie die unmittelbar drohende Auseinandersetzung durch ihr Schweigen einfach hinnahm.

»Lass gut sein, Joe!«, rief ich über die Schulter zurück. »Komm mit!«

Ellen zog mich am Arm rasch weiter. Als wir die Schwingtür passierten, hatte ich den Eindruck, dass der Mann eben aus dem Coupé ausstieg.

Zehn Minuten später, während ich noch vor der Damengarderobe auf die Mädchen wartete, traten Joe Jelke und Jim Cathcart aus dem Fahrstuhl. Joe war sehr bleich, seine Augen waren geschwollen und glasig, ein wenig dunkles Blut rann über seine Stirn und seinen weißen Schal. Jim trug ihrer beider Hüte in der Hand.

»Er hat Joe mit einem Schlagring getroffen«, sagte Jim leise. »Joe war eine Minute oder so bewusstlos. Es wäre nett, wenn ihr einen Boy nach Hamamelis und Heftpflaster schicken würdet.«

Es war spät, und der Flur war verlassen. Fetzen der blechernen Tanzmusik drangen zu uns herauf, wie wenn ein schwerer Vorhang mal eben gelüftet wird und dann wieder zurückfällt. Als Ellen aus der Garderobe kam, führte ich sie sogleich nach unten. Wir reihten uns nicht in die Begrüßungsschlange ein, sondern gingen in einen dämmrigen Raum, der mit kümmerlichen Hotelpalmen vollgestellt war und wo Paare manchmal einen Tanz pausierten; dort erzählte ich ihr, was geschehen war.

»Es war Joes eigene Schuld«, sagte sie zu meiner Überraschung. »Ich habe ihm gesagt, er soll sich nicht einmischen.«

Das stimmte nicht. Sie hatte nichts gesagt, nur ein kleines, ungeduldiges Zungenschnalzen von sich gegeben.

»Du bist doch zur Hintertür hinaus und fast eine Stunde lang verschwunden«, wandte ich ein. »Und dann tauchst du mit einem finsteren Kerl auf, der Joe ins Gesicht lacht.«

»Ein finsterer Kerl.« Sie wiederholte es, wie um den Klang der Worte zu prüfen.

»Ist er das etwa nicht? Wo in aller Welt hast du ihn aufgegabelt, Ellen?«

»Im Zug«, antwortete sie, und sogleich schien sie das Eingeständnis zu bereuen. »Du solltest dich besser aus Dingen, die dich nichts angehen, heraushalten, Eddie. Du siehst ja, wie es Joe ergangen ist.«

Ich musste buchstäblich nach Atem ringen. Sie da neben mir sitzen zu sehen, in makelloser Blüte, Welle um Welle von Frische und Zartheit ausstrahlend – und sie dann so reden zu hören.

»Aber der Mann ist ein Rohling!«, rief ich. »Kein Mädchen könnte ihm vertrauen. Er ist mit einem Schlagring auf Joe losgegangen – mit einem Schlagring!«

»Ist das sehr schlimm?«

Sie fragte das so naiv, wie sie es vielleicht einige Jahre früher hätte fragen können. Sie sah mich jetzt endlich an und erwartete wirklich eine Antwort; einen Augenblick schien es, als versuche sie eine Haltung zurückzugewinnen, die ihr nahezu entglitten war; dann verschloss sie sich wieder. Ich sage ›verschloss‹, denn ich bemerkte, wie ihre Augenlider, wenn von diesem Mann die Rede war, herabsanken und sie für anderes – was auch immer es war – überhaupt keinen Blick mehr hatte.

In diesem Augenblick hätte ich wohl etwas sagen sollen, aber trotz alledem brachte ich es nicht fertig, in sie zu dringen. Ich stand zu sehr unter dem Zauber ihrer Schönheit und deren Wirkung. Ich dachte mir schon Entschuldigungen für sie aus – vielleicht war der Mann gar nicht so, wie er einem erschien; oder vielleicht stand sie – noch romantischer – gegen ihren Willen mit ihm in Kontakt, um jemand anderen abzuschirmen. Es kamen jetzt Leute in den Raum und traten zu uns, um ein Gespräch anzufangen. Wir konnten nicht mehr ungestört reden, und so gingen wir in den Saal und erwiesen den Anstandsdamen unsere Reverenz. Dann überließ ich Ellen dem anbrandenden Meer des Tanzes, wo sie, bald einen eigenen Strudel bildend, dahintrieb zwischen den gefälligen Inseln der Tische, auf denen bunte Kotillonorden ausgestellt waren, und unter den südlichen Winden der Blasinstrumente, die durch den Saal stöhnten. Nach einer Weile sah ich Joe Jelke, der mit einem Streifen Heftpflaster auf der Stirn in einer Ecke saß und

Ellen mit Blicken verfolgte, als wäre sie es gewesen, die ihn niedergeschlagen hatte, aber ich ging nicht zu ihm. Mir war selbst komisch zumute – etwa so wie beim Aufwachen aus einem langen Nachmittagsschlaf, wunderlich und ahnungsvoll, als hätte sich inzwischen etwas mir Unbekanntes ereignet und die Werte von allem und jedem verändert.

Papiertröten, lebende Bilder und Blitzlichtaufnahmen für die Morgenzeitungen bildeten die verschiedenen Stationen des Abends. Dann kamen die große Polonaise und das Souper, und gegen zwei Uhr knöpften ein paar Leute vom Festausschuss, als Steuereinnehmer verkleidet, den Gästen Geld ab, und eine Witzzeitung wurde verteilt, in der die Begebenheiten des Abends verulkt wurden. Und während der ganzen Zeit beobachtete ich aus einem Augenwinkel die leuchtende Orchidee an Ellens Schulter, die sich wie Stuarts Feder durch den Raum bewegte. Ich beobachtete sie mit einer entschieden unguten Vorahnung, bis die letzten schläfrigen Gruppen sich in die Aufzüge gedrängt hatten und dann, bis an die Augen in große, unförmige Pelzmäntel vermummt, in die trockene, klare Winternacht von Minnesota entschwunden waren.

II

In unserer Stadt gibt es ein Viertel am Hang, das zwischen der guten Wohngegend auf der Höhe und dem Geschäftsviertel in der Flussniederung liegt. Kein klar gegliederter Stadtteil, sondern wegen seiner Hanglage in Dreiecksformen und andere seltsame Gebilde zerbrochen – es gibt dort

Straßennamen wie Seven Corners –, und ich glaube, kaum ein Dutzend Leute wären imstande, eine Karte davon zu zeichnen, und dabei kommt ein jeder zweimal täglich mit Straßenbahn, Auto oder zu Fuß hier durch. Und obwohl es ein sehr belebtes Viertel war, fiele es mir schwer, den Geschäftszweig zu bezeichnen, der seine Aktivität ausmachte. Da warteten immer lange Reihen von Straßenbahnen in alle möglichen Richtungen; es gab auch ein großes und viele kleine Kinos mit Plakaten von Hoot Gibson und Wunderhunden und Wunderpferden; es gab auch kleine Läden mit Groschenromanen wie *Old King Brady* und *The Liberty Boys of '76* im Schaufenster sowie Murmeln, Zigaretten und Zuckerzeug im Innern; und – wenigstens eine feste Adresse – einen Kostümverleih, den wir alle mindestens einmal im Jahr aufsuchten. Irgendwann noch im Knabenalter wurde ich gewahr, dass es auf der einen Seite einer gewissen obskuren Straße Bordelle gab, und über den ganzen Bezirk waren Pfandleihanstalten, billige Juwelierläden und kleine Athletenclubs und Boxerschulen verstreut, dazu etwas arg heruntergekommene Kneipen.

An dem Morgen nach dem Cotillion-Club-Fest erwachte ich spät und verschlafen in dem glücklichen Gefühl, dass es einen oder zwei Tage mehr keine Frühandacht und keinen Unterricht geben würde – nichts weiter als das Warten auf die nächste Party am Abend. Draußen war es frisch und klar – einer jener Tage, an denen man vergisst, wie kalt es ist, bis einem die Wangen frieren –, und was sich am Abend zuvor begeben hatte, schien weit im Dunkel zurückzuliegen. Nach dem Mittagessen ging ich zu Fuß stadtabwärts durch einen freundlichen, hellen Schneeflockenfall, der wohl den ganzen Nachmittag anhalten würde, und hatte schon nahezu die Hälfte dieses mittleren Stadtteils passiert – meines Wissens hat er keinen eigenen Namen –, als plötzlich, was immer an müßigen Gedanken in meinem Kopf war, fortgeblasen wurde wie ein Hut und ich heftig an Ellen Baker denken musste. Ich sorgte mich auf einmal um sie, wie ich mich noch nie um irgendetwas außerhalb meiner selbst gesorgt hatte. Meine Schritte wurden zögerlich, und ein Impuls trieb mich, wieder hinaufzugehen, um sie aufzusuchen und mit ihr zu reden; dann fiel mir ein, dass sie irgendwo zum Tee eingeladen war, und ich ging wieder weiter, aber ich dachte dabei immerzu an sie und angestrengter denn je. Und eben da ergab sich in der ganzen Sache etwas Neues.

Es schneite, ich sagte es schon, und es war vier Uhr an einem Dezembernachmittag, wo die Dämmerung schon in der Luft liegt und die Straßenlaternen gerade aufflammen. Ich kam an einem Billardsalon mit dazugehöriger Kneipe vorbei, wo Hotdogs in einem Wärmebehälter im Fenster gestapelt waren und ein paar Nichtstuer am Eingang herumlungerten. Die Lampen drinnen waren schon an – kein strahlendes Licht, sondern nur ein paar gelbe Glühbirnen oben an der Decke –, und der Schein, den sie in den frostigen Abend sandten, war nicht sehr hell und wenig einladend, einen Blick ins Innere zu tun. Während ich vorbeiging und die ganze Zeit an Ellen denken musste, nahm ich aus einem Augenwinkel flüchtig die vier lungernden Gestalten wahr. Ich war noch keine sechs Schritte weitergegangen, als einer von ihnen mich anrief, nicht beim Namen, aber so, dass entschieden ich gemeint war. Ich dachte, es sei eine Anspielung auf meinen Waschbärfellmantel, und achtete nicht weiter darauf, aber im nächsten Moment rief, wer immer das war, noch einmal in gebieterischem Ton. Ich war verärgert und drehte mich um. Dort in der Gruppe, keine drei Meter entfernt, mit dem halben Hohnlächeln im Gesicht, mit dem er auch Joe Jelke angeblickt hatte, stand der narbige, schmalgesichtige Mann vom Abend zuvor.

Er hatte einen modisch geschnittenen schwarzen Mantel an, der bis zum Hals zugeknöpft war, als ob er fröre. Seine Hände steckten tief in den Taschen, und er trug einen Derbyhut und hohe Knöpfstiefel. Ich war verblüfft und zögerte einen Augenblick, doch vor allem war ich wütend, und in dem sicheren Gefühl, dass ich mit den Fäusten schneller war als Joe Jelke, tat ich versuchsweise einen Schritt auf ihn zu. Die anderen Männer nahmen von mir keine Notiz – ich glaube, sie sahen mich überhaupt nicht –, aber dieser eine, das wusste ich, hatte mich wiedererkannt; sein Blick war nicht rein beiläufig, kein Zweifel.

»Hier bin ich. Was dagegen?«, schien sein Blick zu sagen.

Ich tat noch einen Schritt auf ihn zu, und er lachte lautlos, aber mit deutlicher Verachtung, und zog sich in die Gruppe zurück. Ich folgte ihm. Ich wollte ihn zur Rede stellen, ohne noch zu wissen, was ich sagen würde, aber als ich näher kam, hatte er es sich entweder anders überlegt oder er wollte, dass ich ihm nach drinnen folgte, denn er war auf einmal entschlüpft, und die drei Männer beobachteten mein Näherkommen völlig ungerührt. Sie waren von der gleichen Sorte – modisch gekleidet –, wirkten aber anders als er eher gelassen als grob; ihr Blick deutete auf keinerlei böse Absichten gegen mich.

»Ist er hineingegangen?«, fragte ich.

Sie tauschten einen komplizenhaften Blick; dann ein Augenzwinkern, und nach einer merklichen Pause sagte einer:

»Ob wer hineingegangen ist?«

»Ich weiß seinen Namen nicht.«

Wieder ein Augenzwinkern. Verärgert und finster entschlossen ging ich an ihnen vorbei in den Billardsalon. Ein paar Leute standen an der Würstchentheke entlang der einen Seite, und ein paar mehr spielten Billard, aber er war nicht dabei.

Wieder zögerte ich. Wenn er etwa den Plan hatte, mich in irgendwelche toten Winkel des Lokals zu locken – weiter hinten gab es ein paar halboffene Türen –, so brauchte ich zunächst Unterstützung. Ich ging zu dem Mann an der Theke.

»Wo ist der Bursche hin verschwunden, der eben hereinkam?«

War er sogleich misstrauisch, oder bildete ich mir das nur ein?

»Was für ein Bursche?«

»Schmales Gesicht – Derbyhut.«

»Wie lange ist das her?«

»Oh – eine Minute.«

Er schüttelte wieder den Kopf. »Hab ich nicht gesehen«, sagte er.

Ich wartete. Die drei Männer von draußen waren hereingekommen und reihten sich neben mir an der Theke auf. Ich hatte den Eindruck, dass sie mich alle sonderbar ansahen. Ich fühlte mich hilflos und zunehmend unbehaglich, und so wandte ich mich unvermittelt um und ging hinaus.

Etwas weiter unten auf der Straße drehte ich mich noch einmal um und merkte mir genau die Stelle, damit ich sie wiederfinden könnte. An der nächsten Ecke fing ich unwillkürlich an zu laufen, fand vor dem Hotel ein Taxi und ließ mich wieder den Hügel hinauffahren.

Ellen war nicht zu Hause. Mrs. Baker kam herunter und sprach mit mir. Sie schien in bester Stimmung, war stolz auf Ellens Schönheit und wusste sichtlich von nichts Unrechtem oder Ungewöhnlichem, das sich am Abend zuvor ereignet hatte. Sie war froh, dass die Ferien bald vorüber waren – es sei eine Strapaze und Ellen sei nicht allzu kräftig. Dann sagte sie etwas, das mich überaus erleichterte. Sie sei erfreut, dass ich hereingeschaut habe, denn natürlich würde Ellen mich noch sehen wollen, und die Zeit sei so kurz. Ellen werde am Abend um halb neun zurückfahren.

»Heute Abend?«, rief ich aus. »Ich dachte, erst übermorgen.«

»Sie wird noch die Brokaws in Chicago besuchen«, sagte Mrs. Baker. »Die wollen sie zu irgendeiner Party haben. Wir haben das erst heute beschlossen. Sie fährt heute Abend mit den Ingersoll-Mädels.«

Ich war so froh, dass ich mich kaum zurückhalten konnte, ihr die Hand zu schütteln. Ellen war in Sicherheit. Die ganze Geschichte war weiter nichts als ein momentanes, flüchtiges Abenteuer gewesen. Ich kam mir wie ein Idiot vor, aber mir wurde klar, wie sehr ich an Ellen hing und wie unerträglich mir der Gedanke war, es könnte ihr irgendetwas Schreckliches zustoßen.

»Wird sie bald zurück sein?«

»Jede Minute. Sie hat eben vom University Club angerufen.«

Ich sagte, ich würde später wiederkommen – ich wohnte in der direkten Nachbarschaft und hatte jetzt den Wunsch, allein zu sein. Draußen fiel mir ein, dass ich keinen Schlüssel hatte, und so ging ich die Auffahrt der Bakers wieder zurück, um die Abkürzung durch den dazwischenliegenden Garten zu nehmen, die wir als Kinder immer benutzt hatten. Es schneite nach wie vor, aber die Flocken sahen jetzt gegen die Dunkelheit dicker aus; indem ich den unter Schnee begrabenen Weg suchte, bemerkte ich, dass die Hintertür der Bakers offen stand.

Ich weiß nicht, warum ich auf einmal kehrtmachte und dort in die Küche trat. Es hatte eine Zeit gegeben, da kannte ich die Angestellten der Bakers mit Namen. Das war jetzt nicht mehr so, aber sie kannten mich, und ich bemerkte, dass es bei meinem Kommen eine plötzliche Unterbrechung gab – eine Unterbrechung nicht nur in ihrem Gespräch, sondern in irgendeiner erwartungsvollen Stimmung, die dort vorherrschte. Die drei machten sich allzu hastig wieder an ihre Arbeit, mit übertriebenen Bewegungen und unnötigem Lärm. Das Stubenmädchen sah mich erschrocken an, und plötzlich ahnte ich, dass sie wieder im Begriff war, eine Botschaft zu überbringen. Ich winkte sie in die Vorratskammer.

»Ich bin über alles im Bilde«, sagte ich. »Die Sache ist sehr ernst. Soll ich jetzt zu Mrs. Baker gehen, oder wollen Sie wohl jene Hintertür schließen und verriegeln?«

»Sagen Sie's nicht Mrs. Baker, Mr. Stinson!«

»Und dann wünsche ich, dass Miss Ellen nicht gestört

wird. Falls doch, werde ich es ganz bestimmt erfahren, und dann …« Ich verstieg mich zu der übertriebenen Drohung, ich würde sonst zu allen Stellenvermittlungen gehen und dafür sorgen, dass sie nie wieder eine Anstellung in der Stadt bekäme. Sie war völlig eingeschüchtert, als ich hinausging, und es dauerte keine Minute, da wurde die Tür hinter mir verschlossen und verriegelt.

Zugleich hörte ich, wie vorne ein großer Wagen vorfuhr und die Schneeketten in dem weichen Schnee knirschten; er brachte Ellen nach Hause, und ich ging hin, um mich von ihr zu verabschieden.

Joe Jelke und zwei andere junge Männer waren dabei, und keiner der drei brachte es über sich, den Blick von ihr zu wenden, nicht mal, um mir »Hallo« zu sagen. Sie hatte jene überfeine rosige Haut, wie sie in unserer Gegend häufig vorkommt und deren Schönheit sich hält, bis mit etwa vierzig Jahren die Äderchen zu platzen beginnen; jetzt, noch von der Kälte verstärkt, war es ein Rausch von lieblichsten Rosatönen wie ein ganzer Strauß von rosa Nelken. Sie und Joe hatten sich irgendwie miteinander ausgesöhnt, oder zumindest war er zu verliebt, um sich an den vergangenen Abend zu erinnern; aber obwohl sie sehr viel lachte, sah ich, dass sie ihm oder den anderen nicht wirklich Aufmerksamkeit schenkte. Sie wartete nur darauf, dass sie gingen und dass für sie eine Nachricht aus der Küche käme, aber ich wusste, dass diese Nachricht nicht kommen würde – dass sie in Sicherheit war. Es war die Rede von dem Pump-and-Slipper-Tanzabend in New Haven und von dem Studentenball in Princeton, und dann verabschiedeten wir vier uns mit unterschiedlichen Gefühlen und trennten uns draußen rasch. Ich ging einigermaßen deprimiert nach Hause, legte mich für eine Stunde in ein heißes Bad und dachte darüber nach, dass die Ferien für mich, nun ohne sie, endgültig vorbei waren; ich hatte noch stärker als am Vortag das Gefühl, dass sie aus meinem Leben verschwunden war.

Und dann wollte mir etwas nicht mehr einfallen, etwas, was noch zu tun war, etwas, was mir über den Ereignissen des Nachmittags abhandengekommen war, auf das ich zurückkommen und das ich aufgreifen wollte, allerdings nur, um jetzt feststellen zu müssen, dass es mir entfallen war. Es hatte irgendwie mit Mrs. Baker zu tun, und jetzt glaubte ich mich zu erinnern, dass es irgendwo in der Unterhaltung mit ihr aufgetaucht war. In meiner Erleichterung über Ellens Abreise hatte ich ganz vergessen, Mrs. Baker in Bezug auf etwas, was sie gesagt hatte, eine Frage zu stellen.

Die Brokaws, die Ellen besuchen sollte – das war's. Ich kannte Bill Brokaw gut; er studierte mit mir in Yale. Plötzlich fiel es mir ein, und ich schoss in der Wanne hoch – die Brokaws waren diese Weihnachten gar nicht in Chicago, sie waren in Palm Beach!

Triefnass sprang ich aus der Wanne, warf mir irgendein Unterzeug um die Schultern und rannte zum Telefon in meinem Zimmer. Ich bekam die Verbindung sofort, aber Miss Ellen befand sich schon auf dem Weg zum Bahnhof.

Zum Glück war unser Auto da, und während ich mich, immer noch feucht, in die Kleider zwängte, fuhr der Chauffeur es ums Haus herum zum Vordereingang. Der Abend war kalt und trocken, und über den harten, verkrusteten Schnee konnten wir gut zum Bahnhof vorankommen. Mir war bei diesem Unternehmen sonderbar und ängstlich zumute, aber ich wurde zuversichtlicher, als der Bahnhof sich strahlend und neu gegen den kalten dunklen Himmel abzeichnete. Fünfzig Jahre lang hatte der Grund und Boden, auf dem er erbaut war, meiner Familie gehört, und das rechtfertigte irgendwie meine Verwegenheit. Es war zwar möglich, dass ich mich wie ein Elefant im Porzellanladen benahm, aber mit dem Gefühl, fest in der Vergangenheit verwurzelt zu sein, war ich bereit, mich lächerlich zu machen. Diese ganze Geschichte war verfahren – entsetzlich verfahren. Jeglicher Gedanke, die Sache könnte doch harmlos sein, fiel jetzt in sich zusammen; zwischen Ellen und irgendeiner anstürmenden Katastrophe stand nur ich, oder andernfalls die Polizei und damit ein Skandal. Ich bin kein Moralist – hier spielte noch etwas anderes mit, etwas Finsteres und Schreckenerregendes, und ich wollte nicht, dass Ellen es allein zu bestehen hätte.

Es gibt drei verschiedene Züge von St. Paul nach Chicago, die alle innerhalb weniger Minuten nach halb neun abfahren. Ihrer war der Burlington, und als ich an den Bahnsteigen entlangrannte, sah ich, wie das Gittertor sich gerade schloss und das Licht darüber ausging. Aber ich wusste, dass sie ein Salonabteil zusammen mit den Ingersoll-Mädchen hatte, denn ihre Mutter hatte das erwähnt, und somit war sie bis zum nächsten Tag buchstäblich gut aufgehoben.

Der Bahnsteig der Chicago–Minneapolis–St.-Paul-Linie befand sich ganz am anderen Ende, und ich rannte hin und konnte den Zug noch erreichen. Allerdings hatte ich einen Umstand außer Acht gelassen, und der genügte, mich die halbe Nacht wachzuhalten und zu beunruhigen. Dieser Zug lief nämlich zehn Minuten nach dem anderen in Chicago ein. So viel Zeit hatte Ellen also, um in einer der größten Städte der Welt zu verschwinden.

Ich gab dem Wagenschaffner ein Telegramm an meine Familie, das er in Milwaukee aufgeben sollte, und um acht Uhr am nächsten Morgen drängte ich mich gewaltsam an einer ganzen Schlange von Reisenden vorbei, die im Gang über ihren Koffern lärmten, und stürzte aus der Tür, indem ich gleichsam über den Rücken des Schaffners kletterte. Für einen Augenblick machte mich das Durcheinander des großen Bahnhofs, das laute Dröhnen und Hallen, der Rauch und das Klingeln völlig hilflos. Dann sauste ich zum Ausgang und zu der einzigen Stelle, wo ich sie zu finden hoffen konnte.

Ich hatte richtig vermutet. Sie stand am Telegraphenschalter, um weiß Gott welche finstere Lüge an ihre Mutter zu kabeln, und als sie mich erblickte, mischte sich auf ihrem Gesicht ein Ausdruck des Schreckens und der Überraschung. Auch etwas von Verschlagenheit war darin. Sie überlegte rasch. Am liebsten wäre sie wohl – als sei ich überhaupt nicht da – einfach weg- und ihren eigenen Interessen nachgegangen, aber das konnte sie nicht, so selbstverständlich gehörte ich zu ihrem Leben. Und so beobachteten wir einander schweigend und dachten angestrengt nach.

»Die Brokaws sind in Florida«, sagte ich nach einer Minute.

»Nett von dir, dass du so eine weite Reise auf dich genommen hast, um mir das mitzuteilen.«

»Da du es jetzt auch weißt, wäre es da nicht besser, direkt zur Schule weiterzureisen?«

»Bitte lass mich in Ruhe, Eddie«, sagte sie.

»Ich fahre bis New York mit dir. Ich habe selbst beschlossen, früher in Yale zurück zu sein.«

»Du solltest mich lieber allein lassen.« Ihre schönen Augen verengten sich, und in ihr Gesicht kam ein Blick dumpfen animalischen Widerstands. Sie machte eine sichtliche Anstrengung, Durchtriebenheit blitzte wieder auf, dann war beides verschwunden, und an ihrer Stelle erschien ein freundliches, beruhigendes Lächeln, das mich schon fast überzeugte.

»Eddie, du dummer Junge, glaubst du denn nicht, dass ich alt genug bin, um selbst auf mich aufzupassen?« Ich antwortete nicht. »Ich habe vor, einen Mann zu treffen, verstehst du. Ich will ihn nur heute sehen. Ich habe mein Ticket zur Weiterfahrt Richtung Osten für den Fünf-Uhr-Zug. Wenn du es nicht glaubst, hier ist es in meiner Handtasche.«

»Ich glaube dir.«

»Der Mann ist keiner, den du kennst, und – offen gestanden – ich finde dich grässlich aufdringlich und unmöglich.«

»Ich weiß, wer der Mann ist.«

Wieder geriet ihr Gesicht außer Kontrolle. Es verzerrte sich, und sie sprach fast schnarrend:

»Du lässt mich jetzt besser in Ruhe.«

Ich nahm ihr das Formular aus der Hand und schrieb ein erklärendes Telegramm an ihre Mutter. Dann wandte ich mich wieder Ellen zu und sagte etwas barsch:

»Wir fahren zusammen mit dem Fünf-Uhr-Zug. Bis dahin wirst du den Tag mit mir verbringen.«

Der bloße Ton meiner Stimme, als ich dies mit solchem Nachdruck sagte, ermutigte mich und beeindruckte, wie ich glaube, auch sie; jedenfalls fügte sie sich – zumindest vorläufig – und kam ohne Protest mit zum Schalter, wo ich meine Fahrkarte löste.

Wenn ich darangehe, die Bruchstücke jenes Tages zusammenzusetzen, gerate ich in einige Verwirrung, als ob mein Gedächtnis nichts davon hergeben oder meine Gewissenhaftigkeit nichts auslassen möchte. Es war ein frischer, strahlender Morgen, während wir in einem Taxi umherfuhren und in ein Warenhaus gingen, wo Ellen angeblich etwas kaufen wollte und mir dann durch einen Hinterausgang zu entkommen versuchte. Für eine Stunde hatte ich das Gefühl, dass jemand uns in einem Taxi entlang der Seepromenade folgte, und ich versuchte mehrmals, ihn zu ertappen, indem ich mich rasch umdrehte oder plötzlich in den Rückspiegel des Fahrers blickte; aber ich konnte niemand entdecken, und als ich mich zu Ellen umwandte, sah ich, dass ihr Gesicht von einem freudlosen, unnatürlichen Lachen entstellt war.

Den ganzen Morgen wehte ein rauher, frostiger Wind vom See her, aber als wir zum Mittagessen ins Blackstone gingen, herrschte ein leichtes Schneetreiben vor den Fenstern, und wir sprachen nahezu unbefangen über unsere Freunde und über alltägliche Dinge. Plötzlich änderte sich ihr Ton; sie wurde ernst und blickte mir offen und ehrlich in die Augen.

»Eddie, du bist der älteste Freund, den ich habe«, sagte

sie, »und es sollte dir nicht schwerfallen, mir zu vertrauen. Wenn ich dir auf Ehrenwort verspreche, den Fünf-Uhr-Zug zu nehmen, willst du mich dann für ein paar Stunden heute Nachmittag allein lassen?«

»Wozu?«

»Nun«, sie zögerte und neigte ein wenig den Kopf, »ich denke, jeder hat ein Recht darauf, sich von jemandem zu verabschieden.«

»Du willst dich also von diesem –«

»Ja, ja«, sagte sie hastig, »nur ein paar Stunden, Eddie, und ich verspreche dir aufrichtig, dass ich in dem Zug sein werde.«

»Nun, ich denke, in zwei Stunden lässt sich kein großes Unheil anrichten. Wenn du dich also wirklich nur verabschieden willst ...«

Plötzlich blickte ich auf und ertappte sie bei einem so gespannten Ausdruck listiger Verschlagenheit in ihrem Gesicht, dass ich zusammenfuhr. Ihre Lippen waren geschürzt und ihre Augen wieder nur Schlitze; nicht der kleinste Anflug von Anstand und Aufrichtigkeit in ihrem Gesicht.

Wir stritten miteinander. Sie argumentierte ausweichend und ich einigermaßen hart und unbeugsam. Ich würde mich nicht um den Finger wickeln oder irgendwie anstecken lassen – und das Böse hing wie eine Seuche in der Luft. Ohne irgendeinen schlüssigen Umstand vorbringen zu können, versuchte sie weiter so zu tun, als sei alles in Ordnung. Doch sie war von der Sache selbst – was immer es sein mochte – zu sehr erfüllt, um eine stichhaltige Geschichte zu erfinden, und sie war nur darauf aus, sich an das winzigste Anzeichen meiner Gutgläubigkeit und Nachgiebigkeit zu klammern und da herauszuholen, was sich herausholen ließ. Nach jeder beruhigenden Zusicherung, die sie vorbrachte, starrte sie mich erwartungsvoll an, als hoffte sie, ich würde mich auf eine milde Moralpredigt einlassen mit dem üblichen Stückchen Zucker am Ende – was in diesem Fall ihre Freiheit wäre. Aber ich zermürbte sie langsam. Zwei- oder dreimal genügte nur ein wenig Druck, sie an den Rand der Tränen zu bringen – was ich im Grunde ja auch wollte –, aber ich kam nicht wirklich weiter. Fast hatte ich sie – fast hörte sie mir mit ihrem ganzen Wesen zu –, doch dann entglitt sie mir wieder.

Gegen vier Uhr packte ich sie mitleidlos in ein Taxi und fuhr mit ihr zum Bahnhof. Der Wind hatte wieder aufgefrischt, Schnee lag in der Luft, und die Leute auf den Straßen, die mit den überfüllten Bussen und Straßenbahnen nicht mitkamen, sahen verfroren, missgestimmt und unglücklich aus. Ich versuchte daran zu denken, wie viel Glück wir hatten in unserem Wohlstand und unserem Umsorgtsein, aber diese ganze behagliche und respektierliche Welt, der ich gestern noch angehört hatte, war mir abhandengekommen. Da war jetzt etwas, was wir mit uns trugen, das alledem feindlich gegenüberstand. Es war in den Taxis neben uns, in den Straßen, durch die wir kamen. In einem Anflug von Panik fragte ich mich, ob ich nicht schleichend und fast unmerklich in Ellens Gemütszustand geriet. Die Fahrgäste, die in einer Schlange darauf warteten, in den Zug einzusteigen, kamen mir so entrückt vor wie Menschen aus einer anderen Welt, aber ich war es, den es von ihnen wegzog und der sie hinter sich ließ.

Mein unteres Bett befand sich im gleichen Waggon wie

ihr Abteil. Der Wagen war altgedient, die Beleuchtung etwas trübe, die Teppiche und Polster voll von dem Staub einer anderen Generation. Es gab noch ein halbes Dutzend anderer Fahrgäste, aber sie hinterließen keinen besonderen Eindruck bei mir, abgesehen davon, dass sie an der gleichen Unwirklichkeit teilhatten, die ich überall um mich zu spüren begann. Wir gingen in Ellens Abteil, schlossen die Tür hinter uns und setzten uns.

Plötzlich legte ich die Arme um sie und zog sie zu mir herüber, ebenso zärtlich, als wäre sie noch ein kleines Mädchen, was sie ja in meinen Augen auch war. Sie sträubte sich ein bisschen, aber dann fügte sie sich und lag angespannt und steif in meinen Armen.

»Ellen«, sagte ich etwas hilflos, »du hast mich gebeten, dir zu vertrauen. Du hast viel mehr Grund, mir zu vertrauen. Könnte es nicht helfen, das alles loszuwerden, wenn du mir ein wenig erzählen würdest?«

»Ich kann nicht«, sagte sie sehr leise, »ich meine, da ist nichts zu erzählen.«

»Du bist diesem Mann auf der Herfahrt im Zug begegnet und hast dich in ihn verliebt, stimmt das?«

»Ich weiß nicht.«

»Sag mir, Ellen, hast du dich in ihn verliebt?«

»Ich weiß es nicht. Bitte, lass mich in Ruhe.«

»Nenne es, wie du willst«, fuhr ich fort, »er hat irgendwelche Macht über dich. Er versucht, dich auszunutzen, etwas von dir zu bekommen. Er ist nicht im Geringsten in dich verliebt.«

»Was bedeutet das schon?«, sagte sie mit schwacher Stimme.

»Es bedeutet sehr viel. Anstatt dagegen – gegen diese Sache – anzukämpfen, kämpfst du gegen mich. Und ich liebe dich, Ellen. Hörst du? Ich sage dir das so ganz unvermittelt, aber mir ist das nichts Neues. Ich liebe dich.«

Sie sah mich mit einem Anflug von Hohn auf ihrem zarten Gesicht an; es war ein Ausdruck, den ich schon bei Männern gesehen hatte, die betrunken waren und nicht nach Hause gebracht werden wollten. Aber es war auch wieder menschlich. Ich war auf gutem Wege, sie zu erreichen, nur schwach und ganz von ferne, aber mehr als je zuvor.

»Ellen, ich möchte, dass du mir eine Frage beantwortest. Wird er in diesem Zug sein?«

Sie zögerte; dann – einen Augenblick zu spät – schüttelte sie den Kopf.

»Pass auf, Ellen. Ich frage dich jetzt noch etwas, und ich möchte, dass du dir die Antwort genau überlegst. Auf deiner Herreise – wo ist dieser Mann zugestiegen?«

»Ich weiß nicht«, brachte sie mühsam heraus.

In ebendiesem Augenblick dämmerte mir mit jener Bestimmtheit, mit der sich Tatsachen aufzudrängen pflegen, dass er vor der Abteiltür stand. Auch sie wusste es; ihr Gesicht wurde blutleer und nahm wieder jenen Ausdruck tierischer Verschlagenheit an. Ich legte mein Gesicht in meine Hände und versuchte nachzudenken.

Wir müssen so, fast völlig wortlos, länger als eine Stunde gesessen haben. Ich registrierte, wie die Lichter von Chicago, dann von Englewood und von endlosen Vorstädten vorbeiflogen, dann gab es keine Lichter mehr, und wir fuhren durch die dunklen Ebenen von Illinois. Der Zug schien auf sich selbst angewiesen zu sein; er wirkte, als sei er mit sich allein. Der Wagenschaffner klopfte an und fragte, ob er das Bett richten solle, aber ich sagte nein, und er ging wieder.

Nach einer Weile kam ich zu der Überzeugung, dass für den Kampf, der mir unweigerlich bevorstand, der kleine Rest meines gesunden Menschenverstandes, mein Vertrauen darauf, dass im Wesentlichen alles zum Guten bestellt sei, vollauf genügen würde. Dass dieser Mensch auf etwas abzielte, was wir gemeinhin ›kriminell‹ nennen, nahm ich als erwiesen an, aber deshalb brauchte man ihm noch nicht eine Intelligenz zuzuschreiben, die zu einer höheren Ebene menschlichen oder unmenschlichen Tuns gehört. Nach wie vor sah ich in ihm einen Mann, und ich würde versuchen, ihn bei seinem eigentlichen Wesen, seinem Eigennutz zu fassen – der bei ihm die Stelle des Herzens einnahm; so glaubte ich einigermaßen auf das gefasst zu sein, was mich beim Öffnen der Abteiltür erwarten würde.

Als ich aufstand, schien Ellen mich überhaupt nicht wahrzunehmen. Sie lag in eine Ecke gekauert, den Blick starr geradeaus und mit einer Art von Schleier über den Augen, als wären Körper und Geist vorübergehend ohne Leben. Ich hob sie an, legte ihr zwei Kissen unter den Kopf und meinen Pelzmantel über die Beine. Dann kniete ich neben ihr nieder, küsste ihre Hände, öffnete die Tür und trat hinaus in den Gang.

Ich schloss die Tür hinter mir, lehnte mich mit dem Rücken gegen sie und blieb so wohl eine Minute lang stehen. Der Waggon war dunkel bis auf die Lichter an beiden Enden des Korridors. Man hörte weiter nichts als das Knarren der Koppelungen, das gleichmäßige Klick-Klick auf den Gleisen und das Schnarchen von irgendjemand weiter vorn im Waggon. Nach einer Weile bemerkte ich die Gestalt eines Mannes, der bei dem Trinkwasserautomaten unmittelbar vor dem Rauchsalon stand, den Derbyhut auf dem Kopf, den Mantelkragen hochgeschlagen, als ob ihm kalt wäre, und die Hände tief in den Manteltaschen. Als ich ihn sah, wandte er sich ab und ging in den Rauchsalon; ich folgte ihm. Er saß am anderen Ende der langen Lederbank; ich nahm den einzelnstehenden Sessel neben der Tür.

Beim Hereinkommen hatte ich ihm zugenickt, und er quittierte mein Erscheinen mit jenem fürchterlichen lautlosen Lachen, das ich an ihm kannte. Aber diesmal dauerte es an, schien gar nicht aufhören zu wollen, und hauptsächlich um dem ein Ende zu machen, fragte ich in möglichst beiläufigem Ton: »Woher kommen Sie?«

Er hörte auf zu lachen und fasste mich scharf ins Auge, um meine Absichten zu ergründen. Als er sich dann zu antworten entschloss, klang seine Stimme dumpf, als spräche er durch einen seidenen Schal, und sie schien von ganz weit her zu kommen.

»Ich bin aus St. Paul, Jack.«

»Kurzen Besuch daheim gemacht?«

Er nickte. Dann tat er einen langen Atemzug und sprach in hartem, drohendem Ton:

»Es ist besser, du steigst in Fort Wayne aus, Jack.«

Er war tot. Mausetot war er – er war es schon die ganze Zeit gewesen, aber die wenige Kraft, die ihn noch durchflossen hatte wie Blut seine Adern, hin nach St. Paul und zurück, begann ihn jetzt zu verlassen. Durch die leibhaftige Gestalt, die Joe Jelke niedergeschlagen hatte, schimmerten neue Umrisse – die eines Toten.

Wieder sprach er, stockend und angestrengt:

»Du steigst in Fort Wayne aus, Jack, oder ich werde dich auslöschen.« Er bewegte die Hand in der Manteltasche und zeigte mir den Umriss eines Revolvers.

Ich schüttelte den Kopf. »Sie können mir nichts anhaben«, sagte ich. »Ich weiß nämlich Bescheid.« Sein fürchterlicher Blick streifte rasch über mich hin, versuchte herauszubekommen, ob ich etwas wusste oder nicht. Dann gab er ein knurrendes Geräusch von sich und machte Anstalten, als wollte er aufspringen.

»Du steigst hier aus, Jack, oder ich werde dich erledigen«, schrie er heiser. Der Zug verlangsamte das Tempo zur Einfahrt in Fort Wayne, und die Stimme schrillte laut in der leiser gewordenen Umgebung, aber er erhob sich nicht von der Bank – er war zu schwach, glaube ich –, und wir saßen da, einander anstarrend, während Bahnarbeiter draußen vor dem Fenster auf und ab gingen und an die Bremsen und Räder schlugen und die Lokomotive vorne keuchende Jammerlaute ausstieß. In unseren Waggon stieg niemand zu. Nach einer Weile schloss der Schaffner die Türen und ging wieder nach hinten, und wir glitten aus dem trüben gelben Licht des Bahnhofs hinaus in die endlose Dunkelheit.

Was dann folgte, muss sich, meiner Erinnerung nach, über einen Zeitraum von fünf oder sechs Stunden erstreckt haben, obwohl es mir zugleich wie außerhalb jeglicher Zeit erscheint – wie etwas, das ebenso gut fünf Minuten wie ein Jahr gedauert haben könnte. Es begann ein ganz langsamer, genau bemessener Angriff auf mich, wortlos und fürchterlich. Ich fühlte mich auf einmal sonderbar – anders kann ich es nicht bezeichnen –, ähnlich dem Gefühl, das ich schon den ganzen Nachmittag gehabt hatte, aber tiefer und mit mehr Intensität. Es glich am ehesten dem Eindruck, in einen Sog zu geraten, und ich packte krampfhaft die Armlehnen des Sessels, als müsste ich mich an einem Stück Wirklichkeit festhalten. Manchmal war mir, als würde ich plötzlich verlöschen. Das hatte fast etwas Tröstliches, mich um nichts mehr sorgen zu müssen; doch dann brachte ich mich mit einer heftigen Willensanspannung wieder zurück in den Raum.

Plötzlich wurde mir klar, dass ich schon seit einer ganzen Weile aufgehört hatte, ihn zu hassen, dass ich ihm nicht mehr als einem Fremdling gegenüberstand, und mit dieser Erkenntnis wurde mir kalt, und überall auf der Stirn brach mir der Schweiß aus. Er war dabei, meinen Abscheu zu umgarnen, wie er auch Ellen, als sie Richtung Westen fuhr, umgarnt hatte; und ebendiese Kraft, die er aus den Menschen zog, denen er nachstellte, hatte ihn in St. Paul dahin gebracht, gewalttätig zu werden, und sie ließ ihn auch jetzt, da sie schon verflackerte und verging, weiterkämpfen.

Er musste bemerkt haben, wie ich schwankend wurde, denn auf einmal sprach er wieder in leisem, ja fast sanftem Ton: »Du gehst jetzt besser.«

»Oh, ich denke nicht daran«, zwang ich mich zu sagen.

»Wie du willst, Jack.«

Er sei mein Freund, sollte das heißen. Er wisse, wie es um mich stehe, und wolle mir helfen. Er habe Mitleid mit mir. Ich solle besser gehen, bevor es zu spät sei. Der Rhythmus seines Angriffs war einschmeichelnd wie ein Lied: Ich sollte besser gehen … *und ihm Ellen überlassen.* Mit einem kleinen Aufschrei schoss ich empor.

»Was wollen Sie von dem Mädchen?«, sagte ich mit bebender Stimme. »Eine Art von wandelnder Hölle aus ihr machen?«

Er blickte wie sprachlos vor Überraschung, als strafte ich ein Tier wegen etwas, dessen es sich nicht bewusst war. Ich stockte einen Augenblick; dann legte ich blindlings los:

»Sie haben sie verloren; sie vertraut allein mir.«

Seine Haltung schlug plötzlich in finstere Bosheit um, und er schrie: »Du lügst!«, und seine Stimme war wie eine kalte Hand an meiner Kehle.

»Sie vertraut mir«, sagte ich. »Sie können nicht an sie heran. Sie ist in Sicherheit!«

Er riss sich zusammen. Sein Gesicht wurde wieder sanft, und ich fühlte schon wieder diese sonderbare Schwäche und Gleichgültigkeit in mir aufsteigen. Was sollte das Ganze? Hatte es noch einen Sinn?

»Es bleibt Ihnen nicht mehr viel Zeit«, sagte ich, und dann, mit blitzartiger Intuition, traf ich ins Schwarze. »Sie sind schon tot oder wurden umgebracht, nicht weit von hier!« – Da sah ich, was ich bis dahin noch nicht bemerkt hatte – dass seine Stirn von einem kleinen runden Loch durchbohrt war, wie es ein längerer Bildernagel hinterlässt, wenn man ihn aus der Wand zieht. »Und jetzt geht es mit Ihnen zu Ende. Sie haben nur noch ein paar Stunden. Der kurze Besuch daheim ist aus und vorbei!«

Sein Gesicht verkrampfte sich, verlor jede Menschenähnlichkeit, ob lebendig oder tot. Zugleich erfüllte den

Raum ein kalter Luftzug, und mit einem Geräusch wie von einem Hustenanfall oder einem Ausbruch fürchterlichen Gelächters stand er plötzlich auf den Füßen in einem üblen Dunst von Schande und Blasphemie.

»Komm und sieh!«, schrie er. »Ich zeig's dir …«

Er trat einen Schritt auf mich zu, dann noch einen, und es war ganz so, als stünde hinter ihm eine Tür offen, eine Tür nach draußen zu einem gähnenden, unfasslichen Abgrund von Finsternis und Verderbtheit. Ein Aufschrei tödlicher Qualen kam von ihm oder von irgendwo hinter ihm, und mit einem Mal, mit einem langen, heiseren Seufzer wich die Kraft aus ihm, und er sank zu Boden …

Wie lange ich da, betäubt von Schrecken und Erschöpfung, gesessen habe, weiß ich nicht. Als Nächstes erinnere ich mich nur noch an den verschlafenen, Schuhe putzenden Schaffner am anderen Ende des Raumes und an die Hochöfen von Pittsburgh vor dem Fenster, die das eintönige nächtliche Bild unterbrachen. Und da war noch etwas, das auf der Bank ausgestreckt lag – etwas, was zu schemenhaft für einen Mann und zu kompakt für einen Schatten war. Als ich auch nur hinblickte, welkte es dahin und verging.

Einige Minuten später öffnete ich die Tür zu Ellens Abteil. Sie schlief noch so, wie ich sie verlassen hatte. Ihre lieblichen Wangen waren bleich, aber sie lag ganz natürlich da – die Hände entspannt, und ihr Atem ging leicht und regelmäßig. Was sich ihrer bemächtigt hatte, war von ihr gewichen, hatte sie erschöpft, aber als ihr eigenes liebes Ich zurückgelassen.

Ich bettete sie noch etwas bequemer, stopfte eine Decke um sie, machte das Licht aus und ging.

Als ich in den Osterferien nach Hause kam, führte mich mein erster Gang hinunter zu dem Billardsalon bei Seven Corners. Der Mann an der Registrierkasse erinnerte sich natürlich nicht an meinen überstürzten Besuch vor drei Monaten.

»Ich versuche eine kleine Gruppe von Leuten ausfindig zu machen, die vor einiger Zeit, glaube ich, hier oft verkehrten.«

Ich beschrieb meinen Mann ziemlich genau, und als ich damit fertig war, rief der Kassierer einen in der Nähe sitzenden Burschen, der wie ein Jockey aussah und so wirkte, als habe er etwas Gewichtiges vor, woran er sich nicht mehr genau erinnern konnte.

»He, Shorty, sprich mal mit dem hier. Ich glaube, er sucht nach Joe Varland.«

Der kleine Mann warf mir einen argwöhnischen Ganovenblick zu. Ich ging hin und setzte mich zu ihm.

»Joe Varland is tot, Kumpel«, sagte er mürrisch. »Starb vorigen Winter.«

Ich beschrieb ihn noch einmal – seinen Mantel, sein Lachen, seinen üblichen Blick.

»Das is schon Joe Varland, den du suchst, aber er is tot.«

»Ich möchte etwas über ihn herausfinden.«

»Was willst'n herausfinden?«

»Was machte er so, zum Beispiel?«

»Wie soll ich das wissen?«

»Hören Sie. Ich bin nicht von der Polizei. Ich möchte nur so eine Art von Auskunft über seine Gewohnheiten.

Er ist tot, und ihm kann's nicht mehr schaden. Und es bleibt unter uns.«

»Na ja« – er zögerte und sah mich prüfend an –, »er ist viel rumgereist. Am Bahnhof von Pittsburgh geriet er in einen Streit, und ein Bulle hat ihn abgeknallt.«

Ich nickte. Bruchstücke des Puzzlespiels begannen sich in meinem Kopf zusammenzufügen.

»Warum ist er so oft mit der Bahn gereist?«

»Woher soll ich das wissen, Kumpel?«

»Wenn du zehn Dollar gebrauchen kannst, dann möchte ich gern alles wissen, was du vielleicht in der Sache gehört hast.«

»Nun«, sagte Shorty widerstrebend, »ich weiß nur, dass es immer von ihm hieß, er bearbeitet die Züge.«

»Bearbeitet die Züge?«

»Er hatte so einen ganz eigenen Trick, über den er sich nie ausgelassen hat. Er machte sich an die Mädchen ran, die allein in den Zügen fuhren. Niemand hat je Näheres darüber erfahren – er war ganz schön raffiniert, der Bursche –, aber manchmal tauchte er hier mit einem Haufen Zaster auf, und er ließ durchblicken, dass er es den jungen Dingern abgeluchst hatte.«

Ich dankte ihm, gab ihm die zehn Dollar und ging sehr nachdenklich hinaus, ohne jene letzte Heimreise von Joe Varland zu erwähnen.

Ellen war zu Ostern nicht im Westen, und selbst wenn sie da gewesen wäre, hätte ich sie mit dieser Auskunft verschont – immerhin sah ich sie darauf im Sommer fast täglich, und wir haben es fertiggebracht, nur über alles mögliche andere zu reden. Manchmal jedoch wird sie ohne jeden Grund schweigsam und will ganz dicht bei mir sein, und ich weiß, was in ihr vorgeht.

Natürlich wird sie diesen Herbst schon debütieren, und ich habe noch zwei Jahre in New Haven vor mir; allerdings sieht es nicht so hoffnungslos aus wie noch vor ein paar Monaten. Irgendwie gehört sie zu mir – und selbst wenn ich sie verlieren sollte, gehört sie zu mir. Wer weiß? Ich werde jedenfalls immer da sein.

Das Stadion

I

Es gab einen jungen Mann in meinem Jahrgang in Princeton, der nie zu einem Footballspiel ging. Er verbrachte seine Samstagnachmittage damit, minuziös die Einzelheiten über den Sport der Griechen und über die einigermaßen abgekarteten Kämpfe zwischen Christen und wilden Tieren unter den Cäsaren auszuforschen. Kürzlich – das heißt mehrere Jahre nach dem College – hat er ein paar Footballspieler für sich entdeckt und macht von ihnen Radierungen in der Art des verstorbenen George Bellows. Aber damals war er ohne jedes Interesse für die Sache selbst, und ich misstraue der Originalität seiner Urteile über alles, was schön oder bemerkenswert ist oder was Spaß macht.

Ich selbst schwelgte geradezu in Football, als Zuschauer, als Amateurstatistiker und verhinderter Aktiver – denn ich hatte auf der Prep School gespielt und einmal eine Schlagzeile in der Schülerzeitung gemacht: ›Deering und Mullins glänzen gegen Taft in hartem Samstagsmatch.‹ Als ich nach der Schlacht zum Mittagessen hineinging, standen die anderen Schüler auf und klatschten, und der Trainer schüttelte mir die Hand und prophezeite – unzutreffend –, dass man von mir noch hören werde. Diese Episode ruht im schönsten Lavendelduft meiner Vergangenheit. In jenem Jahr schoss ich in die Länge und wurde dünn, und als ich im folgenden Herbst in Princeton besorgt die Erstsemester musterte und die höfliche Nichtbeachtung sah, mit der sie meine Blicke erwiderten, wurde mir klar, dass es mit diesem besonderen Traum aus war. Keene sagte, er könne vielleicht einen ordentlichen Stabhochspringer aus mir machen – und das tat er auch –, aber das war ein kümmerlicher Ersatz; und meine tiefe Enttäuschung, dass ich es nicht zu einem großen Footballspieler bringen würde, legte vermutlich den Grund zu meiner Freundschaft mit Dolly Harlan. Ich möchte diese Geschichte über Dolly mit einer kleinen Rückschau auf das Spiel von Yale (im zweiten Studienjahr) in New Haven beginnen.

Dolly war als Halfback eingesetzt; dies war sein erstes großes Spiel. Ich teilte mit ihm das Zimmer und hatte ihm eine sonderbare Gemütsverfassung angemerkt, und so ließ ich ihn während der ganzen ersten Halbzeit nicht aus dem Auge. Mit dem Feldstecher konnte ich seinen Gesichtsausdruck erkennen; er wirkte gezwungen und ohne Zutrauen, ganz so als wär's beim Tode seines Vaters, und das blieb so viel länger, als dass es nur anfängliche Nervosität hätte sein können. Ich dachte, ihm wäre schlecht, und wunderte mich, dass Keene das nicht sah und ihn herausnahm; erst viel später erfuhr ich, was die Ursache war.

Es war das Yale-Stadion. Seine Größe oder sein Umfang oder die Höhe der Seitenwände hatten Dollys Nerven schon zugesetzt, als die Mannschaft dort am Vortag trainierte. Bei diesem Training rutschte ihm ein- oder zweimal der Ball weg, wohl zum ersten Mal in seinem Leben, und er bildete sich ein, es läge an dem Stadion.

Man hat da eine neue Krankheit entdeckt, die sogenannte Agoraphobie – Platzangst –, und eine andere, Siderodromophobie genannt – die Angst vor Eisenbahnfahrten –, und mein Bekannter, der Psychiater Doktor Glock, würde Dollys Geisteszustand wahrscheinlich leicht erklären können. Aber hier gebe ich wieder, was Dolly mir hinterher erzählt hat: ›Yale kickte den Ball hoch in die Luft, und ich sah nach oben. In dem Augenblick schienen die Seiten von dem verdammten Ding auch emporzuschießen. Als dann der Ball wieder herunterkommen wollte, neigten sich die Wände des Stadions vor und über mich, bis ich die Leute auf den oberen Rängen zu mir herunterbrüllen und mit den Fäusten drohen sah. Schließlich sah ich den Ball überhaupt nicht mehr, sondern nur das Stadion; reiner Glückszufall, dass ich für den Punt jedes Mal richtig stand und den Ball noch erwischen konnte.‹

Um auf das Spiel zurückzukommen: Ich saß unter den Hurrarufern und hatte einen guten Platz an der Vierzig-Yard-Linie – zumindest wäre er gut gewesen, wenn nicht ein sehr zerstreuter Akademiker, der schon seine Freunde aus den Augen und den Hut vom Kopf verloren hatte, von Zeit zu Zeit vor mir aufgesprungen wäre und stotternd »Stoppt Ted Coy!« gerufen hätte, mit der fixen Idee, wir erlebten ein Spiel, das vor gut zwölf Jahren ausgetragen worden war. Als er schließlich merkte, dass er eine komische Figur abgab, produzierte er sich für die oberen Ränge, und es gab ein Pfeifkonzert und Buhrufe, bis er unfreiwillig unter die Tribüne befördert wurde.

Es war ein gutes Spiel – ein historisches Spiel, wie es dann in der Collegepresse genannt wird. Ein Foto der Mannschaft, die damals spielte, hängt jetzt in jedem Friseurladen in Princeton, mit Mannschaftskapitän Gottlieb in der Mitte, in einem weißen Sweater zum Zeichen der gewonnenen Meisterschaft. Yale hatte eine schlechte Saison gehabt, aber das wendete sich im ersten Viertel, wonach es 3:0 zu ihren Gunsten stand.

In der Pause vor dem zweiten Viertel beobachtete ich Dolly. Er ging schnaufend herum, trank aus einer Wasserflasche und hatte immer noch diesen verkrampften, verdutzten Gesichtsausdruck. Hinterher gestand er mir, er habe immer wieder zu sich gesagt: ›Ich werde mit Roper reden. Bei Halbzeit werde ich's ihm sagen. Ich werde ihm sagen, ich halte das nicht länger aus.‹ Schon mehrmals hatte er einen fast unwiderstehlichen Drang verspürt, einfach achselzuckend vom Platz zu gehen, denn es war nicht nur dieser unerwartete Stadionkomplex; in Wahrheit hasste Dolly das Spiel leidenschaftlich und erbittert.

Er hasste die lange, stumpfsinnige Phase des Trainings, den Kampf Mann gegen Mann, die Beanspruchung seiner Freizeit, die langweilige Routine und die nervöse Angst vor einem Desaster noch kurz vor Schluss. Manchmal stellte er sich vor, dass alle anderen das Spiel ebenso verabscheuten wie er, ihre Aversion genauso unterdrückten wie er und sie nur in ihrem Inneren hegten wie ein Krebsgeschwür, das zu erkennen sie sich fürchteten. Manchmal stellte er sich vor, dieser oder jener wäre kurz davor, die Maske abzunehmen und zu sagen: »Dolly, hasst du diesen hundsgemeinen Mist ebenso wie ich?«

Dieses Gefühl hatte ihn schon auf der St. Regis' School beschlichen, und er war in der Meinung nach Princeton gekommen, dass er mit Football für alle Zeiten fertig sei. Aber Oberklässler von St. Regis stellten ihm auf dem Campus immer wieder die Frage nach seinem Gewicht, und so wurde er aufgrund seines sportlichen Rufs zum Vizesprecher unserer Klasse ernannt – es war Herbst, und große Taten lagen in der Luft. Eines Nachmittags spazierte er hinunter zum Erstsemestertraining, fühlte sich seltsam verloren und unzufrieden und roch den Rasen und das Erregende der Jahreszeit. Binnen einer halben Stunde war er schon dabei, ein Paar geborgte Schuhe anzuziehen, und zwei Wochen später war er Kapitän der Erstsemestermannschaft.

Einmal dabei, sah er, dass er einen Fehler gemacht hatte; er erwog sogar, vom College abzugehen. Denn mit seiner Entscheidung zu spielen übernahm Dolly eine moralische Verantwortung, die für ihn obendrein eine persönliche war. Zu verlieren, zu enttäuschen oder enttäuscht zu werden war für ihn einfach unerträglich. Das beleidigte seinen schottischen Sinn für Wirtschaftlichkeit. Wozu eine Stunde lang Blut schwitzen, um am Ende doch nur zu unterliegen?

Das Schlimmste war vielleicht, dass er kein wirklicher Spitzenspieler war. Keine Mannschaft im Land hätte auf ihn verzichten können, aber er konnte nichts überragend gut, weder laufen noch zuwerfen noch kicken. Er war knapp eins achtzig groß und wog mehr als hundertsechzig Pfund; er war ein erstklassiger Defense-Mann, er fing sicher, durchbrach gekonnt die gegnerische Linie und machte tadellose Punts. Er ließ den Ball nie fallen und war immer auf dem Posten; seine Präsenz, seine ständige kühle und sichere

Kampfbereitschaft hatten eine starke Wirkung auf die anderen. Moralisch lenkte er jedes Team, in dem er spielte, und darum auch hatte Roper die ganze Saison hindurch so viel Zeit aufgewandt bei dem Versuch, mehr Länge in seine Kicks zu bringen – denn er wollte ihn unbedingt dabeihaben.

Im zweiten Viertel begann Yale nachzulassen. Es war eine mittelmäßige Mannschaft, sie machten zwar alle viel her, waren aber unkoordiniert aufgrund von Verletzungen und einem bevorstehenden Wechsel im Trainingssystem von Yale. Der Quarterback Josh Logan – ich könnte das bezeugen – war ein Wunder bei Exeter gewesen, wo Spiele noch durch die Zuversicht und den befeuernden Geist eines Einzelnen gewonnen werden können. Aber Collegeteams sind zu überorganisiert, um so simpel und jungenhaft zu reagieren, und erholen sich weniger leicht von Missgeschicken und Fehleinschätzungen der Betreuer.

So rückte Princeton, das nichts zu verlieren hatte, mit angestrengtem Eifer stetig vor. Auf der Zwanzig-Yard-Linie von Yale geschah es plötzlich. Ein Pass von Princeton wurde abgefangen; der Yale-Mann verlor in seiner Aufregung über die Gelegenheit den Ball, der darauf gemütlich auf das Yale-Tor zurollte. Jack Devlin und Dolly Harlan von Princeton und irgendeiner von Yale – ich habe vergessen, wer – waren ungefähr gleich weit vom Ball entfernt. Was Dolly in diesem Bruchteil einer Sekunde tat, war purer Instinkt, überhaupt kein Problem für ihn. Er war der geborene Sportler, und in einer kritischen Situation besorgte sein Nervensystem das Denken für ihn. Er hätte mit den beiden anderen nach dem Ball rennen können; stattdessen brachte er den Yale-Mann mit brutaler Präzision zu Fall, während Devlin den Ball aufschnappte und die zehn Yards bis über die Torlinie trug.

Damals sahen die Sportberichterstatter ein Spiel noch mit den Augen von Ralph Henry Barbour. Die Presseloge war unmittelbar hinter mir, und als Princeton sich zum Torschuss formierte, hörte ich den Radiosprecher fragen:

»Wer ist Nummer zweiundzwanzig?«

»Harlan.«

»Harlan schießt jetzt aufs Tor. Devlin, der den Touchdown machte, kommt von Lawrenceville School. Er ist zwanzig Jahre alt. Der Ball ging klar zwischen die Torpfosten.«

In der Halbzeitpause, als Dolly noch schlotternd von der Anstrengung im Garderobenraum saß, kam Little, der Coach des Rückfelds, herein und setzte sich neben ihn.

»Wenn die Ends auf dich loskommen, mach einfach ein Fair Catch«, sagte Little. »Dieser starke Havemeyer ist imstande und reißt dir den Ball glatt aus den Händen.«

Jetzt war der richtige Zeitpunkt, es zu sagen: »Ich möchte, dass du Bill sagst ...« Aber die Worte verdrehten sich ihm zu einer banalen Frage nach der Windrichtung auf dem Platz. Er hätte seine Gefühle näher erklären müssen, genauer auf sie eingehen müssen, und dazu war jetzt keine Zeit. Seine eigene Person erschien ihm weniger wichtig in diesem Raum, an dessen Wänden sich der keuchende Atem, die äußerste Anstrengung, die Erschöpfung von zehn anderen niederschlug. Er fühlte sich geniert durch einen plötzlich ausbrechenden rohen Wortwechsel zwischen einem End und einem Tackle; er ärgerte sich über die

Ehemaligen, die mit im Raum waren – besonders über den Mannschaftskapitän von vor zwei Jahren, der inzwischen Examen gemacht hatte und der, etwas angetrunken, sich allzu heftig über den parteiischen Schiedsrichter aufregte. Er hätte es schrecklich gefunden, bei all diesen Reibereien und Widerwärtigkeiten noch mehr Ärger zu machen. Dennoch wäre er vielleicht mit alledem herausgerückt, hätte nicht Little andauernd leise zu ihm gesagt: »Was für ein fabelhafter Trick, Dolly! Wie du ihn ausmanövriert hast!« und ihm dabei anerkennend auf die Schulter geklopft.

II

Im dritten Viertel schoss Joe Dougherty von der Zwanzig-Yard-Linie aus ein leichtes Feldtor, und wir fühlten uns sicher, bis kurz vor der Dämmerung eine Reihe verzweifelter Pässe Yale einem Torerfolg näherbrachte. Aber Josh Logan hatte sich in Kunststückchen erschöpft und wurde von der Defense durchschaut. Als die Ersatzspieler aufs Feld gerannt kamen, rückte Princeton zum letzten Mal vor. Dann war es auf einmal vorbei, und die Menge ergoss sich von den Tribünen, und Gottlieb schnappte sich den Ball und tat einen Luftsprung. Eine Zeitlang herrschte allgemeine Verwirrung, Begeisterung und Hochstimmung; ich sah, wie ein paar Erstsemester Dolly auf die Schultern zu heben versuchten, aber sie waren zu schüchtern, und er kam so davon.

Wir alle fühlten uns mächtig erhoben. Wir hatten Yale drei Jahre lang nicht besiegt, und jetzt bekam alles wieder seine gute Ordnung. Das bedeutete einen angenehmen Winter im College, denn es war eine erfreuliche und glatte Sache, an die man in den feuchtkalten Tagen nach Weihnachten zurückdenken konnte, wo sich in einer Universitätsstadt sonst trübe Stimmung breitmacht. Unten auf dem Feld trieb eine improvisierte Mannschaft übermütige Spielchen mit einem Derbyhut, bis sie von einer tanzenden Menschenschlange überrollt und abgedrängt wurde. Außerhalb des Stadions sah ich zwei äußerst finstere und misslaunige Yale-Studenten in ein wartendes Taxi steigen und dem Fahrer in einem Ton endgültiger Resignation die Anweisung »New York« geben. Es waren dann keine Yale-Leute mehr zu finden; nach der Art der Besiegten waren sie ganz von der Bildfläche verschwunden.

Ich beginne Dollys Geschichte mit meinen Erinnerungen an dieses Spiel, weil an jenem Abend das Mädchen darin auftauchte. Sie war eine Freundin von Josephine Pickman, und wir vier hatten vor, zur Midnight-Frolic-Show nach New York zu fahren. Als ich Dolly andeutete, dass er wohl zu müde sein würde, lachte er nur trocken – er wäre an jenem Abend Gott weiß wohin gegangen, nur um die Stimmung und die Hektik rund um Football loszuwerden. Um halb sieben kam er in die Halle von Josephines Haus hereinspaziert und sah aus, als hätte er den ganzen Tag beim Friseur gesessen, nur dass er einen schmalen, äußerst schicken Streifen Heftpflaster über einem Auge trug. Er war einer der bestaussehenden Männer, die ich kennengelernt habe; in Straßenkleidung wirkte er groß und schlank, sein Haar war dunkel, seine Augen waren groß, empfindsam und dunkel, seine Nase war kühn gebogen und wirkte, wie seine Gesichtszüge überhaupt, irgendwie romantisch. Damals fiel es mir nicht auf, aber ich vermute, dass er ziemlich eitel war – nicht eingebildet, aber eitel –, denn er ging immer in Braun oder weichem Hellgrau, mit schwarzen Krawatten, und niemand kleidet sich aus Zufall so vorteilhaft.

Er schien innerlich leicht amüsiert, als er hereinkam. Er schüttelte mir überschwenglich die Hand und sagte in gespieltem Ton: »Nein welche Überraschung, Sie hier zu treffen, Mr. Deering.« Dann sah er die Mädchen am Ende des langen Flurs, eine dunkel und auffallend wie er selbst und eine mit goldenem Haar, das im Widerschein des Kaminfeuers funkelte und glitzerte, und er sagte so beglückt, wie ich nie jemand erlebt habe: »Welche von beiden gehört mir?«

»Welche du willst, nehme ich an.«

»Im Ernst, welche heißt Pickman?«

»Die blonde.«

»Dann gehört mir die andere. War es nicht so gedacht?«

»Ich halte es für besser, sie vor der Verfassung, in der du bist, zu warnen.«

Miss Thorne, klein und lieblich errötend, stand neben dem Kamin. Dolly ging stracks auf sie zu.

»Sie sind die Meine«, sagte er, »Sie gehören zu mir.«

Sie blickte ihn kühl an, überlegte; plötzlich mochte sie ihn und lächelte. Aber Dolly genügte das nicht. Es juckte ihn, etwas unglaublich Albernes und Unerhörtes zu tun, um seinen geheimen Jubel, dass er nun frei war, auszudrücken.

»Ich liebe Sie«, sagte er. Er nahm ihre Hand und sah sie

aus seinen braunen Samtaugen zärtlich an, träumerisch, aber überzeugend. »Ich liebe Sie.«

Für einen Moment zog sie die Mundwinkel herab, als wäre sie enttäuscht, sich von jemand mit noch mehr Selbstvertrauen herausgefordert zu sehen. Dann, als sie sichtlich ihre Fassung wiedergewann, ließ er ihre Hand los, und die kleine Szene, in der er sich von der Anspannung des Nachmittags befreit hatte, war vorüber.

Es war ein klarer, kalter Novemberabend, und der am offenen Auto vorbeisausende Luftzug versetzte uns in eine unbestimmte Erregung, ein Gefühl, als rasten wir mit Spitzengeschwindigkeit einem unerhörten Schicksal entgegen. Die Straßen waren voll von Autos, und es gab lange, unerklärliche Verkehrsstockungen, bei denen die Polizei, von den Scheinwerfern geblendet, an der Autoschlange auf und ab ging und rätselhafte Kommandos ausgab. Ehe wir noch eine Stunde gefahren waren, erschien New York als ferner dunstiger Widerschein am Himmel.

Miss Thorne stammte, wie ich von Josephine erfuhr, aus Washington und war soeben von einem Besuch in Boston hergekommen.

»Wegen des Spiels?«, fragte ich.

»Nein; da ist sie nicht hingegangen.«

»Zu schade. Wenn ich es gewusst hätte, hätte ich einen Sitzplatz –«

»Sie wäre nicht hingegangen. Vienna geht nie zu Spielen.«

Mir fiel ein, dass sie Dolly nicht einmal, wie üblich, beglückwünscht hatte.

»Sie hasst Football. Ihr Bruder ist letztes Jahr bei einem

Schulmatch umgekommen. Ich hätte sie heute Abend nicht mitgebracht, aber als wir vom Spiel nach Hause kamen, sah ich, dass sie den ganzen Nachmittag mit einem Buch dagesessen hatte, ohne eine Seite umzublättern. Er war ein wunderbarer Junge, weißt du, und die Familie war dabei, als es passierte, und ist nie darüber hinweggekommen.«

»Aber hat sie denn dann nichts gegen die Gesellschaft von Dolly?«

»Natürlich nicht. Sie ignoriert Football einfach. Wenn jemand davon spricht, wechselt sie nur das Thema.«

Ich war froh, dass Dolly und nicht – sagen wir – Jack Devlin mit ihr im Fond saß. Und ich bedauerte Dolly ein bisschen. Wie immer er über das Spiel denken mochte, er wartete gewiss auf ein Zeichen der Anerkennung für seine Leistung.

Vielleicht hielt er ihr ihre taktvolle Rücksicht zugute – doch wenn die Szenen des Nachmittags ihm wieder durch den Kopf gingen, hätte er wohl gern ein Kompliment gehört, um es als »so 'n Unsinn!« abtun zu können. Aber bei völliger Nichtbeachtung würden ihn diese Bilder hartnäckig verfolgen.

Ich wandte mich um und war einigermaßen verblüfft, Miss Thorne in Dollys Armen zu sehen; schnell drehte ich mich wieder um und beschloss, die beiden sich selbst zu überlassen.

Als wir am oberen Broadway an einer Ampel warteten, sah ich das Extrablatt einer Sportzeitung mit dem Ergebnis des Spiels als Hauptschlagzeile. Die grüne Zeitungsseite besaß mehr Realität als der ganze Nachmittag – kurz, knapp und klar:

Da war es – nicht wie das Gemuddel des Nachmittags, unsicher zusammengestoppelt bis zum Schluss, sondern hübsch präsentiert in der Vergangenheitsform:

PRINCETON 10; YALE 3.

Leistung war eine sonderbare Sache, dachte ich. Diese war weitgehend Dolly zuzuschreiben. Ich fragte mich, ob nicht alles, was aus den Schlagzeilen dröhnte, willkürliche Hervorhebung war. Als sollten die Leute fragen: »Wonach sieht es denn nun aus?«

»Am meisten nach einer Katze.«

»Nun, dann nennen wir's doch Katze.«

Mein Geist, von den Lichtern und dem munteren Getriebe beflügelt, erfasste plötzlich die Tatsache, dass alle Leistung nur ein Akzentsetzen war – ein In-Form-Bringen des ungeordneten Lebens.

Josephine hielt vor dem New Amsterdam Theatre an, wo ihr Chauffeur auf uns wartete und den Wagen übernahm. Wir waren recht früh gekommen, aber unter den im Foyer wartenden Studenten erhob sich ein Geflüster – »Da ist Dolly Harlan« –, und als wir zum Fahrstuhl gingen, kamen mehrere aus seiner Bekanntschaft, um ihm die Hand zu schütteln. Sichtlich ohne jedes Interesse für dieses Zeremoniell fing Miss Thorne meinen Blick auf und lächelte.

Ich war einigermaßen neugierig auf sie; Josephine hatte die ziemlich überraschende Information ausgegeben, dass sie eben erst sechzehn geworden sei. Ich vermute, dass mein erwiderndes Lächeln eher gönnerhaft war, doch gleichzeitig wurde mir klar, dass man sich von diesem Alter nicht täuschen lassen durfte. Trotz aller sensiblen Zartheit ihres Gesichts, trotz ihrer Gestalt, die mich irgendwie an eine romantisch verklärte kleine Ballerina denken ließ, hatte sie etwas an sich, das so hart wie Stahl war. Sie war in Rom, Wien und Madrid aufgewachsen, mit Kurzbesuchen in Washington; ihr Vater war einer jener liebenswürdigen amerikanischen Diplomaten, die mit feinem Starrsinn versuchen, die Alte Welt in ihren Kindern neu zu erschaffen, indem sie sie königlicher als echte Prinzen erziehen lassen. Miss Thorne war ›sophisticated‹. Sosehr sich junge Amerikaner auch darum bemühen, ist dies immer noch ein Monopol des Alten Kontinents.

Wir kamen gerade zu einer Nummer des Programms, wo ein Dutzend Revuetänzerinnen in Orange und Schwarz auf hölzernen Pferden gegen zwölf andere anritten, die in Yale-Blau gekleidet waren. Als das Licht wieder anging, wurde Dolly erkannt, und einige Princeton-Studenten klapperten beifällig mit den kleinen Holzhämmern, die zum Applaudieren dienten; unauffällig rückte er mit seinem Stuhl in einen dunkleren Winkel.

Fast unmittelbar danach tauchte ein vom Wein erhitzter und ziemlich elend aussehender junger Mann an unserem Tisch auf. Wenn er besser in Form gewesen wäre, hätte er einen sehr für sich einnehmen können; und wirklich blitzte er Dolly mit einem bezaubernden, ja umwerfenden Lächeln an, als ersuche er ihn um Erlaubnis, mit Miss Thorne zu sprechen.

Dann sagte er: »Ich dachte, du wolltest heute Abend nicht nach New York kommen.«

»Hallo, Carl.« Sie blickte kühl zu ihm auf.

»Hallo, Vienna. Das soll wohl alles sein: ›Hallo Vienna – Hallo Carl‹. Aber wieso? Ich dachte, du wolltest heute Abend nicht nach New York kommen.«

Miss Thorne machte keine Anstalten, uns den Mann vorzustellen, aber wir registrierten seinen etwas gereizten Ton.

»Ich dachte, du hättest mir versprochen, nicht zu kommen.«

»Ich hatte es auch nicht vor, Jungchen. Ich bin erst heute Morgen von Boston abgereist.«

»Und wen hast du in Boston getroffen – den faszinierenden Tunti?«, fragte er.

»Ich habe mich mit niemand getroffen, Jungchen.«

»O doch, das hast du! Du hast dich mit dem faszinierenden Tunti getroffen, und ihr habt über ein Leben an der Riviera gesprochen.« Sie antwortete nicht. »Warum bist du so unaufrichtig, Vienna?«, fuhr er fort. »Warum hast du mir am Telefon gesagt –«

»Ich lasse mir keine Vorhaltungen machen«, sagte sie in plötzlich verändertem Ton. »Ich habe dir gesagt, wenn du noch einen Tropfen tränkest, wäre ich mit dir fertig. Ich stehe zu meinem Wort, und ich wäre sehr erleichtert, wenn du jetzt gehen würdest.«

»Vienna!«, rief er verzagend mit bebender Stimme.

An diesem Punkt stand ich auf und tanzte mit Josephine.

Als wir zurückkamen, waren Leute am Tisch – die jungen Männer, in deren Obhut wir Josephine und Miss Thorne übergeben wollten, denn ich hatte berücksichtigt, dass Dolly zu müde sein würde, und noch ein paar andere. Einer von ihnen war Al Ratoni, der Komponist, der, wie sich herausstellte, Gast in der Botschaft in Madrid gewesen war. Dolly Harlan war mit seinem Stuhl beiseitegerückt und beobachtete die Tanzenden. Gerade als das Licht im Saal für eine neue Programmnummer heruntergeschaltet wurde, trat ein Mann aus dem Dunkel, beugte sich über Miss Thorne und flüsterte ihr etwas ins Ohr. Sie fuhr zusammen und wollte schon aufspringen, aber er legte die Hand auf ihre Schulter und zwang sie sitzen zu bleiben. Sie begannen leise und erregt miteinander zu sprechen.

Die Tische im Theater standen dicht beieinander. Ein Mann stieß zu der Gesellschaft am Nachbartisch, und ich konnte nicht umhin zu hören, was er sagte:

»Ein junger Bursche unten im Waschraum hat versucht sich umzubringen. Er hat sich durch die Schulter geschossen, aber sie konnten ihm die Pistole entreißen, ehe er ...« Dann die gleiche Stimme noch einmal: »Carl Sanderson, heißt es.«

Als die Nummer vorbei war, blickte ich um mich. Vienna Thorne starrte unbeweglich auf Miss Lillian Lorraine, die wie eine Riesenpuppe zum Plafond emporschwebte. Der Mann, der sich über Vienna gebeugt hatte, war gegangen, und die anderen hatten überhaupt nicht richtig mitbekommen, dass etwas passiert war. Ich wandte mich zu Dolly um und sagte, wir beide gingen jetzt wohl besser, und nach einem Blick zu Vienna, in dem sich Widerstreben, Mattigkeit und dann auch Resignation mischten, ging er auf meinen Vorschlag ein. Auf dem Weg zum Hotel erzählte ich Dolly, was passiert war.

»Nur so 'n Trunkenbold«, bemerkte er nach einem Augenblick müden Nachdenkens. »Vielleicht hat er absichtlich danebengeschossen, um etwas Mitgefühl zu erregen. Ich nehme an, das sind solche Dinge, auf die ein wirklich reizvolles Mädchen jederzeit gefasst sein muss.«

Das war nicht meine Ansicht. Ich konnte mir sehr wohl die zerknitterte weiße Hemdbrust mit dem stoßweise darüber hinfließenden Blut eines sehr jungen Menschen vorstellen, aber ich wollte nicht streiten, und nach einer Weile sagte Dolly: »Es mag brutal klingen, aber mir erscheint das Ganze ein bisschen schlapp und schwächlich, meinst du nicht? Doch vielleicht ist das nur mein Gefühl heute Abend.«

Als Dolly sich auszog, sah ich, dass er mit blauen Flecken übersät war, aber er versicherte mir, keine dieser Prellungen würde ihn um den Schlaf bringen. Dann sagte ich ihm, weshalb Miss Thorne das Match überhaupt nicht erwähnt hatte, und das machte ihn plötzlich wach; seine Augen funkelten wieder, wie ich es an ihm kannte.

»Also das war's! Ich habe mich schon gewundert. Ich dachte, du hättest ihr vielleicht geraten, nicht darüber zu sprechen.«

Später, als das Licht schon eine halbe Stunde aus war, sagte er plötzlich: »Ich verstehe«, laut und deutlich. Ich weiß nicht, ob er da noch wach war oder schlief.

III

Ich habe, so gut ich kann, alles niedergeschrieben, was mir von der ersten Begegnung zwischen Dolly und Miss Vienna noch erinnerlich ist. Jetzt beim Wiederlesen kommt es mir recht beiläufig und belanglos vor, aber der Abend wurde ganz von dem vorangegangenen Spiel überschattet, und alles, was da passierte, ebenfalls. Vienna reiste fast unmittelbar darauf nach Europa zurück und verschwand für fünfzehn Monate aus Dollys Leben.

Es war ein gutes Jahr – so haftet es mir immer noch im Gedächtnis: als ein wirklich gutes Jahr. Das zweite Studienjahr ist das ereignisreichste in Princeton, so wie das dritte in Yale. Es stehen nicht nur die Wahlen zu den feudaleren Clubs an, sondern das Schicksal eines jeden beginnt Gestalt anzunehmen. Man kann ziemlich genau sagen, wer reüssieren wird, nicht nur durch einen unmittelbaren Erfolg, sondern durch seine Art, wie er Fehlschläge überwindet. Mein Leben war mehr als ausgefüllt. Ich wurde in das Redaktionsgremium des *Princetonian* gewählt, in Dayton brannte unser Haus nieder, und im Turnsaal focht ich einen törichten halbstündigen Boxkampf mit einem Mann aus, der später einer meiner besten Freunde wurde; im März wurden Dolly und ich in den elitären Club aufgenommen, in den wir immer schon gewollt hatten. Ich verliebte mich auch, aber hier davon zu erzählen wäre völlig belanglos.

Der April kam und mit ihm das erste typische Princeton-Wetter, die trägen grün und goldenen Nachmittage und die erregenden klaren Abende, die vom Chorgesang der älteren Studenten geprägt waren. Ich war glücklich, und Dolly wäre es auch gewesen, wenn nicht eine neue Footballsaison angestanden hätte. Er spielte jetzt Baseball, was ihn vom Frühjahrstraining befreite, aber die zahlreichen Stimmen ließen sich schon aus der Ferne vernehmen, und sie schwollen im Laufe des Sommers zu orchestraler Tonstärke an, als er wohl ein Dutzend Mal täglich die Frage »Kommst du rechtzeitig zum Football zurück?« beantworten musste. Am fünfzehnten September befand er sich wieder im Staub und in der Hitze des spätsommerlichen Princeton, robbte auf allen vieren über das Feld, war wieder im alten Trab und rüstete sich, genau jener Prachtkerl zu werden, der zu sein ich zehn Jahre meines Lebens gegeben hätte.

Er hasste es von Anfang bis Ende, und doch ließ er keine Minute nach. Diesen Herbst ging er in das Spiel gegen Yale mit einem Gewicht von hundertdreiundfünfzig Pfund, wenn auch in der Zeitung ein anderes Gewicht angegeben wurde, und er und Joe McDonald waren die Einzigen, die dieses katastrophale Match durchstanden. Er hätte nur den Finger zu heben brauchen, um Mannschaftskapitän zu werden – aber das berührt vertrauliche Dinge, die ich nicht erzählen kann. Seine Schreckensvorstellung war, durch irgendeinen Zufall die Position annehmen zu müssen. Für zwei Saisons! Er redete nicht einmal mehr darüber. Er verließ das Zimmer oder den Club, wenn die Unterhaltung sich dem Football zuwandte. Er hörte auf, mir ständig zu verkünden, dass er ›diese Plackerei nicht noch einmal mitmachen‹ werde. Diesmal dauerte es bis zu den Weihnachtsferien, ehe jener unglückliche Blick aus seinen Augen schwand.

Dann, zu Neujahr, kehrte Miss Thorne aus Madrid in die Heimat zurück, und im Februar brachte ein Mann namens Case sie mit zum Senior-Abschlussball.

IV

Sie war sogar noch hübscher als früher, weicher, zumindest äußerlich, und erregte gewaltiges Aufsehen. Die Leute auf der Straße blickten sich abrupt nach ihr um – mit einem erschrockenen Blick, als wären sie sich bewusst, beinahe etwas versäumt zu haben. Sie hatte, wie sie mir sagte, für eine Weile genug von europäischen Männern, wobei sie durchblicken ließ, dass es irgendeine unglückliche Liebesgeschichte gegeben hatte. Im nächsten Herbst würde sie in Washington debütieren.

Vienna und Dolly. Sie verschwand mit ihm für zwei Stunden von dem Ball, und Harold Case war verzweifelt. Als sie um Mitternacht wieder auftauchten, dachte ich: ›Das ist das eleganteste Paar von allen, die ich gesehen habe.‹ Von ihnen ging jenes eigentümliche Leuchten aus, das dunkelhaarige Menschen manchmal haben. Harold Case warf noch einen Blick auf die beiden und ging dann, in seinem Stolz gekränkt, nach Hause.

Nach einer Woche kam Vienna wieder, einzig und allein, um Dolly zu sehen. An jenem Abend ergab es sich, dass ich noch spät ein Buch aus dem verlassenen Clubhaus holen wollte, als die beiden mich riefen. Sie saßen auf der rückwärtigen Terrasse, mit dem Blick auf das gespenstische Stadion und auf ein Stück menschenleerer Nacht. Es herrschte

Tauwetter, mit frühlingshaften Stimmen in der milden Brise, und wo immer genügend Licht war, konnte man die Tropfen glitzern und fallen sehen. Man spürte, wie die Kälte aus den Sternen schmolz, und die kahlen Bäume und Büsche nach Stony Brook hin wirkten in der Dunkelheit geradezu üppig.

Sie saßen zusammen auf einer Korbbank, ganz von sich erfüllt, romantisch gestimmt und glücklich.

»Wir mussten es jemand erzählen«, sagten sie.

»Kann ich also jetzt gehen?«

»Nein, Jeff«, beharrten sie; »bleib hier und beneide uns. Wir sind in dem Stadium, wo wir jemand brauchen, der uns beneidet. Findest du, dass wir ein gutes Paar abgeben?«

Was sollte ich sagen?

»Dolly macht nächstes Jahr seinen Abschluss in Princeton«, fuhr Vienna fort, »aber wir werden es erst nach der Saison in Washington im Herbst bekanntgeben.«

Ich empfand ein unbestimmtes Gefühl der Erleichterung darüber, dass es eine lange Verlobungszeit geben würde.

»Ich finde Sie sehr in Ordnung, Jeff«, sagte Vienna. »Ich möchte, dass Dolly mehr solche Freunde wie Sie hat. Sie sind anregend für ihn – Sie haben Ideen. Ich habe Dolly gesagt, vielleicht könnte er noch mehr solche Freunde finden, wenn er sich in seiner Klasse einmal umsieht.«

Dolly und mir wurde ein bisschen unbehaglich.

»Sie möchte nicht, dass ich ein Spießer werde«, sagte er leichthin.

»Dolly ist fantastisch«, versicherte Vienna. »Er ist das prächtigste Wesen, das es je gab, und Sie werden merken,

Jeff, dass ich sehr gut für ihn bin. Ich habe ihn schon in einer sehr wichtigen Sache zu einem Entschluss gebracht.« Ich ahnte schon, was kommen würde. »Er wird ihnen ordentlich seine Meinung sagen, wenn sie ihm im nächsten Herbst wegen Football zusetzen, nicht wahr, Jungchen?«

»Oh, sie werden mir nicht zusetzen«, sagte er missmutig. »So ist das nicht ...«

»Doch, sie werden versuchen, dich unter Druck zu setzen, moralisch.«

»O nein«, widersprach er. »So ist das nicht. Lass uns jetzt nicht davon reden, Vienna. Es ist so ein wunderschöner Abend.«

So ein wunderschöner Abend! Wenn ich an meine eigenen Liebesangelegenheiten in Princeton zurückdenke, rufe ich mir immer jenen Abend von Dolly in Erinnerung, als hätte ich und nicht er dort gesessen und Jugend, Hoffnung und Schönheit in den Armen gehalten.

Dollys Mutter mietete für den Sommer ein Haus auf Ram's Point, Long Island, und Ende August fuhr ich an die Ostküste, um Dolly zu besuchen. Als ich ankam, war Vienna schon eine Woche dort, und mein Eindruck war: erstens, dass er mächtig verliebt war; und zweitens, dass es sich um eine Party von Vienna handelte. Allerlei merkwürdige Leute pflegten vorbeizukommen, um Vienna zu besuchen. Ich hätte jetzt nichts mehr gegen diese Menschen – ich bin inzwischen weltmännischer geworden –, aber damals empfand ich sie eher als einen Makel an diesem Sommer. Sie waren alle in dieser oder jener Hinsicht kleine Berühmtheiten, und es lag an einem selbst, herauszufinden, wieso und warum. Es wurde viel geredet, und besonders Viennas Charakter wurde viel diskutiert. Wann immer ich mich mit irgendwelchen anderen Gästen alleine fand, sprachen wir über Viennas sprühende Persönlichkeit. Sie dachten, ich wäre langweilig, und die meisten hielten auch Dolly für langweilig. Dabei war er auf seinem Gebiet besser als jeder von ihnen auf dem seinen, nur dass sein spezielles Gebiet das einzige war, das überhaupt keine Erwähnung fand. Dennoch hatte ich das unbestimmte Gefühl, mich gesellschaftlich zu verbessern, und noch das ganze folgende Jahr brüstete ich mich damit, die meisten dieser Menschen persönlich zu kennen, und wurde ärgerlich, wenn die Leute mit deren Namen nichts anfangen konnten.

Am Tag vor meiner Abreise verrenkte sich Dolly beim Tennis den Fuß und machte hinterher zu mir ziemlich düstere Scherze darüber.

»Wenn ich ihn wenigstens gebrochen hätte, wäre alles so viel leichter. Nur noch ein paar Millimeter weiter verrenkt, und einer der Knochen wäre bestimmt gebrochen. Übrigens, sieh dir das hier an.«

Er schob mir einen Brief herüber. Es war ein Ersuchen, sich am fünfzehnten September in Princeton zum Training zu melden und sich in der Zwischenzeit in gute Kondition zu bringen.

»Du wirst also in diesem Herbst nicht spielen?«

Er schüttelte den Kopf.

»Nein. Ich bin doch kein Kind mehr. Ich habe zwei Jahre lang gespielt, und ich möchte dieses Jahr frei sein. Wenn ich das noch mal mitmachen würde, wäre das ein Fall von moralischer Feigheit.«

»Ich will dir nicht dreinreden, aber … hättest du diesen

Standpunkt auch eingenommen, wenn es nicht wegen Vienna wäre?«

»Selbstverständlich. Wenn ich mich da breitschlagen ließe, könnte ich mir selbst nie wieder ins Gesicht sehen.«

Zwei Wochen später erhielt ich den folgenden Brief:

Lieber Jeff,

wenn Du dies liest, wirst du einigermaßen überrascht sein. Diesmal habe ich mir wirklich beim Tennis das Fußgelenk gebrochen. Im Augenblick kann ich nicht mal auf Krücken gehen; während ich schreibe, liegt der Fuß vor mir auf dem Sessel, dick geschwollen und mit einem Riesenverband. Niemand, nicht einmal Vienna, weiß von unserem Gespräch über das Thema letzten Sommer, und so wollen wir beide es ganz vergessen. Nur noch dies – so ein Fußknöchel ist verdammt schwer zu brechen, wenn ich das auch vorher nicht wusste.

Ich fühle mich glücklicher als seit Jahren – kein Vorsaison-Training, kein Schwitzen und keine Strapazen, ein bisschen Beschwerden und Unbequemlichkeit, aber frei! Mir ist, als hätte ich einen ganzen Haufen von Menschen überlistet, und das geht niemand etwas an als Deinen machiavellistischen (sic) Freund

Dolly

PS: Auch diesen Brief zerreißt Du am besten.

Das klang überhaupt nicht nach Dolly.

V

Sobald ich wieder in Princeton war, fragte ich Frank Kane, der in der Nassau Street Sportartikel verkauft und einem auf Anhieb den Namen des Ersatz-Quarterbacks von 1901 nennen kann, was denn eigentlich mit Bob Tatnalls Ober-semester-Mannschaft los sei.

»Verletzungen und viel Pech«, sagte er. »Nach den harten Spielen wollten sie sich nicht weiter abplacken. Nehmen Sie zum Beispiel Joe McDonald, im Vorjahr noch der beste Tackle in den ganzen Staaten; er war zu langsam und verbraucht, und er wusste es, und es kümmerte ihn nicht. Ein Wunder, dass Bill mit dieser Truppe überhaupt durch die Saison gekommen ist.«

Ich saß mit Dolly auf der Tribüne und sah, wie sie Lehigh 3:0 schlugen und gegen Bucknell mit viel Glück unentschieden spielten. In der folgenden Woche wurden wir 14:0 von Notre Dame geschlagen. Am Tag dieses Spiels war Dolly in Washington bei Vienna, aber er wollte alles darüber wissen, als er am nächsten Tag zurückkam. Er hatte die Sportseiten sämtlicher Zeitungen mitgebracht, las sie alle und schüttelte nur den Kopf. Dann stopfte er sie plötzlich in den Papierkorb.

»Dieses College ist total footballverrückt«, verkündete er. »Weißt du, dass englische Mannschaften nicht einmal trainieren?«

Ich hatte in jenen Tagen nicht viel Freude an Dolly. Es war komisch, ihn zu sehen, wie er gar nichts zu tun hatte. Zum ersten Mal in seinem Leben lungerte er nur so herum – in seinem Zimmer, im Club, in zufälliger Gesellschaft – er, der stets irgendwohin unterwegs war, dynamisch und lässig. Wenn er eine Straße entlangging, hatten sich früher Gruppen gebildet – Gruppen aus Mitstudenten, die gern mit ihm gehen wollten, und Gruppen aus unteren Klassen, die ihm mit den Augen wie einem vorbeiziehenden Heiligtum folgten. Er gab sich demokratisch, machte überall mit, und das passte irgendwie nicht zu ihm. Er erklärte, mehr Mitstudenten kennenlernen zu wollen.

Aber die Leute wollen ihre Idole etwas über sich erhöht sehen, und Dolly war eine Art heimliches und ganz spezielles Idol gewesen. Er mochte nicht mehr allein sein, und das fiel mir natürlich am meisten auf. Wenn ich mich zum Ausgehen erhob und er nicht gerade einen Brief an Vienna schrieb, fragte er nahezu beunruhigt: »Wo gehst du hin?« und fand irgendeinen Vorwand, um hinkend mit mir zu kommen.

»Bist du froh, dass du es getan hast, Dolly?«, fragte ich ihn eines Tages ganz unvermittelt.

Er sah mich vorwurfsvoll und trotzig zugleich an.

»Natürlich bin ich froh.«

»Trotzdem wünschte ich, du wärst dort im Rückfeld ...«

»Das würde überhaupt nichts nutzen. Das Spiel dieses Jahres wird im Stadion ausgetragen. Ich könnte ihnen höchstens ein paar Schüsse verpatzen.«

In der Woche des Spiels gegen die Navy ging er plötzlich zu jedem Training. Er regte sich auf; dieses schreckliche Verantwortungsbewusstsein hatte ihn gepackt. Früher hatte er es nicht ertragen, wenn von Football gesprochen wurde; jetzt dachte er immer daran und redete von nichts anderem. In der Nacht vor dem Spiel gegen die Navy wachte ich mehrmals auf und sah, dass sein Zimmer hell erleuchtet war.

Wir verloren 7:3 durch einen Vorwärtspass in der letzten Minute über Devlins Kopf hinweg. Nach der Halbzeit ging Dolly von der Tribüne und setzte sich zu der Mannschaft aufs Spielfeld. Als er danach wieder zu mir kam, war sein Gesicht verschmiert und schmutzig, als ob er geweint hätte.

In diesem Jahr fand das Spiel in Baltimore statt. Dolly und ich wollten in Washington übernachten, wo Vienna gerade einen Tanzabend gab. Wir fuhren in düsterer Stimmung dorthin, und ich konnte ihn nur mit Mühe davon abhalten, auf zwei Marineleutnants loszugehen, die auf der Bank hinter uns jubelnde Leichenreden hielten.

Der Tanzabend war das, was Vienna ihre zweite Debütparty nannte. Sie hatte diesmal nur Leute eingeladen, die ihr näherstanden, und die erwiesen sich größtenteils als Importe aus New York. Die Musiker, die Bühnenautoren, die vagen Statisten des Kunstlebens, die sich auch schon in Dollys Haus auf Ram's Point eingefunden hatten, herrschten hier vor. Aber Dolly, der diesmal keine Gastgeberpflichten ausüben musste, machte an diesem Abend keine ungeschickten Versuche, ihre Sprache zu sprechen. Mürrisch stand er gegen die Wand gelehnt mit jenem Anflug von Überlegenheit, der in mir zuerst den Wunsch nach seiner Bekanntschaft geweckt hatte. Später, als ich zu Bett gehen wollte, kam ich an Viennas Zimmer vorbei, und sie rief mich herein. Sie und Dolly, beide ein wenig blass, saßen einander im Raum gegenüber, und die Atmosphäre war gespannt.

»Setzen Sie sich, Jeff«, sagte Vienna erschöpft. »Ich

möchte, dass Sie sehen, wie ein Mann sich aufgibt und wieder zum Schuljungen wird.« Ich setzte mich widerstrebend hin. »Dolly hat seine Meinung geändert«, sagte sie. »Football ist ihm wichtiger als ich.«

»Das ist es nicht«, beharrte Dolly.

»Ich verstehe nicht ganz«, wandte ich ein. »Dolly kann unmöglich spielen.«

»Aber er meint, er kann, Jeff. Nur für den Fall, dass Sie mich in dieser Sache für dickköpfig halten, will ich Ihnen etwas erzählen. Vor drei Jahren, als wir das erste Mal zurück in die Staaten kamen, schickte mein Vater meinen jüngeren Bruder auf die Schule. Eines Nachmittags fuhren wir alle hinaus, um ihn Football spielen zu sehen. Gleich nach Beginn des Spiels wurde er verletzt, aber Vater sagte: ›Schon recht. In einer Minute ist er wieder auf den Beinen. Das kommt immer mal vor.‹ Aber, Jeff, er stand nicht wieder auf. Er lag da. Und schließlich breiteten sie eine Decke über ihn und trugen ihn vom Platz. Gerade als wir zu ihm gelangten, starb er.«

Sie blickte uns einen nach dem anderen an und begann heftig zu schluchzen. Dolly ging stirnrunzelnd zu ihr hinüber und legte den Arm um ihre Schultern.

»O Dolly«, rief sie weinend, »willst du mir nicht diesen Gefallen tun – nur diesen einen kleinen Gefallen?«

Er schüttelte unglücklich den Kopf. »Ich hab's versucht, aber ich kann nicht«, sagte er. »Es ist mein Metier, verstehst du das nicht, Vienna? Jeder muss in seinem Metier weitermachen.«

Vienna war aufgestanden und überpuderte ihre Tränen vor einem Spiegel; jetzt fuhr sie zornig herum.

»Dann bin ich offenbar einem Missverständnis aufgesessen, als ich annahm, du dächtest darüber ebenso wie ich.«

»Kramen wir das nicht alles wieder hervor. Ich habe das Reden satt, Vienna; ich habe meine eigene Stimme satt. Mir scheint, dass niemand, den ich kenne, etwas anderes tut als unentwegt reden.«

»Danke. Das geht wohl auf mich.«

»Ich habe den Eindruck, dass deine Freunde eine ganze Menge reden. Ich habe noch nie so viel dummes Geplapper gehört wie heute Abend. Ist dir denn die Idee, dass man wirklich etwas *tut*, so zuwider, Vienna?«

»Es kommt darauf an, ob es der Mühe wert ist.«

»Nun, es ist der Mühe wert – für mich.«

»Ich weiß, was dich umtreibt, Dolly«, sagte sie bitter. »Du bist ein schwacher Charakter und willst bewundert werden. Dieses Jahr ist dir kein Haufen kleiner Jungen überallhin nachgefolgt, als wärst du Jack Dempsey, und das bricht dir fast das Herz. Du möchtest vor sie alle hintreten und dich aufspielen und den Applaus hören.«

Er lachte kurz auf. »Wenn das deine Vorstellung von den Gefühlen eines Footballspielers ist –«

»Hast du dich entschlossen zu spielen?«, unterbrach sie ihn.

»Wenn ich irgendwie von Nutzen sein kann – ja.«

»Dann glaube ich, wir beide verschwenden nur unsere Zeit.«

Sie hatte mit aller Härte gesprochen, aber Dolly wollte nicht einsehen, dass es ihr ernst war. Als ich ging, versuchte er immer noch, sie »zur Vernunft« zu bringen, und am nächsten Tag im Zug sagte er mir, Vienna wäre »ein bisschen nervös« gewesen. Er war mächtig verliebt in sie, und sie zu verlieren war ihm undenkbar; doch er war immer noch von dem plötzlichen Impuls beherrscht, der ihn zu seiner neuen Entscheidung gebracht hatte, und seine Verwirrung und geistige Erschöpfung ließen ihn glauben, dass alles schon in Ordnung kommen würde. Aber ich hatte jenen Ausdruck auf Viennas Gesicht schon einmal gesehen, als sie vor zwei Jahren im Theater mit jenem Carl Sanderson sprach.

Dolly stieg nicht an der Station Princeton Junction aus, sondern fuhr weiter nach New York. Er suchte zwei orthopädische Spezialisten auf, und der eine konstruierte für ihn eine Bandage, die rundum durch ein kleines Fischbeingitter verstärkt war und die er Tag und Nacht tragen sollte. Es war damit zu rechnen, dass die Bandage beim erstbesten Ballduell in die Brüche gehen würde, aber er konnte damit laufen und darauf stehen, wenn er einen Schuss machte. Gleich am folgenden Nachmittag ging er im Sportdress auf das Spielfeld der Universität.

Sein Erscheinen dort war eine kleine Sensation. Ich sah von der Tribüne aus dem Training zu, zusammen mit Harold Case und der jungen Daisy Cary. Sie war damals gerade im Begriff, berühmt zu werden, und ich weiß nicht, ob sie oder Dolly mehr Aufsehen erregte. Zu jener Zeit war es immer noch etwas gewagt, eine Filmschauspielerin mitzubringen; wenn dieselbe junge Dame heute nach Princeton käme, würde sie wahrscheinlich am Bahnhof mit einer Musikkapelle empfangen werden.

Dolly humpelte umher, und jeder sagte: »Er hinkt ja!«

Er fing einen Punt, und jeder sagte: »Das hat er gut gemacht!« Die erste Mannschaft hatte nach dem harten Spiel gegen die Navy Erholungspause, und alle sahen den ganzen Nachmittag Dolly zu. Nach dem Training winkte ich ihm, und er kam herüber und begrüßte uns. Daisy fragte ihn, ob er wohl in einem Footballfilm, in dem sie demnächst zu spielen hatte, auftreten würde. Das war nur so hingesagt, aber er sah mich mit einem trockenen Lächeln an.

Als er abends aufs Zimmer kam, war sein Knöchel so dick geschwollen wie ein Ofenrohr, und am nächsten Tag richteten er und Keene die Bandage so ein, dass sie sich je nach dem Umfang der Schwellung lockerte und wieder zusammenzog. Wir nannten es den Ballon. Der Knochen war nahezu geheilt, aber die verletzten kleinen Sehnen spannten sich und sprangen jeden Tag wieder aus ihrer Bahn. Von der Seitenlinie beobachtete er das Spiel gegen Swarthmore, und am folgenden Montag nahm er an einem Probespiel der zweiten Mannschaft gegen Amateure teil.

An den Nachmittagen schrieb er manchmal an Vienna. Nach seiner Theorie waren sie immer noch miteinander verlobt, aber er versuchte, sich deswegen keine Sorgen zu machen, und ich glaube, die wirklichen Schmerzen, die ihn nachts wachhielten, halfen ihm dabei. Wenn die Saison vorüber wäre, würde er zu ihr fahren und weitersehen.

Wir spielten gegen Harvard und verloren 3:7. Jack Devlins Schlüsselbein war gebrochen, und er fiel für die Spielzeit aus, womit es nahezu sicher war, dass Dolly spielen würde. Unter all den Gerüchten und Ängsten von Mitte November entzündete sich dadurch ein Hoffnungsfunken in einer sonst ziemlich angeschlagenen Studentenmannschaft – die völlig übertriebene Hoffnung auf Dollys Kondition. Am Donnerstag vor dem Spiel kam er aufs Zimmer mit einem von Erschöpfung gezeichneten Gesicht.

»Sie wollen mich einsetzen«, sagte er, »im Rückfeld für Punts. Wenn die nur wüssten…«

»Konntest du denn Bill nicht sagen, wie du darüber denkst?«

Er schüttelte den Kopf, und ich hatte plötzlich den Verdacht, dass er sich für seinen ›Unfall‹ im vorigen August bestrafen wollte. Er lag ganz still auf der Couch, während ich sein Köfferchen für die Mannschaftsreise packte.

Der Tag des Spiels selbst glich, wie gewöhnlich, einem Traum – unwirklich mit seinen Massen von Freunden und Verwandten und dem pomphaften Drumherum einer großen Show. Die elf kleinen Männer, die endlich auf den Platz rannten, waren wie verzauberte Figuren aus einer anderen Welt, fremdartig und überaus romantisch, verschwommen in einem pulsierenden Dunst aus Menschen und Lärm. Man leidet unerträglich mit ihnen, zittert mit ihrer Aufregung, aber sie haben jetzt nichts mit uns zu schaffen, sind jedem Beistand entrückt, geweiht und unerreichbar – auf eine gewisse Weise heilig.

Das Spielfeld ist üppig grün, die Präliminarien sind vorüber und die Mannschaften trollen sich auf ihre Plätze. Kopfschützer werden übergezogen; jeder Mann klatscht in die Hände und hüpft einsam ein bisschen herum. Die Menschen um dich reden immer noch, setzen sich zurecht, aber du bist ganz still geworden, und deine Augen wandern von Mann zu Mann. Da ist Jack Whitehead, im letzten Studienjahr, als End; Joe McDonald, breit und beruhigend, als Tackle; Toole, ein viertes Semester, als Guard; Red Hopman als Center; einer, den man nicht gleich identifizieren kann, als anderer Guard – wahrscheinlich Bunker –, er wendet sich, und wir sehen seine Nummer – ja, Bunker; Bean Gile, unnatürlich würdevoll und gewichtig, als der andere Tackle; Poore, noch ein viertes Semester, als End. Hinter ihnen Wash Sampson als Quarterback – seine Gefühle kann man sich vorstellen! Aber er läuft leichtfüßig hier- und dahin, spricht mit diesem und jenem und versucht, seine Munterkeit und Siegeszuversicht anderen mitzuteilen. Dolly Harlan, die Hände in die Hüften gestemmt, steht unbeweglich und wartet auf den Anstoß von Yale; nahe bei ihm Mannschaftskapitän Bob Tatnall ...

Da kommt der Pfiff! Yale stürmt in Linie gewaltig vor, und im Bruchteil einer Sekunde kommt das Geräusch des Balls. Das ganze Feld ist ein einziger Strom rennender Figuren, und alle Zuschauer neigen sich, wie vom Schlag eines elektrischen Stuhls gestoßen, jäh nach vorne.

Nicht auszudenken, wenn wir den Ball fallen lassen!

Tatnall schnappt sich den Ball, läuft zehn Yards zurück, wird umringt und unseren Blicken entzogen. Spears geht durch die Mitte, um drei Yards zu machen. Ein kurzer Pass, von Sampson zu Tatnall, kommt an, bringt aber nichts. Harlan kickt zu Devereaux, doch der wird schon auf der Vierzig-Yard-Linie zu Boden gebracht.

Sehen wir mal, was die anderen davon haben.

Es zeigte sich sogleich, dass sie eine Menge davon hatten. Unter Ausnutzung eines effektvollen Getümmels und mit einem kurzen Pass über die Mitte schafften sie den Ball über fünfzig Yards auf die Sechs-Yard-Linie von Princeton, wo sie ihn durch ein Fumble verloren und Red Hopman ihn sicherte. Nach einem Wechsel von Punts machten sie wieder einen Vorstoß, diesmal auf die Fünfzehn-Yard-Linie, wo wir – nach vier haarsträubenden Vorwärtspässen, von denen Dolly zwei abfing – in Ballbesitz kamen. Aber Yale war immer noch frisch und kampfstark, und bei einem dritten Angriff geriet die schwächere Princeton-Front ins Wanken. Gleich nach Beginn des zweiten Viertels bekam Devereaux den Ball zu einem Touchdown, und bei Halbzeit war Yale auf unserer Zehn-Yard-Linie im Ballbesitz. Stand: Yale 7, Princeton 0.

Wir hatten keine Chance. Die Mannschaft war mehr als in Form, spielte besser als das ganze Jahr hindurch, aber es genügte nicht. Wenn es nicht das Spiel gegen Yale gewesen wäre, wo alles Mögliche passieren konnte und auch schon passiert war, wäre die Atmosphäre noch düsterer gewesen, als sie schon war, und auf den Bänken der Anhänger so dicht, dass man sie mit einem Messer hätte schneiden können.

Zu Anfang des Spiels hatte Dolly Harlan einen hohen Schuss von Devereaux zu Boden gehen lassen, doch er holte sich den Ball wieder, ohne Raum zu gewinnen; gegen Ende der ersten Halbzeit rutschte ihm ein anderer Schuss durch die Finger, aber er pflückte sich den Ball vom Boden und lief, am End vorbeischlüpfend, zwölf Yards zurück. In der Halbzeitpause sagte er Roper, es wolle ihm nicht gelingen, richtig unter den Ball zu kommen, aber man behielt ihn im Spiel. Seine eigenen Schüsse trugen weit, und er spielte eine wichtige Rolle in der einzigen Rückfeldkombination, die hoffen konnte, Punkte zu machen.

Nach der ersten Spielphase hinkte er etwas und lief so wenig wie möglich herum, um sich nichts anmerken zu lassen. Doch ich verstand genug von Football, um zu sehen, dass er sich in jedem Spielzug einbrachte, indem er in seinem eher langsamen Tempo startete und dann rasch von der Seite angriff, wobei er seinen Gegner fast immer außer Gefecht setzte. Nicht ein einziger Vorwärtspass von Yale kam in seinem Revier an, doch gegen Ende des dritten Viertels verpasste er wieder einen Ball – versuchte mit einer Rückwärtsdrehung unter ihn zu kommen, verfehlte den Ball und erwischte ihn gerade rechtzeitig auf der Fünf-Yard-Linie, um einen sicheren Punktverlust zu vermeiden. Das war das dritte Mal, und ich sah, wie Ed Kimball seine Decke abwarf und sich an der Seitenlinie warmzulaufen begann.

Genau an diesem Punkt begann sich das Blatt zu unseren Gunsten zu wenden. Aus einer Schusskombination heraus, mit Dolly als Punter hinter unserem Tor, nahm Howard Bement, der für Wash Sampson als Quarterback eingewechselt war, den Ball, brachte ihn durch die Mitte der Linie, kam an den zweiten Verteidigern vorbei und rannte sechsundzwanzig Yards, ehe er gestoppt wurde. Mannschaftskapitän Tasker von Yale war mit einem verrenkten Knie ausgeschieden, und Princeton konnte den Ersatzmann mehrfach umspielen, von Bean Gile zu Hopman, wobei George Spears und manchmal Bob Tatnall den Ball durchbrachten. Wir stießen auf die Vierzig-Yard-Linie von Yale vor, verpatzten den Ball und retteten ihn wieder bei Schluss des dritten Viertels. Eine Welle der Begeisterung durchlief die Zuschauerbänke von Princeton. Zum ersten

Mal hatten wir den Ball mit einem First Down in ihrer Hälfte und damit die Möglichkeit zum Ausgleich. Überall ringsum konnte man die Spannung wachsen hören; sie zeigte sich in den aufgeregten Gesten der Cheerleader und den zufälligen Lärminseln, die sich aus der Menge heraushoben, hier und da neue Stimmen an sich rissen und zu einem unartikulierten Gebrüll anschwollen.

Ich sah Kimball auf das Feld hinausrennen und sich beim Schiedsrichter melden, und ich dachte erleichtert, Dolly hätte es nun endlich hinter sich, aber es war Bob Tatnall, der japsend vom Platz kam und die Princeton-Anhänger zu Hochrufen von den Plätzen riss.

Mit dem ersten Spielzug brach ein Höllenlärm los und riss bis zum Ende des Spiels nicht mehr ab. Von Zeit zu Zeit verebbte er zu einem summenden Klagegesang; dann steigerte er sich wieder zu der Intensität eines Gewittersturms und echote in der Dämmerung von einer Seite des Stadions zur anderen, nicht unähnlich dem Schmerzensgeheul verdammter Seelen, die frei im Raum über einem Abgrund schweben.

Die Mannschaften formierten sich auf der Einundvierzig-Yard-Linie von Yale, und Spears entwischte den Angriffen und machte sechs Yards gut. Wieder trug er den Ball – ein etwas ungehobelter Südstaatler und nicht sehr beliebt, aber mit lichten Momenten – durch dieselbe Lücke und gewann fünf weitere Yards und ein erstes Down. Dolly schaffte noch zwei, und Spears wurde in der Mitte gestoppt. Es war das dritte Down, der Ball auf der Neunundzwanzig-Yard-Linie, und es fehlten noch acht Yards.

Hinter mir war einige Verwirrung, ein Gestoße und ein

paar Stimmen; einem Mann war schlecht, oder er war ohnmächtig geworden – wer, konnte ich nicht herausfinden. Für eine Minute war mir die Sicht durch aufspringende Leute versperrt, und dann geriet alles außer Rand und Band. Ersatzspieler sprangen unten auf dem Spielfeld herum, ihre Decken schwingend, und die Luft war voll von fliegenden Hüten, Kissen, Mänteln und ohrenbetäubendem Geschrei. Dolly Harlan, der in seiner ganzen Princeton-Karriere kaum ein Dutzend Mal mit dem Ball vorgestürmt war, hatte einen langen Pass von Kimball aus der Luft gefangen und sich, einen Angreifer mitschleppend, fünf Yards vorwärts zum Tor von Yale durchgekämpft.

VI

Kurze Zeit danach war das Spiel vorbei. Es gab noch einen bangen Moment, als Yale zu einem neuen Angriff ansetzte, aber sie konnten keine Punkte machen, und Bob Tatnalls Elf hatte eine mittelmäßige Saison dadurch gerettet, dass sie gegen eine bessere Yale-Mannschaft ein Unentschieden erzielte. Wir fühlten uns durchaus als Sieger, freuten uns, wenn auch ohne lauten Jubel, und die Gesichter der Yale-Leute beim Verlassen des Stadions wirkten niedergeschlagen. Es würde schließlich doch noch ein gutes Jahr sein – ein guter Kampf im letzten Moment, etwas zum Anknüpfen für die Mannschaft des nächsten Jahres. Unsere Klasse – jedenfalls die, denen etwas daran lag – würde ohne den Nachgeschmack einer Niederlage von Princeton scheiden. Das Zeichen war gesetzt; die Banner wehten stolz im Wind.

Ist das kindisch? Dann muss man uns etwas anderes nennen, was die Stelle des Sieges einnehmen kann.

Ich wartete vor den Garderoben auf Dolly, bis fast alle anderen herausgekommen waren; dann, als er immer noch nicht erschien, ging ich hinein. Jemand hatte ihm einen kleinen Brandy gegeben, und da er nie viel trank, war ihm etwas schwindlig.

»Nimm dir einen Stuhl, Jeff.« Er lächelte breit und glücklich. »Rubber! Tony! Besorgt für den hohen Gast einen Sessel. Er ist 'n Intellektueller und will einen dieser dickschädeligen Footballer interviewen. Tony, dies ist Mr. Deering. Es gibt alles in diesem komischen Stadion, nur keine Armsessel. Ich liebe dieses Stadion. Ich werde mich hier häuslich niederlassen.«

Er verstummte, dachte beglückt an alles Mögliche. Er war zufrieden. Ich überredete ihn, sich anzuziehen – wir wurden draußen erwartet. Dann bestand er darauf, noch mal auf das jetzt dunkle Spielfeld hinauszugehen und den zerbröckelten Rasen unter seinem Schuh zu fühlen.

Er pickte sich ein Stück Rasen von den Stollen und ließ es zu Boden fallen, lachte, blickte eine Minute versonnen und wandte sich dann ab.

Mit Tad Davis, Daisy Cary und einem anderen Mädchen fuhren wir nach New York. Er saß neben Daisy und war albern, charmant und liebenswert. Zum ersten Mal, seit ich ihn kannte, sprach er ganz ungezwungen über das Spiel, sogar mit einem Schuss Selbstgefälligkeit.

»Zwei Jahre lang war ich recht gut und wurde in der Sportkolumne immer erst am Schluss als einer der Aktiven erwähnt. In diesem Jahr habe ich dreimal den Ball verfehlt und jeden Spielzug verzögert, bis Bob Tatnall mir ständig zurief: ›Ich fürchte, du wirst rausfliegen!‹ Aber ein Pass, der nicht einmal für mich bestimmt war, landete in meinen Armen, und so werde ich morgen in den Schlagzeilen stehen.«

Er lachte. Jemand stieß gegen seinen Fuß; er zuckte zusammen und wurde blass.

»Wie haben Sie sich da verletzt?«, fragte Daisy. »Beim Football?«

»Es ist im vorigen Sommer passiert«, sagte er kurz.

»Es muss furchtbar gewesen sein, damit zu spielen.«

»Allerdings.«

»Wahrscheinlich mussten Sie.«

»Ja, das kommt auch vor.«

Die beiden verstanden einander. Beide waren Schwerarbeiter; krank oder gesund, es gab auch für Daisy Dinge, die sie einfach tun musste. Sie sprach davon, wie sie im vorigen Winter mit einer scheußlichen Erkältung in eine Freiluft-Lagune in Hollywood hatte stürzen müssen.

»Sechs Mal – und das mit neununddreißig Grad Fieber. Aber die Produktion kostete zehntausend Dollar pro Tag.«

»Konnten sie kein Double einsetzen?«

»Das taten sie, wann immer es ging – ich wurde nur geholt, wenn es wirklich nötig war.«

Sie war achtzehn Jahre alt, und ich verglich ihren Horizont von Mut, Unabhängigkeit und Leistung, von guten Manieren, die auf den Erfahrungen der Gemeinschaftsarbeit beruhen, mit dem der meisten Mädchen aus der Gesellschaft, die ich kannte. Da gab es nichts, worin sie denen nicht unendlich überlegen gewesen wäre – wenn sie nur einen Moment zu mir hergesehen hätte –, aber es waren Dollys glänzende Samtaugen, die ihren Blick fingen.

»Können Sie nicht heute Abend mit mir ausgehen?«, hörte ich sie fragen.

Er bedauerte, aber er musste es ausschlagen. Vienna war in New York; sie war mit ihm verabredet. Ich wusste nicht, und Dolly auch nicht, ob es sich dabei um eine Aussöhnung oder um einen Abschied handeln würde.

Als sie Dolly und mich vor dem Ritz absetzte, stand wirkliches und nachhaltiges Bedauern in ihrer beider Augen.

»Das ist mal ein wunderbares Mädchen«, sagte Dolly. Ich stimmte ihm bei. »Ich gehe jetzt rauf zu Vienna. Willst du einen Raum im Madison für uns reservieren lassen?«

So verließ ich ihn. Was zwischen ihm und Vienna vorgegangen ist, weiß ich nicht; er hat bis auf den heutigen Tag nie darüber gesprochen. Aber was sich später an diesem Abend ereignete, ist mir durch mehrere verwunderte oder sogar indignierte Zeugen des Geschehens zur Kenntnis gebracht worden.

Dolly ging gegen zehn Uhr ins Ambassador Hotel und geradewegs zur Rezeption, um Miss Carys Zimmernummer zu erfragen. Das Pult war von einer kleinen Menschenmenge umstanden, darunter ein paar Princeton- oder Yale-Studenten, die von dem Spiel kamen. Mehrere von ihnen hatten schon gefeiert, und einer, der offenbar Daisy kannte, hatte versucht, ihr Zimmer per Telefon zu erreichen. Dolly war zerstreut und hatte sich anscheinend etwas grob seinen Weg durch die Gruppe gebahnt und eine Verbindung mit Miss Cary verlangt.

Einer der jungen Leute trat einen Schritt zurück, sah ihn

missfällig an und sagte: »Sie scheinen es sehr eilig zu haben. Wer sind Sie denn überhaupt?«

Es trat eine jener kleinen Schweigepausen ein, und alle in der Nähe der Rezeption wandten sich nach ihm um. In Dollys Innerem ging irgendetwas vor; ihm war, als hätte das Leben es für ihn so arrangiert, dass diese besondere Frage möglich wurde – eine Frage, die zu beantworten ihm keine Wahl blieb. Immer noch herrschte Stille. Die kleine Gruppe verhielt sich abwartend.

»Nun, ich bin Dolly Harlan«, sagte er bedächtig. »Was haltet ihr davon?«

Es war ungeheuerlich. Es gab eine kleine Pause und dann plötzlich aufgeregte Stimmen im Chor: »Dolly Harlan! Was? Was hat er gesagt?«

Der Mann an der Rezeption hatte den Namen gehört; er gab ihn weiter, als sich Miss Carys Zimmer am Telefon meldete.

»Mr. Harlan, bitte gleich nach oben.«

Dolly wandte sich ab, allein mit seiner vollbrachten Leistung, die ihm ausnahmsweise sehr lieb war. Er spürte plötzlich, dass sie ihm nicht lange so innig erhalten bleiben würde; die Erinnerung daran würde den Triumph überleben, und selbst der Triumph würde die Glut in seinem Herzen überdauern, die das Beste von allem war. Groß und aufrecht, ganz der stolze Sieger, schritt er durch die Hotelhalle, gleicherweise blind für das vor ihm liegende Schicksal wie für das kleine Gerede, das er hinter sich ließ.

Anziehung

I

Den angenehmen, überaus prächtigen Boulevard säumten in gefälligen Abständen Villen im Neuengland-Kolonialstil – freilich solche ohne Schiffsmodell in der Halle. Als die neuen Bewohner hierhergezogen waren, hatten sie die Schiffsmodelle entfernt und schließlich den Kindern geschenkt. Die nächste Querstraße war die perfekte Schaumeile einer anderen Architekturphase: des spanischen Bungalowstils der Westküste. Zwei Straßen weiter wiederum blickten die runden Erkerfenster und Türmchen trister Altbauten von 1897, welche Swamis, Yogis, Hellseher, Damenschneider, Tanzlehrer, Kunstschulen und Chiropraktiker beherbergten, auf den nun regen Verkehr von Omnibussen und Straßenbahnen herab. Ein kleiner Rundgang um den Block konnte, wenn man gerade einen schlechten Tag hatte, zu einer deprimierenden Angelegenheit werden.

Auf dem Grünstreifen des modernen Boulevards spielten Kinder, deren Knie die roten Flecken der Jodtinktur-Ära aufwiesen, mit allerlei zweckvoll erdachtem Spielzeug: Holzstäbe lehrten technisches Bewusstsein, Soldatenfiguren Männlichkeit, Puppen erste Mutterfreuden. Aber erst wenn die Puppen so ramponiert waren, dass sie nicht mehr wie wirkliche Babys, sondern wie Puppen aussahen, begannen die Kinder sie zu lieben. Alles in der Umgebung – sogar der Märzsonnenschein – war neu, frisch, voller Hoffnung und zart, wie es sich für eine Stadt gehört, die in fünfzehn Jahren ihre Bevölkerung verdreifacht hat.

Unter den wenigen Dienstboten, die an diesem Morgen zu sehen waren, fiel ein hübsches junges Hausmädchen auf, das damit beschäftigt war, die Stufen vor dem größten Haus der Straße zu fegen. Sie war eine große, einfache Mexikanerin mit den großen und einfachen Ambitionen, wie sie zu diesem Ort und dieser Zeit passten – sie fühlte sich bereits als Luxusgeschöpf, denn sie bekam hundert Dollar im Monat lediglich dafür, dass sie ihre persönliche Freiheit aufgegeben hatte. Beim Fegen sah Dolores immer mit einem Auge zur Treppe im Haus hin, denn Mr. Hannafords Wagen wartete schon, und er selbst würde jeden Augenblick zum Frühstück herunterkommen. An diesem Morgen aber tauchte erst das übliche Problem auf – nämlich die Frage, ob es ihre Pflicht oder nur eine Gefälligkeit sei, der englischen Nurse mit dem Kinderwagen die Treppe herunterzuhelfen. Die Nurse sagte jedes Mal »Bitte« und »Vielen Dank«, aber Dolores hasste sie und hätte sie gerne, wenn auch ohne jeden besonderen Grund, windelweich geprügelt. Wie die meisten Latinos fühlte sie sich unter dem stimulierenden Einfluss des nordamerikanischen Lebens zuweilen unwiderstehlich zu Gewalttätigkeiten getrieben.

Die Nurse entkam für diesmal und war mit ihrem blauen Cape schon hochmütig in die Ferne entschwebt, als Mr. Hannaford, lautlos nach unten gekommen, in den Rahmen der Haustür trat.

»Guten Morgen.« Er lächelte Dolores zu; er war jung und sah ungewöhnlich gut aus. Dolores stolperte über den Besen und fiel die Treppe hinunter. George Hannaford eilte die Stufen hinab und erreichte sie, als sie gerade unter wortreichen mexikanischen Flüchen wieder auf die Beine kam. Als Geste der Hilfsbereitschaft berührte er sie nur leicht am Arm und sagte: »Hoffentlich haben Sie sich nichts getan.«

»O nein.«

»Ich fürchte, es war meine Schuld; ich habe Sie wohl erschreckt, als ich da so plötzlich herauskam.«

Seine Stimme klang aufrichtig bedauernd, und sein Blick war ernstlich bekümmert.

»Sind Sie sicher, dass Sie sich nicht verletzt haben?«

»Ach, natürlich.«

»Nicht den Knöchel verstaucht?«

»Ach, keine Rede.«

»Es tut mir sehr leid.«

»Ach was, Sie konnten nix dafür.«

Er stand noch stirnrunzelnd da, während sie hineinging. Dolores, die weder verletzt noch dumm war, kam plötzlich auf den Gedanken, ein Liebesverhältnis mit ihm zu beginnen. Sie betrachtete sich mehrmals im Spiegel des Anrichtezimmers und trat beim Kaffee-Eingießen dicht an Mr. Hannaford heran. Aber er las seine Zeitung, und sie sah, dass heute nichts weiter zu machen war.

Hannaford stieg in seinen Wagen und fuhr zu Jules Rennard. Jules war ein gebürtiger Frankokanadier und George Hannafords bester Freund; sie waren einander sehr zugetan und konnten viele Stunden zusammen verbringen. Beide waren in ihrem Geschmack und ihrer Denkungsart einfach und solide, charakterlich vornehm und schätzten in einer Welt der Hohlheiten und Bizarrerien jeder im anderen eine gewisse ruhige Verlässlichkeit.

Er traf Jules beim Frühstück an.

»Ich möchte Barrakudas angeln gehen«, sagte George unvermittelt. »Wann bist du frei? Ich will mit dem Boot runter nach Niederkalifornien.«

Jules hatte schwarze Ringe um die Augen. Er hatte gestern das größte Problem seines Lebens aus der Welt geschafft, indem er sich mit seiner Exfrau auf zweihunderttausend Dollar geeinigt hatte. Er hatte zu jung geheiratet, und die einstige Slavey-Indianerin aus den Slums von Quebec hatte mit seinem Emporkommen nicht Schritt halten können und in Drogen Zuflucht gesucht. Gestern hatte ihre letzte Bosheit darin bestanden, ihm vor den Augen der Anwälte mit einem Telefonapparat den Finger zu quetschen. Für eine Weile hatte er nun von Frauen genug, und deshalb ging er auf den Vorschlag einer Fischfangtour bereitwillig ein.

»Was macht das Baby?«, fragte er.

»Dem Baby geht's prächtig.«

»Und Kay?«

»Kay ist nicht ganz bei Verstand, aber ich nehme keinerlei Notiz davon. Was hast du mit deiner Hand gemacht?«

»Erzähl ich dir ein andermal. Was ist denn mit Kay los, George?«

»Sie ist eifersüchtig.«

»Auf wen?«

»Auf Helen Avery. Hat aber nichts auf sich. Sie ist nicht bei Verstand, das ist alles.« Er erhob sich. »Ich bin spät dran«, sagte er. »Lass mich wissen, wann du frei bist. Ab Montag ist's mir jederzeit recht.«

George ging. Er fuhr über einen endlosen Boulevard, der sich zu einem langgewundenen, asphaltierten Fahrweg verengte und dann weiter ins Hügelland hinaufführte.

Irgendwo in der weiten Ödnis erhob sich eine Häusergruppe: ein scheunenartiges Gebäude, eine Reihe von Büros, ein großes Schnellrestaurant und ein halbes Dutzend kleiner Bungalows. Der Chauffeur setzte Hannaford am Haupteingang ab. Er ging hinein und passierte mehrere Glasverschläge, die jeweils durch Schwingtüren abgetrennt und mit einer Stenotypistin besetzt waren.

»Ist jemand bei Mr. Schroeder?«, fragte er vor einer Tür, an der dieser Name stand.

»Nein, Mr. Hannaford.«

Gleichzeitig fiel sein Blick auf eine junge Dame, die abseits an einem Schreibtisch arbeitete, und er blieb einen Moment bei ihr stehen.

»Hallo, Margaret«, sagte er. »Wie geht's dir, Liebes?«

Eine gepflegte, bleiche Schönheit sah auf, etwas stirnrunzelnd, noch ganz bei der Arbeit. Es war Miss Donovan, das Scriptgirl, eine langjährige Freundin.

»Oh, guten Tag, George, sah dich gar nicht reinkommen. Mr. Douglas will heute Nachmittag am Drehbuch arbeiten.«

»In Ordnung.«

»Hier sind die Änderungen, die wir Donnerstagabend beschlossen haben.« Sie lächelte zu ihm empor, und George fragte sich zum tausendsten Mal, weshalb sie sich nie als Filmschauspielerin versucht hatte.

»Geht in Ordnung«, sagte er. »Genügen die Anfangsbuchstaben?«

»Deine Initialen sehen genau aus wie die von George Harris.«

»Na bestens.«

Als er fertig war, steckte Pete Schroeder den Kopf aus seiner Tür und winkte ihm. »George, komm schnell!«, sagte er mit aufgeregter Miene. »Hier ist jemand am Telefon, das musst du hören.«

Hannaford ging hinein.

»Nimm den Hörer und sag hallo«, wies ihn Schroeder an. »Sag nicht, wer du bist.«

»Hallo«, sagte Hannaford gehorsam.

»Wer ist da?«, fragte eine Frauenstimme.

Hannaford legte die Hand auf die Sprechmuschel. »Was soll ich tun?«

Schroeder kicherte, und Hannaford zögerte, halb lächelnd, halb misstrauisch.

»Wen wünschen Sie zu sprechen?«, improvisierte er.

»George Hannaford will ich sprechen. Am Apparat?«

»Ja.«

»Oh, George, ich bin's.«

»Wer?«

»Ich – Gwen. Ich hatte entsetzliche Mühe, dich ausfindig zu machen. Man sagte mir ...«

»Gwen – wie weiter?«

»Gwen! Verstehst du nicht? Aus San Francisco – letzten Donnerstagabend.«

»Bedaure«, sagte George, »das muss ein Irrtum sein.«

»Ist dort George Hannaford?«

»Ja.«

Die Stimme wurde ein wenig aggressiv: »Schön, also hier spricht Gwen Becker, mit der du vorigen Donnerstagabend in San Francisco zusammen warst. Es hat keinen Zweck, so zu tun, als würdest du mich nicht kennen, denn du kennst mich.«

Schroeder nahm George den Apparat aus der Hand und hängte auf.

»Da hat sich schon wieder jemand für mich ausgegeben, oben in San Francisco«, sagte Hannaford.

»Wenigstens wissen wir, wo du Donnerstagabend gewesen bist!«

»Für mich ist das nicht mehr lustig – wenigstens nicht seit diesem verrückten Zeller-Mädchen. Die lassen sich einfach nicht überzeugen, dass sie angeführt worden sind, denn immer sieht einem der Mann irgendwie ähnlich. Was Neues, Pete?«

»Lass uns mal ins Studio rüberschauen.«

Sie gingen zusammen durch eine Hintertür hinaus und über einen schlammigen Weg, öffneten in der hohen weißen Mauer des Studios eine kleine Tür und traten in das Halbdunkel.

Hier und da waren Gestalten in dem dämmrigen Zwielicht zu erkennen, Gestalten, die George Hannaford ihre bleichen Gesichter zuwandten wie die Seelen im Fegefeuer, wenn sie einen Halbgott vorübergehen sehen. Hin und wieder hörte man Flüstern, verhaltene Stimmen und, offenbar aus großer Ferne, das weiche Tremolo einer kleinen Orgel.

Als sie um die Ecke von ein paar Häuserkulissen bogen, kamen sie in das gleißend weiße Licht einer Bühne, auf der zwei Personen bewegungslos verharrten.

Ein Schauspieler im Frack, dessen Hemdbrust, Kragen und Manschetten rosa glänzten, machte Anstalten, Stühle für sie zu holen, aber sie winkten ab und schauten im Stehen zu. Eine lange Zeit passierte auf der Bühne gar nichts – niemand bewegte sich. Eine ganze Batterie von Lampen erlosch mit wildem Zischen und ging dann wieder an. Von weit her klang das traurige Pochen eines Hammers, der Einlass nach Nirgendwo erbat. Oben zwischen den blendend hellen Lampen erschien ein blaues Gesicht und rief irgendetwas Unverständliches ins Dunkel hinauf. Dann wurde das Schweigen durch eine leise, deutliche Stimme von der Bühne her unterbrochen:

»Wenn Sie wissen wollen, weshalb ich keine Strümpfe anhabe, sehen Sie in meiner Garderobe nach. Gestern habe ich mir vier Paare verdorben und heute Morgen schon zwei … Dieses Kleid wiegt allein sechs Pfund.«

Aus der Gruppe der Umstehenden trat einer vor und musterte die braunen Beine der jungen Frau; der Mangel in ihrer Bekleidung fiel kaum auf, aber sie hatte zum Ausdruck gebracht, dass sie ihn auf keinen Fall zu beheben gedachte. Die junge Dame war verärgert, und um dies zu verdeutlichen, hatte es nur einer kleinen Nuance in ihrem Blick bedurft, so stark war die Ausstrahlung ihrer Persönlichkeit. Sie war ein hübsches dunkles Mädchen mit einer Figur, die wohl eher zur Fülle neigen würde, als ihr lieb war. Sie war gerade erst achtzehn.

Eine Woche früher – und George Hannafords Herz

hätte bei diesem Zwischenfall stillgestanden. Und so verhielt es sich mit ihrer Beziehung. Zwischen ihm und Helen Avery war noch kein Wort gefallen, an dem Kay hätte Anstoß nehmen können, aber am zweiten Drehtag für diesen Film hatte sich etwas zwischen ihnen angesponnen, das Kay sofort gewittert hatte. Vielleicht hatte es sogar schon früher begonnen, denn gleich als er Helen Averys ersten Film sah, hatte er beschlossen, dass sie seine Partnerin werden müsse. Helen Averys Stimme und wie sie am Ende eines Satzes die Augen senkte, ein bewusster Akt der Selbstbeherrschung, hatten ihn fasziniert. Er spürte, dass sie beide irgendetwas erduldeten, dass sie etwas Geheimnisvolles über die Menschen und das Leben zur Hälfte herausgefunden hatten, und wenn sie aufeinander zustrebten, müsste daraus ein Liebeseinverständnis von nahezu unglaublicher Intensität werden. Dieses Gefühl des Verheißungsvollen und Möglichen hatte ihn zwei Wochen lang umgetrieben und war nun im Verblassen.

Hannaford war dreißig und nur durch eine Kette von Zufällen zum Film gekommen. Nach einem Studienjahr auf einem kleinen Technik-College hatte er für den Sommer eine Stelle bei einer Elektrogesellschaft angenommen. Sein Debüt in einem Filmstudio hatte darin bestanden, dass er eine Reihe von Jupiterlampen zu reparieren hatte. Als einmal Not am Mann war, sprang er in einer kleinen Rolle ein und hinterließ einen guten Eindruck, aber ein volles Jahr danach dachte er daran nur als an eine flüchtige Episode seines Lebens zurück. Vieles dort hatte ihn zunächst abgestoßen – die allgemeine Erregbarkeit und das geradezu hysterische Geltungsbedürfnis, welche sich unter einem hauchdünnen Schleier von bewusst gepflegter Kameradschaftlichkeit verbargen. Erst vor nicht allzu langem, als Männer wie Jules Rennard zum Film gekommen waren, begann er hier die Möglichkeiten eines anständigen und gesicherten Privatlebens zu sehen, wie er es als erfolgreicher Ingenieur ebenfalls gehabt hätte. Und am Ende gab ihm der Erfolg festen Boden unter die Füße.

Kay Tompkins hatte er in den alten Griffith-Studios in Mamaroneck kennengelernt, und als sie heirateten, war es – anders als bei den meisten Schauspielerehen – eine authentische und persönliche Angelegenheit gewesen. Später, als sie dann ganz miteinander verwachsen waren, hatte man auf sie gezeigt: »Seht, das ist mal ein Filmehepaar, das es fertigbringt zusammenzubleiben.« Viele Menschen – Leute, die aus dem Anblick ihrer Ehe ein Ersatzgefühl von Sicherheit schöpften – wären um eine Illusion ärmer geworden, wenn sie beide nicht zusammengeblieben wären, und ihre Liebe festigte sich gewissermaßen in dem Bemühen, dieser Erwartung gerecht zu werden.

Er verstand es, die Frauen durch eine unverbindliche Höflichkeit von sich fernzuhalten, unter der sich freilich eine entschlossene Wachsamkeit verbarg; sobald er merkte, dass jener gewisse Strom eingeschaltet wurde, gab er sich in Gefühlsdingen völlig naiv. Kay erwartete mehr von Männern und nahm sich mehr heraus, doch auch sie kontrollierte sorgfältig das Thermometer ihres Herzens. Bis gestern Abend, da sie ihm sein Interesse für Helen Avery vorwarf, hatte es zwischen ihnen so gut wie gar keine Eifersucht gegeben.

Als George Hannaford das Studio verließ und zu seinem

Bungalow gegenüber ging, war er in Gedanken immer noch mit Helen Avery beschäftigt. Einerseits entsetzte ihn die Vorstellung, dass irgendjemand sich zwischen ihn und Kay drängen könnte, andererseits fühlte er ein Bedauern darüber, dass er diese Möglichkeit schon gar nicht mehr ins Auge fasste. Es war doch ein überwältigendes Glücksgefühl gewesen, ähnlich den Erlebnissen während seiner ersten Erfolgsperiode, als er noch nicht so »gemacht« war, dass ihm kaum noch etwas Besseres vom Leben zu erwarten blieb; es war etwas, das man hervorholen und verstohlen ansehen konnte, ein immer wieder neues geheimnisvolles Entzücken. Liebe war es nicht, denn er war gegen Helen Avery kritischer eingestellt als je gegenüber Kay. Aber sein Gefühl in der letzten Woche war entschieden bedeutungsvoll und nachhaltig gewesen, und er war nun, da es vergangen war, höchst beunruhigt.

Bei der Arbeit an diesem Nachmittag waren sie selten zusammen, aber er spürte ihre Gegenwart und wusste, dass es ihr mit ihm ebenso ging.

Lange Zeit stand sie mit dem Rücken zu ihm, und als sie sich schließlich umwandte, streiften ihre Blicke aneinander vorbei wie Vogelschwingen. Zugleich wurde ihm bewusst, dass sie beide sich auf ihre Weise recht weit vorgewagt hatten; es war gut, dass er sich zurückgezogen hatte. Er war erleichtert, dass gegen Ende der Aufnahme jemand kam, um Helen abzuholen.

Nachdem er sich umgezogen hatte, ging er noch einmal ins Bürogebäude, um kurz mit Schroeder zu sprechen. Auf sein Klopfen antwortete niemand; er drückte die Klinke und trat ein. Drinnen war Helen Avery – allein.

Hannaford schloss die Tür, und sie starrten einander an. Sie sah sehr jung, erschreckt aus. Im nächsten Augenblick, ohne dass ein Wort gesprochen wurde, entschied sich, dass sie jetzt etwas klären müssten. Geradezu dankbar fühlte er, wie der heiße Gefühlsstrom aus seinem Herzen und durch seinen Körper floss.

»Helen!«

Sie antwortete leise: »Ja?«, mit einer ängstlichen Stimme.

»Die Sache ist mir entsetzlich peinlich.« Seine Stimme zitterte.

Plötzlich fing sie zu weinen an, wurde schmerzhaft und hörbar von Schluchzern geschüttelt. »Haben Sie ein Taschentuch?«, fragte sie.

Er gab ihr ein Taschentuch. Im selben Augenblick waren draußen Schritte zu hören. George öffnete die Tür ein wenig, gerade noch rechtzeitig, um Schroeder am Eintreten zu hindern und ihn vom Schauspiel ihrer Tränen fernzuhalten.

»Niemand da«, sagte er schelmisch. Noch einen Moment hielt er die Schulter gegen die Tür, dann gab er langsam nach.

Als er dann in seinem Wagen saß, fragte er sich, wann Jules wohl frei sein würde, um mit ihm auf Fischfang zu gehen.

II

Kay Tompkins hatte seit ihrem zwölften Jahr Männer wie Ringe getragen – an jedem Finger einen. Ihr Gesicht war rund und jugendlich, hübsch, aber auch energisch, und das wurde noch betont durch das Spiel der Brauen und Wimpern ihrer klaren, glänzenden haselnussbraunen Augen. Sie war die Tochter eines Senators aus einem der Weststaaten und bemühte sich bis zu ihrem siebzehnten Lebensjahr vergebens, in einer westlichen Kleinstadt Furore zu machen; dann lief sie von zu Hause fort und ging zur Bühne. Sie gehörte zu jenen Menschen, von denen viel mehr Wesens gemacht wird, als ihre Leistungen eigentlich verdienen.

Eine Aura der Verzückung umgab sie, die die Stimmung der Welt widerzuspiegeln schien. Während sie in Ziegfeld-Revuen kleine Rollen spielte, besuchte sie zugleich die Studentenbälle in Yale. Bei einem kurzen Abstecher zum Film lernte sie George Hannaford kennen. Er war als Typ des »Naturburschen«, der damals gerade in Mode kam, bereits zum Star aufgerückt. Bei ihm fand sie, was sie immer gesucht hatte.

Augenblicklich befand sie sich in einem als heikel bekannten Zustand. Sechs Monate war sie hilflos und ganz von George abhängig gewesen. Jetzt aber, da ihr Sohn unter das strenge Regime einer herrschsüchtigen englischen Nurse gekommen war, fühlte Kay sich wieder frei und hatte plötzlich das Bedürfnis, ihre Reize zu erproben. Es sollte alles wieder so sein wie zuvor, als man noch an kein Baby dachte. Sie glaubte auch, dass George sie in letzter Zeit als allzu selbstverständlich hinnahm; außerdem hatte sie den starken Verdacht, dass er sich für Helen Avery interessierte.

Als George Hannaford an diesem Abend nach Hause kam, hatte er ihren Streit vom Vorabend insgeheim schon als unwichtig abgetan; daher war er ehrlich betroffen, als sie ihn nur ganz oberflächlich begrüßte.

»Was ist los, Kay?«, fragte er bald. »Soll das ein Abend werden wie gestern?«

»Hast du daran gedacht, dass wir heute ausgehen?«, sagte sie und wich damit einer Antwort aus.

»Wohin denn?«

»Zu Katherine Davis. Ich wusste nicht, ob du hingehen wolltest…«

»Doch, gerne.«

»Ich wusste aber nicht, ob du mitkommen würdest. Arthur Busch hat versprochen, mich abzuholen.«

Sie aßen schweigend zu Abend. Ohne jene geheimen Gedanken, in die er eintauchen konnte wie ein Kind ins Marmeladenglas, fühlte George sich ruhelos, und gleichzeitig spürte er, dass die Atmosphäre mit Argwohn, Zorn und Eifersucht aufgeladen war. Bis vor kurzem hatten sie miteinander etwas Kostbares gehegt, das ihr Haus zu einem der harmonischsten von ganz Hollywood machte. Jetzt war es plötzlich wie überall sonst. Er kam sich gewöhnlich und unstet vor. Er war nahe daran gewesen, etwas Strahlendes und Kostbares zu etwas Billigem und Lieblosem zu machen. Aus einem plötzlichen Gefühlsüberschwang heraus durchquerte er das Zimmer und wollte schon den Arm um ihre Schultern legen, als die Türglocke ertönte. Einen Augenblick später meldete Dolores, dass Mr. Arthur Busch gekommen sei.

Busch war ein hässlicher kleiner Mann, ein bekannter Drehbuchschreiber und neuerdings auch Regisseur. Noch vor einigen Jahren hatte er sie beide als Held und Heldin verehrt, und auch jetzt noch, da er schon eine einflussreiche Position in der Filmindustrie hatte, ließ er sich gleichmütig von Kay bei solchen Gelegenheiten wie heute Abend ausnutzen. Er war seit langem in sie verliebt, da das aber von vornherein hoffnungslos war, machte es ihn nicht weiter unglücklich.

Sie fuhren zusammen zu der Party. Es war eine Hauseinweihung mit einer gebuchten Hawaii-Kapelle, und die Gäste waren zum überwiegenden Teil von der alten Garde. Leute, die in den ersten Griffith-Filmen gespielt hatten, gehörten nach allgemeiner Ansicht zur alten Garde, auch wenn sie kaum über dreißig waren. Sie unterschieden sich von den Neuankömmlingen und waren sich dessen wohl bewusst. Die bloße Tatsache, dass sie schon im Filmgeschäft gearbeitet hatten, ehe es von der goldenen Aura des Erfolgs umgeben war, verlieh ihnen eine gewisse Würde und Lauterkeit. Sie hatten sich trotz ihres überwältigenden Ruhms ihr schlichtes Wesen bewahrt und hatten – anders als die junge Generation, der alles in den Schoß fiel – die Beziehung zum wirklichen Leben nicht verloren. Zumal die Frauen, etwa ein halbes Dutzend, waren sich ihrer Einzigartigkeit besonders bewusst. Es gab keinen Nachwuchs, der ihre Plätze einnehmen konnte; wohl hatte dieses oder jenes hübsche Gesicht die Einbildungskraft des Publikums für ein Jahr gefesselt, aber die von der alten Garde waren schon legendär, alters- und körperlos wie Götter. Bei alledem waren sie noch jung genug, um zu glauben, dass ihre Zeit noch lange nicht vorbei sei.

George und Kay wurden überschwenglich begrüßt; es kam Bewegung in die Gesellschaft, und alle machten ihnen

Platz. Die Hawaii-Kapelle spielte, und die Duncan-Schwestern sangen mit Klavierbegleitung. Sobald George sah, wer alles da war, vermutete er auch Helen Avery unter den Gästen, und das verstimmte ihn. Es erschien ihm nicht angebracht, dass sie an dieser Gesellschaft, in der er und Kay sich seit Jahren ruhig und ungezwungen bewegten, teilhaben sollte.

Er sah sie zuerst, als jemand die Schwingtür zur Küche öffnete, und als sie ein wenig später herauskam und ihre Blicke sich trafen, war er ganz sicher, dass er sie nicht liebte. Er ging zu ihr hinüber, um sie zu begrüßen, und merkte bei ihren ersten Worten, dass auch mit ihr etwas vorgegangen war, was die Stimmung des Nachmittags zerstreut hatte. Sie hatte eine große Rolle bekommen.

»Ich bin wie benommen!«, rief sie glücklich aus. »Ich hätte nie geglaubt, dass ich eine Chance hätte; dabei habe ich an nichts anderes gedacht, seitdem ich vor einem Jahr das Buch las.«

»Das ist fabelhaft. Ich freue mich sehr.«

Dennoch hatte er das Gefühl, er müsse ein entschuldigendes Bedauern in seinen Blick legen. Von einer Szene wie der zwischen ihnen beiden an diesem Nachmittag gab es keinen Übergang zu einem beiläufigen freundschaftlichen Interesse. Plötzlich lachte sie auf.

»Oh, was sind wir doch für Schauspieler, George – Sie und ich.«

»Was meinen Sie damit?«

»Das wissen Sie selbst.«

»Nein.«

»O doch, Sie wissen es. Jedenfalls wussten Sie es heute

Nachmittag. Ein Jammer, dass wir keine Filmkamera dabeihatten.«

Darauf ließ sich nun absolut nichts erwidern, oder er hätte ihr auf der Stelle eine Liebeserklärung machen müssen. Er grinste nur verständnisvoll. Andere Gäste traten hinzu und lenkten sie ab. In dem beruhigenden Gefühl, dass der Abend eine Klärung gebracht hatte, begann George ans Nachhausegehen zu denken. Eine sentimentale ältere Dame – Mutter von irgendjemand – kam aufgeregt auf ihn zu und teilte ihm umständlich mit, wie sehr sie an ihn glaube. Eine halbe Stunde war er so höflich und nett zu ihr, wie nur er es fertigbrachte. Dann ging er zu Kay, die schon den ganzen Abend mit Arthur Busch zusammensaß, und schlug vor, nach Hause zu gehen.

Sie blickte unwillig auf. Die Wirkung mehrerer Whiskeys bei ihr war nicht zu verkennen. Sie wollte noch nicht gehen, stand aber nach einem leisen Wortwechsel auf, und George ging nach oben, um seinen Mantel zu holen. Als er wieder herunterkam, sagte ihm Katherine Davis, dass Kay schon hinaus zum Wagen gegangen sei.

Es waren inzwischen noch mehr Gäste gekommen. Um einen allgemeinen Abschied zu vermeiden, ging er durch die Verandatür hinaus auf den Rasen. Kaum zehn Schritte weiter erblickte er die Gestalten von Kay und Arthur Busch, die sich gegen eine helle Straßenlaterne abzeichneten. Sie standen dicht zusammen und sahen einander in die Augen. Er bemerkte, dass sie sich bei den Händen hielten.

Nach der ersten Verblüffung machte George instinktiv kehrt, ging den gleichen Weg zurück, eilte durch das Zimmer, das er eben erst verlassen hatte, und trat geräuschvoll aus der Vordertür. Aber Kay und Arthur Busch standen noch genau so und wandten sich nur zögernd und mit verträumten Blicken endlich um und sahen ihn. Dann gaben sie sich beide einen Ruck, lösten sich voneinander, als sei es eine körperliche Anstrengung. George sagte Arthur Busch mit betonter Herzlichkeit auf Wiedersehen, und einen Augenblick später fuhren er und Kay durch die klare kalifornische Nacht heimwärts.

Er sagte nichts, Kay sagte nichts. Er konnte es nicht glauben. Er vermutete wohl, dass Kay hin und wieder einen Mann geküsst hatte, doch hatte er es nie mit eigenen Augen gesehen noch überhaupt daran gedacht. Hier lag der Fall anders; hier war Zärtlichkeit mit im Spiel gewesen, und Kays Augen hatten etwas Verschleiertes, Entrücktes gehabt, wie er es nie zuvor bei ihr gesehen hatte.

Ohne ein Wort miteinander gesprochen zu haben, traten sie ins Haus. An der Tür zur Bibliothek machte Kay halt und blickte hinein.

»Da ist jemand«, sagte sie und fügte gleichgültig hinzu: »Ich geh nach oben. Gute Nacht.«

Während sie die Treppe hinaufeilte, trat der Besucher aus der Bibliothek in den Flur.

»Mr. Hannaford ...«

Es war ein bleicher und kräftiger junger Mann; sein Gesicht kam George irgendwie bekannt vor, doch er erinnerte sich nicht, wo er es schon gesehen hatte.

»Mr. Hannaford?«, sagte der junge Mann. »Ich kenne Sie von Ihren Filmen her.« Er blickte George an, offensichtlich etwas verlegen.

»Was kann ich für Sie tun?«

»Wenn Sie vielleicht hereinkommen wollten?«

»Worum geht es denn? Ich weiß ja gar nicht, wer Sie sind.«

»Mein Name ist Donovan. Ich bin Margaret Donovans Bruder.« Sein Gesicht verhärtete sich ein wenig.

»Ist etwas mit ihr?«

Donovan machte eine Geste zur Tür. »Kommen Sie bitte herein.« Seine Stimme klang jetzt selbstbewusst, fast drohend.

George zögerte, dann ging er mit in die Bibliothek. Donovan folgte ihm und stellte sich breitbeinig und mit den Händen in den Taschen auf der anderen Seite des Tisches auf.

»Hannaford«, sagte er mit dem Ton eines Mannes, der krampfhaft bemüht ist, sich in Wut zu steigern. »Margaret fordert fünfzigtausend Dollar.«

»Wovon zum Teufel sprechen Sie?«

»Margaret fordert fünfzigtausend Dollar«, wiederholte Donovan.

»Sie sind Margaret Donovans Bruder?«

»Ja.«

»Das glaube ich Ihnen nicht.« Aber er sah jetzt die Ähnlichkeit. »Weiß Margaret, dass Sie hier sind?«

»Sie schickt mich. Für fünfzigtausend will sie die beiden Briefe herausgeben und die Sache auf sich beruhen lassen.«

»Was für Briefe?« George musste unwillkürlich lachen. »Da hat sich wohl Schroeder wieder einen Scherz erlaubt, wie?«

»Das ist kein Scherz, Mr. Hannaford. Ich meine die Briefe, die Sie heute Nachmittag unterzeichnet haben.«

III

Eine Stunde später ging George völlig benommen nach oben. Das war so plump eingefädelt, dass es verblüffend und beleidigend zugleich war. Angesichts der Tatsache, dass eine Freundin aus sieben langen Jahren ihn auf einmal Schriftstücke unterzeichnen ließ, die ganz etwas anderes enthielten, als sie ihm vorgetäuscht hatte, erschien seine ganze Umgebung in einem neuen, fragwürdigen Licht. Selbst jetzt noch dachte er weniger an seine Verteidigung als voll Ingrimm an das verruchte Spiel, das man mit ihm getrieben hatte. Er versuchte nachzuvollziehen, was Margaret zu diesem rücksichtslosen oder verzweifelten Schritt gebracht haben konnte.

Sie hatte zehn Jahre lang als Scriptgirl in verschiedenen Studios und für verschiedene Produzenten gearbeitet. Erst hatte sie zwanzig, dann hundert Dollar die Woche verdient. Sie sah reizend aus und war obendrein intelligent. Sie hätte sich in diesen Jahren jederzeit um eine Probeaufnahme bewerben können, doch irgendwie hatte es ihr dazu an Initiative und Ehrgeiz gefehlt. Nicht selten hatte sie mit ihrem Urteil hoffnungsvolle Anfänger gefördert oder scheitern lassen. Sie selbst aber saß nach wie vor im Vorzimmer der Direktoren und wurde sich mehr und mehr bewusst, dass die Jahre dahinschwanden.

Dass sie gerade ihn, George, als Opfer ausersehen hatte, verwunderte ihn am meisten. Einmal, in dem Jahr vor seiner Heirat, war ihre Beziehung vorübergehend wärmer geworden. Er hatte sie zu einem Mayfair-Ball mitgenommen und erinnerte sich, dass er sie auf der Heimfahrt im Wagen geküsst hatte. Dieser Flirt schleppte sich zögernd eine Woche lang hin. Bevor sich aber etwas Ernsteres daraus entwickelte, war er an die Ostküste gereist und hatte Kay getroffen.

Der junge Donovan hatte ihm einen Durchschlag der von ihm unterschriebenen Briefe gezeigt. Sie waren auf der Schreibmaschine getippt worden, die er in seinem Bungalow auf dem Filmgelände hatte, und waren glaubwürdig und sorgfältig formuliert. Sie waren abgefasst als Liebesbriefe und enthielten seine Versicherung, dass er Margaret Donovans Liebhaber sei, dass sie heiraten wolle und dass er zu diesem Zweck seine Scheidung betreiben werde. Es war schier unglaublich. Irgendwer musste doch Zeuge gewesen sein, als er sie heute Mittag unterschrieb, und musste gehört haben, wie sie sagte: »Deine Initialen sehen genau wie die von Mr. Harris aus.«

George war müde. Er trainierte gerade für ein Footballspiel, in dem er in der nächsten Woche gefilmt werden sollte, mit der südkalifornischen Universitätsmannschaft als Statisten, und er brauchte regelmäßigen Schlaf. Mitten in einer wirren und verzweifelten Gedankenfolge bezüglich Margaret Donovan und Kay gähnte er plötzlich, kleidete sich mechanisch aus und ging zu Bett.

Noch ehe der Morgen dämmerte, kam Kay im Garten auf ihn zu. Hinter dem Garten war nun ein Fluss, auf dem Boote mit schwach grünen und gelben Lichtern langsam und fern vorbeizogen. Sternenlicht fiel wie ein sanfter Regen auf das schlafende Antlitz der dunklen Welt, auf die schwarzen phantastischen Formen der Bäume, das still glitzernde Wasser und das jenseitige Ufer.

Das Gras war feucht, und Kay kam eilig zu ihm gelaufen; ihre dünnen Pantöffelchen waren vom Tau durchnässt. Sie stellte sich auf seine festen Schuhe, schmiegte sich eng an ihn und hielt ihr Gesicht empor wie ein aufgeschlagenes Buch.

»Denk dran, wie lieb du mich hast«, wisperte sie. »Ich verlange ja nicht, dass du mich immer so liebst, aber du sollst dich daran erinnern.«

»Du wirst mir immer so viel bedeuten wie jetzt.«

»O nein, versprich mir nur, dass du dich daran erinnern wirst.« Die Tränen kamen ihr. »Ich werde anders sein, aber irgendwo in meinem Innern vergraben werde ich immer so sein wie heute Abend.«

Die Szene verschwamm allmählich, und George entrang sich seinem Traum. Er setzte sich im Bett auf; es war Morgen. Von draußen hörte er die Nurse, die seinem Söhnchen die ersten kleinen Anstandsfinessen für zwei Monate alte Babys beibrachte. Aus dem Nachbargarten schrie ein kleiner Junge aus unerfindlichen Gründen: »Wer hat den Schlagbaum auf mich fallen lassen!«

Noch im Pyjama ging George ans Telefon und rief seinen Rechtsanwalt an. Dann klingelte er nach seinem Hausdiener, und während er sich rasieren ließ, klärte sich das Gedankenchaos vom Vorabend ein wenig auf. Erstens musste er sich mit Margaret Donovan auseinandersetzen; zweitens musste er diese Sache von Kay fernhalten, die in ihrem augenblicklichen Zustand das Schlimmste für möglich halten würde, und drittens musste er mit Kay ins Reine kommen. Letzteres schien ihm von allem das Wichtigste zu sein.

Als er fertig angezogen war, hörte er unten das Telefon klingeln und nahm, Gefahr witternd, den Hörer ab.

»Hallo… Oh, ja.« Aufblickend vergewisserte er sich, dass beide Türen zu waren. »Guten Morgen, Helen… Schon recht, Dolores. Ich nehme das Gespräch hier oben ab.« Er wartete, bis sie unten aufgelegt hatte.

»Wie geht's Ihnen heute Morgen, Helen?«

»George, ich habe gestern Abend schon angerufen. Ich kann gar nicht sagen, wie leid es mir tut.«

»Leid tut? Wieso?«

»Wie ich Sie behandelt habe. Ich weiß nicht, was in mich gefahren war, George. Ich habe die ganze Nacht nicht geschlafen, musste immer daran denken, wie hässlich ich zu Ihnen war.«

Ein neues Chaos brach auf den schon schwer mitgenommenen George herein.

»Seien Sie nicht albern«, sagte er. Und dann hörte er sich zu seiner eigenen Bestürzung fortfahren: »Zuerst konnte ich's nicht begreifen, Helen. Doch dann dachte ich, es sei besser so.«

»O George«, kam ihre Stimme wieder, ganz zart.

Neues Schweigen. Er versuchte, seine Manschette zuzuknöpfen.

»Ich musste Sie einfach anrufen«, sagte sie dann. »Ich konnte die Dinge nicht so lassen.«

Der Manschettenknopf fiel zu Boden; er bückte sich, ihn aufzuheben, und sagte dann, um die kleine Unterbrechung zu kaschieren, sehr eindringlich »Helen!« ins Telefon.

»Ja, George?«

In diesem Augenblick öffnete sich die Tür, und Kay, mit leichtem Unmut in der Miene, kam ins Zimmer. Sie zögerte.

»Bist du beschäftigt?«

»Schon recht.« Einen Moment starrte er in die Sprechmuschel. »Nun denn, auf Wiedersehen«, stammelte er unvermittelt und hängte auf. Er wandte sich Kay zu: »Guten Morgen.«

»Ich wollte dich nicht stören«, sagte sie steif.

»Du störst mich nicht im Geringsten.« Er zögerte. »Das war Helen Avery.«

»Wer es war, interessiert mich nicht. Ich wollte dich nur fragen, ob wir heute Abend ins Coconut Grove gehen.«

»Setz dich, Kay.«

»Ich will jetzt über nichts sprechen.«

»Setz dich, nur eine Minute«, sagte er ungeduldig. Sie setzte sich. »Wie lange willst du nun so weitermachen?«, fragte er.

»Ich mache gar nichts weiter. Wir sind einfach fertig miteinander, George, das weißt du so gut wie ich.«

»Das ist doch absurd«, sagte er. »Noch vor einer Woche –«

»Ganz gleich. Wir haben uns seit Monaten auf diesen Punkt zubewegt, und jetzt ist es so weit.«

»Du meinst, du liebst mich nicht mehr?« Er war nicht übermäßig beunruhigt. Solche Szenen hatte es schon mehrmals zwischen ihnen gegeben.

»Ich weiß nicht. Vermutlich werde ich dich immer irgendwie lieben.« Plötzlich brach sie in Schluchzen aus. »Oh, es ist alles so traurig. Er liebt mich schon so lange.«

George starrte sie fassungslos an. Angesichts dieses offenbar echten Gefühls fand er keine Worte. Sie war ihm also nicht böse, drohte nicht, machte keine Szene, dachte überhaupt nicht an ihn, sondern war einzig und allein mit ihren Gefühlen für einen anderen Mann beschäftigt.

»Was soll das?«, rief er. »Willst mir etwa sagen, du liebst diesen Mann?«

»Ich weiß nicht«, sagte sie hilflos.

Er tat einen Schritt auf sie zu, dann ging er zum Bett, legte sich darauf und starrte unglückselig die Decke an. Nach einer Weile klopfte das Dienstmädchen und meldete, Mr. Busch und Mr. Castle, Georges Rechtsanwalt, seien unten. Das sagte ihm jetzt gar nichts. Kay ging in ihr Zimmer, und er stand auf und folgte ihr.

»Wir lassen ausrichten, wir seien ausgegangen«, sagte er. »Wir können irgendwo hingehen und über das alles sprechen.«

»Ich will nicht.«

Und schon war sie wieder abwesend, wurde ihm mit jeder Minute rätselhafter und ferner. Die Gegenstände auf ihrem Toilettentisch schienen einer Fremden zu gehören.

Mit ausgetrockneter Kehle setzte er hastig zu einer Rede an. »Wenn du immer noch an Helen Avery denkst, das ist Unsinn. Außer dir habe ich mir niemals aus jemandem etwas gemacht.«

Sie gingen hinunter ins Wohnzimmer. Es war schon fast Mittag – wieder ein strahlend heller kalifornischer Tag ohne ein Lüftchen. George bemerkte, dass Arthur Buschs zerknittertes Gesicht im Sonnenlicht blass und übermüdet aussah, als dieser jetzt einen Schritt auf George zutrat und dann stehen blieb, als warte er auf etwas – eine Herausforderung, einen Vorwurf, einen Faustschlag.

Blitzartig lief die Szene, die sich jetzt abspielen würde, in Georges Gehirn ab. Er sah sich über die Bühne gehen, sah seine Rolle – unendlich viele Rollen, aber in jedem Fall würde Kay gegen ihn sein und auf Arthur Buschs Seite stehen. Und plötzlich verwarf er jeden möglichen Schritt.

»Ich hoffe, Sie entschuldigen mich«, sagte er eilig zu Mr. Castle. »Ich rief Sie nur an, weil ein Scriptgirl namens Margaret Donovan fünfzigtausend Dollar für ein paar Briefe haben will, die ich ihr angeblich geschrieben habe. Natürlich ist die ganze Geschichte …« Er brach ab. Es kam nicht darauf an. »Ich werde Sie morgen aufsuchen.« Damit ging er zu Kay und Arthur, so dass nur sie ihn hören konnten.

»Ich weiß nicht, wie ihr euch entscheiden wollt. Aber lasst mich aus der Sache; ihr habt nicht das geringste Recht, mich da hineinzuziehen, schließlich trifft mich keine Schuld. Ich will mit euren Gefühlen nichts zu schaffen haben.«

Dann wandte er sich um und ging hinaus. Sein Wagen wartete draußen. »Nach Santa Monica«, sagte er; das war der erstbeste Name, der ihm einfiel. Der Wagen fuhr hinaus in die immerwährend strahlende Sonne.

Er fuhr drei Stunden lang, an Santa Monica vorbei und auf einer anderen Straße weiter auf Long Beach zu. Als wäre es etwas, das er flüchtig aus dem Augenwinkel und mit nur geringer Aufmerksamkeit betrachtete, stellte er sich Kay und Arthur Busch vor, wie sie den Nachmittag verbrachten. Kay würde reichlich Tränen vergießen, und die Situation würde ihnen anfangs unerwartet und ungemütlich vorkommen; doch die zärtliche Abendstimmung würde sie zueinander führen. Unvermeidlich würden sie sich einander zuwenden, und er würde mehr und mehr in die Position eines feindlichen Außenstehenden geraten.

Kay hatte gewollt, dass er sich zu einer schmutzigen Szene herabließ und sich um sie prügelte. Dazu war er nicht der Mann; er hasste Szenen. Wenn er sich erst einmal dazu hergab, mit Arthur Busch einen Ringkampf um Kays Herz aufzuführen, würde er sich selbst untreu. Er wäre dann selbst nur ein kleiner Arthur Busch, und sie hätten etwas miteinander gemein wie ein beschämendes Geheimnis. George lag das Theatralische fern, und die Millionen Menschen, vor deren Augen seine Gemütsbewegungen und seine wechselnde Mimik zehn Jahre lang über die Leinwand geflimmert waren, hatten sich darin nicht getäuscht. Seit diese hübschen Augen eines damals Zwanzigjährigen in der künstlichen Märchenferne eines Griffith-Westerns aufgeleuchtet waren, hatte sein Publikum buchstäblich den Aufstieg eines geraden und ehrlichen, rechtdenkenden, romantischen Mannes verfolgt, dem das glanzvolle Leben nur wie etwas Zufälliges anhaftete.

Es war sein Fehler, dass er sich zu bald sicher gefühlt hatte. Plötzlich wurde ihm klar, dass die beiden Fairbanks, wenn sie nebeneinander an einem Tisch saßen, in keiner Weise posierten. Sie dienten dem Schicksal nur als Geiseln. Vielleicht hatte es ihn in die seltsamste Gemeinschaft verschlagen, die es in dieser reichen, ·wilden, gelangweilten Welt überhaupt gab, und wenn hier eine Ehe glücklich werden sollte, durfte man entweder nichts von ihr erwarten oder man musste unausgesetzt beieinander sein. Er hatte Kay einen Moment lang aus dem Blick verloren, und nun stolperte er blindlings in einen Abgrund.

In solchen Gedanken und noch im Zweifel, wohin er sich wenden und was er anfangen sollte, kam er an einem Apartmenthaus vorbei, dessen Anblick seiner Erinnerung einen Stoß gab. Es lag am Stadtrand, ein schauderhafter, rosa getünchter Bau, darauf berechnet, etwas darzustellen, doch ein so billiger und nachlässiger Abklatsch, dass man nur annehmen konnte, der Architekt habe, als er zu bauen begann, längst vergessen, was er eigentlich kopieren wollte. Und plötzlich erinnerte sich George, dass er hier einmal Margaret Donovan abgeholt hatte, an dem Abend des Mayfair-Balls.

»Halten Sie bei diesem Haus!«, wies er den Chauffeur an.

Er ging hinein. Der schwarze Liftboy starrte ihn mit offenem Mund an, während sie nach oben fuhren. Margaret Donovan öffnete selbst.

Als sie ihn erblickte, schrak sie mit einem leisen Aufschrei zurück und wich, während er eintrat und die Tür hinter sich schloss, weiter vor ihm zurück in das Vorzimmer. George folgte ihr.

Draußen dämmerte es schon, und die Wohnung machte einen düsteren und trostlosen Eindruck. Das letzte Tageslicht fiel weich auf die Standardmöbel und auf die Galerie signierter Fotos von Filmgrößen, die eine ganze Wand bedeckten. Margarets Gesicht war bleich, und während sie ihn anstarrte, rang sie nervös die Hände.

»Was soll dieser Unsinn, Margaret?«, sagte George und

bemühte sich, jeden vorwurfsvollen Ton zu vermeiden. »Brauchst du so dringend Geld?«

Sie schüttelte unbestimmt den Kopf. Ihre Augen fixierten ihn nach wie vor mit einem Ausdruck des Schreckens. George sah zu Boden.

»Ich nehme an, die Idee ging von deinem Bruder aus. Jedenfalls kann ich nicht glauben, dass du so töricht bist.« Er blickte auf und versuchte, die überlegene, tadelnde Haltung zu wahren, mit der man zu einem ungezogenen Kind spricht, aber als er ihr Gesicht sah, verließen ihn alle Vorsätze, und er fühlte nur noch Mitleid. »Ich bin etwas müde. Hast du etwas dagegen, wenn ich mich setze?«

»Nein.«

»Ich bin heute ein wenig durcheinander«, sagte George nach einer Weile. »Alle scheinen's heute auf mich abgesehen zu haben.«

»Wieso, ich dachte …«, ihre Stimme wurde mitten im Satz ironisch, »ich dachte, alle Welt liebt dich, George.«

»Keineswegs.«

»Nur ich?«

»Ja«, sagte er zerstreut.

»Ich wünschte, nur ich täte es. Aber dann wärst du natürlich nicht der, der du bist.«

Plötzlich ging ihm auf, dass sie ernst meinte, was sie sagte.

»Aber das ist ja Unsinn.«

»Wenigstens bist du hier«, fuhr Margaret fort. »Wahrscheinlich sollte ich mich darüber freuen. Und ich freue mich auch. Ganz entschieden. Ich habe mir oft vorgestellt, dass du in dem Sessel da sitzt, genau um diese Zeit, wenn es schon dunkelt. Ich dachte mir immer kleine Einakter aus, wie sich das abspielen würde. Willst du etwas davon hören? Es fängt damit an, dass ich zu dir herüberkomme und dir zu Füßen auf dem Boden sitze.«

George fühlte sich abgestoßen und gebannt zugleich; er wartete verzweifelt auf ein Wort, bei dem er einhaken und der Sache eine andere Wendung geben könnte.

»Ich habe dich so oft da sitzen sehen, dass du jetzt ebenso unwirklich aussiehst wie dein Geist. Nur dass dein wundervolles Haar auf einer Seite vom Hut gedrückt ist und du dunkle Ringe oder Schmutz unter den Augen hast. Du siehst blass aus, George. Wahrscheinlich warst du gestern Abend aus.«

»Allerdings. Und als ich nach Hause kam, wartete schon dein Bruder auf mich.«

»Er hat warten gelernt, George. Er kommt soeben aus dem Gefängnis von San Quentin, wo er die letzten sechs Jahre gewartet hat.«

»Dann war es also seine Idee?«

»Wir haben es gemeinsam ausgebrütet. Ich wollte mit meinem Anteil nach China gehen.«

»Und warum seid ihr auf mich als Opfer verfallen?«

»Das gab der Sache einen realeren Anstrich. Einmal, vor fünf Jahren, dachte ich, du würdest dich in mich verlieben.«

Das Trotzige in ihrer Stimme schmolz plötzlich dahin, und im letzten Lichtschimmer konnte man sehen, dass ihr Mund zitterte.

»Ich habe dich jahrelang geliebt«, sagte sie, »seit dem ersten Tag, als du hier in den Westen und ins Real-Art-Studio kamst. Du konntest so gut mit den Leuten umgehen,

George. Ganz gleich, wer – du gingst auf sie zu und zogst etwas zur Seite wie einen Vorhang, der dir im Weg war, und dann kanntest du sie. Ich bemühte mich um deine Liebe, ganz wie alle anderen, aber das war schwierig. Du zogst die Menschen nahe an dich heran und hieltst sie so, dass sie weder vor noch zurück konnten.«

»Das ist alles pure Einbildung«, sagte George und runzelte mit Unbehagen die Stirn, »und ich habe keinen Einfluss auf –«

»Nein, ich weiß, du hast keinen Einfluss auf deinen Charme. Du bedienst dich seiner nur. Wer ihn hat, braucht nur die Hand auszustrecken und geht durchs Leben und zieht Leute an, von denen er gar nichts will. Ich mache dir keinen Vorwurf. Wenn du mich nur nicht geküsst hättest an dem Abend nach dem Mayfair-Ball. Vermutlich war's der Champagner.«

George kam es vor, als spielte eine Musikkapelle, die er lange nur von ferne gehört hatte, plötzlich unter seinem Fenster. Er hatte schon immer geahnt, dass solche Dinge um ihn her vorgingen. Wenn er es genauer bedachte, hatte er immer gewusst, dass Margaret ihn liebte, aber die leise Musik, als welche diese Gefühle an sein Ohr drangen, hatte für ihn keine Beziehung zum realen Leben gehabt. Es waren Phantome, die er aus dem Nichts beschworen hatte, ohne zu denken, dass sie je Gestalt annehmen könnten. Auf einen Wink von ihm sollten sie spurlos dahinwelken.

»Du kannst dir nicht vorstellen, wie das war«, fuhr Margaret nach einer Pause fort. »Was du nur so dahingesagt und längst vergessen hast – Erinnerungen, mit denen ich mich Nacht für Nacht schlafen gelegt habe, aus denen ich ein wenig mehr herauszupressen versucht habe. Nach jenem Abend auf dem Mayfair-Ball gab es keine anderen Männer mehr für mich. Und es gab andere, wie du weißt – massenhaft. Aber immer sah ich dich irgendwo über das Filmgelände gehen, den Blick zu Boden gerichtet und, als sei dir gerade etwas Komisches passiert, ein wenig vor dich hin lächelnd, wie es deine Art ist. Und ich ging an dir vorbei, du blicktest auf und lächeltest wahrhaftig: ›Hallo, Liebes!‹, ›Hallo, Kleines‹, sagtest du, und mir wollte das Herz zerspringen. Das ereignete sich viermal am Tag.«

George erhob sich, und auch sie sprang rasch auf.

»Oh, ich habe dich gelangweilt«, schluchzte sie leise. »Ich hätte das wissen müssen. Du willst nach Hause. Ja – sonst noch was? Richtig. Die Briefe kannst du ebenso gut haben.«

Sie nahm sie aus einem Schreibtisch, trug sie zu einem Fenster und vergewisserte sich bei dem Schein einer Laterne.

»Wundervolle Briefe. Sie würden dir Ehre machen. Ich war wohl recht töricht, wie du sagst, aber du solltest eine Lehre daraus ziehen – besser hinsehen beim Unterschreiben oder so ähnlich.« Sie zerriss die Briefe in kleine Fetzen und warf sie in den Papierkorb. »Nun geh«, sagte sie.

»Warum soll ich jetzt gehen?«

Zum dritten Mal innerhalb von vierundzwanzig Stunden sah er sich Tränen gegenüber, todtraurigen, hemmungslosen Tränen.

»Bitte geh«, schluchzte sie leidenschaftlich, »oder bleib, wenn du willst. Ich gehöre dir auf Anhieb, das weißt du.

Du kannst jede Frau in der Welt haben, brauchst nur die Hand zu heben. Würde es dir mit mir Spaß machen?«

»Margaret –«

»Ach, so geh schon.« Sie setzte sich und wandte ihr Gesicht ab. »Du würdest ohnehin im nächsten Augenblick recht blöde dreinschauen. Das liebst du doch nicht, oder? Also geh.«

George stand hilflos da, versuchte sich in sie hineinzuversetzen und etwas zu sagen, das nicht überheblich wäre, aber es fiel ihm nichts ein.

Er bemühte sich, seinen persönlichen Kummer, sein unbehagliches Gefühl, seine leise Verachtung zu verdrängen, und merkte nicht, dass sie ihn beobachtete, alles begriff und voller Liebe den Konflikt betrachtete, der sich auf seinem Gesicht spiegelte. Plötzlich gaben seine in den letzten vierundzwanzig Stunden überanstrengten Nerven nach, und er fühlte seine Augen trübe werden und ein Würgen in der Kehle. Er schüttelte hilflos den Kopf. Dann wandte er sich um – immer noch ahnungslos, dass sie ihn beobachtete, ihn liebte, bis sie dachte, das Herz werde ihr brechen – und schritt zur Tür hinaus.

IV

Der Wagen hielt vor seinem Haus. Alles war dunkel bis auf ein schwaches Licht aus dem Kinderzimmer und der unteren Diele. Er hörte das Telefon klingeln, aber bis er drinnen war und sich meldete, war niemand mehr in der Leitung. Ein paar Minuten lang wanderte er in der Dunkelheit umher, tastete sich von Stuhl zu Stuhl und zum Fenster, wo er in die hohle Nacht hinausstarrte.

Es war seltsam, so allein zu sein, sich allein zu fühlen. Doch in seinem überreizten Zustand empfand er es nicht als unangenehm. Die peinlichen Vorfälle vom Vorabend hatten ihm Helen Avery in unendliche Ferne gerückt, dagegen hatte das Gespräch mit Margaret auf sein persönliches Unglück kathartisch gewirkt. Bald würde es auf ihn zurückfallen, das wusste er, doch im Augenblick war sein Geist zu matt, sich zu erinnern, sich etwas vorzustellen oder sich Gedanken zu machen.

So verging wohl eine halbe Stunde. Er sah Dolores aus der Küche kommen, die Abendzeitung von der Türschwelle aufheben und damit wieder in die Küche gehen, um als Erste einen Blick hineinzutun. In der vagen Absicht, seine Reisetasche zu packen, ging er nach oben. Er öffnete die Tür von Kays Zimmer und fand sie auf dem Bett liegend.

Einen Augenblick war er sprachlos. Er ging um das dazwischenliegende Badezimmer herum, dann wieder in ihr Zimmer und knipste das Licht an.

»Was ist los?«, fragte er beiläufig. »Fühlst du dich nicht wohl?«

»Ich habe versucht, etwas zu schlafen«, sagte sie. »George, glaubst du, dass dieses Mädchen verrückt geworden ist?«

»Welches Mädchen?«

»Margaret Donovan. So etwas Abscheuliches habe ich im Leben nicht gehört.«

Einen Augenblick dachte er, es hätten sich neue Komplikationen ergeben.

»Fünfzigtausend Dollar!«, rief sie entrüstet. »Ich würde sie ihr nicht einmal geben, wenn an der Sache etwas Wahres wäre. Sie gehört ins Gefängnis.«

»Oh, das ist nur halb so schlimm«, sagte er. »Sie hat einen Bruder, der ein gerissener Bursche ist, und es war seine Idee.«

»Sie ist zu allem fähig«, sagte Kay feierlich. »Und du bist einfach ein Narr, wenn du das nicht siehst. Ich habe sie nie gemocht. Ihre Haare sehen so schmutzig aus.«

»Nun, und was weiter?«, fragte er ungeduldig und fügte hinzu: »Wo ist Arthur Busch?«

»Er ist gleich nach dem Mittagessen nach Hause gegangen, vielmehr: Ich habe ihn fortgeschickt.«

»Du bist zu dem Ergebnis gekommen, dass du ihn nicht liebst?«

Sie blickte fast überrascht auf. »Ihn lieben? Ach, du meinst wegen heute Morgen. Ich war nur wütend auf dich; das hättest du dir denken können. Er tat mir gestern Abend ein wenig leid, aber vermutlich war's nur der Whiskey.«

»Nun, was sollte es aber, als du –« Er brach ab. Wohin er sich auch wandte, überall stieß er auf Wirrwarr, und er war fest entschlossen, sich keine Gedanken mehr zu machen.

»Lieber Himmel!«, rief Kay aus. »Fünfzigtausend Dollar!«

»Ach, beruhige dich. Sie hat die Briefe zerrissen – hatte sie selbst geschrieben –, und alles ist wieder in Ordnung.«

»George.«

»Ja?«

»Douglas wird sie natürlich sofort an die Luft setzen.«

»Wieso denn? Er wird gar nichts davon erfahren.«

»Soll das heißen, dass du nicht für ihre Entlassung sorgen willst? Nach dieser Sache?«

Er sprang auf. »Glaubst du, dass sie damit rechnet?«, rief er.

»Womit?«

»Dass ich ihre Kündigung betreibe.«

»Natürlich musst du das.«

Er suchte hastig im Telefonbuch nach ihrem Namen.

»Oxford …«, verlangte er.

Nach ungewöhnlich langer Zeit meldete sich die Vermittlung: »Bourbon Apartments.«

»Miss Margaret Donovan bitte.«

»Moment –« Das Telefonfräulein unterbrach sich. »Wollen Sie bitte eine Minute warten.« Er blieb in der Leitung; die Minute verging und noch eine. Dann die Stimme des Telefonfräuleins: »Ich konnte eben nicht sprechen. Miss Donovan hatte einen Unfall. Sie hat versucht, sich zu erschießen. Als Sie anriefen, trug man sie gerade durch das Foyer ins St. Catherine's Hospital.«

»Ist sie … ist es ernst?«, fragte George fast von Sinnen.

»Erst dachte man das, aber jetzt hofft man, sie durchzubringen. Sie wollen die Kugel herausoperieren.«

»Danke.«

Er stand auf und wandte sich Kay zu.

»Sie hat einen Selbstmordversuch unternommen«, sagte er mit gepresster Stimme. »Ich muss ins Krankenhaus hinüber. Ich habe mich heute Nachmittag recht dumm benommen. Ich glaube, ich bin zum Teil schuld daran.«

»George«, sagte Kay plötzlich.

»Was?«

»Ist es nicht unklug, sich da hineinziehen zu lassen? Die Leute könnten sagen ...«

»Ich geb keinen Heller drum, was sie sagen«, entgegnete er barsch.

Er ging in sein Zimmer und machte sich mechanisch zum Ausgehen fertig. Als er sein Gesicht im Spiegel sah, schloss er mit einem plötzlichen Ausruf des Widerwillens die Augen und ließ seine Haare ungekämmt.

»George«, rief Kay aus dem Nebenzimmer, »ich liebe dich.«

»Ich liebe dich auch.«

»Jules Rennard hat angerufen. Irgendwas mit Barrakudas-Angeln. Fändest du es nicht lustig, eine Gesellschaft zusammenzubringen, eine gemischte Gesellschaft, Männlein und Weiblein?«

»Irgendwie reizt mich das nicht. Überhaupt die ganze Idee mit dem Barrakudas-Angeln ...«

Unten läutete das Telefon, und er schrak zusammen.

Dolores ging an den Apparat. Es war eine Dame, die schon zweimal angerufen hatte.

»Ist Mr. Hannaford zu Hause?«

»Nein«, sagte Dolores prompt. Sie streckte die Zunge heraus und hängte auf, als George Hannaford gerade die Treppe herunterkam. Sie half ihm in den Mantel, wobei sie sich möglichst dicht an ihn drängte, öffnete die Tür und ging mit ihm ein paar Schritte hinaus unter das Vordach.

»Miester Hannaford«, sagte sie plötzlich. »Die Miss Avery, die hat heut fünf-, sechsmal angerufen. Ich sage ihr, Sie aus, und nix sage zu Missus.«

»Was?« Er starrte sie an und fragte sich, wie viel sie wohl von seinen Angelegenheiten wusste.

»Die eben wieder angeruft und ich sage, Sie aus.«

»Schon gut«, sagte er zerstreut.

»Miester Hannaford.«

»Ja, Dolores?«

»Ich hab mir heut Morgen nix getan, als ich von Treppe fiel.«

»Das freut mich. Gute Nacht, Dolores.«

»Gute Nacht, Miester Hannaford.«

George schenkte ihr ein schwaches, flüchtiges Lächeln, zog gleichsam den Schleier zwischen ihnen fort und machte ihr unwillkürlich Hoffnung, an den tausend Wonnen und Wundern teilzuhaben, die nur ihm bekannt waren und über die er allein gebot. Dann ging er zum wartenden Wagen, und Dolores setzte sich vor dem Haus auf die Stufen, rieb die Hände aneinander in einer Geste, die entweder Verzückung oder ein Erdrosseln bedeuten mochte, und betrachtete die schmale Sichel des bleichen Mondes, der gerade am kalifornischen Himmel emporstieg.

Ein Abend auf dem Jahrmarkt

I

Die beiden Städte trennte lediglich ein mehrfach über-
brückter schmaler Fluss; ihre Ausläufer wanden
sich an seinen Ufern entlang, trafen und vermischten sich,
und an der Verbindungsstelle fand, eifersüchtig von beiden
Seiten bewacht, jeden Herbst der große Jahrmarkt statt.
Wegen dieser vorteilhaften Lage und der herausragenden
landwirtschaftlichen Bedeutung dieses Bundesstaats wurde
dieser Jahrmarkt zu einem der prächtigsten in ganz Amerika. Es gab gewaltige Ausstellungen für Getreide, Zucht-
vieh und landwirtschaftliche Maschinen; es gab Pferde-
rennen und Automobilrennen und neuerdings Fluggeräte,
die tatsächlich vom Erdboden abhoben; es gab einen lär-
menden Vergnügungspark mit Coney-Island-Attraktio-
nen, die einen durch die Luft wirbelten, und eine jaulende,
klimpernde Hoochie-Coochie-Show mit halbnackten Tän-
zerinnen. Als Kompromiss zwischen Seriosität und Amüsement fand jeden Abend auf dem Freigelände ein großes
Feuerwerk statt, das in einer Nachbildung der Schlacht
von Gettysburg gipfelte.

Am späten Nachmittag eines heißen Septembertages
traten zwei etwa fünfzehnjährige Jungen, vollgestopft mit

Leckereien und Limonade und müde von acht Stunden unablässigem Herumwandern, aus der Penny Arcade. Der Junge mit den dunklen, hübschen, lebhaften Augen war, wie man der kosmischen Signatur seiner *Geschichte des Altertums* entnehmen konnte, »Basil Duke Lee, Holly Avenue, St. Paul, Minnesota, Vereinigte Staaten, Nordamerika, Westliche Halbkugel, die Erde, Universum«. Obwohl er ein wenig kleiner war als sein Begleiter, erschien er größer, denn er ragte sozusagen aus kurzen Hosen hervor, während Riply Buckner jr. vorige Woche zu langen Hosen aufgestiegen war. Dieses Ereignis, so simpel und natürlich es auch war, übte auf ihre seit mehreren Jahren bestehende enge Freundschaft eine zersetzende Wirkung aus.

Während jener Zeit hatte Basil, der Phantasievollere dieses Gespanns, die dominierende Rolle gespielt, und die Degradierung in Form von sechzig Zentimeter blauen Wollstoffs verwirrte und bestürzte ihn – in der Tat war Riply Buckner gegenüber dem Vergnügen, sich mit Basil in der Öffentlichkeit zu zeigen, merklich gleichgültiger geworden. Seine eigene Beförderung zu langen Hosen schien ihm wie eine Befreiung von den Zwängen und Minderwertigkeiten des Knabenalters, und die Gesellschaft von einem, den seine kurzen Hosen immer noch als Jungen auswiesen, erinnerte ihn auf unliebsame Art daran, dass seine eigene Metamorphose eben erst stattgefunden hatte. Er wollte es vor sich selbst kaum eingestehen, aber eine gewisse Ungeduld gegenüber Basil, ein gewisser Hang, ihn durch ein überlegenes Lachen herabzusetzen, hatte sich schon den ganzen Nachmittag über bemerkbar gemacht. Basil stieß die Veränderung bitter auf. Im August hatte ein Familienrat beschlossen, er sei, obwohl er eine Schule im Osten besuchen würde, für lange Hosen noch zu klein. Er hatte dagegengehalten, indem er innerhalb von vierzehn Tagen fast vier Zentimeter gewachsen war, was seinen Ruf der Unzuverlässigkeit nur noch steigerte, ihn aber hoffen ließ, dass seine Mutter schließlich doch noch umgestimmt werden könnte.

Als die beiden aus dem stickigen Zelt hinaus in die sanfte Glut des Sonnenuntergangs traten, zögerten sie und blickten die überfüllte Straße hinab, wobei sich auf ihren Gesichtern eine Art Langeweile und ein gewisses undeutliches Sehnen vermischten. Sie wollten nicht eher nach Hause, als sie mussten, und doch wussten sie, dass ihre Schaulust fürs Erste befriedigt war; sie wünschten sich eine andere Stimmung, ein anderes Leitmotiv für diesen Tag. Neben ihnen befand sich der Parkplatz, damals noch ein bescheidenes Geviert, und als sie dort noch unentschlossen herumstanden, wurden ihre Blicke von einem kleinen Wagen angezogen, rot lackiert und mit einem tiefergelegten Fahrgestell, was sowohl auf ein rasendes Fahrtempo wie auf rasendes Leben schließen ließ. Es war ein Blatz Wildcat, ein Auto, das für die nächsten fünf Jahre der Wunschtraum von mehreren Millionen amerikanischer Jungen sein sollte. Darin saß, in der lässig erschöpften Haltung, die der tiefe Schalensitz vorschrieb, ein blondes, lustiges Mädchen mit einem Puppengesicht.

Die beiden Jungen glotzten. Sie warf ihnen einen einzigen kühlen Blick zu und kehrte dann zu ihrer Hauptbeschäftigung zurück, sich in einem Blatz Wildcat zurückzulehnen und hochmütig gen Himmel zu gucken. Die beiden Jungen wechselten einen Blick, machten sich aber nicht auf den Weg. Sie beobachteten das Mädchen – und als sie spürten, dass ihr Anstarren zu aufdringlich wurde, schlugen sie die Augen nieder und konzentrierten sich auf das Gefährt.

Nach wenigen Minuten erschien ein junger Mann mit rötlichem Gesicht und rötlichem Haar, in gelbem Anzug und Hut, zog gelbe Handschuhe über und stieg in den Wagen. Es folgte eine Reihe gewaltiger Explosionen; dann, mit einem gleichmäßigen Tuckern aus dem offenen Auspuff, so unverschämt, hämmernd und mitreißend wie Getrommel, setzte sich der Wagen mit dem jungen Mädchen und dem jungen Mann, in dem sie Speed Paxton erkannten, sanft in Bewegung.

Basil und Riply wandten sich um und schlenderten gedankenverloren zurück auf den Rummelplatz. Sie wussten, dass Speed Paxton – der unbändige und verwöhnte Sohn eines Bierbrauers am Ort – ziemlich unausstehlich war, aber sie beneideten ihn darum, in so einem Schlitten in den Sonnenuntergang brausen zu können, in die Stille des Abends und die Wunder der Nacht, und neben ihm dieses Wunder von einem Mädchen mit Puppengesicht. Wahrscheinlich war es dieser Neid, der sie veranlasste, laut zu rufen, als sie einen großgewachsenen Jungen ihres Alters aus einer Schießbude herauskommen sahen.

»Oh, El! Hey, El! Warte mal!«

Elwood Leaming wandte sich um und wartete. Er war von den netteren Jungen der Stadt der zügelloseste – er trank schon Bier, hatte allerlei von Chauffeuren gelernt und war vom vielen Rauchen bereits abgemagert. Als sie ihn freudig begrüßten, blickte er sie aus seinen halb geschlossenen Augen mit dem harten, wissenden Ausdruck eines Mannes von Welt an.

»Hallo, Rip. Schlag ein, Rip. Hallo, Basil, alter Junge. Schlag ein.«

»Was machst du, El?«, fragte Riply.

»Nichts. Und was macht ihr?«

»Nichts.«

Elwood Leaming verengte seinen Blick noch mehr, schien nachzudenken und schnalzte dann befriedigt mit der Zunge.

»Was haltet ihr davon, wenn wir uns was aufgabeln?«, schlug er vor. »Ich habe heute Nachmittag hier schon allerlei hübsche Dinger gesehen.«

Riply und Basil holten verstohlen tief Luft. Ein Jahr zuvor hatte es sie noch schockiert, dass Elwood die Burlesque-Shows im Star besuchte – und jetzt öffnete er ihnen die Tür zu seinem flotten Leben.

Im Bewusstsein seiner soeben erlangten Reife zeigte Riply sich höchst interessiert. »Von mir aus gern«, sagte er vertraulich.

Er sah Basil an.

»Von mir aus auch«, murmelte Basil.

Riply lachte, eher nervös als spöttisch. »Vielleicht solltest du erst mal erwachsen werden, Basil.« Er sah Elwood beifallheischend an. »Besser abwarten, bis du ein richtiger Mann bist.«

»Ach, komm wieder auf den Boden!«, konterte Basil. »Seit wann hast du sie denn? Erst eine Woche!«

Aber er merkte, dass ihn eine Kluft von den beiden

trennte, und er schloss sich ihnen mit dem Gefühl an, ein Anhängsel zu sein.

Mit Blicken nach rechts und links und dem Ausdruck eines gewieften Pioniers und Grenzeroberers führte Elwood Leaming sie an. Mehrere Mädchen, die paarweise herumschlenderten, begegneten seinem gereiften Blick und lächelten ermutigend, aber er fand sie ungenügend – zu dick, zu gewöhnlich oder zu schwierig. Auf einmal fielen ihre Augen auf zwei, die etwas weiter vor ihnen herumspazierten, und sie beschleunigten ihren Schritt, Elwood voller Selbstvertrauen, Riply dasselbe krampfhaft vortäuschend und Basil plötzlich in wilder Erregung.

Jetzt waren sie auf gleicher Höhe. Basil schlug das Herz bis zum Hals. Als er Elwoods Stimme hörte, wandte er den Blick ab.

»Hallo, Kinder! Wie geht's euch?«

Würden sie die Polizei rufen? Würden seine und Riplys Mutter plötzlich um die Ecke biegen?

»Selber hallo, Kinder!«

»Wo geht ihr hin, Mädels?«

»Nirgendwohin.«

»Schön, gehen wir doch zusammen.«

Dann standen sie alle in einer Gruppe zusammen, und Basil war erleichtert zu sehen, dass es nur Mädchen seines Alters waren. Sie waren hübsch, hatten reine Haut und rote Lippen und hochgestecktes Haar wie Erwachsene. Eine gefiel ihm sofort besser als die andere – ihre Stimme war ruhiger, und sie war etwas schüchtern. Basil war froh, als Elwood mit der Keckeren voranging und es ihm und Riply überließ, mit der anderen nachzukommen.

Die ersten Abendlichter begannen blass zu schimmern; die nachmittägliche Menge hatte sich etwas zerstreut, und die jetzt fast menschenleeren Gassen waren von den verschiedenen schweren Düften nach Popcorn und Erdnüssen, Melasse, Staub und Wiener Würstchen erfüllt, mit einer nicht unangenehmen Brise von Tier- und Heugeruch. Das Riesenrad, jetzt ein riesiger Lichterkranz, drehte sich gemächlich in der Dämmerung; ein paar leere Wagen der Achterbahn ratterten über ihre Köpfe hinweg. Die Hitze hatte nachgelassen, und in der Luft lag die stimulierende Frische des nördlichen Herbstes.

Sie promenierten. Eigentlich schwebte Basil ein Gespräch mit dem Mädchen vor, aber ihm fiel nichts ein, das so entspannt klang wie bei Elwood Leaming, der lebhaft und vertraulich mit dem Mädchen neben sich sprach, als hätte er unverhofft eine Geistes- und Herzensverwandtschaft entdeckt. Um sie also vor dem völligen Schweigen zu bewahren – denn Riplys Beitrag beschränkte sich auf ein gelegentliches albernes Gelächter –, zeigte Basil sich für alles interessiert, was es zu sehen gab, und versuchte es zu kommentieren.

»Da ist das sechsbeinige Kalb. Hast du es gesehen?«

»Nein, noch nicht.«

»Und da ist die Rotunde, wo der Mann mit dem Motorrad herumsaust. Schon da gewesen?«

»Nein.«

»Sieh nur! Sie sind schon dabei, den Ballon zu füllen. Ich frage mich, wann sie wohl mit dem Feuerwerk anfangen.«

»Hast du das Feuerwerk gesehen?«

»Nein, ich gehe morgen Abend hin. Und du?«

»Ja, ich war jeden Abend da. Mein Bruder arbeitet dort. Er ist einer von denen, die beim Abbrennen helfen.«

»Oh!«

Er fragte sich, ob es ihrem Bruder etwas ausmachte, dass sie von Fremden angesprochen worden war. Und mehr noch, ob sie sich ebenso dämlich fühlte wie er. Es musste mittlerweile schon spät sein, und er hatte, unter Androhung, morgen Abend nicht ausgehen zu dürfen, versprochen, gegen halb acht zu Hause zu sein. Er ging schneller, bis er neben Elwood war.

»Hey El«, fragte er, »wo gehen wir hin?«

Elwood wandte sich um und zwinkerte ihm zu. »Wir machen eine Tour um die Alte Mühle.«

»Oh!«

Basil ließ sich wieder zurückfallen – dabei bemerkte er, dass Riply und das Mädchen sich während seiner kurzen Abwesenheit untergehakt hatten. Ein Stich der Eifersucht durchfuhr ihn, und er sah sich das Mädchen noch einmal und mit mehr Wohlgefallen an, denn er fand sie niedlicher, als er gedacht hatte. Ihre Augen, dunkel und vertrauensvoll, schienen mit dem Erstrahlen der Beleuchtung über ihren Köpfen wach geworden zu sein; eine verheißungsvolle Freude lag jetzt darin, wie das Versprechen der kühlenden Nacht.

Er erwog, ihren anderen Arm zu nehmen, aber es war zu spät; sie und Riply lachten zusammen über irgendwas – wahrscheinlich über nichts. Sie hatte ihn gefragt, worüber er die ganze Zeit lache, und er hatte als Antwort wieder nur gelacht. Dann lachten sie beide ausgelassen und immer wieder.

Basil blickte missbilligend zu Riply hinüber. »Ich habe

noch nie im Leben ein so albernes Gelächter gehört«, entrüstete er sich.

»Nein?«, kicherte Riply Buckner. »Wirklich nicht, mein Kleiner?«

Er bog sich vor Lachen, und das Mädchen stimmte ein. Die Worte »mein Kleiner« hatten Basil getroffen wie ein kalter Wasserguss. In seiner Aufregung hatte er etwas vergessen, wie ein Krüppel wohl manchmal erst wieder an seinen Hinkefuß denkt, wenn er zum Laufen ansetzt.

»Du kommst dir wohl ganz groß vor, was?«, rief er. »Wo hast du denn die langen Hosen her? Wo hast du sie her?« Er steigerte sich lustvoll hinein und wollte schon hinzufügen: »Es sind die Hosen deines Vaters«, als ihm einfiel, dass Riplys Vater, ebenso wie seiner, gestorben war.

Das vordere Paar erreichte den Eingang zur Alten Mühle und wartete auf sie. Es war gerade wenig los, und ein paar leere Boote schlugen in der hölzernen Fahrrinne aneinander und schwankten in dem sanft dahinfließenden künstlichen Gewässer. Elwood und sein Mädchen nahmen die Vordersitze ein, und er legte prompt den Arm um sie. Basil half dem anderen Mädchen auf die hintere Bank, leistete aber, entmutigt, wie er war, keinen Widerstand, als Riply sich hineindrängte und zwischen ihnen Platz nahm.

Sie glitten davon und trieben gleich in eine lange, hallende Finsternis. Irgendwo weit vor ihnen hörten sie eine Gruppe in einem anderen Boot singen; ihre Stimmen erklangen mal aus romantischer Ferne, mal näher und umso geheimnisvoller, als der Kanal eine Kehre machte und die beiden Boote, von einem unsichtbaren Schleier getrennt, dicht aneinander vorbeistrichen.

Die drei Jungen stießen laute Rufe aus; Basil war bemüht, Riply lautstark und in jeder Hinsicht in den Augen des Mädchens zu übertrumpfen, aber nach kurzer Zeit war außer seiner eigenen Stimme und dem ständigen Andocken des Bootes gegen die seitlichen Holzplanken nichts mehr zu hören, und er wusste, ohne hinzusehen, dass Riply seinen Arm um die Schultern des Mädchens gelegt hatte.

Sie glitten in ein rötliches Glühen – eine Dekoration, die die Hölle darstellen sollte, mit grinsenden Dämonen und lodernden Feuern aus Papierschlangen; er sah, dass Elwood und sein Mädchen Wange an Wange saßen. Dann ging es wieder ins Dunkel mit dem sanft plätschernden Wasser, und das singende Boot fuhr wieder an ihnen vorbei, mal näher, mal ferner. Eine Zeitlang tat Basil so, als interessiere ihn dieses andere Boot, er rief hinüber, spekulierte darüber, wie nah es sei. Dann entdeckte er, dass man den Kahn zum Schaukeln bringen konnte, und widmete sich diesem bescheidenen Vergnügen, bis Elwood Leaming sich empört umwandte und rief:

»Hey! Was soll der Unsinn?«

Schließlich langten sie wieder beim Eingang an, und die beiden Paare fuhren auseinander. Basil stieg traurig aus dem Boot.

»Löse noch einmal neu«, rief Riply, »wir wollen noch eine Runde fahren.«

»Ohne mich«, sagte Basil mit gespielter Gleichgültigkeit. »Ich muss nach Hause.«

Riply lachte höhnisch und triumphierend. Auch das Mädchen lachte.

»Also bis dann, Kleiner«, rief Riply vergnügt.

»Ach, halt die Klappe! Bis dann, Elwood.«

»Bis dann, Basil.«

Das Boot setzte sich schon wieder in Bewegung; wieder legten sich Arme um die Schultern der Mädchen.

»Bis dann, Kleiner!«

»Bis dann, du Hornochse!«, rief Basil. »Wo hast du die langen Hosen her? Woher hast du sie?«

Aber das Boot war schon im dunklen Eingang des Tunnels verschwunden, zurück blieb nur das Echo von Riplys höhnischem Gelächter.

II

Es ist eine Art uralte Tradition, dass alle Jungen von dem Gedanken besessen sind, erwachsen zu sein. Dieser Eindruck entsteht, weil sie gelegentlich ihrer Unzufriedenheit über die Einschränkungen der Jugend lautstark Ausdruck verleihen, während jene langen Zeiträume, in denen sie mit ihrer Jugend mehr als zufrieden sind, sich mehr in Taten als in Worten ausdrücken. Manchmal wünschte Basil sich, nur ein wenig älter zu sein, aber nicht mehr. Die Frage der langen Hosen war ihm nicht so wichtig erschienen – er wollte sie haben, aber als Kleidungsstück hatten sie nicht denselben romantischen Beigeschmack wie etwa ein Fußballtrikot oder eine Offiziersuniform oder gar wie die Zylinder und Frackmäntel, in denen die Gentleman-Einbrecher von New York des Nachts durch die Straßen streiften.

Doch als er am nächsten Morgen erwachte, waren die langen Hosen das wichtigste Bedürfnis in seinem Leben.

Ohne sie war er von seinen Altersgenossen abgeschnitten, von einem Jungen verlacht, der ihm stets gefolgt war. Die Tatsache allein, dass gestern Abend ein paar dumme Gänse Riply ihm vorgezogen hatten, war an sich ohne Bedeutung, aber er war hitzig und ehrgeizig, und er ärgerte sich, weil er sich auf einen Kampf hatte einlassen müssen, bei dem ihm eine Hand auf den Rücken gebunden war. Er spürte, dass sich ähnliche Situationen in der Schule ergeben könnten, und das war unerträglich. Beim Frühstück sprach er seine Mutter sehr erregt darauf an.

»Aber Basil«, erwiderte sie überrascht, »als wir darüber gesprochen haben, dachte ich, dir läge nicht besonders viel daran.«

»Ich muss sie jetzt unbedingt haben«, erklärte er. »Ich möchte lieber sterben, als ohne sie zur Schule zurückzugehen.«

»Nun, das ist kein Grund, so dumm daherzureden.«

»Es ist aber wahr – ich wäre lieber tot. Wenn ich keine langen Hosen bekommen kann, ist es für mich sinnlos, zur Schule zurückzukehren.«

Er war dermaßen erregt, dass seine Mutter die Vorstellung seines Ablebens ernstlich bestürzte.

»Nun hör mit diesem dummen Gerede auf, und iss dein Frühstück. Du kannst in die Stadt gehen und dir noch heute Morgen welche bei Barton Leigh's kaufen.«

Besänftigt, aber immer noch aufgebracht von der Dringlichkeit seines Begehrens, rannte Basil im Zimmer auf und ab.

»Ohne sie ist ein Junge einfach hilflos«, erklärte er nachdrücklich. Der Satz gefiel ihm, und er baute ihn aus. »Ein

Junge ist ohne sie schlicht und einfach hilflos. Ich wäre lieber tot, als so zur Schule zu gehen …«

»Basil, hör mit diesem Gerede auf. Irgendwer hat dich wohl damit aufgezogen.«

»Niemand hat mich aufgezogen«, leugnete er entrüstet, »– überhaupt niemand.«

Nach dem Frühstück rief ihn das Dienstmädchen ans Telefon.

»Hier ist Riply«, sagte eine zaghafte Stimme. Basil nahm das kühl zur Kenntnis. »Du bist doch nicht sauer wegen gestern Abend, oder?«, fragte Riply.

»Ich? Nein. Hat das jemand behauptet?«

»Nein, niemand. Nun hör mal, wir wollten ja heute Abend zum Feuerwerk gehen.«

»Ja.« Basils Ton war immer noch kühl.

»Also, eins der Mädchen – das von Elwood – hat eine Schwester, die noch hübscher ist als sie, und die kann heute Abend auch mitkommen, und du könntest sie haben. Und wir dachten, wir treffen uns gegen acht, denn das Feuerwerk fängt nicht vor neun an.«

»Und was machen wir?«

»Nun, wir könnten wieder zur Alten Mühle. Gestern sind wir noch dreimal rumgefahren.«

Einen Moment lang sagte niemand etwas. Basil prüfte, ob die Tür zum Zimmer seiner Mutter zu war.

»Hast du deine geküsst?«, fragte er in die Sprechmuschel.

»Natürlich hab ich das!« Durch die Leitung erklang ein geisterhaftes, albernes Kichern. »Hör zu, El meint, er kann das Auto haben. Wir könnten dich um sieben abholen.«

»In Ordnung«, sagte Basil brummig und fügte hinzu: »Ich geh noch heute Morgen los und kaufe mir ein Paar lange Hosen.«

»Wirklich?« Wieder hörte Basil ein gespenstisches Lachen. »Also, halte dich um sieben bereit.«

Basil traf seinen Onkel um zehn im Konfektionsladen Barton Leigh's, und er hatte fast ein schlechtes Gewissen, weil er seiner Familie all diese Umstände und Kosten verursachte. Auf den Rat seines Onkels hin entschied er sich schließlich für zwei Anzüge – einen schweren schokoladebraunen für jeden Tag und einen dunkelblauen für besondere Anlässe. Es waren noch ein paar Änderungen nötig, aber es wurde verabredet, dass einer der Anzüge unbedingt noch am Nachmittag geliefert werden sollte.

Wegen dieser hohen Kosten etwas zerknirscht, beschloss er, das Fahrgeld zu sparen und zu Fuß von der Stadt nach Hause zu gehen. Als er die Crest Avenue entlangging, machte er versuchsweise einen Bocksprung über den recht hohen Hydranten vor dem Van-Schellinger-Haus, denn er fragte sich, ob man so etwas auch noch mit langen Hosen tun oder ob er es überhaupt je wieder tun würde. Etwas trieb ihn, den Sprung zwei- oder dreimal zu wiederholen, wie eine Art Abschiedsritual, und als er noch dabei war, bog die Van-Schellinger-Limousine in die Auffahrt ein und hielt vor der Vordertür.

»Oh, Basil«, rief eine Stimme.

Unter dem marmornen Säulendach der zweitgrößten Villa der Stadt blickte ihm ein frisches, zartes, halb unter einer Fülle nahezu weißblonder Locken verborgenes Gesichtchen entgegen.

»Hallo, Gladys.«

»Komm einen Moment rüber, Basil.«

Er gehorchte. Gladys Van Schellinger war ein Jahr jünger als Basil, ein stilles, wohlbehütetes Mädchen, das – ganz im Sinne der hiesigen Tradition – zu einer Heirat im Osten erzogen wurde. Gladys hatte eine Gouvernante und spielte stets mit wenigen, ausgewählten Mädchen bei sich zu Hause oder in deren Häusern; die zwanglosen Freiheiten der Kinder des mittleren Westens waren ihr nicht erlaubt. Niemals war sie bei den Treffen in Whartons Hof dabei, wo die anderen nachmittags des Öfteren spielten.

»Basil, ich wollte dich etwas fragen – gehst du heute Abend zum Jahrmarkt?«

»Wieso, ja, ich gehe hin.«

»Nun, würdest du nicht gerne mitkommen und das Feuerwerk von unserer Loge aus anschauen?«

Einen Augenblick lang erwog er die Sache. Er wollte die Einladung annehmen, aber aus unerklärlichen Gründen fühlte er sich gezwungen abzulehnen – ein Vergnügen auszuschlagen, weil er einem Abenteuer nachjagen musste, das ihn, nüchtern betrachtet, überhaupt nicht interessierte.

»Ich kann nicht. Tut mir furchtbar leid.«

Ein Schatten von Unmut flog über Gladys' Gesicht. »Oh, dann besuch mich wenigstens bald mal, Basil. In ein paar Wochen gehe ich in den Osten zur Schule.«

Unzufrieden mit sich selbst ging er weiter die Straße hinab. Gladys Van Schellinger war nie sein Mädchen gewesen noch das von irgendwem sonst, aber der Umstand, dass sie zur gleichen Zeit zur Schule abreisen würden, gab ihm ein Gefühl von Verbundenheit mit ihr – als wären sie beide für das wunderbare Abenteuer des Ostens bestimmt, auserwählt für ein höheres Schicksal, ungeachtet der Tatsache, dass sie reich war, während er nur gut zurechtkam. Er bedauerte es, heute Abend nicht mit ihr in ihrer Loge sitzen zu können.

Gegen drei begann Basil, der in seinem Zimmer *The Crimson Sweater* las, erwartungsvoll auf jedes Klingeln an der Tür zu horchen. Er trat jedes Mal oben an die Treppe, lehnte sich darüber und rief: »Hilda, wurde ein Paket für mich gebracht?« Und um vier begab er sich nach unten, ungehalten über ihre Gleichgültigkeit, ihr mangelndes Verständnis für wichtige Dinge und ihren schleppenden Gang zur Tür und wieder zurück, und überwachte die Tür selbst. Aber nichts kam. Er rief bei Barton Leigh's an, und ein schwerbeschäftigter Verkäufer sagte ihm: »Sie bekommen diesen Anzug. Ich verbürge mich dafür, dass Sie ihn bekommen.« Aber er traute dem Ehrenwort des Angestellten nicht und ging hinaus auf die Veranda und wartete auf den Lieferwagen von Barton Leigh's.

Um fünf kam seine Mutter nach Hause. »Wahrscheinlich war mehr daran zu ändern, als sie dachten«, meinte sie verständnisvoll. »Du bekommst ihn bestimmt morgen früh.«

»Morgen früh!«, rief er entgeistert. »Ich brauche diesen Anzug heute Abend.«

»Du solltest nicht allzu enttäuscht sein, Basil. Die Läden schließen alle um halb sechs.«

Basil blickte aufgeregt nach beiden Seiten der Holly Avenue. Dann nahm er seine Mütze und rannte zur Haltestelle an der Ecke. Im nächsten Moment überlegte er es sich anders und eilte ebenso schnell wieder zurück.

»Wenn sie kommen, sollen sie auf mich warten«, instruierte er seine Mutter – ein Mann, der eben an alles denkt.

»Ist gut«, versprach sie ungerührt, »das tu ich.«

Es war später, als er gedacht hatte. Er musste auf die Straßenbahn warten, und als er bei Barton Leigh's ankam, sah er mit Schrecken, dass die Türen geschlossen und die Rollläden heruntergelassen waren. Er fing einen letzten Angestellten ab, der gerade herauskam, und erklärte mit Nachdruck, dass er den Anzug noch heute haben müsse. Der Angestellte wusste nichts von der Sache... Ob Basil ein Mr. Schwartze sei?

Nein, Basil war nicht Mr. Schwartze. Nach einem wirren Wortwechsel, in dem Basil den Angestellten zu überzeugen versuchte, dass, wer immer ihm die Lieferung des Anzugs zugesagt habe, sofort entlassen werden müsste, ging er niedergeschlagen nach Hause.

Ohne seinen Anzug würde er nicht auf den Jahrmarkt gehen – er würde überhaupt nirgendwohin gehen. Er würde zu Hause sitzen, und glücklichere Jungen würden auf der Großen Weißen Promenade ins Abenteuer ziehen. Mädchen voller Geheimnis, jung und unbekümmert, würden mit ihnen durch das verzauberte Dunkel der Alten Mühle gleiten, aber er würde wegen der Dummheit eines selbstsüchtigen, ehrlosen Kaufhausangestellten nicht dabei sein. Noch ein oder zwei Tage, und die Messe wäre vorbei – für immer vorbei, und jene Mädchen, und vor allem die Unerreichbarste, die Begehrenswerteste unter allen Mädchen, jene Schwester, von der es hieß, sie sei die Schönste – sie alle verschwanden aus seinem Leben. Sie würden in Blatz Wildcats in den Mondenschein davonsausen, ohne dass Basil sie geküsst hätte. Nein, sein ganzes Leben lang – selbst wenn der Verkäufer seine Stellung verlöre: »Da sehen Sie, was Sie mir angetan haben« – würde er mit unendlichem Bedauern an diese unwiederbringliche Stunde zurückdenken. Wie die meisten unter uns war er nicht imstande zu erkennen, dass er in Zukunft noch alle möglichen Wünsche haben würde, mindestens ebenso gewichtig wie die, von denen er im Augenblick besessen war.

Er gelangte zu Hause an; das Paket war nicht gekommen. Er lungerte trübsinnig im Haus herum und bequemte sich um halb sieben zu einem schweigenden Abendessen mit seiner Mutter, die Ellbogen auf den Tisch gestützt.

»Hast du gar keinen Appetit, Basil?«

»Nein, danke«, sagte er geistesabwesend, als habe man ihm etwas angeboten.

»Es sind doch noch zwei Wochen, bis du zur Schule fährst. Warum ist es da so wichtig –«

»Oh, das ist nicht der Grund, weshalb ich nichts essen kann. Ich hatte den ganzen Nachmittag Kopfweh.«

Gegen Ende der Mahlzeit fiel sein abwesender Blick auf ein paar Scheiben Baisertorte; mit der Haltung eines Schlafwandlers verspeiste er drei Stück.

Um sieben hörte er draußen Geräusche, die eigentlich einen Abend romantischer Verzückung hätten ankündigen sollen.

Das Leaming-Auto hielt draußen, und im nächsten Moment drückte Riply Buckner die Klingel. Basil erhob sich trübsinnig.

»Ich geh schon«, sagte er zu Hilda. Und dann an seine Mutter gewandt, mit einem nicht persönlich gemeinten

Vorwurf in der Stimme: »Entschuldige mich einen Augenblick. Ich will ihnen nur sagen, dass ich heute Abend nicht mitkommen kann.«

»Aber natürlich kannst du mitgehen, Basil. Sei nicht albern. Nur weil –«

Er hörte sie kaum noch. Er öffnete die Haustür und erblickte Riply auf der Treppe. Dahinter Leamings Limousine, ein alter hoher Wagen, als zitternde Silhouette vor dem Herbstmond.

Tuck-tuck-tuck, tuck-tuck-tuck! Die Straße herauf kam das Lieferwägelchen von Barton Leigh's gezockelt. Tuck-tuck-tuck! Ein Mann sprang heraus, verankerte den Wagen am Bürgersteig, rannte die Straße entlang, machte kehrt, machte noch einmal kehrt und kam dann mit einem langen rechteckigen Paket in der Hand auf sie zu.

»Du musst einen Moment warten«, rief Basil aufgeregt. »Das macht ja weiter nichts aus. Ich werde mich in der Bibliothek umziehen. Hör mal, wenn du mein Freund bist, wartest du eine Minute.« Er trat auf die Veranda hinaus. »He, El, ich muss nur noch meinen neuen – ich muss mich nur noch umziehen. Warte bitte noch eine Minute, ja?«

Das Glimmen einer Zigarette leuchtete in der Dunkelheit auf, als El mit dem Chauffeur sprach; der vibrierende Motor kam mit einem Seufzer zur Ruhe, und der Himmel war plötzlich mit Sternen übersät.

III

Und wieder der Jahrmarkt – aber anders als am Nachmittag, so wie sich ein Mädchen, anders als am Tage, am Abend strahlend präsentiert. Die dünnen Pappwände der Buden und den bröckeligen Gips der Vergnügungspaläste konnte man nicht mehr erkennen, die Formen aber blieben. Von Lichtern gesäumt, versprachen diese Umrisse mehr Geheimnis und Zauber, als sie bargen, und die Leute, die durch dieses Netz von kleinen Broadways schlenderten, wurden ein Teil dieser Verwandlung, wenn ihre blassen Gesichter einzeln und in Trauben das Halbdunkel durchbrachen.

Die Jungen eilten zu ihrem Rendezvous und fanden die Mädchen im tiefen Schatten des Weizenpavillons. Man hatte sich kaum zu einer Gruppe zusammengefunden, als Basil bemerkte, dass irgendetwas faul war. Mit wachsender Besorgnis blickte er von einem Gesicht zum anderen, und während der allgemeinen Begrüßung erkannte er die niederschmetternde Wahrheit – die jüngere Schwester war, gelinde gesagt, ein hässliches Entlein, plump und mickrig, mit schlechtem Teint, mühsam verborgen hinter einer Maske von billigem rosa Puder und einem ausdruckslosen Mund, der unablässig versuchte, sich etwas Liebreiz abzuringen.

Wie betäubt hörte er Riplys Mädchen sagen: »Ich weiß nicht, ob ich mit dir kommen sollte. Ich war eigentlich mit einem anderen Jungen verabredet, den ich heute Nachmittag getroffen habe.«

Unruhig blickte sie den Weg hinauf und hinunter, während Riply, überrascht und bestürzt, ihren Arm zu nehmen versuchte.

»Komm doch«, drängte er. »Wir waren doch zuerst verabredet!«

»Aber ich wusste doch nicht, ob du kommen würdest«, sagte sie eigensinnig.

Elwood und die beiden Schwestern kamen bittend zu Hilfe.

»Vielleicht könnte ich zum Riesenrad mitkommen«, sagte sie widerwillig, »aber nicht zur Alten Mühle. Das würde den Jungen kränken.«

Riplys Selbstvertrauen geriet unter diesem Schlag ins Wanken; sein Kinn sank herab, seine Hand tätschelte verzweifelt ihren Arm. Basil stand nur da und blickte mal mit gequälter Höflichkeit zu seinem Mädchen, mal unendlich vorwurfsvoll zu den anderen. Nur Elwood war erfolgreich und zufrieden.

»Gehen wir zum Riesenrad«, sagte er ungeduldig. »Wir können nicht den ganzen Abend hier herumstehen.«

Am Billettschalter zögerte die widerspenstige Olive noch einmal, blickte stirnrunzelnd um sich, als hoffe sie noch immer, dass Riplys Rivale auftauchen werde.

Als aber die heranschwebenden Gondeln zum Stillstand kamen, ließ sie sich zum Einsteigen überreden, und die drei Pärchen wurden, mitsamt ihren Problemen, langsam in die Luft gehievt.

Als sich die Gondel erhob und die imaginäre Himmelskurve beschrieb, dachte Basil, wie sehr er das in anderer Gesellschaft genossen hätte – oder auch allein: der in neuen Farben flimmernde Jahrmarkt unter ihm, die samtige Dunkelheit auf der Schwelle des scheidenden Lichts, das gerade noch seine letzte Kraft verströmte. Aber er war unfähig, jemandem weh zu tun, den er als ihm unterlegen empfand. Nach einer Weile wandte er sich an das Mädchen neben ihm.

»Wohnst du in St. Paul oder in Minneapolis?«, fragte er förmlich.

»In St. Paul. Ich gehe in die Nr.-7-Schule.« Plötzlich drängte sie sich näher an ihn. »Du bist wahrscheinlich nicht so langsam wie ich«, ermutigte sie ihn.

Er legte den Arm um ihre Schulter, und es fühlte sich warm an. Wieder erreichten sie den höchsten Punkt des Riesenrads, und der Himmel weitete sich über ihnen, wieder stürzten sie hinunter durch aufrauschende Musik aus fernen Spielorgeln. Mit sorgsam abgewandtem Blick drückte Basil sie an sich, und als sie wieder ins Dunkel aufstiegen, beugte er sich zu ihr und küsste sie auf die Wange.

Die Bedeutsamkeit des Kontakts erregte ihn, aber aus dem Augenwinkel konnte er ihr Gesicht sehen – und er war dankbar, als unten ein Gong ertönte und die Maschinerie allmählich zum Stillstand kam.

Kaum hatten sich die drei Pärchen draußen wieder zusammengefunden, stieß Olive einen kleinen Freudenschrei aus.

»Da ist er!«, rief sie. »Bill Jones, den ich heute Nachmittag kennengelernt habe – mit dem ich verabredet war.«

Ein Junge in ihrem Alter näherte sich, tänzelte wie ein Zirkuspony und wirbelte mit der Gewandtheit eines Tambourmajors ein dünnes Rohrstöckchen. Hinter dem aus Vorsicht gewählten Decknamen erkannten die drei Jungen einen Freund und Altersgenossen – niemand anderen als den faszinierenden Hubert Blair.

Er kam heran und begrüßte sie alle mit einem freundlichen Glucksen. Er nahm seine Kappe ab, wirbelte sie herum, warf sie in die Luft, fing sie wieder auf und setzte sie sich keck seitlich auf den Kopf.

»Du bist mir ja eine«, sagte er zu Olive. »Ich habe hier eine Viertelstunde gewartet.«

Er tat, als wolle er sie mit dem Stöckchen prügeln; sie quietschte vor Vergnügen. Hubert Blair verstand es, genau den Ton anzuschlagen, den alle Mädchen von vierzehn und ein etwas einfältiger Typ erwachsener Frauen unwiderstehlich fanden. Er war ein sportlicher Virtuose, seine Gestalt ständig in anmutiger Bewegung; er hatte eine keck hervorstehende Nase, ein entwaffnendes Lachen und eine Begabung für raffinierte Schmeicheleien. Als er nun ein Sahnebonbon aus der Tasche nahm, es auf der Stirn platzierte, es in die Höhe katapultierte und mit dem Mund auffing, war jedem unbeteiligten Beobachter klar, dass Riply heute Abend von Olive nicht mehr viel zu sehen bekommen würde.

Die Gruppe war so fasziniert, dass keiner bemerkte, wie in Basils Augen ein Hoffnungsstrahl aufleuchtete, wie er dann rasch vier Schritte rückwärts machte und sich mit der ganzen Arglist eines Gentleman-Einbrechers durch den Spalt in einer Zeltbahn auf das verlassene Gelände der Erntemaschinen- und Traktorausstellung davonstahl. Einmal in Sicherheit, ließ Basils Anspannung nach, und als er sich nun vorstellte, dass Riply noch gar nicht ahnte, welche Aufgabe er nun zu übernehmen hatte, bog er sich in der Dunkelheit vor Lachen.

IV

Zehn Minuten später machte sich ein junger Mann auf einem stilleren Teil des Messegeländes munter und doch behutsam auf den Weg zu dem Platz, an dem das Feuerwerk stattfinden sollte, wobei er beim Gehen ein soeben erstandenes Rohrstöckchen schwang. Mehrere Mädchen beäugten ihn interessiert, aber er ging stolz an ihnen vorbei; für einen kurzen Moment war er der Menschen überdrüssig – ein Gefühl, das ihm im Rummel des Lebens fast abhandengekommen war –, und er freute sich seiner langen Hosen.

Er kaufte sich eine Karte für einen Sitzplatz und folgte der Menge rund um die Aschenbahn auf der Suche nach seinem Block. Ein paar Truppen von Unionssoldaten schoben in Vorbereitung der Schlacht von Gettysburg Kanonen umher, und als er stehen blieb und sie beobachtete, wurde er von Gladys Van Schellinger von ihrer Loge aus gerufen.

»Oh, Basil, willst du nicht herüberkommen und bei uns sitzen?«

Er wandte sich um und wurde mit Beschlag belegt. Basil tauschte Höflichkeiten mit Mr. und Mrs. Van Schellinger aus, wurde mehreren anderen Personen freundlich als »Alice Rileys Junge« vorgestellt und bekam einen Sitzplatz neben Gladys in der ersten Reihe.

»Oh, Basil«, flüsterte sie und strahlte ihn an, »ist das nicht großartig?«

Ja, ganz entschieden. Er fühlte sich von Tugendhaftigkeit überflutet. Unbegreiflich, wie jemand die Gesellschaft jener gewöhnlichen Mädchen hatte vorziehen können.

»Basil, wird das nicht lustig werden, in den Osten zu fahren? Womöglich sind wir im selben Zug.«

»Ich kann es kaum erwarten«, sagte er ganz ernsthaft. »Ich habe lange Hosen bekommen. Die brauchte ich dringend, um zur Schule zu gehen.«

Eine der Damen in der Loge beugte sich zu ihm. »Ich kenne deine Mutter sehr gut«, sagte sie. »Und ich kenne auch noch einen Freund von dir. Ich bin Riply Buckners Tante.«

»O ja.«

»Riply ist so ein netter Junge«, entzückte sich Mrs. Van Schellinger.

Und dann, als hätte die Erwähnung seines Namens ihn herbeigerufen, tauchte Riply Buckner plötzlich auf. Auf der jetzt leeren und strahlend erleuchteten Bahn erschien eine kurze, groteske Prozession, eine Art Miniaturburleske des wilden, ausgelassenen Lebens. An der Spitze marschierten Hubert Blair und Olive, wobei er wie ein Tambourmajor im Paradeschritt sein Stöckchen herumwirbelte, begleitet von ihrem bewundernden kreischenden Gelächter. Dann folgten Elwood Leaming und seine junge Dame, sie lagen sich so eng in den Armen und waren so aneinandergedrängt, dass sie kaum gehen konnten. Die nicht sehr ruhmvolle Nachhut bildeten Riply Buckner und Basils ehemalige Gefährtin, die an stimmlicher Lautstärke mit Olive wetteiferte.

Gebannt starrte Basil auf Riply, dessen Gesichtsausdruck sonderbar gemischt war. Mal stimmte er mit einem albernen Gelächter in den allgemeinen Ton dieser Parade ein, mal huschte ein gequälter Ausdruck über sein Gesicht, als kämen ihm Zweifel, ob der Abend, alles in allem, ein Erfolg sei.

Die Prozession erregte beträchtliches Aufsehen – so sehr, dass nicht einmal Riply, obwohl er nur anderthalb Meter entfernt war, die scharfen Blicke bemerkte, die sich aus dieser Loge auf ihn richteten. Er war schon außer Hörweite, als deren Bewohner komisch aufseufzten und ein allgemeines diskretes Flüstern begann.

»Was für seltsame Mädchen«, sagte Gladys. »War der erste Junge Hubert Blair?«

»Ja.« Aber Basil schnappte gerade Bruchstücke einer hinter ihm geführten Unterhaltung auf:

»Das wird morgen seine Mutter erfahren.«

Solange Riply noch in Sicht war, hatte Basil sich fürchterlich für ihn geschämt, aber jetzt wogte in ihm, noch mächtiger als zuvor, die Tugend auf. Er hätte sich an diesen Vorfall mit wirklichem Vergnügen erinnert, fürchtete er nicht, dass Riplys Mutter ihn womöglich nicht mit zur Schule fahren lassen würde. – Aber schon ein paar Minuten später schien ihm auch dieser Gedanke erträglich. Doch Basil war kein schlechter Junge. Die natürliche Grausamkeit der Menschen gegenüber den Verdammten war bei ihm noch nicht von Heuchelei überdeckt – das war alles.

Mit einem ruhmvollen Höhepunkt zu den Klängen von *Dixie* und *The Star-Spangled Banner* ging die Schlacht von Gettysburg zu Ende. Draußen bei den wartenden Autos trat Basil, einer plötzlichen Eingebung folgend, an Riplys Tante heran.

»Ich glaube, es wäre nicht ganz – angebracht, Riplys Mutter etwas zu erzählen. Er hat nichts Schlimmes getan. Er –«

Noch von den Vorfällen des Abends verstimmt, sah ihn die Tante nur kühl und herablassend an.

»Ich werde tun, was ich für richtig halte«, sagte sie kurz angebunden.

Er runzelte die Stirn. Dann wandte er sich um und stieg in die Van-Schellinger-Limousine.

Seite an Seite mit Gladys auf den kleinen Behelfssitzen, fand er sie plötzlich liebenswert. Seine Hand stieß von Zeit zu Zeit sanft gegen ihre, und er spürte, wie ihre innige Verbundenheit durch ihrer beider Abreise zur Schule noch enger wurde und sie zusammenführte.

»Kannst du mich nicht morgen besuchen?«, drängte sie. »Mutter geht aus, und sie sagte, ich kann mir einladen, wen ich will.«

»Einverstanden.«

Als der Wagen in der Nähe von Basils Haus seine Fahrt verlangsamte, beugte sie sich rasch zu ihm. »Basil –«

Er wartete. Ihr Atem war warm an seiner Wange. Sie sollte schnell machen, wünschte er, sonst würden ihre Eltern, die auf den Rücksitzen eingeschlummert waren, hören, was sie sagte, wenn der Wagen anhielt. Er fand sie in diesem Augenblick wundervoll; ihr irgendwie fades Wesen wurde durch die erlesene Eleganz und den gepflegten Luxus, in dem sie lebte, mehr als ausgeglichen.

»Basil – Basil, wenn du morgen kommst, wirst du dann diesen Hubert Blair mitbringen?«

Der Chauffeur öffnete die Tür, und Mr. und Mrs. Van Schellinger fuhren aus ihrem Schlummer auf. Als das Auto wieder abgefahren war, blickte Basil ihm gedankenvoll nach, bis es um die Straßenecke bog.

Basil findet sich fabelhaft

I

Nach den Semesterprüfungen im Juni stiegen Basil Duke Lee und noch fünf andere Jungen der St. Regis School in den Zug in Richtung Westen. Zwei stiegen in Pittsburgh aus, einer zweigte südwärts nach St. Louis ab, und zwei blieben in Chicago; von da an war Basil allein. Es war das erste Mal in seinem Leben, dass es ihn dringend nach Ruhe verlangte, und jetzt atmete er sie in vollen Zügen; denn obwohl die Dinge sich zum Ende hin besser entwickelt hatten, war es für ihn ein unglückliches Schuljahr gewesen.

Er trug einen jener ganz flachen Derbyhüte, die im Jahr 12 jenes Jahrhunderts in Mode waren, und einen blauen Anzug, der für seinen immer mehr in die Länge schießenden Körper schon etwas zu kurz geworden war. In seinem Inneren aber war er abwechselnd ein körperloser Geist, der sich seiner Persönlichkeit kaum noch bewusst war und in einem Nebel von Eindrücken und Gefühlen dahinschwebte, aber auch ein vom Wetteifer besessenes Individuum, das sich verzweifelt bemühte, die Abfolge der Ereignisse zu steuern, die die Stufen seiner eigenen Entwicklung vom Kind zum Manne bildeten. Er glaubte, mit genügend Anstrengung sei alles zu erreichen – das gängige Prinzip der amerikanischen Erziehung –, und sein extremer Ehrgeiz verführte ihn ständig zu übertriebenen Erwartungen. Er wollte ein großer Sportler sein, beliebt, brillant und immer glücklich. In diesem Jahr auf der Schule, wo er als »Neuer« für fünfzehn Jahre häuslichen Verwöhntwerdens bestraft worden war, hatte er sich unnützerweise in sich selbst zurückgezogen, und das beeinträchtigte jene Wahrnehmung der anderen, die der Anfang der Weisheit ist. Es stand zu erwarten, dass er, noch ehe er im Umgang mit der Welt besondere Erfolge errang, feststellen würde, dass es sich dabei um einen Kampf handelte.

Den Nachmittag verbrachte er in Chicago, spazierte durch die Straßen und vermied Begegnungen mit der Unterwelt. Er kaufte sich einen Kriminalroman mit dem Titel *Mitten in der Nacht*, und um fünf holte er seinen Handkoffer von der Gepäckaufbewahrung ab und bestieg den Zug Chicago–Milwaukee–St. Paul. Sogleich traf er eine Altersgenossin, die ebenfalls von der Schule nach Hause fuhr.

Margaret Torrence war vierzehn; ein ernstes Mädchen, das sozusagen aus Tradition als schön galt, weil es als kleines Mädchen hübsch gewesen war. Anderthalb Jahre zuvor war es Basil nach einem atemlosen Ringen gelungen, sie auf die Stirn zu küssen. Sie begegneten sich mit überschwenglicher Freude; einen Augenblick lang bedeuteten sie einander die Heimat, den blauen Himmel der Vergangenheit, die Sommernachmittage, die jetzt vor ihnen lagen.

An jenem Abend saß er mit Margaret und ihrer Mutter im Speisewagen. Margaret sah, dass er nicht mehr der überaus selbstsichere Junge von vor einem Jahr war; seine Lebhaftigkeit wirkte etwas gedämpft, und sein bedachtsamer, abwägender Gesichtsausdruck – eine Folge seiner kürzlich gemachten Entdeckung, dass andere einen ebenso starken Willen hatten wie er und womöglich mächtiger waren – erschien Margaret als eine reizvolle Melancholie. Noch immer umgab ihn eine Aura des Friedens nach überstandenem Kampf. Margaret hatte ihn immer gern gehabt; auf ihre ernste, gewissenhafte Art liebte sie ihn manchmal – eine Liebe, die er niemals erwidern konnte –, und jetzt konnte sie es kaum erwarten, allen zu erzählen, wie liebenswert er geworden war.

Nach dem Essen gingen sie zurück in den Aussichtswaggon und setzten sich auf die verlassene Bank draußen auf der Plattform, während der Zug sie zwischen den dunklen weiten Ländereien hindurch unverkennbar westwärts beförderte. Sie sprachen über gemeinsame Bekannte, wo sie die Osterferien verbracht hatten und über Theaterstücke, die sie in New York gesehen hatten.

»Basil, wir werden uns ein Automobil anschaffen«, sagte sie, »und ich werde fahren lernen.«

»Das ist toll.« Und er fragte sich, ob sein Großvater ihn in diesem Sommer wohl manchmal mit dem Elektroauto fahren lassen würde.

Das Licht aus dem Inneren des Wagens fiel auf ihr junges Gesicht, und er redete, ohne lange nachzudenken, berauscht von dem Glück, bald nach Hause zu kommen, drauflos: »Weißt du was? Weißt du, dass du das hübscheste Mädchen der Stadt bist?«

Gerade als diese Bemerkung in Margarets Herzen mit

der freudigen Erregung dieses Abends verschmolz, erschien Mrs. Torrence auf der Plattform, um sie zu Bett zu holen.

Basil saß, ohne richtig zu bemerken, dass sie gegangen war, noch eine Weile allein auf der Plattform, im Einklang mit sich selbst und für eine weitere Stunde zufrieden, dass bis morgen alles unbestimmt und gestaltlos bleiben würde.

II

Fünfzehn ist von allen Lebensaltern am schwierigsten zu bestimmen – es in Worte zu fassen und zu sagen: »Ja, so war ich damals.« Der melancholische Jaques aus Shakespeares *Wie es euch gefällt* würdigt es keines Kommentars, und alles, was man darüber wissen kann, ist, dass es irgendwo zwischen dreizehn, der Blüte des Knabenalters, und siebzehn, wenn man eine Art Abklatsch eines jungen Mannes ist, eine Periode gibt, in der die Jugend stündlich zwischen der einen und der anderen Welt hin und her pendelt – unablässig vorangetrieben in völlig neue Erfahrungen und vergebens bemüht, sich zurückzustrampeln zu jenen Tagen, als man für nichts zur Rechenschaft gezogen wurde. Zum Glück erinnern sich unsere Altersgenossen genauso schlecht wie wir selbst daran, wie wir uns in jenen Tagen verhalten haben; nichtsdestoweniger soll jetzt der Vorhang beiseitegeschoben werden, um Basils Verrücktheiten jenes Sommers genauer zu betrachten.

Zunächst einmal gab Margaret Torrence in einem jener Anfälle von Idealismus, die gerade besonders nüchterne

Mädchen heimsuchen, verzückt ihre Meinung kund, Basil sei fabelhaft. Ihre Freundinnen, die das ganze Jahr über in der Schule alles Mögliche zu glauben gelernt hatten und die im Augenblick nicht so recht wussten, woran sie jetzt glauben sollten, nahmen dies als Tatsache hin. Basil wurde plötzlich zu einer Legende. Es gab großes Gekicher, wenn ihm Mädchen auf der Straße begegneten, aber er dachte sich überhaupt nichts dabei.

Eines Abends, als er etwa eine Woche zu Hause war, ging er mit Riply Buckner zu einem abendlichen Treffen auf Imogene Bissels Veranda. Als sie den Weg heraufkamen, steckten Margaret und zwei andere Mädchen plötzlich die Köpfe zusammen, flüsterten sich fieberhaft etwas zu und jagten einander dann mit seltsamem Gekreisch rund um den Vorplatz – eine völlig unmotivierte Szene, die erst ihr Ende fand, als Gladys Van Schellinger, eindrucksvoll von einer Zofe ihrer Mutter begleitet, in einer Limousine vorfuhr.

Alle waren sich einander ein wenig fremd geworden. Die im Osten die Schule besucht hatten, fühlten sich etwas überlegen, doch das wurde mehr als ausgeglichen durch die Tatsache, dass es während ihrer Abwesenheit mit den romantischen Verstrickungen, den kleinen Streitereien und Eifersüchteleien und Abenteuern weitergegangen war, wovon die Bedauernswerten überhaupt nichts wussten.

Um neun hatte es Eis gegeben, und nun saßen sie miteinander auf den warmen steinernen Stufen in stiller Verwunderung, zwischen kindischer Neckerei und jugendlicher Koketterie schwankend. Noch voriges Jahr hätten die Jungen auf ihren Fahrrädern Runden um den Platz gedreht; jetzt schienen sie auf ein Ereignis zu warten.

Sie alle wussten, dass es kommen würde, die langweiligsten Mädchen und die schüchternsten Jungen; die romantische Welt einer Sommernacht, die sich schwer und süß auf ihre Sinne legte, ließ ihre Gedanken zu anderen in der Ferne wandern. Ihre Stimmen schwebten in einer Art gebrochener Harmonie zu Mrs. Bissel hinauf, die lesend an einem offenen Fenster saß.

»Nein, pass auf. Du machst es kaputt. Bay-sil!«

»Rip-lie!«

»Hab schon!«

Gelächter.

> *»– in der Mondscheinbucht*
> *Hörten wir ihre Stimmen rufen –«*

»Hast du gesehen –«

»Nicht, Conny – nicht! Das kitzelt. Hör auf!«

Gelächter.

»Gehn wir morgen zum See?«

»Ich gehe am Freitag.«

»Elwood ist zurück.«

»Ist Elwood zu Hause?«

> *»– hast mir das Herz gebrochen –«*

»Jetzt aber Schluss!«

»Hör auf!«

Basil saß neben Riply auf der Balustrade und hörte dem singenden Joe Gorman zu. Es gehörte zu den bitteren Enttäuschungen seines Lebens, nicht so singen zu können, dass ›die Leute es ertrugen‹, und so begann er plötzlich, Joe Gorman zu bewundern, weil er die Klarheit jener Töne, die so selbstverständlich durch die dunkle Abendluft dahinschwebten, dessen Persönlichkeit zuschrieb.

Sie beschworen für Basil einen anderen Abend herauf, aufregender als dieser, und andere fernere und bezaubernde Mädchen. Er bedauerte es, als die Stimme verklang, die Plätze neu verteilt wurden und eine geschäftige Stille eintrat – das uralte Spiel Wahrheit oder Lüge hatte begonnen.

»Was ist deine Lieblingsfarbe, Bill?«

»Grün«, wirft ein Freund ein.

»Pst! Lass ihn selbst reden.«

Bill sagt: »Blau.«

»Wie heißt das Mädchen, das du am liebsten hast?«

»Mary«, sagt Bill.

»Mary Haupt! Bill ist in Mary Haupt verliebt!« – Ein etwas schielendes Mädchen, allen bekannt als die Hässlichkeit in Person.

»Wen würdest du lieber küssen als jede andere?«

Ein helles Kichern stach in die Dunkelheit.

»Meine Mutter.«

»Nein, welches Mädchen?«

»Keine.«

»Das ist unfair. Pfand geben! Jetzt du, Margaret.«

»Sag die Wahrheit, Margaret.«

Sie sagte die Wahrheit, und im nächsten Moment konnte Basil nur verdutzt von seinem erhöhten Platz herunterblicken; er hatte soeben erfahren, dass sie ihm vor allen anderen den Vorzug gab.

»Oh, ja-ha!«, rief er zweifelnd aus. »Jaja, natürlich! Was ist mit Hubert Blair?«

Er fing wieder ein kleines Gerangel mit Riply Buckner an, und beide fielen bald von der Balustrade. Das Spiel entwickelte sich nun zu einer Erforschung von Gladys Van Schellingers sorgsam behütetem Herzen.

»Was ist dein Lieblingssport?«

»Krocket.«

Das Eingeständnis wurde mit mildem Kichern quittiert.

»Welchen Jungen hast du am liebsten?«

»Thurston Kohler.«

Enttäuschtes Gemurmel.

»Wer ist das?«

»Ein Junge im Osten.«

Das war eindeutig eine Ausflucht.

»Welchen Jungen hier?«

Gladys zögerte. »Basil«, sagte sie schließlich.

Die Gesichter, die sich der Balustrade zuwandten, waren diesmal weniger spöttisch, weniger belustigt. Basil tat die Sache ab mit einem »Oh, jaja! Natürlich! Ja, sicher!«. Aber die Anerkennung schmeichelte ihm – ein vertrautes, angenehmes Gefühl.

Imogene Bissel, eine kleine dunkle Schönheit und das beliebteste Mädchen im ganzen Kreis, nahm nun Gladys' Platz ein. Die Inquisitoren waren der gastronomischen Fragen überdrüssig – sie kamen mit ihrer ersten Frage direkt zur Sache.

»Imogene, hast du je einen Jungen geküsst?«

»Nein.« Ungestüme Ausrufe des Unglaubens. »Nein, noch nie!«, erklärte sie entrüstet.

»Schön. Und bist du je geküsst worden?«

Errötend, aber ganz ruhig nickte sie und fügte hinzu: »Ich konnte nichts dagegen machen.«

»Von wem?«

»Das sage ich nicht.«

»Oh-ho-ho! Wie wär's mit Hubert Blair?«

»Was ist dein Lieblingsbuch, Imogene?«

»*Beverly of Graustark.*«

»Beste Freundin?«

»Passion Johnson.«

»Wer ist das?«

»Ach, so ein Mädchen aus der Schule.«

Mrs. Bissel hatte zum Glück ihren Fensterplatz verlassen.

»Welchen Jungen magst du am liebsten?«

Imogene antwortete ungerührt: »Basil Lee.«

Diesmal schwiegen alle, tief beeindruckt. Basil war nicht allzu überrascht – unsere eigene Beliebtheit überrascht uns nie –, aber er wusste, dass dies nicht die unsagbar schönen Mädchen waren, die man sich aus Büchern und aus einem aufgefangenen Blick erträumt und deren Stimmen er für einen Moment aus Joe Gormans Gesang herausgehört hatte. Und als jetzt zum ersten Mal drinnen das Telefon klingelte und eine Tochter nach Hause gerufen wurde und sich die Mädchen wie zwitschernde Vögel in Gladys Van Schellingers Limousine drängten, hielt er sich abseits im Schatten, damit es nicht schien, als wollte er sich hervortun. Dann, vielleicht aus der vagen Hoffnung heraus, dass er, wenn er eng genug mit Joe Gorman befreundet wäre, es schaffen würde, zu singen wie er, sprach er ihn an und fragte ihn, ob er mit ihm auf ein Glas Soda zu Lambert's gehen wolle.

Joe Gorman war ein großer schlanker Junge mit weißen Augenbrauen und stumpfen Gesichtszügen, der erst kürzlich in ihren »Kreis« aufgenommen worden war. Er mochte

Basil nicht besonders, weil er ihn letztes Jahr als hochnäsig empfunden hatte, aber er war auf nützliche Informationen aus und gerade jetzt von Basils Erfolg bei Mädchen völlig überwältigt.

Bei Lambert's war es nett; große Falter flogen gegen die Glastür, und matte Pärchen in weißen Kleidern und hellen Anzügen saßen an den kleinen Tischen im Raum verteilt. Über ihren Sodas schlug Joe vor, dass Basil über Nacht mit zu ihm käme; Basils Erlaubnis wurde telefonisch eingeholt.

Als sie aus dem hellen Lokal in die Dunkelheit traten, versank Basil in eine Unwirklichkeit, in der er sich von außen zu sehen glaubte, und die erfreulichen Begebenheiten des Abends gewannen aufs Neue an Bedeutung.

Von Joes Gastfreundschaft entwaffnet, begann er darüber zu sprechen.

»Komische Sache das, heute Abend«, sagte er mit zweifelndem Lächeln.

»Was denn?«

»Nun, dass all diese Mädchen sagten, sie hätten mich am liebsten.« Die Bemerkung berührte Joe unangenehm. »Es ist wirklich komisch«, fuhr Basil fort. »In der Schule war ich eine Zeitlang etwas unbeliebt, weil ich neu war, nehme ich an. Aber wahrscheinlich ist es so, dass manche Jungen bei Jungen und manche bei Mädchen beliebt sind.«

Er hatte sich Joe ausgeliefert, aber er war sich dessen nicht bewusst; selbst Joe stellte bei sich nur den Wunsch fest, das Thema zu wechseln.

»Wenn ich mein Auto bekomme«, sagte Joe oben in seinem Zimmer, »könnten wir Imogene und Margaret auf kleine Ausfahrten mitnehmen.«

»Schön.«

»Du könntest Imogene haben, und ich würde Margaret nehmen oder wen ich sonst gerade will. Ich weiß natürlich, dass sie mich nicht so mögen wie dich.«

»Doch, doch. Du bist einfach nur noch nicht sehr lange bei unserem Kreis dabei.«

In diesem Punkt war Joe empfindlich, und die Bemerkung gefiel ihm nicht. Aber Basil fuhr fort: »Du solltest etwas höflicher zu den älteren Leute sein, wenn du beliebt sein willst. Du hast nicht einmal Mrs. Bissel begrüßt.«

»Ich habe Hunger«, sagte Joe rasch. »Lass uns runtergehen in die Anrichte und etwas zu essen holen.«

Nur mit Pyjamas bekleidet, gingen sie hinunter. Hauptsächlich um Basil von dem Thema abzubringen, begann Joe mit leiser Stimme zu singen:

> »*Oh, you beautiful doll,*
> *you great – big –*«

Aber der Abend war, nach einem Monat aufgezwungener Bescheidenheit in der Schule, für Basil zu viel gewesen. Er wurde ein wenig unangenehm. In der Meinung, er sei um Rat gefragt worden, legte er in der Küche wieder los:

»Zum Beispiel solltest du nicht diese weißen Schlipse tragen. Kein Mensch, der im Osten zur Schule geht, trägt so etwas.« Joe wandte sich, leicht rot geworden, vom Kühlschrank um, und Basil kamen leichte Bedenken. Aber er setzte nach: »Du solltest deine Familie dazu bringen, dich im Osten zur Schule zu schicken. Das wäre ein großer Vorteil für dich. Zumal wenn du ein College im Osten besuchen willst, müsstest du erst mal im Osten zur Schule gehen. Die treiben es dir schon aus.«

Joe, der nicht wusste, was ihm eigentlich ausgetrieben werden musste, fand das geschmacklos. Auch wirkte Basil auf ihn im Augenblick nicht gerade so, als ob er dort besonders gewonnen hätte.

»Willst du kaltes Huhn oder kalten Schinken?« Sie rückten Stühle an den Küchentisch. »Etwas Milch?«

»Danke.«

Berauscht von den drei Mahlzeiten, die er seit dem Abendessen gehabt hatte, erwärmte sich Basil immer mehr für dieses Thema. Stück für Stück entwarf er Joes Leben vor ihm, verwandelte ihn glanzvoll von einem etwas besseren Dorftrottel aus dem Mittwesten in einen Oststaatler, der vor Weltgewandtheit nur so sprühte und für Mädchen unwiderstehlich war. Joe ging in die Speisekammer, um die Milch wegzustellen, und blieb einen Augenblick am offenen Fenster stehen, um die stille Luft zu genießen; Basil folgte ihm. »Die Sache ist die: Wenn es einem Jungen in der Schule nicht ausgetrieben wird, dann gewiss auf dem College«, sagte er.

In einem Anfall von Verzweiflung öffnete Joe die Tür und trat hinaus auf die hintere Veranda. Basil folgte ihm. Das Haus lag am Rand des Hanges, auf dem sich das Wohnviertel befand, und die beiden Jungen standen einen Moment lang schweigend und blickten auf die verstreuten Lichter der Unterstadt. Vor dem Mysterium des unbekannten menschlichen Lebens, das da unten in den Straßen pulsierte, empfand Basil seine eigenen Worte als inhaltsleer und fade.

Er fragte sich plötzlich, was er eigentlich gesagt hatte und warum es ihm wichtig erschienen war, und als Joe wieder leise zu singen begann, kam die friedliche Stimmung des frühen Abends, seine bessere Seite, seine verständnisvolle und beständige Art wieder über ihn. Die eitle Arroganz, das alberne Gehabe von vorhin, fiel von ihm ab, und als er jetzt sprach, war es fast nur ein Flüstern:

»Lass uns einmal um den Block gehen.«

Der Bürgersteig fühlte sich warm an unter ihren nackten Füßen. Es war erst Mitternacht, aber der Platz war verlassen abgesehen von ihren beiden blassen Gestalten, die sich kaum gegen die besternte Dunkelheit abhoben. Sie schnaubten vor Vergnügen über ihr Wagnis. Einmal überquerte vor ihnen weit entfernt ein Schatten mit lauten menschlichen Schuhen die Straße, aber der Laut diente nur dazu, ihre eigene Schemenhaftigkeit zu unterstreichen. Sie schlüpften rasch durch die von Gaslampen erzeugten Lichtungen zwischen den Bäumen hindurch, umrundeten so den Block, und als sie sich dem Gorman-Haus näherten, liefen sie noch schneller, als hätten sie sich beinah in einem Mittsommernachtstraum verloren.

Oben in Joes Zimmer lagen sie in der Dunkelheit wach.

›Ich habe zu viel geredet‹, dachte Basil. ›Ich war wohl ganz schön aufdringlich und habe ihn womöglich verärgert. Aber vielleicht hat er bei unserer Runde um den Block alles vergessen, was ich gesagt habe.‹

Aber leider! Joe hatte nichts vergessen – außer den Ratschlägen, mit denen Basil ihm hatte helfen wollen.

›So etwas Arrogantes habe ich noch nie gesehen‹, sagte er grimmig zu sich. ›Er denkt, er ist fabelhaft. Er hält sich für so verdammt beliebt bei den Mädchen.‹

III

Eine Neuerung von weitreichender Bedeutung war in diesem Sommer in Erscheinung getreten; mit einem Mal war es in Basils Kreis fürchterlich wichtig, ein Automobil zu besitzen. Vergnügen schien nur noch in großer Entfernung zu haben zu sein, an Seen außerhalb der Stadt oder in entlegenen Landclubs. Hinunter in die Stadt zu spazieren galt nicht mehr als standesgemäßer Zeitvertreib. Andererseits musste die Distanz von einem Häuserblock zum anderen unbedingt im Auto zurückgelegt werden. Um die Automobilbesitzer bildeten sich abhängige Gruppen, und jene begannen eine, zumindest in Basils Augen, beunruhigende Macht auszuüben.

Am Morgen vor einem Tanzabend am See rief er Riply Buckner an.

»Hallo, Rip, wie kommst du heute zu Connie raus?«

»Mit Elwood Leaming.«

»Hat er noch Platz?«

Riply schien ein bisschen verlegen. »Na ja, ich glaube nicht. Weißt du, er nimmt Margaret Torrence mit und ich Imogene Bissel.«

»Ach so!«

Basil runzelte die Stirn. Er hätte das alles schon eine Woche früher arrangieren müssen. Nach einer Weile rief er Joe Gorman an.

»Gehst du heute Abend zu den Davies, Joe?«

»Ja, warum?«

»Hast du in deinem Auto noch Platz – ich meine, könnte ich mit dir fahren?«

»Nun, ja, ich denk schon.«

Seiner Stimme mangelte es deutlich an Wärme.

»Bist du ganz sicher, dass du Platz hast?«

»Sicher. Wir holen dich um Viertel vor acht ab.«

Basil begann um fünf mit den Vorbereitungen. Zum zweiten Mal in seinem Leben rasierte er sich und vervollständigte die Operation damit, dass er sich unter der Nase einen kurzen, geraden Schnitt beibrachte. Es blutete gewaltig, aber auf den Rat von Hilda, dem Hausmädchen, stillte er das Blut schließlich mit kleinen Schnipseln Toilettenpapier. Eine ganze Menge dieser Schnipsel war nötig, so dass er sie, um besser atmen zu können, mit einer Schere zurechtstutzte, und mit diesem einigermaßen peinlichen Schnurrbart aus Papier und geronnenem Blut auf der Oberlippe wanderte er ungeduldig im Haus umher.

Um sechs begann er wieder daran zu arbeiten, indem er das Papier einweichte und löste und die sich ständig neu rötende Schnittwunde betupfte. Sie trocknete allmählich ein, aber als er seine Mutter überstürzt begrüßte, brach sie wieder auf, und das Toilettenpapier musste wieder zum Einsatz kommen.

Um Viertel vor acht, in ein blaues Jackett und weiße Flanellhosen gekleidet, stäubte er eine letzte Schicht Puder über den Schandfleck, betupfte ihn vorsichtig mit seinem Taschentuch und eilte hinaus zu Joe Gormans Wagen. Joe fuhr selbst, und vorne neben ihm saßen Lewis Crum und Hubert Blair. Basil kletterte allein auf den geräumigen Rücksitz, und sie fuhren, ohne noch einmal anzuhalten, aus der Stadt und weiter zur Black Bear Road. Die drei zeigten ihm den Rücken und sprachen leise miteinander. Anfangs glaubte er, sie würden unterwegs noch andere Jungen abholen, aber jetzt war er etwas schockiert und überlegte sich einen Augenblick lang auszusteigen, aber das hieße zugeben, dass er beleidigt war. Seine Stimmung, und damit auch sein Gesicht, verhärtete sich ein wenig, und er blieb die restliche Fahrt über hinten sitzen, ohne zu sprechen oder angesprochen zu werden.

Nach einer halben Stunde kam das Haus der Davies in Sicht, ein gewaltiger, weitläufiger Bungalow auf einer kleinen Halbinsel im See. Lichterketten zeichneten seine Umrisse nach und spiegelten sich als schimmernde Linien auf der in gold- und rosafarbenes Licht getauchten Wasserfläche, und als sie näher kamen, wehten ihnen über den Rasen tiefe Töne von Basstuba und Schlagzeug entgegen.

Drinnen sah sich Basil suchend nach Imogene um. Sie war von einer Schar wartender Tänzer umgeben, aber sie entdeckte Basil; als sie ihm kurz vertraut zulächelte, tat sein Herz einen Sprung.

»Du kannst den vierten haben, Basil, und den elften und die zweite Extratour ... Was hast du denn mit deiner Lippe gemacht?«

»Beim Rasieren geschnitten«, sagte er hastig. »Wie ist es mit dem Dinner?«

»Da muss ich Riply als Tischherrn nehmen, weil ich mit ihm gekommen bin.«

»Nein, das musst du nicht«, versicherte ihr Basil.

»Doch, das wird sie«, beharrte Riply, der gleich neben ihm stand. »Warum führst du nicht dein eigenes Mädchen zu Tisch?«

– aber Basil hatte kein Mädchen, obwohl er sich dessen noch gar nicht bewusst war.

Nach dem vierten Tanz führte Basil Imogene bis ans Ende des Landungsstegs, wo sie in einem Motorboot Platz nahmen.

»Und was jetzt?«, sagte sie.

Er wusste es nicht. Wäre er wirklich in sie verliebt gewesen, hätte er es gewusst. Als ihre Hand einen Augenblick auf seinem Knie lag, bemerkte er es gar nicht. Stattdessen redete er unentwegt. Er erzählte ihr von seinen Würfen in der zweiten Baseballmannschaft der Schule und wie sie einmal die erste Mannschaft in einem Fünf-Runden-Spiel besiegt hatten. Er erzählte ihr, die Sache sei die, dass manche Jungen bei Jungen beliebt seien und manche Jungen bei Mädchen – er zum Beispiel sei bei Mädchen beliebt. Kurzum, er lud alles bei ihr ab.

Mit der Zeit bekam er das Gefühl, unverhältnismäßig viel von sich gesprochen zu haben, und so sagte er ihr plötzlich, dass sie ihm von den Mädchen am liebsten sei.

Imogene saß da und seufzte ein bisschen im Mondschein. In einem anderen Boot, in der Dunkelheit jenseits des Stegs, saß eine Vierergruppe. Joe Gorman sang gerade:

> »*Meine kleine Liebe –*
> *– der liebste Mann*
> *Sicherlich mein Herz ge–*«

»Ich dachte mir, du wüsstest das vielleicht gerne«, sagte Basil zu Imogene. »Ich dachte, du meinst womöglich, ich hätte eine andere lieber. Bei dem Fragespiel neulich Abend bin ich gar nicht mehr an die Reihe gekommen.«

»Was?«, fragte Imogene versonnen. Sie hatte diesen Abend

vergessen, alle Abende außer diesem, und dachte gerade über den bezaubernden Schmelz in Joe Gormans Stimme nach. Ihm hatte sie den nächsten Tanz zugesagt; er wollte ihr den Text eines neuen Liedes beibringen. Basil war irgendwie seltsam, mit dem ganzen Zeug, das er ihr da erzählte. Er sah gut aus, war anziehend und so weiter, aber – sie wünschte, dass diese Runde des Tanzes vorbei wäre. Sie amüsierte sich überhaupt nicht.

Drinnen begann die Musik – *Everybody's Doing It*, mit vielen kleinen, nervösen Schnörkeln der Violinen.

»Oh, hörst du!«, rief sie, setzte sich auf und begann mit den Fingern zu schnippen. »Weißt du, wie Ragtime geht?«

»Hör mal, Imogene« – halb merkte er, dass etwas unwiderruflich dahin war –, »lass uns diesen Tanz hier pausieren; du kannst Joe doch sagen, du hättest es vergessen.«

Sie stand rasch auf. »O nein, das geht nicht!«

Widerstrebend folgte Basil ihr hinein. Das war nicht gut gelaufen – wieder hatte er zu viel geredet. Missmutig wartete er auf den elften Tanz, damit er sein Benehmen korrigieren konnte. Er glaubte jetzt, in Imogene verliebt zu sein. Diese Selbsttäuschung erzeugte bei ihm ein Gefühl, als schnüre sich ihm die Kehle zu, ein Trugbild von Sehnsucht und Begehren.

Schon vor dem elften Tanz bemerkte er, dass irgendetwas organisiert wurde, von dem man ihn absichtlich ausschloss. Es gab Geflüster und Diskussionen zwischen einigen der Jungen und unnatürliches Verstummen, sobald er in die Nähe kam. Er hörte Joe Gorman zu Riply Buckner sagen: »Wir gehen doch nur für drei Tage. Wenn Gladys nicht kann, warum fragst du dann nicht Connie? Die Gou-

vernanten werden –«, er änderte den Satz ab, als er Basil erblickte, »und wir gehen alle zu Smith's auf ein Eiscreme-
Soda.«

Später nahm Basil Riply Buckner beiseite, konnte ihm
aber keinerlei Information entlocken: Riply hatte Basils
Versuch, ihm heute Abend Imogene wegzuschnappen,
nicht vergessen.

»Es ging um nichts Besonderes«, behauptete er hartnäckig. »Wir gehen nur zu Smith's, ehrlich … Wie hast du
dich denn an der Lippe geschnitten?«

»Beim Rasieren.«

Als sein Tanz mit Imogene kam, war sie noch zerstreuter als vorhin, tauschte geheimnisvolle Zeichen mit mehreren Mädchen aus, während sie sich im Raum umherbeweg-
ten. Wieder führte er sie zu dem Boot hinaus, aber es war
besetzt, und so gingen sie auf dem Steg auf und ab, wobei
er mit ihr zu sprechen versuchte, während sie vor sich hin
summte:

>>*My little lov-in honey man –*«
»Imogene, hör mal. Ich wollte dich vorhin im Boot wegen
der Nacht, als wir Lüge oder Wahrheit gespielt haben, fragen. War es dir wirklich ernst mit dem, was du gesagt hast?«

»Ach, wozu willst du immer noch über dieses alberne
Spiel reden?«

Es war ihr zu Ohren gekommen – und nicht einmal,
sondern mehrmals –, dass Basil dachte, er sei fabelhaft –
eine Neuigkeit, die sich ebenso leicht verbreitet hatte wie
zwei Wochen zuvor das Gerücht, dass er bei allen in Gunst
stünde. Imogene stimmte gern mit jedermann überein –
und so hatte sie der Ansicht mehrerer erboster Jungen bei-

gepflichtet, dass Basil grässlich sei. Nun fiel es ihr gerade wegen ihres illoyalen Verhaltens schwer, keine Abneigung gegen Basil zu hegen.

Aber Basil dachte, es liege nur an seinem Pech, dass die Tanzpause zu Ende ging, ehe er sein Vorhaben in die Tat umsetzen konnte; dabei hatte er gar nicht so genau gewusst, was er eigentlich gewollt hatte.

Schließlich sagte ihm Margaret Torrence, die er so vernachlässigt hatte, während der Tanzpause die Wahrheit.

»Kommst du mit zu dem Ausflug zum St. Croix River?«, fragte sie. Sie wusste, dass er nicht mit dabei war.

»Was für ein Ausflug?«

»Joe Gorman hatte die Idee. Ich gehe mit Elwood Leaming.«

»Nein, ich komme nicht mit«, sagte er mürrisch. »Ich kann gar nicht.«

»Oh!«

»Ich mag Joe Gorman nicht.«

»Ich glaube, er mag dich ebenso wenig.«

»Wieso? Hat er etwas gesagt?«

»O nein, nichts.«

»Was denn? Sag mir, was er gesagt hat.«

Nach kurzem Zögern sagte sie es ihm, gleichsam widerstrebend: »Nun, er und Hubert Blair sagten, du meintest – du hältst dich für fabelhaft.« In ihr stiegen Zweifel auf.

Aber dann fiel ihr ein, dass er sie nur zu einem Tanz aufgefordert hatte. »Joe sagte, du hättest ihm erzählt, dass alle Mädchen dich fabelhaft finden.«

»So etwas habe ich nie gesagt«, entrüstete sich Basil, »niemals!«

Er begriff; Joe Gorman hatte das alles angezettelt, sich Basils Redseligkeit – eine Schwäche, die ihm seine wirklichen Freunde stets nachgesehen hatten – zunutze gemacht, um ihn unmöglich zu machen. Die Welt war plötzlich voller Niedertracht. Er beschloss, nach Hause zu gehen.

In der Garderobe wurde er von Bill Kampf angesprochen: »Hallo, Basil, was hast du mit deiner Lippe gemacht?«

»Beim Rasieren geschnitten.«

»Sag mal, kommst du mit zu diesem Ausflug, den sie nächste Woche machen wollen?«

»Nein.«

»Nun, hör mal, ich habe eine Cousine aus Chicago, die zu uns zu Besuch kommt, und Mutter sagte, ich könnte einen Jungen übers Wochenende einladen. Sie heißt Minnie Bibble.«

»Minnie Bibble?«, wiederholte Basil einigermaßen widerwillig.

»Ich dachte, du wärst bei dem Ausflug vielleicht mit von der Partie, aber Rip Buckner meinte, ich solle dich fragen, und so dachte ich –«

»Ich muss zu Hause bleiben«, sagte Basil rasch.

»Ach, komm schon, Basil«, drängte Bill weiter. »Es ist nur für zwei Tage, und sie ist ein nettes Mädchen. Sie würde dir gefallen.«

»Ich weiß nicht«, überlegte Basil, sagte dann aber: »Ich mache dir einen Vorschlag, Bill. Ich muss die Straßenbahn nach Hause nehmen. Ich werde mit dir übers Wochenende rausfahren, wenn du mich jetzt mit deinem Wagen rüber nach Wildwood bringst.«

»Gut, mach ich.«

Basil schlenderte hinaus auf die Veranda und ging zu Connie Davies hinüber.

»Auf Wiedersehen«, sagte er. Sosehr er sich auch bemühte, seine Stimme klang förmlich und hochmütig. »Ich habe mich glänzend amüsiert.«

»Schade, dass du so früh gehen musst, Basil.« Aber bei sich dachte sie: ›Er ist viel zu eingebildet, um sich zu amüsieren. Er hält sich für fabelhaft.‹

Von der Veranda aus konnte er Imogenes Lachen unten am Ende des Bootsstegs hören. Schweigend ging er die Stufen hinunter und zum Fußweg hinüber, um dort Bill Kampf zu treffen; dabei machte er einen großen Bogen um andere Promenierende, als würde sein Anblick ihr Vergnügen beeinträchtigen.

Es war ein grässlicher Abend gewesen.

Zehn Minuten später setzte Bill ihn neben der wartenden Straßenbahn ab. Ein paar letzte Ausflügler stiegen zu, und die Bahn rumpelte und polterte durch die Nacht in Richtung St. Paul.

Zwei Mädchen, die Basil gegenübersaßen, blickten zu ihm hinüber und stupsten sich leise an, aber er nahm keine Notiz davon – er dachte daran, wie sehr sie es alle bedauern würden – Imogene und Margaret, Joe, Hubert und Riply.

»Seht ihn euch jetzt an!«, würden sie reuig zueinander sagen. »Präsident der Vereinigten Staaten, mit fünfundzwanzig! Ach, wären wir an jenem Abend nur nicht so gemein zu ihm gewesen!«

Er dachte, er sei fabelhaft!

IV

Erminie Gilberte Labouisse Bibble befand sich im Exil. Ihre Eltern hatten sie im Mai von New Orleans nach Southampton gebracht in der Hoffnung, dass sportliche Betätigung an der frischen Luft – genau das Richtige für ein Mädchen von fünfzehn – ihre Gedanken von der Liebe ablenken würde. Aber ob Norden oder Süden, ein ganzer Schwarm von Jünglingen umschwirrte sie. Noch vor dem ersten Juni galt sie als »verlobt«.

Doch dem, was hier vorausgeschickt wurde, ist nicht zu entnehmen, dass die etwas herben Züge der zwanzigjährigen Miss Bibble schon in Erscheinung getreten wären. Sie war von einer strahlenden Frische; ihr Gesicht erinnerte so manchen ansonsten weniger zartbesaiteten jungen Mann an zarte, blaue Veilchen, mit Fenstern darin, die den Blick auf eine reine Seele freigaben und hinter denen taufrische Rosen hervorschimmerten.

Sie war im Exil. Sie sollte zum Glacier National Park reisen, um auf andere Gedanken zu kommen. Aber es war vorausbestimmt, dass sie dabei auf Basil treffen und für ihn eine Art Initiation bedeuten würde, indem sie ihn von seiner inneren Ichbezogenheit ablenken und ihm einen ersten verwirrenden Blick in die Welt der Liebe gewähren würde.

Zuerst sah sie in ihm einen stillen, hübschen Jungen mit einem etwas nachdenklichen Gesicht, dem Zeichen seiner kürzlich gemachten Wiedererkenntnis, dass andere über einen ebenso starken Willen verfügten wie er und womöglich mehr Kraft. Minnie sah darin – wie einige Monate zuvor Margaret Torrence – einen reizvollen Anflug von Traurigkeit. Beim Dinner verhielt er sich Mrs. Kampf gegenüber auf galante Art höflich, etwas, das er von seinem Vater gelernt hatte, und hörte sich Mr. Bibbles Ausführungen über das Wort »kreolisch« so interessiert und verständig an, dass Mr. Bibble dachte: ›An diesem jungen Mann ist wirklich mal was dran.‹

Nach dem Dinner fuhren Minnie, Basil und Bill nach Black Bear Village ins Kino, und allmählich begann Minnie ihren Charme und ihre Persönlichkeit auszustrahlen, was nun die ganze Angelegenheit in diesen Charme und den Reiz ihrer Persönlichkeit tauchte.

Das war auch der Grund, warum alle Liebesaffären von Minnie über viele Jahre hinweg eine Familienähnlichkeit aufwiesen. Sie sah Basil an – ein Blick von kindlicher Offenheit; dann öffnete sie die Augen noch weiter, als seien ihr irgendwelche drolligen Bedenken gekommen, und dann lächelte sie – sie lächelte –

Bei aller Offenheit dieses Lächelns war doch seine Wirkung – wegen der besonderen Form von Minnies Gesicht und ganz unabhängig von ihrer momentanen Stimmung – prickelnd und einladend. Wann immer es auf ihrem Gesicht erschien, fühlte sich Basil plötzlich von Leichtigkeit erfüllt und emporgehoben – jedes Mal ein wenig höher –, und er landete erst wieder auf dem Boden, wenn das Lächeln einen Punkt erreicht hatte, wo es zur Grimasse hätte werden müssen, sich stattdessen aber entschloss, sanft dahinzuschmelzen. Es war wie eine Droge. Nach kurzer Zeit hatte er nur den einen Wunsch, voll höchsten Entzückens dieses Lächeln zu betrachten.

Dann aber wünschte er zu sehen, wie nah er dem kommen könnte.

In einem gewissen Stadium einer Beziehung zwischen jungen Menschen wirkt die Gegenwart eines Dritten stimulierend. Ehe noch der zweite Tag richtig begonnen hatte und ehe Minnie und Basil noch über den Punkt gegenseitiger plumper Komplimente zu ihrer beider Schönheit und Charme hinausgelangt waren, dachten beide schon darüber nach, wann sie ihren Gastgeber Bill loswerden könnten.

Am Spätnachmittag, als sich die erste Abendkühle herabgesenkt hatte und sie sich vom Schwimmen frisch und leicht fühlten, saßen sie in einer gepolsterten Hollywoodschaukel, die reichlich mit Kissen bestückt und von dem dichten Weinlaub der Veranda überschattet war. Basil legte seinen Arm um sie und neigte sich zu ihrer Wange, Minnie aber gelang es, dass er stattdessen ihre frischen Lippen berührte. Und er war immer ein gelehriger Schüler gewesen.

So saßen sie wohl eine Stunde, während Bills Stimme zu ihnen drang – zuerst vom Landesteg, dann oben vom Flur, dann von der Pagode am Ende des Gartens – und drei gesattelte Pferde im Stall mit ihrer Trense knirschten und rund um sie die Bienen fleißig ihr Werk an den Blüten verrichteten. Dann kehrte Minnie in die Wirklichkeit zurück, und sie fügten sich darein, entdeckt zu werden –

»So was, wir haben euch beide gesucht.«

Und Basil schwebte allein durch den Wunsch fast wie von Zauberhand nach oben, um sich für das Dinner zu kämmen.

›Was für ein wunderbares Mädchen sie ist. O Gott, sie ist wirklich wunderbar!‹

Er durfte den Kopf nicht verlieren. Beim Dinner und danach hörte er unentwegt mit höflichem Interesse zu, als sich Mr. Bibble über den Baumwollkapselkäfer ausließ.

»Aber ich langweile Sie. Ihr jungen Leute wollt unter euch sein.«

»Keineswegs, Mr. Bibble. Es war sehr interessant – wirklich.«

»Nun, zieht los und amüsiert euch. Ich habe nicht gemerkt, wie die Zeit verging. Heutzutage trifft man so selten einen jungen Mann mit guten Manieren und dem gesunden Menschenverstand, der einen alten Mann wie mich wohl für immer begleiten muss.«

Bill ging mit Basil und Minnie bis ans Ende des Bootssteges. »Hoffentlich haben wir morgen gutes Segelwetter. Ach ja, ich muss noch rüber in den Ort, um jemanden für meine Crew anzuheuern. Wollt ihr mitkommen?«

»Ich denke, ich werde hier noch eine Weile sitzen, und dann gehe ich zu Bett«, sagte Minnie.

»Na gut. Und du kommst mit, Basil?«

»Ich – ja sicher, wenn du mich dabeihaben willst, Bill.«

»Du wirst auf einem Segel sitzen müssen, das ich mit rübernehme, um es flicken zu lassen.«

»Ich will dich aber nicht beengen.«

»Du beengst mich nicht. Ich gehe und hole den Wagen.«

Als er gegangen war, sahen sie einander verzweifelt an. Aber er kam eine ganze Stunde lang nicht zurück – irgendetwas mit dem Segel oder mit dem Wagen hielt ihn so lange auf. Doch die Drohung, dass er jede Minute zurückkommen *könnte*, blieb und machte alles noch ergreifender und atemloser.

Irgendwann stiegen sie in das Motorboot, saßen dort eng beieinander und flüsterten: »Diesen Herbst –« »Wenn du nach New Orleans kommst –« »Wenn ich nach Yale gehe übernächstes Jahr –« »Wenn ich auf eine Schule im Norden komme –« »Wenn ich vom Glacier Park zurück bin –« »Küss mich noch einmal…« »Du bist fürchterlich. Weißt du, dass du fürchterlich bist? …« »Du bist ganz, ganz fürchterlich –«

Das Wasser plätscherte gegen die Pfosten; manchmal stieß das Boot sanft gegen den Steg; Basil löste ein Seil und stieß ab, so dass sie vom Steg wegdrifteten und das Boot zu einer kleinen Insel in der Nacht wurde…

…als er am nächsten Morgen seine Reisetasche packte, öffnete sie die Tür zu seinem Zimmer und trat neben ihn. Ihr Gesicht strahlte vor freudiger Erregung; ihr Kleid war weiß und frisch gestärkt.

»Basil, pass auf! Ich muss dir was erzählen: Vater unterhielt sich nach dem Frühstück mit Onkel George und sagte ihm, dass er noch nie einen so netten, ruhigen und vernünftigen Jungen getroffen hätte wie dich, und weil Cousin Bill in diesem Monat Privatunterricht nehmen muss, fragte Vater Onkel George, ob er meinte, deine Familie würde dich für zwei Wochen mit uns in den Glacier Park fahren lassen, damit ich Gesellschaft hätte.« Sie nahmen sich bei den Händen und tanzten ausgelassen im Zimmer herum. »Sprich aber noch nicht davon, denn ich glaube, er wird erst an deine Mutter schreiben müssen und so weiter. Basil, ist das nicht wunderbar?«

So war es dann kein trauriger Abschied, als Basil um elf aufbrechen musste. Mr. Bibble, der in die Stadt fuhr, um eine Zeitung zu kaufen, wollte Basil zum Zug bringen, und während das Auto anfuhr, leuchteten die Augen der beiden jungen Leute, und in ihren winkenden Händen lag ein heimliches Einverständnis.

Basil ließ sich überglücklich auf den Sitz zurücksinken. Er entspannte sich – dass sein Besuch so erfreulich verlaufen war, war zu schön. Er liebte sie – er liebte sogar ihren Vater, der da neben ihm saß, ihren Vater, der das Privileg genoss, ihr so nahe zu sein, sich an ihrem Lächeln berauschen zu können.

Mr. Bibble zündete sich eine Zigarre an. »Schönes Wetter«, sagte er. »Feines Klima bis weit in den Oktober.«

»Wundervoll«, pflichtete Basil bei. »Mir fehlt der Oktober, da ich doch im Osten zur Schule gehe.«

»Aufs College vorbereiten?«

»Ja, Sir; für Yale.« Dann fiel ihm noch etwas anderes Erfreuliches ein. Er zögerte, aber er wusste, dass Mr. Bibble, der ihn gern hatte, seine Freude teilen würde. »Ich habe in diesem Frühjahr meine Vorprüfungen gemacht und soeben die Ergebnisse bekommen – ich habe in sechs von sieben Fächern bestanden.«

»Wie schön für Sie!«

Wieder zögerte Basil, dann fuhr er fort: »Ich habe ein A in alter Geschichte und ein B in englischer Geschichte und ein A in Englisch bekommen. Und ein C in Algebra und in Latein A und B. Nur in Französisch habe ich kein A geschafft.«

»Gut!«, sagte Mr. Bibble.

»Ich hätte alle Fächer schaffen können«, fuhr Basil fort, »aber ich habe mich anfangs nicht besonders angestrengt.

Ich war der Jüngste in der Klasse, und das ist mir sozusagen zu Kopf gestiegen.«

Es war gut, wenn Mr. Bibble wusste, dass er keinen Dummkopf mit zum Glacier National Park nehmen wollte. Mr. Bibble nahm einen langen Zug von seiner Zigarre.

Dann fand Basil allerdings, dass er mit seiner letzten Bemerkung nicht den richtigen Ton angeschlagen hatte, und er korrigierte sie ein wenig.

»Ich habe mir nicht wirklich etwas darauf eingebildet, aber ich brauchte mir nie viel Mühe zu geben, weil ich für den Englischunterricht die meisten Bücher bereits gelesen hatte und für Geschichte auch schon eine ganze Menge.« Er brach ab und versuchte es dann wieder: »Ich meine, wenn man ›zu Kopf gestiegen‹ sagt, denkt man an einen Jungen, der aufgeblasen herumstolziert, als wollte er sagen: ›Oh, seht nur, wie viel ich weiß!‹ Nein, so einer war ich nicht. Ich meine, ich bildete mir nicht ein, alles zu wissen, aber ich war sozusagen –«

Während er noch nach dem passenden Wort suchte, machte Mr. Bibble »Hm!« und wies mit seiner Zigarre auf eine Stelle im See.

»Da liegt ein Boot«, sagte er.

»Ja«, sagte Basil. »Ich verstehe nicht viel vom Segeln. Habe mich nie darum gekümmert. Natürlich bin ich ein bisschen draußen gewesen, habe die Fock gehalten und so weiter, aber die meiste Zeit über sitzt man nur herum und hat nichts zu tun. Ich bin mehr für Football.«

»Hm«, sagte Mr. Bibble. »Als ich so alt war wie Sie, war ich jeden Tag mit einem kleinen Segelboot draußen im Golf.«

»Es macht sicher Spaß, wenn man etwas dafür übrighat«, räumte Basil ein.

»Die glücklichste Zeit meines Lebens.«

Der Bahnhof kam in Sicht. Basil kam der Gedanke, dass es wohl Zeit für eine letzte freundliche Geste wäre.

»Ihre Tochter, Mr. Bibble, ist sehr anziehend«, sagte er. »Ich komme für gewöhnlich mit Mädchen gut zurecht, aber ich habe für gewöhnlich nicht viel für sie übrig. Aber Ihre Tochter ist das anziehendste Mädchen, dem ich je begegnet bin, finde ich.« Dann, als der Wagen hielt, kamen ihm leise Bedenken, und er fügte mit einem zweifelnden Lächeln hinzu: »Auf Wiedersehen. Hoffentlich habe ich nicht zu viel geredet.«

»Keineswegs«, sagte Mr. Bibble. »Wünsche Ihnen viel Glück. Auf Wiedersehen.«

Ein paar Minuten später, als Basils Zug abgefahren war, stand Mr. Bibble an dem Kiosk, kaufte eine Zeitung und musste schon seine von der Julihitze feuchte Stirn abtupfen.

»Ja, mein Lieber! Das war mir mal wieder eine Lehre, nichts zu überstürzen«, erboste er sich. »Nicht auszudenken, diesen Grünschnabel die ganze Zeit im Glacier Park nur von sich schwatzen zu hören! Gott sei gedankt für diese kurze Fahrt!«

Zu Hause angekommen, setzte sich Basil buchstäblich hin und wartete. Unter keinen Umständen verließ er das Haus, außer, um sich mal eben im Laden an der Ecke eine Erfrischung zu holen und von dort in vollem Galopp zurückzukommen. Das Klingeln des Telefons oder an der Tür ver setzte ihm einen Schock, als säße er auf dem elektrischen Stuhl.

Am selben Nachmittag verfasste er ein kurioses geographisches Poem, das er sogleich an Minnie sandte:

Ob in Paris mit all seinen Blumen,
Ob zu den Rosen von Rom du eilst,
Und auch im tränenseligen Wien
Ist Traurigkeit, wo immer du weilst.
Ich denk' an jenen Abend am See
Mit Mondenschein und Sternenglanz,
Und der Sehnsucht Duft
Parfümierte die Luft,
Beim Klang von spanischen Gitarren.

Aber der Montag verging und der halbe Dienstag, und keine Nachricht kam. Dann, am späten Nachmittag des zweiten Tages, als er ziellos von Zimmer zu Zimmer ging und aus verschiedenen Fenstern auf eine langweilige, menschenleere Straße hinunterblickte, kam ein Anruf von Minnie.

»Ja?« Sein Herz schlug gewaltig.

»Basil, wir fahren heute Nachmittag.«

»Fahren!«, wiederholte er ausdruckslos.

»O Basil, es tut mir so leid. Vater hat sich anders entschieden und will niemanden mit in den Westen nehmen.«

»Oh!«

»Es tut mir so leid, Basil.«

»Ich hätte vielleicht gar nicht mitkommen können.«

Einen Augenblick war es still. Er spürte ihre Gegenwart

über den Draht und konnte kaum atmen, noch weniger sprechen.

»Basil, kannst du mich hören?«

»Ja.«

»Wir kommen vielleicht auf dem Rückweg wieder vorbei. Aber denke auf alle Fälle daran, dass wir uns im Winter in New York sehen werden.«

»Ja«, sagte er und fügte plötzlich hinzu: »Vielleicht sehen wir uns auch nie wieder.«

»Aber natürlich sehen wir uns. – Man ruft nach mir, Basil. Ich muss gehen. Leb wohl.«

Er blieb neben dem Telefon sitzen, rasend vor Kummer. Eine halbe Stunde später fand ihn das Dienstmädchen über den Küchentisch gebeugt. Er wusste, was passiert war, wusste es so gut, als wenn Minnie es ihm berichtet hätte. Er hatte denselben alten Fehler gemacht, hatte den guten Eindruck von drei Tagen in einer halben Stunde zunichtegemacht. Es wäre kein Trost für ihn gewesen, wenn es diesmal noch gutgegangen wäre. Irgendwann auf der Fahrt hätte er sich wieder gehenlassen, und es wäre vielleicht noch schlimmer geworden – wenn auch vielleicht nicht so traurig. Sein einziger Gedanke war jetzt, dass er sie verloren hatte.

Er lag auf seinem Bett, verstört, missverstanden, unglücklich, aber nicht geschlagen. Jedes Mal befähigte ihn die gleiche Vitalität, die ihm solche Geißelhiebe eintrug, dazu, das Blut wie Wasser abzuschütteln, nicht um zu vergessen, sondern seine Wunden mit sich zu tragen zu neuen Fehlschlägen und neuen Läuterungen – seinem unbekannten Schicksal entgegen.

Zwei Tage später sagte ihm seine Mutter, sein Großvater habe ihm erlaubt, das Elektroauto zu benutzen, wann immer es nachmittags frei wäre – unter der Bedingung, dass er regelmäßig die Batterien auflud und es einmal die Woche wusch. Zwei Stunden später war er schon damit unterwegs, glitt mit der Höchstgeschwindigkeit, die das Getriebe hergab, die Crest Avenue entlang und lehnte sich zurück, als säße er in einem Stutz Bearcat. Imogene Bissel, die vor ihrem Haus stand, winkte ihm zu, und er brachte das Fahrzeug etwas unsicher zum Stehen.

»Du hast ein Auto!«

»Es gehört Großvater«, sagte er bescheiden. »Ich dachte, du wärst mit bei dieser Tour nach St. Croix.«

Sie schüttelte den Kopf. »Mutter wollte mich nicht gehen lassen – nur ein paar Mädchen sind mitgefahren. Drüben in Minneapolis hat es einen großen Autounfall gegeben, und Mutter wollte mich nicht in einem Auto mitfahren lassen, wenn der Fahrer nicht über achtzehn ist.«

»Hör mal, Imogene, glaubst du, deine Mutter meinte damit auch Elektroautos?«

»Wie? Keine Ahnung – weiß ich nicht. Ich könnte gehen und sie fragen.«

»Sag deiner Mutter, es hat eine Höchstgeschwindigkeit von zwölf Meilen die Stunde«, rief er ihr nach.

Eine Minute später kam sie freudig erregt die Auffahrt herunter. »Ich darf mit, Basil«, rief sie. »Mutter hat noch nie von irgendwelchen Auffahrunfällen mit Elektroautos gehört. Was wollen wir machen?«

»Worauf wir Lust haben«, sagte er leichthin. »Ich habe nicht gemeint, dass dieses Schiff nur zwölf Meilen die

Stunde macht – es schafft fünfzehn. Los, wir fahren zu Smith's runter und trinken eine Rotweinlimonade.«

»Fein, Basil Lee!«

Vor der Möbeltischlerei

Das Auto hielt an einer Ecke der Sixteenth Street und irgendeiner etwas verkommen wirkenden Nebenstraße. Die Dame stieg aus. Der Mann und das kleine Mädchen blieben im Wagen.

»Ich werde ihm sagen, es darf nicht mehr als zwanzig Dollar kosten«, sagte die Dame.

»Schon recht. Hast du die Pläne?«

»Oh«, sie griff nach ihrer Handtasche auf dem Rücksitz, »ja, jetzt habe ich sie.«

»*Dites qu'il ne faut pas avoir des forts placards*«, sagte der Mann. »*Ni du bon bois.*«

»Ist recht.«

»Ich wünschte, ihr würdet nicht französisch reden«, sagte das kleine Mädchen.

»*Et il faut avoir une bonne hauteur. L'un des Murphys était comme ça.*«

Er deutete mit der Hand anderthalb Meter vom Boden an. Die Dame schritt durch eine Tür, die mit »Möbeltischler« beschildert war, und verschwand über eine kleine Treppe.

Der Mann und das kleine Mädchen sahen sich ohne besondere Neugier um. Die Nachbarhäuser waren aus rotem Backstein, ausdruckslos und still. Es gab ein paar Schwarze, die weiter oben in der Straße dies oder das verrichteten, und gelegentlich kam ein Auto vorbei. Es war ein schöner Novembertag.

»Hör zu«, sagte der Mann zu dem kleinen Mädchen, »ich habe dich lieb.«

»Ich dich auch«, sagte das kleine Mädchen und lächelte artig.

»Hör zu«, fuhr der Mann fort. »Siehst du das Haus dort drüben?«

Das kleine Mädchen sah hinüber. Es war ein Anbau hinter einem Laden. Sein Inneres war zum größten Teil durch Vorhänge kaschiert, aber hinter den Vorhängen schien sich etwas zu regen. Ein lose in den Angeln hängender Fensterladen schlug alle paar Minuten vor und zurück. Weder der Mann noch das kleine Mädchen hatten das Haus je gesehen.

»Hinter diesen Vorhängen sitzt eine Märchenprinzessin«, sagte der Mann. »Du kannst sie nicht sehen, aber sie ist da und wird von einem Oger verborgen gehalten. Weißt du, was ein Oger ist?«

»Ja.«

»Nun, also diese Prinzessin ist sehr sehr schön und hat langes goldenes Haar.«

Beide beobachteten das Haus. Der Zipfel eines gelben Kleides erschien für Augenblicke in einem der Fenster.

»Das ist sie«, sagte der Mann. »Die Leute, die da wohnen, bewachen sie im Auftrag des Ogers. Er hält den König und die Königin zehntausend Meilen unter der Erde gefangen. Sie kann nicht heraus, es sei denn, der Prinz findet die drei …« Er stockte.

»Die was, Daddy, die drei was?«

»Die drei – sieh! Da ist sie wieder.«

»Die drei was?«

»Die drei … die drei Steine, die den König und die Königin befreien werden.«

Er gähnte.

»Und was dann?«

»Dann kann er kommen und dreimal an jedes Fenster klopfen, und dadurch wird sie frei.«

Der Kopf der Dame erschien im Obergeschoss des Möbeltischlers.

»Er hat noch zu tun«, rief sie herunter. »Nein, was für ein schöner Tag!«

»Und warum, Daddy?«, fragte das kleine Mädchen. »Warum will der Oger sie da festhalten?«

»Weil er nicht zu ihrer Taufe eingeladen war. Der Prinz hat schon einen Stein in Präsident Coolidges Kragenknopfschachtel gefunden. Jetzt sucht er nach dem zweiten in Island. Jedes Mal, wenn er einen Stein findet, leuchtet das Zimmer, in dem die Prinzessin festgehalten wird, blau auf. Das ist ja *toll*!«

»Was, Daddy?«

»Eben als du dich abgewandt hast, sah ich, wie das Zimmer ganz blau wurde. Das bedeutet, dass er den zweiten Stein gefunden hat.«

»Toll!«, sagte das kleine Mädchen. »Sieh nur! Wieder ist es blau geworden, das heißt, er hat den dritten Stein gefunden.«

Von diesem Wetteifer angesteckt, blickte der Mann vorsichtig umher, und seine Stimme wurde heiser.

»Siehst du, was ich jetzt sehe?«, fragte er. »Die Straße herauf kommt der Oger höchstselbst, getarnt – du weißt ja: verwandelt wie Mombi im *Reich des Zauberers Oz.*«

»Ich verstehe.«

Beide beobachteten die Szene. Der kleine Junge, mehr als schmächtig, ging mit großen Schritten zu der Wohnungstür und klopfte an; niemand antwortete, aber er schien es auch nicht erwartet zu haben oder besonders enttäuscht zu sein. Er nahm ein Stück Kreide aus der Tasche und begann, etwas unter die Türklingel zu malen.

»Er bringt magische Zeichen an«, flüsterte der Mann. »Er will sicher sein, dass die Prinzessin aus dieser Tür nicht herauskommt. Er scheint zu wissen, dass der Prinz den König und die Königin befreit hat, und will nun rechtzeitig zur Stelle sein.«

Der kleine Junge zögerte einen Augenblick; dann ging er an eins der Fenster und rief etwas Unverständliches hinein. Nach einer Weile machte eine Frau das Fenster auf und gab eine Antwort, die in dem scharfen Wind verwehte.

»Sie sagt, dass sie die Prinzessin eingeschlossen hat«, erläuterte der Mann.

»Sieh nur den Oger«, sagte das kleine Mädchen. »Jetzt malt er auch magische Zeichen unter das Fenster. Und auf den Gehsteig. Warum nur?«

»Natürlich will er verhindern, dass sie herauskommt. Darum tanzt er auch so herum. Auch das gehört zum Zauber – es ist ein Zaubertanz.«

Der Oger entfernte sich mit großen Schritten. Zwei Männer überquerten vor ihnen die Straße und verschwanden.

»Wer sind die, Daddy?«

»Das sind zwei Soldaten des Königs. Ich vermute, das Heer zieht sich drüben auf der Market Street zusammen, um das Haus zu umzingeln. Weißt du, was ›umzingeln‹ bedeutet?«

»Ja. Sind diese Männer auch Soldaten?«

»Ja, die auch. Und ich glaube, der Alte dahinter ist der König selbst. Er beugt sich ganz tief hinunter, damit die Leute des Ogers ihn nicht erkennen.«

»Wer ist die Dame?«

»Das ist eine Hexe, eine Freundin des Ogers.«

Der Fensterladen schlug heftig zu und öffnete sich dann langsam wieder.

»Das ist das Werk der guten und der bösen Feen«, erklärte der Mann. »Sie sind unsichtbar, aber die bösen Feen wollen den Fensterladen schließen, damit niemand hineinsehen kann, und die guten Feen wollen ihn öffnen.«

»Die guten Feen gewinnen jetzt.«

»Ja.« Er blickte auf das kleine Mädchen. »Du bist meine gute Fee.«

»Ja. Sieh doch, Daddy! Was ist das für ein Mann?«

»Er gehört auch zur Armee des Königs.« Der Buchhalter von Mr. Miller, dem Juwelier, ging vorbei und bot einen ziemlich unmartialischen Anblick. »Hörst du den Pfiff? Das heißt, sie sammeln sich. Und horch – da geht auch die Trommel.«

»Da ist die Königin, Daddy. Sieh mal, dort. Ist das die Königin?«

»Nein, das ist ein Mädchen namens Miss Television.« Er gähnte. Er dachte an etwas Erfreuliches, das er am Vortag erlebt hatte. Er geriet in eine Art von Trance. Dann blickte er wieder auf seine kleine Begleiterin und sah, dass sie sehr glücklich war. Sie war sechs und sah entzückend aus. Er gab ihr einen Kuss.

»Der Mann da mit der Eisbombe ist auch einer von des Königs Soldaten«, sagte er. »Er wird dem Oger das Eis auf den Kopf drücken und so sein Gehirn einfrieren, damit er nichts Schlimmes mehr anrichten kann.«

Mit den Augen folgte sie dem Mann die Straße hinunter. Andere Männer gingen vorbei. Ein Schwarzer in einer der typischen gelben Jacken fuhr mit einem Wägelchen vor mit der Aufschrift »The Delaware Upholstery Co«. Der Fensterladen schlug wieder zu und öffnete sich dann ganz langsam.

»Sieh nur, Daddy, die guten Feen gewinnen.«

Der Mann war alt genug, um zu wissen, dass er sich nach dieser Zeit zurücksehnen würde – die stille Straße bei dem schönen Wetter und das Mysterium, das sich vor den Augen des Kindes abspielte, ein Mysterium, das er erschaffen hatte, dessen Glanz und Verwobenheit er selbst aber nie wieder erblicken oder anrühren könnte. Stattdessen berührte er wieder die Wange seines Töchterchens und fügte, ihr zu Gefallen, noch einen kleinen Jungen und einen hinkenden Mann in die Geschichte ein.

»Oh, ich hab dich lieb«, sagte er.

»Ich weiß, Daddy«, antwortete sie geistesabwesend. Sie starrte unentwegt auf das Haus. Für einen Moment schloss er die Augen und versuchte mit ihren Augen zu sehen, aber er vermochte es nicht – jene zerschlissenen Vorhänge waren für ihn auf immer geschlossen. Nur die gelegentlich vorübergehenden Schwarzen, die kleinen Jungen und das Wetter erinnerten ihn an den Zauber vergangener Morgenstunden.

Die Dame kam aus dem Tischlerladen.

»Wie ist es gegangen?«, fragte er.

»Gut. *Il dit qu'il a fait les maisons de poupée pour les Du Ponts. Il va le faire.*«

»*Combien?*«

»*Vingt-cinq.* Tut mir leid, dass es so lange gedauert hat.«

»Sieh, Daddy, da gehen noch viel mehr Soldaten!«

Sie fuhren los. Als sie ein paar Meilen unterwegs waren, wandte der Mann sich um und sagte: »Wir haben unerhörte Dinge gesehen, während du da drinnen warst.« Er fasste die Geschichte kurz zusammen. »Zu schade, dass wir nicht warten und die Befreiung erleben konnten.«

»Aber das haben wir doch«, rief das Kind. »Sie haben die Befreiung in der anderen Straße durchgeführt. Und da liegt auch der Körper vom Oger, da in dem kleinen Hof. Der König, die Königin und der Prinz wurden getötet, und die Prinzessin ist jetzt Königin.«

Er hatte seinen König und seine Königin gern gemocht und fand, dass über sie allzu summarisch verfügt worden war.

»Du musstest natürlich deine Heldin haben«, sagte er etwas unwillig.

»Sie wird eines Tages irgendwen heiraten und zum Prinzen machen.«

In Gedanken versunken fuhren sie weiter. Die Dame dachte an das Puppenhaus, denn sie war früher arm gewesen und hatte als Kind nie eins gehabt, und der Mann dachte daran, dass er nahezu eine Million Dollar besaß. Das kleine Mädchen aber dachte an die wunderlichen Begebenheiten in der winzigen Straße, die sie hinter sich gelassen hatten.

Der gefangene Schatten

Basil Duke Lee schloss die Haustür hinter sich und knipste die Esszimmerlampe an. Von oben ertönte die verschlafene Stimme seiner Mutter:

»Basil, bist du es?«

»Nein, Mutter, es ist ein Einbrecher.«

»Ich finde zwölf Uhr recht spät für einen Jungen von fünfzehn Jahren.«

»Wir haben noch bei Smith's eine Limonade getrunken.«

Immer wenn man ihm eine neue Verantwortung aufbürden wollte, war er »schon bald sechzehn«, wenn es sich aber um ein Vorrecht handelte, hieß es »ein Junge von fünfzehn Jahren«.

Er hörte Schritte von oben; Mrs. Lee, im Kimono, kam zum ersten Treppenabsatz herunter.

»Hat euch das Stück gefallen, dir und Riply?«

»Ja, sehr.«

»Wovon handelt es?«

»Ach, von so 'nem Mann. Ein Stück wie alle anderen.«

»Hatte es keinen Titel?«

»*Sind Sie Freimaurer?*«

»So.« Sie blieb noch stehen und hing mit liebevollem Blick an seinem klugen und aufgeweckten Gesicht. »Willst du noch nicht zu Bett gehen?«

»Ich will mir noch etwas zu essen holen.«

»Sonst was Neues?«

Er antwortete nicht. Er stand im Wohnzimmer vor einem verglasten Bücherschrank und blickte mit ebenso glänzenden Augen über die Reihen.

»Wir wollen ein Stück aufführen«, sagte er plötzlich. »Ich werde es schreiben.«

»Oh, das wird gewiss hübsch werden. Aber bitte, geh bald ins Bett. Gestern warst du auch lange auf, und du hast dunkle Ringe um die Augen.«

Basil nahm jetzt *Van Bibber und andere* aus dem Bücherschrank; darin las er, während er einen großen Teller mit Erdbeeren und süßer Sahne aufaß. Wieder im Wohnzimmer, setzte er sich zur Verdauung ein paar Minuten ans Klavier und starrte auf den bunten Umschlag eines Liedes der Midnight Sons. Darauf waren drei Männer in Frack und Zylinder zu sehen, die – offensichtlich in übermütiger Stimmung – vor dem leuchtenden Hintergrund des Times Square den Broadway hinabschlenderten.

Wenn man ihn gefragt hätte, würde Basil seine besondere Vorliebe für dieses Kunstprodukt entschieden abgestritten haben. Aber es war augenblicklich sein Geschmack.

Er ging nach oben.

Aus einem Schubfach seines Schreibtisches nahm er ein Aufsatzheft und schlug es auf.

BASIL DUKE LEE
St. Regis School
Eastchester, Conn.
Fünfte Klasse Französisch

Und auf der nächsten Seite unter »Unregelmäßige Verben«:

Präsens
je connais   *nous connaissons*
tu connais
il connaît

Er blätterte noch eine Seite um.

MR. WASHINGTON SQUARE
Musikalisches Lustspiel von
BASIL DUKE LEE
Musik von Victor Herbert

I. AKT
Auf der Veranda des Millionärsclubs in der Nähe von
New York
Eingangslied, LEILIA *und Debütantinnen*

Wir singen nicht leis, wir singen nicht laut,
Denn wer hört schon den ersten Chor.
Wir fühlen uns wohl in unserer Haut,
Denn wer hört schon den ersten Chor.
Wir sind ein Debütantinnenkranz,
So lustig, wie's nur geht,

Uns macht keiner so leicht was vor,
Wir haben am meisten Witz und Verstand
Von der ganzen Sozietät.
Aber wer hört schon den ersten Chor.

LEILIA *(tritt vor)*: So, Mädchen, ist Mr. Washington Square heute schon hier gewesen?

Basil blätterte eine Seite weiter. Leilia bekam keine Antwort auf ihre Frage. Stattdessen stand dort eine ganz neue Überschrift in Großbuchstaben:

Hick! Hick! Hick!
Humoreske in einem Akt von
BASIL DUKE LEE

SZENE
Moderne Wohnung in der Gegend vom Broadway, New York City. Es ist fast Mitternacht. Wenn der Vorhang aufgeht, hört man ein Klopfen an der Tür. Nach einigen Minuten öffnet sie sich, und herein kommt ein eleganter Mann in Frack und Zylinder mit einem Begleiter. Er hat offenbar schwer getrunken, denn seine Rede ist schwerfällig, seine Nase gerötet, und er kann sich kaum aufrecht halten. Er knipst das Licht an und kommt auf die Mitte der Bühne.

STUYVESANT: Hick! Hick! Hick!
O'HARA *(sein Begleiter)*: Du liebe Güte, Sie sagen den ganzen Abend immer dasselbe.

Basil blätterte eine Seite um und noch eine; er las schnell, aber nicht uninteressiert.

PROF. PUMPKIN: Also, Sie wollen doch ein gebildeter junger Mann sein, vielleicht können Sie mir dann sagen, was »dieser« auf Lateinisch heißt.
STUYVESANT: Hick! Hick! Hick!
PROF. PUMPKIN: Richtig. Wirklich sehr gut, ich werde –

Hier brach die Farce von *Hick! Hick! Hick!* mitten im Satz ab. Auf der folgenden Seite begann, mehrfach dick unterstrichen, ein neues Stück – mit so sicherer Handschrift, als wären die vorherigen Bühnenwerke nicht in den Anfängen steckengeblieben.

DER GEFANGENE SCHATTEN
Komisches Melodram in drei Akten
von
BASIL DUKE LEE

SZENE
Alle drei Akte spielen in der Bibliothek im Haus der VAN BAKERS *in New York. Der Raum ist gut möbliert, mit einer roten Stehlampe auf einer Seite, einigen gekreuzten Speeren und Helmen an der Wand usw. Ein Diwan gibt dem Raum einen orientalischen Anstrich.*
Wenn der Vorhang aufgeht, sieht man MISS SAUNDERS, LEILIA VAN BAKER *und* ESTELLA CARRAGE *an einem Tisch sitzen.* MISS SAUNDERS *ist eine etwa vierzigjährige alte Jungfer, sehr geziert.* LEILIA *ist hübsch mit*

schwarzen Haaren. ESTELLA *ist blond. Sie sind ein auf-*
fälliges Trio.

Der gefangene Schatten füllte den Rest des Heftes und lief
am Ende noch auf lose Blätter über. Beim Lesen dort angelangt, saß Basil eine Weile tief in Gedanken. In den New
Yorker Theatern hatte es in dieser Saison eine Reihe von
Gaunerkomödien gegeben. Zwei davon hatte er gesehen,
und deren Atmosphäre, Tonfall und Szenerie standen ihm
lebendig vor Augen. Sie waren enorm eindrucksvoll gewesen, eröffneten den Ausblick in eine Welt jenseits ihrer Fenster und Türen, die größer und strahlender war als sie selbst,
und mehr als der Wunsch, *Offizier 666* zu kopieren, hatte
ihn diese imaginäre Welt zu dem vor ihm liegenden Stück
inspiriert. An den Kopf einer neuen Seite setzte er in
Druckbuchstaben II. AKT und begann zu schreiben.

So verging wohl eine Stunde. Mehrmals holte er sich Rat
in einer Sammlung von Witzbüchern und in einem alten
Hausbuch des Humors, in welchem die verblassten vikto-
rianischen Scherze von Bischof Wilberforce und Sidney
Smith einbalsamiert waren. Als er in seinem Stück an der
Stelle war, wo eine Tür sich langsam öffnet, hörte er ein
Knarren auf der Treppe. Er sprang entsetzt auf, zitternd,
aber nichts rührte sich; nur eine helle Motte flog gegen den
Lampenschirm, von weitem tönte der Glockenschlag der
halben Stunde über die Stadt, und im Baum vor dem Fens-
ter flatterte ein Vogel auf.

Als er gegen halb fünf zum Badezimmer hinüberging,
sah er mit Schrecken, dass vor dem Fenster schon der Morgen graute. Er war die ganze Nacht aufgeblieben. Ihm fiel

ein, dass man von Leuten nach durchwachter Nacht behauptete, sie würden wahnsinnig; so stand er versteinert auf dem Flur und lauschte verzweifelt in sich hinein, ob auch er wahnsinnig würde. Alles erschien ihm widernatürlich und irreal. Wie von Sinnen stürzte er in sein Schlafzimmer und begann, als wollte er die weichende Nacht einholen, sich die Kleider vom Leib zu reißen. Als er ausgezogen war, warf er einen letzten wehmütigen Blick auf den Stapel von Manuskriptseiten – er hatte schon die ganze folgende Szene fertig im Kopf. Als Kompromiss mit dem beginnenden Wahnsinn ging er zu Bett und schrieb dort noch eine Stunde weiter.

Spät an diesem Morgen wurde er von einer der unbarmherzigen skandinavischen Schwestern, die – theoretisch – die dienstbaren Geister der Lees waren, rauh geweckt. »Elf Uhr«, rief sie. »Schon fünf Stunden drüber!«

»Lass mich in Ruh«, stammelte Basil. »Was kommst du und weckst mich auf?«

»'s ist jemand unten.« Er schlug die Augen auf. »Außerdem hast du gestern Abend die ganze Sahne aufgegessen«, fuhr Hilda fort. »Deine Mutter hatte keine zum Kaffee.«

»Die ganze Sahne!«, rief er. »Ach wo, es war noch welche da.«

»Die ist aber sauer geworden.«

»Das ist ja entsetzlich«, rief er aus und setzte sich auf. »Entsetzlich!«

Sie weidete sich einen Augenblick an seinem Schrecken. Dann sagte sie: »Riply Buckner ist unten.« Damit ging sie hinaus und schloss hinter sich die Tür.

»Schick ihn rauf!«, rief er hinter ihr her. »Hilda, warum kannst du denn nie zuhören? Habe ich Post bekommen?«

Keine Antwort.

Nach kurzer Zeit trat Riply ein.

»Menschenskind, du bist noch im Bett?«

»Ich habe die ganze Nacht an dem Stück geschrieben. Der zweite Akt ist fast fertig.« Er wies auf den Schreibtisch.

»Darüber wollte ich gerade mit dir reden«, sagte Riply. »Meine Mutter meint, wir sollten uns an Miss Halliburton wenden.«

»Wozu?«

»Nur so, dass sie dabei ist.«

Miss Halliburton war eine reizende Person, vielseitig beschäftigt als Lehrerin für Französisch und für Bridge, eine inoffizielle Anstandsdame und Freundin der Jugend. Dennoch fand Basil, dass die Sache unter ihrer Leitung einen dilettantischen Beigeschmack bekäme.

»Sie würde sich nicht einmischen«, fuhr Riply fort und gab offenbar die Gedankengänge seiner Mutter wieder. »Ich habe die organisatorische Leitung, und du bist der Regisseur, ganz wie wir es vorhatten, aber es wäre gut, sie als Souffleuse dabeizuhaben und damit es bei den Proben ordentlich zugeht. Die Mütter der Mädchen sähen das gern.«

»Meinetwegen«, stimmte Basil zögernd zu. »Nun lass uns mal überlegen, wen wir als Besetzung brauchen. Da ist erstens die männliche Titelrolle – der Gentleman-Einbrecher, genannt ›Der Schatten‹. Nur stellt sich zu guter Letzt heraus, dass er ein junger Mann aus guter Familie ist, der eine Wette abgeschlossen hat, also gar kein richtiger Einbrecher.«

»Den spielst du.«

»Nein, du.«

»Unsinn, du bist der beste Schauspieler«, protestierte Riply.

»Nein, ich nehme eine kleinere Rolle, damit ich das Stück mit den anderen einstudieren kann.«

»Na, habe ich etwa doch nicht die organisatorische Leitung?«

Die Auswahl der Schauspielerinnen, die sich vermutlich sehr drängen würden, erwies sich als eine heikle Aufgabe. Sie einigten sich schließlich auf Imogene Bissel als weibliche Hauptdarstellerin, Margaret Torrence als ihre Freundin und Connie Davis als »MISS SAUNDERS, eine alte Jungfer, sehr geziert«.

Als Riply zu bedenken gab, dass verschiedene andere Mädchen es übelnähmen, wenn sie übergangen würden, führte Basil noch ein Dienstmädchen und eine Köchin ein, die hin und wieder »aus der Küche hereinschauen« könnten. Riplys weiteren Vorschlag, man müsse zwei oder drei Dienstmädchen haben, dazu eine Art »Hausnäherin« und eine Kinderfrau, wies er entschieden zurück. In einem so mit Weiblichkeit vollgepfropften Haus würde auch der schattenhafteste Gentleman-Einbrecher sich kaum noch bewegen können.

»Ich will dir zwei nennen, die wir nicht dabeihaben wollen«, sagte Basil nachdenklich, »das sind Joe Gorman und Hubert Blair.«

»Wenn Hubert Blair dabei ist, mache ich nicht mit«, bestätigte Riply.

»Ich auch nicht.«

Hubert Blairs frappante Erfolge bei Mädchen hatten Basil und Riply schon böse Eifersuchtsqualen bereitet.

Sie begannen, die, mit denen sie die Rollen besetzen wollten, anzurufen; dabei erlitt das Unternehmen sogleich seinen ersten Rückschlag. Imogene Bissel war im Begriff, nach Rochester, Minnesota, zu fahren, um sich den Blinddarm herausnehmen zu lassen, und würde erst in drei Wochen zurück sein.

Sie überlegten.

»Wie wär's mit Margaret Torrence?«

Basil schüttelte den Kopf. In seiner Vorstellung musste Leilia Van Baker mehr Eigenart und Temperament besitzen als Margaret Torrence. Nicht dass Leilia viel Gestalt angenommen hätte, selbst für Basil jedenfalls weniger als die von Harrison Fisher gemalten Mädchen, deren Bilder in der Schule seine Wand zierten. Aber sie war nicht wie Margaret Torrence. Sie durfte nicht eine sein, die man eine halbe Stunde vorher telefonisch anrief und dann hatte man sie.

Er verwarf eine Kandidatin nach der anderen. Endlich blitzte ein Gesicht vor seinen Augen auf, wie in einem ganz anderen Zusammenhang, aber so hartnäckig, dass er schließlich den Namen nannte.

»Evelyn Beebe.«

»Wer?«

Obwohl Evelyn Beebe erst sechzehn war, gehörte sie mit ihren früh entwickelten Reizen schon zu einer älteren Clique, und für Basil repräsentierte sie genau die Generation seiner Heldin Leilia Van Baker. Es war zwar ungefähr so, als wenn man Sarah Bernhardt um ihre Teilnahme bitten wollte, doch nachdem ihr Name sich bei ihm erst einmal festgesetzt hatte, verblassten alle anderen Möglichkeiten dagegen.

Gegen Mittag läuteten sie bei den Beebes an der Tür und erstarrten vor Verlegenheit, als Evelyn selbst öffnete und sie hereinbat, wobei sie so höflich war, sich ihre eigene Überraschung nicht anmerken zu lassen.

Plötzlich erspähte Basil durch die Portiere zum Wohnzimmer einen jungen Mann in Golfhosen und erkannte ihn auch.

»Ich glaube, wir kommen besser nicht herein«, fasste er sich schnell.

»Wir werden ein andermal wiederkommen«, fügte Riply hinzu.

Gemeinsam wollten sie zur Tür zurückstürzen, doch Evelyn vertrat ihnen den Weg.

»Seid doch nicht albern«, bat sie inständig. »Es ist nur Andy Lockheart da.«

Nur Andy Lockheart! – Mit achtzehn Jahren Gewinner der Golfmeisterschaft des Westens, Kapitän der Erstsemester-Baseballmannschaft, ein hübscher Junge, in allem, was er anfing, erfolgreich, das lebende Symbol der strahlenden, verführerischen Welt von Yale. Ein ganzes Jahr lang hatte Basil seinen Gang nachgeahmt und sich vergeblich bemüht, am Klavier zu improvisieren, was Andy Lockheart konnte.

Weil es ihnen einfach nicht gelang, so davonzukommen, sahen sie sich wohl oder übel ins Zimmer genötigt. Ihr Vorhaben erschien ihnen unsinnig und anmaßend.

Evelyn bemerkte ihre Verlegenheit und versuchte sie durch eine freundliche Neckerei aufzumuntern.

»Höchste Zeit, dass ihr mich einmal besucht«, sagte sie zu Basil. »Jeden Abend habe ich hier gesessen und auf euch gewartet, seit dem Ball bei den Davies. Warum seid ihr nicht eher einmal gekommen?«

Er starrte sie verdutzt an, brachte es nicht einmal zu einem Lächeln und stammelte nur: »Ja, so war es wohl.«

»Wirklich. Nun setzt euch und sagt mir, warum ihr mich so vernachlässigt habt! Ich vermute, ihr wart beide hinter der schönen Imogene Bissel her.«

»Ach so …«, sagte Basil. »Nein, ich hörte von irgendjemand, dass sie weggefahren ist wegen einer Blinddarmentzündung oder so …« Seine Worte versiegten in einem unhörbaren Gemurmel, während Andy Lockheart am Klavier eine Folge von schwermütigen Akkorden anschlug, die in einen Maxixe, das exzentrische Stiefkind des Tangos, übergingen. Evelyn schob einen Teppich beiseite, lüpfte ein wenig den Rock und bewegte sich mit klappernden Absätzen geschmeidig im Kreis.

Leblos wie zwei Kissen saßen sie auf dem Sofa und sahen ihr zu. Sie war fast schön zu nennen, mit ihrem großflächigen Gesicht, das in frischen Farben strahlte, als verberge sich dahinter eine ständige Lachlust. Ihre Stimme und ihr wendiger Körper imitierten und karikierten ständig jeden Ton und jede Bewegung in ihrer Umgebung, so dass selbst die, die sie nicht mochten, zugeben mussten: »Evelyn bringt einen doch immer zum Lachen.« Jetzt beendete sie ihren Tanz mit einem fingierten Stolperschritt und klammerte sich mit übertrieben schmerzverzerrtem Ausdruck ans Klavier, worüber Basil und Riply glucksten. Sie sah, dass die beiden jetzt etwas auftauten, kam zu ihnen und setzte sich neben sie; und wieder mussten sie sehr lachen, als Evelyn bemerkte: »Entschuldigt, dass ich so unbeherrscht war.«

»Möchtest du nicht in einem Stück, das wir aufführen wollen, die weibliche Hauptrolle spielen?«, fragte Basil plötzlich mit dem Mut der Verzweiflung. »Die Aufführung soll in der Martindale School stattfinden, zugunsten der Kleinkinderfürsorge.«

»Das kommt mir aber unerwartet, Basil.«

Andy Lockheart drehte sich auf dem Klavierstuhl um.

»Was wollt ihr aufführen? Eine Minstrel-Show?«

»Nein, eine Gaunerkomödie; sie heißt *Der gefangene Schatten*. Miss Halliburton wird's einstudieren.« Es erschien ihm plötzlich angebracht, sich hinter diesem Namen zu verschanzen.

»Warum spielt ihr nicht so etwas wie *Die Privatsekretärin*?«, unterbrach Andy. »Das wäre ein Stück für euch. Wir haben's in meinem letzten Jahr an der Schule aufgeführt.«

»Nein, es ist schon alles abgemacht«, sagte Basil rasch. »Wir inszenieren dieses Stück, das ich geschrieben habe.«

»Du hast es selbst verfasst?«, rief Evelyn aus.

»Ja.«

»Ach du lieber Himmel!«, sagte Andy. Er begann wieder Klavier zu spielen.

»Weißt du, Evelyn«, sagte Basil, »es ist nur für drei Wochen, und du sollst die weibliche Hauptrolle bekommen.«

Sie lachte. »O nein, das könnte ich nicht. Weshalb nehmt ihr nicht Imogene?«

»Sie ist krank, ich sagte es doch. Hör mal –«

»Oder Margaret Torrence?«

»Ich will niemand anders als dich.«

Diese Offenheit rührte sie, und sie schwankte einen Augenblick. Aber der Held der Golfmeisterschaften wandte sich mit einem spöttischen Lächeln vom Klavier um; da schüttelte sie wieder den Kopf.

»Ich werde nicht können, Basil. Ich glaube, ich muss mit meinen Eltern an die Ostküste verreisen.«

Basil und Riply erhoben sich widerstrebend.

»Teufel, du musst mitmachen, Evelyn.«

»Könnte ich nur!«

Basil zögerte, während sich in seinem Kopf die Gedanken jagten; sein Wunsch, sie dabeizuhaben, war stärker als je. Tatsächlich, ohne sie lohnte es sich kaum, mit dem Stück anzufangen. Plötzlich verfiel er auf einen verzweifelten Ausweg und sprach es auch schon aus:

»Du würdest bestimmt fabelhaft sein. Und weißt du, die männliche Hauptrolle wird Hubert Blair spielen.«

Er hielt den Atem an – sah, wie sie zögerte.

»Auf Wiedersehen«, sagte er.

Sie begleitete sie zur Tür und hinaus auf die Veranda, mit leicht gerunzelter Stirn.

Beim Abschied fragte sie nachdenklich: »Was sagtest du, wie lange die Proben dauern?«

II

Drei Tage später, an einem Augustabend, las Basil auf Miss Halliburtons Veranda das Stück seinen Schauspielern vor. Er war sehr nervös und wurde anfangs mehrmals von Rufen wie »Lauter!« und »Nicht so schnell!« unterbrochen. Gerade als dann sein Auditorium sich über den schlagfertigen Wortwechsel der beiden Komiker zu amüsieren begann – ein Dialog, der schon in den Stücken von Weber und Fields alterprobt war –, gab es eine neue Unterbrechung durch die verspätete Ankunft von Hubert Blair.

Hubert war fünfzehn Jahre alt, ein etwas oberflächlicher Bursche, abgesehen von zwei oder drei Vorzügen, die außerordentlich stark ausgeprägt waren. Aber ein Vorzug lässt auf weitere schließen, und so versäumten die jungen Damen es nie, seine plattesten Einfälle reizend zu finden, waren duldsam gegen die Unbeständigkeit seines Herzens und wollten durchaus nicht glauben, dass seine unerschütterliche Gleichgültigkeit sich nicht eines Tages besiegen ließe. Sie waren hingerissen von seinem strahlenden Selbstbewusstsein, seiner engelhaften Scheinheiligkeit, hinter der er es geschickt verstand, die Leute für sich einzunehmen, sowie von seiner außerordentlichen körperlichen Anmut. Er war langbeinig, fabelhaft proportioniert und besaß jene Art von Elastizität, die im Allgemeinen nur für untersetzte Männer charakteristisch ist. Er war ständig in Bewegung und eine wahre Augenweide; Evelyn Beebe war nicht das einzige Mädchen von den älteren, das mysteriöse Hoffnungen in ihn setzte und ihn lange Zeit mit mehr als bloßer Neugier betrachtete.

Jetzt stand er also im Türrahmen und ließ sein keckes rundes Gesicht in scheinbarer Ehrfurcht erstarren.

»Pardon«, sagte er. »Bin ich hier richtig in der Ersten Methodistisch-episkopalen Kirche?« Alles lachte – sogar Basil. »Ich war mir nicht sicher. Dachte schon, ich sei vielleicht in der richtigen Kirche, aber in die falsche Bankreihe geraten.«

Wieder Gelächter, wenn auch etwas zurückhaltender.

Basil wartete, bis Hubert sich neben Evelyn Beebe gesetzt hatte. Dann hob er von neuem zu lesen an, während die anderen fasziniert beobachteten, wie Hubert mit seinem Stuhl auf den Hinterbeinen zu balancieren versuchte. Das Experiment war mit einem quietschenden Geräusch verbunden, das als Unterton die Lesung begleitete. Erst auf Basils verzweifeltes »Jetzt trittst du auf, Hubert« wandte sich die allgemeine Aufmerksamkeit wieder dem Stück zu.

Basil las über eine Stunde. Als er, am Ende angelangt, das Aufsatzheft schloss und schüchtern aufblickte, gab es einen spontanen Applaus. Bei allen grotesken Übertreibungen hatte er seine Modelle genau getroffen; es war etwas Interessantes dabei herausgekommen – ein richtiges Theaterstück. Er verweilte noch etwas, sprach mit Miss Halliburton und ging dann, noch vor Erregung glühend, nach Hause, wobei er in dem warmen Augustabend ein bisschen vor sich hin deklamierte.

In der ersten Probenwoche musste Basil ständig zwischen Bühne und Zuschauerraum hin- und herklettern, wobei er etwa rief: »Nein! Sieh mal her, Connie, du musst anders herauskommen – etwa so.« Dann kamen die ersten Rückschläge. Eines Tages erschien Mrs. Van Schellinger auf der Probe und verkündete hinterher, dass sie Gladys »in einem Stück mit Verbrechern« nicht mitspielen lassen könne. Sie behauptete, dieses Element lasse sich leicht ausmerzen; zum Beispiel könne man aus den zwei Schurken einfach »zwei lustige Farmer« machen.

Basil hörte das mit Schrecken. Als sie gegangen war, versicherte er Miss Halliburton, er werde keine Zeile ändern. Zum Glück spielte Gladys nur eine Köchin, eine nachträglich eingefügte Rolle, die man einfach streichen konnte, aber ihre Abwesenheit machte sich in anderer Weise bemerkbar. Sie war still und fügsam, »das besterzogene Mädchen der Stadt«, und nach ihrem Abgang machte sich Zügellosigkeit bei den Proben breit. Diejenigen, die nur Stichworte hatten wie »Ich werde Mrs. Van Baker fragen, Sir« im I. Akt und »Nein, Ma'am« im III. Akt, zeigten in der Zwischenzeit eine wachsende Tendenz zur Unruhe. Das ging dann so:

»Bitte, halt den Hund still, oder schick ihn nach Hause!« Oder:

»Wo ist jetzt wieder das Dienstmädchen? Wach auf, Margaret, um Himmels willen!« Oder:

»Was gibt's denn da so furchtbar Komisches, dass man darüber lachen müsste?«

Als am problematischsten aber erwies sich der angemessene Umgang mit Hubert Blair. Abgesehen von seiner Weigerung, seine Rolle zu lernen, war er als Bühnenheld befriedigend, aber hinter den Kulissen war es ein Kreuz mit ihm. Immer wieder veranstaltete er sein privates Theater für Evelyn Beebe, jagte sie verliebt durch den ganzen Saal oder schnippte Erdnüsse über seine Schulter, die merkwürdigerweise stets auf der Bühne landeten. Zur Ordnung gerufen, knirschte er zwischen den Zähnen: »Halt's Maul«, nicht laut, aber gerade so, dass Basil es verstehen konnte.

Evelyn Beebe jedoch erfüllte alle von Basils Hoffnungen. Sobald sie auf der Bühne stand, erzielte sie eine atemlose Spannung, und Basil erweiterte zur Belohnung ihren Part. Er war neidisch auf den halbverliebten Jux, den sie und Hubert bei ihren gemeinsamen Auftritten hatten, und empfand eine gewisse unpersönliche Eifersucht, wenn die beiden fast jeden Abend nach der Probe in Huberts Wagen spazieren fuhren.

So ging es vierzehn Tage weiter, als eines Nachmittags Hubert mit einer Stunde Verspätung erschien, sich recht und schlecht durch den ersten Akt quälte, um dann Miss Halliburton mitzuteilen, er müsse nach Hause gehen.

»Weshalb denn?«, fragte Basil.

»Ich hab was zu tun.«

»Ist denn das so wichtig?«

»Was geht das dich an?«

»Natürlich geht's mich an«, sagte Basil hitzig, worauf Miss Halliburton sich vermittelnd einschaltete.

»Es braucht sich niemand deswegen zu erregen. Was Basil meinte, Hubert, ist nur, falls es nicht so wichtig wäre… sieh mal, wir bringen alle Opfer, damit das Stück ein Erfolg wird.«

Hubert hörte sichtlich gelangweilt zu.

»Ich muss in die Stadt fahren und meinen Vater abholen.«

Er sah Basil kühl an, als wolle er ihn herausfordern, diese triftige Erklärung in Abrede zu stellen.

»So, und weshalb bist du dann eine Stunde zu spät gekommen?«, fragte Basil.

»Weil ich etwas für meine Mutter zu erledigen hatte.«

Während alle sie umdrängten, blickte er triumphierend in die Runde. Es war eine jener geheiligten Entschuldigungen, und nur Basil erkannte, dass sie unaufrichtig war.

»Ach, dummes Zeug!«, sagte er.

»Wenn du das meinst – Mr. Naseweis.«

Basil trat mit zornfunkelnden Augen einen Schritt auf ihn zu.

»Was hast du da gesagt?«

»Ich sagte ›Mr. Naseweis‹. Wirst du nicht in der Schule so genannt?«

Das stimmte. Der Spitzname hatte ihn also bis nach Hause verfolgt, und selbst jetzt, als er bleich vor Wut wurde, überkam ihn eine ohnmächtige Verzweiflung bei dem Gedanken, wie dicht einem doch die Vergangenheit auf den Fersen ist. Er sah Schulgesichter ringsum, grinsend und lauernd. Hubert lachte.

»Raus hier!«, sagte Basil mühsam beherrscht. »Los! Raus hier!«

Hubert lachte noch immer, zog sich aber zurück, als Basil auf ihn zutrat.

»Ich will sowieso in deinem Stück nicht mitmachen. Hatte von Anfang an keine Lust.«

»Dann geh sofort aus dem Saal.«

»Aber Basil!« Miss Halliburton schwebte atemlos um sie herum. Hubert lachte wieder und suchte nach seiner Mütze.

»Ich will mit deinem verrückten Stück nichts zu tun haben«, sagte er. Damit kehrte er ihnen erhobenen Hauptes langsam den Rücken und schlenderte zur Tür hinaus.

An diesem Nachmittag las Riply Buckner die Rolle von Hubert, aber die Probe war wie von einer Wolke überschattet. Miss Beebe ließ den gewohnten Schwung vermissen, und die anderen steckten flüsternd die Köpfe zusammen und verstummten, sobald Basil in die Nähe kam. Nach der Probe hielten Miss Halliburton, Riply und Basil eine

Besprechung ab. Da Basil sich entschieden weigerte, die Hauptrolle zu übernehmen, entschloss man sich, einen gewissen Mayall De Bec zu bitten, den Riply flüchtig kannte und der sich bei Aufführungen der Central Highschool einen Namen gemacht hatte.

Doch am nächsten Tag ereignete sich eine Katastrophe, die nicht wiedergutzumachen war. Verlegen und mit rotem Gesicht eröffnete Evelyn Basil und Miss Halliburton, dass sich die Pläne ihrer Familie geändert hätten – sie würden schon nächste Woche an die Ostküste fahren, sie könne also unter keinen Umständen dabeibleiben. Basil begriff. Nur Hubert hatte sie so lange bei der Stange gehalten.

»Dann also auf Wiedersehen«, sagte er düster.

Seine sichtliche Niedergeschlagenheit beschämte sie, und sie versuchte, sich zu rechtfertigen.

»Wirklich, ich kann nichts machen. O Basil, es tut mir so leid!«

»Könnten Sie nicht eine Woche bei mir wohnen, wenn Ihre Familie abreist?«, fragte Miss Halliburton unschuldig.

»Das wird nicht möglich sein. Vater will, dass wir alle zusammen fahren. Das ist der einzige Grund. Sonst würde ich gern bleiben.«

»Nun gut«, sagte Basil. »Auf Wiedersehen.«

»Basil, du bist doch nicht böse, oder?« Sie zerfloss ganz und gar in Reue. »Ich will ja alles tun, was ich kann. Ich werde diese Woche noch zu den Proben kommen, bis du jemand anderen hast, und ich werde derjenigen auf jede Weise zu helfen versuchen. Aber mein Vater sagt, wir müssen unbedingt fahren.«

Nach der Pause bemühte Riply sich vergebens, Basil

Mut zuzusprechen, und rückte mit einigen Vorschlägen heraus, die Basil indessen verächtlich abtat. Margaret Torrence? Connie Davis? Sie konnten kaum die Rollen spielen, die sie hatten. Es schien Basil, als sollte das ganze Unternehmen vor seinen Augen in die Brüche gehen.

Es war noch früh, als er nach Hause kam. In seinem Zimmer setzte er sich mutlos ans Fenster und beobachtete den kleinen Sohn der Barnfields, der einsam im Nachbargarten spielte.

Um fünf kam seine Mutter nach Hause und merkte sogleich, wie deprimiert er war.

»Teddy Barnfield hat Mumps«, sagte sie, um ihn abzulenken. »Deshalb muss er ganz allein spielen.«

»So?«, antwortete er geistesabwesend.

»Es ist absolut nicht gefährlich, aber sehr ansteckend. Du hast's mit sieben Jahren gehabt.«

»Hm.«

Sie zögerte.

»Machst du dir Sorgen um dein Stück? Ist etwas schiefgegangen?«

»Nein, Mutter, ich möchte nur allein sein.«

Nach einer Weile stand er auf und machte sich auf den Weg zum Drugstore an der Ecke, um eine Malzmilch zu trinken. Vage dachte er daran, Mr. Beebe aufzusuchen und ihn zu fragen, ob er die Reise nicht aufschieben könne. Aber er war nicht sicher, ob das Evelyns einziger Grund war.

In diesen Gedanken wurde er durch das Auftauchen von Evelyns neunjährigem Bruder unterbrochen.

»Hallo, Ham, ich habe gehört, ihr wollt verreisen.«

Ham nickte.

»Nächste Woche, ans Meer.«

Basil sah ihn gedankenvoll an, als hielte Ham, wegen seiner Nähe zu Evelyn, den Schlüssel in der Hand, der ihm die Macht geben könnte, sie umzustimmen.

»Wo gehst du hin?«, fragte er.

»Ich geh mit Teddy Barnfield spielen.«

»Was!«, rief Basil aus. »Weißt du denn nicht –«

Er brach ab. Plötzlich kam ihm eine verwegene, verbrecherische Idee; die Worte seiner Mutter gingen ihm durch den Sinn: »Es ist absolut nicht gefährlich, aber sehr ansteckend.« Wenn der kleine Ham Beebe Mumps bekäme und Evelyn einfach nicht wegfahren *könnte* …

Kaltblütig fasste er einen raschen Entschluss.

»Teddy spielt hinten im Garten«, sagte er. »Wenn du zu ihm willst und nicht durchs Haus, dann geh doch einfach hier die Straße runter und die Allee hinauf.«

»Gut. Danke schön«, sagte Ham treuherzig.

Basil blickte ihm eine Minute lang nach, bis er an der Ecke in die Allee einbog; er war sich bewusst, dass dies die schlimmste Tat war, die er je in seinem Leben begangen hatte.

III

Eine Woche später ließ Mrs. Lee ein frühes Abendessen anrichten – lauter Lieblingsgerichte von Basil: gehacktes Beefsteak, Pommes frites, Pfirsichscheiben mit Schlagsahne und Schokoladenkuchen.

Alle paar Minuten sagte Basil: »Donnerwetter, wie viel Uhr mag es sein?«, rannte in den Flur hinaus und sah nach. »Geht die Uhr auch richtig?«, fragte er mit plötzlichem Misstrauen. Es war das erste Mal, dass er sich überhaupt dafür interessierte.

»Sie geht genau. Wenn du so schnell isst, verdirbst du dir den Magen und kannst nicht gut Theater spielen.«

»Wie findest du die Programmankündigung?«, fragte er schon zum dritten Mal. »Riply Buckner jr. bringt Basil Duke Lees Komödie *Der gefangene Schatten* zur Aufführung.«

»Ich find's sehr fein so.«

»Er ist aber nicht wirklich der Veranstalter.«

»Klingt trotzdem sehr gut.«

»Wie spät ist es wohl?«, fragte er wieder.

»Du sagtest eben noch zehn nach sechs.«

»Ja, dann geh ich wohl besser.«

»Iss noch deine Pfirsiche, Basil. Wenn du nicht richtig isst, kannst du nicht gut spielen.«

»Ich habe gar nichts zu spielen«, sagte er geduldig. »Nur eine ganz kleine Rolle, bei der es nicht so ...«, aber das war zu langwierig zu erklären.

»Und bitte, lächle mir nicht zu, wenn ich auftrete, Mutter«, bat er. »Tu, als sei ich irgendwer.«

»Darf ich nicht mal ›Hallo‹ sagen?«

»Was?« Für Humor hatte er jetzt keinen Sinn. Er sagte adieu. Während er sich zur Martindale School aufmachte, hatte er alle Mühe, das Gegessene und nicht sein Herz zu verdauen, denn dieses war ihm irgendwie in den Magen gerutscht.

Als die hellerleuchteten Fenster aus dem Dunkel auftauchten, wuchs seine Erregung ins Unerträgliche; das Haus hatte nicht die geringste Ähnlichkeit mit dem Gebäude, das er drei Wochen lang so gleichmütig betreten hatte. Seine Schritte lösten in den leeren Gängen ein gewichtiges, unheilverkündendes Echo aus; oben war nur der Schuldiener dabei, die Stuhlreihen aufzustellen, und Basil wanderte über die leere Bühne, bis endlich jemand erschien.

Es war Mayall De Bec, der langaufgeschossene, begabte, aber nicht besonders sympathische Jüngling, den sie aus der Lower Crest Avenue für die männliche Hauptrolle engagiert hatten. Mayall, kein bisschen nervös, versuchte ein belangloses Gespräch mit Basil anzuknüpfen. Er wollte wissen, ob Basil meine, Evelyn Beebe werde etwas dagegen haben, wenn er sie später nach der Aufführung einmal besuche. Basil vermutete: nein. Mayall sagte, er habe einen Freund, dessen Vater eine Brauerei besitze, und die hätten einen Zwölfzylinder.

Basil sagte: »Alle Wetter!«

Um Viertel vor sieben kamen die Teilnehmer in Grüppchen an – zuerst Riply Buckner mit den sechs Jungen, die er als Kartenabreißer und Platzanweiser aufgetrieben hatte; dann Miss Halliburton, die versuchte, möglichst ruhig und zuversichtlich auszusehen. Evelyn Beebe kam, als wenn sie sich gnädig herabließe; ihr Blick schien Basil zu sagen: ›Nun, sieht so aus, als ob ich schließlich doch noch herhalten müsste.‹

Mayall De Bec hatte die Jungen zu schminken und Miss Halliburton die Mädchen. Doch bald musste Basil erken nen, dass Miss Halliburton davon keine blasse Ahnung hatte, hielt es aber bei der kopflosen Verfassung der Dame für diplomatischer, nichts zu sagen; lieber führte er jedes einzelne Mädchen, wenn Miss Halliburton fertig war, zu Mayall, damit dieser Korrekturen anbrachte.

Ein Ausruf von Bill Kampf, der an einem Guckloch im Vorhang stand, ließ Basil zu ihm eilen. Ein großer glatzköpfiger Mann mit Brille war hereingekommen und wurde zu einem Stuhl mitten im Saal geführt, wo er sich in das Programm vertiefte. Publikum! Hinter diesen erwartungsvollen Augen, die plötzlich so geheimnisvoll und unberechenbar aussahen, lag Durchfall oder Erfolg des Stückes beschlossen. Der Mann hatte das Programm ausgelesen, nahm seine Brille ab und blickte um sich. Zwei alte Damen und zwei Jungen kamen herein; ihnen folgte noch ein Dutzend weitere.

»He, Riply«, rief Basil leise. »Sag ihnen, sie sollen die Kinder nach vorn setzen.«

Riply, der sich gerade in eine Polizistenuniform zwängte, blickte auf, wobei der lange schwarze Schnurrbart unwillig auf seiner Oberlippe zitterte.

»Hab ich schon längst bedacht.«

Der Saal füllte sich zusehends und war jetzt schon von summender Unterhaltung belebt. Die Kinder in der ersten Reihe sprangen in ihren Sitzen auf und ab, alle redeten durcheinander und riefen nach hinten und nach vorn, nur die paar Dutzend Köchinnen und Dienstmädchen saßen still und steif paarweise im Raum verteilt.

Dann war plötzlich alles bereit. Es war kaum zu glauben. »Stopp! Stopp!«, wollte Basil rufen. »Es kann noch nicht alles fertig sein. Es muss noch etwas fehlen – immer fehlte noch was«, aber der verdunkelte Saal und das Duo aus Geige und Klavier von Geyers Orchester, das jetzt *Meet me in the shadows* intonierte, straften seine Worte Lügen. Miss Saunders, Leilia Van Baker und Leilias Freundin, Estella Carrage, saßen schon auf der Bühne, und Miss Halliburton stand mit dem Souffierbuch in den Kulissen. Mit einem Mal hörte die Musik auf, und das Geplapper in der ersten Reihe erstarb.

›O Gott‹, dachte Basil. ›O mein Gott!‹

Der Vorhang hob sich. Irgendwo klang eine deutliche Stimme auf. Kam sie aus der befremdlichen Gruppe auf der Bühne?

»Ich will's aber, Miss Saunders. Ich sag Ihnen, ich will's.«

»Aber Miss Leilia, ich finde, die Zeitungen heute sind keine Lektüre für junge Mädchen.«

»Ist mir egal. Ich möchte von dem wunderbaren Gentleman-Einbrecher lesen, welcher der Schatten genannt wird.«

Die Aufführung war tatsächlich schon im Gange. Noch bevor ihm das klar wurde, ging eine kleine Welle von Gelächter durch das Publikum, denn Evelyn parodierte gerade Miss Saunders hinter deren Rücken.

»Fertigmachen, Basil«, zischte Miss Halliburton.

Basil und Bill Kampf, die komischen Halunken, nahmen Victor Van Baker, den liederlichen Sohn des Hauses, in ihre Mitte und schickten sich an, ihn durch die Tür zu bugsieren.

Merkwürdig, wie selbstverständlich es war, hier auf der Bühne zu sein und aller Augen ermutigend auf sich gerichtet zu sehen. Das Gesicht seiner Mutter tauchte vor ihm auf und andere Gesichter, die er kannte oder die ihm bekannt vorkamen.

Bill Kampf geriet über einer Zeile ins Stocken; Basil half ihm ein und spielte rasch darüber hinweg.

MISS SAUNDERS: Sie sind also der Amtmann vom Sechsten Bezirk?

RABBIT SIMMONS: Ja, Ma'am.

MISS SAUNDERS *(geziert den Kopf schüttelnd)*: Nur – was ist eigentlich ein Amtmann?

CHINESE RUDD: Ein Amtmann ist ein Mittelding zwischen einem Politiker und einem Gauner.

Das war eines der Bonmots, auf die Basil besonders stolz war, aber nichts rührte sich im Publikum, nicht das kleinste Lächeln. Etwas später wischte sich Bill Kampf zerstreut die Stirn mit dem Taschentuch und starrte dann verdutzt auf die roten Flecken von seiner Schminke – da brüllte das Publikum vor Lachen. Das war so die Stimmung im Theater.

MISS SAUNDERS: Dann glauben Sie also an Geister, Mr. Rudd?

CHINESE RUDD: Ja, Ma'am, natürlich glaube ich an Geister. Haben Sie welche da?

Dann kam die erste große Szene. Auf der verdunkelten Bühne wurde allmählich ein Fenster sichtbar, und Mayall De Bec, »im großen Abendanzug«, kletterte über das Fensterbrett. Auf Zehenspitzen ging er behutsam von einer Seite der Bühne zur andern, als Leilia Van Baker hereinkam. Im ersten Moment erschrak sie; doch er versicherte ihr, er sei ein Freund ihres Bruders Victor. Sie sprachen miteinander. Mit naiver Begeisterung erzählte sie ihm von ihrer Schwärmerei für den »Schatten«, von dessen Taten sie gelesen habe. Allerdings hoffe sie, »der Schatten« werde nicht gerade heute Abend kommen, weil der ganze Familienschmuck dort rechts im Safe liege.

Der Fremde war hungrig. Er habe sich verspätet und daher heute noch nicht zu Abend gegessen. Ob sie wohl ein paar Biskuits und etwas Milch habe? Das wäre fein. Kaum hatte sie das Zimmer verlassen, da war er schon auf den Knien bei dem Safe und ließ sich nicht einmal von dem prosaischen Wort »KUCHEN« abschrecken, das vorn auf dem Kasten gedruckt stand. Der Deckel sprang auf, aber er hörte Schritte und machte den Kasten wieder zu, gerade als Leilia mit den Biskuits und der Milch hereinkam.

So standen sie eine Weile und fanden offensichtlich Gefallen aneinander. Miss Saunders trat auf, sehr geziert, und wurde vorgestellt. Wieder imitierte Evelyn sie hinter ihrem Rücken, und das Publikum lachte schallend. Weitere Familienmitglieder erschienen und wurden mit dem Fremden bekannt gemacht.

Was war das? Ein Klopfen an der Tür, und Mulligan, ein Polizist, kam hereingelaufen.

»Wir haben soeben Meldung von der Zentrale, dass der be-
rüchtigte Schatten gesehen wurde, wie er hier ins Fenster
kletterte. Niemand verlässt das Haus!«

Der Vorhang fiel. Die ersten Reihen des Publikums – die
jüngeren Brüder und Schwestern der Akteure – tobten vor
Begeisterung. Die Schauspieler durften sich verbeugen.

Einen Augenblick später sah sich Basil mit Eyelyn
Beebe allein auf der Bühne. Wie eine etwas ramponierte
Puppe stand sie in ihrer Aufmachung an einen Tisch ge-
lehnt.

»Hallo, Basil«, sagte sie.

Sie hatte ihm noch nicht ganz verziehen, dass er sie,
nachdem ihre Reise wegen des Mumps ihres kleinen Bruders aufgeschoben worden war, beim Wort genommen
hatte, und Basil war ihr taktvoll ausgewichen; nun aber begegneten sie einander im Nachglühen der Aufregung und
des Erfolgs.

»Du warst fabelhaft«, sagte er, »einfach fabelhaft!«

Er blieb dort einen Augenblick stehen. Er würde niemals Eindruck auf sie machen, denn sie wünschte sich jemand mehr in ihrem Alter, jemand, der ihre Sinne ansprach
wie Hubert Blair. Sie spürte instinktiv bei Basil eine gewisse tiefere Veranlagung; abgesehen davon störten und ir-
ritierten sie seine ständigen Versuche, auf die Gedanken
und Gefühle anderer Einfluss zu nehmen. Doch plötzlich,
im Glanze dieses Abends, neigten sie sich zueinander und
küssten sich einträchtig, und von dem Augenblick an waren sie Freunde fürs Leben, denn auch zum Streiten fehlte
ihnen jede gemeinsame Basis.

Als sich der Vorhang zum zweiten Akt hob, stahl sich Basil über eine Treppe von der Bühne herab und über eine andere hinauf hinter das Publikum, wo er im Dunkeln stand und alles beobachtete. Wenn die Zuschauer lachten, lachte auch er still in sich hinein und genoss die Sache, als hätte er das Stück nie zuvor gesehen.

Im zweiten und im dritten Akt gab es zwei Szenen, die einander sehr ähnlich waren. Beide Male war der Schatten allein auf der Bühne und wurde von Miss Saunders überrascht. Mayall De Bec, der nur zehn Proben gehabt hatte, verwechselte immer diese beiden Szenen. Was aber nun geschah, überrumpelte Basil völlig. Bei Connies Auftritt sprach Mayall sein Stichwort aus dem dritten Akt, und Connie fiel unwillkürlich mit der entsprechenden Replik ein.

Andere, die auftraten, gerieten ebenfalls in diese Nervosität, kamen aus dem Konzept und spielten plötzlich den dritten Akt mitten im zweiten. Das ging so schnell, dass selbst Basil in dem Moment nur undeutlich merkte, dass etwas nicht stimmte. Dann stürzte er die Treppe hinab, eine andere hinauf und in die Kulissen und rief:

»Vorhang! Vorhang runter!«

Die Jungen standen erst starr vor Schrecken, dann sprang jemand an das Seil. Im nächsten Augenblick stand Basil, nach Atem ringend, vor dem Publikum.

»Meine Damen und Herren«, sagte er, »infolge einer Umbesetzung ist ein kleiner Irrtum unterlaufen. Entschuldigen Sie bitte, wenn wir die Szene noch einmal spielen.«

In einem Sturm von Gelächter und Applaus trat er in die Kulissen zurück.

»Nun los, Mayall«, rief er aufgeregt. »Allein auf die Bühne. Dein Text ist: ›Ich will doch mal sehen, ob die Juwelen alle echt sind‹, und Connies Auftritt heißt: ›Bitte sehr, lassen Sie sich durch mich nicht stören.‹ Alles fertig. Vorhang auf!«

Im nächsten Augenblick war alles wieder im richtigen Gleis. Jemand rannte mit einem Glas Wasser zu Miss Halliburton, die einem Nervenzusammenbruch nahe war, und am Schluss des Aktes konnten sich alle wiederum verbeugen. Zwanzig Minuten später war alles vorbei. Der Held schloss Leilia Van Baker in die Arme und gestand, dass er der Schatten sei »und ein gefangener Schatten obendrein«; der Vorhang ging auf und nieder, auf und nieder. Miss Halliburton wurde gegen ihren Willen auf die Bühne gezerrt, und die Platzanweiser kamen mit Blumen beladen aus den Kulissen. Dann schwand alle Steifheit; die Akteure mischten sich zwanglos unter das Publikum, lachten und kamen sich wichtig vor, als sie von allen Seiten beglückwünscht wurden. Ein älterer Herr, den Basil nicht kannte, kam zu ihm herauf, schüttelte ihm die Hand und sagte: »Von Ihnen, junger Mann, wird man eines Tages noch hören«, und ein Zeitungsreporter fragte ihn, ob er wirklich erst fünfzehn sei. Es hätte alles leicht sehr schlimm und niederschmetternd für Basil ausgehen können, doch nun lag es schon hinter ihm. Noch als die Menge sich verlief, die letzten paar ihn ansprachen und dann hinausgingen, fühlte er eine große Leere in seinem Herzen. Es war vorbei, es war geschafft und auch schon verpufft – diese ganze Mühe, Begeisterung und Konzentration. Vor dieser Leere wurde ihm angst und bange.

»Gute Nacht, Miss Halliburton. Gute Nacht, Evelyn.«

»Gute Nacht, Basil. Gratuliere, Basil, gute Nacht.«

»Wo ist mein Mantel? Gute Nacht, Basil.«

»Lasst eure Kostüme bitte auf der Bühne. Sie werden morgen abgeholt.«

Er war fast der Letzte, stieg noch einmal kurz auf die Bühne und blickte in den verlassenen Saal. Seine Mutter wartete auf ihn; zusammen gingen sie langsam heimwärts. Es war der erste kühle Abend im Jahr.

»Nun, ich fand, es ging alles sehr gut. Warst du zufrieden?« Er antwortete zuerst nicht. »Ich meine, ob du mit der Aufführung zufrieden warst?«

»Ja.« Er wandte den Kopf zur Seite.

»Was hast du?«

»Nichts.« Und dann: »Wem liegt schon daran?«

»Woran?«

»An allem.«

»Jeder hat etwas anderes, woran ihm liegt. Mir zum Beispiel liegst du am Herzen.«

Instinktiv wich er der Hand aus, die sich zärtlich nach ihm ausstreckte:

»O nicht, das meinte ich nicht.«

»Du bist abgespannt, mein Lieber.«

»Ich bin nicht abgespannt. Nur etwas traurig.«

»Das brauchst du aber nicht. Nach der Aufführung haben mir Leute gesagt –«

»Ach, das ist erledigt. Sprich mir nicht davon – nie mehr, mit keinem Wort.«

»Weswegen bist du denn traurig?«

»Ach, wegen eines kleinen Jungen.«

»Welcher kleine Junge?«

»Ach, wegen Ham – das verstehst du doch nicht.«

»Wenn wir nach Hause kommen, musst du ein heißes Bad nehmen, damit sich deine Nerven beruhigen.«

»Schön.«

Doch als er nach Hause kam, fiel er sogleich auf dem Sofa in tiefen Schlaf. Seine Mutter zögerte. Dann deckte sie ihn mit einer Wolldecke und einem Plumeau zu, schob dem sich Sträubenden ein Kissen unter den Kopf und ging nach oben.

Lange Zeit kniete sie neben ihrem Bett.

»Gott, steh ihm bei! Steh ihm bei«, betete sie, »denn er braucht Hilfe, die ich ihm nicht mehr geben kann.«

Die letzte Schöne des Südens

I

Nachdem Atlanta ein so vollendetes Schauspiel südlichen Charmes geboten hatte, neigten wir alle dazu, Tarleton zu unterschätzen. Es war ein wenig heißer hier als überall sonst, wo wir gewesen waren – ein Dutzend Rekruten kollabierten gleich am ersten Tag unter dieser Sonne Georgias –, und wer Kuhherden durch die Geschäftsstraßen ziehen sah, von farbigen Treibern lauthals angespornt, der spürte, wie sich aus dem heißen Licht heimlich eine Trance auf ihn herabsenkte – man war versucht, eine Hand oder einen Fuß zu bewegen, um sich zu vergewissern, dass man noch am Leben war.

Also blieb ich draußen im Lager und bat Lieutenant Warren, mir von den Mädchen zu erzählen. Das ist fünfzehn Jahre her, und ich weiß nicht mehr, wie mir damals zumute war, außer dass die Tage einer nach dem anderen vergingen, besser, als sie es heute tun, und dass mein Herz leer war, weil die Frau, deren Bild ich drei Jahre lang geliebt hatte, oben im Norden einen anderen heiratete. Ich sah die Berichte und Fotos davon in der Zeitung. Es war eine »romantische Kriegshochzeit«, alles sehr prunkvoll und traurig. Lebhaft spürte ich das dunkle Leuchten des Himmels, unter dem sie stattfand, und da ich ein junger Snob war, empfand ich mehr Neid als Kummer.

Es kam ein Tag, an dem ich mich nach Tarleton begab, um mir die Haare schneiden zu lassen, und einem sympathischen Kerl namens Bill Knowles über den Weg lief, der zur gleichen Zeit wie ich in Harvard gewesen war. Er hatte der Nationalgarde-Division, die vor uns hier im Lager gewesen war, angehört, war jedoch im letzten Moment zur Luftwaffe übergewechselt und hiergeblieben.

»Schön, dich kennenzulernen, Andy«, sagte er mit übertriebenem Ernst. »Ich werde dich mit all meinen Informationen versorgen, ehe ich nach Texas aufbreche. Also, es gibt hier eigentlich nur drei Mädchen ...«

Mein Interesse war geweckt; dass es drei Mädchen waren, hatte etwas Mystisches.

»... und hier ist eins davon.«

Wir standen vor einem Drugstore, und er zerrte mich hinein und machte mich mit einer jungen Dame bekannt, die mir gleich auf den ersten Blick missfiel.

»Die beiden anderen sind Ailie Calhoun und Sally Carrol Happer.«

Aus der Art, wie er ihren Namen aussprach, schloss ich, dass sein Interesse Ailie Calhoun galt. Es bereitete ihm Kopfzerbrechen, was sie in seiner Abwesenheit tun würde; er hoffte, sie würde eine ruhige, langweilige Zeit verleben.

In meinem Alter zögere ich nicht mehr zuzugeben, dass mir ganz und gar unritterliche Bilder von Ailie Calhoun – welch bezaubernder Name – in den Kopf schossen. Mit dreiundzwanzig gibt es kein Vorrecht des Älteren auf Schönheit; doch hätte Bill mich gefragt, ich hätte gewiss hoch und heilig geschworen, auf sie aufzupassen wie auf eine Schwester. Er fragte nicht, sondern regte sich nur heftig darüber auf, dass er fortmusste. Drei Tage später rief er mich an, um mir mitzuteilen, er fahre am nächsten Morgen ab und wolle, dass ich am Abend mit zu ihr nach Hause käme.

Wir trafen uns vor dem Hotel und liefen durch das blumige, heiße Zwielicht ein Stück aus der Stadt hinaus. Die vier weißen Säulen des Calhoun'schen Hauses schauten zur Straße, und die Veranda dahinter mit ihren herabhängenden, ineinanderverschlungenen, emporrankenden Reben war dunkel wie eine Höhle.

Als wir den Gartenweg betraten, stürzte ein Mädchen im weißen Kleid aus der Haustür und rief: »Verzeiht, dass ich so spät dran bin!« Dann sah sie uns und fügte hinzu: »Ach, ich dachte, ich hätte euch schon vor zehn Minuten kommen …«

Sie hielt mitten im Satz inne, weil ein Stuhl knarrte und gleich darauf ein Mann aus der Dunkelheit der Veranda hervortrat, ein Flieger vom Camp Harry Lee.

»Ach – Canby!«, rief sie. »Guten Abend!«

Er und Bill Knowles standen sich angespannt wie zwei verfeindete Parteien vor Gericht gegenüber.

»Canby, Lieber, ich muss dir etwas zuflüstern«, sagte sie nach einer kleinen Pause. »Du entschuldigst uns, Bill.«

Sie gingen beiseite. Kurz darauf sagte Lieutenant Canby aufs äußerste gereizt: »Dann also Donnerstag, aber dabei bleibt es.«

Er nickte uns knapp zu und entfernte sich, und wir sahen die Sporen, mit denen er vermutlich sein Flugzeug antrieb, im Schein der Lampen glänzen.

»Kommt herein – wie war noch gleich Ihr Name …«

Hier war sie – die Südstaatlerin in Reinkultur. Ich hätte Ailie Calhoun auch erkannt, wenn ich nie Ruth Draper gehört oder Marse Chan gelesen hätte. Sie besaß jene mit anmutiger, redseliger Naivität versüßte Gewandtheit, die eine tief in den heroischen Süden zurückreichende Vergangenheit fürsorglicher Väter, Brüder und Verehrer ahnen ließ, jene makellose, im ewigen Ringen mit der Hitze erworbene Kühle. Es gab Töne in ihrer Stimme, die Sklaven herumkommandierten und Yankee-Offiziere erblassen ließen, aber auch leise, schmeichelnde Töne, die sich in ungewohnter Lieblichkeit mit der Nacht vermischten.

Ich konnte sie in der Dunkelheit kaum erkennen, doch als ich mich zum Gehen wandte – es war klar, dass ich nicht bleiben sollte –, stand sie im orangefarbenen Licht des Türrahmens. Sie war klein und sehr blond; sie hatte zu viel fieberfarbenes Rouge aufgetragen, was durch die clownhaft weiß gepuderte Nase noch betont wurde, doch dahinter strahlte sie wie ein Stern.

»Wenn Bill fort ist, sitze ich hier Abend für Abend allein herum. Vielleicht gehen Sie ja dann mit mir zu den Countryclub-Bällen.« Dieser mitleiderregende Blick in die Zukunft erntete ein Lachen von Bill. »Warten Sie«, flüsterte Ailie. »Ihre Waffen sind nicht in Ordnung.«

Sie richtete mein Kragenabzeichen und schaute mir einen Augenblick lang mit mehr als bloßer Neugier ins Gesicht. Es war ein suchender Blick, so als fragte sie: »Könntest du wohl derjenige sein?« Und wie Lieutenant Canby zog ich widerstrebend von dannen, in die auf einmal ungenügende Nacht hinaus.

Zwei Wochen später saß ich mit ihr auf derselben Veranda oder vielmehr: Sie lag halb in meinen Armen und berührte mich doch kaum – wie sie das schaffte, weiß ich nicht mehr. Ich versuchte vergeblich – ja seit bald einer vollen Stunde –, sie zu küssen. Im Scherz stritten wir darüber, wie ernst ich es meinte. Ich behauptete, ich würde mich in sie verlieben, wenn sie sich von mir küssen ließe. Sie vertrat die Ansicht, ich meine es offensichtlich nicht ernst.

In einer Atempause zwischen zwei solchen Wortwechseln erzählte sie mir von ihrem Bruder, der in seinem letzten Studienjahr in Yale gestorben war. Sie zeigte mir ein Bild von ihm – es war ein hübsches, ernstes Gesicht mit Leyendecker-Stirnlocke – und sagte, wenn sie je einem Mann begegnen sollte, der ihm ebenbürtig sei, würde sie ihn heiraten. Ich fand solchen familiären Idealismus entmutigend; selbst mein forsches Selbstbewusstsein konnte es mit den Toten nicht aufnehmen.

So verging nicht nur dieser, sondern eine ganze Reihe von Abenden, an deren Ende ich jedes Mal mit dem Duft von Magnolien in der Nase und einem Gefühl leiser Unzufriedenheit ins Lager zurückkehrte. Ich küsste sie nie. Wir gingen samstagabends zum Vaudeville und in den Countryclub, wo sie kaum zehn aufeinanderfolgende Schritte an der Seite desselben Mannes tat, und sie nahm mich mit zu Grillfesten und wilden Wassermelonenpartys, ohne es je der Mühe wert zu erachten, das, was ich für sie empfand, in Liebe zu verwandeln. Es wäre nicht schwer gewesen, so viel weiß ich jetzt, doch sie war eine kluge Neunzehnjährige und hatte wohl verstanden, dass unsere Gefühle nicht im Einklang waren. Und so wurde ich stattdessen ihr Vertrauter.

Wir unterhielten uns über Bill Knowles. Bill kam für sie ernsthaft in Betracht; denn auch wenn sie es nicht zugab, war ihr Blick doch, seit sie einen Winter an einer Schule in New York verbracht und einen Abschlussball in Yale miterlebt hatte, gen Norden gerichtet. Sie sagte, sie glaube nicht, dass sie einen Südstaatler heiraten würde. Und allmählich wurde mir klar, wie bewusst sie sich von all den anderen Mädchen, die Nigger-Songs sangen und Würfelspiele spielten, unterschied. Das war es, weshalb Bill und ich und andere uns zu ihr hingezogen fühlten: Sie war uns verwandt.

Im Juni und Juli, während uns von ferne, ohne Folge für uns, die Berichte von Krieg und Schrecken in Europa erreichten, wanderten Ailies Blicke auf der Countryclub-Tanzfläche umher, als ob sie unter den hochaufgeschossenen jungen Offizieren etwas suchte. Sie nahm nicht wenige für sich ein und traf ihre Wahl mit unfehlbarem Scharfblick – außer im Falle Lieutenant Canbys, den sie angeblich verabscheute, um dann doch mit ihm auszugehen, »weil er es so ernst meinte« –, und wir teilten den ganzen Sommer lang ihre Abende untereinander auf.

Eines Tages sagte sie alle ihre Verabredungen ab – Bill Knowles hatte Urlaub und kündigte seinen Besuch an. Wir erörterten das Ereignis mit wissenschaftlicher Neutralität – würde er sie zu einer Entscheidung bewegen? Lieutenant Canby dagegen war kein bisschen neutral; er ging allen auf die Nerven. Falls sie Knowles heiratete, sagte er, würde er mit seinem Flugzeug auf zweitausend Meter Höhe steigen, den Motor abschalten, und das wär's. Er machte ihr Angst – ich musste mein letztes Rendezvous vor Bills Rückkehr an ihn abtreten.

Am Samstagabend erschienen sie und Bill Knowles im Countryclub. Sie sahen schön zusammen aus, und erneut war ich neidisch und traurig. Als sie aufs Parkett hinaustanzten, spielte die Drei-Mann-Kapelle *After You've Gone,* auf eine ergreifend unvollendete Weise, die ich heute noch höre, so als ließe jeder Takt eine kostbare Minute jener Zeit verrinnen. Da wusste ich, dass ich Tarleton lieben gelernt hatte, und halb in Panik schaute ich, ob jenseits der Tanzfläche aus der warmen, singenden Dunkelheit, die ein ums andere Paar in Organdy und olivgrünem Drillich freigab, nicht irgendein Gesicht für mich auftauchen würde. Es war die Zeit der Jugend und des Krieges, und nie war so viel Liebe da gewesen.

Als ich mit Ailie tanzte, schlug sie auf einmal vor, wir sollten nach draußen zu einem Wagen gehen. Sie wollte wissen, warum sich niemand um sie bemühte. Dachten sie denn alle, sie sei schon verheiratet?

»Wirst du's denn bald sein?«

»Ich weiß es nicht, Andy. Manchmal, wenn er mich behandelt, als wäre ich heilig, schlägt mein Herz höher.« Ihre Stimme war gedämpft und weit entfernt. »Und dann ...«

Sie lachte. Ihr Körper, zerbrechlich und zart, berührte meinen, ihr Gesicht war mir zugewandt, und da endlich, keine zehn Meter von Bill Knowles entfernt, hätte ich sie küssen können. Unsere Lippen berührten sich versuchsweise; dann kam ein Fliegeroffizier um eine Ecke der nahen Veranda, spähte in unsere Dunkelheit und zögerte.

»Ailie.«

»Ja.«

»Haben Sie schon von heute Nachmittag gehört?«

»Was?« Sie beugte sich vor; ihre Stimme verriet Anspannung.

»Horace Canby ist abgestürzt. Er war sofort tot.«

Sie stieg langsam aus dem Wagen.

»Sie meinen, er ist tot?«, fragte sie.

»Ja. Niemand weiß, was passiert ist. Sein Motor ...«

»A-a-a-ch!« Das rauhe Flüstern kam durch die Hände, die auf einmal ihr Gesicht verbargen. Wir schauten hilflos zu, wie sie den Kopf an die Seite des Wagens legte und trockene Tränen herauswürgte. Einen Moment später ging ich zu Bill, der, ängstlich nach ihr Ausschau haltend, in der Riege der Junggesellen stand, und sagte ihm, sie wolle nach Hause.

Ich setzte mich draußen auf die Stufen. Ich hatte Canby nicht gemocht, doch sein schrecklicher, sinnloser Tod war für mich realer als die täglich in die Tausenden gehende Zahl der Opfer in Frankreich. Nach ein paar Minuten erschienen Ailie und Bill. Ailie wimmerte ein bisschen, doch als sie mich sah, fixierte sie mich und kam mit raschen Schritten zu mir.

»Andy« – sie sprach mit lebhafter, leiser Stimme –, »du darfst natürlich niemandem verraten, was ich dir gestern von Canby erzählt habe. Was er gesagt hat, meine ich.«

»Natürlich nicht.«

Ihr Blick verweilte noch eine Sekunde länger auf mir, als wollte sie ganz sicher sein. Schließlich war sie sicher. Dann seufzte sie auf eine so ulkige Weise, dass ich meinen Ohren kaum traute, und legte in offensichtlich gespielter Verzweiflung die Stirn in Falten.

»An-dy!«

Ich schaute unangenehm berührt zu Boden, weil so deutlich war, dass sie mir ihre völlig unbeabsichtigte verderbliche Wirkung auf Männer zum Bewusstsein bringen wollte.

»Gute Nacht, Andy!«, rief Bill, als sie ins Taxi stiegen.

»Gute Nacht«, sagte ich und hätte fast hinzugefügt: »Du armer Tor.«

II

Gewiss hätte ich nun, wie es die Leute in Büchern tun, eine jener noblen moralischen Entscheidungen treffen und sie verachten sollen. Ich zweifle hingegen nicht daran, dass sie mich immer noch auf den kleinsten Wink ihrer Hand hin hätte haben können.

Ein paar Tage später machte sie alles wieder gut, indem sie reumütig zu mir sagte: »Nicht wahr, du fandest es scheußlich von mir, dass ich in einem solchen Moment an mich selbst gedacht habe, aber es war ein so unglaublicher Zufall.«

Mit meinen dreiundzwanzig Jahren hatte ich nicht die geringste feste Überzeugung, außer der, dass manche Menschen stark und attraktiv waren und tun konnten, was sie wollten, während andere erwischt wurden und in Ungnade fielen. Ich hoffte, ich gehörte zu den Ersteren. Ailie gehörte auf jeden Fall dazu.

Auch in anderer Hinsicht musste ich meine Meinung von ihr ändern. Im Verlauf eines langen Gesprächs mit irgendeinem Mädchen über das Küssen – damals redeten die

Menschen noch mehr darüber, als dass sie es taten – berichtete ich, Ailie habe erst zwei oder drei Männer geküsst und nur dann, wenn sie verliebt zu sein glaubte. Zu meinem erheblichen Befremden lag das Mädchen förmlich am Boden vor Lachen.

»Aber es ist wahr«, versicherte ich ihr und begriff im selben Moment, dass es das nicht war. »Sie hat es mir selbst gesagt.«

»Ailie Calhoun! Du lieber Himmel! Also, letztes Jahr auf dem Frühlingsfest an der Tech ...«

Das war im September. Wir konnten jetzt jede Woche nach Europa gerufen werden, und um uns zu voller Leistungskraft zu bringen, traf ein letzter Trupp Offiziere vom vierten Ausbildungslager ein. Das vierte Lager unterschied sich von den ersten drei – die Männer stammten aus dem Mannschaftsstand, ja sogar aus den abkommandierten Divisionen. Sie trugen seltsame Namen ohne Vokale, und von ein paar jungen Milizsoldaten abgesehen, hatte aller Wahrscheinlichkeit nach keiner von ihnen irgendeine besondere Herkunft vorzuweisen. Zu unserer Kompanie stieß Lieutenant Earl Schoen aus New Bedford, Massachusetts; ein Prachtsexemplar von einem Mann, das muss ich sagen. Er war einen Meter neunzig groß, hatte schwarzes Haar, eine gesunde Gesichtsfarbe und glänzende dunkelbraune Augen. Er war zwar nicht sehr intelligent und eindeutig ungebildet, aber dennoch ein guter Offizier, energisch und respekteinflößend, mit jenem Hauch von Eitelkeit, der dem Militär so gut zu Gesicht steht. New Bedford war, wenn ich mich nicht irrte, eine Kleinstadt auf dem Land, und darauf führte ich seine Wichtigtuereien zurück.

Wir waren jeweils zu zweit untergebracht, und er kam in meine Baracke. Binnen einer Woche war das Studiofoto irgendeines Mädchens aus Tarleton brutal an die Wand genagelt.

»Sie ist kein Flittchen oder so was. Gehört zur feinen Gesellschaft; verkehrt mit den besten Leuten hier.«

Am darauffolgenden Sonntagnachmittag lernte ich die Dame in einem halbprivaten Schwimmbad auf dem Land kennen. Als Ailie und ich eintrafen, ließ Schoen im Badeanzug am anderen Ende des Beckens die Wellen um seinen muskulösen Körper spielen.

»He, Lieutenant!«

Als ich zurückwinkte, grinste er, zwinkerte mir zu und wies mit einer knappen Kopfbewegung auf das Mädchen an seiner Seite. Dann stieß er sie in die Rippen und wies mit einer knappen Kopfbewegung auf mich. Es war seine Art, uns miteinander bekannt zu machen.

»Wer ist das dort bei Kitty Preston?«, fragte Ailie, und als ich sie aufklärte, sagte sie, er sehe aus wie ein Straßenbahnfahrer, und tat, als suchte sie ihren Fahrschein.

Einen Augenblick später kraulte er kraftvoll und elegant durch das Becken und stemmte sich neben uns aus dem Wasser. Ich stellte ihn Ailie vor.

»Wie finden Sie mein Mädchen, Lieutenant?«, fragte er. »Habe ich Ihnen nicht gesagt, sie ist in Ordnung?« Er wies mit einer knappen Kopfbewegung auf Ailie, diesmal um anzudeuten, dass sein Mädchen und Ailie in denselben Kreisen verkehrten. »Wie wär's, wenn wir uns alle mal unten im Hotel zum Essen verabreden würden?«

Kurz darauf ließ ich sie allein, nachdem ich amüsiert

wahrgenommen hatte, wie Ailie offensichtlich zu dem Schluss kam, dass er ganz sicher nicht ihrem Ideal entsprach. Doch so leicht ließ Lieutenant Schoen sich nicht abwimmeln. Sein Blick wanderte frohgemut und unschuldig über ihre hübsche, schlanke Figur und befand Ailie für noch besser als die andere. Wenige Minuten später sah ich sie zusammen im Wasser. Ailie schwamm mit den ihr eigenen verbissenen kleinen Zügen, und Schoen ruderte wild um sie herum und vor ihr her, hielt zwischendurch inne und starrte sie fasziniert an, wie ein kleiner Junge, der eine Seemannspuppe betrachtet.

Er wich den ganzen Nachmittag nicht von ihrer Seite. Schließlich kam Ailie zu mir und flüsterte lachend: »Er verfolgt mich. Er denkt, ich hätte keinen Fahrschein gelöst.«

Sie drehte sich abrupt um. Miss Kitty Preston stand mit seltsam gerötetem Gesicht vor uns.

»Ailie Calhoun, ich hätte nicht gedacht, dass du so eine bist, die andern Mädchen vorsätzlich den Mann wegschnappt.« Angesichts der drohenden Szene glitt ein gequälter Ausdruck über Ailies Gesicht. »Ich dachte, du wärst dir für so was zu schade.«

Miss Prestons Stimme war leise, doch es lag jene Anspannung darin, die man mehr spürt als hört, und ich sah Ailies klare, schöne Augen in Panik umherschweifen. Glücklicherweise kam in diesem Moment Earl höchstselbst vergnügt und arglos herbeigeschlendert.

»Wenn er dir gefällt, solltest du dich ganz gewiss nicht vor ihm erniedrigen«, zischte Ailie erhobenen Hauptes.

Hier war ihre Vertrautheit mit den überlieferten Umgangsformen, dort Kitty Prestons kindische und erbitterte

Eifersucht, oder wenn man so will: hier Ailies »Kinderstube«, dort die »Gewöhnlichkeit« der anderen. Ailie wandte sich ab.

»Warten Sie!«, rief Earl Schoen. »Geben Sie mir Ihre Adresse? Könnte ja sein, dass ich Sie gern mal anrufen würde.«

Sie bedachte ihn mit einem Blick, an dem Kitty ihren gänzlichen Mangel an Interesse hätte ablesen müssen.

»Ich habe diesen Monat sehr viel beim Roten Kreuz zu tun«, sagte sie, und ihre Stimme war so kühl wie ihr glatt zurückgekämmtes blondes Haar. »Leben Sie wohl.«

Auf dem Heimweg lachte sie. Das Gefühl, ohne eigenes Zutun in eine hässliche Angelegenheit hineingeraten zu sein, wich von ihr.

»Sie wird diesen jungen Mann nicht halten können«, sagte sie. »Er will jemand Neues.«

»Offensichtlich will er Ailie Calhoun.«

Der Gedanke erheiterte sie.

»Er könnte mir ja seine Knipszange als Brosche geben, wie die Anstecknadel einer Studentenverbindung. Das wäre lustig! Wenn meine Mutter jemals einen wie ihn zu uns ins Haus kommen sähe, würde sie sich auf der Stelle hinlegen und sterben.«

Und das muss man Ailie immerhin zugute halten: Es vergingen zwei volle Wochen, bis er tatsächlich zu ihr nach Hause kam, obwohl er sie beim nächsten Countryclub-Ball bedrängte, bis sie vorgab, verärgert zu sein.

»Er ist ein richtiger Rüpel, Andy«, flüsterte sie mir zu. »Aber er meint es so ernst.«

Sie sagte das Wort »Rüpel« ohne jene Überzeugung, die mitgeschwungen hätte, wenn er ein junger Südstaatler gewesen wäre. Es war nur ein Wort in ihrem Kopf; ihr Ohr konnte keine Yankeestimme von der anderen unterscheiden. Und aus irgendeinem Grund hauchte Mrs. Calhoun nicht ihr Leben aus, als er auf ihrer Schwelle erschien. Die angeblich unausrottbaren Vorurteile ihrer Eltern waren für Ailie ein bequemer Umstand, der sich, wenn sie es wünschte, in Wohlgefallen auflöste. Erstaunt waren eher ihre Freunde. Ailie, die immer ein wenig über Tarleton gestanden hatte, deren Kavaliere nicht zufällig die »nettesten« Männer aus dem Lager gewesen waren – Ailie und Lieutenant Schoen! Ich wurde es rasch leid, den Leuten zu versichern, sie suche nur Zerstreuung – und in der Tat war da jede Woche jemand Neues, ein Leutnant zur See aus Pensacola, ein alter Freund aus New Orleans –, doch zwischendurch war da immer wieder Earl Schoen.

Dann kam der Befehl, eine Vorausabteilung aus Offizieren und Unteroffizieren solle sich zum Hafen begeben und nach Frankreich einschiffen. Auch mein Name stand auf der Liste. Ich war eine Woche lang auf dem Schießplatz gewesen, und als ich ins Lager zurückkehrte, fing Earl Schoen mich sofort ab.

»Wir geben eine kleine Abschiedsparty in der Offiziersmesse. Nur Sie und ich und Captain Craker und drei Mädchen.«

Earl und ich sollten die Mädchen einladen. Wir holten Sally Carrol Happer und Nancy Lamar ab und fuhren dann zu Ailies Haus, wo ein Butler die Tür öffnete und uns mitteilte, Ailie sei nicht zu Hause.

»Nicht zu Hause?«, wiederholte Earl verständnislos. »Wo ist sie denn?«

»Hat sie nix drüber gesagt. Hat bloß gesagt, sie wär nich zu Hause.«

»Das ist aber verdammt merkwürdig!«, rief er aus. Er lief auf der vertrauten schummrigen Veranda auf und ab, während der Butler an der Tür wartete. Dann kam ihm ein Gedanke. »Ah, ich weiß«, erklärte er mir. »Sie ist wahrscheinlich sauer.«

Ich wartete. Er sagte in strengem Ton zu dem Butler: »Teilen Sie ihr mit, dass ich sie kurz sprechen muss.«

»Wie soll denn das gehn, wenn sie gar nich da is?«

Erneut lief Earl nachdenklich auf der Veranda auf und ab. Dann nickte er ein paarmal und sagte:

»Sie ist sauer wegen einer Geschichte, die neulich in der Stadt passiert ist.«

Er skizzierte mir die Angelegenheit mit wenigen Worten.

»Na schön. Sie warten im Auto«, sagte ich. »Vielleicht kann ich das klären.« Und als er sich widerstrebend zurückzog: »Oliver, sagen Sie Miss Ailie, dass ich sie gern unter vier Augen sprechen würde.«

Nach einigem Hin und Her überbrachte er ihr meine Botschaft und kam kurz darauf mit einer Antwort zurück:

»Miss Ailie sagt, sie will mit dem andern Herrn nie nix mehr zu tun haben. Aber Sie können reinkommen, wenn Sie wollen, hat sie gesagt.«

Sie war in der Bibliothek. Ich hatte erwartet, ein Bild der kühlen, gekränkten Würde vor mir zu sehen, doch ihr Gesichtsausdruck verriet Schmerz, Aufgewühltheit, Verzweiflung. Sie hatte rotgeränderte Augen, als hätte sie stundenlang still und kläglich vor sich hin geweint.

»Ach, hallo, Andy«, sagte sie mit gebrochener Stimme. »Ich habe dich so lange nicht gesehen. Ist er fort?«

»Schau her, Ailie ...«

»Schau her, Ailie!«, rief sie. »Schau her, Ailie! Er hat mit mir gesprochen, verstehst du. Er hat den Hut gelüftet. Er stand drei Meter von mir entfernt mit dieser grässlichen – dieser grässlichen Frau am Arm und unterhielt sich mit ihr, und als er mich sah, lüftete er den Hut. Andy, ich wusste nicht, was ich tun sollte. Ich musste in den Drugstore hineingehen und um ein Glas Wasser bitten, und aus lauter Angst, dass er mir folgen würde, bat ich Mr. Rich, mich durch die Hintertür hinauszulassen. Ich will ihn nie wieder sehen und nie wieder etwas von ihm hören.«

Ich redete. Ich sagte, was man in solchen Fällen sagt. Ich sagte es eine halbe Stunde lang. Aber ich vermochte sie nicht umzustimmen. Dann und wann murmelte sie etwas von »Ernst«, und ich fragte mich zum vierten Mal, was das Wort wohl für sie bedeutete. Gewiss nicht das Gleiche wie »Treue«; eher vermutete ich, dass es eine besondere Art war, wie sie gern angesehen werden wollte.

Ich stand auf und wandte mich zum Gehen. Da hörten wir es draußen unglaublicherweise dreimal ungeduldig hupen. Es war verblüffend. So deutlich, als stünde Earl selbst im Zimmer, gab uns dieses Hupen zu verstehen: »Na schön; dann scher dich zum Teufel! Ich werde nicht den ganzen Abend hier warten.«

Ailie schaute mich entgeistert an. Und plötzlich trat ein sonderbarer Ausdruck auf ihr Gesicht, breitete sich aus, flackerte und entpuppte sich als tränenseliges, hysterisches Lächeln.

»Ist er nicht grässlich?«, rief sie in hilfloser Verzweiflung. »Ist er nicht furchtbar?«

»Beeil dich«, sagte ich schnell. »Hol deinen Umhang. Dies ist unser letzter Abend.«

Und in meiner Erinnerung lebt dieser letzte Abend fort – das Kerzenlicht, das über die groben Bretter der Offiziersmessenbaracke und den zerfledderten, von der Party der Nachschubabteilung übriggebliebenen Papierschmuck flackerte, die traurige Mandoline auf einer der Kompaniestraßen unten, die inmitten der allgemeinen Wehmut über den scheidenden Sommer wieder und wieder *My Indiana Home* anstimmte. Auch die drei in dieser mysteriösen Männerstadt verlorenen Mädchen spürten etwas – etwas geheimnisvoll Flüchtiges, als befänden sie sich auf einem Zauberteppich, der irgendwo im ländlichen Süden niedergegangen war und jeden Augenblick vom Wind erfasst und fortgetragen werden mochte. Wir tranken auf uns und auf den Süden. Dann ließen wir unsere Servietten und unsere leeren Gläser und ein Stück unserer Vergangenheit auf dem Tisch zurück und traten Hand in Hand ins Mondlicht hinaus. Der Zapfenstreich war schon vorbei; nichts war zu hören außer dem weit entfernten Wiehern eines Pferds und einem lauten, beharrlichen Schnarchen, über das wir lachten, und dem ledrigen Knirschen drüben vor dem Tor, das von dem auf und ab marschierenden Wachposten stammte. Craker hatte Dienst; wir anderen stiegen in den bereitstehenden Wagen, fuhren nach Tarleton und brachten Crakers Mädchen nach Hause.

Dann glitten Ailie und Earl, Sally und ich, zwei und zwei auf der breiten Rückbank, eins vom anderen Paar abgewandt und ganz mit sich beschäftigt, flüsternd in die weite, flache Dunkelheit hinaus.

Wir fuhren durch Kiefernwälder, in denen Flechten und spanisches Moos wucherten, und zwischen den fahlen Baumwollfeldern hindurch, auf einer Straße, die weiß war wie der Rand der Welt. Wir hielten im brüchigen Schatten einer Mühle, wo wir Wasser fließen und rastlose Vögel piepen hörten, und über allem war ein Leuchten, das durch sämtliche Ritzen zu sickern suchte – in die verlorenen Negerhütten, das Auto, die schnellen Schläge des Herzens hinein. Der Süden sang für uns – und ich wüsste gern, ob sie sich noch erinnern. Ich erinnere mich gut – an die kühlen, bleichen Gesichter, die schläfrigen, verliebten Blicke und die Stimmen:

»Hast du's auch bequem?«

»Ja; und du?«

»Ganz bestimmt?«

»Ja.«

Plötzlich wussten wir, dass es spät und nichts mehr zu erwarten war. Wir fuhren nach Hause.

Unsere Abteilung brach am nächsten Tag nach Camp Mill auf, aber ich ging dann doch nicht nach Frankreich. Wir verbrachten einen kalten Monat auf Long Island, marschierten, die Stahlhelme am Gürtel festgeschnallt, an Bord eines Truppentransporters und kurz darauf wieder hinunter. Der Krieg war vorbei. Ich hatte den Krieg verpasst. Zurück in Tarleton bemühte ich mich darum, aus der Army auszutreten, doch da ich eine reguläre Offiziersstelle innehatte, brauchte ich dafür fast den ganzen Winter. Earl Schoen hingegen war unter den Ersten, die entlassen wurden. Er wollte sich einen guten Job suchen, »solange man noch wählen« konnte. Ailie hatte ihm keinerlei Versprechungen gemacht, doch es gab die Abmachung, dass er wiederkommen würde.

Im Januar begannen die Lager, die das kleine Städtchen über zwei Jahre beherrscht hatten, schon in Vergessenheit zu geraten. Nur der permanente Gestank der Verbrennungsöfen erinnerte noch an all die einstige Betriebsamkeit. Was an Leben geblieben war, konzentrierte sich voll Bitterkeit auf das Hauptquartier der Abteilung mit seinen verdrossenen Offizieren, die den Krieg verpasst hatten wie ich.

Und allmählich, nach und nach, kamen die jungen Männer Tarletons aus allen Ecken der Welt zurück – manche in kanadischer Uniform, andere mit Krücken oder leeren Ärmeln. Die Männer eines heimgekehrten Bataillons der Nationalgarde paradierten, mit Lücken für ihre Toten in den Reihen, die Straßen entlang und ließen dann alle Romantik für immer hinter sich, um in den örtlichen Geschäften alltägliche Dinge zu verkaufen. Nur noch wenige Uniformen mischten sich bei den Countryclub-Bällen unter die Dinnerjackets.

Kurz vor Weihnachten tauchte eines Tages unerwartet Bill Knowles auf und reiste am nächsten Tag wieder ab – entweder hatte er Ailie ein Ultimatum gestellt, oder sie hatte sich endlich entschieden. Wenn die aus Savannah oder Augusta heimgekehrten Helden ihr Zeit ließen, ging ich gelegentlich mit ihr aus, doch ich fühlte mich wie ein Überbleibsel aus einer anderen Zeit – und das war ich auch. Sie wartete mit so unermesslicher Anspannung auf Earl, dass

sie nicht gern darüber sprach. Drei Tage vor meiner endgültigen Entlassung kam er.

Das erste Mal sah ich sie zusammen die Market Street
entlanggehen, und ich glaube, noch nie im Leben hatte mir
ein Paar so leid getan wie sie; auch wenn sich vermutlich in
allen Städten, in denen Militärlager gewesen waren, das
Gleiche abspielte. Schon äußerlich sprach fast alles Er-
denkliche gegen Earl. Sein Hut war grün und mit einer
schrillen Feder geschmückt, sein Anzug nach jener grotesken Mode, der Werbung und Film inzwischen den Garaus
gemacht haben, geschlitzt und mit Tressen besetzt. Er war
offensichtlich bei seinem alten Friseur gewesen, denn sein
Haar bauschte sich fein säuberlich über seinem rosafarbe-
nen, rasierten Nacken. Es war nicht so, als hätte er unter der
glänzenden Fassade armselig gewirkt, doch das Milieu der
Mühlenstadt-Tanzsäle und Ausflugslokale, dem er ent-
stammte, sprang einem ins Auge – sprang vielmehr Ailie
ins Auge. Denn sie hatte sich die Wirklichkeit nie bis ins
Letzte ausgemalt; in diesem Aufzug war selbst die natürliche Ausstrahlung jenes phantastischen Körpers dahin. Zuerst prahlte er mit seiner guten Anstellung, die ihnen beiden ein anständiges Auskommen sichern würde, bis er »ein
bisschen flüssiger« wäre. Doch von der Sekunde an, da er in
Ailies Welt zurückkam und deren Regeln unterworfen war,
muss er gewusst haben, dass es hoffnungslos war. Ich weiß
nicht, was Ailie sagte, noch, was schwerer wog, ihr Kummer oder ihr Entsetzen. Sie handelte rasch – drei Tage nach
seiner Ankunft nahmen Earl Schoen und ich zusammen
den Zug nach Norden.

»Tja, das war's dann«, sagte er niedergeschlagen. »Sie ist

ein wunderbares Mädchen, aber wohl doch zu anspruchsvoll für mich. Denke, sie sollte irgendeinen reichen Kerl heiraten, der ihr eine großartige gesellschaftliche Stellung verschafft. Ich für mein Teil kann mit diesem ganzen hochgestochenen Getue nichts anfangen.« Und später dann: »Sie hat gesagt, ich soll in einem Jahr noch mal wiederkommen, aber ich gehe nicht mehr zurück. Dieser aristokratische Zirkus mag ja in Ordnung sein, wenn man das Geld dafür hat, aber –«

»Aber es war alles nicht echt«, wollte er sagen. Jene Provinzgesellschaft, in der er sich sechs Monate lang so selbstverständlich bewegt hatte, erschien ihm schon jetzt affektiert, »dandyhaft« und gekünstelt.

»Übrigens, haben Sie gesehen, was ich gesehen habe, als wir vorhin in den Zug gestiegen sind?«, fragte er mich nach einer Weile. »Zwei bildhübsche Mädels, ganz allein. Wie wär's, wenn wir in den nächsten Wagen rüberschlendern und sie zum Mittagessen einladen? Ich nehme die in Blau.« Auf halbem Weg drehte er sich plötzlich zu mir um. »Eins noch, Andy«, sagte er und runzelte die Stirn, »– woher wusste sie eigentlich, dass ich früher mal Straßenbahn gefahren bin? Ich habe ihr das nie erzählt.«

»Da bin ich überfragt.«

III

Die Geschichte nähert sich jetzt einem jener großen schwarzen Löcher, die mir ins Gesicht starrten, als ich zu erzählen begann. Sechs Jahre lang – Jahre, in denen ich mein Studium in Harvard abschloss und Verkehrsflugzeuge baute und einen Pflasterstein konstruierte, der auch unter Lastwagen nicht bröckelte – war Ailie Calhoun kaum mehr als ein Name auf einer Weihnachtskarte; etwas, das in warmen Nächten, wenn ich an die Magnolien dachte, sacht durch meine Seele wehte. Es kam vor, dass mich der eine oder die andere Bekannte aus der Zeit beim Militär fragte: »Was ist eigentlich aus dem blonden Mädchen geworden, das damals so beliebt war?«, doch ich wusste es nicht. Eines Abends lief ich im Montmartre in New York Nancy Lamar in die Arme und erfuhr, dass Ailie sich in Cincinnati verlobt habe, zu der Familie des Mannes in den Norden gefahren sei und die Verlobung wieder aufgelöst habe. Sie sei bezaubernd wie eh und je, und es gebe immer einen oder zwei ernsthafte Verehrer. Doch weder Bill Knowles noch Earl Schoen seien je wieder aufgetaucht.

Und etwa um dieselbe Zeit hörte ich auch, dass Bill Knowles inzwischen verheiratet sei, mit einem Mädchen, das er auf einem Schiff kennengelernt habe. Das ist alles – kaum genug, um ein Loch von sechs Jahren damit zu stopfen.

Sonderbar, doch als ich eines Abends ein Mädchen in der Dämmerung auf einem Bahnhof in Indiana sah, kam in mir auf einmal der Gedanke auf, in den Süden zu ziehen. Das Mädchen, in steifem rosafarbenem Organdy, schlang die Arme um den Hals eines Mannes, der aus unserem Zug stieg, und eilte mit ihm zu einem bereitstehenden Wagen, und da verspürte ich einen Stich. Mir war, als entführte sie ihn in die verlorene Mittsommerwelt meiner jüngeren Jahre, wo die Zeit stillgestanden hatte und schöne Mädchen, schemenhaft wie die Vergangenheit selbst, noch auf den dämmrigen Straßen entlangschlenderten. Mir scheint, die Poesie ist der Traum des Nordländers vom Süden. Doch es vergingen noch Monate, ehe ich Ailie ein Telegramm schickte und ihm unverzüglich nach Tarleton folgte.

Es war Juli. Das Jefferson Hotel kam mir seltsam muffig vor – irgendein Förderverein stimmte in jenem Speisesaal, den mein Gedächtnis längst ausschließlich mit Offizieren und Mädchen verband, von Zeit zu Zeit lauten Gesang an. Ich erkannte den Taxifahrer wieder, der mich zu Ailies Haus brachte, doch sein »Klar erinnere ich mich, Lieutenant« klang alles andere als überzeugend. Ich war bloß einer von zwanzigtausend.

Es waren drei merkwürdige Tage. Ich vermute, ein wenig von Ailies frühem Glanz war den Weg alles Irdischen gegangen, doch bezeugen kann ich es nicht. Körperlich war sie immer noch so anziehend, dass man die Persönlichkeit, die auf ihren Lippen bebte, gern berührt hätte. Nein – die Veränderung war grundlegender.

Sie gab sich anders, das sah ich sofort. Die stolzen Untertöne, die kleinen Anspielungen darauf, dass sie die Geheimnisse einer leichteren, schöneren Vorkriegszeit kannte, waren aus ihrer Stimme verschwunden; für so etwas schien, wenn sie in dem halb lachenden, halb verzweifelten Tonfall des neueren Südens drauflosschnatterte, keine Zeit mehr zu sein. Alles fand in diesem Geschnatter Platz, damit es nur ja nicht aufhörte und einem keine Zeit zum Nachdenken ließ – die Gegenwart, die Zukunft, sie selbst, ich. Wir gingen zusammen auf eine wilde Party bei irgendeinem jungverheirateten Paar, und Ailie war ihr flatterhafter, strahlender Mittelpunkt. Schließlich war sie keine achtzehn mehr und in der Rolle des unbekümmerten Clowns attraktiver denn je.

»Hast du etwas von Earl Schoen gehört?«, fragte ich sie am zweiten Abend auf dem Weg zu einem Countryclub-Ball.

»Nein.« Für einen Augenblick wurde sie ernst. »Ich denke oft an ihn. Er war der –« Sie zögerte.

»Ja?«

»Ich hätte fast gesagt, der Mann, den ich am meisten geliebt habe, aber das wäre nicht wahr. Ich habe ihn nie wirklich geliebt, sonst hätte ich ihn doch trotz allem geheiratet, oder?« Sie schaute mich fragend an. »Jedenfalls hätte ich ihn dann nicht so behandelt.«

»Es war unmöglich.«

»Ja«, pflichtete sie mir unsicher bei. Ihre Stimmung änderte sich, und sie wurde frivol: »Wie haben diese Yankees uns arme kleine Mädels aus dem Süden nur an der Nase herumgeführt. Mein Gott!«

Sobald wir im Countryclub waren, verschmolz sie wie ein Chamäleon mit der Menge der (mir zumindest) fremden Menschen. Eine neue Generation war auf der Tanzfläche, weniger vornehm als die Leute, mit denen ich verkehrt hatte, doch niemand war mit deren trägem fiebrigem Wesen so sehr eins wie Ailie. Vermutlich hatte sie erkannt, dass sie in ihrem ursprünglichen Drang, Tarletons Provinzialität zu entfliehen, allein gewesen und einer Generation gefolgt war, der keine Nachfahren bestimmt waren. Wo genau sie den Kampf verloren hatte, der hinter den weißen Säulen ihrer Veranda tobte, vermag ich nicht zu sagen. Doch sie hatte auf das falsche Pferd gesetzt, sich an irgendeiner Stelle selbst betrogen. Ihr ungezügeltes Temperament, dank dessen sie noch immer genügend Männer um sich scharte, um es mit den jüngsten und frischesten Mädchen aufzunehmen, war ein Eingeständnis des Scheiterns.

Ich verabschiedete mich von ihr, wie ich mich in jenem längst vergangenen Juni so oft von ihr verabschiedet hatte – mit einem Gefühl leiser Wehmut. Erst Stunden später, als ich mich in meinem Hotelbett hin und her warf, begriff ich, was mich bewegte, was mich immer schon bewegt hatte – ich war unsterblich und rettungslos in sie verliebt. Obwohl vieles nicht stimmte, war sie doch das attraktivste Mädchen, das mir je begegnet war, und würde es für mich immer bleiben. Das sagte ich ihr am nächsten Nachmittag. Es war einer jener heißen Tage, die ich so gut kannte, und Ailie saß neben mir auf einem Sofa in der verdunkelten Bibliothek.

»Oh, nein, ich könnte dich niemals heiraten«, sagte sie beinahe erschrocken. »Auf die Art liebe ich dich kein bisschen … Und du liebst mich auch nicht. Ich wollte es dir eigentlich noch nicht erzählen, aber ich heirate nächsten Monat einen anderen. Wir werden es nicht bekanntgeben, denn das habe ich schon zweimal getan.« Plötzlich fiel ihr ein, dass ich womöglich verletzt sein könnte: »Andy, das war bloß eine dumme Idee von dir, nicht wahr? Du weißt doch, dass ich niemals einen Mann aus dem Norden heiraten könnte.«

»Wer ist es?«, fragte ich.

»Ein Mann aus Savannah.«

»Liebst du ihn?«

»Natürlich.« Wir lächelten beide. »Natürlich! Was wolltest du denn hören?«

Es gab keine Vorbehalte, wie es sie bei den anderen Männern gegeben hatte. Sie konnte sich keine Vorbehalte erlauben. Das wusste ich, weil sie schon vor langer Zeit aufgehört hatte, mir etwas vorzumachen. Und ich begriff, dass eben diese Natürlichkeit nur möglich war, weil sie mich nicht als Verehrer betrachtete. Unter der Maske der ihren Instinkten gehorchenden impulsiven Frau, die allen Männern den Kopf verdrehte, hatte sie sich keinerlei Selbsttäuschungen hingegeben, und sie konnte nicht glauben, dass jemand, der sie nicht bis zur Kritiklosigkeit vergötterte, wahrhaft imstande war, sie zu lieben. Und genau daran maß sie, ob jemand es »ernst meinte«; am sichersten fühlte sie sich an der Seite von Männern wie Canby oder Earl Schoen, die unfähig waren, ein Urteil über das vermeintlich aristokratische Herz zu fällen.

»Na schön«, sagte ich, als hätte sie mich um Erlaubnis gebeten zu heiraten. »Würdest du mir auch einen Gefallen tun?«

»Jeden.«

»Komm mit mir zum Lager.«

»Aber da ist doch gar nichts mehr, Andy.«

»Ist doch egal.«

Wir gingen in die Stadt. Der Taxifahrer vor dem Hotel wiederholte ihren Einwand: »Nichts mehr da, Captain.«

»Egal. Fahren Sie uns trotzdem hin.«

Zwanzig Minuten später hielt er auf einer weiten Ebene, die mir völlig unbekannt vorkam: Sie war mit neuen Baumwollfeldern übersät, dazwischen standen einzelne Fichtengruppen.

»Wollen Sie da rüberfahren, wo man den Rauch sieht?«, fragte der Taxifahrer. »Das ist das neue Staatsgefängnis.«

»Nein. Bleiben Sie einfach auf dieser Straße. Mal sehen, ob ich die Stelle wiederfinde, wo ich damals gewohnt habe.«

Eine alte Rennbahn, die in den ruhmreichen Tagen des Lagers überhaupt nicht aufgefallen war, reckte ihre altersschwache Tribüne in die Ödnis hinein. Ich versuchte vergebens, mich zu orientieren.

»Fahren Sie hier entlang, an der Baumgruppe da vorbei, und dann rechts – nein, links.«

Er gehorchte mit professionellem Widerwillen.

»Du wirst hier rein gar nichts mehr finden, Liebling«, sagte Ailie. »Die Bauunternehmer haben alles abgerissen.«

Wir fuhren langsam am Rand der Felder entlang. Hier mochte es gewesen sein –

»Gut. Ich möchte aussteigen«, sagte ich plötzlich.

Ich ließ Ailie im Wagen sitzen – sie sah wunderschön aus, als die warme Brise ihren langen, welligen Pagenkopf zerzauste.

Hier mochte es gewesen sein. Dann wären die Kompaniestraßen da drüben gewesen, und die Messebaracke, wo wir an jenem Abend gemeinsam gegessen hatten, hätte gleich hier gestanden.

Der Taxifahrer beobachtete mich nachsichtig, während ich in dem kniehohen Gestrüpp herumstolperte und in einem Klemmbrett, einem Stück Dachpappe oder einer rostigen Tomatendose meine Jugend suchte. Ich richtete den Blick auf eine entfernt vertraut wirkende Baumgruppe, doch es wurde schon dunkel, und ich war mir nicht sicher, ob es die richtigen Bäume waren.

»Die alte Rennbahn soll bald wieder hergerichtet werden«, rief Ailie mir vom Wagen aus zu. »Tarleton wird auf seine alten Tage noch todschick.«

Nein. Bei genauerer Betrachtung sahen sie nicht wie die richtigen Bäume aus. Das Einzige, was feststand, war, dass jener Ort, an dem einst solches Leben und Treiben geherrscht hatten, verschwunden war, als hätte er nie existiert, und dass auch Ailie in einem Monat verschwunden und der Süden für mich auf alle Zeit leer und verlassen sein würde.

Stürmische Überfahrt

Wenn man erst einmal auf dem langen, überdachten Pier steht, befindet man sich in einem gespenstischen Land, das nicht mehr das Hier und noch nicht das Dort ist. Besonders nachts. Man sieht ein dunstiges gelbes Gewölbe voll rufender, widerhallender Stimmen. Man hört das Dröhnen von Lastwagen, das Rumpeln von Überseekoffern, das durchdringende Kreischen eines Krans, man riecht die salzige Meerluft. Man eilt hindurch, obgleich genug Zeit ist. Die Vergangenheit, der Kontinent, liegt hinter einem; die Zukunft ist das hell beleuchtete Maul in der Seite des Schiffs; diese trübe, turbulente Gasse ist die allzu verworrene Gegenwart.

Man geht die Gangway hinauf, und die Sicht auf die Welt verändert und verengt sich. Man ist Bürger einer Gemeinschaft, kleiner als Andorra. Man ist sich keiner Sache mehr ganz sicher. Eigenartig unbewegt die Männer am Zahlmeistertisch, zellengleich die Kabine, geringschätzig die Blicke der anderen Reisenden und ihrer Freunde, ernst der Offizier, der auf dem verlassenen Promenadendeck steht, auf die Menge hinabsieht und seinen eigenen Gedanken nachhängt. Ein letzter seltsamer Gedanke, dass man doch eigentlich gar nicht hätte hierherkommen müssen, dann ertönen laute, klagende Sirenen, und das Ding – nicht das Schiff, sondern eine Idee, eine Gemütsverfassung – setzt sich in Bewegung, hinein in die gewaltige dunkle Nacht.

Adrian Smith, einer der Prominenten an Bord – nicht sehr prominent, aber wichtig genug, um von einem Fotografen, dem man seinen Namen genannt hatte, ohne zu verraten, was er eigentlich »machte«, in Blitzlicht gebadet zu werden –, Adrian Smith und seine blonde Frau Eva stiegen hinauf zum Promenadendeck, gingen an dem melancholischen Offizier vorbei und stützten, als sie einen ruhigen Aussichtspunkt gefunden hatten, die Ellbogen auf die Reling.

»Wir fahren!«, rief er, und beide lachten ausgelassen. »Wir haben's geschafft. Jetzt können sie uns nicht mehr kriegen.«

»Wer?«

Er wies mit einer unbestimmten Bewegung auf das Diadem der Stadt.

»Die Leute. Sie werden kommen mit ihrem Polizeiaufgebot, ihren Haftbefehlen, ihrer Auflistung der Verbrechen, die wir begangen haben, und sie werden an unserer Tür in der Park Avenue läuten und nach Mr. und Mrs. Adrian Smith fragen, aber na so was! – die Smiths haben sich mitsamt Kindern und Kindermädchen nach Frankreich davongemacht.«

»Wenn man dich so hört, könnte man glauben, wir hätten tatsächlich unzählige Verbrechen begangen.«

»Du bist für sie nicht mehr zu haben«, sagte er stirnrunzelnd. »Das ist eines der Verbrechen, die sie mir vorwerfen: Sie wissen, dass du für sie unerreichbar geworden bist, und das macht sie fuchsteufelswild. Unter anderem darum bin ich ganz froh, von hier wegzukommen.«

»Liebling«, sagte Eva.

Sie war sechsundzwanzig – fünf Jahre jünger als er. Und für jeden, der sie kannte, war sie ein Juwel.

»Mir gefällt dieses Schiff besser als die *Majestic* oder die *Aquitania*«, bemerkte sie und beging damit Verrat an den Schiffen, auf denen sie ihre Flitterwochen verbracht hatten.

»Es ist viel kleiner.«

»Aber sehr schnittig, und es gibt hier diese vielen kleinen Geschäfte rechts und links der Korridore. Und außerdem sind die Privatkabinen größer, glaube ich.«

»Ist dir schon aufgefallen, wie steif die Leute sind? Als würden sie denken, alle anderen sind Falschspieler. Und in ungefähr vier Tagen wird die eine Hälfte die andere mit Vornamen anreden.«

Vier dieser Leute kamen jetzt vorbei – vier junge Frauen, die nebeneinander gingen und über das Deck promenierten. Der Blick ihrer acht Augen richtete sich kurz auf Adrian und Eva und glitt dann gleichmütig weiter, nur ein Augenpaar verharrte kurz leicht verwundert. Es gehörte einem der Mädchen in der Mitte – sie war die Einzige der vier, die mitfahren würde. Eine kleine dunkle Schönheit, höchstens achtzehn, über deren Haar ein zarter, kristallener Schimmer lag, womit die Brünetten das helle Leuchten der Blondinen wettmachen.

»Wer war das?«, fragte Adrian. »Ich hab sie irgendwo schon mal gesehen.«

»Sie ist hübsch«, sagte Eva.

»Ja.« Er grübelte noch immer, und Eva überließ ihn für eine kurze Weile seinen Gedanken; dann lächelte sie zu ihm auf und zog ihn wieder in ihre intime Zweisamkeit.

»Erzähl weiter«, sagte sie.

»Worüber?«

»Über uns – darüber, was für eine schöne Zeit wir verleben werden und dass es uns immer besser gehen wird und dass wir immer glücklicher und einander immer ganz nah sein werden.«

»Wie könnten wir einander noch näher sein?« Er drückte sie an sich.

»Ich meine, wir werden uns nicht mal mehr über irgendwelche albernen Sachen streiten. Weißt du, letzte Woche, als du mir das Geburtstagsgeschenk gegeben hast« – ihre Finger liebkosten die Halskette aus kleinen Perlen –, »hab ich beschlossen, dass ich versuchen werde, nie mehr etwas Gemeines zu dir zu sagen.«

»Das hast du doch auch nicht, mein Schatz.«

Doch noch während er sie umarmte, wusste sie, dass der Augenblick äußerster, von allen anderen abgeschiedener Zweisamkeit vorüber war, kaum dass er begonnen hatte. Adrian hatte bereits die Antennen ausgefahren und tastete diese neue Welt ab.

»Ich finde die meisten dieser Leute hier ziemlich schrecklich«, sagte er. »Klein und dunkel und hässlich. Früher sahen Amerikaner nicht so aus.«

»Ja, langweilig«, stimmte sie ihm zu. »Wir machen einfach keine neuen Bekanntschaften und bleiben unter uns.«

Ein Gong wurde geschlagen, und Stewards gingen über die Decks und riefen: »Alle Gäste von Bord, bitte!« Das

Stimmengewirr schwoll an. Für eine Weile herrschte Gedränge auf den Gangways, dann waren sie leer, und hinter den Absperrungen standen dicht an dicht winkende Menschen und riefen Unverständliches. Als die Arbeiter sich an den Leinen zu schaffen machten, traf in großer Eile ein irgendwie betrunken wirkender junger Mann mit flachem Gesicht ein. Ein Träger und ein Taxifahrer halfen ihm die Gangway hinauf. Das Schiff nahm ihn so gleichmütig auf, als wäre er ein Missionar unterwegs nach Beirut, und dann ging ein tiefes, dunkles Beben durch den Rumpf. Der Pier und die Gesichter darauf wichen zurück, und für einen Augenblick war es, als wäre das Schiff ein versehentlich abgespaltenes Stück Land; dann wurden die Gesichter immer entrückter, stimmloser, und der Pier war nur noch einer von vielen gelben Flecken am Ufer. Nun weitete sich der Hafen rasch zum offenen Meer.

Auf einem nördlichen Breitengrad braute sich ein schwerer Sturm zusammen, der, mit einem Vorboten aus starkem Westwind, in südsüdöstlicher Richtung zog. Er sollte die *Peter I. Eudim* aus Amsterdam mit sechsundsechzig Mann Besatzung verschlingen, einen Ladebaum des größten Schiffs der Welt abbrechen und den Frauen von Hunderten Seeleuten Kummer und Not bringen. Der Liniendampfer, der New York am Sonntagabend verließ, würde das Tiefdruckgebiet am Dienstag erreichen und am Mittwochabend in den eigentlichen Sturm geraten.

Am Dienstagabend suchten Adrian und Eva zum ersten Mal den Salon auf. Das stand im Widerspruch zu ihrer ursprünglichen Absicht – nachdem sie Amerika hinter sich gelassen hatten, wollten sie »nie mehr einen Cocktail sehen –, doch sie hatten nicht mit der stampfenden Einsamkeit gerechnet, der man auf Schiffen ausgesetzt ist, und aller gesellschaftliche Verkehr fand dort statt, wo sich die Bar befand. Also gingen sie mal kurz hinein.

Es war voll. Es gab Leute, die seit dem Mittagessen hier saßen, und welche, die bis zum Abendessen bleiben würden, und natürlich auch einige treue Seelen, die seit neun Uhr morgens da waren. Es war eine wohlhabende Klientel, die sich die Zeit mit Bridgepartien, Patiencen und Kriminalromanen, mit Alkohol, Wortgefechten und Liebesgeflüster vertrieb. Insofern hätte sie in jeden Club und jedes Casino jeden beliebigen Landes gepasst, wenn nicht über allem eine unterdrückte Anspannung gelegen hätte, eine kaum beherrschte Ungeduld, die Jung und Alt erfasst hatte. Die Überfahrt hatte begonnen, und anfangs hatte man das genossen, doch die Möglichkeiten zur Ablenkung waren nicht vielfältig genug für diese sechs Tage, und so sehnte man jetzt schon die Ankunft herbei.

An einem Tisch in der Nähe entdeckte Adrian das hübsche Mädchen, das ihn am ersten Abend angestarrt hatte. Wieder war er fasziniert von ihrer Schönheit; der strahlende Schimmer auf ihrem Haar leuchtete ungetrübt durch das verrauchte Durcheinander des Raums. Nach einem Blick auf die Passagierliste waren er und Eva zu dem Schluss gekommen, dass es sich vermutlich um »Miss Elizabeth D'Amido und Dienstmädchen« handelte, und als er an einer Decktennispartie vorbeigeschlendert war, hatte er gehört, dass man sie Betsy genannt hatte. In der etwa gleichaltrigen Gesellschaft an ihrem Tisch befand sich auch der junge Mann mit der flachen Nase, der es mit knapper Not an Bord geschafft hatte; gestern war er mürrisch an Deck auf und ab spaziert, aber offenbar ging es ihm inzwischen besser. Miss D'Amido flüsterte ihm etwas zu, worauf er die Smiths neugierig musterte. Seine Rolle als Prominenter war für Adrian noch so neu, dass er sich verlegen abwandte.

»Wir haben ein bisschen Seegang«, sagte Eva. »Spürst du es auch?«

»Vielleicht sollten wir uns eine Flasche Champagner teilen.«

Als er die Bestellung aufgab, fand am anderen Tisch eine kurze Besprechung statt; dann erhob sich ein junger Mann und trat an Adrians und Evas Tisch.

»Sind Sie nicht Adrian Smith?«

»Ja, der bin ich.«

»Wir haben uns gefragt, ob Sie vielleicht Lust haben, an einem Decktennisturnier teilzunehmen. Wir wollen nämlich eins veranstalten.«

»Tja …« Adrian zögerte.

»Mein Name ist Stacomb«, platzte der junge Mann heraus. »Wir alle kennen Sie – Ihre Stücke, was Sie geschrieben haben und so – und wollten Sie fragen, ob Sie sich nicht an unseren Tisch setzen wollen.«

Adrian war ziemlich geschmeichelt und lachte. Der beredte, sanfte Mr. Stacomb stand mit hängenden Schultern da und wartete – offenbar in dem Glauben, ein überaus elegantes Kompliment gemacht zu haben.

Adrian, der dies begriff, antwortete: »Danke, aber vielleicht möchten Sie sich lieber an unseren Tisch setzen.«

»Unserer ist größer.«

»Aber wir sind älter – und gesetzter.«

Der junge Mann lächelte freundlich, als wollte er sagen: »Das ist doch nicht so schlimm.«

»Na gut, tragen Sie mich ein«, sagte Adrian. »Wie hoch ist das Startgeld?«

»Ein Dollar, Sir. Nennen Sie mich Stac.«

»Warum?«, fragte Adrian verdutzt.

»Das ist kürzer.«

Als er gegangen war, lächelten Adrian und Eva einander an.

»Du lieber Himmel«, stöhnte Eva, »ich glaube, sie kommen tatsächlich herüber.«

So war es. Man trank aus, rief den Ober, rückte Stühle – drei junge Männer und zwei junge Frauen kamen an den Tisch der Smiths. Falls jemand verunsichert war, dann die Gastgeber. Die Hinzugekommenen nahmen erwartungsvoll Platz und betrachteten Adrian mit Respekt – zu viel Respekt –, als wollten sie sagen: »Es ist wahrscheinlich ein Fehler und wird nicht sehr amüsant sein, aber vielleicht wird etwas dabei herausspringen, das uns später mal weiterhilft, zum Beispiel in der Schule.«

Miss D'Amido tauschte noch rasch den Platz mit einem jungen Mann, so dass ihre bezaubernde Gestalt neben Adrian zu sitzen kam, und sah ihn mit unverhüllter Bewunderung an.

»Ich hab mich vom ersten Moment an in Sie verliebt«, sagte sie vernehmlich und ohne jede Scheu. »Es ist ganz meine Schuld, dass wir uns so aufgedrängt haben. Ich habe Ihr Stück viermal gesehen.«

Adrian winkte den Ober herbei, damit er die Bestellungen aufnahm.

»Wir steuern auf einen Sturm zu, müssen Sie wissen«, fuhr Miss D'Amido fort, »und es könnte sein, dass Sie den Rest der Reise im Liegen werden verbringen müssen – da konnte ich nicht länger warten.«

Er merkte, dass in dem, was sie sagte, kein Unterton, keine Anzüglichkeit mitschwang, und das war auch gar nicht nötig. Die Worte sprachen für sich selbst, und die Ehrerbietung, mit der Miss D'Amido die anderen jungen Männer ignorierte und ihre höfliche Aufmerksamkeit einzig auf Adrian konzentrierte, war irgendwie sehr anrührend. Er errötete leicht und fand das alles äußerst anregend.

Eva war weniger davon angetan, doch der junge Mann mit der flachen Nase, dessen Name Butterworth war, kannte Bekannte von ihr, und das schien die Sache weniger unverbindlich und oberflächlich zu machen. Sie lernte nicht gern neue Leute kennen, es sei denn, sie hatten »etwas beizutragen«, und oft langweilte sie der breite Strom von Menschen aller Art, Bildung und Herkunft, der sich durch Adrians Leben wälzte. Sie »verfügte über alles« – was heißen sollte, dass sie sowohl Talent als auch Charme besaß –, und die bloße Tatsache, dass jemand »neu« war, erschien ihr kein ausreichender Grund dafür, sich ständig um ihn zu bemühen.

Als sie sich nach einer halben Stunde erhob, um nach

den Kindern zu sehen, war sie froh, den Tisch zu verlassen. An Deck war es kühler und die Luft so feucht, dass es beinahe regnete; auch das Rollen des Schiffes war jetzt deutlicher zu spüren. Als sie die Tür ihrer Kabine erster Klasse öffnete, stellte sie überrascht fest, dass der Steward auf dem Bett zusammengesunken war und den Kopf auf das aufgeschüttelte Kissen gelegt hatte. Er sah sie apathisch an, machte jedoch keine Anstalten aufzustehen.

»Wenn Sie ausgeschlafen haben, könnten Sie mir einen neuen Kopfkissenbezug bringen«, sagte sie knapp.

Noch immer regte der Mann sich nicht. Sie sah, dass sein Gesicht grünlich verfärbt war.

»Wenn Sie seekrank sind, dann bitte nicht hier«, verkündete sie bestimmt. »Gehen Sie und legen Sie sich in Ihr eigenes Bett.«

»Ich hab's hier, in der Seite«, sagte er matt. Er versuchte sich aufzurichten, gab aber einen kleinen, rasselnden Schmerzenslaut von sich und ließ sich wieder auf das Bett sinken. Eva läutete nach der Stewardess.

Ein stetiges Heben, Senken und Rollen hatte eingesetzt, und sie empfand keinerlei Sympathie für den Steward. Er sollte so schnell wie möglich verschwinden. Dass ein Mitglied der Mannschaft seekrank wurde, war unerhört. Als die Stewardess erschien, versuchte Eva ihr dies klarzumachen, doch inzwischen war ihr ebenfalls schwindlig, und sie warf sich auf das Bett und legte die Hand auf die Augen.

»Daran ist er schuld«, stöhnte sie, als der Mann, auf seine Kollegin gestützt, die Kabine verließ. »Mir ging's ganz gut, aber als ich ihn gesehen habe, ist mir übel geworden. Von mir aus soll er sterben.«

Einige Minuten später trat Adrian ein.

»O Gott, ist mir schlecht!«, rief sie.

»Ach, du armes Kind.« Er beugte sich zu ihr und nahm sie in die Arme. »Warum hast du mir das nicht gesagt?«

»Oben war ja noch alles in Ordnung, aber dann hab ich den Steward gesehen … Oh, mir ist so übel, dass ich gar nicht sprechen kann.«

»Du solltest dir das Abendessen lieber am Bett servieren lassen.«

»Abendessen! Um Gottes willen!«

Er verharrte besorgt, doch sie wollte seine Stimme hören – seine Stimme sollte das Ächzen der Spanten übertönen.

»Wo warst du?«

»Ich habe geholfen, Teilnehmer für das Tennisturnier zu werben.«

»Findet das bei diesem Seegang denn überhaupt statt? Wenn ja, kannst du mit mir nur verlieren.«

Er antwortete nicht; als sie die Augen aufschlug, sah sie, dass er die Stirn runzelte.

»Ich wusste nicht, dass du dich für das Doppel melden wolltest«, sagte er.

»Aber das ist doch das Einzige, was Spaß macht.«

»Ich habe dieser Miss D'Amido versprochen, mit ihr zusammen zu spielen.«

»Oh.«

»Ich habe gar nicht darüber nachgedacht. Du weißt, dass ich viel lieber mit dir spielen würde.«

»Warum hast du uns dann nicht eingetragen?«, fragte sie kühl.

»Es ist mir einfach nicht in den Sinn gekommen.«

Sie dachte daran, dass sie während ihrer Flitterwochen das Finale eines Turniers erreicht und einen Preis gewonnen hatten. Seither waren Jahre vergangen. Aber Adrian runzelte nur dann so reumütig die Stirn, wenn er sich ein bisschen schuldig fühlte. Er stolperte umher und nahm seine Abendgarderobe aus dem Schrankkoffer. Sie schloss die Augen.

Als ein besonders heftiges Schlingern sie aufschreckte, war er fertig angekleidet und band seine Krawatte. Er sah frisch und gesund aus, und seine Augen blickten hell und wach.

»Na, wie sieht's aus?«, fragte er. »Willst du mitkommen oder lieber nicht?«

»Nein.«

»Kann ich irgendwas für dich tun, bevor ich gehe?«

»Wohin gehst du denn?«

»Ich treffe mich mit diesen jungen Leuten aus der Bar. Kann ich irgendwas für dich tun?«

»Nein.«

»Schatz, ich lasse dich nicht gern allein in diesem Zustand.«

»Sei nicht albern. Ich will nur schlafen.«

Dieses besorgte Stirnrunzeln – dabei wusste sie, dass er nur aus dieser engen Kabine herauswollte. Sie war froh, als sich die Tür hinter ihm schloss. Was sie jetzt brauchte, war Schlaf, viel Schlaf.

Rauf – runter – zur Seite. He da, nicht so weit! Schieb mal hier ein bisschen! Und jetzt rollen, nach rechts – und jetzt nach links – und rum! Quietsch! Knarz!

Einige Stunden später wurde Eva undeutlich bewusst, dass Adrian sich über sie beugte. Sie wünschte sich, dass er die Arme um sie legte und sie aus dieser von Schwindel erfüllten Lethargie riss, doch noch bevor sie ganz bei sich war, hatte er die Kabine schon wieder verlassen. Er hatte nach ihr gesehen und war wieder gegangen. Als sie das nächste Mal erwachte, war es dunkel, und Adrian lag im Bett.

Der Morgen war frisch und kühl, und das Meer hatte sich gerade so weit beruhigt, dass Eva glaubte, aufstehen zu können. Sie frühstückten in der Kabine, und mit Adrians Hilfe gelang es ihr, sich halbwegs, aber nicht ganz befriedigend zurechtzumachen. Danach gingen sie aufs Bootsdeck. Das Tennisturnier hatte bereits begonnen und war ein Motiv für ein Dutzend Amateurfilmkameras, doch die meisten Passagiere lagen als reglose Bündel auf Liegestühlen, neben sich unberührte Tabletts.

Adrian und Miss D'Amido traten zu ihrem ersten Match an. Sie war geschickt und elegant und spielte auffallend gut. Unter ihrer elfenbeinblassen Haut war noch mehr Wärme als am Tag zuvor. Der Erste Offizier schlenderte vorbei, blieb stehen und unterhielt sich mit ihr; ein halbes Dutzend Männer, die sie bis vor drei Tagen nicht gekannt haben konnte, nannten sie Betsy. Bereits jetzt stand fest, dass sie die attraktivste Frau dieser Reise war, eine Augenweide für die nach Schönheit hungernden Reisenden.

Nach einer Weile betrachtete Eva jedoch lieber die Möwen auf den Antennenmasten und das langsame Auf und Ab des Himmelrouleaus. Die meisten Passagiere wirkten albern mit ihren Filmkameras, die sie in aller Eile geholt hatten und mit denen sie nun nichts anzufangen wussten, während die Seeleute, die stumm die Aufhängungen der Rettungsboote lackierten, mitgenommen und mitfühlend aussahen und das Ende dieser Reise vermutlich ebenso herbeisehnten wie sie selbst.

Butterworth setzte sich neben ihrem Stuhl auf das Deck.

»Sie operieren gerade einen der Stewards. Muss schrecklich sein bei diesem Seegang.«

»Operieren? Warum?«, fragte sie ohne großes Interesse.

»Blinddarm. Und sie müssen ihn jetzt operieren, weil das Wetter noch schlechter wird. Deswegen ist die Schiffsparty auch auf heute Abend vorverlegt worden.«

»Ach, der arme Mann!«, rief sie. Es musste sich wohl um ihren Steward handeln.

Adrian versuchte inzwischen, durch große Höflichkeit und Rücksicht Eindruck zu schinden.

»Tut mir leid. Haben Sie sich weh getan? ... Nein, es war meine Schuld... Sie sollten sich schnell eine Jacke anziehen, liebe Partnerin, sonst holen Sie sich eine Erkältung.«

Das Spiel war vorbei, die beiden hatten gewonnen. Erhitzt und aufgekratzt kam Adrian zu Eva.

»Wie geht's dir?«

»Schrecklich.«

»Die Sieger müssen in der Bar einen ausgeben«, sagte er entschuldigend.

»Ich komme mit«, sagte Eva, doch ein plötzliches Schwindelgefühl ließ sie wieder auf den Stuhl sinken.

»Du solltest lieber hierbleiben. Ich lasse dir etwas heraufbringen.«

Sie hatte das Gefühl, dass er sich ihr gegenüber in der Öffentlichkeit ein wenig distanziert verhielt.

»Kommst du dann zurück?«

»Ich bin gleich wieder da.«

Sie war allein auf dem Bootsdeck, nur ein einsamer Offizier ging mit wiegenden Schritten auf der Brücke auf und ab. Als man ihr den Cocktail gebracht hatte, zwang sie sich, ihn zu trinken, und fühlte sich gleich besser. Um sich mit angenehmen Gedanken abzulenken, dachte sie an die heiteren Gespräche, die sie und Adrian vor der Abreise geführt hatten: über das kleine Haus in der Bretagne und darüber, dass die Kinder Französisch lernen würden. Das war alles, woran sie sich erinnern konnte – das kleine Haus in der Bretagne, und die Kinder können Französisch lernen –, und darum wiederholte sie die Worte in Gedanken, bis sie so bedeutungslos waren wie der ferne weiße Himmel. Plötzlich wusste sie nicht mehr, warum sie überhaupt hier waren; sie fühlte sich unmotiviert und ausgeliefert und wünschte sich, Adrian möge schnell kommen, zärtlich und zugewandt, und sie trösten. Der Grund, warum sie ein Jahr in Frankreich verbringen wollten, war die Hoffnung, es gebe so etwas wie das Geheimnis eines Lebens in Anmut, einen echten Ersatz für die inzwischen verlorengegangene sorglose Zuversicht, wie sie sie mit einundzwanzig gehabt hatte.

Der Tag verging in Trübnis. Es waren weniger Leute zu sehen, und der feuchte Himmel senkte sich immer tiefer. Plötzlich war es fünf Uhr, und sie waren wieder in der Bar, wo ihr Mr. Butterworth Geschichten aus seiner Vergangenheit erzählte. Eva trank einige Gläser Champagner, spürte jedoch die ganze Zeit undeutlich die Seekrankheit, als wäre diese eine Äußerung ihrer Seele, die sich mühte, die zunehmende Verkrustung eines unnatürlichen Lebens zu durchbrechen.

»Äußerlich sind Sie in meinen Augen die Verkörperung einer griechischen Göttin«, sagte Butterworth.

Es war schön, in Butterworths Augen die Verkörperung einer griechischen Göttin zu sein, aber wo war Adrian? Er und Miss D'Amido waren auf eines der Decks am Bug gegangen, um die Gischt zu spüren. Eva hörte sich sagen, sie werde ihre Farben auspacken und für die Party am Abend einen Eiffelturm auf Butterworths Hemdbrust malen.

Als Adrian und Betsy D'Amido, von der Gischt durchnässt, mit Mühe die Tür öffneten, gegen die der Wind immer heftiger drückte, und auf das Promenadendeck traten, das aus Sicherheitsgründen mit Planen überdeckt worden war, blieben sie stehen und sahen einander an.

»Und?«, fragte sie, doch er stand nur, an die Reling gelehnt, da, sah sie an und hatte Angst, etwas zu sagen. Auch sie schwieg, denn sie wollte, dass er zuerst sprach. Für eine kurze Weile geschah gar nichts. Dann machte sie einen Schritt auf ihn zu, und er nahm sie in die Arme und küsste sie auf die Stirn.

»Du hast nur Mitleid mit mir, sonst nichts.« Sie begann ein wenig zu weinen. »Du willst nur nett sein.«

»Ich fühle mich schrecklich dabei.« Seine Stimme war angespannt und bebend.

»Dann küss mich.«

Das Deck war leer. Er beugte sich rasch zu ihr hinunter.

»Nein, einen richtigen Kuss.«

Er konnte sich nicht erinnern, je etwas so Junges und Frisches berührt zu haben wie ihre Lippen. Wie um ihn vergossene Tränen lagen Regentropfen auf ihren sanft schimmernden Porzellanwangen. Sie war ganz neu und makellos, und ihre Augen blickten herausfordernd.

»Ich liebe dich«, flüsterte sie. »Ich kann nichts dagegen tun. Schon als ich dich zum ersten Mal gesehen habe – nein, nicht hier auf dem Schiff, sondern vor über einem Jahr. Grace Heally hat mich zu einer Probe mitgenommen, und plötzlich bist du in der zweiten Reihe aufgesprungen und hast ihnen gesagt, was sie tun sollten. Damals habe ich dir einen Brief geschrieben, ihn dann aber zerrissen.«

»Wir müssen gehen.«

Sie weinte. Vor der Tür zu ihrer Kabine bot sie ihm noch einmal unbesonnen ihr Gesicht dar. Als er weiterging in Richtung Bar, toste das Blut durch seine Adern.

Er war froh, dass Eva ihn kaum wahrzunehmen schien und womöglich nicht einmal gemerkt hatte, dass er fort gewesen war. Er gab sich den Anschein, als interessierte er sich für das, was sie gerade tat. »Was ist das?«

»Sie malt mir für heute Abend den Eiffelturm auf die Hemdbrust«, erklärte Butterworth.

»So«, sagte Eva, legte den Pinsel beiseite und wischte sich die Hände ab. »Na, wie finden Sie's?«

»Ein Meisterwerk.«

Ihr Blick glitt über die Umstehenden und verweilte wie zufällig bei Adrian.

»Du bist ganz nass. Zieh dich lieber um.«

»Komm mit.«

»Ich will noch einen Champagnercocktail.«

»Du hattest schon genug. Wir müssen uns für die Party umziehen.«

Widerwillig klappte sie den Farbkasten zu und ging voraus.

»Stacomb hat einen Tisch für neun Personen reserviert«, bemerkte er, als sie durch den Korridor gingen.

»Die jungen Leute«, sagte sie mit unnötiger Bitterkeit.

»Ach, die jungen Leute. Und du amüsierst dich großartig – mit einem Kind.«

In der Kabine hatten sie eine lange Diskussion, in deren Verlauf Eva unangenehme Dinge sagte und Adrian Ausflüchte machte, und sie endete erst, als das Schiff sich plötzlich gewaltig hob und senkte und Eva, bei der die Wirkung des Champagners bereits nachgelassen hatte, wieder übel wurde. Es blieb ihnen nichts anderes übrig, als sich einen weiteren Cocktail in der Kabine servieren zu lassen. Danach beschlossen sie, zur Party zu gehen – sie glaubte ihm jetzt, oder es war ihr gleichgültig.

Adrian war als Erster fertig – er trug nie aufwendige Abendgarderobe.

»Ich gehe schon mal vor. Komm bald nach.«

»Bitte warte auf mich. Das Schiff schaukelt so.«

Er setzte sich auf das Bett und verbarg seine Ungeduld.

»Es macht dir doch nichts aus zu warten, oder? Ich will da oben nicht ganz allein auftreten.«

Sie zupfte an dem orientalischen Kostüm, das sie vom Bordfriseur ausgeliehen hatte.

»Schiffe machen die Leute ganz verrückt«, sagte sie. »Ich finde sie grässlich.«

»Ja«, murmelte er geistesabwesend.

»Wenn es ganz schlimm wird, stelle ich mir vor, ich sitze in einem Baumwipfel und schaukle hin und her. Aber dann muss ich nach und nach bei allem so tun, als ob, und es endet dann damit, dass ich so tue, als wäre ich geistig gesund, wenn ich genau weiß, dass ich es nicht bin.«

»Wenn du so denkst, wirst du wirklich verrückt.«

»Sieh mal, Adrian«, sagte sie und hielt die Perlenkette hoch, bevor sie sie anlegte, »sind sie nicht wunderschön?«

In seiner Ungeduld hatte Adrian den Eindruck, als bewegte sie sich in Zeitlupe durch die Kabine. Nach einer Weile fragte er: »Brauchst du noch lange? Es ist so stickig hier drinnen.«

»Dann geh doch!«, rief sie.

»Ich will nicht –«

»Geh, bitte! Wenn du mich so antreibst, machst du mich nur nervös.«

Mit gespieltem Widerwillen verließ er die Kabine. Nach kurzem Zögern ging er die Treppe zum nächsten Deck hinunter und klopfte an eine Tür.

»Betsy.«

»Einen Augenblick.«

In einer kurzen roten Jacke und einer Hose, beides vom Liftboy geliehen, trat sie aus ihrer Kabine.

»Haben Liftboys Flöhe?«, wollte sie wissen. »Ich habe vorsichtshalber jede Menge andere Sachen daruntergezogen.«

»Ich musste dich sehen«, sagte er schnell.

»Vorsicht«, flüsterte sie. »Mrs. Worden soll ein Auge auf mich haben. Sie hat die Kabine gegenüber. Aber sie ist seekrank.«

»Und ich bin krank vor Sehnsucht nach dir.«

Sie küssten sich unvermittelt, klammerten sich auf dem

engen Korridor aneinander und schwankten im Rhythmus des Schiffes.

»Geh nicht weg«, murmelte sie.

»Ich muss aber. Ich –«

Ihre Jugend schien in ihn hineinzufließen und trug ihn empor in eine zarte romantische Ekstase, die weiter ging als bloße Leidenschaft. Er konnte nicht davon ablassen, er hatte etwas entdeckt, von dem er gedacht hatte, er habe es mit seiner Jugend für immer verloren. Als er den Korridor entlangging, merkte er, dass er aufgehört hatte zu denken, dass er es nicht mehr wagte, zu denken.

Er traf Eva auf dem Weg zur Bar.

»Wo warst du?«, fragte sie ihn mit einem gezwungenen Lächeln.

»Ich habe einen Tisch reserviert.«

Sie sah wunderschön aus; ihre kühle Eleganz überstrahlte das banale Kostüm und erfüllte ihn wieder mit Freude und Stolz. Sie setzten sich an einen Tisch.

Der Sturm nahm mit jeder Stunde an Heftigkeit zu, und es wurde immer schwieriger, auch nur von einem Raum zum anderen zu gelangen. In jeder Kabine der ersten Klasse wurden Schrankkoffer an Waschtischen festgezurrt, und nervöse Damen, die sich seekrank und elend auf ihren Betten herumwälzten, erörterten die *Vestris*-Katastrophe in allen Details. Im Rauchsalon war ein stämmiger Passagier rückwärts gegen die Wand geschleudert worden und hatte eine schlimme Platzwunde davongetragen; jetzt waren die leichteren Tische und Stühle aufgestapelt und entlang der Wände mit Tauen festgezurrt worden.

Man hatte große Garderobe angelegt und nahm gemeinsam das Essen ein – die Gesellschaft war auf etwa sechzehn Personen angewachsen. Schaffte man es, in den Rauchsalon zu gelangen, gehörte man automatisch dazu. Das Spektrum reichte von einem in Groton und Harvard ausgebildeten Rechtsanwalt bis hin zu einem vollkommen ungebildeten Börsenhändler, dem man den Spitznamen »Gyp der Bluthund« verpasst hatte, doch alle Unterschiede hatten sich verwischt. Im Augenblick waren sie Samurai, aus mehreren hundert Passagieren auserwählt aufgrund ihrer überragenden Widerstandskraft gegen den Sturm.

Das Galadinner, das unter wie zum Spott aufgehängten Wimpeln und Lampions stattfand, wurde von langen kollektiven Rutschpartien, überstürzten Rückzügen und verschütteten Getränken unterbrochen, während das Schiff ächzte und stöhnte: Es sei zwar herausgeputzt wie ein Palast, aber letztlich eben doch nur ein Schiff. Nach dem Essen versuchten ein Dutzend Paare im Salon auf einem oberen Deck zu tanzen. In einem verrückten Fandango glitten und galoppierten sie hierhin und dorthin, rücksichtslos hin und her geworfen von einem Willen, der dem ihren entgegengesetzt war. Angesichts des Zustandes, in dem sich Hunderte andere gefolterte Passagiere auf den unteren Decks befanden, hatte dieses Treiben etwas zunehmend Frivoles, als würde man eine ausgelassene Feier in einem Haus veranstalten, in dem getrauert wurde, und schließlich wandten sich die stark dezimierten Standhaften der Bar zu.

Evas Gefühl der Unwirklichkeit verstärkte sich im Verlauf des Abends. Adrian war verschwunden – vermutlich mit Miss D'Amido –, und dieser Tatsache maß ihr durch

Champagner und Seekrankheit strapazierter Geist immer mehr Bedeutung bei: Verärgerung verwandelte sich langsam in finster brütende Wut, Kummer in Verzweiflung. Sie hatte nie versucht, Adrian an sich zu binden, sie hatte nie das Bedürfnis dazu verspürt – sie waren schließlich zwei vernünftige Menschen, die alle möglichen Interessen teilten und einander genügten –, doch dies war ein Vertragsbruch, dies war grausam. Wie konnte er nur annehmen, sie würde es nicht bemerken?

Stunden später, wie ihr schien, als sie irgendeiner Frau einen leidenschaftlichen Vortrag über Babys hielt, beugte er sich in der Bar über ihren Sessel und sagte: »Eva, wir sollten zu Bett gehen.«

Sie verzog den Mund. »Damit du mich dort zurücklassen und zu deiner Achtzehnjährigen schleichen kannst.«

»Sei still.«

»Ich gehe nicht zu Bett.«

»Na gut. Gute Nacht.«

Die Zeit verging, die Besetzung des Tischs wechselte. Die Stewards wollten die Bar schließen. Eva dachte daran, dass Adrian – ihr Adrian – jetzt irgendwo einem schönen, frischen Mädchen Zärtlichkeiten ins Ohr flüsterte, und begann zu weinen.

»Er ist bestimmt zu Bett gegangen«, versicherten ihr die letzten anderen Gäste. »Wir haben ihn in Richtung Ihrer Kabine gehen sehen.«

Sie schüttelte den Kopf. Sie wusste es besser. Adrian war für sie verloren. Der lange, sieben Jahre während Traum war vorüber. Wahrscheinlich war das die Strafe für etwas, das sie getan hatte, und bei diesem Gedanken begannen die

Träger und Balken über ihr zu murmeln, dass sie endlich den wahren Grund gefunden habe. Es war die Strafe für ihre Dickköpfigkeit gegenüber ihrer Mutter, die gegen die Heirat gewesen war, für alle Sünden und Unterlassungen, deren sie sich in ihrem Leben schuldig gemacht hatte. Sie erhob sich und sagte, sie müsse hinausgehen und etwas frische Luft schnappen.

Das Deck war dunkel und von Wind und Regen gepeitscht. Das Schiff stampfte durch Wellentäler und floh vor schwarzen, herandonnernden Wasserbergen. Eva sah, dass sie keine Chance hatten, es sei denn, sie brachte ein Opfer, um den Sturm zu beschwichtigen. Er forderte Adrians Liebe. Mit Bedacht öffnete sie den Verschluss der Halskette, küsste sie – denn sie wusste, dass sie den schönsten, frischesten Teil ihres Lebens symbolisierte – und warf sie in das Tosen.

III

Als Adrian erwachte, wurde gerade zum Mittagessen geläutet, doch er wusste, dass ihn ein stärkeres Geräusch geweckt hatte. Der Schrankkoffer hatte sich losgerissen und wurde zwischen dem Schrank und Evas Bett hin und her geworfen. Mit einem Schrei fuhr Adrian hoch, doch Eva war unversehrt – sie war noch angekleidet und schlief tief und fest. Als der Steward, der ihm half, den Koffer wieder zu sichern, gegangen war, öffnete sie ein Auge.

»Wie geht's?«, fragte er und setzte sich auf ihr Bett.

Sie schloss das Auge und öffnete es wieder.

»Wir haben jetzt schweren Sturm«, sagte er. »Der Steward sagt, es ist der schlimmste, den er in zwanzig Jahren erlebt hat.«

»Mein Kopf«, murmelte sie. »Halt meinen Kopf.«

»Wie?«

»An der Stirn. Meine Augen fallen gleich raus. Ich glaube, ich muss sterben.«

»Unsinn. Soll ich den Arzt holen?«

Sie stieß ein seltsames, leises Keuchen aus, das ihn beängstigte. Er läutete und schickte den Steward nach dem Arzt.

Der Arzt war jung, blass und müde. Er hatte einen Bartschatten. Als er eintrat, verbeugte er sich knapp, wandte sich an Adrian und sagte ohne höfliche Einleitung: »Worum geht es?«

»Meine Frau fühlt sich nicht wohl.«

»Und was soll ich tun? Ihr ein Beruhigungsmittel geben?«

Adrian war ein wenig verärgert darüber, dass er so kurz angebunden war, und sagte: »Sie sollten sie wohl lieber erst untersuchen, um zu sehen, was sie braucht.«

»Sie braucht ein Beruhigungsmittel«, sagte der Arzt. »Ich habe Anweisung gegeben, ihr auf diesem Schiff keinerlei alkoholische Getränke mehr auszuschenken.«

»Warum nicht?«, fragte Adrian erstaunt.

»Wissen Sie denn nicht, was gestern Nacht passiert ist?«

»Nein, ich habe geschlafen.«

»Ihre Frau ist eine Stunde lang auf dem Schiff herumgeirrt, ohne zu wissen, was sie tat. Ein Matrose wurde abgestellt, um ihr zu folgen, und als eine Stewardess sie zu

Bett bringen wollte, hat Mrs. Smith beleidigende Dinge gesagt.«

»Lieber Gott«, rief Eva leise.

»Die Krankenschwester und ich waren die ganze Nacht bei Steward Carton, der heute morgen gestorben ist.« Der Arzt nahm seine Tasche. »Ich werde Mrs. Smith ein Beruhigungsmittel bringen lassen. Guten Tag.«

Für einige Minuten war es still in der Kabine. Dann legte Adrian mit einer raschen Bewegung den Arm um Eva.

»Macht nichts«, sagte er. »Das bügeln wir wieder aus.«

»Jetzt weiß ich es wieder.« Ihre Stimme war ein andächtiges Flüstern. »Meine Perlen. Ich hab sie über Bord geworfen.«

»Du hast sie über Bord geworfen?«

»Und dann hab ich dich gesucht.«

»Aber ich war doch hier, im Bett.«

»Das konnte ich eben nicht glauben. Ich dachte, du wärst bei diesem Mädchen.«

»Ihr ist beim Essen übel geworden. Ich war hier und habe geschlafen.«

Stirnrunzelnd läutete er nach dem Steward und bestellte das Mittagessen und eine Flasche Bier.

»Es tut mir leid, Sir, aber wir dürfen keine alkoholischen Getränke in Ihre Kabine bringen.«

Als der Mann gegangen war, platzte Adrian heraus: »Das ist unerhört! Du warst einfach völlig durcheinander von diesem Sturm – das können die nicht einfach so beschließen. Ich werde mit dem Kapitän sprechen.«

»Ist das nicht schrecklich?«, murmelte Eva. »Der arme Mann ist gestorben.«

Sie drehte sich um und weinte in das Kissen. Es klopfte an der Tür.

»Darf ich hereinkommen?«

Der beflissene Mr. Butterworth, der erstaunlich gesund und frisch wirkte, trat in die wild schwankende Kabine.

»Nun, wie geht es unserer Mystikerin?«, fragte er in Evas Richtung. »Erinnern Sie sich, dass Sie gestern Abend in der Bar zu den Elementen gebetet haben?«

»Ich will mich an nichts erinnern, was gestern Abend geschehen ist.«

Sie erzählten ihm von der Stewardess, und diese Geschichte lockerte die Stimmung ein wenig auf. Sie lachten gemeinsam darüber.

»Ich hole Ihnen gleich eine Flasche Bier für Ihr Mittagessen«, sagte Butterworth. »Und Sie sollten ein bisschen an Deck gehen.«

»Gehen Sie nicht«, sagte Eva. »Sie sehen so nett und vergnügt aus.«

»Ich bin gleich wieder da.«

Als er gegangen war, läutete Adrian, um zwei Bäder vorbereiten zu lassen.

»Wir werden unsere besten Sachen anziehen und mit hocherhobenem Kopf drei Runden an Deck drehen«, sagte er.

»Ja.« Nach kurzem Schweigen fügte sie geistesabwesend hinzu: »Ich mag diesen jungen Mann. Als du gestern Abend verschwunden warst, war er sehr freundlich zu mir.«

Der Steward erschien mit der Information, das Baden sei heute zu gefährlich. Sie befänden sich mitten im schwersten Sturm, den es seit zehn Jahren im Nordatlantik gegeben habe; am Morgen hätten sich bereits zwei Passagiere bei dem Versuch, ein Bad zu nehmen, den Arm gebrochen. Eine ältere Dame sei eine Treppe hinuntergestürzt und werde ihre Verletzungen wohl nicht überleben. Außerdem habe man mehrere Notrufe anderer Schiffe aufgefangen.

»Werden wir ihnen zu Hilfe eilen?«

»Sie sind allesamt hinter uns, Sir, also werden wir sie der *Mauretania* überlassen. Die Bullaugen würden bersten, wenn wir bei diesem Seegang wenden würden.«

Diese Vielzahl von Katastrophen ließ ihre eigenen Sorgen kleiner erscheinen. Nachdem sie eine Art Mittagessen zu sich genommen und das von Butterworth besorgte Bier getrunken hatten, kleideten sie sich an und gingen an Deck.

Obwohl man nur mühsam einen Fuß vor den anderen setzen konnte und sich dabei an einem Geländer oder Seil festhalten musste, waren mehr Menschen unterwegs als am Tag zuvor. Die Angst hatte sie aus den Kabinen getrieben, wo die Koffer mit Getöse hin und her rutschten und die Wellen gegen die Bullaugen schlugen. Sie erwarteten jeden Augenblick, zu den Booten gerufen zu werden. Und tatsächlich erklang, als Adrian und Eva auf dem Querdeck über der zweiten Klasse standen, ein Signal, und auf dem Deck unter ihnen versammelten sich Stewards und Stewardessen, doch das Schiff war unbeschädigt – es hatte länger durchgehalten als einer der Menschen, die es trug: Der Leichnam des Stewards James Carton wurde der See übergeben.

Es war sehr britisch und traurig. Die Männer und Frauen standen, in Reihen angetreten, diszipliniert und steif im strömenden Regen, und zwischen ihnen lag eine

Gestalt, eingehüllt in die Fahne jener Meeresnation. Der Zahlmeister sprach ein Gebet, ein Choral wurde gesungen, und der Leichnam glitt in die tosenden Wogen. Eva brach bei dieser schlichten Zeremonie in haltloses Weinen aus – es war, als würde in ihr ein letzter Faden reißen. Nun war ihr wirklich alles gleichgültig. Butterworths Angebot, Champagner in die Kabine der Smiths zu bringen, nahm sie ohne zu zögern an. Ihre Stimmung machte Adrian Sorge; sie war es nicht gewohnt, so viel zu trinken, und er fragte sich, was er dagegen tun sollte. Auf seinen Vorschlag, sie sollten lieber ein wenig schlafen, reagierte sie nur mit Lachen, und das Beruhigungsmittel, das der Arzt hatte bringen lassen, stand unberührt auf dem Waschtisch. Er tat, als hörte er den Schwachsinnigkeiten mehrerer Mr. Stacombs zu, ließ Eva jedoch nicht aus den Augen. Überrascht und bedrückt stellte er fest, dass zwischen ihr und Butterworth ein vertrautes, ja intimes Verhältnis zu bestehen schien, und fragte sich, ob das eine Art Rache für die Aufmerksamkeit war, die er Betsy D'Amido hatte zuteil werden lassen.

Die Kabine war verraucht, es wurde unaufhörlich geredet. Die Tatsache, dass alle Aktivitäten eingestellt waren und man auf das Ende des Sturms warten musste, begann Adrian auf die Nerven zu gehen. Sie waren erst seit vier Tagen unterwegs, doch es kam ihm vor wie ein Jahr.

Die beiden Mr. Stacombs gingen schließlich, aber Butterworth blieb. Eva drängte ihn, eine weitere Flasche Champagner zu besorgen.

»Wir haben genug getrunken«, widersprach Adrian. »Wir sollten etwas schlafen.«

»Ich will nicht schlafen!«, rief sie. »Du musst verrückt sein! Du vergnügst dich nach Herzenslust, und wenn ich jemanden finde, den ich … den ich mag, willst du, dass ich schlafe!«

»Du bist hysterisch.«

»Ganz im Gegenteil: Ich bin noch nie so klar bei Verstand gewesen.«

»Ich glaube, Sie sollten jetzt lieber gehen, Butterworth«, sagte Adrian. »Eva weiß nicht, was sie sagt.«

»Er geht nicht, ich will nicht, dass er geht.« Sie griff leidenschaftlich nach Butterworths Hand. »Er ist der Einzige, der einigermaßen anständig zu mir war.«

»Sie sollten jetzt gehen, Butterworth«, wiederholte Adrian.

Der junge Mann sah sich unschlüssig um.

»Mir scheint, Sie tun Ihrer Frau unrecht«, wandte er ein.

»Meine Frau ist nicht bei Sinnen.«

»Das ist kein Grund, sie zu bevormunden.«

Adrian verlor die Geduld. »Raus mit Ihnen!«, rief er.

Die beiden Männer starrten einander schweigend an. Dann wandte Butterworth sich zu Eva, sagte: »Ich komme später noch einmal«, und verließ die Kabine.

»Eva, du musst dich zusammenreißen«, sagte Adrian, als die Tür sich geschlossen hatte.

Sie gab keine Antwort und sah ihn mit halbgeschlossenen Augen schmollend an.

»Ich werde das Abendessen für uns beide bestellen, und danach werden wir versuchen, etwas zu schlafen.«

»Ich will rauf und ein Funktelegramm schicken.«

»An wen?«

»An einen Anwalt in Paris. Ich will die Scheidung.«

Trotz seiner Verärgerung musste er lachen. »Sei nicht albern.«

»Und dann will ich nach den Kindern sehen.«

»Also gut, sieh nach den Kindern. Ich werde das Abendessen bestellen.«

Zwanzig Minuten lang wartete er in der Kabine auf sie. Dann öffnete er ungeduldig die Tür zur gegenüberliegenden Kabine; das Kindermädchen sagte ihm, Mrs. Smith sei nicht da gewesen.

Plötzlich überkam ihn die Vorahnung einer bevorstehenden Katastrophe. Er rannte die Treppe hinauf, sah in die Bar, die Salons, klopfte sogar an Butterworths Tür. Dann eine schnelle Runde über die Decks – er tastete sich durch Finsternis, Gischt und Regen. An einer Seilabsperrung wurde er von einem Matrosen aufgehalten.

»Ich habe Befehl, niemanden durchzulassen, Sir. Der Funkraum hat einen Brecher abgekriegt.«

»Haben Sie eine Dame gesehen?«

»Ja, eben war eine hier.« Er hielt inne und sah sich um. »Nanu – jetzt ist sie weg.«

»Sie ist hinaufgegangen«, rief Adrian voller Angst. »Zum Funkraum.«

Stolpernd und rutschend kletterte der Matrose die Treppe zum Bootsdeck hinauf. Adrian folgte ihm. Als er aus dem Schutz des Treppenaufgangs trat, versetzte ein riesiger Brecher dem Schiff einen so heftigen Stoß, dass es sich um fünfundvierzig Grad neigte. Adrian wurde hilflos über das vom Wasser überspülte Deck geschleudert und blieb benommen und zerschlagen an der Reling liegen.

»Eva!«, schrie er. Seine Stimme verhallte in der Schwärze des Sturms. Im schwachen Licht, das durch das Fenster des Funkraums schien, sah er den Matrosen, der sich mühsam vorarbeitete.

»Eva!«

Der Sturm wehte ihn wie ein Segel gegen ein Rettungsboot. Dann erbebte das Schiff abermals, und hoch über ihm, über dem Schiff, türmte sich eine gigantische, weiß schimmernde Welle auf. Sie verharrte für den Bruchteil einer Sekunde, und in diesem Augenblick sah er Eva, die etwa sechs Meter entfernt neben einem Belüfter stand. Er stieß sich von der Reling ab und stürzte sich auf sie, doch da brach die Woge krachend und brüllend über das Schiff herein. Das Deck stand eineinhalb Meter tief unter Wasser, Adrian wurde mit gewaltiger Kraft zur Seite geschleudert und stieß mit einem Körper zusammen, den er fest an sich drückte, während er ein zweites Mal an die Reling gespült wurde. Er spürte einen mächtigen Schlag, hielt seine Last aber in verzweifeltem Griff, und als das Schiff sich langsam wieder aufrichtete, wurden die beiden, noch immer umklammert, erschöpft auf die nassen Planken gespült. Für einen Augenblick verlor er das Bewusstsein.

IV

Zwei Tage später, als der Schiffszug gemächlich in Richtung Süden nach Paris fuhr, versuchte Adrian die Kinder zu überreden, durch die Fenster einen Blick auf die Normandie zu werfen.

»Es ist schön hier«, sagte er. »All die kleinen Bauernhöfe sehen wie Spielzeug aus. Warum wollt ihr euch das denn nicht ansehen?«

»Mir hat's auf dem Schiff besser gefallen«, sagte Estelle.

Ihre Eltern wechselten einen Blick – sie hätten dem Kind den Hals umdrehen mögen.

»Ich habe noch immer das Gefühl, als würde das Schiff unter mir schwanken«, sagte Eva und erschauerte. »Und du?«

»Nein. Irgendwie erscheint mir das alles ganz weit entfernt. Am Zoll kamen mir die anderen Passagiere vor wie Fremde.«

»Die meisten hatten sich ja vorher auch nicht blicken lassen.«

Er zögerte. »Übrigens habe ich Butterworth seinen Scheck eingelöst.«

»Das war dumm. Du wirst das Geld nie wieder sehen.«

»Er muss es ziemlich dringend gebraucht haben, sonst wäre er nicht zu mir gekommen.«

Ein blasses, zartes Mädchen ging auf dem Gang vorbei, erkannte sie und streckte den Kopf durch die Schiebetür. »Wie geht es Ihnen?«

»Schrecklich.«

»Mir auch«, sagte Miss D'Amido. »Ich hoffe nur, dass mein Verlobter mich an der Gare du Nord noch wiedererkennt. Wussten Sie, dass der Funkraum zwei Wellen abbekommen hat?«

»Das haben wir gehört«, antwortete Adrian trocken.

Anmutig ging sie weiter und verschwand aus ihrem Leben.

»In Wirklichkeit ist das alles gar nicht passiert«, sagte Adrian nach einer kurzen Pause. »Es war ein Alptraum, ein unglaublich schrecklicher Alptraum.«

»Und wo sind dann meine Perlen?«

»In Paris gibt es schönere, Liebling. Ich übernehme die Verantwortung für deine Perlen. Ich bin fest davon überzeugt, dass du das Schiff gerettet hast.«

»Wir machen einfach nie wieder neue Bekanntschaften, Adrian. Wir bleiben immer zusammen – nur wir zwei.«

Er nahm ihren Arm und drückte sich an sie. »Wer waren bloß dieser Adrian Smith und Gemahlin dort auf dem Schiff?«, sagte er. »Ich jedenfalls nicht.«

»Ich auch nicht.«

»Muss wohl jemand anders gewesen sein«, sagte er und nickte. »Es gibt ja so viele Smiths.«

Majestät

I

Es ist nichts Außergewöhnliches, wenn Menschen sich im Lauf eines Lebens als schlechter oder besser erweisen, als wir es vorausgesagt hatten; zumal in Amerika muss man damit immer rechnen. Außergewöhnlich ist, wenn Menschen sich gleich bleiben, ihrer Bestimmung nachkommen, als würden sie von einem unausweichlichen Schicksal getragen.

Ich bilde mir etwas darauf ein, dass ich mich in niemandem je getäuscht habe, seit ich achtzehn wurde und eine wirkliche Begabung von bloßen Taschenspielertricks unterscheiden konnte, und es scheint, dass selbst viele Blender, die ich einst gekannt habe, ganz offenkundig und erfolgreich Blender bis an ihr Lebensende bleiben.

Emily Castleton wurde in Harrisburg in ein mittelgroßes Haus geboren, kam mit sechzehn nach New York in ein großes Haus, ging auf die Briarly School, zog in ein riesengroßes Haus um, dann auf einen Landsitz bei Tuxedo Park, reiste ins Ausland, wo sie allerlei Dinge unternahm, die gerade en vogue waren, und bald in allen Zeitungen auftauchte. Schon in ihrem Debütantinnenjahr bezeichnete einer dieser französischen Künstler, die so maßgeblich über amerikanische *beautés* urteilen, sie mit elf anderen mehr oder minder bekannten Berühmtheiten als ein Musterbeispiel amerikanischer Schönheit. Zu der Zeit waren mit ihm viele Männer einer Meinung.

Sie war nur mittelgroß, mit einem hübschen, etwas breitflächigen Gesicht, Augen von solch strahlender Bläue, dass es einem sofort auffiel, wenn man sie nur ansah, und einer Menge dicken, blonden Haars – eine fesselnde Schönheit. Ihre Mutter und ihr Vater hatten nicht viel Ahnung von der neuen Welt, in der sie Fuß gefasst hatten, und so musste Emily alles auf eigene Faust kennenlernen und geriet mehrmals in heikle Situationen, bei denen sie etwas von ihrer jugendlichen Frische einbüßte. Aber sie hatte immer noch genug davon. Es gab Verlobungen und halbe Verlobungen, kurzlebige Leidenschaften und dann mit zweiundzwanzig eine große Liebesaffäre, aus der sie verbittert hervorging und nach der sie auf der Suche nach dem Glück die Kontinente durchstreifte. Sie betätigte sich »künstlerisch«, wie die meisten reichen, unverheirateten Mädchen in jenem Alter, weil künstlerische Menschen irgendein Geheimnis zu besitzen scheinen, ein inneres Refugium, eine Zuflucht. Aber die meisten ihrer Freundinnen waren jetzt verheiratet, und Emilys Lebenswandel war für ihren Vater eine große Enttäuschung; so kam sie mit vierundzwanzig Jahren, Heiratsgedanken im Kopf, wenn auch nicht im Herzen bewegend, nach Hause.

Es war ein Tiefpunkt in ihrer Laufbahn, und Emily wusste das. Sie hatte ihre Sache nicht gut gemacht. Sie war eins der populärsten, schönsten Mädchen ihrer Generation, mit Charme, Geld und einer Art von Nimbus, aber ihre Generation war bereits auf neuen Wegen. Auf den ersten freundlich-herablassenden Wink einer ehemaligen Schulkameradin, jetzt eine junge »Matrone«, ging sie nach Newport und wurde von William Brevoort Blair erobert. Sofort war sie wieder die unvergleichliche Emily Castleton. Der Geist jenes französischen Künstlers ging wieder in den Zeitungen um; das meistberedete Ereignis der wohlhabenden Schicht im Oktober war ihre Hochzeit.

Glanzpunkte einer Society-Hochzeit... Harold Castleton lässt eine Reihe von Fünftausend-Dollar-Pavillons errichten, die wie Zirkuszelte miteinander verbunden sind und in denen der Empfang, das Hochzeitsdinner und der Ball stattfinden sollen... Annähernd tausend Gäste, darunter viele Industriemagnaten, werden sich mit den Spitzen der Gesellschaft mischen... Die Hochzeitsgeschenke werden auf einen Wert von einer Viertelmillion Dollar geschätzt.

Eine Stunde vor dem Beginn der feierlichen Zeremonie in der St.-Bartholomew-Kirche saß Emily vor einem Toilettentisch und betrachtete ihr Gesicht im Spiegel. Sie war ihr Gesicht in diesem Augenblick ein wenig leid, und plötzlich bedrückte sie der Gedanke, dass es in den nächsten fünfzig Jahren mehr und mehr Pflege nötig haben würde.

»Ich sollte glücklich sein«, sagte sie laut, »doch es kommen mir nur traurige Gedanken.«

Ihre Cousine, Olive Mercy, die auf dem Bettrand saß, nickte. »Alle Bräute sind traurig.«

»Es ist so eine Vergeudung«, sagte Emily.

Olive runzelte die Stirn.

»Was ist eine Vergeudung? Frauen sind unvollständig, solange sie nicht verheiratet sind und Kinder haben.«

Einen Moment antwortete Emily nicht. Dann sagte sie langsam: »Ja, aber wessen Kinder?«

Olive, die Emily verehrte, empfand zum ersten Mal in ihrem Leben beinahe Hass für sie. Kein Mädchen unter den Hochzeitsgästen, das nicht mit Freuden Brevoort Blair genommen hätte – darunter auch Olive.

»Du hast Glück«, sagte sie. »So viel Glück, dass du es nicht einmal weißt. So wie du redest, verdientest du eine Tracht Prügel.«

»Ich werde ihn schon lieben lernen«, verkündete Emily ironisch. »Liebe kommt mit der Ehe. Aber ist das nicht eine höllische Aussicht?«

»Warum so krampfhaft unromantisch?«

»Im Gegenteil, ich bin die romantischste Person, der ich je im Leben begegnet bin. Weißt du, was ich denke, wenn er seine Arme um mich legt? Ich denke, dass ich, wenn ich aufblicke, in Garland Kanes Augen sehe.«

»Aber warum hast du dann –«

»Als ich neulich in sein Flugzeug stieg, konnte ich nicht umhin, an Captain Marchbanks zu denken und den kleinen Zweisitzer, in dem wir über den Kanal flogen, wie es uns beiden das Herz brach und wir nie ein Wort darüber verloren haben wegen seiner Frau. Ich trauere diesen Männern nicht nach; ich trauere nur um den Teil von mir, der in diese Gefühle einging. Ich habe nur noch die Abfälle, um sie Brevoort in einem rosaroten Papierkorb zu überreichen. Es müsste etwas mehr sein; noch wenn ich mich am weitesten mitreißen ließ, dachte ich, ich könnte etwas für den Einen aufheben. Aber offenbar war es nicht so.« Sie brach ab und fügte dann hinzu: »Und doch bin ich mir nicht sicher.«

Die Situation war zwar begreiflich, aber darum für Olive nicht weniger ärgerlich, und wenn ihre Stellung nicht die einer armen Verwandten gewesen wäre, hätte sie ordentlich ihre Meinung gesagt. Emily war ganz schön verwöhnt – acht Jahre mit Männern hatten sie überzeugt, dass sie alle nicht gut genug für sie wären, und mit diesem Faktum, das sie vermutlich für wahr hielt, hatte sie sich abgefunden.

»Du bist nervös.« Olive bemühte sich, ihren Unwillen zu verbergen. »Warum legst du dich nicht für eine Stunde hin?«

»Ja«, antwortete Emily geistesabwesend.

Olive ging hinaus. In der unteren Diele stieß sie auf Brevoort Blair, der schon in einem Hochzeits-Cutaway steckte, sogar mit der weißen Nelke im Knopfloch, und in heller Aufregung war.

»Oh, entschuldige mich«, platzte er los. »Ich wollte zu Emily. Es ist wegen der Ringe – es geht darum, welcher, weißt du. Ich habe vier Ringe besorgt, und sie hat sich nie entscheiden können, und ich kann sie ihr doch nicht in der Kirche hinhalten, damit sie ihre Wahl trifft.«

»Ich weiß zufällig, dass sie den ganz aus Platin will. Wenn du sie aber trotzdem fragen willst ...«

»Oh, vielen Dank. Ich möchte sie nicht stören.«

Sie standen dicht voreinander, und selbst in diesem Augenblick, als er für sie verloren war, endgültig vergeben, musste Olive daran denken, wie ähnlich sie und Brevoort einander waren. Haar, Hautfarbe, Gesichtszüge – sie hätten Bruder und Schwester sein können, und sie waren von der gleichen schüchternen Ernsthaftigkeit, der gleichen schlichten Offenheit. All das ging ihr blitzartig durch den Kopf, zusammen mit dem Gedanken, dass die blonde, stürmische Emily mit ihrer Vitalität und ihrer breiten Gefühlsskala letztlich doch besser für ihn war; und dann wallte, trotz allem, Zärtlichkeit in ihr auf, rein physisches Erbarmen und Sehnen, und ihr schien, sie müsste nur einen halben Schritt nach vorne tun, um sich in seinen weit ausgebreiteten Armen wiederzufinden.

Stattdessen trat sie zurück, gab ihn auf, als hätte sie ihn noch mit ihren Fingerspitzen berührt und dann auch diese zurückgezogen. Vielleicht drang das leise Zittern ihrer Erregung bis in sein Bewusstsein, denn er sagte plötzlich:

»Wir werden gute Freunde bleiben, nicht wahr? Bitte, denk nicht, dass ich dir Emily wegnehme. Ich weiß, ich kann sie nicht besitzen – niemand könnte das –, und ich will es auch nicht.«

Während er noch sprach, sagte sie ihm schweigend Lebewohl, dem einzigen Mann, den sie je in ihrem Leben begehrt hatte.

Sie liebte die Art, wie er zerstreut nach seinem Hut und seinem Mantel suchte und schließlich voller Zuversicht an der falschen Seite der Tür nach der Klinke griff.

Als er fort war, ging sie in den überaus prächtigen Salon mit seinen gemalten Bacchanalen, den massiven Kerzenleuchtern und den Porträts aus dem achtzehnten Jahrhundert; es hätten Emilys Vorfahren sein können, waren es aber nicht, und gerade dadurch gehörten sie umso mehr zu ihr. Dort verweilte sie einen Moment, wie immer in Emilys Schatten.

Durch die Tür, die zu dem kleinen, unbezahlbaren Fleckchen Gras der Sixtieth Street hinausführte, das jetzt rings von den Pavillons umgeben war, kam ihr Onkel, Mr. Harold Castleton. Er hatte gerade seinen eigenen Champagner probiert.

»Olive, so süß und hold.« Gefühlvoll rief er aus: »Olive, meine Kleine, sie hat es geschafft. Sie war zu Höherem bestimmt; ich habe es schon immer gewusst. Die Guten schaffen es, nicht wahr – die wirklichen Vollblüter. Ich dachte schon, dass der Herr und ich, wir beide, ihr zu viel mitgegeben hätten und dass sie nie zufrieden sein würde, aber jetzt hat sie wieder Boden unter den Füßen, ganz wie ein …«, er suchte vergebens nach einer passenden Metapher, »wie ein Vollblut, und es wird ihr hier nicht schlecht gefallen.« Er trat näher. »Du hast geweint, kleine Olive?«

»Nicht sehr.«

»Macht nichts«, sagte er großmütig. »Wenn ich nicht so glücklich wäre, würde ich auch weinen.«

Später, als sie mit zwei anderen Brautjungfern in den Wagen zur Kirche stieg, schien sich in dessen Vibrieren schon das feierliche Beben einer großen Hochzeit ankündigen zu wollen. Am Kirchenportal nahm die Orgel es auf, und später würde es in den Celli und Bassgeigen der Tanzmusik nachzittern, bis es schließlich mit dem Geräusch des Wagens erstarb, der Braut und Bräutigam davontrug.

Rund um die Kirche drängte sich die Menge, und noch drei Meter weiter roch die Luft nach Parfum, nach sauberer Menschheit und nach neuen, sauberen Kleidern. Über die Massen der Hüte in der Kirche hinweg sah man die beiden Familien zu beiden Seiten in den ersten Reihen sitzen. Die Blairs – mit leicht herablassenden Mienen, was ihnen, den angeheirateten wie auch den echten Blairs, eine gewisse Familienähnlichkeit gab – waren repräsentiert durch die Gardiner Blairs, senior und junior; Lady Mary Bowes Howard, geborene Blair; Mrs. Potter Blair; Mrs. Princess Potowki Parr Blair, geborene Inchbit; Miss Gloria Blair, Master Gardiner Blair III und die teils reichen, teils ärmeren Nebenlinien der Smythes, Bickles, Diffendorfers und Hamns. Die Castletons auf der anderen Seite boten ein weniger eindrucksvolles Bild – Mr. Harold Castleton, Mr. und Mrs. Theodore Castleton und Kinder, Harold Castleton junior und, aus Harrisburg, Mr. Carl Mercy und zwei kleine alte Tanten mit Namen O'Keefe, die etwas verborgen in einer Ecke saßen. Man hatte die beiden Tanten zu ihrer nicht geringen Überraschung am Morgen in eine Limousine gepackt und sie in einem einschlägigen Modesalon von Kopf bis Fuß neu einkleiden lassen.

In der Sakristei, wo die Brautjungfern mit ihren großen wippenden Hüten wie Vögel umherflatterten, wurde ein letztes Rouge aufgelegt und wurden noch Nadeln gesteckt, ehe Emily eintreffen sollte. Sie repräsentierten verschiedene Stadien von Emilys Leben – eine Schulkameradin aus Briarly, eine letzte unverheiratete Freundin aus dem Debütantinnenjahr, eine Reisebegleiterin aus Europa und das Mädchen, das sie in Newport besucht hatte, als sie Brevoort Blair begegnet war.

Letztere stand an der Tür und lauschte der Musik. »Sie haben Wakeman engagiert«, sagte sie. »Er spielte auch bei meiner Schwester, aber ich werde Wakeman nie bekommen.«

»Warum nicht?«

»Nun, er spielt immer wieder dasselbe Stück – *At Dawning*. Er hat es schon ein halbes Dutzend Mal gespielt.«

In dem Moment öffnete sich eine andere Tür, und ein junger Mann schaute besorgt herein. »Bald fertig?«, fragte er die nächststehende Brautjungfer. »Brevoort bekommt gerade einen kleinen Koller. Er steht nur da und zerknüllt einen Kragen nach dem anderen ...«

»Nur mit der Ruhe«, antwortete die junge Dame. »Die Braut verspätet sich immer um ein paar Minuten.«

»Ein paar Minuten!«, protestierte der Brautführer. »Das nenne ich nicht ein paar Minuten. Die werden da draußen schon unruhig und laufen durcheinander wie in einer Zirkusmanege, und der Organist spielt schon eine halbe Stunde dasselbe Stück. Ich werde ihm sagen, er soll eine kleine Jazzeinlage zwischenschieben.«

»Wie viel Uhr ist es?«, fragte Olive.

»Viertel nach fünf – zehn Minuten nach fünf.«

»Vielleicht hat es eine Verkehrsstockung gegeben.« Olive verstummte, als Mr. Harold Castleton, gefolgt von einem eifrigen Vikar, sich Einlass verschaffte und nach einem Telefon verlangte.

Und jetzt tröpfelte es komisch von den vorderen Kirchenbänken zurück, erst einzeln nacheinander, dann zwei und zwei, bis die Sakristei vor lauter Verwandtschaft und Verwirrung summte.

»Was ist passiert?«

»Was in aller Welt soll das?«

Ein Chauffeur kam herein und erstattete aufgeregt Bericht. Harold Castleton fluchte und bahnte sich mit flammend rotem Gesicht einen Weg zur Tür. Man versuchte, die Sakristei zu räumen, und dann erhob sich, gleichsam als Gegenbewegung zu jenem tröpfelnden Abgang, ein Stimmengeraune im Hintergrund der Kirche, pflanzte sich zum Altar hin fort, wurde lauter, schneller und erregter, schwoll an und ließ die Leute aufspringen, als wollten sie einen Aufruhr entfachen. Die Verkündigung vom Altar, dass die Trauung verschoben sei, wurde kaum noch gehört, denn mittlerweile wusste ein jeder, dass er Zeuge eines Schlagzeilen-Skandals war, dass man Brevoort Blair vergebens am Altar hatte warten lassen und dass Emily Reißaus genommen hatte.

II

Als Olive vor dem Haus der Castletons in der Sixtieth Street ankam, waren schon ein Dutzend Reporter da, deren Fragen sie in ihrer Benommenheit gar nicht hörte; sie wünschte verzweifelt, einen gewissen Mann, dem sie sich doch nicht nähern durfte, zu sehen und zu trösten, und als eine Art Ersatz suchte sie ihren Onkel Harold. Sie nahm den Weg ins Haus durch die zusammenhängenden Fünftausend-Dollar-Pavillons, in deren dezent gedämpftem Licht immer noch Lieferanten und Dienstboten zwischen Platten mit Kaviar und Putenbrust und dem pyramidenartigen Hochzeitskuchen herumstanden und darauf warteten, dass etwas geschehe. Oben fand Olive ihren Onkel, der auf einem Stuhl vor Emilys Toilettentisch saß. Die vor ihm ausgebreiteten Make-up-Utensilien, dieses ringsum sichtbare Repertoire weiblicher Zurüstungen, machte seine denkbar unpassende Anwesenheit hier zu einem Sinnbild der verrückten Katastrophe.

»Oh, du bist es.« Er sagte es völlig teilnahmslos; er war in den zwei Stunden sichtlich gealtert. Olive legte den Arm um seine gebeugten Schultern.

»Es tut mir so entsetzlich leid, Onkel Harold.«

Plötzlich brach ein Strom von Flüchen aus ihm hervor, versiegte dann, und eine einzelne Träne rann langsam aus einem Auge.

»Ich will meinen Masseur haben«, sagte er. »Sag McGregor, er soll ihn holen.« Er tat einen tiefen gebrochenen Seufzer, so wie ein Kind, nachdem es geweint hat, die Luft einzieht, und Olive sah, dass seine Ärmel von dem Toilettentisch ganz voll Puder waren, als hätte er sich weinend darübergelehnt und so seinen Kummer über den teuren Champagner abreagiert.

»Es ist ein Telegramm gekommen«, murmelte er. »Es liegt da irgendwo.« Und er fügte leise hinzu: »Von nun an bist *du* meine Tochter.«

»O nein, das darfst du nicht sagen!«

Sie entfaltete das Telegramm und las:

ICH SCHAFFE ES NICHT KÄME MIR SO ODER SO WIE EINE NÄRRIN VOR ABER DIES IST DER KÜRZERE WEG TUT MIR VERDAMMT LEID FÜR DICH
EMILY

Nachdem Olive den Masseur bestellt und einen Dienstboten als Wache vor der Tür ihres Onkels postiert hatte, ging sie in die Bibliothek, wo ein verwirrter Sekretär am Telefon bemüht war, einem hartnäckig fragenden Anrufer nichts zu sagen.

»Ich bin ganz außer mir, Miss Mercy«, rief er mit einer verzweifelt hohen Stimme. »Ich muss sagen, ich bin so aufgebracht, dass ich entsetzliche Kopfschmerzen habe. Schon seit einer halben Stunde ist mir, als hörte ich Tanzmusik von da unten herauf.«

Dann merkte Olive plötzlich, dass auch sie nachgerade hysterisch wurde; in den Pausen des Straßenverkehrs drang klar und deutlich eine Melodie herauf:

> »...*Is she fair*
> *Is she sweet*
> *I don't care – cause*
> *I can't compete –*
> *Who's the...*«

Sie lief rasch hinunter und durch den Salon, während die Musik in ihren Ohren lauter wurde. Im Eingang zu dem ersten Pavillon blieb sie wie angewurzelt stehen.

Zu den Klängen eines kleinen, aber zweifellos professionellen Orchesters bewegte sich ein Dutzend junger Tanzpaare auf dem teppichbelegten Fußboden. An der Bar in der Ecke standen noch mehr junge Männer, und ein paar Angestellte der Lieferfirma waren eifrig dabei, Cocktails zu mixen und Champagnerflaschen zu öffnen.

»Harold!«, rief sie gebieterisch einen der Tanzenden

herbei. »Harold!« Ein aufgeschossener junger Mann von achtzehn überließ seine Partnerin einem anderen und kam auf sie zu.

»Hallo, Olive. Wie hat Vater es aufgenommen?«

»Harold, was in aller Welt ...«

»Emily ist verrückt«, sagte er tröstend. »Ich hab's dir immer gesagt, dass Emily verrückt ist. Verrückt wie 'ne Irre. War sie immer schon.«

»Was soll das hier?«

»Das?« Er blickte sich unschuldig um. »Oh, das sind ein paar Kommilitonen, die mit mir aus Cambridge hergekommen sind!«

»Aber – *tanzen*!«

»Nun, ist doch keiner gestorben, oder? Ich dachte, wir könnten ebenso gut etwas von diesem –«

»Sag ihnen, sie sollen gehen«, sagte Olive.

»Warum? Was ist denn groß dabei? Diese Freunde haben die ganze Reise von Cambridge –«

»Es gehört sich einfach nicht.«

»Aber die machen sich doch nichts draus, Olive. Einer von ihnen hat eine Schwester, die hat das Gleiche gemacht – nur am Tag danach statt am Tag davor. Das machen viele heutzutage.«

»Schick die Musiker nach Hause, Harold«, sagte Olive mit Entschiedenheit, »oder ich gehe zu deinem Vater.«

Offenbar war er der Ansicht, dass keine Familie durch eine Episode von so grandiosem Ausmaß an Würde verlieren könnte, dennoch fügte er sich widerstrebend. Der abgrundtief erschütterte Butler sorgte für das Abtragen des Champagners, und die jungen Leute, die etwas beleidigt waren, bewegten sich lässig hinaus in den toleranteren Abend. Allein mit dem Schatten, der über dem Haus lag – Emilys Schatten –, ließ Olive sich im Salon nieder, um nachzudenken. Doch im gleichen Augenblick erschien der Butler in der Tür.

»Da ist Mr. Blair, Miss Olive.«

Sie sprang nervös auf.

»Wen wünscht er zu sprechen?«

»Das hat er nicht gesagt. Er kam einfach herein.«

»Sagen Sie ihm, dass ich hier bin.«

Er trat, eher geistesabwesend als deprimiert, in den Salon, nickte Olive zu und setzte sich auf einen Klavierschemel. Sie wollte sagen: »Komm. Leg deinen Kopf her, du Armer. Was liegt daran.« Aber auch ihr war zum Weinen zumute, und so sagte sie nichts.

»In drei Stunden«, sagte er ruhig, »können wir die Morgenzeitungen bekommen. Es gibt da einen Kiosk in der Fifty-ninth Street.«

»Das ist doch albern …«, begann sie.

»Ich bin kein oberflächlicher Mensch«, unterbrach er sie, »dennoch gilt mein Hauptinteresse jetzt den Morgenblättern. Später findet dann in höflichem Schweigen ein Spießrutenlaufen zwischen Verwandten, Freunden und Geschäftspartnern statt. Die eigentliche Affäre bekümmert mich zu meiner eigenen Überraschung überhaupt nicht.«

»Ich würde mich um nichts von alledem bekümmern.«

»Fast bin ich ihr dankbar, dass sie es rechtzeitig getan hat.«

»Warum verreist du nicht?« Olive beugte sich eifrig vor. »Fahr doch nach Europa, bis Gras darüber gewachsen ist.«

»Gras gewachsen.« Er lachte. »Über solche Dinge wächst kein Gras. Ein leises Kichern wird mir für den Rest meines Lebens überallhin folgen.« Er stöhnte. »Onkel Hamilton ist direkt nach Park Row gefahren, um bei den Zeitungsredaktionen vorzusprechen. Er ist aus Virginia und war so unklug, einem Redakteur gegenüber das altmodische Wort ›Reitpeitsche‹ zu benutzen. *Die* Zeitung zu sehen kann ich kaum erwarten.« Er brach ab. »Wie geht es Mr. Castleton?«

»Es wird ihn freuen, dass du gekommen bist, dich nach ihm zu erkundigen.«

»Deswegen bin ich nicht gekommen.« Er zögerte. »Ich kam, um dich etwas zu fragen. Ich möchte dich fragen, ob du mich morgen früh in Greenwich heiraten willst.«

Für eine Minute fiel Olive kopfüber aus allen Wolken; sie gab einen seltsamen kleinen Laut von sich, und der Mund blieb ihr offen stehen.

»Ich weiß, du magst mich«, fuhr er rasch fort. »Tatsächlich habe ich mir einmal eingebildet, du würdest mich ein bisschen lieben, wenn du diese Anmaßung entschuldigst. Jedenfalls bist du einem Mädchen, das mich einst liebte, sehr ähnlich, und so könnte es doch sein …« Sein Gesicht war rot vor Verlegenheit, aber er kämpfte sich verbissen weiter. »Jedenfalls, ich habe dich mächtig gern, und welche Gefühle auch immer ich für Emily gehabt habe, sie sind, wenn ich so sagen darf, verflogen.«

Der Aufruhr in ihr dröhnte so laut, dass ihr schien, er müsse es hören.

»Du würdest mir einen sehr großen Gefallen tun«, fuhr er fort. »Himmel, ich weiß doch, dass es ein bisschen verrückt klingt, aber was könnte verrückter sein als dieser ganze Nachmittag? Siehst du, wenn du mich heiratest, würden die Zeitungen die Sache ganz anders bringen; sie würden denken, dass Emily fortging, um uns nicht im Weg zu sein, und der Scherz ginge am Ende auf ihre Kosten.«

Tränen der Entrüstung traten in Olives Augen.

»Ich sollte dir wohl deinen verletzten Stolz zugutehalten, aber ist dir klar, dass dein Antrag eine Beleidigung ist?«

Er machte ein langes Gesicht.

»Entschuldige«, sagte er nach einem Moment. »Ich glaube, ich war ein grässlicher Narr, auch nur an so etwas zu denken, aber ein Mann erträgt es nun mal nicht, seine ganze Würde wegen der Laune eines Mädchens zu verlieren. Ich sehe ein, dass es unmöglich wäre. Verzeih mir.«

Er stand auf und nahm seinen Stock.

Jetzt war er schon auf halbem Weg zur Tür, und Olive stieg das Herz in die Kehle; ein mächtiger, unwiderstehlicher Selbsterhaltungstrieb wogte in ihr empor – schwemmte all ihre Skrupel und ihren Stolz hinweg. Seine Schritte tönten schon in der Halle.

»Brevoort!«, rief sie. Sie sprang auf und rannte zur Tür. Er wandte sich um. »Brevoort, wie heißt doch die Zeitung – die, zu der dein Onkel gegangen ist?«

»Wieso?«

»Weil es für die noch nicht zu spät ist, ihre Story umzuschreiben, wenn ich sofort anrufe! Ich werde sagen, wir hätten heute Abend geheiratet!«

Es gibt eine Gesellschaftsgruppe in Paris, die lediglich eine heterogene Verlängerung der amerikanischen Society ist. Leute, die da hineingelangen, sind durch hundert Fäden mit dem Mutterland verbunden, und ihre Lustbarkeiten und Extratouren, ihre Erfolge und Niederlagen sind für Freunde und Verwandte in Southampton, Lake Forest oder Back Bay ein offenes Buch. So wurden bei Emilys früherem Europa-Aufenthalt ihre jeweiligen Stationen, mit denen sie dem Zug der kontinentalen Jahreszeiten folgte, öffentlich bekannt gemacht; aber von dem Tag an, einen Monat nach der nicht-gefeierten Hochzeit, da sie von New York abreiste, verschwand sie völlig von der Bildfläche. Es kam gelegentlich ein Brief an ihren Vater, es gab gelegentlich Gerüchte, sie sei in Kairo, Konstantinopel oder in einem weniger besuchten Ort an der Riviera – aber das war alles.

Einmal, ein Jahr später, besuchte Mr. Castleton sie in Paris, aber das Treffen führte, wie er Olive erzählte, nur dazu, ihn noch mehr zu beunruhigen.

»Es war etwas um sie«, sagte er unbestimmt, »als wenn … ja, als wenn sie ganz hinten in ihrem Kopf eine Menge Dinge bewegte, an die ich nicht herankonnte. Sie war sehr nett zu mir, aber rein mechanisch und gewohnheitsmäßig – sie hat auch nach dir gefragt.«

Trotz ihres soliden Rückhalts in Gestalt eines drei Monate alten Babys und einer luxuriösen Wohnung an der Park Avenue spürte Olive, wie ihr Herz unsicher stockte. »Was hat sie gesagt?«

»Sie war über dich und Brevoort sehr erfreut.« Und mit

einer Enttäuschung, die er sich nicht verhehlen konnte, fügte er bei sich hinzu: ›Und das, obwohl du die beste Partie in New York geschnappt hast, als sie sie ausschlug.‹

Es war über ein Jahr danach, als Mr. Castletons Sekretär anrief und fragte, ob Mr. Castleton sie und Brevoort noch heute Abend sprechen könne. Sie trafen den alten Mann in seiner Bibliothek, wo er erregt auf und ab schritt.

»So, da haben wir's«, erklärte er heftig. »Die Menschen wollen nicht stillhalten; niemand hält still. Es geht rauf oder runter in dieser Welt. Emily hat sich für Letzteres entschieden. Sie scheint ziemlich auf dem Tiefpunkt zu sein. Habt ihr je von einem Mann gehört, der mir als …«, er bezog sich auf einen Brief, den er in der Hand hielt, »als ein liederlicher Tunichtgut namens Petrocobesco beschrieben wird? Er nennt sich Prinz Gabriel Petrocobesco, offenbar von … von nirgendwo. Der Brief kommt von Hallam, meinem europäischen Vertreter, und er enthält einen Zeitungsausschnitt aus dem Pariser *Matin*. Anscheinend ist dieser feine Herr von der Polizei aufgefordert worden, Paris zu verlassen, und in dem kleinen Gefolge, das mit ihm abreiste, befand sich eine Amerikanerin, Miss Castleton, von der es gerüchtweise heißt, sie sei die Tochter eines Millionärs. Die kleine Gesellschaft wurde von Gendarmen zum Bahnhof eskortiert.« Mit zitternder Hand reichte er Brevoort Blair Zeitungsausschnitt und Brief. »Was sagt ihr dazu? Emily und dann so was!«

»Sieht nicht gut aus«, sagte Brevoort stirnrunzelnd.

»Es ist das Ende. Ich fand ihre Geldabhebungen in letzter Zeit reichlich hoch, aber ich dachte doch nicht, dass sie so einen unterstützen –«

»Womöglich ist es ein Missverständnis«, meinte Olive. »Vielleicht ist es eine andere Miss Castleton.«

»Es ist Emily, kein Zweifel. Hallam hat sich kundig gemacht. Es ist Emily, die sich scheute, in den angenehmen, sauberen Strom des Lebens einzutauchen, und die nun, am Ende, in der Gosse herumschwimmt.«

Olive war erschüttert und empfand plötzlich schneidend scharf das Schicksal in seiner äußersten Gegensätzlichkeit. Sie hier auf einem Herrensitz in Westbury Hills und Emily dort, in einen schändlichen Skandal um einen abgeschobenen Abenteurer verwickelt.

»Ich habe kein Recht, euch um etwas zu bitten«, fuhr Mr. Castleton fort. »Schon gar nicht, Brevoort um etwas im Zusammenhang mit Emily zu bitten. Aber ich bin zweiundsiebzig, und Fraser sagt, wenn ich die Kur weitere zwei Wochen aufschiebe, übernimmt er keine Verantwortung mehr, und dann wäre Emily für immer allein. Ich möchte, dass ihr eure Auslandsreise um zwei Monate vorverlegt und hinüberfahrt und sie mir zurückbringt.«

»Aber glaubst du denn, wir hätten den nötigen Einfluss?«, fragte Brevoort. »Ich habe keinen Grund anzunehmen, dass sie auf mich hören würde.«

»Es gibt niemand sonst. Wenn ihr nicht fahren könnt, werde ich hinmüssen.«

»O nein«, sagte Brevoort rasch. »Wir werden tun, was wir können, nicht wahr, Olive?«

»Selbstverständlich.«

»Bringt sie zurück, egal wie, aber bringt sie zurück. Geht notfalls vor Gericht und beeidet, dass sie verrückt ist.«

»Schön, wir werden tun, was wir können.«

Nur zehn Tage nach dieser Unterredung sprachen die Blairs bei Mr. Castletons Vertreter in Paris vor, um sich nach weiteren Details zu erkundigen. Es gab eine ganze Menge, aber sie waren unbefriedigend. Hallam hatte Petrocobesco in verschiedenen Lokalen gesehen – einen dicken, kleinen Mann mit einem attraktiv stechenden Blick und einem unstillbaren Durst. Er war von irgendeiner obskuren Nationalität, trieb sich seit mehreren Jahren in Europa herum und lebte weiß der Himmel wovon – wahrscheinlich auf Kosten von Amerikanern, obwohl in letzter Zeit selbst die abseitigsten Kreise der internationalen Gesellschaft, wie Hallam zu wissen glaubte, sich ihm verschlossen hatten. Von Emily wusste Hallam nur wenig zu berichten. Es hieß, man habe die beiden in der vergangenen Woche in Berlin und am Vortag noch in Budapest gesehen. Es war anzunehmen, dass ein so unerwünschtes Subjekt wie Petrocobesco verpflichtet war, sich überall bei der Polizei zu melden, und Hallam empfahl den Blairs, diese Spur weiterzuverfolgen.

Achtundvierzig Stunden später suchten sie, in Begleitung des amerikanischen Vizekonsuls, den Polizeipräfekten von Budapest auf. Der Präfekt redete in schnellem Ungarisch auf den Vizekonsul ein, der darauf den Kern seiner Ausführungen wiedergab – die Blairs seien zu spät gekommen.

»Wo sind sie denn hin?«

»Er weiß es nicht. Er bekam Order, sie weiter abzuschieben, und sie sind gestern Abend abgereist.«

Plötzlich schrieb der Polizeipräfekt etwas auf ein Stück Papier und händigte es mit einer knappen Bemerkung dem Vizekonsul aus.

»Er sagt, Sie sollten's hier versuchen.«

Brevoort blickte auf den Zettel.

»Sturmdorp – wo ist das?«

Wieder eine Unterhaltung im Eiltempo auf Ungarisch.

»Fünf Stunden von hier mit einem Lokalzug, der nur dienstags und freitags fährt. Heute ist Samstag.«

»Wir mieten ein Auto vom Hotel«, sagte Brevoort.

Nach dem Abendessen fuhren sie los. Es war eine holprige nächtliche Fahrt quer durch die stille ungarische Ebene. Einmal wachte Olive aus einem unruhigen Schlummer auf, als Brevoort und der Chauffeur einen Reifen wechselten; dann noch einmal, als sie bei einem verschlammten Flüsschen anhielten, auf dessen anderer Seite man die verstreuten Lichter eines Städtchens sah. Zwei Soldaten in einer fremdartigen Uniform linsten in den Wagen; dann fuhren sie über eine Brücke und weiter durch eine enge, gewundene Hauptstraße zu dem einzigen Gasthaus von Sturmdorp; die Hähne krähten schon, als sie auf die wenig einladenden Betten niedersanken.

Olive erwachte mit der plötzlichen Gewissheit, dass sie Emily aufgespürt hatten; und damit überkam sie auch jenes alte Gefühl der Hilflosigkeit angesichts von Emilys Launen; für einen Moment wurde längst Vergangenes und Emilys dominierende Rolle dabei wieder in ihr lebendig, und es erschien ihr fast wie eine Anmaßung, dass sie hier waren. Aber Brevoorts Zielstrebigkeit beruhigte sie, und sie hatte wieder Zutrauen gefasst, als sie hinuntergingen, wo sie auf einen Gastwirt trafen, der ein sprudelndes Amerikanisch sprach, das er vor dem Krieg in Chicago aufgeschnappt hatte.

»Sie sind hier nicht mehr in Ungarn«, erklärte er. »Sie haben die Grenze nach Czjeck-Hansa überschritten. Es ist nur ein kleines Land mit zwei Städten, dieser und der Hauptstadt. Von Amerikanern verlangen wir kein Visum.«

›Das ist wohl der Grund, warum sie hierhergekommen sind‹, dachte Olive.

»Könnten Sie uns vielleicht einige Informationen über ausländische Besucher geben?«, fragte Brevoort. »Wir sind auf der Suche nach einer amerikanischen Dame ...« Er beschrieb Emily, ohne ihren mutmaßlichen Begleiter zu erwähnen; während er noch sprach, ging im Gesicht des Wirts eine sonderbare Veränderung vor.

»Lassen mich sehen Ihre Pässe«, sagte er, und dann: »Und warum wollen sehen die Dame?«

»Diese Dame hier ist ihre Cousine.«

Der Wirt zögerte einen Augenblick.

»Ich glaube, ich können sie für Sie finden«, sagte er.

Er rief den Portier; es folgten eilige Anweisungen in einem unverständlichen Idiom. Dann:

»Sie diesem Boy folgen – er Sie hinführen.«

Sie wurden durch verschmutzte Straßen zu einem halbverfallenen Haus am Rande der Stadt geführt. Ein Mann mit einer Jagdflinte, der draußen herumlungerte, richtete sich auf und fuhr den Portier scharf an, aber nachdem sie ein paar Sätze gewechselt hatten, durften sie passieren, gingen die Treppe hinauf und klopften an eine Tür. Sie öffnete sich ein wenig, und ein Kopf lugte um die Ecke; der Portier sprach wieder, und sie gingen hinein.

Sie standen in einem großen, schmutzigen Zimmer, wie man es in einer ärmlichen Fremdenpension in jedem Winkel der westlichen Welt hätte antreffen können – verblichene Wände, zerschlissene Polster, ein unförmiges Bett und der Eindruck, als wäre der Raum trotz seiner Kahlheit übervoll von den geisterhaften Möbeln des letzten Jahrzehnts, die sich noch in Staubkringeln und abgewetzten Stellen abzeichneten. In der Mitte des Zimmers stand ein kleiner, beleibter Mann mit verhangenen Augen und einer vorspringenden Nase über einem verwöhnten Kussmündchen; er starrte ihnen gespannt entgegen, als sie eintraten, und wandte sich dann mit einem einzigen angewiderten »Scht!« von ihnen ab. Es waren noch mehrere andere Leute im Zimmer, aber Brevoort und Olive sahen nur Emily, die mit halbgeschlossenen Augen in einem Liegesessel ruhte.

Beim Anblick der beiden öffneten sich ihre Augen in leichtem Erstaunen; sie machte eine Bewegung, als wollte sie aufspringen, hielt aber stattdessen nur ihre Hand hin, lächelte und sagte ihre Namen in klarem, höflichem Ton, weniger zur Begrüßung, als gewissermaßen um den anderen ihr Erscheinen hier zu erklären. Beim Klang der Namen bequemte sich das Gesicht des kleinen Mannes widerwillig zu einem freundlicheren Ausdruck.

Die beiden Frauen küssten sich.

»Tütü!«, sagte Emily, wie um ihn zur Ordnung zu rufen. »Prinz Petrocobesco, erlauben Sie mir, Ihnen meine Cousine Mrs. Blair sowie Mr. Blair vorzustellen.«

»*Plaisir*«, sagte Petrocobesco. Er und Emily wechselten einen raschen Blick, worauf er sagte: »Wollen Sie nicht Platz nehmen?«, und sich prompt auf den einzigen verfügbaren Stuhl setzte, als spielten sie Reise nach Jerusalem.

»*Plaisir*«, wiederholte er. Olive setzte sich auf das Fußende von Emilys Chaiselongue, Brevoort holte sich einen Stuhl, der an der Wand stand, und bemerkte dabei die anderen Anwesenden. Da war ein besonders grimmiger junger Mann in einem Cape, der mit verschränkten Armen und blitzenden Zähnen bei der Tür stand, außerdem zwei zerlumpte bärtige Männer, der eine mit einem Revolver in der Hand, der andere resigniert mit gesenktem Kopf, die beide nebeneinander in der Ecke saßen.

»Sie schon lange hier?«, fragte der Prinz.

»Erst seit heute Morgen.«

Für einen Moment konnte Olive nicht umhin, die beiden miteinander zu vergleichen: den großen, gutaussehenden Amerikaner und den unattraktiven Südeuropäer, der wohl kaum als Kandidat für Ellis Island in Frage gekommen wäre. Dann blickte sie auf Emily – das gleiche dicke blonde, gleichsam durchsonnte Haar, die Augen, die an ein bewegtes Meer denken ließen. Ihr Gesicht war leicht abgespannt, da waren schwache neue Linien um ihren Mund, aber es war die Emily von einst – dominierend, blendend, reich an Möglichkeiten. Es war eine Schande, bei so viel Schönheit und Charakter in einer miesen Herberge am Ende der Welt zu landen.

Der Mann in dem Cape antwortete auf ein Klopfen an der Tür und händigte Petrocobesco eine schriftliche Nachricht aus, der sie las, wieder »Scht!« rief und sie Emily weiterreichte.

»Du siehst, es gibt keine Kaleschen«, sagte er bekümmert auf Französisch. »Sie wurden alle zerstört – bis auf eine, und die ist im Museum. Ein Pferd ist mir sowieso lieber.«

»Nein«, sagte Emily.

»Doch, doch, doch!«, brüllte er. »Wen geht es etwas an, wie ich mich fortbewege?«

»Mach hier keine Szene, Tütü.«

»Szene!« Er schäumte. »Szene!«

Emily wandte sich an Olive: »Ihr seid mit einem Auto gekommen?«

»Ja.«

»Ein großer Luxuswagen? Mit einem Verdeck zum Aufklappen?«

»Ja.«

»Na bitte«, sagte Emily zum Prinzen. »Wir können das Wappen an den Seiten aufmalen lassen.«

»Moment mal«, sagte Brevoort. »Dieses Auto gehört einem Hotel in Budapest.«

Emily hörte offenbar gar nicht hin.

»Janierka könnte das machen«, fuhr sie nachdenklich fort.

An diesem Punkt gab es eine neue Unterbrechung. Der kümmerliche Mann in der Ecke sprang plötzlich auf und machte Anstalten, zur Tür zu rennen, worauf der andere Mann den Revolver hob und ihn mit dessen dickem Ende auf den Kopf schlug. Der Mann taumelte und wäre zusammengesackt, hätte sein Angreifer ihn nicht zu dem Stuhl zurückgeschleppt, wo er wie betäubt sitzen blieb, während ein träges Rinnsal von Blut auf seiner Stirn erschien.

»Dreckiges Stadtschwein! Gemeiner, dreckiger Spion!«, rief Petrocobesco mit zusammengebissenen Zähnen.

»Gerade solche Ausdrücke solltest du nicht in den Mund nehmen«, sagte Emily scharf.

»Aber warum hören wir nichts?«, rief er. »Sollen wir ewig in diesem Schweinestall sitzen?«

Ohne ihn zu beachten, wandte Emily sich an Olive und begann, sie ganz konventionell über New York auszufragen. Ob die Prohibition überhaupt noch erfolgreich sei. Welche neuen Stücke es gebe. Olive bemühte sich, zu antworten und gleichzeitig Brevoort ein Zeichen zu geben. Je eher sie auf ihr Ziel zu sprechen kämen, desto eher könnten sie Emily hier wegholen.

»Könnten wir dich einmal allein sprechen, Emily?«, fragte Brevoort unvermittelt.

»Nun, im Augenblick verfügen wir über keinen anderen Raum.«

Petrocobesco hatte den Mann in dem Cape in eine erregte Unterhaltung gezogen, und Brevoort machte sich das zunutze und sprach in gehetztem leisem Ton zu Emily:

»Emily, dein Vater wird zusehends älter; er braucht dich zu Hause. Er möchte, dass du dieses wahnwitzige Leben aufgibst und nach Amerika zurückkommst. Er schickt uns, weil er nicht selbst kommen kann und weil niemand sonst dich gut genug –«

Sie lachte. »Du meinst, weil niemand sonst die Ungeheuerlichkeiten kennt, zu denen ich fähig war.«

»Nein«, warf Olive rasch dazwischen. »Weil niemand sonst sich so um dich sorgte wie wir. Ich kann dir nicht sagen, wie schrecklich es ist, dich so in der Welt herumvagabundieren zu sehen.«

»Aber wir vagabundieren gar nicht mehr«, erklärte Emily. »Dies hier ist Tütüs Vaterland.«

»Wo ist dein Stolz geblieben, Emily?«, sagte Olive ungeduldig. »Weißt du, dass diese Affäre in Paris in den Zeitungen gestanden hat? Was glaubst du, wie die Leute zu Hause darüber denken?«

»Diese Sache in Paris war eine grobe Beleidigung.« Emilys blaue Augen schossen Blitze. »Dafür wird jemand in Paris schwer bezahlen müssen.«

»Es wird doch überall dasselbe sein. Du sinkst nur immer tiefer, wirst in den Schlamm gezogen und eines Tages ganz verlassen ...«

»Bitte hör auf!« Emilys Ton war von eisiger Kälte. »Ich glaube, du verstehst nicht recht –«

Emily brach ab, als Petrocobesco zurückkam, sich in seinen Stuhl warf und das Gesicht in beiden Händen verbarg.

»Ich halte das nicht aus«, flüsterte er. »Wärst du so gut, mir den Puls zu fühlen? Ich glaube, er ist nicht in Ordnung. Hast du das Thermometer in deiner Handtasche?«

Schweigend hielt sie für kurze Zeit sein Handgelenk.

»Er ist in Ordnung, Tütü.« Ihre Stimme war jetzt ganz weich, fast gurrend. »Richte dich auf. Sei ein Mann.«

»Schon recht.«

Er schlug die Beine übereinander, als wäre nichts geschehen, und wandte sich unvermittelt an Brevoort:

»Wie stehen die Finanzen in New York?«, fragte er.

Aber Brevoort war nicht in der Stimmung, diese absurde Szene noch fortzusetzen. Ihn übermannte die Erinnerung an eine gewisse fürchterliche Stunde vor drei Jahren. Er war nicht der Mann, sich ein zweites Mal zum Narren machen zu lassen. Sein Kinn straffte sich, als er aufstand.

»Emily, hol deine Sachen«, sagte er kurz und knapp. »Wir fahren nach Hause.«

Emily rührte sich nicht; ein Ausdruck von Erstaunen, das in Erheiterung überging, zeigte sich auf ihrem Gesicht. Olive legte den Arm um ihre Schulter.

»Komm, meine Liebe. Verlassen wir diesen Alptraum.«

Und Brevoort sagte: »Wir warten.«

Plötzlich sprach Petrocobesco zu dem Mann in dem Cape, der daraufhin näher trat und Brevoort beim Arm packte. Brevoort schüttelte ihn wütend ab, worauf der Mann zurücktrat und mit der Hand zu seinem Gürtel fuhr.

»Nein!«, rief Emily in befehlendem Ton.

Wieder einmal gab es eine Unterbrechung. Die Tür öffnete sich ohne vorheriges Klopfen, und zwei beleibte Männer in Gehrock und Zylinder kamen eilends herein und auf Petrocobesco zu. Sie grinsten, klopften ihm auf die Schulter und schwatzten in einer fremden Sprache, und jetzt lächelte auch er, klopfte sie auf die Schulter, und sie küssten sich reihum; dann sprach Petrocobesco, zu Emily gewandt, auf Französisch.

»Es ist alles gut«, sagte er freudig erregt. »Sie haben die Frage nicht einmal diskutiert. Ich bekomme den Titel eines Königs.«

Mit einem langen Seufzer sank Emily in ihren Sessel zurück, und ihre Lippen öffneten sich zu einem entspannten, ruhigen Lächeln.

»Ausgezeichnet, Tütü. Wir werden heiraten.«

»Oh, Himmel, was ein Glück!« Er klatschte in die Hände und blickte schwärmerisch zu der verblassten Decke empor. »Was ein ungeheures Glück!« Er fiel neben ihr auf die Knie und küsste ihren Arm auf der Innenseite.

»Was soll das alles mit König und so?«, fragte Brevoort. »Ist das hier … ist er ein König?«

»Er ist ein König. Nicht wahr, Tütü?« Emilys Hand strich zart über sein pomadisiertes Haar, und Olive sah, dass ihre Augen ungewöhnlich hell strahlten.

»Ich bin dein Gemahl«, rief Tütü weinerlich. »Der glücklichste Mann auf Erden.«

»Sein Onkel war vor dem Krieg Prinz von Czjeck-Hansa«, erläuterte Emily mit vor Zufriedenheit singender Stimme. »Seitdem war es eine Republik, aber die Bauernpartei stimmte für einen Wechsel, und Tütü war der Nächste in der Erblinie. Nur, ich habe ihn nicht heiraten wollen, ehe er nicht darauf bestand, König anstatt Prinz zu sein.«

Brevoort strich sich mit der Hand über die feuchte Stirn.

»Willst du sagen, dass es sich tatsächlich so verhält?«

Emily nickte. »Die Versammlung hat heute Morgen abgestimmt. Und wenn ihr uns dieses Luxusding von Limousine leiht, worin ihr gekommen seid, dann werden wir heute Nachmittag unseren feierlichen Einzug in die Hauptstadt halten.«

IV

Mehr als zwei Jahre danach standen Mr. und Mrs. Brevoort Blair mit ihren zwei Kindern auf einem Balkon des Carlton-Hotels in London, von dem man, laut Empfehlung der Hotelleitung, einen besonders guten Blick auf vorbeifahrende königliche Prozessionen hatte. Diese hier begann mit einer Trompetenfanfare unten vom *Strand* her, und dann kam eine Abteilung roter Horse Guards in Sicht.

»Aber, Mami«, wollte der kleine Junge wissen, »ist Tante Emily Königin von England?«

»Nein, Liebling, sie ist Königin von einem winzig kleinen Land, aber wenn sie hier einen Besuch macht, fährt sie in der Karosse der Königin.«

»Oh.«

»Dank den Magnesiumvorkommen«, sagte Brevoort trocken.

»War sie eine Prinzessin, ehe sie Königin wurde?«, fragte die kleine Tochter.

»Nein, Liebling, sie war eine Amerikanerin, und dann hat sie es geschafft, Königin zu werden.«

»Wieso?«

»Weil nichts anderes für sie gut genug war«, sagte ihr Vater. »Denk nur, früher einmal hätte sie mich heiraten können. Was würdest du lieber wollen – mich heiraten oder eine Königin sein?«

Die Kleine zögerte.

»Dich heiraten«, sagte sie dann höflich, aber nicht sehr überzeugt.

»Genug davon, Brevoort«, sagte Olive. »Da kommen sie.«

»Ich sehe sie!«, rief der kleine Junge.

Die Kavalkade bewegte sich durch die menschengesäumte Straße. Es kamen noch mehr Horse Guards, eine Abteilung Dragoner, Vorreiter, und dann musste Olive den Atem anhalten und sich an das Balkongitter klammern, als zwischen einer doppelten Reihe von Leibgardisten zwei rot-goldene Kutschen vorbeirollten. In der ersten saßen die königlichen Regenten, deren Uniformen von Ordensbändern, Kreuzen und Sternen nur so starrten, und in der zweiten ihre königlichen Gemahlinnen, die eine alt und die andere jung. Die ganze Szene umgab der Glanz, den das alte Empire mit seinen Schiffen und Zeremoniellen, seinem Pomp und seinen Symbolen über die halbe Welt ausgestrahlt hatte; die Menge spürte das, und ein leises Raunen pflanzte sich vor den Kaleschen fort und schwoll dann zu einem starken, anhaltenden Jubel an. Die beiden Ladys neigten den Kopf nach rechts und links, und obwohl nur wenige wussten, wer die andere Königin war, jubelte man auch ihr zu. In einer Minute rollte das prächtige Schauspiel unter dem Balkon vorbei und weiter außer Sicht.

Als Olive sich vom Fenster umwandte, hatte sie Tränen in den Augen.

»Ich frage mich, ob ihr das gefällt, Brevoort. Ob sie wirklich mit diesem grässlichen kleinen Mann glücklich ist.«

»Nun, sie hat erreicht, was sie wollte, oder etwa nicht? Und das ist schon etwas.«

Olive tat einen langen Atemzug.

»Oh, sie ist wunderbar«, rief sie, »so wunderbar! Das war sie immer für mich, noch wenn ich die größte Wut auf sie hatte.«

»Es ist alles so albern«, sagte Brevoort.

»Schon möglich«, antwortete Olives Mund. Aber ihr Herz, von hilfloser Verehrung getragen, folgte ihrer Cousine über eine halbe Meile hinweg durch die Tore des Palasts.

In deinem Alter

I

Tom Squires betrat den Drugstore, um eine Zahn-
bürste, eine Büchse Körperpuder, Mundwasser, Pflan-
zenölseife, Bittersalz und eine Kiste Zigarren zu kaufen.
Da er seit langem allein lebte, kaufte er systematisch ein
und hakte die Liste in seiner Hand ab, während er bedient
wurde. Es war die Weihnachtswoche, und Minneapolis lag
unter zwei Fuß heiter stimmenden und ständig erneuer-
ten Schnees; mit seinem Stock klopfte Tom zwei saubere
Schneekrusten von seinen Überschuhen. Dann hob er den
Blick und sah das blonde Mädchen.

Ihre Haare waren von einem Blond, wie man es selten
sieht, selbst in dem Gelobten Land der Skandinavier, in
dem hübsche Blondinen keine Seltenheit sind. Ihre Wangen, ihre Lippen und die kleinen Hände, die Pulver in Pa-
piertütchen füllten, waren von warmer Tönung; ihr Haar,
in langen Zöpfen um den Kopf gelegt, glänzte vor Leben.
Sie kam Tom wie das sauberste Wesen vor, das er kannte,
und er hielt den Atem an, als er zur Theke trat und in ihre
grauen Augen sah.

»Eine Büchse Körperpuder.«

»Welche Sorte?«

»Ganz egal ... Ausgezeichnet.«

Sie erwiderte seinen Blick augenscheinlich unbeschwert, und je schneller seine Liste zusammenschmolz, desto wilder raste sein Herz.

»Ich bin nicht alt«, hätte er am liebsten gesagt. »Ich bin mit fünfzig jünger als die meisten anderen mit vierzig. Interessieren Sie sich gar nicht für mich?«

Aber sie sagte nur: »Welches Mundwasser?«

Und er antwortete: »Was können Sie mir empfehlen? ... Ausgezeichnet.«

Es schmerzte ihn fast, den Blick von ihr abzuwenden, hinauszugehen und in sein Coupé zu steigen.

›Wenn dieses Dummerchen wüsste, was ein alter Trottel wie ich für sie tun könnte‹, dachte er scherzhaft, ›welche Welten ich ihr eröffnen könnte!‹

Während er in die Winterdämmerung davonfuhr, verfolgte er seinen Gedankengang zu einem völlig unerwarteten Schluss. Vielleicht war die Tageszeit das verantwortliche Stimulans, denn die Schaufenster, deren warmes Licht in die Kälte hinausstrahlte, das Glöckchengeklingel eines Lieferschlittens, die unvorstellbare Entfernung der Sterne versetzten ihn in die Gemütsverfassung zurück, in der er solche Abende vor dreißig Jahren erlebt hatte. Einen Augenblick lang entwischten die Mädchen, die er damals gekannt hatte, wie Gespenster ihrem nunmehrigen stumpfsinnigen Matronendasein und schwirrten mit frostigem, verführerischem Lächeln um ihn herum, bis ein angenehmer Schauder ihm den Rücken hinaufkroch.

»Jugend! Jugend! Jugend!«, sagte er nachdrücklich und gewollt unoriginell; dann erwog er, ob er wie ein skrupelloser, anmaßender Bursche ohne moralische Hemmungen zu dem Drugstore zurückfahren sollte, um die Adresse des blonden Mädchens herauszufinden. Das war nicht sein Stil, und die halbherzige Absicht verflüchtigte sich, doch der Gedanke blieb zurück.

»Jugend, meine Güte – Jugend!«, wiederholte er flüsternd. »Ich will sie in meiner Nähe, um mich herum, nur noch einmal, bevor ich zu alt dafür bin.«

Er war gross, hager und sah gut aus, mit dem gebräunten Gesicht des sportlichen Mannes und einem ganz leicht ergrauenden Schnurrbart. Früher hatte er zu den schneidigsten Stutzern der Stadt gehört, hatte Kotillons und Wohltätigkeitsbälle ausgerichtet, war bei Männern und Frauen mehrerer Generationen nacheinander beliebt gewesen. Nach dem Krieg hatte er auf einmal den Eindruck gehabt, er sei arm, war Geschäftsmann geworden und hatte innerhalb von zehn Jahren fast eine Million Dollar angehäuft. Tom Squires neigte nicht zur Introspektion, doch nun fiel ihm auf, dass das Rad seines Lebens sich wieder einmal gedreht und vergessene und zugleich vertraute Träume und Sehnsüchte an die Oberfläche befördert hatte. Als er sein Haus betrat, wendete er sich plötzlich einem Stapel unbeachteter Einladungen zu, um zu sehen, ob er für diesen Abend vielleicht zu einem Tanz eingeladen war.

Das ganze Abendessen über, das er allein im Downtown Club zu sich nahm, hielt er die Augen halb geschlossen, und ein leises Lächeln lag auf seiner Miene. Er übte, damit er über sich lachen konnte, ohne dass es schmerzte, sollte es nötig sein.

›Ich weiß nicht einmal, worüber sie sprechen‹, gestand

er sich ein. ›Sie knutschen – prominenter Börsenmakler geht mit Debütantin auf Knutschparty. Was ist eine Knutschparty? Gibt es dort Erfrischungen? Muss ich lernen, Saxophon zu spielen?‹

Dinge, die ihm bis vor kurzem so fern gewesen waren wie China in der Wochenschau, lagen ihm jetzt am Herzen. Sie waren wichtig. Um zehn Uhr ging er die Stufen des College Club zu einem privaten Tanzabend hinauf mit dem gleichen Gefühl, eine neue Welt zu betreten, mit dem er 1917 in ein Ausbildungslager gekommen war. Er unterhielt sich mit einer Gastgeberin seiner Generation und ihrer auf überwältigende Weise zu einer anderen Generation gehörenden Tochter und setzte sich in eine Ecke, um sich zu akklimatisieren.

Er blieb nicht lange allein. Ein alberner junger Mann namens Leland Jaques, der Tom gegenüberwohnte, war so freundlich, ihn zu bemerken und sich zu ihm zu setzen, um Glanz in sein Leben zu bringen. Er war ein so ausnehmend einfältiger junger Bursche, dass Tom für einen Augenblick verärgert war, bevor er den gerissenen Einfall hatte, den jungen Mann für seine Zwecke zu benutzen.

»Hallo, Mr. Squires. Wie geht es Ihnen?«

»Danke, bestens, Leland. Ganz schön was los.«

Als Mann von Welt unter seinesgleichen setzte oder eher legte Mr. Leland sich auf das Sofa und zündete sich drei oder vier Zigaretten auf einmal an, wie es Tom vorkam.

»Hätten gestern hier sein sollen, Mr. Squires. O Mann, das war eine Wucht von einer Party! Die Caulkins. Bis halb sechs!«

»Wer ist das Mädchen, das ständig den Partner wechselt?«, fragte Tom. – »Nein, die in Weiß, die gerade durch die Tür geht.«

»Das ist Annie Lorry.«

»Arthur Lorrys Tochter?«

»Ja.«

»Scheint beliebt zu sein.«

»Ungefähr das beliebteste Mädchen der ganzen Stadt – jedenfalls beim Tanzen.«

»Und sonst nicht?«

»Doch, klar, aber sie hängt dauernd mit Randy Cambell herum.«

»Welcher Cambell?«

»D. B.«

In den letzten zehn Jahren waren neue Namen in der Stadt aufgetaucht.

»Eine Jugendliebelei.« Voller Zufriedenheit über seine Wendung versuchte Jaques sie zu wiederholen: »Eine von diesen Junge-, Jungen-, Jugend…« Er gab es auf und zündete sich mehrere neue Zigaretten an, nachdem er die alten in Toms Schoß ausgedrückt hatte.

»Trinkt sie?«

»Nicht besonders. Ich habe sie jedenfalls noch nie abgefüllt erlebt… Das ist Randy Cambell, der gerade mit ihr tanzt.«

Sie waren ein hübsches Paar. Ihre Schönheit hob sich funkelnd von seiner kraftvollen, großen Gestalt ab, und sie schwebten schwerelos und kunstvoll dahin wie ein Paar in einem netten, amüsanten Traum. Sie näherten sich, und Tom bewunderte den schwachen Puderschimmer über ihrer Frische, den beherrschten Liebreiz ihres Lächelns, die

Zerbrechlichkeit ihres Körpers, von der Natur bis ins kleinste Detail darauf eingerichtet, eine Knospe zu versprechen und eine Blüte zu garantieren. Ihre unschuldigen, feurigen Augen mochten braun sein, doch im silbrigen Licht wirkten sie fast violett.

»Hatte sie schon ihren Chrysanthemenball?«

»Wer?«

»Miss Lorry.«

»Ja.«

Obwohl der Liebreiz des Mädchens Tom nicht unberührt ließ, konnte er sich beim besten Willen nicht vorstellen, sich in die aufmerksame und dankbare Verehrerschar einzureihen, die ihr durch den Raum folgte. Lieber würde er sie kennenlernen, wenn die Ferien vorbei waren und die meisten der jungen Männer wieder im College waren, »wo sie hingehörten«. Tom Squires war alt genug, um abzuwarten.

Er wartete zwei Wochen lang, während die Stadt in dem endlosen nördlichen Winter versank, in dem ein grauer Himmel anheimelnder ist als ein Himmel von metallischem Blau und die Abenddämmerung, deren Lichter beruhigend von der Beständigkeit menschlichen Frohsinns künden, wärmer ist, als es die Nachmittage mit ihrem blutleeren Sonnenschein sind. Die Schneedecke verlor ihre Festigkeit und wurde schmutzig und unansehnlich, und Schmelzwasser gefror auf den Straßen; verschiedene der großen Häuser an der Crest Avenue wurden geschlossen, weil ihre Bewohner nach Süden verreisten. In diesen kalten Tagen lud Tom Annie und ihre Eltern zum letzten Junggesellenball der Saison ein.

Die Lorrys waren eine alteingesessene Familie, seit dem Krieg in etwas bedrängten Umständen und verarmt. Mrs. Lorry, die in Toms Alter war, wunderte sich nicht, dass er Mutter und Tochter Orchideen schickte und sie in seiner Wohnung mit frischem Kaviar, Wachteln und Champagner verwöhnte. Annie nahm ihn nur undeutlich wahr – er war nicht lebendig genug, wie alle Alten in den Augen der Jungen –, aber sie spürte sein Interesse und zelebrierte für ihn das althergebrachte Ritual von Jugend und Schönheit: Lächeln, höfliche großäugige Aufmerksamkeit, ein Profil, das entgegenkommend in diese oder jene Beleuchtung gehalten wurde. Bei dem Ball tanzte er zweimal mit ihr, und obwohl sie damit aufgezogen wurde, schmeichelte es ihr, dass ein Mann von Welt wie er – das war er inzwischen statt eines lediglich alten Mannes – sich für sie interessierte. Seine Einladung zum Symphoniekonzert in der Woche darauf nahm sie an, weil sie sich dachte, es wäre unhöflich, abzulehnen.

Danach folgten mehrere solcher »netten Einladungen«. Sie saß neben ihm und döste in Brahms' warmem Schatten vor sich hin, in Gedanken mit Randy Cambell und romantischen Phantasiegebilden beschäftigt, die am nächsten Tag Wirklichkeit werden konnten. Eines Nachmittags war sie so unbekümmert, dass sie Tom auf dem Nachhauseweg dazu anstiftete, sie zu küssen, doch als er ihre Hände ergriff und ihr ein leidenschaftliches Liebesgeständnis machte, musste sie lachen.

»Wie kommen Sie auf so eine Idee!«, protestierte sie. »Solchen Unsinn dürfen Sie nicht wieder sagen, sonst gehe ich nie wieder mit Ihnen aus, und das haben Sie dann davon.«

Wenige Tage später sprach ihre Mutter sie an, als Tom vor dem Haus im Wagen wartete: »Annie, wer ist das?«

»Mr. Squires.«

»Mach die Tür bitte für einen Moment zu. Du siehst ihn ziemlich oft.«

»Was ist daran schlimm?«

»Liebes Kind, er ist fünfzig.«

»Aber Mutter, außer ihm ist so gut wie niemand da.«

»Du sollst nur nicht auf irgendwelche dummen Gedanken kommen.«

»Mach dir keine Sorgen. Wenn es dich beruhigt: Die meiste Zeit ist er zum Gähnen.« Und unversehens verkündete sie: »Ich werde mich nicht mehr mit ihm abgeben. Nur die Verabredung heute Nachmittag konnte ich nicht gut absagen.«

Und am Abend, als sie in Randy Cambells Umarmung vor ihrem Haus stand, war Tom mit seinem einen Kuss vergessen, als hätte es ihn nie gegeben.

»Oh, ich liebe dich so sehr«, flüsterte Randy. »Küss mich noch einmal.«

Ihre kühlen Wangen und warmen Lippen berührten einander in der kalten Dunkelheit, und Annie, die zu dem eisigen Mond über seiner Schulter blickte, wusste, dass sie zusammengehörten, zog sein Gesicht zu sich herunter und küsste ihn erneut, vor Ergriffenheit zitternd.

»Und wann werden wir heiraten?«, flüsterte er.

»Wann kannst du – wann können wir es uns leisten?«

»Kannst du nicht unsere Verlobung bekanntgeben? Wenn du wüsstest, wie schrecklich es ist, dich mit einem anderen ausgehen zu sehen und hinterher mit dir zusammen zu sein.«

»O Randy, du verlangst ganz schön viel.«

»Es ist so schrecklich, Abschied zu nehmen. Kann ich kurz reinkommen?«

»Ja.«

Als sie wie in Trance nebeneinander vor dem flackernden, ersterbenden Feuer saßen, kamen sie nicht auf den Gedanken, dass ihrer beider Schicksal von einem Fünfzigjährigen, der ein paar Häuserblocks weiter in einem warmen Bad lag, gelassen erwogen wurde.

II

Annies ausnehmend freundlichem und distanziertem Betragen an diesem Nachmittag hatte Tom Squires abgelesen, dass es ihm nicht gelungen war, ihr Interesse zu wecken. Er hatte vorgehabt, die Sache in diesem Fall auf sich beruhen zu lassen, doch nun musste er feststellen, dass er nicht bereit war, seinen Vorsatz zu befolgen. Er wollte sie nicht heiraten; er wollte sie nur eine Zeitlang sehen und mit ihr zusammensein; bis zu dem Moment ihres bezaubernd sorglosen, ein wenig leidenschaftlichen und zugleich völlig unaufgeregten Kusses wäre es ihm ein Leichtes gewesen, sie aufzugeben, denn aus dem romantischen Alter war er heraus; aber seit diesem Kuss ließ der Gedanke an sie sein Herz ein paar Zentimeter höher in seiner Brust schlagen, regelmäßig und schnell.

›Das ist der richtige Zeitpunkt aufzuhören‹, sagte er sich. ›Mein Alter; kein Recht, mich in ihr Leben zu drängen.‹

Er trocknete sich ab, kämmte sein Haar vor dem Spiegel, und als er den Kamm hinlegte, sagte er entschieden: »Das war's.« Und nachdem er eine Stunde lang gelesen hatte, schaltete er die Lampe mit einem Klicken aus und wiederholte laut: »Das war's.«

Anders gesagt, das war es keineswegs gewesen, und das Klicken materieller Gegenstände machte Annie Lorry keineswegs ein Ende, wie man eine geschäftliche Entscheidung besiegelt, indem man mit dem Stift auf den Tisch klopft.

›Ich werde die Sache noch etwas weiterbetreiben‹, sagte er sich gegen halb fünf Uhr, und nach diesem Eingeständnis drehte er sich um und fand endlich Schlaf.

Am Morgen war sie ein wenig in den Hintergrund geraten, doch um vier Uhr nachmittags war sie überall um ihn herum – das Telefon war da, damit er sie anrufen konnte, die Schritte einer Frau vor seinem Büro waren ihre Schritte, der Schnee draußen vor dem Fenster trieb vielleicht gegen ihr rosiges Gesicht.

›Es gibt immer noch den kleinen Plan, den ich mir gestern Abend ausgedacht habe‹, sagte er sich. ›In zehn Jahren bin ich sechzig, und dann ade für alle Zeiten, Jugend und Schönheit.‹

Fast wie in Panik ergriff er ein Blatt Briefpapier und verfasste einen umsichtig formulierten Brief an Annies Mutter, in dem er um die Erlaubnis bat, ihrer Tochter den Hof zu machen. Er brachte ihn eigenhändig in den Flur, doch vor dem Briefschlitz zerriss er ihn und warf die Schnipsel in einen Spucknapf.

›Ausgeschlossen, so einen schäbigen Trick anzuwenden‹, sagte er sich, ›in meinem Alter.‹ Doch das Selbstlob war verfrüht, denn er schrieb den Brief noch einmal und warf ihn ein, als er abends sein Büro verließ.

Am nächsten Tag kam die Antwort, mit der er gerechnet hatte – er hätte sie wortwörtlich voraussagen können. Es war eine schroffe und ungehaltene Absage.

Sie schloss mit den Worten: »Ich halte es für das Beste, dass Sie und meine Tochter nichts mehr miteinander zu tun haben. Hochachtungsvoll, Mabel Tollman Lorry.«

›Und nun‹, dachte Tom ungerührt, ›wollen wir sehen, was die Tochter dazu sagt.‹

Er schrieb Annie ein paar Zeilen. Der Brief ihrer Mutter habe ihn überrascht, hieß es darin, aber angesichts der Haltung ihrer Mutter sei es vielleicht besser, dass sie sich nicht mehr sähen.

Mit der nächsten Post kam Annies trotzige Reaktion auf das Machtwort ihrer Mutter: »Wir sind nicht mehr im Mittelalter. Ich sehe Sie, sooft es mir passt.« Sie schlug ein Rendezvous für den nächsten Nachmittag vor. Die Kurzsichtigkeit ihrer Mutter hatte bewirkt, was ihm auf direktem Weg nicht gelungen war; Annie, die im Begriff gestanden hatte, ihm den Laufpass zu geben, war jetzt fest entschlossen, nichts dergleichen zu tun. Und die Heimlichkeit, die das Ergebnis der Missbilligung in Annies Elternhaus war, steuerte die fehlende Erregung bei. Als der Februar sich zu tiefem, ernstem, endlosem Winter verhärtete, sahen sie einander häufig und unter neuen Voraussetzungen. Ab und zu fuhren sie nach St. Paul, um einen Film zu sehen oder essen zu gehen; manchmal parkten sie weit draußen an einem Boulevard in seinem Coupé, während der beißendkalte Schneeregen die Windschutzscheibe mit undurchsichtiger Glasur bedeckte und die Scheinwerfer mit Hermelinpelz verbrämte. Oft hatte er etwas Besonderes zu trinken dabei – genug, um sie fröhlich zu machen, aber mit Bedacht und nie zu viel, denn in seine Gefühle für sie mischte sich auch väterliche Fürsorglichkeit.

Er legte die Karten auf den Tisch und sagte ihr, dass ihre Mutter sie ihm in die Arme getrieben habe, ohne es zu wissen, doch Annie lachte nur über seine Kriegslist.

Sie amüsierte sich mit ihm besser als je zuvor in ihrem Leben. Statt der egoistischen Ansprüche eines Jüngeren brachte er ihr unerschöpfliches Verständnis entgegen. Was machte es schon, wenn seine Augen müde waren, seine Wangen ein wenig ledrig und geädert, solange sein Wille männlich und entschieden war. Außerdem war seine Erfahrung wie ein Fenster mit Ausblick auf eine weitere, reichere Welt; wenn sie am Tag darauf mit Randy Cambell zusammen war, fühlte sie sich weniger umsorgt, weniger geschätzt, weniger kostbar.

Inzwischen empfand Tom ein undeutliches Gefühl der Unzufriedenheit. Er hatte, was er wollte – ihre Jugend an seiner Seite –, und er wusste, dass jeder weitere Schritt ein Fehler wäre. Seine Freiheit war ihm teuer; er konnte Annie nicht mehr als ein Dutzend Jahre anbieten, bevor er alt war; dennoch war sie ihm wichtig geworden, und er spürte, dass es nicht richtig war, sich einfach treiben zu lassen. Doch eines Tages Ende Februar wurde ihm die Entscheidung abgenommen.

Sie waren von St. Paul zurückgekommen und wollten im College Club Tee trinken; sie kämpften sich gemeinsam durch die Schneewehen, die den Gehsteig verdeckten und die Tür einrahmten. Es war eine Drehtür; ein junger Mann trat heraus, und im Inneren der Tür roch es nach Zwiebeln und Whiskey. Hinter ihnen drehte die Tür sich nochmals, und der junge Mann stand vor ihnen. Es war Randy Cambell; sein Gesicht war gerötet, seine Augen blickten stumpf und hart.

»Hallo, schönes Fräulein«, sagte er und trat auf Annie zu.

»Komm mir nicht zu nahe«, sagte sie scherzhaft. »Du riechst nach Zwiebeln.«

»Wieso bist du auf einmal so pingelig?«

»Das bin ich immer.« Annie schrak zurück und tat einen Schritt in Toms Richtung.

»Von wegen«, sagte Randy unfreundlich. Und mit heftiger Betonung und einem mehr als flüchtigen Blick zu Tom: »Von wegen!« Mit seiner Bemerkung reihte er sich in die feindselige Welt draußen ein. »Aber ich gebe dir trotzdem einen Tipp«, fuhr er fort, »deine Mutter ist drinnen.«

Die Eifersucht und das schlechte Benehmen einer anderen Generation erreichten Tom nur von ferne, wie das Quengeln eines Kindes, doch bei dieser unverschämten Warnung konnte er seine Verärgerung nicht verbergen.

»Komm, Annie«, sagte er abrupt. »Lass uns hineingehen.«

Unbehaglich wandte Annie den Blick von Randy ab und folgte Tom in den Saal.

Es waren kaum Gäste da; drei Frauen mittleren Alters saßen am Feuer. Annie hielt kurz inne und ging dann auf sie zu.

»Hallo, Mutter … Mrs. Trumble … Tante Caroline.«

Die letzteren erwiderten den Gruß, und Mrs. Trumble nickte sogar Tom leicht zu. Aber Annies Mutter stand wortlos auf, mit eisigem Blick und zusammengepressten Lippen. Einen Augenblick lang starrte sie ihre Tochter an; dann wendete sie sich brüsk ab und verließ den Raum.

Tom und Annie setzten sich an einen Tisch am anderen Ende des Raums.

»War das eben nicht fürchterlich?«, sagte Annie und atmete schwer. Er schwieg.

»Seit drei Tagen spricht sie nicht mehr mit mir.« Und plötzlich brach es aus ihr heraus: »Oh, wie schäbig Leute sich aufführen können! Ich sollte in der Junior-League-Aufführung die Hauptrolle singen, und gestern kam Cousine Mary Betts, die Vorsitzende, zu mir und hat gesagt, es ginge nicht.«

»Und warum nicht?«

»Weil ein Mädchen, das in der Junior League so eine wichtige Aufgabe erfüllt, nicht frech zu seiner Mutter sein darf. Als wäre ich ein ungezogenes Kind!«

Tom hielt den Blick auf eine Reihe von Pokalen auf dem Kaminsims geheftet – zwei oder drei trugen seinen Namen. »Vielleicht hat sie recht«, sagte er plötzlich. »Wenn ich anfange, dir zu schaden, ist es Zeit, Schluss zu machen.«

»Was willst du damit sagen?«

Der schockierte Ton ihrer Stimme pumpte warme Flüssigkeit aus seinem Herzen in seinen Körper, doch er antwortete ungerührt: »Erinnerst du dich, dass ich vorgehabt hatte, in den Süden zu verreisen? Ich fahre morgen.«

Es kam zu einem Streit, aber er hatte sich entschieden.

Am nächsten Abend weinte sie auf dem Bahnhof und wollte ihn nicht loslassen.

»Ich danke dir für den glücklichsten Monat meines Lebens seit Jahren«, sagte er.

»Aber du wirst zurückkommen, Tom!«

»Ich bleibe zwei Monate in Mexiko; danach fahre ich für ein paar Wochen in den Osten.«

Er bemühte sich, seiner Stimme einen freudigen Klang zu verleihen, doch die eisesstarre Stadt, die er verließ, schien in Blüte zu stehen. Annies gefrorener Atem war eine Blume in der Luft, und Verzweiflung überkam ihn bei dem Gedanken, dass ein junger Mann draußen darauf wartete, sie in einem blütenbekränzten Wagen nach Hause zu fahren.

»Adieu, Annie. Adieu, mein Herz!«

Zwei Tage später verbrachte er den Vormittag in Houston mit Hal Meigs, einem Zimmernachbarn aus Yale.

»Du hast wirklich Glück, altes Haus«, sagte Meigs beim Lunch, »denn ich werde dich mit der niedlichsten Reisebegleitung bekannt machen, die man sich vorstellen kann und die zufällig nach Mexico City fährt.«

Die Dame war sichtlich erfreut, als sie am Bahnhof erfuhr, dass sie ihre Rückreise nicht allein antreten würde. Sie und Tom aßen im Zug zu Abend und spielten danach eine Stunde lang Rommé; doch als sie sich um zehn Uhr in der Tür des Salonwagens umdrehte und ihm plötzlich einen langen, eindeutigen und unmissverständlichen Blick zuwarf, überkam Tom mit einem Mal ein übermächtiges, wenn auch keineswegs von ihr beabsichtigtes Gefühl. Er sehnte sich entsetzlich nach Annie, danach, sie für einen Augenblick am Telefon zu sprechen und dann in dem Wissen einzuschlafen, dass sie jung und so rein wie ein Stern und sicher in ihrem Bett war.

»Gute Nacht«, sagte er, bemüht, seiner Stimme keinen Widerwillen anmerken zu lassen.

»Oh! Gute Nacht.«

Nach der Ankunft in El Paso fuhr er am nächsten Tag über die Grenze nach Juarez. Die Sonne brannte heiß, und nachdem er sein Gepäck am Bahnhof eingelagert hatte, ging er in eine Bar, um einen eisgekühlten Drink zu bestellen; beim ersten Schluck sprach ihn von einem Tisch hinter ihm die Stimme eines Mädchens mit schwerer Zunge an: »Sind Sie Amerikaner?«

Schon beim Eintreten war ihm das Mädchen aufgefallen, das mit aufgestützten Ellbogen über dem Tisch hing; als er sich umdrehte, sah er sich einem jungen Ding von vielleicht siebzehn Jahren gegenüber, sichtlich betrunken und dennoch mit einer natürlichen Anmut in seiner unsicheren, lallenden Stimme. Der amerikanische Barkeeper beugte sich vertraulich über die Theke.

»Ich weiß nicht, was ich mit ihr anstellen soll«, sagte er. »Gegen drei Uhr kam sie mit zwei jungen Burschen herein, einer davon ihr Freund. Dann haben sie gestritten, und die Männer sind gegangen, und seitdem hockt sie hier.«

Leichter Widerwille erfasste Tom, die Anstandsregeln seiner Generation so missachtet, ja verhöhnt zu sehen. Ein amerikanisches Mädchen, betrunken und alleingelassen auf dem gefährlichen Pflaster einer ausländischen Stadt – dass es zu so etwas kommen konnte, vielleicht sogar mit Annie! Er sah auf seine Uhr, zögerte.

»Schuldet sie Ihnen Geld?«

»Vier oder fünf Glas Gin. Aber was ist, wenn ihr Freund zurückkommt?«

»Dann sagen Sie ihm, dass sie im Hotel Roosevelt in El Paso ist.«

Er trat zu ihr und legte ihr die Hand auf die Schulter. Sie hob den Blick.

»Sie sehen aus wie der Weihnachtsmann«, sagte sie schleppend. »Sind Sie der vielleicht am Ende?«

»Ich bringe Sie nach El Paso.«

»Na ja« – sie überlegte –, »Sie sehen aus, als könnte ich Ihnen trauen.«

Sie war so jung, eine durchnässte kleine Rose. Er hätte weinen mögen ob ihrer schrecklichen Ahnungslosigkeit angesichts der ewigen Tatsachen, der ewigen Strafen des Lebens. Als kämpfte er auf einem leeren Turnierplatz mit schwankender Lanze gegen einen unsichtbaren Gegner. Das Taxi fuhr viel zu langsam durch die auf einmal unerträgliche Nacht.

Nachdem er einem unwilligen Nachtportier die Situation erklärt hatte, machte er sich auf die Suche nach einem Telegraphenbüro.

»MEXIKOREISE ABGEBROCHEN«, telegraphierte er, »REISE HEUTE AB SEI BITTE UM DREI UHR AM BAHNHOF ST PAUL UND FAHR MIT MIR NACH MINNEAPOLIS KANN KEINE MINUTE LÄNGER OHNE DICH SEIN LIEBE DICH«

Immerhin konnte er ein Auge auf sie haben, sie beraten, aufpassen, was sie mit ihrem Leben anfing. Ach, diese dumme Mutter!

Während die sonnenversengten tropischen Landschaften

und grünen Wiesen verschwanden und der Norden sich ausbreitete, zuerst mit einzelnen zugeschneiten Flecken und dann mit ganzen Schneefeldern, eisigen Winden im Korridor und trübsinnigen Farmen im Winterschlaf, wanderte Tom rastlos vor unerträglicher Nervosität von Waggon zu Waggon. Als sie in den Bahnhof von St. Paul einfuhren, sprang er wie ein junger Mann auf den Bahnsteig, suchte ihn eilig mit dem Blick ab, konnte sie jedoch nirgends ausmachen. Er hatte so auf diese paar Minuten zwischen den zwei Städten gehofft; sie waren ihm zum Symbol geworden, dass Annie ihrer Freundschaft treu geblieben war, und als der Zug wieder anfuhr, suchte er verzweifelt alle Waggons vom Raucherwagen bis zum Aussichtswagen ab. Aber sie war nicht aufzufinden, und ihm wurde klar, dass er verrückt nach ihr war; bei der Vorstellung, dass sie seinen Rat befolgt und sich in Affären mit anderen Männern gestürzt haben könnte, wurde ihm vor Schrecken schwach in den Knien.

Als der Zug in Minneapolis einfuhr, zitterten Toms Hände so stark, dass er den Gepäckträger rufen musste, um ihn zu bitten, sein Gepäck zu verschnüren. Dann wartete er eine Ewigkeit im Gang, während das Gepäck hinausgebracht wurde, bis er gegen ein Mädchen in einem Mantel mit Eichhörnchenfellbesatz gedrängt wurde.

»Tom!«

»Also, ich glaube –«

Sie warf ihm die Arme um den Hals. »Aber Tom«, rief sie, »ich war seit St. Paul in diesem Waggon!«

Sein Stock fiel in den Gang, er zog sie voller Zärtlichkeit an sich, und ihre Lippen berührten einander wie ausgehungerte Herzen.

III

Die neue Intimität ihrer tatsächlichen Verlobung bescherte Tom ein jugendliches Glücksgefühl. An Wintermorgen erwachte er und spürte das Gefühl unverdienter Freude in seinem Zimmer; wenn er jungen Männern begegnete, ertappte er sich dabei, dass er seine geistige und körperliche Spannkraft mit der ihren verglich. Mit einem Mal hatte sein Leben Sinn und Ziel; er fühlte sich ausgefüllt und im Lot. Wenn Annie an grauen Märznachmittagen ganz selbstverständlich in seiner Wohnung herumwanderte, wallten die tröstlichen Gewissheiten seiner Jugend wieder in ihm auf – Erregung und Ergriffenheit, das unvorstellbar tragische Nebeneinander des Sterblichen und des Ewigen –, und nicht ohne Verwunderung merkte er, dass er sogar die Wortwahl junger Liebe genoss. Doch er war umsichtiger als ein junger Liebender, und in Annies Augen schien er »alles zu wissen« und ihr den Weg zu den wahren Herrlichkeiten der Welt zu weisen.

»Zuerst werden wir nach Europa reisen«, sagte er.

»Oh, wir werden oft dort sein, nicht wahr? Wir werden jeden Winter in Italien und jedes Frühjahr in Paris verbringen.«

»Annie, mein Herz, und meine Geschäfte?«

»Nun ja, wir werden eben so oft wie möglich weg sein. Ich hasse Minneapolis.«

»O nein.« Er war ein wenig erschrocken. »Minneapolis ist ganz in Ordnung.«

»Wenn du da bist, ist es in Ordnung.«

Zu guter Letzt fügte Mrs. Lorry sich in das Unvermeidliche. Übellaunig fand sie sich mit der Verlobung ab und stellte nur die Bedingung, dass die Hochzeit nicht vor dem Herbst erfolgen solle.

»Bis dahin ist es noch so lange«, seufzte Annie.

»Schließlich bin ich deine Mutter, und es ist nicht viel verlangt.«

Es war ein langer Winter, sogar in einem Land der langen Winter. Im März folgte ein stürmischer Schneeschauer auf den anderen, und als es zuletzt aussah, als würde die Kälte besiegt werden, brach eine Reihe von Blizzards herein, so erbittert wie letzte Gefechte. Die Leute warteten; ihre Widerstandskraft war aufgebraucht; Mensch und Wetter ließen sich einfach hängen. Es gab nun weniger zu tun, und die allgemeine Unruhe äußerte sich in mürrischem Alltagsbetragen. Doch Anfang April brach laut knackend das Eis, der Schnee versickerte im Boden, und der grüne, naseweise Frühling spross hervor.

Eines Tages, als sie in einem frischen, feuchten Frühlingswind mit dem leisen Beigeschmack von verkümmertem, zerdrücktem Gras eine Straße voller Matsch entlangfuhren, brach Annie in Tränen aus. Es kam vor, dass sie grundlos weinte, doch diesmal hielt Tom den Wagen an und legte den Arm um sie.

»Warum weinst du denn? Bist du unglücklich?«

»O nein, nein!«, wehrte sie ab.

»Aber gestern hast du genauso geweint. Und du wolltest mir den Grund nicht sagen. Aber das musst du tun.«

»Es ist nichts, nur der Frühling. Er riecht so gut und bringt so viele traurige Gedanken und Erinnerungen mit sich.«

»Es ist unser Frühling, mein Herz«, sagte er. »Annie, lass uns nicht länger warten. Lass uns im Juni heiraten.«

»Ich habe Mutter versprochen zu warten, aber wenn du willst, können wir im Juni unsere Verlobung bekanntgeben.«

Dann kam der Frühling schnell. Die Gehsteige waren erst feucht, dann trocken, die Kinder fuhren darauf Rollschuh, und die Jungen spielten auf dem weichen Boden der brachliegenden Grundstücke Baseball. Tom organisierte aufwendige Picknickausflüge mit Leuten in Annies Alter und ermunterte sie, mit ihnen Golf und Tennis zu spielen. Und auf einmal war es mit einem letzten triumphierenden Ruck der Natur Sommer geworden.

An einem herrlichen Maiabend kam Tom zum Haus der Lorrys und setzte sich auf der Veranda zu Annies Mutter.

»Es ist so angenehmes Wetter«, sagte er, »und deshalb dachte ich, Annie und ich könnten heute Abend zu Fuß gehen, statt zu fahren. Ich wollte ihr das komische alte Haus zeigen, in dem ich geboren bin.«

»In der Chambers Street, nicht wahr? Annie kommt in ein paar Minuten nach Hause. Sie ist nach dem Abendessen mit ein paar jungen Leuten weggefahren.«

»Ja, in der Chambers Street.«

Er sah auf die Uhr und hoffte, dass Annie rechtzeitig käme, solange es noch hell genug war. Viertel vor neun. Er runzelte die Stirn. Am Vorabend hatte sie ihn warten lassen, und am Nachmittag des Vortags hatte sie ihn eine geschlagene Stunde warten lassen.

›Wenn ich einundzwanzig wäre‹, dachte er sich, ›würde

ich ihr dafür Szenen machen, und dann wären wir beide todunglücklich.‹

Er unterhielt sich mit Mrs. Lorry; die Wärme der Nachtluft beförderte die undeutliche abendliche Mattigkeit der Fünfzigjährigen und stimmte beide weicher, und zum ersten Mal seit seinem Werben um Annie war keine Unfreundlichkeit zwischen ihnen. Nach und nach machte sich immer längeres Schweigen breit, das nur durch das Entzünden eines Streichholzes oder das Quietschen ihrer Schaukelbank unterbrochen wurde. Als Mr. Lorry nach Hause kam, warf Tom überrascht seine zweite Zigarre weg und sah auf die Uhr; es war nach zehn Uhr.

»Annie ist spät dran‹, sagte Mrs. Lorry.

»Ich hoffe, es ist nichts passiert«, sagte Tom besorgt. »Mit wem ist sie unterwegs?«

»Sie sind zu viert losgefahren. Randy Cambell und ein anderes Paar, wer genau, weiß ich nicht. Sie wollten nur in eine Eisdiele gehen.«

»Ich hoffe, es ist nichts Ernsthaftes vorgefallen. Vielleicht – meinen Sie, ich sollte mich vielleicht erkundigen gehen?«

»Zehn Uhr ist heutzutage nicht spät. Sie werden sehen –« Doch sie erinnerte sich rechtzeitig daran, dass Tom Squires Annie heiraten, nicht adoptieren wollte, und fügte deshalb nicht hinzu: ›Sie werden sich schon daran gewöhnen.‹

Ihr Ehemann sagte gute Nacht und ging zu Bett, und die Unterhaltung wurde zunehmend gezwungener und nichtssagender. Als die Kirchenglocke auf der anderen Straßenseite elf Uhr schlug, verstummten beide und lauschten den Schlägen. Zwanzig Minuten später, als Tom gerade ungehalten seine letzte Zigarre ausdrückte, fuhr ein Automobil gemächlich die Straße entlang und blieb vor der Tür stehen.

Einen Augenblick lang regte sich niemand, weder auf der Veranda noch im Wagen. Dann stieg Annie aus, einen Hut in der Hand, und ging schnell den Weg zum Haus. Ohne Rücksicht auf die nächtliche Stille fuhr der Wagen laut röhrend davon.

»Oh, hallo!«, rief Annie. »Tut mir wirklich leid! Wie spät ist es? Schon sehr spät?«

Tom schwieg. Die Straßenlaterne warf weinrote Farbe auf Annies Gesicht und betonte mit einem Schatten die aufgeregte Röte ihrer Wange. Ihr Kleid war zerknittert, ihre Haare waren vielsagend zerzaust. Doch was ihn ängstigte und davon abhielt, den Mund aufzumachen, was ihn dazu brachte, den Blick abzuwenden, war die merkwürdige Unsicherheit in ihrer Stimme.

»Was war los?«, fragte Mrs. Lorry gleichmütig.

»Ach, ein geplatzter Reifen und irgendwas mit dem Motor – und dann haben wir uns verfahren. Ist es schon schrecklich spät?«

Und da, als sie vor ihnen stand, den Hut immer noch in der Hand, mit leicht wogender Brust, weit aufgerissenen und schimmernden Augen, kam Tom mit einem Schock zu Bewusstsein, dass er und ihre Mutter zu einer Generation gehörten und sich dem Mitglied einer anderen Generation gegenübersahen. Er konnte tun, was er wollte, er war von Mrs. Lorry nicht zu trennen. Als sie gute Nacht sagte, musste er sich gewaltsam zurückhalten, um nicht zu sagen: »Aber warum wollen Sie jetzt gehen? Nachdem Sie den ganzen Abend hier waren?«

Sie waren allein. Annie trat zu ihm und drückte seine Hand. Nie zuvor war ihre Schönheit ihm so bewusst gewesen; ihre Hände waren taufeucht.

»Du warst mit dem jungen Cambell unterwegs«, sagte er.

»Ja. Oh, sei mir bitte nicht böse. Ich bin – ich bin heute Abend so durcheinander.«

»Durcheinander?«

Sie setzte sich und jammerte leise.

»Ich kann nichts dafür. Sei mir bitte nicht böse. Er wollte unbedingt, dass ich mit ihm fahre, und es war so ein wunderschöner Abend, und deshalb bin ich für eine Stunde mitgegangen. Und dann haben wir geredet, und ich habe nicht auf die Uhrzeit geachtet. Er hat mir so schrecklich leid getan.«

»Und was denkst du, wie es mir gegangen ist?« Er verachtete sich selbst, aber die Worte waren gesagt.

»Bitte nicht, Tom. Ich habe dir gesagt, dass ich schrecklich durcheinander bin. Ich möchte ins Bett.«

»Ich verstehe. Adieu, Annie.«

»O Tom, bitte sei nicht so. Kannst du mich denn nicht verstehen?«

Aber das konnte er, und genau darin lag das Problem. Mit der höflichen Verbeugung einer anderen Generation ging er die Stufen hinunter und in das auslöschende Mondlicht hinaus. Im nächsten Moment war er ein Schatten unter den Straßenlaternen und dann das schwache Geräusch von Schritten die Straße entlang.

Den ganzen Sommer hindurch machte er abends oft weite Spaziergänge. Gern stand er eine Weile vor dem Haus, in dem er geboren war, und danach vor einem anderen Haus, in dem er ein kleiner Junge gewesen war. Auf seinen gewohnten Spazierwegen gab es noch andere unvergessene Wegmarken der Neunzigerjahre, umgewandelte Örtlichkeiten von Lustbarkeiten, die nicht mehr existierten – die leere Hülle von Jansens Mietstallungen und die alte Nushka-Eisbahn, auf deren sorgsam gepflegtem Eis sein Vater jeden Winter Curling gespielt hatte.

»Es ist eine Affenschande«, murmelte er dann, »eine Affenschande.«

Er hatte auch die Gewohnheit, an den Lichtern eines bestimmten Drugstores vorbeizugehen, weil er das Gefühl hatte, dass dieser Drugstore die Saat eines anderen und näheren Zweigs der Vergangenheit in sich geborgen hatte. Einmal trat er ein, erkundigte sich nebenbei nach der blonden Verkäuferin und hörte, dass sie vor einigen Monaten geheiratet und gekündigt hatte. Er erfuhr ihren Namen und schickte ihr aus einer Laune heraus ein Hochzeitsgeschenk »von einem stummen Bewunderer«, denn er fand, dass er ihr für sein Glück und sein Leid in gewisser Weise verpflichtet war. Er hatte den Kampf gegen die Jugend und den Frühling verloren und bezahlte mit seinem Kummer die Strafe für die unverzeihliche Verfehlung des Alters, nicht sterben zu wollen. Doch er hätte nicht in die Dunkelheit entschwinden können, ohne seine Kraft ein wenig erschöpft zu haben; schließlich hatte er nichts anderes im

Sinn gehabt, als sein altes, starkes Herz zu brechen. Der Konflikt als solcher ist mehr wert als Sieg oder Niederlage, und die vergangenen drei Monate – die gehörten ihm für immer und ewig.

Die Schwimmer

I

Auf der Place Benoît schmorte eine Wolke von Benzin-abgasen in der Junisonne. Es war ein abscheulicher Anblick, denn anders als Sonnenhitze kündete sie nicht von ländlichen Refugien, sondern nur von Straßen, die an dem gleichen eklen Asthma würgten. In den Geschäftsräumen der Pariser Zweigstelle der Promissory Trust Company mit Blick auf den Platz inhalierte ein Amerikaner von Mitte dreißig die Ausdünstungen, und sie wurden für ihn zum Geruch dessen, was er als Nächstes zu tun hatte. Finsteres Entsetzen überkam ihn; er ging zur Toilette einen Stock höher; hinter der Tür blieb er zitternd stehen.

Aus dem Fenster der Toilette sah er ein Reklameschild – »1000 Chemises«. Die fraglichen Hemden füllten das Schaufenster des Ladens, aufeinandergetürmt, mit Krawatten versehen und ausgestopft oder geschmacklos auf dem Boden des Schaufensters drapiert. 1000 Chemises – man zähle sie! Zur Linken las er Papeterie, Pâtisserie, Solde, Réclame und Constance Talmadge in *Déjeuner de soleil*; sein Blick wich nach rechts aus und traf auf noch unfrohere Ankündigungen: Vêtements Écclésiastiques, Déclarations de Décès und Pompes Funèbres. Leben und Tod.

Aus Henry Marstons Zittern wurde ein Zucken; wie angenehm, dachte er, wenn dies das Ende wäre und nichts weiter getan werden müsste, und nicht ohne Hoffnung setzte er sich auf einen Hocker. Doch das, was man dafür hält, ist fast nie das Ende, und nach einiger Zeit, als er zu erschöpft war, um sich weiter Gedanken zu machen, hörten die Zuckungen auf, und es ging ihm besser. Als er die Treppe hinunterging, sah er so frisch und beherrscht aus wie jeder andere Bankangestellte; er unterhielt sich mit zwei Kunden, die er kannte, und fasste grimmig den Mittag ins Auge.

»Na so was, Henry Clay Marston!« Ein gutaussehender alter Mann schüttelte ihm die Hand und setzte sich neben seinen Schreibtisch.

»Henry, ich wollte mit Ihnen über die Sache sprechen, die wir neulich angeschnitten hatten. Wie wäre es mit einem Lunch? In dem kleinen Restaurant unter den Bäumen im Grünen?«

»Ich kann leider nicht, Richter Waterbury; ich habe einen Termin.«

»Dann sage ich es jetzt hier, denn ich reise heute Nachmittag ab. Was zahlen Ihnen diese Plutokraten dafür, dass Sie hier eine wichtige Miene machen?«

Henry Marston wusste, was kommen würde.

»Zehntausend zuzüglich Spesen«, antwortete er.

»Wie würde es Ihnen gefallen, für das doppelte Gehalt nach Richmond zurückzukommen? Sie sind seit mehr als acht Jahren hier und können sich gar nicht vorstellen, was Sie alles verpassen. Meine Söhne haben beide –«

Henry hörte aufmerksam zu, doch er konnte sich an diesem Vormittag nicht konzentrieren. Er sagte etwas Unverbindliches darüber, dass es sich in Paris besser leben lasse, ohne sich dazu hinreißen zu lassen, seine ehrliche Meinung über das Leben zu Hause zu äußern.

Richter Waterbury winkte einen großen, blassen Mann herbei, der am Briefschalter stand.

»Das ist Mr. Wiese«, sagte der Richter. »Mr. Wiese kommt aus dem Süden und ist auf dem besten Weg, Partner bei mir zu werden.«

»Freut mich, Sie kennenzulernen, Sööh.« Mr. Wieses Südstaatenakzent war ein bisschen dick aufgetragen. »Habe gehört, dass der Richter Ihnen einen Vorschlag machen will.«

»Ja«, antwortete Henry kurz angebunden. Er kannte diesen Typus, und er verabscheute ihn – der erfolgreiche Streber, vermutlich Ergebnis der Kreuzung aus politischem Hasardeur und verarmtem Südstaatenweißen. Als Wiese sich entfernte, sagte der Richter beinahe verzeihungheischend: »Henry, er ist einer der reichsten Männer im Süden.« Und nach einer Pause: »Kommen Sie nach Hause, Junge.«

»Ich werde darüber nachdenken, Richter.« Für einen Augenblick überwältigte ihn die Freundlichkeit des grauhaarigen Mannes mit der gesunden Gesichtsfarbe, doch dann verblich alles wieder und wurde eindimensional, maschinengefertigt, platt, stumpf und uneuropäisch. Henry Marston achtete die offenherzige Freundlichkeit; bei seiner Arbeit in der Bank ging er jeden Tag so behutsam damit um, wie ein Museumskurator ein kostbares Objekt aus einer fernen Zeit und von einem fernen Ort berührt; dennoch konnte sie ihm nicht helfen; die Fragen, die Henry Marstons Leben betrafen, konnten nur in Frankreich beantwortet werden. Die sieben Generationen Vorfahren aus Virginia fanden sich jeden Tag zur Mittagszeit hinter ihm ein, wenn er nach Hause ging.

Das Zuhause war eine elegante Wohnung mit hohen Räumen im Renaissancepalast eines Kardinals in der Rue Monsieur – etwas, was Henry sich in Amerika nicht hätte leisten können. Mit etwas mehr Geschmack als dem unbeirrbaren Traditionalismus der französischen Bourgeoisie hatte Choupette sie wirklich schön eingerichtet, und sie bewegte sich mit ihren Kindern anmutig in den Räumlichkeiten. Sie war eine zerbrechliche, südländisch anmutende Blondine mit schönen, kraftvollen Zügen und lebhaften und traurigen französischen Augen, die Henry damals, im Jahr 1918, in einer *pension* in Grenoble als Erstes aufgefallen waren. Die beiden Söhne hatten das Aussehen Henrys geerbt, der wenige Jahre vor dem Krieg zum bestaussehenden Mann der Universität von Virginia gekürt worden war.

Henry stieg die breiten Treppenfluchten hinauf und blieb im Treppenhaus stehen, um Atem zu holen. Es war ruhig und kühl hier, doch gleichzeitig war die Atmosphäre wie eine undeutliche Ankündigung der Szene, die ihm bevorstand. Er hörte eine Uhr in seiner Wohnung ein Uhr schlagen und steckte den Schlüssel in die Tür.

Die Zofe, die seit dreißig Jahren für Choupettes Familie arbeitete, stand vor ihm, den Mund zu einem ersterbenden Seufzer aufgerissen.

»*Bonjour*, Louise.«

»Monsieur!« Er warf seinen Hut auf einen Stuhl. »Aber

Monsieur – aber ich dachte, Monsieur hätte am Telefon gesagt, Sie würden zu den Kindern nach Tours fahren!«

»Ich habe es mir anders überlegt, Louise.«

Er war einen Schritt vorgetreten; beim Anblick der schreckensstarren Miene der Frau waren seine letzten Zweifel verflogen.

»Ist Madame zu Hause?«

Im gleichen Augenblick bemerkte er den Hut und den Stock eines Mannes auf dem Tisch im Eingangsraum, und zum ersten Mal in seinem Leben hörte er die Stille – eine laute, singende Stille, so bedrückend wie Kanonendonner oder Donnergrollen. Und dann, als der leise Aufschrei der Zofe den endlosen Augenblick zerriss, trat er durch die Portieren in das benachbarte Zimmer.

Eine Stunde darauf klingelte Doktor Derocco von der Faculté de Médecine an der Wohnungstür. Choupette Marston öffnete mit leicht angespannter Miene die Tür. Und nach einem kurzen Austausch französischer Höflichkeiten sagte sie gefasst:

»Mein Ehemann hat sich in den letzten Wochen nicht wohl gefühlt. Aber er hat keine konkreten Beschwerden geäußert, und ich habe mir weiter keine Sorgen gemacht. Er ist auf einmal zusammengebrochen; er kann nicht sprechen und sich nicht bewegen. Möglicherweise wurde sein Anfall durch eine gewisse Indiskretion meinerseits befördert – es kam jedenfalls zu einer heftigen Auseinandersetzung, zu einem Streit, und wenn mein Ehemann aufgeregt ist, versteht er manchmal die französische Sprache nicht besonders gut.«

»Ich werde ihn mir ansehen«, sagte der Arzt, und er

dachte sich: ›Manche Dinge versteht man auf Anhieb in allen Sprachen.‹

In den nächsten vier Wochen bekamen mehrere Leute sonderbare Reden über eintausend Hemden zu hören, darüber, dass die gesamte Pariser Bevölkerung durch billiges Benzin betäubt werde; anwesend waren ein Psychiater, der keine Anzeichen einer gravierenden geistigen Erkrankung zu erkennen vermochte, eine Krankenschwester aus dem amerikanischen Krankenhaus und eine erschrockene, trotzige und auf ihre Weise zutiefst zerknirschte Choupette. Einen Monat später, als Henry sein vertrautes Zimmer wiedererkannte, in dem gedämpftes Licht herrschte, sah er sie an seinem Bett sitzen und griff nach ihrer Hand.

»Ich liebe dich noch immer«, sagte er, »das ist das Komische an der Sache.«

»Schlaf, du männlicher Kohlkopf.«

»Jedenfalls«, fuhr er mit schwacher Ironie fort, »kannst du dich darauf verlassen, dass ich mich wie ein Europäer verhalten werde.«

»Bitte! Du zerreißt mir das Herz.«

Als er sich im Bett aufsetzte, waren sie einander augenscheinlich wieder nahe – näher, als sie es seit Monaten gewesen waren.

»Jetzt gibt es noch einmal Ferien für euch«, sagte Henry zu den beiden Söhnen, die vom Land zurückgekommen waren. »Papa muss ans Meer reisen, um ganz gesund zu werden.«

»Dürfen wir dann auch schwimmen?«

»Wollt ihr ertrinken, meine Schätzchen?«, rief Choupette. »In eurem Alter? Das kommt nicht in Frage!«

Und so kam es, dass sie in St. Jean de Luz stattdessen am Strand saßen und ein paar unverzagten französischen Jüngern von *le sport* zusahen, die sich zwischen Floß, Sprungbrett, Motorboot und Sandstrand bewegten. Es gab vorbeifahrende Schiffe und bunte Inseln zu betrachten, Berge, die in kalte Höhen hinaufreichten, rote und gelbe Villen mit Namen wie Fleur des Bois, Mon Nid oder Sans-Souci und weiter im Landesinneren müde französische Dörfer aus Zement und grauem Stein.

Choupette saß neben Henry und hielt einen Sonnenschirm, um ihre Pfirsichhaut vor der Sonne zu schützen.

»Sieh nur!«, sagte sie beim Anblick sonnengebräunter amerikanischer Mädchen. »Ist das vielleicht schön? Mit dreißig haben sie dann eine Lederhaut wie einen braunen Schleier, der alles überdeckt, und sie sehen alle gleich aus. Und Frauen von hundert Kilo Gewicht in solchen Badeanzügen! Waren Kleider nicht ursprünglich dafür gedacht, die Fehler der Natur zu kaschieren?«

Henry Clay Marston war Virginier, von dem Schlag, der stolzer darauf ist, Virginier zu sein, als darauf, Amerikaner zu sein. Das gewichtige, durch einen ganzen Kontinent geprägte Wort bedeutete ihm weniger als die Erinnerung an seinen Großvater, der 1858 seinen Sklaven die Freiheit gegeben hatte, von Manassas bis Appomattox gekämpft hatte, Huxley und Spencer für leichte Lektüre hielt und unter Elite das Beste verstand, was ein Volk hervorbringt.

Choupette sagte all das wenig. Ihre spezifischere Kritik an Henrys Landsleuten richtete sich auf die Frauen.

»Wie würdest du sie einordnen?«, rief sie. »Vornehme Damen, Spießbürgerinnen, Abenteurerinnen – sie sehen alle gleich aus! Oder? Wie käme ich mir vor, wenn ich mich so aufführen wollte wie deine Freundin Madame de Richepin? Mein Vater war Professor an einer kleinen Universität, und es gibt Dinge, die ich niemals tun würde, weil es für meine Gesellschaftsklasse, für meine Familie ungehörig wäre. Und Madame de Richepin würde andere Dinge nicht tun, weil ihre Klasse, ihre Herkunft das nicht zulässt.« Sie deutete auf ein amerikanisches Mädchen, das ins Wasser ging: »Aber diese junge Dame ist möglicherweise eine Sekretärin, die denkt, sie müsste sich verstellen und sich kleiden und benehmen, als besäße sie ein Vermögen.«

»Vielleicht wird sie eines Tages eines besitzen.«

»Das wird ihnen allen eingeredet; aber dieses Glück hat nur eine von hundert. Deshalb haben sie alle so traurige und unzufriedene Mienen, wenn sie älter als dreißig sind.«

Obwohl Henry alles in allem ihrer Meinung war, musste er dennoch insgeheim darüber lächeln, welchen Gegenstand Choupette mit ihren harschen Worten bedachte. Das Mädchen, höchstens achtzehn Jahre alt, war der Typus, den sein Vater als reinrassig bezeichnet hätte. Ein in sich gekehrtes, gedankenverlorenes Gesicht, dessen Schönheit nur deshalb zu erkennen war, weil die makellosen Züge gleichsam zu verlangen schienen, beachtet zu werden, obwohl das Gesicht auf ihre Makellosigkeit hätte verzichten können, ohne sich in seinem Adel, in seiner Vornehmheit geschmälert zu sehen.

Mit ihrer Anmut, die so kühn wie elegant war, bildete sie den vollendeten Typus des amerikanischen Mädchens, bei dessen Anblick man sich fragt, ob die Männer heutzutage um seinetwillen geopfert werden, ähnlich wie im vergangenen Jahrhundert die niedrigeren Schichten in England geopfert wurden, um die herrschende Klasse zu schaffen.

Die zwei jungen Männer, die aus dem Wasser kamen, als sie hineinging, hatten breite Schultern und leere Gesichter. Sie erübrigte ein Lächeln für sie, das nicht herzlicher war, als sie es verdienten, das genügen musste, bis sie einen zum Vater ihrer Kinder auserwählen und sich in ihr Schicksal ergeben würde. Bis dahin… Henry Marston konnte sehen, wie glücklich sie war, als ihre Arme beim Kraulen wie fliegende Fische das Wasser zerteilten, als ihr Körper wie ein Wasservogel oder wie ein Klappmesser vom Sprungbrett schnellte und als ihr Kopf aus der Tiefe auftauchte und unbekümmert das nasse Haar aus den Augen schüttelte.

Die zwei jungen Männer kamen vorbei.

»Sie wirbeln Wasser auf«, sagte Choupette, »und dann gehen sie woandershin und wirbeln dort Wasser auf. Sie sind monatelang in Frankreich und wissen nicht einmal, wie der Präsident heißt. Sie sind Schmarotzer, wie es sie in Europa seit hundert Jahren nicht gegeben hat.«

Aber Henry war plötzlich aufgestanden, und alle Strandbesucher standen ebenfalls auf. In den fünfzig Metern Wasser zwischen dem leeren Floß und dem Strand war etwas passiert. Der blonde Kopf erschien an der Wasseroberfläche; er plantschte nicht mehr, sondern rief: »*Au secours!* Hilfe!«, und die Stimme klang schwach und erschreckt.

»Henry!«, rief Choupette. »Henry, lass das!«

Um die Mittagsstunde war der Strand fast menschenleer, doch Henry und mehrere andere Männer eilten zum Wasser; auch die zwei jungen Amerikaner hörten den Hilferuf, drehten sich um und liefen hinterher. Ein halbes Dutzend

Köpfe bewegte sich hektisch im Wasser. Choupette gelang es, sich noch immer an ihrem Sonnenschirm festzuhalten und zugleich die Hände zu ringen, während sie am Strand entlanglief und schrie: »Henry! Henry!«

Sehr bald waren noch mehr Helfer zur Stelle, und dann bildeten sich zwei wachsende Grüppchen um zwei reglose Körper am Meeresufer. Der junge Mann, der das Mädchen gerettet hatte, brachte es innerhalb einer Minute zu Bewusstsein, aber schwieriger war es, das Wasser aus Henry zu pumpen, der nie schwimmen gelernt hatte.

II

»Das ist der Mann, der nicht wusste, ob er schwimmen kann, weil er es nie ausprobiert hat.«

Henry erhob sich aus seinem Liegestuhl und grinste verlegen. Es war am Morgen danach, und das gerettete Mädchen war mit seinem Bruder gerade an den Strand gekommen. Sie erwiderte Henrys Lächeln, strahlend unverbindlich und eher mitleidig als dankbar.

»Das Mindeste, was ich zum Dank tun kann, ist, dass ich es Ihnen beibringe«, sagte sie.

»Das wäre prima. Das dachte ich mir schon gestern im Wasser, bevor ich zum zehnten Mal untertauchte.«

»Sie können mir vertrauen. Ich werde nie wieder Schokoladeneis essen, bevor ich schwimmen gehe.«

Als sie ins Wasser ging, fragte Choupette: »Wie lange bleiben wir noch hier? Besonders unterhaltsam ist das Leben hier nicht.«

»Wir bleiben, bis ich schwimmen kann. Und die Jungen auch.«

»Schon recht. Ich habe einen hübschen Badeanzug in zweierlei Blau für fünfzig Franc gesehen; den kaufe ich dir heute Nachmittag.«

Henry, der sich ein wenig schmerbäuchig und ungesund käsig vorkam, wagte sich vorsichtig ins Wasser, seine Söhne an der Hand. Die großen Wellen sprangen ihn an und raubten ihm das Gleichgewicht, doch die Jungen quietschten vor Begeisterung; das zurückfließende Wasser sammelte sich bedrohlich um seine Füße auf dem Weg zurück ins Meer. Weiter draußen stand er neben anderen ängstlichen Geistern bis zur Taille im Wasser, sah zu, wie Leute von dem Sprungbrett auf dem Floß sprangen, hoffte, dass das Mädchen kommen würde, um sein Versprechen wahrzumachen, und bereute seinen Wunsch fast, als es kam.

»Ich fange mit Ihrem Ältesten an. Sie sehen zu und versuchen es dann selbst.«

Er ließ sich im Wasser treiben. Es stieg ihm brennend und stechend in die Nase; es blendete seine Augen; es drang ihm in die Ohren, wo es noch Stunden später wie Kiesel klirrte und klapperte. Auch die Sonne fiel über ihn her und löste lange Streifen Pergament von seinen Schultern und bedeckte seinen Rücken mit Blasen, so dass er nächtelang Folterqualen litt. Nach einer Woche schwamm er – mühsam, keuchend und nicht sehr weit. Das Mädchen brachte ihm eine Art Kraulen bei, denn er hatte begriffen, dass Brustschwimmen eine veraltete Kunst war, gut genug für Unfähige und Betagte. Choupette ertappte ihn dabei, dass er sein gebräuntes Gesicht mit einer gewissen Faszination im Spiegel betrachtete, und der jüngere Sohn holte sich im Sand eine leichte Hautinfektion, die ihn aus dem Schwimmwettbewerb ausscheiden ließ. Doch es kam der Tag, an dem Henry sich entschlossen zu dem Floß durchkämpfte und sich mit dem letzten Atemzug hinaufhievte.

»Das hätten wir erledigt«, sagte er zu dem Mädchen, als er wieder sprechen konnte, »und morgen kann ich St. Jean verlassen.«

»Wie schade.«

»Was werden Sie als Nächstes tun?«

»Ich fahre mit meinem Bruder nach Antibes; dort kann man bis Ende Oktober schwimmen. Danach Florida.«

»Um zu schwimmen?«, fragte er belustigt.

»Sicher. Um zu schwimmen.«

»Warum schwimmen Sie?«

»Um sauber zu werden«, antwortete sie überraschend.

»Sauber wovon?«

Sie runzelte die Stirn. »Ich weiß nicht, warum ich das gesagt habe. Aber im Meer komme ich mir sauber vor.«

»Amerikaner machen sich zu viel Gedanken über Sauberkeit«, sagte er.

»Kann man sich darüber zu viel Gedanken machen?«

»Ich will sagen, dass wir so heikel geworden sind, dass wir unseren eigenen Dreck nicht mehr anfassen wollen.«

»Ich weiß nicht.«

»Aber warum –« Er hielt überrascht inne. Er war im Begriff gewesen, sie nach einer Menge anderer Dinge zu fragen, sie zu fragen, was sauber sei und was nicht, was zu wissen sich lohne und was nur Geschwätz sei – sich einen neuen Zugang zum Leben zu eröffnen. Als er ein letztes

Mal in ihre Augen sah, die voller kühler Geheimnisse waren, wurde ihm klar, wie sehr ihm diese Vormittage fehlen würden, ohne dass er hätte sagen können, ob sein Interesse dem Mädchen galt oder dem, was sie von seinem immer wieder neuen, sich immer wieder verändernden Land verkörperte.

»Also gut«, sagte er am Abend zu Choupette, »morgen fahren wir.«

»Nach Paris?«

»Nach Amerika.«

»Heißt das, ich soll mitfahren? Und die Kinder auch?«

»Ja.«

»Aber das ist lächerlich«, protestierte sie. »Letztes Mal hat es mehr gekostet, als wir hier in einem halben Jahr ausgeben. Und wir waren nur zu dritt. Und jetzt, wo wir so viel gespart haben –«

»Genau darum geht es mir. Ich bin es leid, so weiterzumachen; du sollst nicht überall Geld abzwacken müssen und dir nichts zum Anziehen kaufen können. Ich muss mehr verdienen. Ein Amerikaner ohne Geld ist kein Amerikaner.«

»Soll das heißen, dass wir dort bleiben?«

»Das ist gut möglich.«

Sie sahen einander an, und Choupette verstand unwillkürlich, was er sagen wollte. Acht Jahre lang hatte er sich unablässig angepasst und ihr Leben gelebt, er hatte der moralischen Verwirrung seines Heimatlandes den Rücken gekehrt und sich stattdessen der Tradition, der Weisheit und der Raffinesse Frankreichs gebeugt. Nach der Sache in Paris hatte er geglaubt, die Hauptsache wäre, zu verstehen und zu vergeben und die Familie als etwas vom Wankelmut der Liebe Unabhängiges zu erhalten. Nun erst, da er vor Gesundheit regelrecht glühte, wie er es seit Jahren nicht mehr getan hatte, wurde ihm die eigene Reaktion klar. Die Gesundheit hatte ihn befreit. Obwohl er wusste, was verloren war, hatte er die Männlichkeit zurückerlangt, die er acht Jahre zuvor einem altklugen provenzalischen Mädchen ausgehändigt hatte.

Sie wehrte sich noch eine Zeitlang.

»Du hast eine gute Stellung, und wir haben eigentlich mehr als genug Geld. Du weißt, dass wir hier günstiger leben können.«

»Die Jungen werden langsam größer, und ich glaube nicht, dass ich sie in Frankreich zur Schule schicken will.«

»Aber das war alles schon geklärt«, jammerte sie. »Du hast selbst zugegeben, dass die Schulbildung in Amerika oberflächlich und ein Sammelsurium schrulliger Marotten ist. Sollen sie so werden wie die zwei Nullen am Strand?«

»Vielleicht habe ich mehr an mich gedacht, Choupette. Männer, die vor acht Jahren mit ihren Kreditbriefen frisch vom College in die Bank kamen, fahren jetzt mit Autos herum, die zehntausend Dollar kosten. Mir war das immer egal. Ich habe mir immer eingeredet, dass ich besser dran wäre als sie, weil wir wissen, dass Lobster armoricaine in Wahrheit Lobster américaine heißt. Vielleicht sehe ich das nicht mehr so.« »Sie erstarrte. »Wenn das so ist …«

»Du musst dich nur entscheiden. Wir können von vorn anfangen.«

Choupette überlegte kurz. »Natürlich könnte meine Schwester die Wohnung übernehmen.«

»Natürlich.« Er kam in Fahrt. »Es wird eine Menge Dinge geben, die dir gefallen – wir werden ein schickes Auto haben und eine dieser elektrischen Kühlkisten und alle möglichen komischen Apparate, die die Hausange-stellten ersetzen. Es wird schon klappen. Du wirst lernen, Golf zu spielen und den lieben langen Tag über Kinder zu reden. Und vergiss nicht das Kino.«

Choupette stöhnte.

»Zuerst wird es ziemlich schrecklich sein«, gab er zu, »aber es gibt noch ein paar gute Niggerköchinnen, und wir werden zwei Badezimmer haben.«

»Mehr als eines auf einmal kann ich nicht benutzen.«

»Du wirst es lernen.«

Als einen Monat später in den Narrows die wunder-schöne weiße Insel in ihr Blickfeld geschwommen kam, hatte Henry plötzlich wie alle einen Kloß in der Kehle, und am liebsten hätte er Choupette und allen Fremden zugeru-fen: »Seht nur, seht!«

III

Fast ganze drei Jahre später verließ Henry Marston sein Büro in der Calumet Tobacco Company und ging den Flur entlang zu den Räumen Richter Waterburys. Henrys Ge-sicht sah älter aus, mit einer Spur von Härte, und der weiße Leinenanzug konnte nicht kaschieren, dass sein Körper et-was schwerfälliger geworden war.

»Störe ich, Richter?«

»Kommen Sie rein, Henry.«

»Ich fahre morgen ans Meer, um mir das Gewicht abzuschwimmen. Ich wollte vorher noch mit Ihnen sprechen.«

»Fahren die Kinder mit?«

»Aber sicher.«

»Und Choupette fährt nach Europa?«

»Dieses Jahr nicht. Wenn sie nicht in Richmond bleibt, kommt sie wahrscheinlich mit.«

Der Richter dachte sich: ›Er weiß alles, so viel steht fest.‹

»Richter, ich wollte Ihnen sagen, dass ich für Ende September kündigen werde.«

Der Stuhl des Richters knarrte unter seinem Gewicht, als er die Füße auf den Boden stellte.

»Sie wollen aufhören, Henry?«

»Nicht direkt. Walter Ross will zurückkommen; lassen Sie mich seine Stelle in Frankreich übernehmen.«

»Junge, wissen Sie, was wir Walter Ross zahlen?«

»Siebentausend.«

»Und Sie verdienen fünfundzwanzigtausend.«

»Sie wissen sicher, dass ich ein bisschen Glück an der Börse hatte«, sagte Henry bescheiden.

»Ich habe etwas von einem Betrag zwischen hunderttausend und einer halben Million gehört.«

»Irgendwo dazwischen.«

»Und warum dann eine Siebentausend-Dollar-Stelle? Hat Choupette Heimweh?«

»Nein. Ich glaube, Choupette gefällt es hier. Sie hat sich erstaunlich gut eingelebt.«

Er weiß Bescheid, dachte der Richter. Er will weg.

Nachdem Henry gegangen war, blickte der Richter zu dem Porträt seines Großvaters an der Wand hinauf. In jenen Tagen wäre die Sache einfacher gewesen. Pistolenduell in der Morgendämmerung auf der alten Wharton-Wiese. Es wäre für Henry von Vorteil gewesen, hätte sich an diesen Dingen nichts geändert.

Der Chauffeur setzte Henry vor einem georgianischen Haus in einer neuen Siedlung am Stadtrand ab. Henry ließ seinen Hut im Flur und ging auf die Seitenveranda.

Mit höflichem Lächeln sah Choupette von der Hollywoodschaukel auf. Bis auf eine gewisse wache Miene und die undefinierbare Eleganz in Kleidungsfragen hätte sie als Amerikanerin durchgehen können. Südstaatenwendungen überlagerten ihren französischen Akzent mit etwas bezaubernd Altmodischem, und es gab noch immer Collegeschüler, die sie bei den Weihnachtsbällen wie eine Debütantin umschwärmten.

Henry nickte Mr. Charles Wiese zu, der mit einem Gin-Fizz neben sich in einem Rohrsessel saß.

»Ich muss mit Ihnen sprechen«, sagte Henry, indem er sich setzte.

Wiese und Choupette wechselten einen schnellen Blick, bevor sie ihn ansahen.

»Sie sind ungebunden, Wiese«, sagte Henry. »Warum heiraten Sie und Choupette nicht?«

Choupette richtete sich auf; ihre Augen sprühten Blitze.

»Warte bitte.« Henry wandte sich wieder zu Wiese. »Ich habe die Sache das vergangene Jahr mehr oder weniger laufen lassen, während ich meine Finanzen geregelt habe. Aber Ihr letzter grandioser Einfall hat mir nicht gefallen, er hat mich sogar geärgert, und ich ärgere mich nicht gerne.«

»Wovon sprechen Sie eigentlich?«, fragte Wiese.

»Auf meiner letzten Reise nach New York haben Sie mich beschatten lassen. Ich nehme an, Sie hofften, auf diese Weise Beweismaterial gegen mich für die Scheidung sammeln zu können. Ist Ihnen leider nicht gelungen.«

»Ich weiß nicht, wie Sie auf solche Ideen kommen, Marston; Sie –«

»Lügen Sie mich nicht an!«

»Sööh –«, setzte Wiese an, doch Henry unterbrach ihn ungehalten: »Lassen Sie Ihr ›Sööh‹-Getue und regen Sie sich nicht künstlich auf. Sie haben es nicht mit einem verängstigten Baumwollpflücker mit dem Bauch voller Parasiten zu tun. Ich will keine Szene; dafür sind meine Gefühle zu temperiert. Ich will, das wir uns über eine Scheidung einigen.«

»Warum bringst du das so aufs Tapet?«, rief Choupette, vor Aufregung auf Französisch. »Können wir nicht allein darüber sprechen, wenn du denkst, du hättest so viel gegen mich in der Hand?«

»Augenblick mal; am besten machen wir gleich reinen Tisch«, sagte Wiese. »Choupette wünscht sich die Scheidung. Ihr Leben mit Ihnen ist unbefriedigend, und sie ist nur deshalb bei Ihnen geblieben, weil sie ihre Ideale hochhält. Das können Sie sicherlich nicht würdigen, aber so ist es; sie hat es einfach nicht übers Herz gebracht, ihre Familie zu zerstören.«

»Sehr ergreifend.« Henry sah Choupette mit bitterer Belustigung an. »Aber jetzt befassen wir uns besser mit den Fakten. Ich würde die Sache gerne abschließen, bevor ich nach Frankreich zurückgehe.«

Choupette und Wiese wechselten wieder einen Blick.

»Das dürfte nicht weiter schwierig sein«, sagte Wiese. »Choupette will keinen Cent von Ihrem Geld.«

»Ich weiß. Sie will die Kinder. Die Antwort lautet nein.«

»Was für eine Unverschämtheit!«, rief Choupette. »Wie kannst du auch nur eine Sekunde lang glauben, ich würde auf meine Kinder verzichten?«

»Was bezwecken Sie damit, Marston?«, fragte Wiese. »Wollen Sie sie nach Frankreich mitnehmen und zu Exilanten machen, wie Sie einer sind?«

»Wohl kaum. Sie sind in der St.-Regis-Schule angemeldet und danach in Yale. Und ich habe keineswegs vor, ihnen den Umgang mit ihrer Mutter zu verbieten, wenn dieser der Sinn danach steht – was nicht oft der Fall sein dürfte, nach den vergangenen zwei Jahren zu schließen. Aber ich will das Sorgerecht haben, ohne Wenn und Aber.«

»Warum?«, fragten die anderen wie aus einem Mund.

»Wegen des Zuhauses.«

»Was zum Teufel soll das heißen?«

»Lieber sollen sie Handwerker werden, als in einem Zuhause wie bei Ihnen und Choupette aufwachsen.«

Schweigen trat ein. Unvermittelt ergriff Choupette ihr Glas, spritzte den Inhalt Henry ins Gesicht und ließ sich dann heftig schluchzend auf ihren Sitz fallen.

Henry tupfte sich das Gesicht mit seinem Taschentuch ab und stand auf.

»Das habe ich befürchtet«, sagte er, »aber ich denke, ich habe mich klar und deutlich ausgedrückt.«

Er ging in sein Zimmer hinauf und legte sich auf das Bett. Im vergangenen Jahr hatte er tausend durchwachte Stunden darauf verwendet, in Gedanken das Problem auszufechten, wie er die Söhne behalten konnte, ohne jene juristischen Schritte gegen Choupette zu ergreifen, zu denen er sich nicht überwinden konnte. Er wusste, dass sie die Kinder nur wollte, weil ihre Familie in Frankreich sie ohne die Kinder misstrauisch, ja sogar verächtlich beäugen würde; doch mit der Unvoreingenommenheit, wie sie Leuten einer gewissen Abstammung eigen ist, sah Henry diesen Beweggrund als völlig legitim an. Außerdem wollte er jeglichen Skandal um die Mutter seiner Söhne vermeiden, und dieser Umstand hatte seine Position an diesem Nachmittag nicht unerheblich geschwächt.

Wenn Schwierigkeiten unüberwindlich und unausweichlich wurden, suchte Henry Erleichterung im Sport. Seit drei Jahren war für ihn das Schwimmen eine Art Zuflucht gewesen, wie sie für andere Musik oder Alkohol darstellten. Nun, an diesem Punkt seiner Ehe angekommen, beschloss er, für eine Woche an die Küste von Virginia zu fahren, um nicht mehr denken zu müssen und seinen Geist im Wasser zu klären. Weit draußen hinter den Wellenbrechern sah er den grünen und braunen Horizont seiner Heimat mit der gelassenen Unpersönlichkeit eines Tümmlers liegen. Die Last seiner zerrütteten Ehe löste sich von ihm, sobald sein Körper übermütig in den Wogen tollte und er sich in einem Raum bewegte, der ein Gebilde wie aus einem Kindertraum war. Manchmal begleiteten ihn Spielkameraden, an die er sich erinnerte; andere Male, wenn er mit seinen Söhnen schwamm, war ihm zumute, als flöge er auf einer leuchtenden Spur zum Mond. Er sagte immer wieder, Amerikaner sollten mit Flossen auf die Welt kommen, und vielleicht taten sie das ja, vielleicht war Geld eine Form von Flossen. In England erzeugte der Landbesitz ein starkes Gefühl der Zugehörigkeit zu Grund und Boden, wohingegen die ruhelosen Amerikaner mit ihren flachen Wurzeln auf Flossen und Flügel angewiesen waren. In Amerika war sogar ab und zu die Rede von einer Schulausbildung, in der Geschichte und Vergangenheit nicht berücksichtigt werden sollten, die einen rüstete für Abenteuer in den Lüften, unbeschwert von Erbe oder Tradition.

Als Henry am nächsten Nachmittag im Meer an diese Dinge dachte, lenkte es seine Gedanken auf die Kinder; er machte kehrt und kraulte langsam zum Ufer zurück. Da er nicht sehr gut in Form war, machte er eine Pause an einem Floß, um zu Atem zu kommen, und als er aufblickte, sah er Augen, die er kannte. Im nächsten Augenblick unterhielt er sich mit dem Mädchen, das er vier Jahre zuvor zu retten versucht hatte.

Er war überglücklich. Er hatte nicht gewusst, wie lebhaft er sich an sie erinnerte. Sie stammte aus Virginia – das hätte er sich damals denken können angesichts der Trägheit und scheinbaren Unbekümmertheit, hinter denen sich stete Höflichkeit und Aufmerksamkeit verbargen; gute Formen ohne Förmlichkeit, die in Freundlichkeit und Rücksicht gründeten. Als er ihren Namen erfuhr, wusste er Bescheid, es war ein Name von der Ostküste, ein »guter« Name wie sein eigener.

Sie lagen in der Sonne und plauderten wie alte Freunde, nicht über unterschiedliche Kulturen oder über Manieren oder die Dinge, derentwegen Henry sich Gedanken über Choupette machte, sondern so, als wären sie über all das sowieso einer Meinung; sie plauderten darüber, was sie mochten und was sie amüsant fanden. Sie führte ihm einen komplizierten Sprung vom höchsten Sprungbrett vor, und er machte ihn ungeschickt nach – das war amüsant. Sie plauderten über Blaukrabben, die gegessen wurden, bevor sie einen neuen Panzer anlegten, und sie erzählte ihm, dass man sich dank der akustischen Eigenarten des Wassers von Gesprächen auf der Hotelterrasse unterhalten lassen konnte, während man am Strand lag. Sie probierten es aus, und er hörte zwei Damen, die beim Tee sagten:

»Und am Lido –«

»Und in Asbury Park –«

»Also wirklich, er hat sich die ganze Nacht gekratzt wie verrückt; er hat sich gekratzt wie ein Besessener –«

»Also, Liebste, in Deauville –«

»– und gekratzt und gekratzt, die ganze Nacht.«

Etwas später nahm das Meer den einmalig tiefblauen Farbton von vier Uhr nachmittags an, und das Mädchen erzählte ihm, dass sie als Neunzehnjährige von einem Spanier geschieden worden war, der sie im Hotel einsperrte, wenn er abends ausging.

»Künstlerpech«, sagte sie obenhin. »Aber lassen Sie uns über erfreulichere Dinge sprechen: Wie geht es Ihrer schönen Frau? Und die Jungen, können die inzwischen den Totenschwumm? Könnten Sie nicht alle miteinander heute mit mir zu Abend essen?«

»Ich fürchte, das wird nicht möglich sein«, sagte er nach kurzem Zögern. Er durfte nichts tun, was Choupette gegen ihn verwenden konnte, wäre es noch so geringfügig, und zu seiner Verärgerung wurde ihm bewusst, dass er auch an diesem Nachmittag wahrscheinlich beschattet wurde. Jedenfalls war er froh, so vorsichtig gewesen zu sein, als Choupette sich unerwartet im Hotel zum Abendessen einfand.

Nachdem die Jungen zu Bett gegangen waren, saßen sie einander beim Kaffee auf der Hotelveranda gegenüber.

»Würdest du mir bitte erklären, warum wir das Sorgerecht für die Kinder nicht teilen sollen?«, eröffnete Choupette den Schlagabtausch. »Du warst doch nie rachsüchtig, Henry.«

Es war nicht leicht für ihn, ihr den Sachverhalt zu erklären. Er sagte nochmals, dass sie die Kinder sehen könne, sooft sie wolle, dass er jedoch völlig freie Hand in der Erziehung haben müsse, weil er bestimmten altmodischen Überzeugungen anhing, und als er sah, wie ihre Miene von Minute zu Minute steinerner wurde, begriff er, wie vergebens alles war, und verstummte. Sie schnaubte verächtlich.

»Ich wollte dir die Chance geben, vernünftig zu sein, bevor Charles kommt.«

Henry richtete sich auf. »Er kommt hierher?«

»Ja, zum Glück. Das erschüttert deine Selbstsucht vielleicht zur Abwechslung, Henry. Du hast es diesmal nicht bloß mit einer Frau zu tun.«

Als Wiese eine Stunde später aus dem Haus auf die Veranda trat, sah Henry, dass seine blassen Lippen kalkweiß waren; seine Stirn war gerötet, und seine Augen glitzerten vor Selbstvertrauen. Er war zum Kampf bereit und wollte keine Zeit verschwenden. »Wir haben etwas zu klären, Sööh, ich habe ein Motorboot hier liegen, und das wäre vielleicht der ruhigste Ort für eine Aussprache.«

Henry nickte kühl; fünf Minuten später waren sie in dem breiten Fahrwasser des Mondlichts auf dem Weg in die

Hampton Roads. Es war ein friedvoller Abend, und eine halbe Meile vom Ufer entfernt drosselte Wiese den Motor zu einem leisen Tuckern, so dass es war, als trudelten sie willenlos und ziellos durch das sternenhelle Wasser. Wieses Stimme unterbrach die Stille:

»Marston, ich will nicht lange drumherum reden. Ich liebe Choupette, und ich schäme mich nicht dafür. So was ist in der Menschheitsgeschichte schon öfter vorgekommen. Ich nehme an, Sie wissen, was ich meine. Das einzige Problem ist das Sorgerecht für Choupettes Kinder. Offenbar haben Sie allen Ernstes vor, die Kinder ihrer Mutter zu entreißen, die sie unter dem Herzen getragen und großgezogen hat.« Und nun klangen Wieses Worte deutlicher, als kämen sie aus einem breiteren Mund: »Aber eine Sache haben Sie dabei übersehen, und das ist meine Wenigkeit. Ist Ihnen eigentlich klar, dass ich inzwischen einer der wohlhabendsten Männer von ganz Virginia bin?«

»Ist mir zu Ohren gekommen.«

»Und Geld ist Macht, Marston. Ich wiederhole, Sööh, Geld ist Macht.«

»Ist mir auch zu Ohren gekommen. Sie langweilen mich, Wiese.« Selbst im Mondlicht sah Henry, wie Wieses Stirn sich tiefer rötete.

»Ich werde Sie weiter langweilen, Sööh. Gestern haben Sie uns überrumpelt, und ich war auf Ihr rücksichtsloses Betragen Choupette gegenüber nicht vorbereitet. Aber heute Vormittag habe ich einen Brief aus Paris erhalten, der die Sache in ein neues Licht rückt. Es ist ein Attest aus der Hand eines Spezialisten für Geisteskrankheiten, in dem bestätigt wird, dass Sie an einer geistigen Störung leiden und untauglich sind, das Sorgerecht für Ihre Kinder zu übernehmen. Der Unterzeichner ist der Nervenarzt, der Sie bei Ihrem Zusammenbruch vor vier Jahren behandelt hat.«

Henry lachte ungläubig; dann sah er Choupette an in der vagen Hoffnung, sie lachen zu sehen, doch sie hatte das Gesicht abgewendet und schien leicht zu keuchen. Mit einem Mal wurde Henry klar, dass Wiese die Wahrheit sagte – dass er sich mittels einer gigantischen Bestechung das fragliche Dokument verschafft hatte und es allen Ernstes verwenden wollte.

Henry taumelte kurz, als hätte er einen Schlag erhalten. Er hörte, wie seine Stimme sagte: »Das ist das Idiotischste, was ich je gehört habe«, und wie Wiese antwortete: »Leute werden nicht immer darüber aufgeklärt, dass sie geistesgestört sind.«

Henry war plötzlich zumute, als wollte er lachen; die Schrecksekunde, als er sich gefragt hatte, ob an der Behauptung etwas Wahres sein könnte, war vorbei. Er wandte sich an Choupette, die wieder seinem Blick auswich.

»Choupette, wie konntest du das tun?«

»Ich will meine Kinder«, sagte sie, doch Wiese fiel ihr schnell ins Wort: »Wenn Sie halbwegs fair gewesen wären, Marston, hätten wir diesen Schritt nicht tun müssen.«

»Wollen Sie mir weismachen, Sie hätten diesen schmutzigen Trick erst gestern Nachmittag eingefädelt?«

»Ich bin gern vorbereitet, aber wenn Sie sich einsichtig gezeigt hätten oder wenn Sie jetzt Einsicht zeigen, dann müssen wir nicht auf dieses Attest zurückgreifen.« Sein Ton wurde unversehens beinahe väterlich, beinahe liebevoll: »Seien Sie vernünftig, Marston. Auf der einen Seite steht Ihr Starrsinn, auf der anderen sind meine vierzig Millionen Dollar. Machen Sie sich nichts vor. Marston, ich sage es noch einmal: Geld ist Macht. Sie waren so lange im Ausland, dass Sie das vielleicht vergessen haben. Geld hat dieses Land zu dem gemacht, was es ist, es hat seine großen und ruhmreichen Städte errichtet, hat seine Industrie geschaffen, hat es mit einem eisernen Netz von Eisenbahnlinien überzogen. Geld macht die Naturkräfte nutzbar, Geld erschafft die Maschinen und bringt sie zum Laufen, wenn es das will, und zum Anhalten, wenn es das will.«

Als fasste er dies als Befehl auf, ließ der Motor ein kurzes heiseres Geräusch vernehmen und erstarb.

»Was ist los?«, wollte Choupette wissen.

»Nichts weiter.« Wiese drückte mit dem Fuß auf den Startknopf. »Marston, ich wiederhole: Geld ist – die Batterie ist leer. Augenblick, ich versuche den Motor wieder anzuwerfen.«

Er versuchte es fast eine Viertelstunde lang, während das Boot gemächlich im Kreis trudelte.

»Choupette, sieh in der Schublade hinter dir nach, da müsste ein Notsignal sein.«

Ihre Stimme verriet leise Panik, als sie antwortete, es gebe kein Notsignal. Wiese spähte abschätzend zum Ufer.

»Hören kann uns niemand; wir sind mindestens eine halbe Meile weit draußen. Wir müssen warten, bis jemand vorbeikommt.«

»Wir werden aber nicht hier warten«, bemerkte Henry.

»Und warum nicht?«

»Wir werden aus der Bucht getrieben. Merken Sie es nicht? Die Ebbe treibt uns hinaus.«

»Das kann nicht sein!«, sagte Choupette entschieden.

»Siehst du die zwei Lichter am Ufer? Jetzt überschneiden sie sich. Siehst du?«

»Tu etwas!«, jammerte sie, und dann rief sie auf Französisch: »*Ah, c'est épouvantable!* Kann man denn gar nichts dagegen tun?«

Der Sog der Ebbe war stärker geworden und trieb das Boot die Roads entlang zum offenen Meer hinaus. Sie kamen an den undeutlichen Formen von zwei Schiffen vorbei, doch so fern, dass ihre Rufe nicht gehört wurden. Vor dem westlichen Himmel blinkte das Licht eines Leuchtturms, doch es war nicht abzuschätzen, wie nahe sie an ihm vorbeikommen würden.

»Sieht fast so aus, als würden unsere Probleme uns abgenommen«, sagte Henry.

»Was für Probleme?«, fragte Choupette. »Willst du behaupten, wir könnten nichts tun? Kannst du einfach dasitzen und dich wegspülen lassen?«

»Für die Kinder wäre es vielleicht am besten so.« Er zuckte zusammen, als Choupette heftig zu schluchzen begann, doch er sagte nichts. Eine gespenstische Idee begann sich in seinem Geist herauszubilden.

»Marston, passen Sie auf. Können Sie schwimmen?«, fragte Wiese mit gerunzelter Stirn.

»Ja, aber Choupette nicht.«

»Ich auch nicht, darum geht es nicht. Wenn Sie an Land schwimmen und ein Telefon finden würden, könnte die Küstenwache uns retten.«

Henry blickte zu dem dunklen Ufer, das sich entfernte.

»Zu weit«, sagte er.

»Du könntest es versuchen!«, sagte Choupette.

Henry schüttelte den Kopf.

»Zu riskant. Und wenn wir ganz großes Glück haben, findet uns jemand.«

Der Leuchtturm blieb hinter ihnen zurück, weit zur Linken und außer Hörweite. Der nächste und letzte ragte eine halbe Meile vor ihnen auf.

»Vielleicht schaukeln wir so nach Frankreich wie dieser Gerbault«, bemerkte Henry. »Aber dann wären wir natürlich Exilanten, und das würde Wiese nicht zusagen, nicht wahr, Wiese?«

Wiese, der sich an dem Motor zu schaffen machte, blickte auf.

»Sehen Sie sich das mal an«, sagte er.

»Von Technik verstehe ich nichts«, sagte Henry. »Aber diese Lösung unserer ganzen Schwierigkeiten wird mir langsam sympathisch. Angenommen, Sie wären skrupellos genug, dieses Attest gegen mich zu verwenden, und würden die Kinder zugesprochen bekommen – in diesem Fall hätte es für mich wenig Sinn, weiterzuleben. Wir sind alle Versager – ich als Familienvater, Choupette als Mutter und Sie, Wiese, als Mensch. Umso besser, wenn wir zusammen aus dem Leben scheiden.«

»Das ist nicht der Zeitpunkt für große Reden, Marston.«

»O doch, ein ausgezeichneter Zeitpunkt. Wollen Sie nicht noch ein wenig mehr über die Macht von Geld salbadern?«

Choupette saß steif aufgerichtet im Bug; Wiese stand über den Motor gebeugt und biss sich nervös auf die Lippen.

»Der Leuchtturm ist zu weit weg.« Plötzlich kam ihm ein Einfall. »Könnten Sie nicht hinschwimmen, Marston?«

»Natürlich könnte er es!«, rief Choupette.

Henry betrachtete die Entfernung.

»Ich könnte es. Aber ich tue es nicht.«

»Du musst!«

Choupettes Tränen ließen ihn abermals zusammenzucken, doch gleichzeitig wusste er, dass er jetzt handeln musste.

»Es hängt alles von einer Kleinigkeit ab«, sagte er schnell. »Wiese, haben Sie einen Füllfederhalter?«

»Ja. Wozu?«

»Wenn Sie ein paar Zeilen schreiben und unterzeichnen, die ich Ihnen diktiere, schwimme ich zu dem Leuchtturm und hole Hilfe. Andernfalls treiben wir auf das offene Meer hinaus, so wahr mir Gott helfe! Sie entscheiden sich besser auf der Stelle.«

»Oh, warte nicht!«, rief Choupette hysterisch. »Tu, was er sagt, Charles! Er meint es ernst. Er meint es immer ernst. Oh, bitte warte nicht!«

»Ich tue, was Sie wollen« – Wieses Stimme zitterte –, »aber handeln Sie bitte. Was wollen Sie – eine Vereinbarung über die Kinder? Ich gebe Ihnen mein persönliches Ehrenwort –«

»Für Scherze haben wir jetzt keine Zeit«, sagte Henry giftig. »Nehmen Sie dieses Blatt Papier und schreiben Sie.«

Die zwei Seiten, die Wiese unter Henrys Diktat schrieb, waren eine Erklärung, dass er und Choupette für alle Zeiten auf jeden Anspruch auf die Kinder verzichteten. Als sie zitternd unterschrieben hatten, rief Wiese: »Jetzt schwimmen Sie endlich, bevor es zu spät ist!«

»Eine Sache noch: das Attest des Nervenarztes.«

»Das habe ich nicht dabei.«

»Sie lügen.«

Wiese holte es aus seiner Tasche.

»Schreiben Sie darunter, wie viel Sie dafür bezahlt haben, und signieren Sie.«

Sekunden später sprang Henry vom Boot ins Wasser, bis auf die Unterwäsche entkleidet und mit einem Tabaksbeutel aus geölter Seide um den Hals, der die Papiere enthielt, und schwamm auf das Licht zu.

Die Wellen klatschten ihm entgegen, doch nach dem ersten Schrecken war es warm und gemütlich im Wasser, und das leise Flüstern der Wellen hatte etwas Ermutigendes. Es war die längste Strecke, die er sich je zugetraut hatte, und er war aus der Übung, doch das Glücksgefühl in seinem Herzen machte ihm Mut. Er war in Sicherheit und frei. Jede Bewegung war kraftvoll, weil er wusste, dass seinen beiden Söhnen, die im Hotel schliefen, das Schicksal erspart blieb, das ihnen sonst gedroht hätte. Weit weg von ihrem Heimatland hatte Choupette sich in Amerika das ausgesucht, was ihrer Bequemlichkeit entgegengekommen war. Dass ein Gerichtsurteil sie dazu ermächtigen sollte, dieses irrsinnige moralische Kuddelmuddel seinen Söhnen weiterzureichen, war eine unerträgliche Vorstellung. Damit hätte er sie für alle Zeiten verloren.

Er drehte sich auf den Rücken und sah, dass das Motorboot schon weit weg und das blendendhelle Licht näher war. Er war sehr müde. Wenn man sich gehenließ, und in der

Entspannung nach der Anstrengung spürte er eine gefährliche Neigung, es zu tun, starb man schnell und schmerzlos, und alle Probleme von Hass und Bitternis lösten sich auf. Doch in der Tasche aus geölter Seide an seinem Hals spürte er das Schicksal seiner Söhne, und mit letzter Anstrengung drehte er sich wieder um und richtete alle Kraft auf sein Ziel.

Zwanzig Minuten später stand er zitternd und tropfend im Signalraum, während die Küstenwache benachrichtigt wurde, dass ein Boot in der Bucht Hilfe benötige.

»Solange es keinen Sturm gibt, ist nicht viel zu befürchten«, sagte der Leuchtturmwärter. »Wahrscheinlich sind sie mit einer Querströmung nach Peyton Harvor getrieben.«

»Ja«, sagte Henry, der seinen mittlerweile dritten Sommer an dieser Küste verbrachte, »das dachte ich mir auch.«

IV

Im Oktober brachte Henry seine Söhne in die Schule und fuhr mit der *Majestic* nach Europa. Er war nach Hause gekommen wie zu einer großzügigen Mutter und hatte weit mehr bekommen, als er verlangt hatte – Geld, die Erlösung aus einer unerträglichen Lage und neue Kraft, für seine eigenen Belange zu kämpfen. Als er vom Deck der *Majestic* die Stadt und das Ufer schwinden sah, überkam ihn ein Gefühl überwältigender Dankbarkeit und Freude, dass es Amerika gab, dass unter dem hässlichen Schutt der Industrie das fruchtbare Land noch immer nachwuchs, unverbesserlich üppig und freigebig, und dass sich in den Herzen der führerlosen Menschen die alte Großzügigkeit und

Hingabe noch immer behaupteten, bisweilen in Fanatismus und Exzesse ausarteten und doch immer unbezwingbar und unbesiegbar blieben. Zurzeit hatte eine verlorene Generation das Sagen, aber er hatte den Eindruck, dass die kommenden Männer, die Männer, die aus dem Krieg kamen, besser waren; und sein ganzes früheres Gefühl, dass Amerika nur ein bizarrer Zufall sei, ein Scherz der Geschichte, war wie ausgelöscht. Das Beste, was Amerika zu bieten hatte, war das Beste, was die Welt zu bieten hatte.

Als er zum Büro des Pursers ging, wartete er dort, bis eine Passagierin bedient worden war. Sie drehte sich um, beide erschraken, und er sah, dass es das Mädchen war.

»Oh, hallo!«, rief sie. »Wie nett, dass Sie mitfahren! Ich habe mich gerade erkundigt, wann das Schwimmbecken geöffnet wird. Das Tolle an diesem Schiff ist, dass man jederzeit schwimmen gehen kann.«

»Warum schwimmen Sie so gerne?«, fragte er.

»Das fragen Sie mich immer.« Sie lachte.

»Vielleicht erzählen Sie es mir, wenn Sie heute Abend mit mir essen.«

Doch als er sich kurz darauf von ihr verabschiedete, wusste er, dass sie es ihm nie erklären könnte, sie und auch niemand anderes. Frankreich war ein Land, England war ein Volk, doch Amerika, noch immer von der Suche nach dem Absoluten geprägt, war schwerer zu fassen: Es war die Gräber von Shiloh und die müden, erschöpften, nervösen Antlitze seiner großen Männer, die Bauernjungen, die in den Argonnen für Phrasen starben, die sich als hohl erwiesen, bevor die Leichname der Toten zerfielen. Es war eine Hingabe des Herzens.

Wie man 36 000 Dollar im Jahr verprassen kann

S ie sollten langsam zu sparen anfangen«, versicherte mir erst neulich jemand vom Typus ›junger Mann mit Zukunftsaussichten‹. »Sie denken, es wäre schick, dass Sie Ihr ganzes Geld ausgeben. Aber irgendwann landen Sie im Armenhaus.«

Er ging mir auf die Nerven, aber ich wusste, dass ich keine Chance hatte, seinen Ratschlägen zu entgehen, und deshalb fragte ich ihn, was ich seiner Meinung nach tun sollte.

»Das ist ganz einfach«, antwortete er irritiert. »Sie müssen nur einen Treuhandfonds einrichten, auf den Sie keinen Zugriff haben.«

Das war mir nicht neu. Es war Trick Nummer 999. Mit Trick Nummer 1 hatte ich es vor vier Jahren am Anfang meiner literarischen Laufbahn probiert. Einen Monat bevor ich heiratete, hatte ich den Rat eines Börsenmaklers eingeholt, wie ich etwas Geld anlegen könnte.

»Es sind nur tausend Dollar«, hatte ich eingeräumt, »aber ich habe das Gefühl, dass ich endlich zu sparen anfangen sollte.«

Er dachte nach.

»Liberty Bonds sind nicht das, was Sie suchen«, sagte er. »Die kann man zu leicht einlösen. Sie suchen eine gute, zuverlässige und solide Geldanlage, die sich nicht im Handumdrehen in Bargeld umwandeln lässt.«

Zu guter Letzt wählte er Wertpapiere für mich aus, die sieben Prozent Zinsen einbrachten und nicht an der Börse gehandelt wurden. Ich zahlte meine tausend Dollar ein, und am selben Tag begann meine Karriere als Kapitalist.

Sie endete auch am selben Tag.

Meine Frau und ich heirateten im Frühjahr 1920 in New York, zu einem Zeitpunkt, als die Preise dort höher waren denn je. Im Lichte späterer Ereignisse erscheint es mir nur folgerichtig, dass unsere eheliche Laufbahn zu genau diesem Zeitpunkt begann. Ich hatte kurz zuvor einen großen Scheck von einer Filmfirma erhalten und betrachtete die Millionäre in ihren Limousinen auf der Fifth Avenue mit einer gewissen Herablassung, weil mein Einkommen sich jeden Monat verdoppelte. Tatsächlich hatte ich im vergangenen August nur fünfunddreißig Dollar verdient, während ich nun im April dreitausend Dollar verdiente – und es sah aus, als würde das für alle Zeiten so weitergehen. Bis zum Jahresende wäre ich bei einer halben Million angekommen. Unter solchen Umständen hielten wir Sparsamkeit für reine Zeitverschwendung. Wir wohnten im teuersten Hotel von New York und wollten dort abwarten, bis sich genug Geld für eine Auslandreise angesammelt hätte.

Kurz und gut, nach drei Monaten Eheleben stellte ich eines Tages entsetzt fest, dass ich keinen Dollar in der Tasche hatte und dass die wöchentliche Hotelrechnung über zweihundert Dollar am nächsten Tag fällig war.

Ich entsinne mich der gemischten Gefühle, mit denen ich nach dieser Nachricht die Bank verließ.

»Was ist los?«, fragte meine Frau besorgt, als ich zu ihr auf den Gehsteig trat. »Du siehst niedergeschlagen aus.«

»Ich bin nicht niedergeschlagen«, antwortete ich munter, »ich bin nur verblüfft. Wir haben kein Geld mehr.«

»Wir haben kein Geld mehr«, wiederholte sie gelassen, und dann gingen wir die Avenue wie in Trance entlang. »Komm, lass uns ins Kino gehen«, schlug sie fröhlich vor.

Alles war so friedlich verlaufen, dass ich kein bisschen betrübt war. Der Kassierer hatte nicht einmal die Stirn gerunzelt. Ich war in die Bank gegangen, hatte ihn gefragt: »Wie viel Geld habe ich?«, und er hatte in einem großen Buch nachgesehen und geantwortet: »Keines.«

Das war alles. Keine Schimpftiraden, keine Schläge. Und ich wusste, dass wir uns keine Sorgen machen mussten. Ich war mittlerweile ein erfolgreicher Schriftsteller, und wenn erfolgreichen Schriftstellern das Geld ausgeht, müssen sie lediglich Schecks ausstellen. Ich war nicht arm – das konnte mir niemand weismachen. Armut bedeutet, traurig zu sein, in einem abgelegenen Zimmerchen zu hausen und in einem Imbiss an der Ecke zu essen, während ich – du lieber Himmel, völlig undenkbar, dass ich arm sein sollte! Ich wohnte schließlich im besten Hotel von New York!

Mein erster Schritt war der Versuch, meinen einzigen Besitz zu verkaufen, meine Tausend-Dollar-Aktie. Es war der erste von vielen fruchtlosen Versuchen. In jeder finanziellen Krise holte ich sie hervor und trug sie hoffnungsfroh zur Bank in der Annahme, dass sie im Lauf der Zeit einen greifbaren Wert erlangt haben musste, wenn sie ihre Zinsen so zuverlässig erwirtschaftete. Doch da es mir nie gelungen ist, sie zu verkaufen, hat sie nach und nach den weihevollen Status eines Familienerbstücks erhalten. Meine Frau bezeichnet sie immer als »deine Aktie«, und einmal wurde sie im Fundbüro abgegeben, als ich sie in der Subway auf dem Sitz liegengelassen hatte!

Die oben erwähnte Krise war am Morgen darauf vorbei, als mir einfiel, dass Verleger bisweilen Vorschüsse auf Honorare zahlen, und ich mich stehenden Fußes zu meinem begab. Ich lernte also aus der Krise nichts weiter, als dass Geld sich immer irgendwie auftreiben lässt, wenn man es braucht, und dass man sich schlimmstenfalls welches leihen kann – eine Erkenntnis, bei der Benjamin Franklin sich im Grab umdrehen würde.

In den ersten drei Jahren unserer Ehe betrug unser Einkommen durchschnittlich etwas über zwanzigtausend Dollar im Jahr. Wir leisteten uns den Luxus eines Babys und einer Europareise, doch das Geld schien immer leichter und müheloser in unsere Taschen zu fließen, bis wir den Eindruck hatten, dass wir uns mit nur noch ein wenig mehr finanziellem Spielraum bald ans Sparen machen könnten.

Wir zogen aus dem Mittleren Westen in eine Stadt ungefähr fünfzehn Meilen von New York entfernt und mieteten dort ein Haus für dreihundert Dollar im Monat. Wir stellten ein Kindermädchen für neunzig Dollar im Monat an, ein Ehepaar, das als Butler, Fahrer, Hausknecht, Köchin, Hausmädchen und Kammerzofe fungierte, für hundertsechzig Dollar im Monat und eine Wäscherin, die zweimal wöchentlich kam, für sechsunddreißig Dollar im Monat. In diesem Jahr 1923, so versicherten wir einander, würden wir ernsthaft zu sparen anfangen. Wir würden vierundzwanzigtausend Dollar verdienen, von achtzehntausend Dollar leben und sechstausend Dollar beiseitelegen, um einen ruhigen und gesicherten Lebensabend zu finanzieren. Endlich würden wir vernünftig sein.

Nun ist es kein Geheimnis, dass jeder, der endlich vernünftig sein will, als Erstes ein Haushaltsbuch ersteht und den eigenen Namen in Großbuchstaben auf die Vorderseite schreibt. Folglich erstand meine Frau ein solches Buch, und jede Rechnung, die wir erhielten, wurde akkurat darin eingetragen, damit wir unsere Lebenshaltungskosten überwachen und bis auf ein Minimum senken konnten – wenigstens bis zum Betrag von eineinhalbtausend Dollar im Monat.

Aber wir hatten die Rechnung ohne unsere Stadt gemacht. Sie ist eine der Städte, die rings um New York allenthalben aus dem Boden sprießen, eigens für Leute, die unversehens zu Geld gekommen sind und vorher nie welches hatten.

Meine Frau und ich gehören selbstverständlich zu dieser Klasse der Neureichen. Anders gesagt hatten wir vor fünf Jahren kein bisschen Geld, und was wir heute verschleudern, wäre uns damals als märchenhafter Reichtum erschienen. Bisweilen plagt mich der Argwohn, dass wir die einzigen Neureichen in ganz Amerika sind, dass wir tatsächlich genau das Ehepaar sind, auf das die vielen Zeitungsartikel über Neureiche gemünzt sind.

Wenn man von Neureichen spricht, denkt man an einen korpulenten Mann mittleren Alters, der dazu neigt, bei förmlichen Einladungen den Kragen abzuknöpfen, und dem seine ehrgeizige Ehefrau und deren adelige Freunde das Leben zur Hölle machen. Als Mitglied dieser Gesellschaftsschicht kann ich Ihnen versichern, dass dieses Bild eine böswillige Karikatur ist. Ich zum Beispiel bin ein sanftmütiger, leicht überarbeiteter junger Mann von siebenundzwanzig Jahren, und eine eventuelle Korpulenz geht bisher nur meinen Schneider und mich etwas an. Einmal haben wir mit einem echten Adeligen gespeist, doch wir waren beide viel zu eingeschüchtert, um unsere Kragen abzuknöpfen oder auch nur Corned Beef und Kohl zu verlangen. Davon abgesehen wohnen wir in einer Stadt, die sich ganz besonders dazu eignet, das Geld in Umlauf zu halten.

Als wir vor einem Jahr herzogen, gab es alles in allem sieben Lebensmittelhändler – drei Gemischtwarenläden, drei Metzger und einen Fischhändler. Als sich jedoch in der Lebensmittelbranche herumsprach, dass die Stadt sich so schnell mit Neureichen füllte, wie Häuser für sie errichtet werden konnten, setzte ein gewaltiger Zustrom von Metzgern, Krämern, Fischhändlern und Feinkosthändlern ein. Täglich trafen sie in ganzen Wagenladungen ein, mit Ladenschildern und Waagen in Händen und mit der Absicht, einen Claim abzustecken und mit Sägemehl zu bestreuen. Es war wie der Goldrush von 1849 oder eines der Boomjahre der Siebziger. Ältere und größere Städte sahen sich ihrer Läden beraubt. Innerhalb eines Jahres hatten achtzehn Lebensmittelhändler an unserer Hauptstraße ihre Zelte aufgeschlagen und lauerten mit verführerischem Sirenenlächeln vor ihren Läden.

Da die früheren sieben Händler uns lange genug übers Ohr gehauen hatten, liefen wir wie ein Mann zu den Neuen über, die mit großen Zahlen in ihren Schaufenstern die Absicht verkündeten, für Lebensmittel fast nichts zu verlangen. Doch sobald sie uns erst eingefangen hatten, stiegen die Preise geradezu schwindelerregend, bis wir allesamt wie verängstigte Mäuse von einem Neuankömmling zum anderen huschten, auf der aussichtslosen Suche nach Gerechtigkeit.

Natürlich war nichts anderes geschehen, als dass es auf einmal zu viele Händler für die wenigen Einwohner gab. Achtzehn Lebensmittelhändler konnten unmöglich von uns leben und moderate Preise verlangen. Deshalb wartete jeder von ihnen darauf, dass die anderen klein beigaben und wegzogen; unterdessen konnten die übrigen ihre Bankkredite nur tilgen, wenn sie ihre Waren für den doppelten bis dreifachen Preis dessen verkauften, was in der nächsten, fünfzehn Meilen entfernten Stadt verlangt wurde. So kam es, dass unsere Stadt zum kostspieligsten Pflaster der Welt wurde.

In Zeitschriftenartikeln schließen sich die Leute immer zu Kooperativen zusammen, die ihre eigenen Läden aufmachen, aber so ein Schritt war für uns alle ausgeschlossen. Er hätte unser Ansehen bei unseren Nachbarn ruiniert und ihnen Grund zu der Vermutung gegeben, dass Geld uns etwas bedeutete. Als ich eines Tages einer wohlhabenden Dame unserer Stadt – deren Ehemann nebenbei durch den Verkauf illegaler Flüssigkeiten sein Vermögen gemacht haben soll – erklärte, ich beabsichtige, einen Genossenschaftsladen zu eröffnen, den ich »F. Scott Fitzgerald – Frischfleisch« nennen wolle, war sie außer sich vor Entsetzen, und ich gab das Vorhaben auf.

Doch unabhängig von der Lebensmittelsituation begannen wir das Jahr mit hochfliegenden Hoffnungen. Mein erstes Theaterstück sollte im Herbst aufgeführt werden, und selbst wenn das Leben im Osten unsere Ausgaben auf etwas mehr als eintausendfünfhundert Dollar im Monat hochschraubte, würde das Theaterstück diese Mehrausgaben locker wettmachen. Wir wussten, welche Riesensummen mit Theatertantiemen verdient wurden, und nur um sicherzugehen, erkundigten wir uns bei verschiedenen Dramatikern, wie viel Geld maximal zu erwarten war, wenn ein Stück ein Jahr lang gespielt wurde. Milchmädchenrechnungen waren noch nie meine Sache. Ich veranschlagte eine Summe in der Mitte zwischen Maximum und Minimum als den Betrag, mit dem wir fest rechnen konnten. Ich glaube, meine Berechnungen ergaben an die hunderttausend Dollar.

Es war ein schönes Jahr; wir konnten uns immer wieder auf das herrliche bevorstehende Ereignis meiner Theaterpremiere freuen. Wenn das Stück ein Erfolg wäre, könnten wir ein Haus kaufen, und dann wäre das Sparen ein Kinderspiel, das wir blind und mit auf den Rücken gebundenen Händen meistern würden.

Wie als Vorgeschmack hatten wir im März einen unverhofften kleinen Geldsegen aus Filmrechten, und fast zum ersten Mal in unserem Leben hatten wir genug Geld übrig, um ein paar Wertpapiere zu kaufen. Natürlich hatten wir »meine« Aktie, und jedes halbe Jahr schnitt ich den kleinen Coupon ab und löste ihn ein, doch wir waren so daran gewöhnt, dass wir das nie für Geld hielten. Es war nur eine Warnung, Geld niemals so anzulegen, dass man in Zeiten der Bedürftigkeit nicht darauf zurückgreifen konnte.

Nein, die einzig sinnvolle Geldanlage waren Liberty Bonds, und wir kauften vier dieser Aktien. Das war sehr aufregend. Ich stieg in ein funkelndes und eindrucksvolles unterirdisches Gewölbe hinunter und hinterlegte unter Aufsicht eines Aufpassers meine viertausend Dollar in Liberty Bonds sowie »meine« Aktie in einer kleinen Blechkiste, zu der nur ich den Schlüssel hatte.

Ich verließ die Bank mit einem entschieden kreditwürdigen Gefühl. Endlich hatte ich Kapital angehäuft – nicht im wörtlichen Sinn, aber es war vorhanden, und wäre ich am nächsten Tag tot umgefallen, hätte es für meine Frau künftig zweihundertzwölf Dollar im Jahr abgeworfen, jedenfalls so lange, wie sie von diesem Betrag zu leben gewillt gewesen wäre.

›Das‹, sagte ich mir nicht ohne eine gewisse Befriedigung, ›ist es, was man darunter versteht, für Frau und Kinder zu sorgen. Jetzt muss ich nur noch die hunderttausend Dollar Tantiemen anlegen, und dann haben wir für alle Zeiten ausgesorgt.‹

Ich merkte, dass ich mir von da an zunehmend weniger Gedanken über die täglichen Ausgaben machte. Was konnte es schon ausmachen, wenn wir ab und zu ein paar hundert Dollar zu viel ausgaben? Was konnte es schon ausmachen, wenn unsere Lebensmittelrechnungen unerklärliche Schwankungen zwischen fünfundachtzig und hundertfünfundsechzig Dollar im Monat aufwiesen, je nachdem wie viel Aufmerksamkeit wir der Küche widmeten? Hatte ich etwa keine Aktien auf der Bank? Beim gegenwärtigen

Stand der Dinge wäre es bloße Pfennigfuchserei gewesen, die monatlichen Ausgaben unter eintausendfünfhundert Dollar drücken zu wollen. Wir würden bald in einem Maßstab Geld sparen, dass solche albernen Sparversuche sich daneben geradezu schäbig ausnehmen mussten.

Die Coupons von »meiner« Aktie werden immer zu einem Büro am Lower Broadway geschickt. Wohin die Coupons von Liberty Bonds geschickt werden, konnte ich leider nie herausfinden, weil ich nie das Vergnügen hatte, welche abzutrennen. Zwei der Aktien musste ich zu meinem Bedauern entäußern, nachdem ich sie einen Monat zuvor deponiert hatte. Ich hatte nämlich einen neuen Roman zu schreiben begonnen und mir gedacht, dass es letzten Endes viel klüger wäre, den Roman nicht zu unterbrechen und von den Liberty Bonds zu leben, solange ich an ihm schrieb. Leider ging es mit dem Roman nur zäh voran, während die Liberty Bonds mit rasender Geschwindigkeit dahinschmolzen. Bei jedem Geräusch im Haus, das lauter war als ein Flüstern, kam der Roman zum Erliegen, während die Liberty Bonds keinen Stillstand kannten.

Und auch der Sommer schwand dahin. Es war ein wundervoller Sommer, und viele weltmüde New Yorker gewöhnten sich daran, das Wochenende auf dem Land bei den Fitzgeralds zu verbringen. Gegen Ende eines linden und hinterlistigen Monats August wurde mir voller Schrecken bewusst, dass ich erst drei Kapitel meines Romans vollendet hatte – und dass in der kleinen Blechkiste im Banktresor nur »meine« Aktie übrig war. Dort lag sie und warf das Geld für ihre Aufbewahrung und ein paar Dollar mehr ab. Aber egal; bald genug würde die Kiste vor Ersparnissen überquellen. Ich würde nebenan eine zweite mieten müssen.

Die Proben für das Stück würden in zwei Monaten beginnen. Um die Zwischenzeit zu überbrücken, hatte ich zwei Möglichkeiten: mich hinsetzen und ein paar Kurzgeschichten schreiben oder an dem Roman weiterarbeiten und das Geld für den Lebensunterhalt borgen. Durch unsere optimistischen Zukunftsträume in ein Gefühl der Sicherheit versetzt, entschied ich mich für Letzteres, und meine Verleger liehen mir genug Geld, dass ich bis zum Premierenabend meine Rechnungen bezahlen konnte.

Ich setzte mich also wieder an meinen Roman, und die Monate vergingen, und das Geld schmolz dahin; doch eines Morgens im Oktober saß ich im kalten Zuschauerraum eines New Yorker Theaters und hörte die Schauspieler den ersten Akt meines Stücks lesen. Es war großartig; meine Kalkulationen waren zu bescheiden gewesen. Ich konnte schon fast hören, wie das Publikum sich um Plätze balgte, wie die Geisterstimmen der Filmmagnaten um die Filmrechte wetteiferten. Der Roman wurde zur Seite gelegt; ich verbrachte meine Tage im Theater und meine Nächte damit, die zwei, drei Schwachstellen des Stücks, das der größte Erfolg des Jahres sein würde, auszubessern.

Der Zeitpunkt rückte näher, und das Leben wurde immer atemloser. Die Novemberrechnungen kamen, wurden mit einem flüchtigen Blick bedacht und auf den Stapel Rechnungen im Bücherregal gelegt. Wichtigere Fragen lagen in der Luft. Ein verärgerter Verleger schrieb mir, dass ich das ganze Jahr über nur zwei Kurzgeschichten geschrieben hätte. Aber was machte das schon aus? Wirklich wichtig war, dass der Darsteller der zweiten komischen Rolle die Worte seines Abgangs im ersten Akt falsch betonte.

Das Stück hatte im November in Atlantic City Premiere. Es wurde zutiefst eisig aufgenommen. Zuschauer standen auf und gingen, andere raschelten mit dem Programm und unterhielten sich gelangweilt und irritiert in lautem Flüsterton. Nach dem zweiten Akt hätte ich die Aufführung am liebsten abgebrochen und erklärt, es sei alles ein Missverständnis, doch die Darsteller mühten sich heroisch bis zum Ende durch.

Eine Woche fruchtlosen Herumdokterns und Umschreibens folgte, dann gaben wir auf und gingen nach Hause. Zu meinem ungläubigen Erstaunen war das Jahr, das große Jahr, fast vorbei. Ich hatte fünftausend Dollar Schulden und zog ernsthaft in Erwägung, in Kontakt zu einem anständigen Armenhaus zu treten, wo wir für so gut wie kein Geld ein Schlafzimmer und ein Badezimmer mieten konnten. Doch einen Triumph konnte uns niemand nehmen. Wir hatten sechsunddreißigtausend Dollar ausgegeben und für ein Jahr das Recht erkauft, Mitglieder der Klasse der Neureichen zu sein. Was kann man für sein Geld mehr verlangen?

Der erste Schritt bestand natürlich darin, »meine« Aktie hervorzuholen, sie zur Bank zu bringen und zum Verkauf anzubieten. Ein sehr netter alter Mann an einem spiegelglatten Tisch zeigte sich unerbittlich, was ihren Wert als Sicherheit betraf, bot mir aber an, mich anzurufen, sobald ich mein Konto überzöge, damit ich für Deckung sorgen konnte. Nein, er gehe nie mit Kontoinhabern zum Lunch. Schriftsteller hielt er, wie er sagte, für ein zielloses Völkchen, und er versicherte mir, dass die ganze Bank vom Keller bis zum Dach hundertprozentig einbruchsicher sei.

Ich war so entmutigt, dass ich die Aktie nicht einmal in die gähnend leere Kiste zurücklegte; ich steckte sie mit düsterer Miene ein und ging nach Hause. Es gab keinen anderen Ausweg – ich musste mir Arbeit suchen. Ich hatte meine Geldquellen erschöpft, und Arbeit war die einzige Abhilfe. Im Zug notierte ich alle Besitztümer, die wir notfalls beleihen konnten. Hier ist die Liste:

1 Ölofen, beschädigt
9 elektrische Lampen jeder Art
2 Bücherregale mit entsprechenden Büchern
1 Zigarettenhumidor, angefertigt von einem
  Gefangenen
2 gerahmte Bleistiftporträts von meiner Frau und mir
1 Mittelklassewagen von 1921
1 Aktie, Kaufwert 1000 Dollar, gegenwärtiger Wert
  unbekannt

»Lass uns gleich mit dem Sparen anfangen« waren die Worte, mit denen meine Frau mich zu Hause empfing. »Es gibt einen neuen Lebensmittelhändler, wo man bar bezahlt und alles halb so teuer ist wie in den anderen Läden. Ich kann jeden Vormittag mit dem Wagen hinfahren und –«

»Bar!« Ich musste lachen. »Bar!«

Eine Sache war in unserer Lage völlig ausgeschlossen: bar zu bezahlen. Dafür war es zu spät. Wir hatten kein Bargeld, mit dem wir hätten zahlen können. Eher hätten wir Metzger und Krämer auf den Knien dafür danken müssen, dass sie uns auf Pump einkaufen ließen. Ein überwältigender wirtschaftlicher Sachverhalt wurde mir in diesem Augenblick klar – die Seltenheit von Bargeld und die Wahlmöglichkeiten, die Bargeld einem erlaubt.

»Nun ja«, sagte meine Frau nachdenklich, »das ist Pech. Aber drei Hausangestellte brauchen wir nicht. Wir besorgen uns einen Japaner, der die Hausarbeit macht, und ich übernehme die Arbeit des Kindermädchens, bis du uns aus dem Gröbsten rausmanövriert haben wirst.«

»Wir sollen sie entlassen?«, fragte ich ungläubig. »Aber das können wir nicht! Wir müssten jedem von ihnen zwei Wochenlöhne zusätzlich zahlen. Wenn wir sie loswerden wollten, würde uns das hundertfünfundzwanzig Dollar kosten – in bar! Außerdem ist es nett, einen Butler zu haben; wenn alle Stricke reißen, können wir ihn nach New York schicken, wo er ein bisschen Geld für uns verdienen kann.«

»Und wie sollen wir dann sparsamer leben?«

»Gar nicht. Wir sind zu arm, um zu sparen. Sparsamkeit ist Luxus. Letzten Sommer hätten wir sparen können, doch jetzt liegt unsere einzige Rettung im Geldausgeben.«

»Wie wäre es mit einem kleineren Haus?«

»Unmöglich! Umzüge sind kostspieliger als alles andere; außerdem könnte ich mich bei so viel Unruhe nicht konzentrieren. Nein«, fuhr ich fort, »ich muss uns auf die einzige Weise, von der ich etwas verstehe, aus diesem Schlamassel befreien, nämlich indem ich mehr Geld verdiene. Und wenn wir etwas Geld auf der Bank haben, können wir überlegen, wie es weitergehen soll.«

Über unserer Garage gibt es ein großes leeres Zimmer,

wohin ich mich mit Bleistift, Papier und Ölofen zurückzog, und um fünf Uhr am nächsten Nachmittag kehrte ich mit einer Geschichte von siebentausend Wörtern zurück. Das war nicht schlecht; die Geschichte würde die Miete und die überfälligen Rechnungen aus dem Vormonat begleichen. Es dauerte fünf Wochen à zwölf Stunden täglich, aus abgrundtiefer Armut wieder in die Mittelschicht aufzusteigen, doch nach dieser Frist hatten wir unsere Schulden getilgt, und die schlimmsten Sorgen waren gebannt.

Ich war jedoch mit dem Verlauf der ganzen Geschichte nicht sonderlich zufrieden. Ein junger Mann kann wie ein Wahnsinniger arbeiten, ohne sich die Gesundheit zu ruinieren, aber leider ist Jugend kein Dauerzustand.

Ich wollte herausfinden, was mit den sechsunddreißigtausend Dollar passiert war. Sechsunddreißigtausend Dollar sind kein sagenhafter Schatz – keine Yacht, kein Palm Beach –, aber sie sind eine Summe, mit der man sich meiner Ansicht nach ein geräumiges Haus voller Möbel, einmal im Jahr eine Reise nach Europa und daneben ein, zwei Aktien leisten können müsste. Doch mit unseren sechsunddreißigtausend Dollar hatten wir uns nichts dergleichen geleistet.

Ich förderte also meine diversen Haushaltsbücher zutage, meine Frau förderte ihre gesammelten Haushaltsaufzeichnungen aus dem Jahr 1923 zutage, und wir errechneten unsere durchschnittlichen monatlichen Ausgaben. Hier das Ergebnis:

Haushaltsausgaben

	monatlich
Einkommensteuer	198,– Dollar
Lebensmittel	202,–
Miete	300,–
Kohle, Holz, Eis, Gas, Licht, Telefon, Wasser	114,50
Hausangestellte	295,–
Golfclub	105,50
Kleidung für drei Personen	158,–
Arzt und Zahnarzt	42,50
Medikamente und Zigaretten	32,50
Automobil	25,–
Bücher	14,50
Anderweitige Haushaltsausgaben	112,50
Summe	1600,–

»Na, wer sagt es denn?«, meinten wir, als wir bis dahin gelangt waren. »Manche Posten sind ziemlich teuer, vor allem Lebensmittel und Hausangestellte. Aber alles ist erfasst, und es macht nur unwesentlich mehr als die Hälfte unseres Einkommens aus.«

Dann rechneten wir die durchschnittlichen monatlichen Ausgaben für Vergnügungen oder Unterhaltung aus.

Hotelrechnungen – Übernachtungen oder Essen in New York	51,–
Reisen – nur zwei, aber durch zwölf geteilt	43,–
Theaterkarten	55,–
Barbier und Friseur	25,–

Wohltätigkeit, Kredite	15,–
Taxi	15,–
Glücksspiel – diese finstere Abteilung umfasst Bridge, Würfeln und Footballwetten	33,–
Restauranteinladungen	70,–
Unterhaltung	70,–
Verschiedenes	23,–
Summe	400,–

Manche dieser Posten waren ziemlich teuer, aber Leuten aus dem Westen werden sie teurer vorkommen als Leuten aus New York. Fünfundfünfzig Dollar für Theaterkarten entspricht zwischen drei und fünf Theaterbesuchen im Monat, abhängig von der Art der Darbietung und davon, wie lange sie schon läuft. Footballspiele zählen ebenso dazu wie Sitze am Ring für den Kampf zwischen Dempsey und Firpo. Was den Betrag für Restauranteinladungen betrifft, kann man mit siebzig Dollar vielleicht drei Paare in ein volkstümliches Kabarett ausführen, aber große Sprünge lassen sich damit nicht machen.

Wir addierten die Vergnügungsposten zu den Haushaltsposten und hatten unseren monatlichen Gesamtbetrag.

»Sehr gut«, sagte ich. »Genau dreitausend Dollar. Jetzt wissen wir wenigstens, wo wir sparen müssen, weil wir wissen, wofür wir das Geld ausgeben.«

Meine Frau runzelte die Stirn; dann nahm ihr Gesicht einen ratlosen, erschrockenen Ausdruck an.

»Was ist los?«, fragte ich. »Stimmt etwas nicht? Stimmen irgendwelche Posten nicht?«

»Es sind nicht die Posten«, sagte sie stockend, »es ist die Summe. Es sind nur zweitausend Dollar im Monat.«

Ich wollte es nicht glauben, aber sie nickte.

»Überleg doch mal«, widersprach ich, »aus meinen Kontoauszügen geht hervor, dass wir dreitausend Dollar monatlich ausgegeben haben. Du willst doch nicht behaupten, dass uns jeden Monat tausend Dollar durch die Finger rinnen?«

»Aber die Ausgaben ergeben nur zweitausend Dollar«, widersprach sie, »also muss es so gewesen sein.«

»Gib mir den Stift.«

Eine Stunde lang beschäftigte ich mich schweigend mit den Aufstellungen, doch vergebens.

»Das ist ja nicht zu fassen!«, sagte ich ungläubig. »Man kann doch nicht zwölftausend Dollar im Jahr verlieren. Aber – das Geld ist weg.«

Es klingelte an der Tür, und ich ging öffnen, noch immer ganz benommen von diesen Zahlen. Es waren die Banklands, unsere Nachbarn von gegenüber.

»Großer Gott!«, verkündete ich. »Wir haben eben zwölftausend Dollar verloren!«

Bankland trat schnell einen Schritt zurück.

»Einbrecher?«, fragte er.

»Geister«, antwortete meine Frau.

Mrs. Bankland sah sich nervös um.

»Wirklich?«

Wir erklärten die Situation, das rätselhafte Drittel unserer Einkünfte, das sich in Luft aufgelöst hatte.

»Also wir machen Folgendes«, sagte Mrs. Bankland. »Wir haben ein Budget.«

»Wir haben ein Budget«, wiederholte Bankland, »und das halten wir peinlich genau ein. Der Himmel kann einstürzen, aber unser Budget wird nicht überschritten. Das ist die einzige Chance, vernünftig zu leben und Geld zu sparen.«

»Das sollten wir auch tun«, sagte ich zustimmend.

Mrs. Bankland nickte begeistert.

»Es ist eine großartige Einrichtung«, fuhr sie fort. »Wir setzen jeden Monat einen bestimmten Betrag fest, und über alles, was ich spare, kann ich frei verfügen – ich kann damit machen, was ich will.«

Ich sah, dass meine eigene Frau lebhafter wurde.

»Das will ich auch«, rief sie plötzlich. »Ich will ein Budget haben. Jeder vernünftige Mensch hat ein Budget.«

»Mir tut jeder leid, der dieses System nicht benutzt«, sagte Bankland feierlich. »Denken Sie an den Nebeneffekt des Sparens – das zusätzliche Geld, das meiner Frau für Kleider zur Verfügung steht.«

»Wie viel haben Sie bisher gespart?«, fragte meine Frau neugierig Mrs. Bankland.

»Bisher?«, wiederholte Mrs. Bankland. »Oh, das war noch nicht möglich. Wir haben erst gestern mit dem System angefangen.«

»Gestern!«, riefen wir.

»Ja, gestern«, sagte Bankland finster. »Aber ich wünschte weiß Gott, ich hätte vor einem Jahr damit angefangen. Ich habe die ganze Woche über unseren Ausgaben gebrütet, und stellen Sie sich vor, Fitzgerald, jeden Monat fehlen zweitausend Dollar, und ich kann mir den Betrag partout nicht erklären.«

Unsere Geldsorgen gehören inzwischen zur Vergangenheit. Wir haben uns für alle Zeiten aus der Klasse der Neureichen verabschiedet und haben das Budgetverfahren eingeführt. Es ist einfach und vernünftig, und ich kann es Ihnen in wenigen Worten erklären. Betrachten Sie Ihr Einkommen als einen riesigen Kuchen, der in Scheiben zerteilt ist; jede Scheibe steht für eine Art von Ausgaben. Alle nur denkbaren Ausgaben sind vorgesehen, und so weiß man, welcher Teil des Einkommens auf jede Scheibe entfällt. Es gibt sogar eine Scheibe für die Gründung von Universitäten, falls einem der Sinn nach so etwas stehen sollte.

Beispielsweise wird der Betrag, den man für Theaterkarten ausgibt, auf die Hälfte dessen veranschlagt, was man für den Drugstore benötigt. Das wird uns erlauben, alle fünfeinhalb Monate eine Aufführung zu sehen oder zweieinhalb Aufführungen im Jahr. Die erste haben wir schon ausgesucht, und wenn sie in fünfeinhalb Monaten nicht mehr auf dem Spielplan steht, dann haben wir schon wieder Geld gespart. Unser Budget für Zeitungen soll nicht mehr als ein Viertel dessen ausmachen, was wir auf Weiterbildung verwenden, und wir überlegen, ob wir einmal im Monat eine Sonntagszeitung kaufen oder ein Jahrbuch subskribieren sollen.

Das Budget erlaubt uns nur drei Viertel eines Hausangestellten, und deshalb sind wir auf der Suche nach einem einbeinigen Koch, der sechsmal in der Woche kommen kann. Allem Anschein nach lebt der Verfasser des Budgetbuchs in einer Stadt, in der man heute noch für fünf Cent ins Kino gehen kann und für zehn Cent rasiert wird. Aber wir werden die Ausgaben für »Auslandsmissionen usw.«

streichen und das Geld der Welt des Verbrechens zukommen lassen. Alles in allem und wenn man davon absieht, dass keine Scheibe für die Rubrik »verschwunden« vorgesehen ist, scheint das Buch alle Eventualitäten zu berücksichtigen, und wenn man den Stimmen glauben will, die auf den hinteren Seiten abgedruckt sind, haben wir gute Aussichten, mindestens fünfunddreißigtausend Dollar zu sparen, wenn wir dieses Jahr wieder sechsunddreißigtausend Dollar verdienen.

»Aber die ersten sechsunddreißigtausend sind und bleiben verschwunden«, beschwerte ich mich, an niemand Bestimmtes gewandt. »Wenn wir wenigstens irgendetwas damit erworben hätten, käme es einem weniger absurd vor.«

Meine Frau dachte lange nach.

»Das Einzige, was du tun kannst«, sagte sie zuletzt, »ist einen Artikel für eine Zeitschrift schreiben und ihn ›Wie man sechsunddreißigtausend Dollar im Jahr verprassen kann‹ nennen.«

»Was für ein alberner Vorschlag!«, erwiderte ich frostig.

Wie man mit fast nichts über die Runden kommt

I

In Ordnung«, sagte ich freudig, »und wie viel macht das für den ganzen Monat?«

»Zweitausenddreihundertzwanzig Dollar und zweiundachtzig Cent.«

Es war der fünfte von fünf langen Monaten, in denen wir mit jedem uns bekannten Mittel versucht hatten, die Ziffer unserer Ausgaben in eine sichere Zone unterhalb der Ziffer unserer Einkünfte zu bugsieren. Es war uns gelungen, weniger Kleider zu kaufen, weniger Lebensmittel und weniger Luxusgüter – kurzum, uns war alles gelungen, nur nicht, Geld zu sparen.

»Lass es uns aufgeben«, sagte meine Frau missmutig. »Sieh nur, schon wieder eine Rechnung, die ich noch gar nicht geöffnet habe.«

»Das ist keine Rechnung – die Briefmarke ist französisch.«

Es war ein Brief. Ich las ihn laut vor, und als ich fertig war, sahen wir einander aufgeregt und erwartungsvoll an.

»Ich kann nicht verstehen, warum nicht alle hierherkommen«, stand in dem Brief. »Ich schreibe dies aus einem kleinen französischen Gasthof, wo ich soeben wie ein König gespeist und das Ganze üppig mit Champagner begossen habe und das für den lächerlichen Betrag von einundsechzig Cent. Das Leben hier kostet ungefähr ein Zehntel. Von da, wo ich sitze, sehe ich, wie sich die dunstigen Alpengipfel hinter einer Stadt erheben, die schon alt war, bevor Alexander der Große geboren wurde ...«

Als wir den Brief zum dritten Mal gelesen hatten, saßen wir im Auto und waren auf dem Weg nach New York. Als wir eine halbe Stunde später das Büro der Dampfschiffgesellschaft enterten und dabei ein Rollpult umwarfen und einen Büroboten an die Wand drückten, blickte der Verkäufer dann doch etwas überrascht auf.

»Sagen Sie nichts«, sagte er. »Sie sind heute die Zwölften, und ich weiß Bescheid. Ein Freund in Europa hat Ihnen geschrieben, wie billig es dort ist, und Sie wollen auf der Stelle hinfahren. Wie viele?«

»Ein Kind«, sagten wir atemlos.

»Gut!«, rief er und fächerte ein Kartenspiel auf seinen Schreibtisch. »Die Karten sagen, dass Sie eine lange, unerwartete Reise antreten, dass Krankheiten auf Sie zukommen und dass Sie bald zahlreichen dunklen Männern und Frauen begegnen werden, die nichts Gutes im Schilde führen.«

Als wir ihn aus dem Fenster bugsierten, schwebte seine Stimme von irgendwo zwischen dem sechzehnten Stock und der Straße zu uns herauf: »Sie reisen morgen in einer Woche ab.«

Wenn eine Familie ins Ausland geht, um zu sparen, dann fährt sie nicht zur British Empire Exposition in Wembley oder zu den Olympischen Spielen – ehrlich gesagt fährt sie weder nach London noch nach Paris, sondern sie macht, dass sie zur Riviera kommt, der Südküste Frankreichs, die den Ruf genießt, der billigste und zudem schönste Aufenthaltsort der Welt zu sein. Und wir fuhren *außerhalb der Saison* hin, was so ähnlich ist, als würde man im Juli nach Palm Beach fahren. Wenn im späten Frühjahr die Saison an der Riviera endet, ziehen alle reichen Briten und Amerikaner nach Deauville und Trouville um, und alle Spielcasinos und eleganten Modistinnen und Juweliere und Taschendiebe brechen ihre Zelte ab und folgen ihrer Beute nach Norden. Sofort fallen die Preise. Die Eingeborenen, die den ganzen Winter von Reis und Fisch gelebt haben, kommen aus ihren Höhlen hervor, leisten sich eine Flasche Rotwein und planschen zur Abwechslung selbst in ihrem blauen Meer herum.

Für zwei bekehrte Verschwender war die Riviera im Sommer genau das Richtige. Wir übereigneten unser Haus der Fürsorge von sechs Immobilienfachleuten und dampften nach Frankreich ab unter dem ohrenbetäubenden Beifall zahlloser Freunde am Kai, die uns beide fleißig zuwinkten, bis wir außer Sichtweite waren.

Uns war, als wären wir noch mal davongekommen – vor der Verschwendungssucht und dem Getöse und allen ausschweifenden Überspanntheiten, die für fünf hektische Jahre den Rahmen unseres Lebens abgegeben hatten, vor den Händlern, die uns aufgelauert hatten, dem Kindermädchen, das uns herumkommandiert hatte, und dem »Paar«, das unseren Haushalt geführt hatte und uns besser kannte, als uns lieb sein konnte. Wir suchten die Alte Welt auf, um einen neuen Rhythmus für unser Leben zu finden, in der ernsthaften Überzeugung, dass wir unser altes Ich für alle Zeiten über Bord geworfen hatten, und mit einem Kapital von nicht viel mehr als siebentausend Dollar.

Eine Woche später weckte uns das Sonnenlicht, das durch hohe französische Fenster fiel. Von draußen hörten wir das klare und laute Hupen fremder Automobile, und uns kam zu Bewusstsein, dass wir in Paris waren. Unsere Kleine saß bereits in ihrem Bettchen und betätigte die Klingeln, mit denen die verschiedenen *fonctionnaires* des Hotels gerufen wurden, als hätte sie beschlossen, den Tag zu beginnen. Und es war ihr Tag, denn wir waren in Paris aus keinem anderen Grund als dem, ein Kindermädchen zu finden.

»*Entrez!*«, riefen wir wie aus einem Mund, als an die Tür geklopft wurde.

Ein gutaussehender Kellner öffnete sie und trat ein, worauf unsere Kleine ihr Klingeln unterbrach und ihn mit merklicher Missgunst betrachtete.

»Iss Mademoiselle draußen, was wartet auf Sie«, bemerkte er.

»Sprechen Sie Französisch«, sagte ich streng. »Wir sprechen hier alle Französisch.«

Er redete eine Zeitlang auf Französisch.

»In Ordnung«, unterbrach ich seinen Redefluss. »Sagen Sie das jetzt noch einmal langsam auf Englisch; ich bin nicht ganz mitgekommen.«

»Er heißt Entrez«, sagte die Kleine zuvorkommend.

»Von mir aus kann er heißen, wie er will«, sagte ich aufbrausend, »aber sein Französisch kommt mir nicht sehr gut vor.«

Zu guter Letzt fanden wir heraus, dass vor der Tür eine englische Gouvernante wartete, die sich auf unsere Zeitungsannonce hin eingefunden hatte.

»Sagen Sie ihr, dass sie hereinkommen soll.«

Nach kurzer Zeit schlenderte eine große, blasierte Person mit einem Hut aus der Rue de la Paix herein, und wir bemühten uns, möglichst würdevoll auszusehen, was nicht ganz einfach ist, wenn man im Bett sitzt.

»Sie sind Amerikaner?«, sagte sie, während sie sich herablassend und gesittet setzte.

»Ja.«

»Und sie suchen ein Kindermädchen. Ist das das Kind?«

»Ja, Ma'am.«

(Zweifellos eine hochadelige Dame des englischen Hofes in vorübergehend bedrängten finanziellen Verhältnissen, dachten wir.)

»Ich habe ziemlich viel Erfahrung«, sagte sie, marschierte auf unser Kind zu und wollte seine Hand ergreifen, doch erfolglos. »Ich bin sozusagen ein Kindermädchen vom Fach; ich bin eine Dame von Geburt und beklage mich nie.«

»Beklagen worüber?«, fragte meine Frau.

Die Bewerberin wedelte wegwerfend mit der Hand.

»Ach, zum Beispiel über das Essen.«

»Warten Sie«, sagte ich misstrauisch, »bevor wir weiterverhandeln, wüsste ich gern, was Sie bisher verdient haben.«

»Für Sie«, sie zögerte, »hundert Dollar im Monat.«

»Oh, kochen müssen Sie gar nicht«, versicherten wir ihr; »Sie wären nur für unser einziges Kind zuständig.«

Sie erhob sich und schüttelte ihre Federboa mit vornehmer Geringschätzung zurecht.

»Dann sehen Sie sich besser nach einem französischen Kindermädchen um«, sagte sie, »wenn Ihnen das mehr zusagt. So eine wird nachts nicht das Fenster öffnen, und Ihre Kleine wird nie das französische Wort für ›Badewanne‹ lernen, aber Sie müssen nur zehn Dollar im Monat bezahlen.«

»Auf Wiedersehen«, sagten wir wie aus einem Mund.

»Ich mache es für fünfzig.«

»Auf Wiedersehen«, wiederholten wir.

»Für vierzig – und ich wasche die Sachen der Kleinen.«

»Wir würden Sie nicht einmal für Kost und Logis nehmen.«

Das Hotel erbebte, als sie die Tür schloss.

»Wo ist die Dame hingegangen?«, fragte unser Kind.

»Sie ist auf der Jagd nach Amerikanern«, sagten wir. »Sie hat im Gästebuch nachgesehen und dachte, hinter unserem Namen stünde das Wort Chicago.«

Mit unserer Kleinen sind wir immer so geistreich, und sie hält uns für das unterhaltsamste Paar, das sie kennt.

Nach dem Frühstück ging ich zu der Pariser Niederlassung unserer amerikanischen Bank, um mir Geld zu besorgen, doch kaum war ich eingetreten, wünschte ich, ich wäre wieder im Hotel oder wenigstens durch den Hintereingang hereingekommen, denn offenbar war man auf mich aufmerksam geworden, und draußen ballte sich eine Menschenmenge zusammen. Die Menge wuchs unaufhörlich, und ich spielte mit dem Gedanken, ans Fenster zu treten und eine Ansprache zu halten, doch dann dachte ich, dass dies die Aufregung nur steigern würde, und ich sah mich nach jemandem um, der mir helfen konnte. Ich erkannte jedoch niemanden bis auf einen der Bankangestellten und das Ehepaar Douglas Fairbanks aus Amerika, das an einem Schalter im Hintergrund Dollar gegen Franc tauschte. Ich beschloss daher, mich nicht zu zeigen, und bis mein Scheck eingelöst war, hatte der Menschenauflauf sich verlaufen.

Inzwischen denke ich, dass wir gut daran taten, neun Tage darauf Paris zu verlassen – letzten Endes nur eine Woche nach dem ursprünglich vorgesehenen Termin. Jeden Vormittag ergoss sich eine neue Schiffsladung Amerikaner auf die Boulevards, und jeden Nachmittag füllte sich unser Hotelzimmer mit vertrauten Gesichtern – wir hätten genauso gut in New York sein können, abgesehen davon, dass es in Paris nirgends nach Methylalkohol roch. Doch zu guter Letzt stiegen wir in den Zug zur Riviera, zu dem heißen, süßen Süden Frankreichs, mit unseren restlichen sechseinhalbtausend Dollar und einem englischen Kindermädchen, das wir für sechsundzwanzig Dollar im Monat angestellt hatten.

Wer das Mittelmeer zum ersten Mal erblickt, der weiß auf der Stelle, warum der erste Mensch sich hier aufgerichtet und seine Arme der Sonne entgegengestreckt hat. Das Meer ist blau, besser gesagt zu blau für die abgedroschene Wendung, die für jeden trüben Tümpel auf dem Globus herhalten muss. Es ist das feenhafte Blau der Bilder von Maxfield Parrish, so blau wie blaue Bücher, blaues Öl, blaue Augen, und im Schatten der Berge verläuft über hundertfünfzig Meilen entlang der Küste ein grüner Gürtel Landes und lädt als Spielplatz die ganze Welt ein. Die Riviera! Die Namen ihrer Seebäder – Cannes, Nizza, Monte Carlo – wecken die Erinnerung an zahllose Könige und Prinzen, die ihren Thron verloren hatten und herkamen, um zu sterben, an geheimnisumrankte Radschas und Beys, die englischen Tanzmädchen blaue Diamanten zuwarfen, an russische Millionäre, die in den unwiederbringlich vergangenen Kaviarzeiten vor dem Krieg ganze Vermögen beim Roulette verloren.

Von Charles Dickens bis Katharina von Medici, von Prinz Edward von Wales auf dem Höhepunkt seiner Beliebtheit bis zu Oscar Wilde am Tiefpunkt seiner Erniedrigung ist alle Welt hierhergekommen, um zu vergessen oder zu genießen, sich zu verbergen oder sich zu verlustieren, um mit dem Profit aus der Unterdrückung weiße Paläste zu erbauen oder um die Bücher zu schreiben, die diese Paläste manchmal niederreißen. Unter gestreiften Markisen am Meeressaum rauchten Großherzöge und Spieler und Diplomaten und edle Kurtisanen und Zaren des Balkans gemächlich ihre Zigaretten, während 1913 unmerklich und ohne ein Erzittern des Kalenders zu 1914 wurde und sich im Norden der Zorn zusammenballte, der drei Viertel von ihnen auslöschen sollte.

Wir erreichten Hyères, die Stadt unserer Wünsche, in glühender Mittagshitze; der Tropenodem, der aus den dichten Pinienhainen wehte, war unverkennbar. Ein Droschkenkutscher mit einem großen eiförmigen Karbunkel mitten auf der Stirn stritt mit einem uniformierten Hoteldiener um den Zugriff auf unsere Habseligkeiten.

»*Je suis a stranger here*«, sagte ich in flüssigem Französisch. »*Je veux aller to le best hotel dans le town.*«

Der Dienstmann zeigte auf einen ehrfurchtgebietenden Autobus in der Einfahrt zum Bahnhof. Auf der Seite des Wagens stand »GRAND HÔTEL DE PARIS ET DE ROME«.

»Welches ist das beste Hotel?«, fragte ich.

Als Antwort ergriff er unser schwerstes Gepäckstück, balancierte es einen Augenblick, verpasste dem Droschkenkutscher einen dröhnenden Schlag gegen die Stirn – und ich begriff sogleich den Grund des stetigen Schwellens des Karbunkels – und scheuchte uns entschieden in den Wagen. Ich warf dem hilflosen Karbunkelträger ein paar Cent oder besser Franc zu.

»Ziemlich warmes Wetter«, meinte das Kindermädchen.

»Mir gefällt es sehr gut«, erwiderte ich, wischte mir die Stirn ab und bemühte mich um ein kühles Lächeln. Mir war klar, dass die moralische Verantwortung auf mir lastete – ich hatte Hyères aus keinem weiterreichenden Grund gewählt als dem, dass ein Freund dort einen Winter verbracht hatte. Außerdem waren wir nicht hergekommen, um es kühl zu haben, wir waren gekommen, um zu sparen, um von so gut wie nichts im Jahr zu leben.

»Aber es ist wirklich warm«, sagte meine Frau, und im nächsten Augenblick rief die Kleine in einem Ton, der keinen Widerspruch duldete: »Mantel aus!«

»Er denkt wohl, wir wollten eine Stadtrundfahrt machen«, sagte ich, als wir bereits eine Meile lang einer palmengesäumten Straße gefolgt waren und auf einem uralten Platz anhielten, der mexikanisch anmutete. »Augenblick mal!«

Die letzten Worte sagte ich voller Unruhe, denn der Dienstmann lud unser Gepäck in alarmierender Geschwindigkeit vor einem verfallenen Schnellimbiss ab. Ein zerlumptes Schild über der Tür trug die Aufschrift »GRAND HÔTEL DE PARIS ET DE ROME«.

»Soll das ein Witz sein?«, fragte ich. »Habe ich nicht verlangt, dass Sie uns zum besten Hotel der Stadt bringen?«

»Das ist es«, sagte er.

»O nein, das ist es nicht. Das ist das schlechteste Hotel der Stadt. Das fürchterlichste Hotel, das ich je zu sehen bekommen habe.«

»Ich bin der Inhaber«, sagte er.

»Ich bedaure, aber wir haben ein Kind dabei« – das Kindermädchen war so entgegenkommend, die Kleine hochzuhalten –, »und wir brauchen ein moderneres Hotel mit Badezimmer.«

»Wir haben ein Badezimmer.«

»Ich meine ein Gästebadezimmer.«

»Wir werden unseres nicht benutzen, solange Sie da sind. Alle großen Hotels sind den Sommer über geschlossen.«

»Ich glaube ihm kein Wort«, sagte meine Frau.

Ich sah mich ratlos um. Zwei abgerissene, verhungerte Frauen waren zur Tür herausgekommen und bedachten unser Gepäck mit gierigen Blicken.

Plötzlich hörte ich Pferdegetrappel, und als ich aufblickte, sah ich den Mann mit dem Karbunkel, der trübselig die staubige Straße entlangfuhr.

»Was ist *le best hotel* in der Stadt?«, rief ich ihm zu.

»*Non, non, non, non!*«, beteuerte er und wedelte aufgeregt mit den Zügeln. »Jardin Hôtel geöffnet!«

Während der Inhaber des Grand Hôtel von Paris und Rom sich meinem Griff entwand und auf den Droschkenkutscher zulief, wandte ich mich vorwurfsvoll an die zwei verhungerten Frauen.

»Schämen Sie sich nicht, so einen Bus zu betreiben?«, fragte ich.

Ich kam mir sehr amerikanisch und überlegen vor; ich gab zu verstehen, dass ich bedauern müsse, dass wir Amerikaner in den Krieg eingetreten waren, wenn die Moral der Franzosen sich in einem so heruntergekommenen Zustand befand.

»Daddy ist auch warm«, bemerkte die Kleine unbekümmert.

»Mir ist nicht warm.«

»Daddy hört besser auf zu reden und findet ein Hotel für uns«, bemerkte das englische Kindermädchen, »bevor wir hier alle zerfließen.«

Es dauerte nur eine Stunde, den Inhaber des Hôtel de Paris et de Rome auszuzahlen, eine Entschädigung für seine verwundeten Gefühle hinzuzufügen und das Hôtel du Jardin am Stadtrand zu beziehen.

»Hyères«, verkündet mein Reiseführer, »ist der wärmste und älteste Winterkurort an der Riviera und wird heute fast ausschließlich von Engländern besucht.« Als wir allerdings gegen Ende Mai eintrafen, waren sogar die Engländer mit Ausnahme der ältesten und wärmsten weitergezogen. Das Hôtel du Jardin zeigte Spuren früheren Bewohntseins – in den Salons lagen zahllose alte Ausgaben der *Illustrated London News* herum –, doch übrig geblieben war nur, wie wir beim Abendessen feststellten, ein überaltertes Dutzend, ein vor sich hin verrottendes Dutzend, ein düsteres und trübseliges Dutzend von ihnen.

Aber wir würden dort nur wohnen, bis wir eine Villa fänden, und es hatte den Vorteil, erstaunlich billig für ein erstklassiges Hotel zu sein; zu viert bezahlten wir inklusive der Mahlzeiten einhundertundfünfzig Franc am Tag, keine acht Dollar.

Der Immobilienmakler, ein energischer junger Herr, der seine Hose praktischerweise um den Brustkorb herum geknöpft trug, besuchte uns am nächsten Vormittag.

»Zahllose Villen«, sagte er frohgemut. »Wir werden uns mit Pferd und Wagen aufmachen und sie besichtigen.«

Es war ein siedendheißer Morgen, doch auf den Straßen wimmelte es bereits von südfranzösischen Gesichtern, dunklen Gesichtern, denn an der Riviera haben bewegte und vergessene Jahrhunderte einen arabischen Einschlag hinterlassen. Einst plünderten die Mauren die Küste, um sich zu bereichern, und später, als sie ruhmestrunken durch Spanien fegten, gründeten sie an den Küsten Grenzstädte als Vorposten ihrer Welteroberung. Sie waren nicht die ersten und auch nicht die letzten, die versucht haben, Frankreich einzunehmen, doch alles, was heute an Nahrung für stolze moslemische Hoffnungen geblieben ist, sind vereinzelte maurische Türme und das tragische Glitzern schwarzer orientalischer Augen.

»Diese Villa ist für dreißig Dollar im Monat zu haben«, sagte der Immobilienmakler, als wir vor einem kleinen Haus am Stadtrand anhielten.

»Was ist der Haken an der Sache?«, fragte meine Frau argwöhnisch.

»Es gibt keinen. Das Haus ist einmalig. Es hat sechs Zimmer und einen Brunnen.«

»Einen Brunnen?«

»Einen guten Brunnen.«

»Wollen Sie damit sagen, dass es kein Badezimmer gibt?«

»Nicht genau das, was Sie als Badezimmer bezeichnen.«

»Fahren Sie weiter«, sagten wir.

Gegen Mittag war klar, dass es in Hyères keine Villen zu vermieten gab. Sie waren alle zu heiß, zu klein, zu schmutzig oder zu *triste*, ein ausdrucksstarkes Wort, das beinhaltet, dass der geisteskranke Marquis noch immer in seinem Leichentuch durch die Hallen wandelt.

»*Yes, we have no villas today*«, bemerkte der Makler lächelnd.

»Das ist ein sehr alter und abgedroschener Scherz«, sagte ich, »und mir ist zu warm zum Lachen.«

Unsere Kleidung hing an uns wie feuchte Handtücher, aber als ich mich mittels einer Narbe an der linken Hand ausgewiesen hatte, gewährte man uns Einlass in das Hotel. Ich beschloss, einen der herumlungernden Engländer zu fragen, ob es in der Umgebung vielleicht eine zweite ruhige Stadt gebe.

Einem Amerikaner oder Franzosen eine Frage zu stellen ist kein Problem; der einzige Unterschied ist, dass man die Antwort des Amerikaners verstehen kann. Aber einen Engländer zu einer Antwort zu bewegen, das ist ungefähr so umständlich, wie ein Streichholz bei einem Staatsminister auszuleihen. Der erste Engländer, dem ich mich näherte, ließ seine Zeitung fallen, sah mich entsetzt an und flüchtete überstürzt aus dem Raum. Das entmutigte mich kurzfristig, doch zum Glück fiel mein Blick auf einen Mann, der im Rollstuhl zum Essen hereingefahren worden war.

»Guten Tag«, sagte ich. »Könnten Sie mir sagen –« Er zuckte wie unter Krämpfen, war zu meiner Erleichterung aber außerstande, seinen Rollstuhl zu verlassen. »Ich wüsste gern, ob Sie eine Stadt kennen, wo ich für den Sommer eine Villa mieten könnte.«

»Ich weiß von keiner«, sagte er eisig. »Und wenn, würde ich es Ihnen nicht sagen.«

Den letzten Satz sagte er nicht laut, aber ich konnte die Worte unmissverständlich in seinen Augen lesen.

»Ich nehme an, Sie sind auch neu hier«, sagte ich versuchsweise.

»Ich komme seit sechzehn Jahren jeden Winter her.«

Das fasste ich als Einladung auf und rückte meinen Stuhl näher.

»Dann müssen Sie doch irgendwelche Städte kennen«, sagte ich zuversichtlich.

»Cannes, Nizza, Monte Carlo.«

»Die sind zu teuer. Ich suche einen ruhigen Flecken, wo ich arbeiten kann.«

»Cannes, Nizza, Monte Carlo. Im Sommer ist es da ruhig. Mehr kenne ich nicht. Und wenn, würde ich es Ihnen nicht sagen. Auf Wiedersehen.«

Oben zählte das Kindermädchen die Mückenstiche, die unsere Kleine nachts erhalten hatte, und meine Frau trug das Resultat in ein großes Buch ein.

»Cannes, Nizza, Monte Carlo«, sagte ich.

»Ich bin froh, dass wir diesen Glutofen von Stadt verlassen«, bemerkte das Kindermädchen.

»Ich glaube, wir versuchen es am besten mit Cannes.«

»Das glaube ich auch«, sagte meine Frau engagiert. »Ich habe gehört, dass man sich dort gut amüsiert – ich meine, wir können nicht vernünftig sparen, wenn wir dort wohnen, wo du nicht arbeiten kannst, und ich kann mir nicht vorstellen, dass wir hier eine Villa finden.«

»Wir fahren lieber mit dem großen Schiff«, sagte die Kleine unerwartet.

»Ruhe! Wir sind an die Riviera gezogen und bleiben hier.«

Wir beschlossen, Kindermädchen und Kind in Hyères zu lassen und nach Cannes zu fahren, eine elegantere Stadt weiter nördlich an der Küste. Allerdings benötigt man ein Automobil, um irgendwohin zu fahren, und deshalb kauften wir am nächsten Tag das einzige neue Automobil der Ortschaft. Es hatte sechs Pferdestärken – das Alter der Pferde war nicht angegeben worden – und war so klein, dass wir wie Riesen herausragten, so klein, dass man es abends unter der Veranda abstellen konnte. Es hatte keine Türschlösser, keinen Tachometer, keine Treibstoffanzeige und kostete einschließlich der Paketzustellgebühr siebenhundertfünfzig Dollar. Wir machten uns darin nach Cannes auf, und abgesehen von den warmen Abgasdünsten, wenn andere Autos uns überholten, empfanden wir die Fahrt als verhältnismäßig kühl.

Alle europäischen Berühmtheiten haben eine Saison in Cannes verbracht – sogar der Mann mit der eisernen Maske hat zwölf Jahre auf einer Insel vor der dortigen Küste totgeschlagen. Seine prachtvollen Villen sind aus so weichem Stein erbaut, dass er gesägt und nicht gehauen wird. Am nächsten Vormittag besichtigten wir vier davon. Die ersten drei waren klein, gepflegt und sauber und hätten in jeden Vorort von Los Angeles gepasst. Sie kosteten fünfundsechzig Dollar Miete im Monat.

»Mir gefallen sie«, sagte meine Frau in entschiedenem Ton. »Lass uns eine mieten. Sie sehen aus, als wären sie wahnsinnig leicht zu bewirtschaften.«

»Wir sind nicht ins Ausland gefahren, um ein Haus zu suchen, das leicht zu bewirtschaften ist«, wandte ich ein. »Wie soll ich schreiben bei einer Aussicht« – ich sah aus dem Fenster, vor dem sich ein herrliches Meerespanorama bot –, »wo ich jedes Flüstern im Haus hören würde.«

Also machten wir uns auf zur vierten Villa, der herrlichen vierten Villa, bei deren Erinnerung ich noch heute keinen Schlaf finde und mich der Hoffnung hingebe, eines märchenhaften Tages dort zu wohnen. Ihr weißer Marmor erhob sich auf einem hohen Berg wie ein Schloss, wie eine Burg in uralten Zeiten. Sogar der Vordersitz des Taxis, das uns hinfuhr, kündete von der Romantik vergangener Zeiten.

»Ist Ihnen der Fahrer aufgefallen?«, sagte der Makler und beugte sich zu mir. »Er war früher ein russischer Millionär.«

Wir beäugten ihn durch die Trennscheibe; er war ein dünner, trübsinniger Mann, der die Gangschaltung mit herrschaftlicher Nonchalance betätigte.

»In der Stadt wimmelt es von ihnen«, sagte der Makler. »Sie sind froh, wenn sie Arbeit als Chauffeur, Butler oder Kellner finden, und die Frauen arbeiten als *femmes de chambre* in den Hotels.«

»Warum betreiben sie keine Tearooms wie die Amerikaner?«

»Die meisten von ihnen taugen zu gar nichts. Sie tun uns schrecklich leid, aber –« Er beugte sich vor und klopfte an die Scheibe. »Könnten Sie bitte etwas schneller fahren? Wir haben nicht den ganzen Tag Zeit!«

»Sehen Sie nur«, sagte er, als wir das Schloss auf dem Berg erreichten. »Nebenan befindet sich die Villa des Großherzogs Michael.«

»Heißt das, er arbeitet dort als Butler?«

»O nein. Der hat Geld. Er ist für den Sommer in den Norden gereist.«

Als wir durch ein verschnörkeltes Messingtor eingetreten waren, das so imposant kreischte, wie Tore für einen König zu kreischen haben, und als die Jalousien geöffnet worden waren, befanden wir uns in einem hohen Eingangsraum voller Ahnenbildnisse von Rittern in Rüstungen und von Höflingern in Satin und Brokat. Es sah aus wie eine Filmdekoration. Marmortreppen strebten wuchtig und würdevoll zu einer prunkvollen Galerie empor; Licht fiel durch blaugemustertes Glas auf einen Mosaikfußboden. Und modern war das Schloss auch, mit großen sauberen Betten, einer Küche wie aus dem Bilderbuch, drei Badezimmern und einem ernsten, schalldichten Arbeitszimmer mit Blick auf das Meer.

»Es hat einem russischen General gehört«, sagte der Makler, »der im Krieg in Schlesien gefallen ist.«

»Wie viel kostet es?«

»Im Sommer – nur einhundertundzehn Dollar monatlich.«

»Abgemacht!«, sagte ich. »Setzen Sie den Mietvertrag auf. Meine Frau fährt sofort nach Hyères und holt –«

»Einen Augenblick«, sagte sie stirnrunzelnd. »Wie viele Hausangestellte benötigt man für diesen Haushalt?«

»Na ja, ich denke –«, der Makler sah uns scharf an und überlegte sichtlich. »Etwa fünf.«

»Ich denke eher, etwa acht.« Sie wandte sich zu mir. »Lass uns lieber gleich nach Newport fahren und das Haus der Vanderbilts mieten.«

»Vergessen Sie nicht«, sagte der Makler, »dass Sie zur Linken den Großherzog Michael als Nachbarn haben werden.«

»Wird er uns besuchen?«, wollte ich wissen.

»Das würde er sicherlich tun«, sagte der Makler, »aber er ist nun einmal verreist.«

Wir berieten uns auf dem Mosaikfußboden. Meine Argumentation sah so aus, dass ich in den kleinen Häusern nicht arbeiten konnte und dass dieses Haus sich allein seiner romantischen Inspiration wegen lohnen würde. Meine Frau argumentierte dahingehend, dass acht Hausangestellte eine Menge Lebensmittel verbrauchten und dass wir uns das einfach nicht leisten konnten. Wir baten den Makler um Entschuldigung, schüttelten dem Millionär und Taxifahrer ehrfürchtig die Hand, gaben ihm fünf Franc und kehrten zutiefst niedergeschlagen nach Hyères zurück.

»Hier ist die Hotelrechnung«, sagte meine Frau, als wir trübsinnig zum Essen gingen.

»Gott sei Dank beträgt sie nur fünfundfünfzig Dollar.« Ich öffnete sie. Zu meinem Erstaunen waren unterhalb des Rechnungsbetrags alle möglichen Steuern und Gebühren angefügt: Regierungssteuer, Stadtsteuer, zehn Prozent Trinkgeldsteuer für die Bedienung sowie die Sondersteuer für Amerikaner, so dass die fünfundfünfzig Dollar zu einhundertsiebenundzwanzig Dollar angeschwollen waren.

Schwermütig betrachtete ich ein undefinierbares Stück Fleisch auf meinem Teller, das in einer zähflüssigen Sauce schwamm.

»Ich glaube, das ist Ziegenfleisch«, sagte das Kindermädchen, das meinen Blick verfolgt hatte. Sie wandte sich an meine Frau. »Haben Sie schon einmal Ziegenfleisch gekostet, Mrs. Fitzgerald?«

Aber Mrs. Fitzgerald hatte noch nie Ziegenfleisch gekostet und hatte die Flucht ergriffen.

Als ich am nächsten Tag trübsinnig im Hotel herumwanderte und hoffte, dass unser Haus auf Long Island nicht vermietet worden sei und wir für den Sommer dorthin zurückkehren könnten, fiel mir auf, dass die Salons noch verwaister wirkten als zuvor. Es schienen noch mehr alte Ausgaben der *Illustrated London News* herumzuliegen und noch mehr leere Sessel herumzustehen. Beim Abendessen gab es wieder Ziege. Als mein Blick durch den leeren Speisesaal wanderte, wurde mir mit einem Mal klar, dass selbst der letzte Engländer seinen Gehstock und sein Gewissen gepackt hatte und nach London geflohen war. Kein Wunder, dass es Ziege gab – ein Wunder wäre es gewesen, wenn es irgendetwas anderes als Ziege gegeben hätte. Die Hotelleitung hielt ein Etablissement mit zweihundert Zimmern für uns ganz allein geöffnet!

III

Hyères wurde heißer, und wir verharrten in hilfloser Betäubung dort. Wir wussten nun, warum Katharina von Medici es zu ihrem Lieblingskurort erkoren hatte: Ein Monat Sommer in Hyères, und sie kehrte zweifellos mit einem Dutzend in ihrem Kopf brodelnder Bartholomäusnachtverschwörungen nach Paris zurück. Vergeblich machten wir Ausflüge nach Nizza, nach Antibes, nach Ste-Maxime; inzwischen machten wir uns Sorgen, denn ein Viertel unserer siebentausend Dollar war weggeschmolzen. Und etwa fünf Wochen nach unserer Abreise aus New York stiegen wir eines Morgens in einer Kleinstadt namens St-Raphaël aus dem Zug, die wir bisher noch nie in Betracht gezogen hatten.

Es war eine kleine Stadt aus roten Häusern direkt am Meer, mit fröhlichen roten Dächern und einer Atmosphäre unterdrückten Karnevals, der sich vor Einbruch der Dunkelheit auf die Straßen ergießen würde. Uns war sofort klar, dass es uns gefallen würde, in dieser Stadt zu wohnen, und wir fragten einen Bewohner nach dem Büro des Immobilienmaklers.

»Oh, da fragen Sie am besten den King!«, antwortete er vehement.

Ein Fürstentum! Ein zweites Monaco! Wir hatten nicht gewusst, dass es an der französischen Riviera zwei davon gab.

»Und eine Bank, wo man einen Kreditbrief einlösen kann?«

»Da müssen Sie sich auch an den King wenden.«

Er zeigte uns den Weg zu dem Palast, eine lange, schattige Straße entlang, und meine Frau holte eilig einen Spiegel hervor und begann sich das Gesicht zu pudern.

»Aber unsere staubige Kleidung?«, sagte ich vorsichtig. »Denken Sie, der König würde –«

Er sah uns abwägend an. »Was Kleidung betrifft, bin ich mir nicht sicher«, antwortete er, »aber ich glaube, der King wird sich auch darum kümmern.«

Das hatte ich gar nicht wissen wollen, doch wir dankten ihm und machten uns nicht ohne bange Gefühle auf den Weg zur kaiserlichen Residenz. Nach einer halben Stunde, als weit und breit keinerlei Türme eines Königsschlosses in Sicht waren, hielt ich einen zweiten Passanten an.

»Können Sie uns den Weg zum kaiserlichen Palast sagen?«

»Den *was*?«

»Wir wollen um Audienz bei Seiner Majestät ersuchen, Seiner Majestät dem König.«

Das Wort »König« schien ihm etwas zu sagen. Er öffnete den Mund, als er begriff, und deutete auf ein Schild über unseren Köpfen:

»W. F. King«, las ich dort, »anglo-amerikanische Bank, Immobilienagentur, Bahnfahrkarten, Versicherungen, Ausflüge und Rundfahrten, Leihbücherei.«

Der Potentat entpuppte sich als lebhafter, tatkräftiger Engländer mittleren Alters, der sich im Verlauf von zwanzig Jahren allmählich ganz St-Raphaël angeeignet hatte.

»Wir sind Amerikaner und nach Europa gekommen, um zu sparen«, erklärte ich ihm. »Wir haben die Riviera von Nizza bis Hyères abgesucht, ohne eine Villa zu finden, und unser Geld schmilzt allmählich dahin.«

Er lehnte sich zurück und drückte einen Knopf, worauf fast sofort eine magere, hagere Frau in der Tür erschien.

»Das ist Marthe«, sagte er, »Ihre Köchin.«

Wir trauten unseren Ohren nicht.

»Soll das heißen, dass Sie eine Villa für uns hätten?«

»Ich habe schon eine für Sie ausgesucht«, sagte er. »Meine Leute haben Sie aus dem Zug steigen sehen.«

Er drückte einen anderen Knopf, und eine zweite Frau gesellte sich ehrerbietig zu der ersten.

»Das ist Jeanne, Ihre *femme de chambre*. Sie bessert auch Wäsche aus und trägt das Essen auf. Sie bezahlen ihr dreizehn Dollar monatlich und Marthe sechzehn Dollar. Marthe macht die Einkäufe und erwartet, dabei einen kleinen Profit herauszuschlagen.«

»Und die Villa?«

»Der Mietvertrag wird gerade aufgesetzt. Die Miete beträgt neunundsiebzig Dollar im Monat, und Ihr Kreditbrief genügt mir als Sicherheit. Sie können morgen einziehen.«

Innerhalb einer Stunde hatten wir unser Haus besichtigt – eine saubere, kühle Villa in einem großen Garten auf einem Hügel oberhalb der Stadt. Genau das, was wir die ganze Zeit gesucht hatten. Es gab ein Gartenhaus und einen Sandhaufen und zwei Badezimmer und Rosen zum Frühstück und einen Gärtner, der mich Milord nannte. Als wir die Miete bezahlt hatten, blieben uns nur noch dreitausendfünfhundert Dollar, die Hälfte unseres ursprünglichen Kapitals. Aber wir hatten das Gefühl, dass wir endlich anfangen konnten, von so gut wie nichts im Jahr zu leben.

IV

Am Spätnachmittag des 1. September 1924 konnte man einen vornehm aussehenden jungen Mann in Begleitung einer jungen Dame in beinlosem, leuchtendblauem Badeanzug an einem Sandstrand in Frankreich liegen sehen. Beide waren zu einem so tiefen Schokoladenton gebräunt, dass man sie auf den ersten Blick für Ägypter hätte halten können, doch bei näherem Hinsehen zeigten ihre Gesichter einen arischen Schnitt, und wenn sie den Mund aufmachten, hatten ihre Stimmen einen leicht näselnden nordamerikanischen Klang. In ihrer Nähe spielte ein kleines schwarzes Kind mit watteweißem Haar, das ab und zu mit einem Zinnlöffel gegen einen Eimer klopfte und in einem Ton, der keinen Widerspruch duldete, rief: »*Regardez-moi!*«

Aus dem nahen Spielcasino wehten bizarre antiquierte Klänge herüber – die Melodie eines Songs, in dem es um das Nichtvorhandensein einer bestimmten gelben Frucht in einem ansonsten untadeligen Sortiment geht. Senegalesische und europäische Kellner eilten mit vielfarbigen Getränken zwischen den Badenden hin und her und hielten ab und zu inne, um die Kinder der Armen zu verscheuchen, die sich ohne Scham und Schüchternheit auf dem Strand an- und auszogen.

»War das nicht ein herrlicher Sommer!«, sagte der junge Mann träge. »Wir sind richtige Franzosen geworden.«

»Und die Franzosen sind so ein ästhetisches Volk«, sagte die junge Dame, die für einen Augenblick der Bananenmusik lauschte. »Sie sind so stilvoll. Denk nur an all die schönen Sachen, die es bei ihnen zu essen gibt!«

»Köstlich! Himmlisch!«, rief der junge Mann, der gerade amerikanische Schinkencreme auf Cracker mit der Prägung »Springfield, Illinois« strich. »Aber sie haben sich mit diesem Thema zweitausend Jahre lang auseinandergesetzt.«

»Und alles ist hier so billig!«, schwärmte die junge Dame voller Begeisterung. »Denk nur an die Parfumpreise! Parfum, das in New York fünfzehn Dollar kosten würde, bekommt man hier für fünf.«

Der junge Mann zündete sich mit einem schwedischen Streichholz eine amerikanische Zigarette an.

»Das Problem mit den meisten Amerikanern in Frankreich«, bemerkte er im Brustton der Überzeugung, »ist, dass sie nicht wie Franzosen leben wollen. Sie klammern sich an die großen Hotels und tauschen Meinungen aus, die frisch aus den Staaten stammen könnten.«

»Richtig«, sagte sie zustimmend. »Genau das stand heute Morgen in der *New York Times*.«

Die amerikanische Musik war zu Ende, und das englische Kindermädchen stand auf, was hieß, dass es für das Kind Zeit war, zum Essen nach Hause zu gehen. Seufzend erhob sich auch der junge Mann und schüttelte sich heftig, wobei er ziemlich viel Sand verstreute.

»Wir müssen unterwegs anhalten und Arizon-Benzin tanken«, sagte er. »Das letzte Zeug war schauderhaft.«

»Die Rechnung, Sööh«, sagte ein senegalesischer Kellner mit einem hörbar südlich der Mason-Dixon-Linie beheimateten Akzent. »Macht zehn Franc für sswei Glas Bier.«

Der junge Mann reichte ihm den Gegenwert von siebzig

Cent in den goldfarbenen Garderobenmünzen des lieblichen Frankreichs. Das Bier war vielleicht ein wenig teurer als in Amerika, doch andererseits war es ihm vergönnt gewesen, den historischen Bananensong von einer echten oder beinahe echten Jazzband gespielt zu hören. Und zu Hause erwartete ihn ein echt französisches Abendessen: Baked Beans aus der altertümlichen normannischen Stadt Akron in Ohio, ein Omelett, das nach le Speck de Chicago duftete, und eine Tasse englischen Tees.

Vielleicht haben Sie in den zwei kultivierten Europäern bereits die barbarischen Amerikaner wiedererkannt, die kaum fünf Monate zuvor Amerika verlassen hatten. Und vielleicht wundern Sie sich über die Schnelligkeit der Veränderung. Des Rätsels Lösung ist, dass die beiden sich vorbehaltlos dem Leben in der Alten Welt angepasst hatten. Statt »Touristenhotels« zu bevorzugen, hatten sie Ausflüge zu altmodischen kleinen, abgelegenen Restaurants gemacht, wo ein Abendessen für zwei Personen selten mehr als zehn bis fünfzehn Dollar kostete. Sie zog es nicht in die glitzernden Hauptstädte Paris, Brüssel, Rom – nein, sie waren vollauf zufrieden mit Kurzreisen zu wunderschönen alten historischen Städten wie beispielsweise Monte Carlo, wo sie ihr Automobil bei einem freundlichen Werkstattinhaber hinterließen, der ihre Hotelrechnung und ihre Rückfahrkarten bezahlte.

Ja, unser Sommer war ein voller Erfolg gewesen. Und wir hatten von so gut wie nichts gelebt, das heißt von so gut wie nichts neben unseren ursprünglichen siebentausend Dollar. Die waren bis zum letzten Cent ausgegeben!

Dummerweise waren wir außerhalb der Saison an die

Riviera gekommen – anders gesagt: außerhalb der einen Saison und mitten in der anderen. Denn im Sommer kommen jene, die »zu sparen versuchen«, in den Süden, und die schlauen Franzosen wissen, dass dieser Menschenschlag leichter zu übertölpeln ist als alle anderen – wie es bei Leuten der Fall zu sein pflegt, die versuchen, etwas umsonst zu bekommen.

Was genau mit dem Geld geschehen ist, wissen wir nicht; das wissen wir nie. Da waren zum einen die Hausangestellten; ich hatte Marthe und Jeanne sehr gern (und später ihre Schwestern Eugénie und Serpolette, die als Aushilfen kamen), doch aus freien Stücken wäre ich nie auf den Gedanken gekommen, sie alle zu versichern. Aber das verlangten die Vorschriften. Wenn Jeanne in ihrem Moskitonetz erstickte oder wenn Marthe über einen Knochen stolperte und sich den Daumen brach, war ich dafür verantwortlich. Damit hätte ich mich abfinden können, wenn nicht »der kleine Profit«, den Marthe bei unseren Einkäufen für sich »herausschlug«, meiner Schätzung nach an die fünfundvierzig Prozent ausgemacht hätte.

Unsere wöchentliche Rechnung bei Lebensmittelhändler und Metzger betrug durchschnittlich fünfundsechzig Dollar, mehr, als sie je auf einem teuren Pflaster von Long Island betragen hatte. Und unabhängig von seinem Preis war das Fleisch fast ausnahmslos ungenießbar, während jeder Tropfen Milch abgekocht werden musste, weil die Kühe in Frankreich Tuberkulose hatten. Als frisches Gemüse gab es Tomaten und ein wenig Spargel, mehr nicht – der einzige Knoblauch, mit dem man uns kommen kann, muss uns im Schlaf verabreicht werden. Ich habe mich oft gefragt, wie die Mittelschicht an der Riviera – beispielsweise ein Bankangestellter, der mit einem Einkommen von vierzig bis siebzig Dollar im Monat eine Familie ernähren muss – über die Runden kommen soll.

»Im Winter ist es noch schlimmer«, erzählte uns ein kleines Mädchen am Strand. »Die Engländer und Amerikaner treiben die Preise in die Höhe, bis wir nichts mehr kaufen können, und wir können nichts dagegen tun. Meine Schwester musste in Marseille Arbeit suchen, und sie ist erst vierzehn. Im nächsten Winter gehe ich auch dorthin.«

Es ist einfach nicht genug für alle da, und weil die Amerikaner ihren hohen Lebensstandard gewohnt sind und sich nur mit dem Besten zufriedengeben, müssen sie dafür entsprechend zahlen. Außerdem sind die geschäftstüchtigen französischen Händler nur zu gerne bereit, die Nachlässigkeit eines amerikanischen Kunden auszunutzen.

»Diese Rechnung gefällt mir nicht«, sagte ich zu dem Lieferanten, der uns die Lebensmittel und das Eis brachte. »Ich hatte mit Ihnen fünf Dollar am Tag ausgemacht, nicht acht.«

Er wurde für einen Augenblick unverständlich, um Zeit zu gewinnen.

»Meine Frau hat es zusammengezählt«, sagte er.

Diese unbezahlbaren Riviera-Ehefrauen! Immer zählen sie die Rechnungen ihrer Ehemänner zusammen, und die teuren Damen können die Zahlen einfach nicht auseinanderhalten. So eine Begabung wäre bei der Ehefrau eines Eisenbahnmagnaten ein Vorteil im Wert von vielen Millionen Dollar.

Ich schreibe dies in der Abenddämmerung, während

draußen vor meinem Fenster dunkler werdende Baumgruppen – ein Gehölz hinter dem anderen in vielen Grünschattierungen – sich zum abendlichen Meer hinunterziehen. Die glühende Sonne ist hinter den Gipfeln des Estérel-Gebirges versunken, und der Mond hängt bereits über den römischen Aquädukten von Fréjus fünf Meilen von hier entfernt. In einer halben Stunde kommen Renée und Bobbé, zwei Fliegeroffiziere, in ihren weißen Segeltuchhosen zum Abendessen, und Renée, der erst dreiundzwanzig ist und nie verwunden hat, dass er nicht im Krieg war, wird uns romantisch davon erzählen, dass er in Peking Opium rauchen will und dass er das eine oder andere »nur zum Vergnügen« schreibt. Später, wenn die wahre Dunkelheit hereinbricht, werden ihre weißen Uniformen im Garten immer schwächer zu erkennen sein, bis sie wie die schweren Rosen und die Nachtigallen in den Pinien wie ein wichtiger und unverzichtbarer Bestandteil der Schönheit dieses stolzen und fröhlichen Landes wirken.

Und obwohl wir nichts gespart haben, haben wir die Carmagnole getanzt, und bis auf den Tag, an dem meine Frau die Mückenlotion mit dem Mundwasser verwechselt hat, und das eine Mal, als ich eine französische Zigarette zu rauchen versucht habe und »in Ohnmacht fiel«, wie Ring Lardner sagen würde, haben wir nicht bereut, dass wir hergekommen sind.

Das dunkelbraune Kind klopft an die Tür, um mir gute Nacht zu sagen.

»Fahren wir mit dem großen Schiff weg, Daddy?«, sagt es in gebrochenem Englisch.

»Nein.«

»Warum?«

»Weil wir es noch ein Jahr länger versuchen wollen, und dann – denk an die Parfumpreise!«

Mit unserer Kleinen sind wir immer so. Sie hält uns für das geistreichste Paar, das sie kennt.

Nachwort
von
Paul Ingendaay

S einen Nachruhm erwirbt ein Schriftsteller sich nicht; er
wird ihm zugeteilt wie ein Schulterklopfen, zwei
Schöpflöffel Suppe oder ein Tritt ins Kreuz.

Vielleicht hat Francis Scott Fitzgerald das Seine dazu
beigetragen, dass er nach der literarischen Sensation, die
seine Romane *Diesseits vom Paradies* und *Die Schönen und
Verdammten* in den frühen zwanziger Jahren des letzten
Jahrhunderts auslösten, langsam in Vergessenheit versank
und 1940 als zerfranster Posaunenengel des Jazz Age starb.
Zwischen der Veröffentlichung von *Der große Gatsby* (1925)
und *Zärtlich ist die Nacht* (1934), seinem dritten und vierten Roman, vergingen immerhin neun Jahre, fast die Hälfte
der Spanne, die seiner gesamten schriftstellerischen Karriere vergönnt war. Und galt Fitzgerald in den frühen
Zwanzigern als jugendlicher Kultautor, war Mitte der drei-
ßiger Jahre die Krise über Amerika und eine seiner strahlendsten literarischen Hoffnungen hinweggefegt. Börsencrash, Depression, Roosevelts *New Deal*. Eine Weltmacht
musste anerkennen, dass sie reparaturbedürftig war.

Seitdem hält F. Scott Fitzgerald als Symbol für die Krise
her. Ein einziger Literat schien den großen Katzenjammer

am Vorabend des Zweiten Weltkriegs zu verkörpern. Dabei hatte er gerade noch bedauert, am *Ersten* Weltkrieg nicht teilgenommen zu haben! War es wirklich erst ein paar Jahre her, dass der schöne junge Mann mit der strahlend jugendlichen Frau, die er sieben Tage nach Erscheinen seines ersten Buches geheiratet hatte, wüste, mehrtägige Partys gefeiert hatte? Schon am Anfang des nächsten Jahrzehnts war er zum verzweifelten Alkoholiker geworden, der Story um Story ablieferte, um die Sanatoriumsrechnungen für die seelisch zerrüttete Zelda zu bezahlen. Auch für ihn galt also die uramerikanische Regel: *They never come back.*

Das alles wäre noch kein Grund gewesen, den literarischen Rang Fitzgeralds zu verkennen. Doch manchmal sind die Umstände nicht gerecht, und wenn es zu viele auf einmal werden, gerät das Gesamtbild in Schieflage. Sein unvollendet gebliebener fünfter Roman, *Die Liebe des letzten Tycoon*, der einige der besten Szenen seines Werks enthält, erschien erst ein Jahr nach seinem Tod. Zu jener Zeit wurde *Der große Gatsby* kaum noch ein Dutzend Mal im Jahr verkauft und *Zärtlich ist die Nacht* keineswegs als das literarische Juwel betrachtet, das es ist, sondern kurzerhand als autobiographische Verarbeitung einer alles verschlingenden Lebenskrise verbucht. Nimmt man seinen Princeton-Freund Edmund Wilson aus, der 1945 unter dem Titel *The Crack-Up* postum ausführliche Notizen, die enthusiastischen Briefe von Schriftstellerkollegen und Fitzgeralds fundamentalen Essay ›Der Zusammenbruch‹ in Buchform herausgab, schien kaum jemand eine angemessene Vorstellung von Fitzgeralds künstlerischer Persönlichkeit zu haben, weder von seiner besonderen Vision, die weit über die Roaring Twenties hinausging, noch von der berückenden Musik seines Prosastils. All das, was wir heute mit dem Namen Fitzgerald verbinden, war in einer Zeit der Arbeitslosigkeit und Radikalisierung der Weltpolitik aus der Mode gekommen.

Als 1951 bei Houghton Mifflin in Boston die erste Fitzgerald-Biographie erschien, Arthur Mizeners kluges, aus nächsten Quellen schöpfendes Buch *The Far Side of Paradise*, galt es immer noch, das ungefähre Terrain abzustecken. Kurz zuvor war *Der große Gatsby* in mehreren Neuauflagen herausgekommen, die sich überraschend gut verkauften und endlich das Geld einzuspielen begannen, das seinem Autor zu Lebzeiten so bitter gefehlt hatte. Im Einführungskapitel seiner Biographie zog Mizener einen ungewöhnlichen Vergleich. Er stellte die Erzählungen Fitzgeralds neben die Story-Gesamtproduktion von Ernest Hemingway und William Faulkner und kam zu dem Schluss, der Erstere habe mit rund hundertsechzig Geschichten deutlich mehr geschrieben als die beiden anderen. Doch es ging Mizener nicht um Pluspunkte für reine Textmasse. Nein, mindestens fünfzig dieser Geschichten seien »ernsthafte und gelungene Stories, und vielleicht die Hälfte davon herausragend«.

Obwohl diese Einschätzung heute eher nach einer Untertreibung klingt, ist das Argument klar: Auch als Autor von Erzählungen, so Mizener, war F. Scott Fitzgerald neu zu entdecken. Eine Arbeit, die nicht gerade erleichtert wurde durch die besonderen Publikationsbedingungen seiner kürzeren Texte. Über den Markt, auf den der Autor sie warf, über die märchenhaften Honorare, die er in den guten Jahren für sie kassierte, und die künstlerischen Qualen, die er sich damit einhandelte, wissen wir inzwischen so viel, dass wir darüber die Geschichten selbst aus den Augen verloren haben.

Anders als bei der Mehrheit der Autoren erschienen Fitzgeralds Erzählungen aus einem ganz bestimmten Grund in Buchform: Sie waren Teil des Marketings für seine soeben publizierten Romane, eine Art literarisches Beiboot, um den Autor im Gespräch zu halten. Sein Verlag Scribners wandte diese Strategie schon 1920 bei Fitzgeralds Debütroman *Diesseits vom Paradies* an, und er tat dasselbe nach der Veröffentlichung von *Die Schönen und Verdammten*, *Der große Gatsby* und *Zärtlich ist die Nacht*. Dass die insgesamt sechsundvierzig in Buchform herausgekommenen Geschichten nicht einmal ein Drittel aller geschriebenen Stories abdecken, die ja zunächst in Zeitschriften publiziert wurden, erklärt, warum niemand zu Fitzgeralds Lebzeiten den Story-Ausstoß überschauen konnte. Und das, obwohl die technischen Daten dieser Produktion kein Geheimnis sind. Fitzgerald ist der am genauesten erfasste, am besten dokumentierte amerikanische Literat der ersten Jahrhunderthälfte. Dafür sorgte er selbst durch das penible Führen eines »Hauptbuchs«, das bis zum Sommer 1937 jede Story, jeden Abnehmer, jedes Erscheinungsdatum, jeden verdienten Cent und selbst das weitere Schicksal der Texte – Ausschlachten oder Begraben – auflistet. Es ist das beeindruckende Dokument eines Mannes, dessen einziger Ehrgeiz es war, ein bedeutender Schriftsteller zu werden, und der sich dieser Aufgabe mit ganzer Seele und beträchtlicher Professionalität verschrieb.

Zugegeben, die Attraktivität des Paares Fitzgerald, die aufsehenerregenden Streiche und Eskapaden, die durch die Klatschpresse gingen, und das frühe Ende des Schriftstellers mit vierundvierzig Jahren ergeben eine Fabel von Aufstieg und Fall, wie man sie selbst in Amerika nicht allzu oft findet. Doch die Wirklichkeit ist nüchterner. Scott Fitzgerald hat in einer Zeit, da kaum jemand dazu in der Lage war, vom Schreiben und nur vom Schreiben gelebt. Zwischen 1919 und 1940 ist er keiner anderen Tätigkeit nachgegangen. Fitzgerald verfasste Erzählungen, Romane, Essays, Skizzen, Theaterstücke und ein paar Gedichte; er schrieb Drehbücher, für die er so hervorragend bezahlt wurde, wie es seinem Marktwert als Autor entsprach. Dass nur ein einziger Film seinen Namen im Abspann trägt, tut für die Bilanz seines Erwerbslebens nichts zur Sache. Man kann seine Geldverschwendung bedauern, über sein Trinken den Kopf schütteln und Zeldas zermürbende Reise durch mehr als ein halbes Dutzend Sanatorien in Europa und Amerika beweinen; all das erhöht nur den Respekt vor seiner Leistung als Berufsschriftsteller.

Doch eben sein eigenes Jammern über den »Müll«, den er um des Geldes willen produzieren müsse, das Dauerlamento über sein verkauftes Talent, das er nur in seinen Romanen ganz verwirklicht sah, hat eine objektive Sichtung des riesigen Korpus seiner Erzählungen lange Zeit verhindert. Man muss Fitzgerald gleichsam gegen sich selbst lesen, um seine Leistung auf diesem Gebiet zu erkennen, und gelegentlich muss man ihn auch vor sich selbst in Schutz nehmen. Weil er nicht genug zusammenhängende Zeit für Buchprojekte fand, bezeichnete er sich als »Hure« des Zeitungsmarkts. Aber ob er es gern gehört hätte oder nicht: Er war ohne jeden Zweifel einer der großen Short-Story-Künstler, die das zwanzigste Jahrhundert in Amerika hervorgebracht hat.

Denkt man an Talent und Gestaltungswillen, will der Satz vom »Künstler« präzisiert sein. Denn Fitzgerald ist es nicht immer und nicht in jedem Text; er ist es auch nicht immer auf dieselbe Weise, was ihn wiederum von seinen graueren Zeitgenossen abhebt; und die Fallhöhe zwischen seinen besten und seinen mattesten Stories ist beträchtlich. Manche der Texte, die er aus purer finanzieller Not schrieb, sind so schwach, dass sie nie nachgedruckt wurden, und sie sind auch in der vorliegenden vierbändigen Ausgabe – die mehr als doppelt so viele Erzählungen umfasst, wie zu seinen Lebzeiten in Buchform erschienen – nicht enthalten. Andererseits fällt es uns heute leichter, die Entstehungsbedingungen der Stories gleichsam mitzulesen. Wir verstehen ja etwas von Starrummel, Imagebesessenheit und den Anforderungen an den Schriftstellerdarsteller, denen Fitzgerald unterworfen war wie kein anderer seiner Generation. Wenn wir wissen, dass die *Saturday Evening Post*, sein Hauptabnehmer für Geschichten in den Jahren zwischen 1920 und 1935, ihren fast drei Millionen Lesern die populärsten Autoren der Zeit bieten wollte, sich aber als optimistisches Hochglanzmagazin für die ganze Familie begriff, wundern wir uns nicht mehr darüber, dass eine von Fitzgeralds Meistererzählungen von der *Post* abgelehnt wurde.

›Junger Mann aus reichem Haus‹ ist Fitzgeralds längste und in mancher Beziehung seine ehrgeizigste Story überhaupt. Als hinge noch der Schatten von Henry James darüber, enthält sie mehr Reflexionen, als der kurzen Form gemeinhin zugestanden werden, und sie trägt den Stempel der Zeit, in der sie entstand: bald nach Abschluss der umfangreichen Revisionen, die Fitzgerald auf Anraten seines Lektors Maxwell Perkins Ende 1924 am Typoskript des *Großen Gatsby* vorgenommen hatte. Wie Jay Gatsby wird auch Anson Hunter, der »junge Mann aus reichem Haus«, von einem Erzähler geschildert, der der Hauptfigur nahesteht, ohne sich mit ihr zu identifizieren. Die Laufbahn in der Army, der reiche Westen gegen den reichen Osten, die Bilanz eines in Luxus verbrachten Lebens: auch diese Elemente rücken die Geschichte in die Nähe des *Großen Gatsby*. Anders als dieser jedoch beginnt Anson Hunter seinen Werdegang ohne jede Illusion. »Das Leben der meisten von uns endet mit einem Kompromiss – seins begann mit einem Kompromiss.«

Obwohl uns die Hauptfigur anfangs wie ein selbstsicherer Anti-Gatsby entgegentritt, verleiht Fitzgerald ihr allein durch den großen zeitlichen Bogen, in dem das Geschehen erzählt wird, eine tragische Note. Denn mit dem kaltschnäuzig vorausgesetzten Kompromiss, eine Vernunftehe sei für einen aktiven, wohlhabenden Mann die beste Lösung, kann Hunter am Ende doch nicht leben. Er begibt sich auf die Suche, nur um immer wieder an die Mauern seines Zweifels zu stoßen. So sehen wir seine Jahre vergehen – siebenundzwanzig, achtundzwanzig, neunundzwanzig, genau die Jahre, in denen sich damals auch der Autor befand und die er mit Schrecken als letztes Aufflackern einer wilden, rauschhaften Jugend empfand. Ein Wiedersehen mit seiner ersten Liebe zeigt Anson Hunter, dass andere ihr Leben weiterentwickelt haben, er dagegen nicht. Jetzt ist er allein. Mit dreißig spürt er die Bitterkeit eines Vierzigjährigen. Sein ganz persönlicher Zusammenbruch hat begonnen, Fitzgeralds Thema, der erzwungene Abschied von den Zielen, die lange Zeit in einer goldenen, unbestimmten Zukunft auf ihn gewartet zu haben schienen.

Hinter Anson Hunter, der innerhalb weniger Jahre alle Lebensenergie verliert, verbirgt sich Fitzgeralds Studienfreund Ludlow Fowler. »Ich habe eine Erzählung von fünfzehntausend Wörtern über Dich […] geschrieben«, heißt es in einem Brief aus Capri vom März 1925. »Sie ist so maskiert, dass niemand außer Dir, mir und vielleicht noch zwei der darin vorkommenden Mädchen sie erkennen würde, wenn Du die Sache nicht ausplauderst, aber es ist großenteils, hier und da etwas abgemildert und vereinfacht, die Geschichte Deines Lebens. Und einige Lücken musste ich mit meiner Phantasie füllen. Sie ist offen, kompromisslos, aber wohlwollend, und ich glaube, sie wird Dir gefallen – es gehört zum Besten, was ich jemals gemacht habe.« Acht Monate später, von Paris aus, schrieb Fitzgerald seinem Freund, dass die von diesem gewünschten Streichungen in der Buchausgabe berücksichtigt seien. Dann wiederholte er, alle seien sich darüber einig, die Story sei »zusammen mit *Gatsby* das Beste, was ich je geschrieben habe«.

Die Wendung, alle Bücher eines Schriftstellers handelten mehr oder weniger von ihm selbst, ist im Fall Fitzgeralds kein Gemeinplatz. Sie bezeichnet Tiefe und Reichweite seiner Kunst. Die in zahlreichen Masken aufgeführte und in unermüdlichen Variationen umspielte autobiographische

Fiktion war das Wasserzeichen seines Schreibens. Fitzgerald musste eine Erfahrung selbst gemacht, eine Emotion selbst empfunden, eine Niederlage selbst erlitten haben, um davon erzählen zu können. Natürlich wuchs seine Professionalität, und seine Phantasie leuchtete immer entferntere Winkel aus. Im Lauf der Zeit kultivierte er eine persönliche Form des Essays, die es ihm erlaubte, von seinen Missgeschicken zu erzählen und auch noch Geld damit zu verdienen. Die beiden Artikel ›Wie man 36 000 Dollar im Jahr verprassen kann‹ und ›Wie man mit fast nichts über die Runden kommt‹, geschrieben 1924 für die *Saturday Evening Post*, überspielen durch ihren leichten, selbstironischen Ton den Ernst der Lage. Denn die Fitzgeralds wussten wirklich nicht, durch welche Ritzen ihr vieles Geld verschwand. Wiederholt standen sie von einem auf den anderen Tag mit leeren Händen da. Eigentlich, so die Rechnung, hätten sie mit zweitausend Dollar im Monat auskommen müssen. (Um die heutige Kaufkraft zu ermessen, multipliziere man die Zahl mindestens mit acht.) Doch sie verjubelten dreitausend. Der erste der beiden Artikel streift Fitzgeralds Lohnschreiberei in einem kurzen, prägnanten Absatz: wie einer mit Papier und Bleistift in einem kahlen Raum über der Garage verschwindet und am nächsten Nachmittag mit einer Erzählung von siebentausend Wörtern – mehr als zwanzig Seiten – wieder herauskommt. »Es dauerte fünf Wochen à zwölf Stunden täglich, aus abgrundtiefer Armut wieder in die Mittelschicht aufzusteigen, doch nach dieser Frist hatten wir unsere Schulden getilgt, und die schlimmsten Sorgen waren gebannt.« Das klang genauso lustig und unbeschwert, wie man es in der *Post* gern las. Doch dahinter verbarg sich das reine Planungschaos. Immerhin, die Essays brachten Fitzgerald je tausend Dollar ein.

Von den frühesten Jahren an sah er sich selbst als Akteur in dem Lebensroman, den er zu schreiben gedachte, und die grundlegende Wahrheit bleibt, dass Fitzgerald keine Figuren »erfand«, sondern sie aus seinen eigenen Erfahrungen gewann: seiner Sehnsucht, stark, erfolgreich und akzeptiert zu sein; dem siegreichen Kampf um das Mädchen seiner Träume; der Erinnerung an schmerzende Niederlagen wie jene, in Princeton kein großer Footballspieler geworden zu sein; und am Ende auch der Einsicht in die Zerbrechlichkeit der Liebe, das Trügerische materiellen Erfolgs und die Leere nach dem Niedergang. Spätestens mit dem *Großen Gatsby* und den Erzählungen um 1925 war ein bewusster Künstler am Werk, der sich darum bemühte, genau jene Emotionen literarisch auszubeuten, die seiner Vorstellung eines tragischen amerikanischen Helden entsprachen.

Doch es musste auch eine leichtere Note her, allein schon deswegen, weil der Markt sie bevorzugte. Von Anfang an hatte Fitzgerald die großen Magazine als ideale Geldquelle betrachtet, und solange seine Energien mitmachten, waren sie es wohl auch. Als sich etwa die Arbeit an *Zärtlich ist die Nacht* länger als geplant hinzog und er dringend Geld brauchte, erfand Fitzgerald in Basil Lee Duke ein Alter Ego, mit dessen Hilfe er in der Form der Short Story von prägenden Ereignissen seiner Jugend schreiben konnte: der Aufführung des selbstgeschriebenen Theaterstücks *Der gefangene Schatten* (was der Erzählung zugleich den Titel gibt), der überragenden Bedeutung seiner ersten langen Hosen (›Ein Abend auf dem Jahrmarkt‹) oder der unseligen Eigenart jenes angeberischen Jungen aus St. Paul, Minnesota, nur von sich selbst zu reden und sich damit alle Chancen bei den Mädchen zu verspielen (›Basil findet sich fabelhaft‹).

Die Erzählungen über Basil Lee Duke sind ein gutes Beispiel für Fitzgeralds Kalkulationen. Die insgesamt neun Stories (drei davon stehen im vorliegenden Band) erschienen allesamt in der *Saturday Evening Post* und brachten ihm zwischen 1928 und 1929 die wahrlich achtbare Summe von 31500 Dollar ein. Der Autor empfand das Unterfangen trotz der stereotypen Form nicht als unehrenhaft; die Geschichten sind lebendig erzählt und die Momente der Demütigung und Frustration, die der Held zu erleiden hat, zweifellos tief empfunden. Als Buch wollte Fitzgerald die Serie dennoch nicht veröffentlichen; für ihn gehörte sie in die Zeitschrift, nicht zwischen harte Deckel.

Doch man braucht die ästhetische Rechtfertigung für das Geschichtenschreiben nicht allein in finanziellen Notwendigkeiten zu suchen. Besonders um *Der große Gatsby* und *Zärtlich ist die Nacht*, die beiden einzigen abgeschlossenen Romane des reiferen Fitzgerald, gruppieren sich sogenannte *cluster stories*, die die Motive der Bücher vorwegnehmen oder auf andere Weise bearbeiten. ›Liebe in der Nacht‹ behandelt das zufällige Zusammentreffen eines jungen Mannes mit einer jungen Frau, von der er sofort weiß, dass er für sie den Schrein der romantischen Liebe aufstellen wird – das Gatsby-Thema. Nicht nur Zelda, auch seine Jugendliebe Ginevra King hatte für Fitzgerald ein anbetungswürdiges Ideal verkörpert, und der Begriff ist hier wörtlich zu nehmen: Ginevra verlieh dem romantischen Traum, der Fitzgeralds ganzes Leben überdauern würde, eine Zeitlang Körper und Substanz. Auch viele Jahre später kehrten Erinnerungen an diese Liebe zurück und vermochten den Schriftsteller zu Tränen zu rühren. Und als er Ginevra mehr als zwei Jahrzehnte nach ihrer ersten Begegnung in Hollywood wiedersah, war er bereit, sich sofort wieder in sie zu verlieben.

Die Erzählung handelt von dem Wissen um die Uneinholbarkeit der Träume. Doch zuvor müssen sie mit allen Sinnen empfunden werden. Das vor Cannes ankernde Schiff und die völlige Abgeschiedenheit der Situation, ein ideales Fitzgerald-Setting, nehmen schon die europäischen Schauplätze von *Zärtlich ist die Nacht* vorweg. Die Dialoge sind leicht, poetisch und voller Mondlicht, und weil es sich um eine *Post*-Geschichte handelte, lag es nahe, der Sache ein positives Ende zu verpassen. Tragische Ausgänge waren für die Romane oder schlechter zahlende Magazine reserviert. Aber das ist auch die einzige Spur, die das kommerzielle Schreiben hinterlässt.

Fälle wie dieser belegen, dass den Erzählungen Werkstattcharakter zukam, und wie groß auch der Zeitverlust sein mochte, die Bedeutung der dort gemachten Erfahrungen dürfte Fitzgerald bewusster gewesen sein, als er in seinen Klagebriefen zugab. Dass er ohne Kurzgeschichten so schnell zu dem überragenden Stilisten geworden wäre, der er mit achtundzwanzig Jahren war, ist unwahrscheinlich. Seine besten Erzählungen verhüllen nicht, sondern feiern sein Talent. Sie lehrten ihn Ökonomie, dramaturgisches Gespür und die handwerkliche Routine, ohne die er bei seinem anstrengenden Lebensstil nicht so lange durchgehalten hätte. Das gilt für ›Jakobsleiter‹ und ›Kurzer Besuch daheim‹ (»die erste wirkliche Gespenstergeschichte, die ich je geschrieben habe«) ebenso wie für ›Das Stadion‹ und ›Die Schwimmer‹, eine weitere Story über den Unterschied zwischen europäischer und amerikanischer Kultur, geschrieben am Vorabend des Börsenkrachs von 1929.

In all diesen Texten sind entscheidende Erfahrungen des Autors gespeichert, auf die er immer wieder zurückkam, weil sie sich in seinem Innern nicht abnutzten, und manchmal ist es verblüffend, welche scharfen emotionalen Gegensätze er beim Schreiben ertrug. Neben die Poetisierung der ersten Liebe trat die Desillusionierung nach den ersten Ehejahren; neben die mit brennender Intensität heraufbeschworene Jugend die Melancholie des Alters. Fitzgerald konnte diese Empfindungen über lange Zeit hinweg aufrufen und in literarische Bilder verwandeln. Zwanghaft führte er Listen, setzte sich Ziele, starrte auf den Kalender und maß die Zeit. Dieser Mann, der als flatterhaft galt und sich in der Öffentlichkeit manchmal unmöglich benahm, war tief drinnen ein Moralist mit der Uhr in der Hand. Es springt ins Auge, sobald man nur sein Werk liest und die öffentliche Skandalfigur beiseitelässt. *Der große Gatsby* ist sein Protest dagegen, dass die Vergangenheit tatsächlich vergangen sein soll. In den Titeln seiner Stories und Essays wimmelt es von letzten Gelegenheiten, verpassten Ausfahrten und Abschieden, die wie Himmelsstürze sind. ›Wiedersehen mit Babylon‹. ›Hundert Fehlstarts‹. ›Die letzte Schöne des Südens‹. ›Seelischer Bankrott‹. ›Der Zusammenbruch‹. Was für den späten Henry James galt, lässt sich auch bei F. Scott Fitzgerald in allen Schaffensphasen beobachten: ein starkes Einfühlungsvermögen in die Gedankenwelt junger Menschen. Als wäre nie ganz erloschen, was der Autor selbst einmal erlebt und worin er das große Versprechen seiner Existenz gesehen hatte, und als müsste er es immer wieder nachschreiben, um sich der Wirklichkeit seiner Gefühle zu versichern.

Fünf Jahre nach Fitzgeralds Tod sprach der Kritiker Malcolm Cowley im *New Yorker* von des Schriftstellers »doppeltem Blick«. Es sei, als schilderten alle seine Bücher einen prächtigen Ball, zu dem er mit dem hübschesten Mädchen gegangen sei, und »als stünde er gleichzeitig auch außerhalb des Tanzsaals, ein kleiner Junge aus dem Mittleren Westen, der sich mit plattgedrückter Nase an der Fensterscheibe fragte, wie viel wohl der Eintritt koste und wer für die Musik aufkomme«.

Das Bild benennt die Fähigkeit, den Tanz sowohl selbst zu erleben wie auch von außen zu bewerten. Das volle emotionale Gewicht des Ereignisses zu spüren und sich gleichzeitig davon zu distanzieren. Es war Kunst unter Einsatz der eigenen Person, eine chemische Verwandlung des Selbsterlebten in etwas Allgemeingültiges, in dem andere, weit außerhalb seiner Sphäre, sich wiedererkennen konnten. Nicht zufällig empfand sich der Autor selbst als Doppelnatur – einerseits als romantischen jungen Mann, andererseits als »verhinderten Priester«. Der romantische junge Mann war offenherzig, wollte an allem teilhaben und das Leben in vollen Zügen genießen; der verhinderte Priester neigte eher zur Grübelei und ruhte nicht, bis er seine Gefühle analysiert und die Vergeblichkeit seines Wollens aufgedeckt hatte.

Das Erstaunliche ist, dass diese beiden Elemente in Fitzgeralds Schreiben eine untrennbare Mischung eingehen, so dass seine Texte jung, aber nicht naiv, gefühlvoll, aber nicht sentimental wirken. Nie suggeriert der Autor, über Sehnsucht lasse sich sprechen, ohne gründlich darüber nachgedacht zu haben. Je mehr wir von seinen Erzählungen lesen, desto klüger erscheint jenes Bewusstsein, das nicht aufhören kann, nach der Bedeutung von Glanz und Schönheit zu fragen. Seine Zeitgenossen reagierten sehr unterschiedlich darauf. »Du legst so verdammt viel Wert auf Jugend«, schrieb ihm sein Freund Ernest Hemingway. »Mir scheint, du verwechselst Aufwachsen mit Altwerden.« Raymond Chandler dagegen hatte erkannt, was Fitzgerald unter allen seinen Kollegen heraushob: Zauber (*charm*). Er gab seiner Prosa eine einzigartige Qualität. Man hatte ihn. Oder man hatte ihn nicht. Keats zum Beispiel, so Chandler, hatte ihn. Und Fitzgerald hatte ihn auch. Es ist dieser Zauber, der selbst in weniger gelungenen Erzählungen immer wieder wie ein Sonnenstrahl durch die Wolken bricht.

Wir müssen noch einmal auf die Erde hinabsteigen, dorthin, wo seine Erzählungen angeboten, verkauft und konsumiert wurden. Auf die Dauer stopften Fitzgeralds Zeitschriftenhonorare nur Löcher, statt freie Zeit zu erkaufen. Nicht nur sein Verlag, auch sein Agent Harold Ober gab ihm Vorschüsse, damit er das kostspielige Leben mit Zelda finanzieren konnte. Zwischen November 1922 und April 1923 etwa produzierte er elf Stories, mit denen er zusammen 17000 Dollar verdiente. Manche der Texte entstanden in einem Rutsch. Oft verbrachte Fitzgerald zwölf Stunden täglich am Schreibtisch. In jenem Winter litt er erstmals unter Schlaflosigkeit. Noch keine siebenundzwanzig Jahre alt, forderte sein hektisches Arbeitsleben den ersten Tribut. Viel später, Juli 1935, blickte er zurück und begriff, dass er gestrampelt hatte wie ein Hamster im Laufrad. Selbst in seinen besten Zeiten, schreibt er Harold Ober, habe er nicht mehr als acht oder neun erstklassige Geschichten im Jahr produzieren können: »Es ist einfach unmöglich – alle meine Erzählungen werden wie Romane konzipiert, erfordern ein besonderes Gefühl, eine besondere Erfahrung – so dass meine Leser, soweit es sie gibt, jedes Mal etwas Neues erwarten können, nicht in der Form, aber im Gehalt.«

Vielleicht hätte ein gesunder Mann diesen Produktionsrhythmus aufrechterhalten können; Fitzgerald konnte es nicht. Zwar zahlte ihm die *Post* 1927 bereits mehr als dreitausend Dollar pro Story und würde das Honorar im Lauf der nächsten beiden Jahre auf viertausend Dollar erhöhen. Doch telegraphische Notrufe an seinen Agenten blieben die Regel. Welche Dramen sich dabei abspielten, zeigt die Entstehung einer Geschichte, die im Lauf der Wochen zu der bemerkenswerten Sporterzählung ›Das Stadion‹ umgearbeitet wurde. Am 1. September 1927 telegraphiert Fitzgerald an Harold Ober: ARTIKEL LAUSIG ARBEITE AN ZWEITEILIGER FOOTBALLGESCHICHTE FRAGEN SIE POST WENN SIE IN EINER WOCHE FERTIG IST OB ES FÜR TERMIN IM HERBST ZU SPÄT IST KÖNNEN SIE FÜNFHUNDERT ÜBERWEISEN.

Das wollen wir uns merken. Eine Woche. Doch am 9. September ist es noch nicht ganz geschafft: GESCHICHTE FAST FERTIG RUFE SIE AN ÜBERWEISEN SIE FÜNFHUNDERT.

Am 14. September telegraphiert er: GESCHICHTE FERTIG KÖNNEN SIE WEITERE FÜNFHUNDERT ÜBERWEISEN.

Und am 22. September: KÖNNEN SIE HEUTE MORGEN 300 ÜBERWEISEN DRÄNGT ETWAS BESUCHE SIE UM 2:15.

Aber am 30. September sieht plötzlich alles anders aus: MUSSTE DRINGEND NACH NEW YORK UND BLIEB UNTERWEGS ZWEI TAGE IN PRINCETON UM FOOTBALLTRAINING ZU SEHEN UND DEM SCHWACHEN TEIL DER STORY ETWAS LEBEN EINZUHAUCHEN […] ARBEITE SO SCHNELL ICH KANN ABER WILL SIE VOLLSTÄNDIG SCHICKEN ES IST SEHR WICHTIG HOFFE MON ODER DIE FERTIG ZU SEIN TUT MIR SCHRECKLICH LEID.

Am 3. Oktober droht die Katastrophe: DIE GESCHICHTE IST VÖLLIGER MIST UND ICH KRIEGE SIE NICHT BIS MORGEN FERTIG TUT MIR WAHNSINNIG LEID DASS ICH SIE UND DIE POST HÄNGENLASSE […]

Mehr als zwei Wochen später, am 18. Oktober, telegraphiert Fitzgerald: BRAUCHE NOCH EINEN TAG KOMME ERST MORGEN REIN KÖNNEN SIE IMMER NOCH MIT MIR ESSEN GEHEN BITTE VERZEIHEN SIE.

Am 27. Oktober: KÖNNEN SIE HUNDERT ÜBERWEISEN NOTFALL BRINGE MONTAG NEUE GESCHICHTE.

Am 9. November: KÖNNEN SIE HUNDERT ÜBERWEISEN STOP BIN DONNERSTAG MIT DER GESCHICHTE DA VIELLEICHT SCHON MITTWOCH.

Allerdings erfolgt am 12. November ein neuer Rückschlag: KÖNNEN SIE HEUTE MORGEN VIERHUNDERT ÜBERWEISEN DAS MACHT FAST ZWEITAUSEND UND MEINE STORY IST WEGGEBROCHEN ABER ICH HABE EINE ANDERE FAST FERTIG UND BRINGE SIE MONTAG MIT.

Am 18. November meldet Fitzgerald: KÖNNEN SIE HEUTE ZWEIHUNDERT ÜBERWEISEN KOMME MORGEN FRÜH ABER OHNE GESCHICHTE.

Und am 2. Dezember kabelt er: KÖNNEN SIE ZWEIHUN-
DERTFÜNFZIG ÜBERWEISEN KOMME GANZ SICHER MORGEN
FRÜH MIT FOOTBALLGESCHICHTE.

Es gehört nicht viel Phantasie dazu, sich diese Szenen
auszumalen. Die Gänge zum Telegraphenamt. Die Besänfti-
gungsnummer gegenüber seinem Agenten. Die drückenden Geldsorgen, die immer aufs Neue über die Fitzgeralds
hereinbrachen und offenbar so behoben werden mussten,
wie man ein Buschfeuer löscht: sofort, unter Einsatz aller
Kräfte. Ganz zu schweigen von den strapazierten Nerven,
der verschwendeten Zeit und dem Kleingeld fürs Telegramm. Stellt man sich den landesweit bekannten Schriftsteller am Schalter vor, wie er Nachricht um Nachricht
sendet, immer wieder, um sich den Druck vom Hals zu
schaffen und die einfachsten Lebensnotwendigkeiten zu
bewältigen, hat man das Porträt Fitzgeralds auf der Höhe
seines Ruhms.

Fünf Jahre später fing er an, Sätze, Formulierungen,
manchmal zehn- bis fünfzehnzeilige Passagen aus seinen
Erzählungen in separate Notizbücher zu übertragen. Was
er handschriftlich notierte, ließ er von seiner Sekretärin mit
der Maschine abschreiben. Die *Notebooks* liegen seit 1978
vollständig als Buch vor. Das Verfahren war einerseits
außerordentlich professionell, andererseits ein Signal für er-
lahmende Spontaneität und austrocknende Ressourcen.
Fitzgerald ahnte, dass er die erforderlichen Emotionen nicht
mehr beliebig oft heraufbeschwören und in Literatur übersetzen konnte. Deshalb wollte er systematisch festhalten,
welche Sachen sich für die spätere Verwendung in einem
Roman plündern ließen. Auch ›Das Liebesschiff‹, eine Er-

zählung aus dem August 1927, mit der er abermals zu den Träumen seiner Jugend zurückkehrte, wurde ausgeschlachtet. Fast immer sind es Formulierungen, die so gut getroffen sind, dass es sich lohnte, sie aufzubewahren. Fitzgerald dachte dabei an *Zärtlich ist die Nacht*, den mühseligsten Roman seiner Karriere. Doch das Verfahren bedeutete für die Story, dass sie nicht mehr in Buchform erscheinen konnte. Der Autor, der nicht als Wiederverwerter gelten wollte, ließ sie zurück wie ein ausgenommenes Autowrack.

Was für ihn seinerzeit bindend war, muss die heutigen Leser nicht mehr interessieren. Fitzgeralds Erzählungen stehen für sich und aus eigenem Recht. Wir wissen ja, aus welcher Werkstatt sie stammen. Es sind die Geschichten, die ihrem Autor und seiner Familie die Existenz sicherten. Während das damalige Publikum den neuesten Fitzgerald doppelspaltig und mit Illustrationen versehen in der Trambahn oder im Wartezimmer verschlang, können wir uns erlauben, die Stories einfach nur als die andere Hälfte seines durchaus nicht schmalen Gesamtwerks zu betrachten. Mag sein, dass in der Endabrechnung nichts heller strahlt als *Der große Gatsby*, *Zärtlich ist die Nacht* und *Die Liebe des letzten Tycoon*. Doch an der Magie, den Lebensmotiven und der unübertroffen sinnlichen Prosa, an dem also, was man den *Fitzgerald touch* nennt, haben seine besten Erzählungen entscheidenden Anteil. Sie altern nicht, weil ihre Sprache nicht altert; und sie können nicht aus der Mode kommen, weil sie von der Macht der Erinnerung und der Sehnsucht nach Schönheit handeln.

Leben und Werk

1896 Am 24. September wird Francis Scott Key Fitzgerald in St. Paul, Minnesota, geboren.

1898–1908 Die Familie lebt in Syracuse und in Buffalo, New York. 1908 kehren die Fitzgeralds nach St. Paul zurück, wo Francis in die St. Paul Academy eintritt.

1909 In der Schulzeitschrift der St. Paul Academy, *Now and Then*, erscheint Fitzgeralds erste Erzählung ›The Mystery of the Raymond Mortgage‹.

1911 Fitzgerald wechselt in ein Internat, die Newman School in New Jersey, für deren Schulzeitung er ebenfalls Stories und Theaterstücke verfasst.

1913–1916 Fitzgerald studiert in Princeton und lernt unter anderem Edmund Wilson und John Peale Bishop kennen, die seine Freunde werden. Er schreibt Stücke und Lieder für Aufführungen des Princeton Triangle Club und veröffentlicht ab 1914 Stücke, Gedichte und Geschichten im *Princeton Tiger* und im *Nassau Literary Magazine*. Seine vielen Interessen neben dem Studium führen immer wieder zu schlechten Noten. In Princeton beginnt Fitzgerald auch seinen ersten Roman *Diesseits vom Paradies*, der 1918 vom Verlag Scribners abgelehnt wird.

1917 Fitzgerald meldet sich als Freiwilliger zur Armee.

1918 lernt er in Montgomery, Alabama, wo er stationiert ist, die junge Zelda Sayre kennen.

1919 Fitzgerald tritt aus der Armee aus und jobbt kurze Zeit in einer Werbeagentur in New York. Er überarbeitet seinen Roman und schickt ihn erneut an Scribners. Diesmal wird er akzeptiert.

1920 *Diesseits vom Paradies* wird zum Bestseller. Fitzgerald und Zelda Sayre heiraten und werden in New York bald zu bekannten Persönlichkeiten. 1921 kommt die Tochter Frances Scott zur Welt. Außerdem erscheint die Kurzgeschichtensammlung *Flappers and Philosophers*.

1922 Der Roman *Die Schönen und Verdammten* und die Storysammlung *Tales of the Jazz Age* erscheinen. Umzug nach Great Neck auf Long Island bei New York.

1924 Scott und Zelda ziehen nach Europa, um Geld zu sparen. Sie halten sich in den nächsten Jahren an der französischen Riviera, in Rom und in Paris auf.

1925 *Der große Gatsby* erscheint. Fitzgerald lernt in Paris Ernest Hemingway kennen.

1926 Die dritte Kurzgeschichtensammlung *All the Sad Young Men* erscheint.

1930 Zelda erleidet in Paris einen Nervenzusammenbruch und verbringt den Sommer in psychiatrischen Kliniken in der Schweiz. Zwei weitere schwere Zusammenbrüche folgen 1932 und 1934.

1931 Die Fitzgeralds kehren nach Amerika zurück. Scott zieht nach Hollywood, wo er für die MGM-Studios Drehbücher schreibt.

1933 Fitzgerald beendet den Roman *Zärtlich ist die Nacht*, der ein Jahr später erscheint.

1935 Die Storysammlung *Taps at Reveille* erscheint.

1936 Mit ›The Crack-Up‹ erscheint im *Esquire* der erste einer Reihe von Artikeln, in denen Fitzgerald seinen eigenen Kollaps beschreibt.

1939 Fitzgerald beginnt den Roman *Die Liebe des letzten Tycoon*, der unvollendet bleibt.

1940 Am 21. Dezember stirbt Fitzgerald nach zwei Herzinfarkten in Hollywood.

1948 Zelda Fitzgerald stirbt beim Brand einer Klinik in Asheville am 10. März.

Editorische Notiz

Von den insgesamt rund hundertsechzig Kurzgeschichten, die F. Scott Fitzgerald in seinen vierundvierzig Lebensjahren geschrieben hat, sind weniger als ein Drittel, nämlich nur sechsundvierzig, zu seinen Lebzeiten in Buchform erschienen. Die meisten Erzählungen wurden kurz nach ihrem Entstehen in Zeitschriften oder Zeitungen abgedruckt. Wichtigste Abnehmerin war *The Saturday Evening Post,* aber auch *The Smart Set* in früherer und *Esquire* in späteren Jahren.

Der erste Band mit ausgewählten Short Stories, *Flappers and Philosophers,* wurde 1920 publiziert, wenige Monate nach *Diesseits vom Paradies* – jenem Roman, der Fitzgerald über Nacht berühmt machte. Mit der Erzählsammlung beabsichtigte der Verlag Charles Scribner's, an den Erfolg anzuschließen und ihn zu zementieren. Die weiteren Erzählbände sollten nach dem gleichen Muster erscheinen: Auf *Die Schönen und Verdammten* folgte 1922 *Tales of the Jazz Age;* auf *Der große Gatsby* (1925) folgte 1926 *All the Sad Young Men;* und kurz nach *Zärtlich ist die Nacht* (1934) erschien 1935 *Taps at Reveille.*

Daraus erklärt sich das Prinzip, nach dem der Autor selbst bei der Auswahl der Short Stories für die einzelnen Bände verfuhr: Nichts, was er an Erzählstoff für seine Romane verwendet hatte, sollte Eingang in einen Erzählband finden. Fitzgerald wollte dem Leser nur Neues bieten und ihn immer wieder überraschen.

Sosehr sich dieses Kriterium dem Autor damals aufdrängte – für die Nachzeit kann es nicht mehr gelten. Denn viele von Fitzgeralds besten Erzählungen sind im Umkreis von Romanen entstanden und, gerade weil sie auch seine Arbeitsweise beleuchten, für den Leser oft besonders interessant.

Entsprechend hat Malcolm Cowley, einer der wenigen Freunde Fitzgeralds, die ihm bis zu seinem Tod und darüber hinaus verbunden blieben, in seiner wegweisenden Auswahl *The Stories of F. Scott Fitzgerald* von 1951 schon Geschichten publiziert, die der Autor selbst weggelassen hatte. Diese Edition begründete, zusammen mit Arthur Mizeners Biographie *The Far Side of Paradise,* ein erstes Fitzgerald-Revival. In den siebziger Jahren explodierte das Interesse an Fitzgerald regelrecht. Zu verdanken ist dies nicht zuletzt dem Amerikanisten Matthew J. Bruccoli, der sich zeit seines Lebens intensiv mit F. Scott Fitzgerald beschäftigte. Bruccoli hat (zusammen mit Scottie Fitzgerald Smith) 1974 *Bits of Paradise* herausgegeben, eine Sammlung von Kurzgeschichten sowohl von F. Scott als auch von Zelda Fitzgerald; 1979 folgte ein dicker Band weiterer vergessener, da nur in Zeitungen und Zeitschriften publizierter Geschichten von F. Scott Fitzgerald unter dem Titel *The Price Was High.* 1989 legte er nach mit *The Short Stories of F. Scott Fitzgerald,* einer ausgezeichneten Auswahl.

Die vorliegenden vier Bände enthalten insgesamt dreiundneunzig Kurzgeschichten sowie fünf Essays. Darunter befinden sich siebenundzwanzig deutsche Erstveröffentlichungen. Die Taschenbuchedition, die in den achtziger Jahren im Diogenes Verlag erschien, wurde, was die Auswahl der Geschichten anbelangt, nicht grundsätzlich in Frage gestellt und dient dieser Edition als Basis. Die Übersetzungen wurden jedoch alle überprüft: Siebzehn Erzählungen und ein Essay erscheinen in neuer, alle anderen in überarbeiteter Übersetzung (abgesehen von den Pat-Hobby-Geschichten, deren Übersetzung sich gut gehalten hat).

Die Neuedition der Kurzgeschichten berücksichtigt jede Schaffensperiode in gleichem Maße – die immer dünner werdenden Bände spiegeln somit schlicht Fitzgeralds schwindende Schaffenskraft wider. Keinen Eingang fand das Frühwerk aus der Zeit vor 1920, auch weil es zum Teil in identischem Wortlaut im ersten Roman, *Diesseits vom Paradies*, nachzulesen ist.

Alle weiteren Kriterien der Auswahl sind rein subjektiv, was wohl in der Natur der Sache liegt. Neben den Geschichten, die allgemein als die besten angesehen werden, sollten auch diejenigen Platz finden, die Fitzgeralds Modernität, seine Wandelbarkeit und vor allem seine Fähigkeit, uns zu berühren, zum Ausdruck bringen.

Die Ausgabe ist wie folgt unterteilt: Band I enthält Erzählungen aus den sehr produktiven Jahren 1920–1924, der Zeit vor dem *Großen Gatsby*, Band II versammelt Geschichten aus den Jahren 1925–1929, Fitzgeralds finanziell einträglichsten Jahren, Band III bringt Kurzgeschichten aus den wirtschaftlich und privat prekären Jahren 1930–1934, der Zeit nach dem New Yorker Börsenkrach bis zum Erscheinen von *Zärtlich ist die Nacht*, und Band IV versammelt die Short Stories aus den letzten Jahren, 1935–1940, die der Autor zum großen Teil in Hollywood verbrachte.

Grundlage für die Neuedition ist, wo immer möglich, die im Jahr 2000 in Angriff genommene historisch-kritische *Cambridge Edition of the Works of F. Scott Fitzgerald,* herausgegeben von James L. W. West III, die vom Text letzter Hand ausgeht. Die Arbeit daran ist noch nicht abgeschlossen, erst etwa die Hälfte der Geschichten – hauptsächlich das Werk bis 1926 sowie die Essays – ist in dieser Edition herausgekommen. Die anderen Übersetzungen folgen den Ausgaben *The Price Was High* und *The Short Stories of F. Scott Fitzgerald,* beide herausgegeben von Matthew J. Bruccoli, die in der Regel ebenfalls den Text letzter Hand wiedergeben.

Die Anordnung der Erzählungen erfolgt chronologisch nach dem Datum der amerikanischen Erstveröffentlichung. Ausnahmen sind die postum erschienenen Geschichten, die nach ihrem Entstehungsdatum eingeordnet sind, sowie die Essays am Schluss jedes Bandes. Diese können als Fitzgeralds persönlicher Kommentar zur jeweiligen Schaffensperiode gelesen werden.

Auf Anmerkungen wurde bewusst verzichtet, da sich die meisten Geschichten selbst erklären. Für die Einordnung der Short Stories in Leben und Werk sorgen die Nachworte sowie der folgende Nachweis der einzelnen Geschichten.

Der Kindergeburtstag *(The Baby Party)*
AE in *Hearst's International*, Februar 1925
Erstmals in Buchform in *All the Sad Young Men*,
New York 1926
DE unter dem Titel ›Die Kinderparty‹ in *Die besten Stories*,
Berlin 1954

Der Nachtkassierer *(The Pusher-in-the-Face)*
AE in *Woman's Home Companion*, Februar 1925
Erstmals in Buchform in *The Price Was High*, New York 1979
DE in diesem Band

Liebe in der Nacht *(Love in the Night)*
AE in *The Saturday Evening Post*, 14. März 1925
Erstmals in Buchform in *Bits of Paradise*, New York 1974
DE in diesem Band

Einer meiner ältesten Freunde *(One of My Oldest Friends)*
AE in *Woman's Home Companion*, September 1925
Erstmals in Buchform in *The Price Was High*, New York 1979
DE in *Das Liebesschiff*, Zürich 1984

Nicht im Reiseführer *(Not in the Guidebook)*
AE in *Woman's Home Companion*, November 1925
Erstmals in Buchform in *The Price Was High*, New York 1979
DE in *Das Liebesschiff*, Zürich 1984

Junger Mann aus reichem Haus *(The Rich Boy)*
AE in *The Redbook Magazine*, Januar und Februar 1926
Erstmals in Buchform in *All the Sad Young Men*,
New York 1926
DE in *Die besten Stories*, Berlin 1954

Die Jugendhochzeit *(The Adolescent Marriage)*
AE in *The Saturday Evening Post*, 6. März 1926
Erstmals in Buchform in *The Price Was High*,
New York 1979
DE in *Das Liebesschiff*, Zürich 1984

Der Tanz *(The Dance)*
AE in *The Redbook Magazine*, Juni 1926
Erstmals in Buchform in *Bits of Paradise*, New York 1974
DE in *Dolly Dolittle's Crime Club*, Zürich 1972

Jakobsleiter *(Jacob's Ladder)*
AE in *The Saturday Evening Post*, 20. August 1927
Erstmals in Buchform in *Bits of Paradise*, New York 1974
DE in diesem Band

Das Liebesschiff *(The Love Boat)*
AE in *The Saturday Evening Post*, 8. Oktober 1927
Erstmals in Buchform in *The Price Was High*,
New York 1979
DE in *Das Liebesschiff*, Zürich 1984

Kurzer Besuch daheim *(A Short Trip Home)*
AE in *The Saturday Evening Post*, 17. Dezember 1927
Erstmals in Buchform in *Taps at Reveille*, New York 1935
DE in *Der gefangene Schatten*, Zürich 1980

Das Stadion *(The Bowl)*
AE in *The Saturday Evening Post*, 21. Januar 1928
Erstmals in Buchform in *The Price Was High*,
New York 1979
DE in *Der gefangene Schatten*, Zürich 1980

Anziehung *(Magnetism)*
AE in *The Saturday Evening Post,* 3. März 1928
Erstmals in Buchform in *The Stories of F. Scott Fitzgerald,*
New York 1951
DE in *Die besten Stories,* Berlin 1954

Ein Abend auf dem Jahrmarkt *(A Night at the Fair)*
AE in *The Saturday Evening Post,* 21. Juli 1928
Erstmals in Buchform in *Afternoon of an Author,* Princeton 1957
DE in *Der gefangene Schatten,* Zürich 1980

Basil findet sich fabelhaft *(He Thinks He's Wonderful)*
AE in *The Saturday Evening Post,* 29. September 1928
Erstmals in Buchform in *Taps at Reveille,* New York 1935
DE in *Der gefangene Schatten,* Zürich 1980

Vor der Möbeltischlerei *(Outside the Cabinet-Maker's)*
AE in *The Century Magazine,* Dezember 1928
Erstmals in Buchform in *Afternoon of an Author,* Princeton 1957
DE in *Die letzte Schöne des Südens,* Zürich 1980

Der gefangene Schatten *(The Captured Shadow)*
AE in *The Saturday Evening Post,* 29. Dezember 1928
Erstmals in Buchform in *Taps at Reveille,* New York 1935
DE in *Die besten Stories,* Berlin 1954

Die letzte Schöne des Südens *(The Last of the Belles)*
AE in *The Saturday Evening Post,* 2. März 1929
Erstmals in Buchform in *Taps at Reveille,* New York 1935
DE in *Ein Diamant – so groß wie das Ritz,* Berlin 1972
Die Neuübersetzung erschien erstmals in *Drei Stunden
zwischen zwei Flügen,* Zürich 2006

Stürmische Überfahrt *(The Rough Crossing)*
AE in *The Saturday Evening Post*, 8. Juni 1929
Erstmals in Buchform in *The Stories of F. Scott Fitzgerald*,
New York 1951
DE in *Die letzte Schöne des Südens*, Zürich 1980
Neuübersetzung

Majestät *(Majesty)*
AE in *The Saturday Evening Post*, 13. Juli 1929
Erstmals in Buchform in *Taps at Reveille*, New York 1935
DE in *Die letzte Schöne des Südens*, Zürich 1980

In deinem Alter *(At Your Age)*
AE in *The Saturday Evening Post*, 17. August 1929
Erstmals in Buchform in *The Price Was High*,
New York 1979
DE in diesem Band

Die Schwimmer *(The Swimmers)*
AE in *The Saturday Evening Post*, 19. Oktober 1929
Erstmals in Buchform in *Bits of Paradise*, New York 1974
DE in diesem Band

Wie man 36 000 Dollar im Jahr verprassen kann
(How to Live on $ 36 000 a Year)
AE in *The Saturday Evening Post*, 5. April 1924
Erstmals in Buchform in *Afternoon of an Author*,
Princeton 1957
DE in diesem Band

Wie man mit fast nichts über die Runden kommt
(How to Live on Practically Nothing a Year)
AE in *The Saturday Evening Post,* 20. September 1924
Erstmals in Buchform in *Afternoon of an Author,*
Princeton 1957
DE in diesem Band

Silvia Zanovello

Neuedition
der Romane und Erzählungen
von F. Scott Fitzgerald

Er war Ernest Hemingways Vorbild. Dashiell Hammett, Raymond Chandler, Gertrude Stein und T. S. Eliot lasen ihn mit Begeisterung. Und heute ist er der Lieblingsautor so unterschiedlicher Persönlichkeiten wie Doris Dörrie, Joey Goebel und Haruki Murakami.

»Einen Unsterblichen gilt es wiederzuentdecken: F. Scott Fitzgerald, der Magier unter den amerikanischen Erzählern.« *Rheinische Post, Düsseldorf*

»Die Diogenes-Ausgabe setzt Maßstäbe. Der definitive deutsche Fitzgerald für lange Zeit.« *Die Welt, Berlin*

Die Romane:

(Fünf Bände in Kassette, auch als
Einzelausgaben sowie im Taschenbuch)

Diesseits vom Paradies

Aus dem Amerikanischen
von Martina Tichy und Bettina Blumenberg
Mit einem Nachwort von Manfred Papst

Amory Blaine ist begabt und privilegiert. Von der Mutter hat er die Überzeugung, zu Höherem geboren zu sein. Er studiert in Princeton, und nach etlichen Flirts begegnet er Rosalind, seiner ersten großen Liebe. Als sie ihn für einen anderen verlässt, zerschellen Amorys jugendliche Ideale. Was bleibt, ist der Alkohol – aber trotz aller Trauer und Enttäuschung auch die Erkenntnis, dass das Leben, so pathetisch und lächerlich es oft scheint, doch lebenswert ist: nicht jenseits, sondern diesseits vom Paradies.

»F. Scott Fitzgerald. Schade, dass er nicht weiß, wie gut er ist. Er ist der Beste.« *Dashiell Hammett*

Die Schönen und Verdammten

Deutsch von Hans-Christian Oeser
Mit einem Nachwort von Manfred Papst

Ihr Leben ist eine einzige Party, sie trinken und tanzen die Nächte durch. Gloria und Anthony sind ein Traumpaar – sie sind jung, schön, verschwenderisch… und verdammt. Bald schon müssen sie aus Geldnot New York verlassen. Unter dem weiten Himmel von Connecticut holt sie die Langeweile ein, und alles endet in einem fürchterlichen Kater. Gloria und Anthony – zwei Liebende, die »galant zur Hölle fahren«.

»Fitzgeralds oft unterschätzter zweiter Roman – die erschütternde Chronik eines Niedergangs.«
Manfred Papst in seinem Nachwort

Auch als Diogenes Hörbuch erschienen,
gelesen von Gert Heidenreich

Der große Gatsby

Deutsch von Bettina Abarbanell
Mit einem Nachwort von Paul Ingendaay

New York 1922. Auf seinem Anwesen in Long Island gibt Jay Gatsby sagenhafte Feste. Er hofft, mit seinem neuerworbenen Reichtum, mit Swing und Champagner seine verlorene Liebe zurückzugewinnen. Zu spät merkt er, dass er sich von einer romantischen Illusion hat verführen lassen.
Gatsby wurde zum Sinnbild des amerikanischen Traums und von dessen Scheitern, zum Inbegriff von Aufstieg und Fall.

»Ich glaube, damit hat die amerikanische Literatur den ersten Schritt über Henry James hinaus gemacht.«
T. S. Eliot

Auch als Diogenes Hörbuch erschienen,
gelesen von Gert Heidenreich

Zärtlich ist die Nacht

Deutsch von Renate Orth-Guttmann
Mit einem Nachwort von Heinrich Detering

Dick und Nicole Diver führen das Leben kultivierter Expatriates an der französischen Riviera. In ihrer Villa gehen Künstler und andere Exzentriker ein und aus, darunter auch die hübsche Schauspielerin Rosemary. Jung und ehrgeizig, hat sie sich in den Kopf gesetzt, den Herrn des Hauses zu verführen. Allerdings weiß sie nicht, worauf sie sich dabei einlässt – welche Geheimnisse der Psychiater und seine zarte Frau verbergen.

»Der schönste Roman über das Scheitern der Liebe.« *Die Zeit, Hamburg*

Auch als Diogenes Hörbuch erschienen, gelesen von Burghart Klaußner

Die Liebe des letzten Tycoon
Ein Western

Deutsch von Renate Orth-Guttmann
Mit einem Nachwort von Verena Lueken

Er ist der letzte Hollywood-Produzent, der Mittelmaß und Klischees nicht duldet: Monroe Stahr verbringt Tag und Nacht damit, die Arbeit an seinen Filmen zu überwachen. Als ein Gewitter nachts die Kulisse für eine Burma-Szene unter Wasser setzt, ist er sofort zur Stelle – und entdeckt dabei zwei Frauen, die sich unerlaubt auf das Gelände geschlichen haben. Eine davon ist Kathleen Moore – deren natürlicher Charme Monroe Stahr vom ersten Augenblick an in den Bann zieht.

»Der erste Roman, der das ›System Hollywood‹ erforschte und beschrieb. Inklusive einer schmetterlingszarten Liebesgeschichte von perfekter Schönheit.« *Barbara Rett / Die Presse, Wien*

Auch als Diogenes Hörbuch erschienen, gelesen von Anna Thalbach

Die Erzählungen:

(Vier Bände in Kassette, auch als
Einzelausgaben sowie im Taschenbuch)

Winterträume

Herausgegeben von Silvia Zanovello. Deutsch von Bettina Abarbanell,
Dirk van Gunsteren, Christa Hotz, Alexander Schmitz,
Christa Schuenke, Walter Schürenberg und Melanie Walz
Mit einem Nachwort von Manfred Papst

Geschichten aus der ersten Hälfte der Roaring Twenties (1920–1924) über Liebe, Geld und Erfolg – und über die Vergänglichkeit des Glücks.

»Fitzgerald ist ein Schriftsteller, wie er der Gegenwart fehlt. Seine Prosa trägt mit jedem Satz das Gewicht der Welt, und es wirkt wie die leichteste Übung überhaupt. Jetzt, spätestens, kann man ihn wiederentdecken, diesen Schreiber, der Buchstaben setzte wie Musiker Noten und mit seinen Figuren durch das Jazz Age tanzte, durch den Boom und den Crash, von den Weiten des Mittleren Westens bis an die Côte d'Azur und schließlich sogar bis an den Rand des Wahnsinns.«
Georg Diez / Die Zeit, Hamburg

»F. Scott Fitzgerald unterhält uns mit leichter Hand und zeigt uns doch die Risse und Abgründe im American Way of Life.« *Manfred Papst im Nachwort*

Daraus die Erzählungen ›Winterträume‹ und
›Ein Diamant – so groß wie das Ritz‹
auch als Diogenes Hörbücher erschienen,
gelesen von Friedhelm Ptok resp. Gert Heidenreich

Die letzte Schöne des Südens

Herausgegeben von Silvia Zanovello
Deutsch von Bettina Abarbanell, Anna Cramer-Klett,
Dirk van Gunsteren, Christa Hotz,
Alexander Schmitz, Walter Schürenberg und Melanie Walz
Mit einem Nachwort von Paul Ingendaay

In den Jahren 1925–1929 verdiente Fitzgerald mit seinen Short Stories so viel wie kein Schriftsteller je zuvor

– bis der Börsencrash den goldenen Jahren ein Ende setzte. Was bleibt, ist die Erinnerung an glamouröse Zeiten und bittersüße Melancholie.

»Diese Erzählungen altern nicht, weil ihre Sprache nicht altert; und sie können nicht aus der Mode kommen, weil sie von der Macht der Erinnerung und der Sehnsucht nach Schönheit handeln.«
Paul Ingendaay in seinem Nachwort

Wiedersehen mit Babylon

Herausgegeben von Silvia Zanovello
Deutsch von Bettina Abarbanell, Christa Hotz,
Renate Orth-Guttmann, Alexander Schmitz, Christa Schuenke,
Walter Schürenberg und Melanie Walz
Mit einem Nachwort von Daniel Kampa

Geschichten aus den Jahren 1930–1934, über Gewinn und Verlust – über das Leben in Zeiten der Krise.

»Seine Stories sind ganz unmittelbar packend, rührend, bezaubernd, beunruhigend.«
Heinrich Vornweg / Tages-Anzeiger, Zürich

»Engel sind die eleganteren Menschen. Aber wer hoch steigt, wird tief fallen. Niemand zeigte das so schön wie F. Scott Fitzgerald.«
Peter Michalzik / Frankfurter Rundschau

Der letzte Kuss

Herausgegeben von Silvia Zanovello
Deutsch von Christa Hotz, Renate Orth-Guttmann, Harry Rowohlt,
Alexander Schmitz, Walter Schürenberg und Melanie Walz
Mit einem Nachwort von Verena Lueken

In den fünf Jahren vor seinem Tod 1940 geht dem einst so erfolgsverwöhnten Schriftsteller nichts mehr leicht von der Hand. Alkohol, Geld- und familiäre Probleme treiben Fitzgerald nach Hollywood. Dort lebt er als Außenseiter – und schafft doch noch einmal eine Reihe unvergesslicher Geschichten über die nicht mehr so glänzende Glanzzeit Hollywoods.

»Man wird über Fitzgerald noch reden, wenn die Namen der meisten seiner schreibenden Zeitgenossen verblichen sind.« *Gertrude Stein*

Junger Mann aus reichem Haus

Erzählungen
Deutsch von Bettina Abarbanell und Walter Schürenberg
Mit einem Vorwort von John Updike

John Updikes Lieblingsstories: *Junger Mann aus reichem Haus* spielt in New York, *Die Hochzeitsparty* in Paris, *Die letzte Schöne des Südens* in Tarleton, Texas, doch eines ist den drei hier versammelten Geschichten gemeinsam: Es geht darin um das Geld und die Liebe – und den Verlust von beidem.

»Fitzgerald erzählt von Moral, ohne moralisch zu sein. Er besingt die Liebe, ohne an sie zu glauben. Und er weiß, dass die Beschreibung eines glänzenden, schwarzen Kotflügels mehr über die sinnlose Schönheit des Lebens verraten kann als ein seitenlanger, halbgebildeter *Zauberberg*-Dialog.«   *Maxim Biller*